王瑶全集

卷六

鲁迅与中国文学
鲁迅作品论集

王瑶 著

河北出版传媒集团
河北教育出版社

编辑说明

　　本卷收《鲁迅与中国文学》《鲁迅作品论集》二书。

　　《鲁迅与中国文学》，1952年3月，由平明出版社出版。1982年5月，陕西人民出版社重版，增入写于1936年鲁迅逝世后的《盖棺论定》与《悼鲁迅先生》二文。现据陕西人民出版社重版本发排。

　　《鲁迅作品论集》原为人民文学出版社于1984年8月出版。现即据此版排印，未作任何改动。

1991年9月20日

目　录

鲁迅与中国文学

鲁迅对于中国文学遗产的态度和他所受中国古典文学的影响 ……… 3
鲁迅和中国新文学的成长 ………………………………………………… 53
鲁迅和北京 …………………………………………………………… 119
鲁迅的国际主义精神 ………………………………………………… 129
关于鲁迅笔名与"阿Q"人名问题 ………………………………… 138
悼鲁迅先生 …………………………………………………………… 147
盖棺论定 ……………………………………………………………… 153
后记 …………………………………………………………………… 155
重版后记 ……………………………………………………………… 157

鲁迅作品论集

论鲁迅作品与中国古典文学的历史联系 …………………………… 161
论鲁迅作品与外国文学的关系 ……………………………………… 204
谈《呐喊》与《彷徨》 ……………………………………………… 258
论《野草》 …………………………………………………………… 285
论《朝花夕拾》 ……………………………………………………… 315
《故事新编》散论 …………………………………………………… 348
爱的大纛和憎的丰碑
　　——英译本《鲁迅诗选》前言 …………………………………… 412

《怀旧》略说 …………………………………………………………426
《狂人日记》略说 ………………………………………………437
《过客》略说 ……………………………………………………446
鲁迅研究的指导性文献
　　——学习毛泽东同志关于鲁迅的论述 ………………………455
鲁迅思想的一个重要特点——清醒的现实主义 …………………490
谈鲁迅的改造国民性思想
　　——在一次学术讨论会上的发言 ………………………………510
鲁迅和书 ……………………………………………………………524
鲁迅与中国古典文学 ………………………………………………541
从鲁迅所开的一张书单说起 ………………………………………547
鲁迅关于考据的意见 ………………………………………………559
鲁迅古典文学研究一例
　　——学习鲁迅论《水浒》 ………………………………………567
鲁迅永远是革命青年的良师益友 …………………………………580
鲁迅和山西漫笔 ……………………………………………………585
鲁迅与北大漫谈 ……………………………………………………592
后记 …………………………………………………………………598

鲁迅与中国文学

鲁迅对于中国文学遗产的态度和他所受中国古典文学的影响

一 民 族 魂

诚如冯雪峰先生所说，鲁迅的文学思想并非中国传统文学所培养成的[1]；但也如他死后上海群众用写着"民族魂"字样的旗子给他盖棺一样，他的思想和作品同时又无不浸润着中华民族的长久的优秀的战斗传统。自然，他绝不是传统的因袭者，他受的传统文化的影响，是受他民主革命的理性光辉所照耀的，所以他是像瞿秋白先生所称赞的"黎明期的清醒的现实主义"者，能够很勇敢而又坚韧地撕破旧中国的脸，所谓"从旧垒中来，情形看得分明，反戈一击，易致强敌的死命"的。但在另方面，在积极的方面，他对于中国历史和文学就有他所肯定的一面，而这正是那些带有一定的人民性的宝贵遗产。而且从他自己思想发展和所受的影响上，从他的作品的某些风格和表现方式上，都可以看出传统文学曾经起过很大的作用和影响。这些影响所给予鲁迅的，也并不是在他思想或作品中的不重要部分，或比较消极方面的部分；反之，几乎在他的全部作品中，和形成他创作的特色中，中国传统文学的影响都占着很大的因素，而且是和整个的鲁迅精神分不开的。

法捷耶夫在《论鲁迅》中说："鲁迅是真正的中国作家，正因为如此，他才给全世界文学贡献了很多民族形式的、不可模仿的作品。他的语言是民间形式的。他的讽刺和幽默虽然具有人类共同的性格，但也带着不可模仿的民族特点。"这些民族特点的形成，除了现实的具体战斗生活外，就在于他的对过去民族文化之适当的承继与发扬。冯雪峰先生曾说："在文学者的人格与人事关系一点上，鲁迅是和中国文学史上的壮烈不朽的屈原、陶潜、杜甫等，连成一个精神上的系统。这些大诗人，都是有着伟大的人格和深刻的社会热情的人，鲁迅在思想上当然是新的，不同的，但作为一个中国文学者，在对于社会的热情，及其不屈不挠的精神，显示了中国民族与文化的可尊敬的一方面，鲁迅是相承了他们的一脉的。"[2]我们同意这段话，而且愿意从鲁迅的作品中找出根据和明确的线索；这在我们今天要求中国文学在批评和创作上都应当注意到和过去的历史相联系的时候，在爱护和尊重我们民族的战斗传统的时候，是非常必要的。

鲁迅，从他的少年时期开始，就是充满了对于祖国的热爱的。而且就是这种爱国主义的热忱驱使着他追求新的知识，也热烈地向传统历史去探索。固然他曾无情地抨击过封建文化中的消极方面，但那出发点也同样是基于对祖国的热爱；而且也发扬了过去的好的积极因素。早在1903年，他用文言文写的那篇《斯巴达之魂》，就是宣扬民族战斗精神和充满了爱国主义热情的作品。在《摩罗诗力说》里，也同样是这种精神的洋溢：

况久席古宗祖之光荣，尝首出周围之下国，暮气之作，每不自知，自用而愚，污如死海。

鲁迅对于中国文学遗产的态度和他所受中国古典文学的影响　5

> 今索诸中国,为精神界之战士者安在?有作至诚之声,致吾人于善美刚健者乎?有作温煦之声,援吾人出于荒寒者乎?

在这里,先驱者所致力的启蒙运动,是有它思想上的火把作用的。而这种要求,固然是一种民主革命的历史要求,但也正是为了继承和发扬"古宗祖之光荣"的。在清末,民主革命的要求是普遍地以民族革命的形式出现的,而表现得最显明的是生活在资本主义社会的留学生群中,这些浸润了近代思想的知识分子,对反帝反封建的双重要求特别锐敏,因而爱国主义的情绪和战斗的要求,就有时自然地和浪漫地表现为对传统的历史和文化的积极方面之虔诚的向往。鲁迅说:

> 前清光绪末年,我在日本东京留学,亲自看见的。那时的留学生中,很有一部分抱着革命的思想,而所谓革命者,其实是种族革命,要将土地从异族的手里取得,归还旧主人。除实行的之外,有些人是办报,有些人是钞旧书。所钞的大抵是中国所没有的禁书,所讲的大概是明末清初的情形,可以使青年猛省的。久之印成了一本书,因为是《湖北学生界》的特刊,所以名曰《汉声》。那封面上就题着四句古语:搵怀旧之蓄念,发思古之幽情,光祖宗之玄灵,振大汉之天声![3]

鲁迅,正是在这种"光复旧物"的要求下,来向传统文化探索的。这种爱国主义的热力充满了鲁迅的一生,他辑《会稽郡故书杂集》，是因为"禹、勾践之遗迹故在。士女敖嬉，睥睨而过，殆将无所眷念"[4]。他到厦门，就"想到除了台湾，这厦门乃是满人入关以后我们中国最后亡的地方，委实觉得可悲可喜"[5]。正是这种对祖国热爱的感情，才使他终生不懈地为她的前途而战斗。

因之，鲁迅虽然也强烈地憎恶着传统的历史文化之黑暗的一面，但思想上的深度是超过了"五四"时代一般的对传统之全盘否定论者的。他说：

> 先前，听到二十四史不过是"相斫书"，是"独夫的家谱"一类的话，便以为诚然。后来自己看起来，明白了：何尝如此。历史上都写着中国的灵魂，指示着将来的命运，只因为涂饰太厚，废话太多，所以很不容易察出底细来。正如通过密叶投射在莓苔上面的月光，只看见点点的碎影。但如看野史和杂记，可更容易了然了，因为他们究竟不必太摆史官的架子。[6]

历史如此，传统的文学也是如此，我们正是要除掉遮掩月光的密叶，去受月光的洗浴的。

这里必须说明的是与上面所引同年——1925——发生的鲁迅答《京报》副刊关于"青年必读书"的问题，鲁迅主张："我以为要少——或者竟不——看中国书，多看外国书。少看中国书，其结果不过不能作文而已。但现在的青年最要紧的是'行'，不是'言'。只要是活人，不能作文算什么大不了的事。"[7]这在当时是曾经引起过许多争论的，后来鲁迅在和施蛰存关于"《庄子》与《文选》"的论争中解释过：

> 这是施先生忽略了时候和环境。他说一条的那几句的时候，正是许多人大叫要作白话文，也非读古书不可之际，所以那几句是针对他们而发的，犹言即使恰如他们所说，也不过不能作文，而去读古书，却比不能作文之害还大。[8]

"时候和环境"是重要的，而对象又是一般青年（并非文学青年），对于他们，在当时，最重要的是坚持"五四"以来的斗争精神，韧战下去；为了指导战斗的实践，读古书自非当时的急需。而且就当时反对他的议论之众多说，鲁迅这种说法本身就有反封建的战斗意义。因之，"时候和环境"是不应被忽略的，而就其效果说，鲁迅那时的答复也是完全正确的。这不是无条件地把民族文化看成了漆黑一团的论调，因而也就不能概括为鲁迅对传统文学之见解的说明。后来在1933年发生的"《庄子》与《文选》"的论争，其中关于反对吸收古辞汇的部分，我们后面还要详谈，而鲁迅之所以竭力抨击的原因，主要也是为了新的青年沾染了旧日文人的习气，妄充风雅，忘却战斗的责任，而向封建文化去投降。他说：

> 有些新青年，境遇正和"老新党"相反，八股毒是丝毫没有染过的，出身又是学校，也并非国学的专家，但是，学起篆字来了，填起词来了，劝人看《庄子》《文选》了，信封也有自刻的印板了，新诗也写成方块

了，除掉做新诗的嗜好之外，简直就如光绪初年的雅人一样，所不同者，缺少辫子和有时穿穿洋服而已。[9]

因此，鲁迅这里的态度我们是可以和他对"青年必读书"的态度抱同一理解的。这是反封建的战斗，同时这也可说是他对中国文学的正确态度的一方面，但不能说是全面。

为了发扬民族历史的光荣传统，"叫我们想想汉族繁荣时代，和现状比较一下，看是如何"[10]，鲁迅对汉、唐的文化是极其神往的。当然那目的也还是为了目前的战斗，为了启发爱国自强的精神，对外来的进步文化勇于接受，勇于进步。他说：

> 遥想汉人多少闳放，新来的动植物，即毫不拘忌，来充装饰的花纹。唐人也还不算弱，例如汉人的墓前石兽，多是羊、虎、天禄、辟邪，而长安的昭陵上，却刻着带箭的骏马，还有一匹驼鸟，则办法简直前无古人。
>
> 宋的文艺，现在似的国粹气味就薰人。然而辽、金、元陆续进来了，这消息很耐寻味。[11]

现在《鲁迅全集》里尚未收入的鲁迅著述如汉画像、汉碑帖、六朝造像目录、六朝墓志目录等，就是在对汉代文化向往的情绪下做成的。他说："汉画像的图案，美妙无伦，为日本艺术家所采取。即是一鳞一爪，已被西洋名家交口赞许，说日本的图案如何了不得，了不得，而不知其渊源固出于我国的汉画呢。"[12]他早年计划而未完成的长篇小说"杨贵妃"[13]是以盛唐做背景的。"他对于唐明皇和杨贵妃的性格，对于盛唐的时代背景、地理、人体、宫室、服饰、饮食、乐器，以及其他用具……统统考证研究得很详细，所以能够原原本本地指出坊间出版的《长恨歌画意》的内容的错误。"〔14〕他为什么找了这样一个题材呢？由他亲自为此到长安调查和考证研究史实看来，那计划中的写法显然是和《故事新编》的"随意点染"不同的。那动机自然是在唤起爱国精神，说明唐代文化状况的。孙伏园先生说：

> 他觉得唐代的文化观念，很可以做我们现代的参考，那时我们的祖先们，对于自己的文化抱着极坚强的把握，决不轻易动摇他们的自信力；同时对于别系的文化抱有恢廓的胸襟与极精严的抉择，决不轻易地崇拜或轻易地唾弃。这正是我们目前急切需要的态度。拿这深切的认识与独到的见解作背景，衬托出一件可歌可泣的故事，以近代恋爱心理学的研究结果作线索；这便是鲁迅先生在民国十年左右计划着的剧本"杨贵妃"。〔15〕

这种热爱祖国的精神，在鲁迅著作中是随处可以遇到的。而和民主革命的进步要求一结合，那内容就不但和复古论者绝不相同，而且我们可以说他的反封建的战斗也同样是基于爱国主义的。

二　关于接受文学遗产

传统的文化本来是有其消极面与积极面的，因而反对黑暗与接受进步性就同样有其必要；也就是说反封建与接受遗产不但不是冲突的，而且是相成的。鲁迅先生是中国反封建革命中最勇敢的战斗者，因为有了这样的立场，因此对于传统文化之进步的一面，他也必然是最理解得深刻的。这在今天，对于我们特别有示范的教育意义。

> 古话里也有过：柳下惠看见糖水，说"可以养老"，盗跖见了，却道可以粘门闩。他们是弟兄，所见的又是同一的东西，想到的用法却有这么天差地远。"月白风清，如此良夜何？"好的，风雅之至，举手赞成。但同是涉及风月的"月黑杀人夜，风高放火天"呢，这不明明是一联古诗吗？[16]

> 古典的，反动的，观念形态已经很不相同的作品，大抵即不能打动新的青年的心（但自然也要有正确的指示），倒反可以从中学学描写的本领，作者的努力。[17]

这还不够说明对于遗产的取舍首先需要解决的便是立场问题吗？因而对于一般青年，反对他们无批判地去摸索，反对没有正确指示地读《庄子》与《文选》，不也是可以理解的吗？但这并不是说传统文学中没有好的因素，不值得去学习。

> 我也以为"新文学"和"旧文学"这中间不能有截然的分界，然而有蜕变，有比较的偏向。[18]

> 因为新的阶级及其文化，并非突然从天而降，大抵

是发达于对于旧支配者及其文化的反抗中，亦即发达于和旧者的对立中，所以新文化仍然有所承传，于旧文化也仍然有所择取。〔19〕

这是何等明确的对于历史发展的理解！为了建设新的文艺，为了培养创作能力，是必须要正确地接受传统文学的遗产的。1934年，他在《拿来主义》一文中更给这问题作了原则性的说明，他说譬如一个穷青年得了一所大宅子，首先应该"拿来"，然后再以今日的标准对其内容分别地加以取舍；他说：

如果反对这宅子的旧主人，怕给他的东西染污了，徘徊不敢走进门，是孱头；勃然大怒，放一把火烧光，算是保存自己的清白，则是昏蛋。不过因为原是羡慕这宅子的旧主人的，而这回接受一切，欣欣然的蹩进卧室，大吸剩下的鸦片，那当然更是废物。"拿来主义"者是全不这样的。

他占有，挑选。看见鱼翅，并不就抛在路上以显其"平民化"，只要有养料，也和朋友们像萝卜白菜一样的吃掉，只不用它来宴大宾；看见鸦片，也不当众摔在毛厕里，以见其彻底革命，只送到药房里去，以供治病之用，却不弄"出售存膏，售完即止"的玄虚。……

总之，我们要拿来。我们要或使用，或存放，或毁灭。那么，主人是新主人，宅子也就会成为新宅子。然而首先要这人沉着，勇猛，有辨别，不自私。没有拿来的，人不能自成为新人，没有拿来的，文艺不能自成为新文艺。

这里对正确地对待民族文化传统问题作了极其深刻的分析，既反对"民族虚无主义者"的一笔抹杀的态度，也反对国粹主义者的无批判地全盘接受的态度。正确的态度是"占有，挑选"，也就是批判地接受，因为如果不如此，就"文艺不能自成为新文艺"。那么我们应该挑选哪些"有养料"的东西呢？关于艺术史方面，鲁迅有很具体的说明：

> 我们有艺术史，而且生在中国，即必须翻开中国的艺术史来。采取什么呢？我想，唐以前的真迹，我们无从目睹了，但还能知道大抵以故事为题材，这是可以取法的；在唐，可取佛画的灿烂，线画的空实和明快，宋的院画，萎靡柔媚之处当舍，周密不苟之处是可取的，米点山水，则毫无用处。后来的写意画（文人画）有无用处，我此刻不敢确说，恐怕也许还有可用之点的罢。这些采取，并非断片的古董的杂陈，必须溶化于新作品中，那是不必费说的事。恰如吃用牛羊，弃去蹄毛，留其精粹，以滋养及发达新的生体，决不因此就会"类乎"牛羊的。[20]

这不是建设社会主义文化的"民族的形式"的最好解释吗？在文学史上，同样也有值得我们接受的东西。"《诗经》是经，也是伟大的文学作品；屈原、宋玉，在文学史上还是重要的作家。为什么呢？——就因为他究竟有文采。……司马相如在文学史上也还是很重要的作家。为什么呢？就因为他究竟有文采。"[21] 而且不只形式和表现方法方面，内容也仍然有不少的进步的富有人民性的作品，这也是同样值得我们接受的。举例说：

> 唐末诗风衰落，而小品放了光辉。但罗隐的《逸书》，几乎全部是抗争和愤激之谈；皮日休和陆龟蒙自以为隐士，别人也称之为隐士，而看他们在《皮子文薮》和《笠泽丛书》中的小品文，并没有忘记天下，正是一塌胡涂的泥塘里的光彩和锋芒。明末的小品虽然比较的颓放，却并非全是吟风弄月，其中有不平，有讽刺，有攻击，有破坏。这种作风，也触着了满洲君臣的心病，费去许多助虐的武将的刀锋，帮闲的文臣的笔锋，直到乾隆年间，这才压制下去了。[22]

因此，接受文学遗产是无疑地应该加以肯定的，而"接受什么"的问题在接受者取得正确的立场观点后，自然也会找到进步的内容和表现方法的。但正确的批判的工作并不是一件容易的事，特别是在鲁迅先生活着的当时。他说：

> 被论客赞赏着"采菊东篱下，悠然见南山"的陶潜先生，在后人的心目中，实在飘逸得太久了。……除论客所佩服的"悠然见南山"之外，也还有"精卫衔微木，将以填沧海，刑天舞干戚，猛志固常在"之类的"金刚怒目"式，在证明着他并非整天整夜的飘飘然。这"猛志固常在"和"悠然见南山"的是一个人，倘有取舍，即非全人，再加抑扬，更离真实。……这也是关于取用

文学遗产的问题，潦倒而至于昏聩的人，凡是好的，他总归得不到。[23]

这些"昏聩的人"，其实正是文化战线上的阶级敌人，他们提倡传统文化最热心，而所赞美歌颂的恰好正是传统文化的消极部分；鲁迅先生所抨击的"选本""摘句"，主张"倘要论文，最好是顾及全篇，并且顾及作者的全人，以及他所处的社会状态，这才较为确凿。要不然，是很容易近乎说梦的"[24]。那对象就是那批反动的论客，因此鲁迅在《〈奔流〉编校后记》中引了卢那卡尔斯基的"古代一民族兴起时代的文艺，胜于近来十九世纪末的文艺"后，立即说明"但我想，这是并非中国复古的两派——遗老的神往唐虞，遗少的归心元代——所能引为口实的"[25]。因此所谓接受文学遗产，在一个没有获得正确立场的人，一个缺乏思想武装的人，是很容易为遗产所俘虏的。鲁迅给杨霁云的信中批评这些人说：

盖先前原着鬼迷，但因环境所迫，不得不新，一旦得志，即不免老病复发，渐玩古董，始见老庄，则惊其奥博，见《文选》，则惊其典赡，见佛经，则服其广大，见宋人语录，又服其平易超脱，惊服之下，率尔宣扬，这其实还是当初沽名的老手段。[26]

这些人，其实是并没有真正懂得古书的；他们"从周朝人的文章，一直读到明朝人的文章，非常驳杂，脑子给古今各种马队践踏了一通之后，弄得乱七八遭，但蹄迹当然是有些存留的，这就是所谓'有所得'"[27]。这是标准的传统的俘虏，是谈不到接受遗产的。因此对于一切的文学遗产，在接受采取之时，就不能不有正确的批评工作。要发现哪些是这一作家的更重要的一面、进步的一面。即如提倡性灵的人捧出了明末与方巾气为敌的小品文，而且大讲其袁中郎，这"正如在中郎脸上，画上花脸，却指给大家看，啧啧赞叹道：'看哪，这多么"性灵"呀！'"[28]。但袁中郎是有他更重要的一面的，他也很佩服同时的满纸方巾气，而嫉恶如仇，对小人决不假借的无锡顾宪成；鲁迅先生说：

> 推而广之，也就是倘要论袁中郎，当看他趋向之大体，趋向苟正，不妨恕其偶讲空话，作小品文，因为他还有更重要的一方面在。……
>
> 中郎还有更重要的一方面么？有的。万历三十七年，顾宪成辞官，时中郎"主陕西乡试，发策，有'过劣巢由'之语。监临者问'意云何？'袁曰：'今吴中大贤亦不出，将令世道何所依赖，故发此感尔。'"（《顾端文公年谱》下）中郎正是一个关心世道，佩服"方巾气"人物的人，赞《金瓶梅》，作小品文，并不是他的全部。[29]

采取一个作家的重要的、进步的方面，就是批判地接受。因此不能依赖过去的选本、书目，和不正确的评论，而是要以新的立场来重新抉择的，恰如排开密叶来露出月光一样。正确地说，一个人如有所抉择，一定有他的立场和观点，超然的客观是不可能的，鲁迅先生论明末的张岱说：

> 张岱自己，则以为选文造史，须无自己的意见，他在《与李砚翁》的信里说："弟《石匮》一书，泚笔四十余载，心如止水秦铜，并不自立意见，故下笔描绘，妍媸自见，敢言刻划，亦就物肖形而已。……"然而心究非镜，也不能虚，所以立"虚心平气"为选诗的极境，"并不自立意见"为作史的极境者，也像立"静穆"为诗的极境一样，在事实上不可得。[30]

这是驳斥超阶级观点的：过去的一些选本总集，都只是代表了选者个人的立场和观点，"读者虽读古人书，却得了选者之意，意见也就逐渐和选者接近，终于'就范'了"[31]。因此所谓批判地接受文学遗产也是同样的道理，要能真正采取到有滋养的东西，是必须有正确的立场和观点的，然后才能于某一作家的全部作品中，找出其进步的重要的方面，思想内容或表现方式。

当然，对于一般读者，是不能这样苛求的；这还得有多量时间和阅读能力的条件。因此一些正确的指导，注释标点或新的选本，在今天也还是必要的。就以标点古书为例吧，这是鲁迅先生攻击过许多次的，但他也并非不赞成这事本身，而是反对一些轻率的错误百出的标点本子的。他称赞过汪原放的标点和校正旧小说，以为"虽然不免小谬误，但大体是有功于作者和读者的"[32]。但对糟蹋了书的标点却不同了，他很愤然地说：

> 清朝的考据家有人说过，"明人好刻古书而古书亡"，因为他们妄行校改。我以为这之后，则清人纂修

> 《四库全书》而古书亡，因为他们变乱旧式，删改原文；今人标点古书而古书亡，因为他们乱点一通，佛头着粪；这是古书的水火兵虫以外的三大厄。[33]

这可以看出他是极其爱护古图书的，因为很显然，这些财产是一定要回到人民手里，是不允许被糟蹋的。

三 读什么书，如何读法

鲁迅先生自己读古书的经历、范围和方法，也是值得我们去考察的；这不只可以帮助我们更深地了解他的思想和作品，而且也是我们学习文学遗产时的借镜。

"我最初去读书的地方是私塾，第一本读的是《鉴略》。"[34]从开始起，就培养下了他对于历史发展的探索的兴趣。以后他就广泛地阅读起各种的野史杂说、笔记小说了；从这里使他知道了一定的历史的真实、过去统治者的凶残，也培养了他后来的对文学的兴趣。

> 我常说明朝永乐皇帝的凶残，远在张献忠之上，是受了宋端仪的《立斋闲录》的影响的。那时我还是满洲治下的一个拖着辫子的十四五岁的少年，但已经看过记载张献忠怎样屠杀蜀人的《蜀碧》，痛恨着这"流贼"的凶残。后来又偶然在破书堆里发现了一本不全的《立斋闲录》，还是明抄本，我就在那书上看见了永乐的上谕，于是我的憎恨就移到永乐身上去了。[35]

在这里不但可以看出少年鲁迅的读书兴趣，也可以了解他从那里得到了些什么。他那锐利的现实主义的智慧是在最初就发出了光芒的。据周作人的《关于鲁迅》里的记载，鲁迅自己买的第一部书是《唐代丛书》，这虽是一部书贾汇刻的相当芜杂的书，但内容包括了很多的唐人传奇笔记等，在当时他是非常喜欢的。《中国小说史略》第八篇里说："传奇者流，源盖出于志怪，然施之藻绘，扩其波澜，故所成就乃特异，其间虽亦或托讽喻以纾牢愁，谈祸福以寓惩劝，而大归则究在文采与意想。"这些书不只扩大了他对历史的理解，而且是他后来编校《唐宋传奇集》，写《小说史》，甚至创作小说的发轫。在中国的传统文学观念里，特别是在宋、元以前，野史杂传和笔记小说是同一性质的东西，都可以叫作"小说"；这些都是消闲的东西，普通不大让青年人阅读的，而鲁迅，他最初就对笔记小说和绘画等发生兴趣，实在是后日文艺活动的最早的奠基。

鲁迅先生阅读的范围很广，并不限于正经正史，但他是清醒的现实主义者，是有他的批判能力的。他说：

> 这里只说我消闲的看书——有些正经人是反对的，以为这么一来，就"杂"！"杂"，现在又算是很坏的形容词。但我以为也有好处。……看见了宋人笔记里的"食菜事魔"，明人笔记里的"十彪五虎"，就知道"哦呵，原来'古已有之'"。但看完一部书，……毫无益处的也有。这时可得自己有主意了，知道这是帮闲文士所做的书。[36]

鲁迅对于中国文学遗产的态度和他所受中国古典文学的影响 19

这就是所谓批判的接受,能在传统文学中采取适合于目前战斗的养料。鲁迅先生以为读经不如读史,"而且尤其是野史,或者看杂说"。就因为那些书的作者不得志,帮闲味少的缘故。

> 野史和杂说自然也免不了有讹传,挟恩怨,但看往事却可以较分明,因为它究竟不像正史那样地装腔作势。……总之:读史,就愈可以觉悟中国改革之不可缓了。[37]

而且这里面是保存着我们民族的优良传统的:

> 我想,试看明朝遗老的著作,反抗清朝的主旨,是在异族的入主中夏的,改换朝代,倒还在其次。所以要顶礼明末的遗民,必须接受他的民族思想,这才可以心心相印。[38]

但一般的缺乏战斗精神的温情主义者,不只竭力企图逃避现实,而且也惧怕见着了历史的真实;他们愿麻醉于"性灵""小品"的氛围中,不敢扩大他们的视野:

> 真也无怪有些慈悲心肠人不愿意看野史,听故事;有些事情,真也不像人世,要令人毛骨悚然,心里受伤,永不全愈的。残酷的事实尽有,最好莫如不闻,这才可以保全性灵,也是"是以君子远庖厨也"的意思。比灭亡略早的晚明名家的潇洒小品在现在的盛行,实在

也不能说是无缘无故。[39]

这是1934年写的,是鲁迅的晚年文字,从这里可以知道鲁迅的现实主义的战斗精神,是从早就蒙受着传统文学的影响的;而且是始终一贯的。他看到了历史的进步的一面,也看到了落后的一面。对文学遗产也是一样,有他所肯定的,也有他所否定的。他能从他的广泛的阅读中,找出了为一般人所忽略的在当时有进步意义的作品。

> 近来偶尔看见一部石印的《平斋文集》,作者,宋人也,不可谓之不古,但其诗就不可为训。如咏《狐鼠》云:"狐鼠擅一窟,虎蛇行九逵,不论天有眼,但管地无皮……。"又咏《荆公》云:"养就祸胎身始去,依然钟阜向人青。"那指斥当路的口气,就为今人所看不惯。"八大家"中的欧阳修,是不能算作偏激的文学家的罢,然而那《读李翱文》中却有云:"呜呼,在位而不肯自忧,又禁他人使皆不得忧,可叹也夫!"也就悻悻得很。[40]

文学遗产里原是保留着不少带有人民性的内容的,但经过统治者的扼杀、帮闲士大夫们的涂饰,掩却一些真相是有的;但如果善于抉择,善于批判,是可以使历史面貌一新的。这里面有文人的作品,如上所举;更有刚健清新的民间文学:

> 就是《诗经》的《国风》里的东西,好许多也是

不识字的无名氏作品，因为比较的优秀，大家口口相传的。王官们检出它可作行政上参考的记录了下来，此外消灭的正不知有多少。……东晋到齐陈的《子夜歌》和《读曲歌》之类，唐朝的《竹枝词》和《柳枝词》之类，原都是无名氏的创作，经文人的采录和润色之后，留传下来的。这一润色，留传固然留传了，但可惜的是一定失去了许多本来面目。到现在，到处还有民谣，山歌，渔歌等，这就是不识字的诗人的作品；也传述着童话和故事，这就是不识字的小说家的作品；他们，就都是不识字的作家。

但是，因为没有记录作品的东西，又很容易消灭，流布的范围也不能很广大，知道的人们也就很少了。偶有一点为文人所见，往往倒吃惊，吸入自己的作品中，作为新的养料。旧文学衰颓时，因为摄取民间文学或外国文学而起一个新的转变，这例子是常见于文学史上的。不识字的作家虽然不及文人的细腻，但他却刚健，清新。[41]

鲁迅先生不只在文学史上注意到刚健清新的民间文学，而且也很重视现存的民间作品；在《朝花夕拾》里，他介绍过的绍兴"目连戏"里的"无常"，在《且介亭杂文》里再次介绍：

说是因为同情一个鬼魂，暂放还阳半日，不料被阎罗责罚，从此不再宽纵了——
"那怕你铜墙铁壁！"

那怕你皇亲国戚！……"

何等有人情，又何等知过，何等守法，又何等果决，我们的文学家做得出来么？[42]

后来又介绍过也是"目连戏"中的"一个带复仇性的，比别的一切鬼魂更美，更强的鬼魂。这就是'女吊'"[43]。是叙一个备受虐待后自杀的童养媳的鬼魂的。"目连戏"是由农民和工人业余演出的，那戏文也是他们自己的创造；鲁迅先生这种注意民间创作的精神，在阅读文学遗产时也是贯串着的，而且由此来了解中国文学发展中的许多问题：

歌，诗，词，曲，我以为原是民间物，文人取为己有，越做越难懂，弄得变成僵尸，他们就又去取一样，又来慢慢地绞死它。譬如《楚辞》吧，《离骚》虽有方言，倒不难懂，到了扬雄，就特地"古奥"，令人莫名其妙，这就离断气不远矣。词，曲之始，也都文从字顺，并不艰难，到后来，可就实在难读了。[44]

用这样的态度去处理文学遗产，自然能够发现出人民性的内容。即使是文人的作品吧，也可以看出它和人民生活的关系。毛泽东同志说：

人民生活中本来存在着文学艺术原料的矿藏，这是自然形态的东西，是粗糙的东西，但也是最生动、最丰富、最基本的东西；在这点上说，它们使一切文学艺术相形见绌，它们是一切文学艺术的取之不尽、用之不竭的唯一的源泉。[45]

这还不可以说明鲁迅先生喜欢野史杂说、笔记小说等的原因吗？过去一向为大家所看不起的东西，他都在那里发现了较多的新的价值，这就是他所以要泛览众书的原因。

还有一些有进步内容的作品，是受到历代统治者的扼杀的；鲁迅先生喜欢读清朝的禁书，也正是找那为统治者所不满意的东西。

乾隆朝的纂修《四库全书》，是许多人颂为一代之盛业的，但他们却不但捣乱了古书的格式，还修改了古人的文章；不但藏之内廷，还颁之文风较盛之处，使天下士子阅读，永不会觉得我们中国的作者里面，也曾经有过很有些骨气的人。同注[33]

毛泽东同志说："鲁迅的骨头是最硬的，他没有丝毫的奴颜和媚骨，这是殖民地半殖民地人民最可宝贵的性格。"这性格正是中国传统的民族战斗精神之正确的承继与高度的发扬。在今天，使一切过去的作品都尽可能地恢复它的本来面目，发扬作品中的积极的有进步意义的部分，已经是完全可能的了，就因为我们已经是属于人民自己的时代。

鲁迅先生读了很多的古书，但不只未为古书所俘虏，而且更明白了历史的真相，加强了他战斗的坚强的韧性。他分清了传统文化的积极面与消极面，而且能合理地给以正确的批评，因而接受遗产与反封建并不发生相反的作用，而是相成的。他懂得了"汉朝以后,言论的机关,都被'业儒'的垄断了。宋元以来,尤其利害"[46]。因此他对封建社会的礼教秩序发生了强烈的憎恶,像瞿秋白先生所说的,他是封建宗法的逆子。而从古书里,不但增加了他反封建的战斗意志,也使他对敌人了解得特别清楚,增加了他战略和战术的敏锐性。例如在论章士钊为女师大的呈文中之"臻媟嫚之极致"时说:

但其实,被侮辱的青年学生们是不懂的;即使仿佛懂得,也大概不及我读过一些古文者的深切地看透作者的居心。[47]

又如《热风》里的《"以震其艰深"》一文,攻击所谓国学家其实连普通文言文也写不通,都是用这种制敌死命的办法的。因此鲁迅先生的读古书,是反而增加了他反封建的战斗力量的。

四 "魏晋文章"

郭沫若有《庄子与鲁迅》一文,许寿裳有《屈原和鲁迅》[48]一文,都证明庄子、屈原对于鲁迅发生过很深的影响,所列举的词汇及语法等的例子也很多。鲁迅先生平常是主张"从活人的嘴上,采取有生命的词汇,搬到纸上来"[49]的;而且认为"警句或炼话,讥刺和滑稽,十之九是出于下等人之口的"[50],部分的旧语的复活,他虽然也认为有必要,但他自己却谦为用旧词汇只是从旧垒中来的积习，或是"信手拈来，涉笔成趣"，所以一般地他是反对摘用旧词汇的。他说：

> 现在却有人以为"汉以后的词，秦以前的字，西方文化所带来的字和词，可以拼成功我们的光芒的新文学"。这光芒要是只在字和词，那大概像古墓里的贵妇人似的，满身都是珠光宝气了。人生却不在拼凑，而在创造，几千百万的活人在创造。[51]

虽然如此说，但能从他作品中举出那么多的古词汇的例子来，也更证明了他不可能不受到原作品之思想内容和表现方式的影响，特别是鲁迅这样不大愿意运用旧词汇的人。不过这种影响是比较无形的、融会无间的，不像词汇之具体可摘罢了。

而且这些词汇运用得最多的地方，是文言文和旧诗，鲁迅先生本来擅长古文，《域外小说集》的译文和《怀旧》的古文小说，作风的古朴简劲，和他的杂文是一致的。这是受了魏、晋文学的影响，我们后面还要详谈。关于旧诗，先生是极工的；唐弢先生在《全集补遗编后记》中说"先生好定庵诗"，龚定庵是晚清的今文经学家，也是当时比较进步的思想家，他诗文皆别具风格，鲁迅先生的爱好也并非专指技巧的。总之，这些都只能说明他所受传统文学的影响很深，至于如何形成他的思想和创作上的特色，还有待于我们的探索。

先生为什么喜欢庄子和屈原呢？当然，首先是因为他们的作品有"文采"；但文学作品也多得很，为什么不偏爱

《诗经》或后来的文集呢？这就不能不从作品的内容思想上去求解释。先说屈原，先生在1907年作的《摩罗诗力说》中说：

> 如中国之诗，舜云言志；而后贤立说，乃云持人性情，三百之旨，无邪所蔽。夫既言志矣，何持之云？强以无邪，即非人志。许自由于鞭策羁縻之下，殆此事乎？然厥后文章，乃果辗转不逾此界。……惟灵均将逝，脑海波起，通于汨罗，返顾高丘，哀其无女，则抽写哀怨，郁为奇文。茫洋在前，顾忌皆去，怼世俗之浑浊，颂己身之修能，怀疑自遂古之初，直至百物之琐末，放言无惮，为前人所不敢言。

他所推崇屈原的，正是那种愤世的解放要求和怀疑的个人精神。据许寿裳氏的记载，他在日本弘文书院时，书桌内的书就有拜伦的诗、尼采的传、希腊神话、罗马神话，和一本《离骚》[52]；而在《摩罗诗力说》内，对屈原的赞美也是和拜伦等一致的。他要介绍"举一切诗人中，凡立意在反抗，指归在动作，而为世所不甚愉悦"的，来作民族文化的新生的机运，而在中国，他自然就爱上了闻一多先生所称赞的"人民的诗人——屈原"。我们看一下《彷徨》开首所录的《离骚》的题词，这心境还不够了解吗？早期鲁迅的思想，反映了民主革命的历史要求，是表现在爱国主义的民族革命上的，而那启蒙的中心就是个性的解放，他的方案是"外之既不后于世界之思潮，内之仍弗失固有之血脉，取今复古，别立新宗，人生意义，致之深邃，则国人之自觉至，个性张，沙聚之邦，由是转为人国"[53]。这种个性解放的思想反映着当时的反封建反帝的革命要求，加以爱祖国的高度热忱，他自然会爱好着屈原了。

庄子的内容自然不如屈原的健康，但鲁迅喜欢它的原因是同一的，仍然是基于个性解放的思想。在反对儒家礼教上，在个人本位的思想上，在"以天下为沉浊不可与庄语"的愤世精神上，鲁迅是受到了影响的。《汉文学史纲要》云：

> 战国之世，言道术既有庄周之蔑诗礼，贵虚无，尤以文辞，陵轹诸子。在韵言则有屈原起于楚，被谗放逐，乃作《离骚》。逸响伟辞，卓绝一世。

这里对庄子的评价显然比屈原低，就因为庄子思想中的消极因素不能为革命者的鲁迅所接受，因此很快就被他批判了。1926年的《写在〈坟〉后面》说：

> 就是思想上，也何尝不中些庄周、韩非的毒，时而很随便，时而很峻急。孔孟的书我读得最早，最熟，然而倒似乎和我不相干。

这就是因为庄子在思想上曾引起过他的共鸣，而孔孟的书却是旧教育强迫念熟的缘故。关于韩非，主要的影响大概在他处理事情的敏锐上，所谓"峻急"的意义应该是积极的。即以词汇而论，全集中引韩非的也很少，看见的似乎只有《华盖集》中的两条。[54]到了《故事新编》中的《出关》和《起死》两篇创作,对于"阴柔"的呆木头似的老子和"虚无"的怀疑论者的庄子的超现实思想,可以说已完全无情地予以批判了。

此外对鲁迅思想有深刻影响的文人,是孔融和嵇康,尤其是嵇康。

刘半农曾赠送过鲁迅先生一副联语,是"托尼学说,魏晋文章"。"当时的友朋都认为这副联语很恰当,鲁迅先生自己也不加反对。"[55]我们认为就鲁迅先生所接受到的影响说,托尔斯泰的人道主义和尼采的发展个性的超人思想,都是反映着启蒙时代的人的发现和人的保卫的,鲁迅先生凭借着他的民主革命的理性的火光和现实主义的批判精神,使这些都在中国的民主革命过程中发生了一定的积极作用。而所谓魏晋文章,绝不只表示他"受了章太炎先生的影响,古了起来"[56]的文言文的风格笔调,他固然佩服章太炎,但不是为了文章的"文笔古奥,索解为难"。而因为章太炎是"所向披靡,令人神旺"[57]的革命家。鲁迅先生并不全力追摹笔调,固然他的文言文可以说是"魏晋文章",而小说杂文的简劲朴实,也可说和魏晋风格有一脉相通之处,但那只是多读了魏晋文集的自然结果,并不是有意去追摹。那么他为什么爱读魏晋的文集呢?这也并不是为了文笔的古朴,而是那作品里面的思想内容。因此,就鲁迅先生所接受到的影响说,"魏晋文章"一词基本上是和"托尼学说"同义的。这些时间空间都不相侔的内容会在一个人的思想中发生几乎相同的影响,那可能性就在接受者的理性主义和现实主义的批判上。所谓"魏晋文章"的代表人物就是孔融和嵇康,特别是嵇康。

《摩罗诗力说》介绍诸诗人的共同精神为"无不刚健不挠，抱诚守真；不取媚于群，以随顺旧俗；发为雄声，以起其国人之新生，而大其国于天下"。鲁迅所接受的孔融和嵇康的精神就是这样的，特别是刚健不挠的反抗旧俗精神。

"汉末魏初这个时代是很重要的时代，在文学方面起一个重大的变化。"[58]鲁迅指出这时文学的特点是清峻和通脱；鲁迅又说他思想上"有时很峻急，有时又很随便"，其实就是清峻和通脱，这主要也是受了魏晋文章的影响；他自己所谓受了庄子和韩非的毒，不过是一种历史上的溯源。魏晋是文人由俳优进入士大夫地位的开始，由于老庄思想的兴起，文学的观念比较清晰，鲁迅称之为"'文学的自觉时代'，或如近代所说是为艺术而艺术（Art for Art's Sake）的一派"[59]。在中国文学史上是个人意识很浓厚的一个时期，后来鲁迅先生曾说：

> "为艺术的艺术"在发生时，是对于一种社会的成规的革命，但待到新兴的战斗的艺术出现之际，还拿着这老招牌来明明暗暗阻碍他的发展，那就成为反动。[60]

> 从前反对卫道文学，原是说那样吃人的"道"不应该卫，而有人要透底，就说什么道也不卫；这"什么道也不卫"难道不也是一种"道"么？[61]

我们可以说鲁迅是以这样的进步性来看魏晋文学的，而其中最使他喜欢的作者是孔融和嵇康。这不只为了他们作品的文采，而更为了他们的思想与行为。他说孔融和建安七子中的别人不同，"专喜和曹操捣乱"，"喜用讥嘲的笔调"，对孔融显然是很喜欢的。而且据冯雪峰先生说，鲁迅"曾以孔融的态度和遭遇自比"[62]，那更可以看出精神上的共鸣。至于嵇康，则只要看看他在校正《嵇康集》上所花的工力，就可以知道他的意向。他说"竹林七贤""差不多都是反抗旧礼教的"，而嵇康的脾气始终都极坏，又说：

> 嵇康的论文，比阮籍更好，思想新颖，往往与古时旧说反对。孔子说："学而时习之，不亦说乎？"嵇康做的《难自然好学论》，却道，人是并不好学的，……还有管叔、蔡叔，是疑心周公，率殷民叛，因而被诛，一向公认为坏人的。而嵇康做的《管蔡论》，就也反对历代传下来的意思，说这两个人是忠臣，他们的怀疑周公，是因为地方相距太远，消息不灵通。
>
> 但最引起许多人的注意，而且与生命有危险的，是《与山巨源绝交书》中的"非汤武而薄周孔"。司马懿因这篇文章，就将嵇康杀了。非薄了汤武周孔，在现时代是不要紧的，但在当时却关系非小。汤武是以武定天下的；周公是辅成王的；孔子是祖述尧舜，而尧舜是禅让天下的。嵇康都说不好，那么叫司马懿篡位的时候怎么办才好呢？没有办法。在这一点上，嵇康于司马氏的办事上有了直接的影响，因此就非死不可了。嵇康的见杀，是因为他的朋友吕安不孝，连及嵇康，罪案和曹操的杀孔融差不多。[63]

鲁迅又说"嵇康的害处是在发议论",我们看他所称许的那些反礼教、反周孔、反统治者的事迹,和思想新颖好发议论的习惯,自然会了解到他为什么特别爱好嵇康的集子;而鲁迅的革命精神,正是承继和发扬了这一民族的优秀战斗传统的。

唐弢先生在《关于鲁迅的杂文》里说:

> 我想:鲁迅是由嵇康的愤世,尼采的超人,配合着进化论,进而至于阶级的革命论的。[64]

我们认为嵇康、尼采等不应该是平列的因素。关于尼采的超人学说,鲁迅从来是批判的态度,《热风》的《随感录四十一》已有"太觉渺茫"的话,《〈中国新文学大系〉小说二集序》也说《狂人日记》"不如尼采的超人的渺茫";我们觉得使庸俗的尼采哲学不至在鲁迅身上发生消极因素的,倒正是中国历史上这些大胆的叛逆者的战斗传统;这些诗人们就其反抗的精神和行动说,虽然和鲁迅的思想也同样是两种不同的社会关系,但较尼采之反动的悲观主义的学说究竟健康一些;而且也是在鲁迅思想上生了根的;这样,"魏晋文章"较之"托尼学说"就发生了更进一步的良好影响,终于使鲁迅继承了和发展了这种民族的传统,从个性解放的思想进而为解放人民大众的思想。这样,鲁迅思想之与中国传统文学有着精神上的联系,也就使爱祖国爱人民的战斗传统更清晰了。

五 小说手法

鲁迅先生称赞陶元庆氏的绘画说：

> 他以新的形，尤其是新的色来写出他自己的世界，而其中仍有中国向来的魂灵——要字面免得流于玄虚，则就是：民族性。[65]

这话是可以移向鲁迅的全部创作的，"都和世界的时代思潮合流，而又并未梏亡中国的民族性"[66]的评语，不是最合于鲁迅的创作特色吗？鲁迅先生自己也说他小说的特点是：

> 我力避行文的唠叨，只要觉得够将意思传给别人了，就宁可什么陪衬拖带也没有。中国旧戏上，没有背景，新年卖给孩子看的花纸上，只有主要的几个人（但现在的花纸却多有背景了），我深信对于我的目的，这方法是适宜的，所以我不去描写风月，对话也决不说到一大篇。
>
> 我做完之后，总要看两遍，自己觉得拗口的，就增删几个字，一定要它读得顺口；没有相宜的白话，宁可引古语，希望总有人会懂，只有自己懂得或连自己也不懂的生造出来的字句，是不大用的。这一节，许多批评家之中，只有一个人看出来了，但他称我为 Stylist。[67]

这方法鲁迅先生在别处称之为白描：

鲁迅对于中国文学遗产的态度和他所受中国古典文学的影响

> "白描"却并没有秘诀。如果要说有,也不过是和障眼法反一调:有真意,去粉饰,少做作,勿卖弄而已。[68]

《狂人日记》《孔乙己》《药》,这些小说发表后,那时"认为'表现的深切和格式的特别',颇激动了一部分青年读者的心"[69],这表现力量的成功主要即在于新形式的创造;而这新形式本身并不单纯是西方文艺形式之简单的移植,它同时也是承继了民族传统的向上发展。这也不是指就如《狂人日记》和《阿Q正传》的"序言"之类的很显明的例子,而是贯串于整篇作品的表现方式。1923年茅盾先生作的《读〈呐喊〉》云:

> 在中国新文坛上,鲁迅君常常是创造新形式的先锋;《呐喊》里的十多篇小说几乎一篇有一篇的新形式,这些新形式又莫不给青年作者以极大的影响。

在中国新文学的成长上,这种奠基的创造功绩是伟大的,值得我们去学习的。但这种新形式的来源,除了他接受的外来影响外,同时也是承继了中国旧小说的表现方式的;不过他能推陈出新,使人觉得新鲜深切罢了。《呐喊》出版后,苏雪林曾有一篇《〈阿Q正传〉及鲁迅创作的艺术》,其中举了《风波》和《阿Q正传》中的许多节做例子,然后说:

> 鲁迅好用中国旧小说笔法……他不惟在事项进行紧张时,完全利用旧小说笔法,寻常叙事时,旧小说笔

法也占十分之七八,但他在安排组织方面,运用一点神通,便能给读者以"新"的感觉了。

这段话基本上是对的,鲁迅创作中的民族性,就是说他既不是过去作品之简单的模仿,而又不是截然分开的西方形式之移植,它的特点就在推陈出新,基于民族传统的发展。巴人先生曾说:

> 在白话里,鲁迅先生所要求的是"读得顺口",但接受了古文的简劲等的风格。我们试读鲁迅先生所选的唐宋传奇,和鲁迅先生的创作小说,终觉得其间的风格有一脉相通之处。[70]

其实不只唐宋传奇,更重要的影响还在旧的白话小说,这对于创作的关系更密切。鲁迅先生是曾经称赞过旧小说的一些优点的:

> 高尔基很惊服巴尔扎克小说里写对话的巧妙,以为并不描写人物的模样,却能使读者看了对话,便好像目睹了说话的那些人。中国还没有那样好手段的小说家,但《水浒》和《红楼梦》的有些地方,是能使读者由说话看出人来的。[71]

> 《水浒传》里的一句"那雪正下得紧",就是接近现代的大众语的说法,比"大雪纷飞"多两个字,但那"神韵"却好得远了。[72]

鲁迅对于中国文学遗产的态度和他所受中国古典文学的影响 35

因此，对于这些"长处"，鲁迅先生是采取的。他自述他用的语言是"采说书而去其油滑，听闲谈而去其散漫，博取民众的口语而存其比较的大家能懂的字句，成为四不像的白话"[73]。在这当中，所谓"采说书"就是指的采自旧日的章回小说。不只语言如此，表现手法上也一样有传统的影响，不过采取之间有所取舍，有所发展罢了。

在旧小说中，鲁迅先生最推崇的，也是最影响他的写作风格的一部书，是《儒林外史》。《中国小说史略》全书中，以对《儒林外史》的评价最高；题为《清之讽刺小说》：

> 寓讥弹于稗史者，晋唐已有，而明为盛，尤在人情小说中。……然词意浅露，已同嫚骂，所谓"婉曲"，实非所知。迨吴敬梓《儒林外史》出，乃秉持公心，指摘时弊，机锋所向，尤在士林；其文又戚而能谐，婉而多讽：于是说部中乃始有足称讽刺之书。……
>
> 时距明亡未百年，士流盖尚有明季遗风，制艺而外，百不经意，但为矫饰，云希圣贤。敬梓之所描写者即是此曹，既多据自所闻见，而笔又足以达之，故能烛幽索隐，物无遁形，凡官师，儒者，名士，山人，间亦有市井细民，皆现身纸上，声态并作，使彼世相，如在目前。惟全书无主干，仅驱使各种人物，行列而来，事与其来俱起，亦与其去俱讫，虽云长篇，颇同短制；但如集诸碎锦，合为帖子，虽非巨幅，而时见珍异，因亦娱心，使人刮目矣。……
>
> 是后亦鲜有以公心讽世之书如《儒林外史》者。

鲁迅作品的一个重要特色是讽刺，他写过两篇讲讽刺的文章，说明"非实写决不能成为所谓讽刺"，而那所举的例子之一就是《儒林外史》中的写范举人守孝，鲁迅并且说："和这相似的情形是现在还可以遇见的。"《中国小说史略》述此云："至叙范进家本寒微，以乡试中式暴发，旋丁母忧，翼翼尽礼，则无一贬词，而情伪毕露，诚微辞之妙选，亦狙击之辣手矣。"清末如吴趼人等的小说，《中国小说史略》中别称之为谴责小说，即以别于如《儒林外史》之讽刺，而中国小说中之真正可称为讽刺，可与果戈理、斯惠夫特的讽刺并称者，也只有一部《儒林外史》。他说：

  我想：一个作者，用了精炼的，或者简直有些夸张的笔墨——但自然也必须是艺术的地——写出或一群人的或一面的真实来，这被写的一群人，就称这作品为"讽刺"。

  "讽刺"的生命是真实；不必是曾有的实事，但必须是会有的实情。所以它不是"捏造"，也不是"诬蔑"；既不是"揭发阴私"，又不是专记骇人听闻的所谓"奇闻"或"怪现状"。[74]

《瞎骗奇闻》和《二十年目睹之怪现状》都是吴趼人作的小说，鲁迅说这些小说："虽命意在于匡世，似与讽刺小说同伦，而辞气浮露，笔无藏锋，甚且过甚其辞，以合时人嗜好，则其度量技术之相去亦远矣，故别谓之谴责小说。"这是和《儒林外史》不同的。鲁迅对于讽刺的这些解释不只说明了《儒林外史》，简直可以用来说明他自己的小说，像

《呐喊》和《彷徨》中的很多篇。当然，这只是说那讽刺的手法和性质，并不是指作品的题材或主题。鲁迅说：

> 中国确也还盛行着《三国志演义》和《水浒传》，但这是为了社会还有三国气和水浒气的缘故。《儒林外史》作者的手段何尝在罗贯中下，然而留学生漫天塞地以来，这部书就好像不永久，也不伟大了，伟大也要有人懂。[75]

我们在文学遗产中学习一些现实主义的表现方法时，当然先要排除因那题材和历史背景的生疏所引起的困难，这才有批评原作品的能力。这不是"考证"或"索隐"式的工作，而是为了求得深刻的理解；而这也部分地说明了鲁迅先生研究小说史的动机。中国的传统文学原有它值得我们学习的一面的，并不是只配轻蔑得漆黑一团。就小说而言，唐传奇的文采与思想，《金瓶梅》的"凡所形容，或条畅，或曲折，或刻露而尽相，或幽伏而含讥，或一时并写两面，使之相形，变幻之情，随在显见"[76]，《红楼梦》的"正因写实，转成新鲜"[77]，都是鲁迅先生所推许过的，也并不只是《儒林外史》。而且他也是承继了那些优良的传统的。

至于以历史传说为题材的小说《故事新编》，则除了表现的方法外，题材也是由传统文献中摘取的；在中国新文学的历史上，鲁迅也是最早尝试的一人。《序言》云：

> 对于历史小说，则以为博考文献，言必有据者，纵使有人讥为"教授小说"，其实是很难组织之作，至于

> 只取一点因由，随意点染，铺成一篇，倒无需怎样的手腕。……
>
> 现在才总算编成了一本书。……叙事有时也有一点旧书上的根据，有时却不过信口开河。……不过并没有将古人写得更死，却也许暂时还有存在的余地的罢。

这其实是自谦，他写作的目的是为了现在，古人只是借来的题材，而且经他的笔写活了。这不是历史故事，是文学作品。自然，摄取那一点历史的因由也需要一番识力，但作者加上了自己的意想，和现实联系起来了。

《故事新编》中收小说八篇，鲁迅称之为"神话，传说及史实的演义"；其中《补天》《奔月》和《铸剑》，是采取古神话作题材的，是传说人物的人情化；这三篇写成的时间早，《奔月》中有深刻的寄意，《铸剑》表现复仇主义的精神。《理水》和《非攻》中的正面人物是禹和墨子，禹治水是"查了山泽的情形，征了百姓的意见"；墨子阻楚伐宋，却对弟子管黔敖说："你们仍然准备着，不要只望着口舌的成功。"中国的墨家是师承禹的，所以这两篇可视为同一的主题——对于禹和墨子精神的描绘与歌颂，他写出了为人民的战斗和劳动的精神，献身于组织治水和抵抗侵略的大众事业，正显示了鲁迅自己的战斗精神的伟大；而这是和历史上中华民族的优秀传统相联系的。《出关》和《起死》表现了对道家思想的完全否定，阴柔的老子不得不离开了现实，虚无的无是非观的庄子也不能超脱了人间。《采薇》是对隐士的逃避现实的嘲讽，虽然也寄予了一点同情；但对主张为艺术而艺术的隐士小丙君却就是无情的狙击了。

　　写这样的作品，在一个不熟悉历史题材、不懂得如何向传统文献中摄取题材的人，是比写现实的题材更其困难的。

六　杂　文　特　色

　　鲁迅先生的杂文，在他创作中占量最多，是他在文艺上的独特成就，是他三十年来文化战斗的结晶。瞿秋白先生称之为"战斗的阜利通"（feuilleton），而且从具体的社会背景上说明了产生这种文体的原因和它的价值。但就这一文体的渊源和它的表现方式讲，"杂文"正是承继了中国传统文学中"散文"的形式的发展，它本来即是作者表示自己意见的最普通最合适的文学形式。中国传统之所谓"散文"或"古文"，是和骈文相对待的名词，不是和诗相对待的名词；除了小说戏曲一向被认为"小道"外，诗与文向来是文学的主要表现形式，或者说是正宗。而"文"的涵义也比"五四"以来所称"散文"的要宽广得多，包括一切有议论内容的文字。"五四"初期，大家就承认杂文也是文学的一种主要形式，便是受了传统文学的影响。如刘半农在《我之文学改良观》中说："故进一步言之，凡可视为文学上有永久存在之资格与价值者，只诗歌戏曲、小说杂文二种也。"鲁迅先生也说过："骈文后起，唐虞三代是不骈的，称'平文'为'古文'便是这意思。由此推开去，如果古者言文真是不分，则称'白话文'为'古文'，似乎也无所不可。"[78]《新青年》设《随感录》栏始于四卷四期（1918年4月），鲁迅先生陆续发表了很多篇，这就是"杂感"。在最初，"杂感"和"杂文"是略有区别的；鲁迅先生在《写在"坟"后面》里说："于是除小说杂感之外，逐渐又有了长长短短的杂文十多篇。"但那分别，也好像有些人分别"散文"和"小品"一样，是并不太严格的。杂感指《随感录》里的"当头一击"的简短文字，其实也还是杂文；鲁迅先生评许广平先生的诗时说："那一首诗，意气也未尝不盛，但此种猛烈的攻击，只宜用散文，如'杂感'之类。"[79]后来不只如瞿秋白先生皆称之为杂感，鲁迅自己也不分了，他曾说：

> 其实"杂文"也不是现在的新货色，是"古已有之"的，凡有文章，倘若分类，都有类可归，如果编年，那就只按作成的年月，不管文体，各种都夹在一处，于是成了"杂"。[80]

这正是指传统的"文集"说的，有的分为论辩序跋各类；有的编年，其实都是文，即"杂文"。鲁迅先生的杂文正是承继着这一传统之高度的发展。

新青年时代写"随感录"最多的是鲁迅、陈独秀、钱玄同诸人，陈独秀的后来编入《独秀文存》，也还是传统文集的意思；鲁迅先生曾称赞钱氏的文章说："例如玄同之文，即颇汪洋，而少含蓄，使读者览之了然，无所疑惑，故于表白意见，反为相宜，效力亦复很大。"[81]可知这种文体从"五四"起就是文化战斗的最有力的武器，而鲁迅，由于他坚持了战斗的工作与方向，也就特别善于运用这武器。《新青年》以后，1921年北京《晨报》第七版改成副刊，是中国日报有副刊的开始，因为每日出版，篇幅不大，特别适宜于发表杂感短文，鲁迅就在那里写了很多战斗性的文字。后来《语丝》的"任意而谈，无所顾忌，要催促新的产生，对于有害于新的旧物，则竭力加以排击"[82]，《莽原》的注重"'文明批评'和'社会批评'"[83]，也都是以用这种文体为最有战斗的效力。鲁迅先生说他编《莽原》时的情形是：

> 我所要多登的是议论，而寄来的偏多小说、诗。先前是虚伪的"花呀""爱呀"的诗，现在是虚伪的"死呀""血呀"的诗。呜呼，头痛极了！所以倘有近于议论的文章，即易于登出。[84]

这就充分说明了杂文的价值和鲁迅先生自始即要掌握这一武器的原因。

目的既是为了战斗，文章就不能不顾及所要发表的刊物的性质，《热风》的简短，是为了《新青年》的《随感录》写的；以后的《伪自由书》《准风月谈》《花边文学》，也因了《自由谈》等报刊的性质，篇幅比较简短。但如《二心集》，"因为揭载的刊物有些不同，文字必得和它们相称，就很少做《热风》那样简短的东西了"[85]。可知文章的长短是无关重要的，那都是杂文；中国传统文集中不也同时有寥寥百余字和长达万言的文章吗？

杂文和所谓散文小品本来是一样的文体，只因为后来一些作者退出了战斗，自我陶醉于性灵幽默的氛围中，才觉得发议论够不上文学。其实，在中国的传统文学中，固然有性灵小品的文字，而议论倒从来是"文"中的正宗。"五四"

时期的文章,也还是有它的内容的,因此也就不像后来一些人那样排斥杂文;等到这些人引上欧美大学的"文学概论"来规定散文的定义的时候,杂文的价值和意义却更为分明了,标示了这才是中国文体的最正确的发展。鲁迅先生驳林希隽时说:

> 他的"散文"的定义,是并非中国旧日的所谓"骈散""整散"的"散",也不是现在文学上和"韵文"相对的不拘韵律的"散文"(Prose)的意思:胡里胡涂。但他的所谓"严肃的工作"是说得明明白白的:形式要有"定型",要受"文学制作之体裁的束缚";内容要有所不谈;范围要有限制。这"严肃的工作"是什么呢?就是"制艺",普通叫"八股"。[86]

这一段"杂文"就匕首似的戳穿了反对杂文者所要的是什么样的文学。但"五四"时代的散文也并不是如此的:

> 到五四运动的时候,……散文小品的成功,几乎在小说戏曲和诗歌之上。这之中,自然含着挣扎和战斗,但因为常常取法于英国的随笔(Essay),所以也带一点幽默和雍容;写法也有漂亮和缜密的,这是为了对于旧文学的示威,在表示旧文学之自以为特长者,白话文学也并非做不到。以后的路,本来明明是更分明的挣扎和战斗,因为这原是萌芽于"文学革命"以至"思想革命"的。[87]

鲁迅对于中国文学遗产的态度和他所受中国古典文学的影响　43

而这取法于英国随笔的散文小品，其实也还是一种杂文。他曾说：

> 杂文这东西，我却恐怕要侵入高尚的文学楼台去的。……杂文中之一体的随笔，因为有人说它近于英国的 Essay，有些人也就顿首再拜，不敢轻薄。……杂文发展起来，倘不赶紧削，大约也未必没有扰乱文苑的危险。以古例今，很可能的。[88]

其实这些人讨厌杂文的并不在文体风格或写作技巧上，他们惧怕的是正视现实的战斗性的内容，而这却正是广大读者所欢迎的，鲁迅先生说：

> 我是爱读杂文的一个人，而且知道爱读杂文还不只我一个，因为它"言之有物"。我还更乐观于杂文的开展，日见其斑斓。第一是使中国的著作界热闹，活泼；第二是使不是东西之流缩头；第三是使所谓"为艺术而艺术"的作品，在相形之下，立刻显出不死不活相。[89]

这还不够说明杂文这一文艺形式的价值吗？我们这里要说明的是：文章中包有多样的内容和以文艺的笔调发议论的形式，在中国传统文学中是有的，而且可以说是正宗的"文"的传统。当然，那精神面目是和鲁迅先生不同的，特别在尖锐的战斗性上；但那形式，当作传统散文之承继和发展看起来，鲁迅先生的独创是和过去历史有着密切的联系的。

　　什么是鲁迅杂文的主要特点呢？用他自己的话说：在内容上，"论时事不留面子，砭锢弊常取类型"[90]，在表现方法上，"好用反语，每遇辩论，辄不管三七二十一，就迎头一击"[91]，"我自己也知道，在中国，我的笔要算较为尖刻的，说话有时也不留情面。但我又知道人们怎样地用了公理正义的美名，正人君子的徽号，温良敦厚的假脸，流言公论的武器，吞吐曲折的文字，行私利己，使无刀无笔的弱者不得喘息。倘使我没有这笔，也就是被欺侮到赴诉无门的一个；我觉悟了，所以要常用，尤其是用于使麒麟皮下露出马脚"[92]。这些，都说明了用讽刺的笔调来暴露和议论现实的丑恶的特征，瞿秋白先生称之为"神圣的憎恶和讽刺的锋芒"。讽刺，原是暴露的一种有力手段，鲁迅曾说："悲剧将人生的有价值的东西毁灭给人看，喜剧将那无价值的撕破给人看。讥讽又不过是喜剧的变简的一支流。"[93]"他所讽刺的是社会，社会不变，这讽刺就跟着存在。"[94]当然，我们现在的社会是已经变了，但这不就是像鲁迅先生这样的人们勇敢地战斗过来的吗？关于讽刺，我们前面也讲过，中国传统文学中也有这样作品的存在；而当作议论文章存在的，最有这样特点的，是魏晋文章；其中《嵇康集》尤其显著。中国传统的文章中最适宜于说理的是魏晋文，先秦的太古奥，唐宋以下太装腔作势，桐城派曾国藩自己就说："古文无所而不宜，惟不宜于说理。"魏晋是思想比较解放的时代，议论的文字很透辟，章太炎在主持《民报》时期提倡魏晋文，也未尝不是这种道理。鲁迅说："刘勰说：'嵇康师心以遣论，阮籍使气以命诗。'这'师心'和'使气'，便是魏末晋初的文章的特色。"[95]鲁迅特别喜欢《嵇康集》，和这"师心以遣"的议论文也很有关系。嵇康的诗不多，集中大半为议论文，鲁迅说："嵇康的论文，比阮籍更好，思想新颖，往往和古时旧说反对。"又说"嵇康的害处是在发议论"。嵇康自己说他"刚肠嫉恶，轻肆直言，遇事便发"[96]，遗文中辩难和讽刺的笔调也很多，这些都可以看出他的特色来。鲁迅杂文的特色之一是理论的形象化，在表现上，多用譬喻，用古人古事来说明今人今事，引对方的话来举例反驳，这些特点，在嵇康的文章中也是很多的。鲁迅又曾捐资刻过《百喻经》，那用意自然也是为了文学的取喻的方法。他说："佛藏中经，以譬喻为名者，亦可五六种，惟《百喻经》最有条贯。其书具名《百句譬喻经》。"[97]这些，都说明了鲁迅曾广泛地受到过中国传统文学的影响。其他如文章的题目，集子的名称和编例，文笔的简劲有力，都可以看出这种修养来。他曾说：

> 现在还在流传的古人文集，汉人的已经没有略存原状的了，魏的嵇康，所存的集子里还有别人的赠答和论难，晋的阮籍，集里也有伏义的来信，大约都是很古的残本，由后人重编的。《谢宣城集》虽然只剩了前半部，但有他的同僚一同赋咏的诗。我以为这样的集子最好，因为一面看作者的文章，一面又可以见他和别人的关系，他的作品，比之同咏者，高下如何，他为什么要说那些话。[98]

鲁迅先生在《伪自由书》《准风月谈》里，也附录了别人的文章，为了"以见上海有些所谓文学家的笔战，是怎样的东西，和我的短评本身，有什么关系"[99]。这便是仿照《嵇康集》的编法。当然，鲁迅先生杂文的精神和成就，不是过去任何一位作者所可比拟的，这是中国文学的崭新的最高的成就；但在过去作品中类似这种萌芽状态的特色，是可以找到一些的；而鲁迅，正是大大地发展了这种民族的优良传统的。

七　研究和创作的一致

鲁迅先生是历史主义者，他深刻了解历史是不能割断的；他没有完成了要写的"中国文学史"，是我们的一个重大损失。在厦门时，他就说："我还想认真一点，编成一本较好的文学史。"[100] 1933年给曹聚仁的信云：

> 中国学问，待从新整理者甚多，即如历史，就该另编一部。古人告诉我们唐如何盛，明如何佳，其实唐室大有胡气，明则无赖儿郎，此种物件，都须褫其华衮，示人本相，庶青年不再乌烟瘴气，莫名其妙。其他如社会史，艺术史，赌博史，娼妓史，文祸史……都未有人著手，然而又怎能著手？居今之世，纵使在决堤灌水，飞机掷弹范围之外，也难得数年粮食，一屋图书。我数年前，曾拟编中国字体变迁史及文学史稿各一部，先从作长编入手，但即此长编，已成难事，剪取欤，无此许多书，赴图书馆抄录欤，上海就没有图书馆，即有之，一人无此精力与时光，请书记又有欠薪之惧，所以直到

现在，还是空谈。[101]

但这计划始终没有放弃，据冯雪峰先生记载说："最后两年则在上海又购买了为查考用的许多书籍。在1929至1931年之间，翻译科学的社会主义观点的艺术理论的时候，他常常谈起的多是文学史的方法问题。鲁迅先生一向已注意到文艺与时代及社会环境的密切关系，到这时似乎更觉得非先弄清楚历代的经济、政治和社会生活不可。记得他说过这样的话：中国更需要有一部社会史，不过这当然更难。"[102]这计划没有能够完成，是我们的不可补偿的损失。许寿裳先生记载他计划中的文学史的分章是：（一）从文字到文章；（二）诗无邪（诗经）；（三）诸子；（四）从"离骚"到"反离骚"；（五）酒，药，女，佛（六朝）；（六）廊庙和山林。[103]这大概还是在广州中山大学时的讲授大纲，但已可以看出他是如何把握了每一时代的最本质的现象。他的《中国小说史略》是这方面开山的著作，郑振铎先生说："近三十年来研究中国古小说的人很多，但像鲁迅先生那样气吞全牛，一举而奠定了研究的总方向，有了那么伟大而正确的指示的，还不曾有过第二人。"[104]鲁迅先生研究文学史和小说史的目的，并不在于琐碎的考证，主要仍是为了批判地整理我们民族的文学遗产，为了我们今后的文学实践。因此他的研究工作和创造活动的目标是同一的；这样，他就自然能在传统文学中找到了有营养的资料。又如我们知道鲁迅先生对翻译的态度是主张"以信为主"的，这也是他参考了晋唐译经历史和严复各译本得来的。他知道汉末质直，六朝达而雅，"唐则以'信'为主，粗粗一看，简直是不能懂的"，而严译各书的后胜于前,也是因为后来看得"信"比"达、雅"都重一些的关系。[105]这样,善于学习过去,对于当前的工作不也是很有意义的吗?

当然,传统文学也是有它的消极面的,我们并不在这里盲目地提倡国故;但是他不同于"五四"时期的形式主义的看法,完全否定了民族的传统文学,而是要求摄取和发展过去的进步的一面,来作为新的人民文艺的营养的。"五四"时期的口号是"除旧布新"(钱玄同语),我们现在是"推陈出新",这简单的两句话就标示了马克思主义的批判精神和形式主义的根本区别。这里并没有抹杀"五四"革命传统的意思,那时是受有更多的历史条件的现实限制的,而且就"五四"主要任务的反封建的要求说,"除旧布新"这口号也仍然有它进步的作用和意义,我们不能说那就是错误的。但当中国人民在革命实践中更具体地学会了掌握科学的历史观和思想方法时,就必然更会在民族的宝贵遗产中摄取那有益于目前的养料来丰富自己,这就是我们今天的态度和任务。而鲁迅,由于他的眺望历史前途和关心人民利益的精神,由于他的爱祖国爱人民的高贵热忱,从"五四"时期起,他的清醒的现实主义的眼光就不曾在传统的文学遗产里迷过路。这种理性的光辉使他知道了如何抉择,如何以人民的立场来批判传统文学的丰富遗产,从而接受其中有健康内容的和优良表现方法的正面影响。这些影响构成了鲁迅作品中的有机部分,也使鲁迅和中国过去的文学史有了血肉的联系,成了文学史的新的更高的发展和成就。研究这些不只对我们学习鲁迅有帮助,而且对于我们现在有目的、有批判地接受文学遗产也有深刻的意义。

1950年4月5日于清华园

*　　　*　　　*

〔1〕冯雪峰:《鲁迅创作的独立特色和他受俄罗斯文学的影响》。
〔2〕冯雪峰:《关于鲁迅在文学上的地位》。
〔3〕〔10〕鲁迅:《而已集·略谈香港》。
〔4〕鲁迅:《〈会稽郡故书杂集〉序》。
〔5〕鲁迅:《华盖集续编·厦门通信》。
〔6〕鲁迅:《华盖集·忽然想到》。
〔7〕鲁迅:《华盖集·青年必读书》。
〔8〕鲁迅:《准风月谈·答"兼示"》。
〔9〕鲁迅:《准风月谈·重三感旧》。
〔11〕鲁迅:《坟·看镜有感》。
〔12〕许寿裳:《亡友鲁迅印象记》第十一节。
〔13〕据许寿裳《亡友鲁迅印象记》第十五节及冯雪峰《鲁迅先生计划而未完成的著作》记载,"杨贵妃"为长篇小说;但孙伏园《鲁迅先生二三事》"杨贵妃"中一节,说是三幕剧本。未知孰是。
〔14〕许寿裳:《亡友鲁迅印象记》第十五节。
〔15〕〔55〕孙伏园:《鲁迅先生二三事》。
〔16〕鲁迅:《准风月谈·前记》。
〔17〕鲁迅:《准风月谈·关于翻译（上）》。
〔18〕鲁迅:《准风月谈·"感旧"以后（上）》。
〔19〕鲁迅:《集外集拾遗·〈浮士德与城〉后记》。
〔20〕鲁迅:《且介亭杂文·论"旧形式的采用"》。
〔21〕鲁迅:《且介亭杂文二集·从帮忙到扯淡》。
〔22〕鲁迅:《南腔北调集·小品文的危机》。
〔23〕鲁迅:《且介亭杂文二集·"题未定"草（六）》。

〔24〕鲁迅：《且介亭杂文二集·"题未定"草（七）》。
〔25〕鲁迅：《集外集·〈奔流〉编校后记（十）》。
〔26〕鲁迅：1934年5月6日致杨霁云信。
〔27〕〔49〕鲁迅：《且介亭杂文二集·人生识字胡涂始》。
〔28〕鲁迅：《花边文学·骂杀与捧杀》。
〔29〕鲁迅：《且介亭杂文二集·"招贴即扯"》。
〔30〕鲁迅：《且介亭杂文二集·"题未定"草（九）》。
〔31〕鲁迅：《集外集·选本》。
〔32〕〔54〕鲁迅：《热风·望勿"纠正"》。
〔33〕〔35〕鲁迅：《且介亭杂文·病后杂谈之余》。
〔34〕〔36〕鲁迅：《且介亭杂文·随便翻翻》。
〔37〕〔54〕鲁迅：《华盖集·这个与那个》。
〔38〕〔39〕鲁迅：《且介亭杂文·病后杂谈》。
〔40〕鲁迅：《花边文学·古人并不纯厚》。
〔41〕鲁迅：《且介亭杂文·门外文谈（七）》。
〔42〕鲁迅：《且介亭杂文·门外文谈（十）》。
〔43〕鲁迅：《且介亭杂文末编·女吊》。
〔44〕鲁迅：1934年2月20日致姚克信。
〔45〕毛泽东：《在延安文艺座谈会上的讲话》。
〔46〕鲁迅：《坟·我之节烈观》。
〔47〕鲁迅：《坟·寡妇主义》。
〔48〕郭沫若：《今昔蒲剑》。许寿裳：《亡友鲁迅印象记》。
〔50〕鲁迅：《且介亭杂文·答〈戏〉周刊编者信》。
〔51〕鲁迅：《准风月谈·难得糊涂》。
〔52〕许寿裳：《亡友鲁迅印象记（二）》。
〔53〕鲁迅：《坟·文化偏至论》。
〔56〕鲁迅：《集外集·序言》。
〔57〕鲁迅：《且介亭杂文末编·关于太炎先生二三事》。
〔58〕〔59〕〔63〕〔95〕鲁迅：《而已集·魏晋风度及文章与药及酒之关系》。
〔60〕鲁迅：《南腔北调集·又论"第三种人"》。

〔61〕鲁迅:《伪自由书·透底》。
〔62〕冯雪峰:《鲁迅论》。
〔64〕唐弢:《关于鲁迅的杂文》。
〔65〕〔66〕鲁迅:《而已集·当陶元庆君的绘画展览时》。
〔67〕鲁迅:《南腔北调集·我怎么做起小说来》。
〔68〕鲁迅:《南腔北调集·作文秘诀》。
〔69〕鲁迅:《且介亭杂文二集·〈中国新文学大系〉小说二集序》。
〔70〕巴人:《鲁迅的创作方法》。
〔71〕鲁迅:《花边文学·看书琐记（一）》。
〔72〕鲁迅:《花边文学·"大雪纷飞"》。
〔73〕鲁迅:《二心集·关于翻译的通信》。
〔74〕鲁迅:《且介亭杂文二集·什么是"讽刺"？》(同集另有一篇《论讽刺》)。
〔75〕鲁迅:《且介亭杂文二集·叶紫作〈丰收〉序》。
〔76〕鲁迅:《中国小说史略·明之人情小说》。
〔77〕鲁迅:《中国小说史略·清之人情小说》。
〔78〕鲁迅:《花边文学·做文章》。
〔79〕鲁迅:《两地书（三二）》。
〔80〕鲁迅:《且介亭杂文·序言》。
〔81〕鲁迅:《两地书（一二）》。
〔82〕鲁迅:《三闲集·我和〈语丝〉的始终》。
〔83〕鲁迅:《两地书（一七）》。
〔84〕鲁迅:《两地书（三四）》。
〔85〕鲁迅:《二心集·序言》。
〔86〕鲁迅:《集外集拾遗补编·做"杂文"也不易》。
〔87〕鲁迅:《南腔北调集·小品文的危机》。
〔88〕〔89〕鲁迅:《且介亭杂文二集·徐懋庸作〈打杂集〉序》。
〔90〕〔99〕鲁迅:《伪自由书·前记》。
〔91〕鲁迅:《两地书（一二）》。
〔92〕鲁迅:《华盖集续编·我还不能"带住"》。

〔93〕鲁迅:《坟·再论雷峰塔的倒掉》。
〔94〕鲁迅:《伪自由书·从讽刺到幽默》。
〔96〕《嵇康集·与山巨源绝交书》。
〔97〕鲁迅:《集外集·〈痴华鬘〉题记》。
〔98〕鲁迅:《且介亭杂文二集·"题未定"草(八)》。
〔100〕鲁迅:《两地书(四一)》。
〔101〕鲁迅:1933年6月18日致曹聚仁信。
〔102〕冯雪峰:《鲁迅先生计划而未完成的著作》。
〔103〕许寿裳:《亡友鲁迅印象记》。
〔104〕郑振铎:《中国小说史家的鲁迅》,《人民文学》创刊号。
〔105〕鲁迅:《二心集·关于翻译的通信》(《小说》月刊四卷三期)。

鲁迅和中国新文学的成长

一 文 学 革 命

作为中国新民主主义革命事业的一部分，中国的新文学的历史也是由"五四"开始的。毛泽东同志说：

> 五四运动是反帝国主义的运动，又是反封建的运动。五四运动的杰出的历史意义，在于它带着为辛亥革命还不曾有的姿态，这就是彻底地不妥协地反帝国主义和彻底地不妥协地反封建主义。……五四运动所进行的文化革命则是彻底地反对封建文化的运动，自有中国历史以来，还没有过这样伟大而彻底的文化革命。当时以反对旧道德提倡新道德、反对旧文学提倡新文学为文化革命的两大旗帜，立下了伟大的功劳。[1]

新文学是"五四"开始的新文化革命的主要旗帜，而且是建立了"伟大的功劳"的。而新文化，"则是在观念形态上反映新政治和新经济的东西，是替新政治新经济服务的"[2]。因此新文化是在新的物质力量的基础上，标志着中国人民的新的觉醒；是思想领域的革命。毛泽东同志说：

> 在"五四"以后，中国产生了完全崭新的文化生力军，这就是中国共产党人所领导的共产主义的文化思

想，即共产主义的宇宙观和社会革命论。……由于中国政治生力军即中国无产阶级和中国共产党登上了中国的政治舞台，这个文化生力军，就以新的装束和新的武器，联合一切可能的同盟军，摆开了自己的阵势，向着帝国主义文化和封建文化展开了英勇的进攻。……二十年来，这个文化新军的锋芒所向，从思想到形式（文字等），无不起了极大的革命。其声势之浩大，威力之猛烈，简直是所向无敌的。其动员之广大，超过中国任何历史时代。而鲁迅，就是这个文化新军的最伟大和最英勇的旗手。鲁迅是中国文化革命的主将，他不但是伟大的文学家，而且是伟大的思想家和伟大的革命家。鲁迅的骨头是最硬的，他没有丝毫的奴颜和媚骨，这是殖民地半殖民地人民最可宝贵的性格。鲁迅是在文化战线上，代表全民族的大多数，向着敌人冲锋陷阵的最正确、最勇敢、最坚决、最忠实、最热忱的空前的民族英雄。鲁迅的方向，就是中华民族新文化的方向。[3]

文化战线上的这种特征，在文学领域中尤其显著。当作"中国文化革命的主将"的鲁迅先生，他本身也就是中国的最伟大的文学家；而中国新文学的成长历史，从"五四"的文学革命开始，就是和他的辛勤工作的成果分不开的。他自己说："我做小说，是开手于1918年，《新青年》上提倡'文学革命'的时候的。这一种运动，现在固然已经成为文学史上的陈迹了，但在那时，却无疑地是一个革命的运动。我的作品在《新青年》上，步调是和大家大概一致的，所以我想，这些确可以算作那时的'革命文学'。"[4]又说："这里我必得记念陈独秀先生，他是催促我做小说最着力的一个。"[5]又对他自己的小说说："这些也可以说，是'遵命文学'。不过我所遵奉的，是那时革命的前驱者的命令，也是我自己所愿意遵奉的命令，决不是皇上的圣旨，也不是金元和真的指挥刀。"[6]他并不只写写小说和杂文，也参加《新青年》的编辑计划的。他曾说："我最初看见守常先生（李大钊）的时候，是在独秀先生邀去商量怎样进行《新青年》的集会上，这样就算认识了。"[7]又说："《新青年》每出一期，就开一次编辑会，商定下一期的稿件。其时最惹我注意的是陈独秀和胡适之。"[8]所以从文学革命的开始起，鲁迅就是积极参加了这一战斗的，并且是那样彻底地不妥协地反对封建文化与买办文化。像当时的许多先驱者一样，他猛烈地反对迷信，提倡科学；反对旧礼教旧文学，提倡新道德新文艺；但他更写出了封建社会里地主与农民的根本矛盾（如《阿Q正传》），将封建社会的历史总结为人吃人的历史（如《狂人日记》），他的战斗是勇敢而坚韧的。这终于促使他背叛了自己的阶级，找到了人民力量与革命的主流，成为无产阶级的革命家和思想家，全心全意地为人民解放而战斗。许多他的同辈都在长期的革命过程中妥协了，后退了，但他却在艰苦的岁月中，一贯地站在革命的文化战线的前边，领导和推动了中国新文学的战斗和成长。他主办《语丝》《莽原》，提倡文明批评与社会批评；编《未名丛刊》，介绍苏联文学的理论和作品。1927年以后，他更介绍了许多马克思主义文学理论的书籍，而且更重要的，领导了左翼作家联盟的近十年的战斗，给我们留下了一册册的典范的著作，这就是为什么毛泽东同志说"鲁迅的方向，就是中华民族新文化的方向"。所以我们可以说，中国新文学的历史，是在党所领导的新民主主义革命的方向下成长和发展起来的；而鲁迅，就是这一方向在那个时期之最正确完备的体现。

"五四"初期对于文学革命的一般要求是以反对旧文学为主，所谓"旧"主要是指封建性的内容，其次是文言的形式。陈独秀攻击旧文学说："其形体则陈陈相因，有肉无骨，有形无神，乃装饰品而非实用品；其内容则目光不越帝王权贵，神仙鬼怪，及其个人之穷通利达。所谓宇宙，所谓人生，所谓社会，举非其构思所及。"[9]这说明了他是要求以"人生""社会"为内容的新文学的。当时的前驱者们对于文学的看法彼此并不十分一致，这是统一战线的运动；但对于反对旧文学和主张介绍现代思想的欧洲文学却是一致的。当时对于新文学的一般观念，是要求建设一种用现代人的话来表现现代人的思想的文学；因此主张民主主义与反对封建主义就成了文学革命的主要内容。反对死文学（文言）与旧思想（封建文化）都是反封建的战斗表现，为的是要使民主主义的文学取得中国文学的正宗地位。在这种战斗中，自始即表现了坚韧精神的，是鲁迅先生；这不只由于他最早写了作品，在《新青年》的《随感录》中，那战斗的锋芒也是很锐利的。如1918年写的杂文，攻击反对白话的人为"现在的屠杀者"，说他们"做了人类想成仙；生在地上要上天；明明是现代人，吸着现在的空气，却偏要勒派朽腐的名教，僵死的语言，侮辱尽现在，这都是'现在的屠杀者'，杀了'现在'，也便杀了'将来'。——将来是子孙的时代"[10]。

这说得多么透彻与沉痛！我们的"文学革命"就是这样和这些"现在的屠杀者"不断战斗过来的。

二 思想斗争

"文学革命"的旗子竖起以后，一时并没有人出来反对，旧文人好像"漠然无睹"或"不屑与辩"的样子，这使提倡者不免有寂寞之感。鲁迅先生说："凡有一人的主张，得了赞和，是促其前进的，得了反对，是促其奋斗的，独有叫喊于生人中，而生人并无反应，既非赞同，也无反对，如置身毫无边际的荒原，无可措手的了，这是怎样的悲哀呵，我于是以我所感到者为寂寞。"又说："他们正办《新青年》，然而那时仿佛不特没有人来赞同，并且也还没有人来反对，我想，他们许是感到寂寞了。"而鲁迅的开始写小说，就是为了"呐喊几声，聊以慰藉那在寂寞里奔驰的猛士，使他不惮于前驱"[11]的。在1918年，鲁迅先生还写了一些新诗，现收在《集外集》里，那也完全是为了战斗的，因为韵文是旧文学自以为瑰宝的东西，文学革命一定要在诗的国土攫有权力，那才算是成功，才不只是"通俗教育"的玩意儿；因此诗就做了新文学的先锋，所受到的攻击也最多。鲁迅先生说："我其实是不喜欢做新诗的——但也不喜欢做古诗——只因为那时诗坛寂寞，所以打打边鼓，凑些热闹；待到称为诗人的一出现，就洗手不作了。"[12]他作诗是为了向旧文学示威，巩固新文学的地位的。这种战斗的精神一直贯彻下来，在新文学发展过程中，对于文化战线上的敌人，他尤其是勇敢地坚持了思想斗争的立场和原则的，我们可以举出许多例子,来说明鲁迅先生在这一方面工作的辉煌的成绩。

　　1921年以后,是所谓"五四"落潮期,毛泽东同志说:"当时的资产阶级知识分子,是五四运动的右翼,到了第二个时期,他们中间的大部分就和敌人妥协,站在反动方面了。"[13]针对着新文化战线内部的分化,反对者的声浪也起来了。1921年1月南京出了一种《学衡》杂志,以胡先骕、梅光迪、吴宓等为主,写了很多攻击新文化与文学革命的文章,这些人都是留学生出身,是标准的封建文化与买办文化相结合的代表,很能援引西方典籍来"护圣卫道",直接地主张文章应该由模仿而脱胎,不应创造。胡先骕的《中国文学改良论》本来是"五四"前就发表在南京《高等师范日刊》的,当时因值"五四"高潮,影响不大,这时又卷土重来了。他们主张"大家应作韩欧以还八大家及桐城派的文章,此而不得,则亦当作《新民丛报》一派的文章,但是决不可以作白话"[14]。鲁迅先生就为文说:

　　　　夫所谓《学衡》者,据我看来,实不过聚在"聚宝之门"左近的几个假古董所放的假毫光;虽然自称为"衡",而本身的称星尚且未曾钉好,更何论于他所衡的轻重的是非。所以,决用不着较准,只要估一估就明白了。……

　　　　《中国提倡社会主义之商榷》中说:"凡理想学说之发生。皆有其历史上之背影。决非悬空虚构。造乌托之邦。作无病之呻者也。"查"英吉之利"的摩耳,并未作 Pia of Uto,虽曰之乎者也,欲罢不能,但别寻古典,也非难事,又何必当中加楦呢。于古未闻"睹史之陀",在今不云"宁古之塔",奇句如此,真可谓"有病之呻"了。……(举例甚多)。

以上不过随手拾来的事,毛举起来,更要费笔费墨费时费力,犯不上,中止了。因此诸公的说理,便没有指正的必要,文且未亨,理将安托,穷乡僻壤的中学生的成绩,恐怕也不至于此的了。

总之,诸公掊击新文化而张皇旧学问,倘不自相矛盾,倒也不失其为一种主张。可惜的是于旧学并无门径,并主张也还不配。倘使字句未通的人也算是国粹的知己,则国粹更要惭惶煞人!"衡"了一顿,仅仅"衡"出自己的铢两来,于新文化无伤,于国粹也差得远。

我所佩服诸公的只有一点,是这种东西也居然会有发表的勇气。[15]

这就是所谓《学衡》派的估价。鲁迅先生是惯用这种"当头一击"的战斗方式的。

1925年章士钊办《甲寅周刊》,又集中力量反对新文学,他那时是段祺瑞执政下的司法总长兼教育总长,正是封建势力在文化上的代表。在鲁迅的《华盖集》和《华盖集续编》里的许多文字,主要就是对这一势力战斗的。《甲寅周刊》注明"文字须求雅驯,白话恕不刊布",所持理论也和《学衡》派差不多,不过更"悻悻然"一些罢了。如说:

计自白话文体盛行而后,髦士以俚语为自足,小生求不学而名家;文事之鄙陋干枯,迥出寻常拟议之外。

黄茅白苇，一往无余，诲盗诲淫，无所不至；此诚国命之大创，而学术之深忧！[16]

这时形式的文言白话之争的时期实际上已经过去了，白话的地位已经确立，而胡适之等也已经和章士钊携手了；虽然他也写了一篇《老章又反叛了》，但那只是为了保持个人的历史光荣，文章是没有力量的。鲁迅《答KS君》一文说：

> 你这样注意于《甲寅周刊》，也使我莫明其妙。《甲寅》第一次出版时，我想，大约章士钊还不过熟读了几十篇唐、宋八大家文，所以模仿吞剥，看去还近于清通。至于这一回，却大大地退步了，关于内容的事且不说，即以文章论，就比先前不通得多，连成语也用不清楚，如"每下愈况"之类。尤其害事的是他似乎后来又念了几篇骈文，没有融化，而急于捋扯，所以弄得文字庞杂，有如泥浆混着沙砾一样。即如他那《停办北京女子师范大学呈文》中有云，"钊念儿女乃家家所有良用痛心为政而人人悦之亦无是理"，旁加密圈，想是得意之笔了。但比起何栻《齐姜醉遣晋公子赋》的"公子固翩翩绝世未免有情少年而碌碌因人安能成事"来，就显得字句和声调都怎样陋弱可哂。何栻比他高明得多，尚且不能入作者之林，章士钊的文章更于何处讨生活呢？况且，前载公文，接着就是通信，精神虽然是自己广告性的半官报，形式却成了公报尺牍合璧了，我中国自有文字以来，实在没有过这样滑稽体式的著作。这种东西，用处只有一种，就是可以藉此看看社会的暗角落

里，有着怎样灰色的人们，以为现在是攀附显现的时候了，也都吞吞吐吐的来开口。至于别的用处，我委实至今还想不出来。倘说这是复古运动的代表，那可是只见得复古派的可怜，不过以此当作讣闻，公布文言文的气绝罢了。所以，即是真如你所说，将有文言白话之争，我以为也该是争的终结，而非争的开头，因为《甲寅》不足称为敌手，也无所谓战斗。倘要开头，他们还得有一个更通古学，更长古文的人，才能胜对垒之任，单是现在似的每周印一回公牍和游谈的堆积，纸张虽白，圈点虽多，是毫无用处的。[17]

正如鲁迅先生所说，这次只是文言白话之争的终结；但这争论不只是形式的，是有思想内容的。鲁迅在1925—1926两年领导《语丝》对《现代评论》派的战斗，正是对这些官场学者的无耻的揭发；瞿秋白说：

鲁迅当时反对这些欧化绅士的战斗，虽然隐蔽在个别的甚至私人的问题之下，然而这种战斗的原则上的意义，越到后来就越发明显了。统治者不能够完全只靠大炮机关枪，一定需要某种"意识代表"。这些代表们的虚伪和戏法是无穷的。暴露这些"做戏的虚无主义者"（看《华盖集续编·马上支日记》），也就必须有持久的韧性的斗争。[18]

他前期的这些战斗业绩，和他领导左联时期的工作是同样有其光辉内容的；正如瞿秋白所说，从他的作品中是可以看出中国思想斗争的通史来的。

正当创造社围攻鲁迅的 1928 年,以梁实秋、徐志摩、胡适等为主的《新月》月刊出版了。在创刊号《新月的态度》一文里,标榜着思想言论必须合乎"健康"和"尊严"的原则,而说明别的一切言论都是不"纯正"的。这些人大部都是原来《现代评论》派的人物,鲁迅所谓"这样的山羊我只见过一回,确是走在一群胡羊的前面,脖子上还挂着一个小铃铎,作为知识阶级的徽章,……能领了群众稳妥平静地走去,直到他们应该走到的所在,……这是说:虽死也应该如羊,使天下太平,彼此省力"[19]。接着梁实秋又写了《文学与革命》,认为"革命的文学这个名词根本就不能成立",说"伟大的文学乃是基于固定的普遍的人性","人性是测量文学的唯一的标准","文学就不是大多数的","绝无阶级的分别"。又说,文学与革命的关系"不是一个值得用全副精力来发扬鼓吹的题目","反对革命文学者似乎又是只知讥讽嘲弄",显然对创造社和鲁迅都取了敌对的态度,而且那"人性"的立论也是典型的资产阶级的论调,当时批驳这种理论最尖锐的是鲁迅先生的文字:

> 新月社中的批评家,是很憎恶嘲骂的,但只嘲骂一种人,是做嘲骂文章者。新月社中的批评家,是很不以不满于现状的人为然的,但只不满于一种现状,是现在竟有不满于现状者。这大约就是"即以其人之道,还治其人之身",挥泪以维持治安的意思。[20]

文学不藉人,也无以表示"性",一用人,而且还在阶级社会里,即断不能免掉所属的阶级性,无需加以"束缚",实乃出于必然。自然,"喜怒哀乐,人之情也",然而穷人决无开交易所折本的懊恼,煤油大王那会知道北京拣煤渣老婆子身受的酸辛,饥区的灾民,大约总不去种兰花,像阔人的老太爷一样,贾府上的焦大,也不爱林妹妹的。"汽笛呀!列宁呀!"固然并不就是无产文学,然而"一切东西呀!""一切人呀!""可喜的事来了,人喜了呀!"也不是表现"人性"的"本身"的文学。倘以表现最普通的人性的文学为至高,则表现最普遍的动物性——营养,呼吸,运动,生殖——的文学,或者除去"运动",表现生物性的文学,必当更在其上。倘说,因为我们是人,所以以表现人性为限,那么,无产者就因为是无产阶级,所以要做无产文学。[21]

新月社这种议论的出现,使主张革命文学的人知道了真正的论敌是什么样的人,也是促成左联成立的原因之一。到左联一成立,鲁迅就呼吁"我们所需要的,就只得还是几个坚实的,明白的,真懂得社会科学及其文艺理论的批评家"[22],他不只提倡,他自己就是从各方面批判现实的实践者。就在左联成立后的三个月(1930年6月),为国民党所直接指挥的一部分文人王平陵、朱应鹏、黄震遐等发表了《民族主义文艺运动宣言》,主张"文艺的最高意义就是民族主义",出版《前锋月刊》《文艺月刊》等,印得很厚,努力企图用"量"来欺骗读者。这团体宣称"那自命左翼的所谓无产阶级的文艺运动又是那样的嚣张,把艺术拘囚在阶级上",说明那成立的目的就是针对左联的。鲁迅说：

> 然而统治阶级对于文艺，也并非没有积极的建设。一方面，他们将几个书店的原先的老板和店员赶开，暗暗换上肯听喝使的自己的一伙。但这立刻失败了。……还有一方面，是做些文章，印行杂志，以代被禁止的左翼的刊物，至今为止，已将十种。然而这也失败了。最有妨碍的是这些"文艺"的主持者，乃是一位上海市的政府委员和一位警备司令部的侦缉队长，他们的善于"解放"的名誉，都比"创作"要大得多。他们倘做一部"杀戮法"或"侦探术"，大约倒还有人要看的，但不幸竟在想画画，吟诗。[23]

> 所以要剿灭革命文学，还得用文学的武器。
> 作为这武器出现的，是所谓"民族文学"。他们研究了世界上各人种的脸色，决定了脸色一致的人种，就得取同一的行为，所以黄色的无产阶级，不该和黄色的有产阶级斗争，却该和白色的无产阶级斗争。他们还想到了成吉思汗，作为理想的标本，描写他的孙子拔都汗，怎样率领了许多黄色的民族，侵入斡罗斯，将他们的文化摧残，贵族和平民都做了奴隶。中国人跟了蒙古的可汗去打仗，其实是不能算中国民族的光荣的，但为了扑灭斡罗斯，他们不能不这样做，因为我们的权力者，现在已经明白了古之斡罗斯，即今之苏联，他们的主义，是决不能增加自己的权力，财富和姨太太的了。然而，现在的拔都汗是谁呢？[24]

鲁迅在《"民族主义文学"的任务和运命》一文中，更具体分析了《前锋月刊》中的几篇作品，说明他们的目的只是反苏反共，而对于日本帝国主义的占领东北倒是欢迎的。结尾说："他们将只尽些送丧的任务，永含着恋主的哀愁，须到无产阶级革命的风涛怒吼起来，刷洗山河的时候，这才能脱出这沉滞猥劣和腐烂的运命。"[25]终于这些杂志在没有读者的情况下，不久都销声匿迹了。

在1932年关于文艺自由的原则性的论争中，鲁迅也是积极地执行了斗争任务的。这次论争是由自称"自由人"的胡秋原开始的，他发表了《艺术非至下》等文[26]，认为"艺术虽然不是至上，然而决不是至下的东西。将艺术堕落到一种政治的留声机，那是艺术的叛徒"。"文化与艺术之发展全靠各种意识互相竞争，才有万华撩乱之趣；中国与欧洲文化，发达于自由表现的先秦与希腊时代，而僵化于中心意识形成之时。用一种中心意识独裁文坛，结果只有奴才奉命执笔而已。"接着又发表了《钱杏村理论之清算》，喊着要求文学的自由，引了许多被歪曲了的普列汗诺夫的话，借以攻击左联。接着自称"第三种人"的苏汶（杜衡）发表了《关于"文新"（文艺新闻）与胡秋原的文艺论辩》，攻击左联是"目前主义"，只有策略，不要真理；攻击左联提倡连环图画和唱本，接着说："在知识阶级的自由人和不自由的、有党派的阶级斗争着文坛的霸权的时候，最吃苦的，却是这两种人之外的第三种人。这第三种人便是所谓作者之群。作者，老实说，是多少带点我前面所说起的死抱住文学不肯放手的气味的；……终于，文学不再是文学了，变为连环图画之类；而作者也不再是作者了，变为煽动家之类。死抱住文学不放手的作者们是终于只能放手了。然而你说他们舍得放手吗？他们还在恋恋不舍地要艺术的价值。"瞿秋白遂以易嘉的笔名，写了《文艺的自由与文学家的不自由》，从"万华撩乱的胡秋原"说到"难乎其为作家的苏汶"，给以综合的批判并说明左联的态度和立场。论争展开以后，鲁迅便发表了《论第三种人》的论文，说："左翼作家并不是从天上掉下来的神兵，或国外杀进来的仇敌，他不但要那同走几步的同路人，还要招致那站在路旁看看的看客也一同前进。"又说：

> 他（苏汶）以为左翼的批评家，动不动就说作家是"资产阶级的走狗"，甚至于将中立者认为非中立，而一非中立，便有认为"资产阶级的走狗"的可能，号称"左翼作家"者既然"左而不作"，"第三种人"又要作而不敢，于是文坛上便没有东西了。然而文艺据说至少有一部分是超出于阶级斗争之外的，为将来的，就是"第三种人"所抱住的真的，永久的文艺。——但可惜，被左翼理论家弄得不敢作了，因为作家在未作之前，就有了被骂的豫感。
>
> 我相信这种豫感是会有的，而以"第三种人"自命的作家，也愈加容易有。我也相信作者所说，现在很有懂得理论，而感情难变的作家。然而感情不变，则懂得理论的度数，就不免和感情已变或略变者有些不同，而看法也就因此两样。苏汶先生的看法，由我看来，是并不正确的。
>
> ……

生在有阶级的社会里而要做超阶级的作家，生在战斗的时代而要离开战斗而独立，生在现在而要做给与将来的作品，这样的人，实在也是一个心造的幻影，在现实世界上是没有的。要做这样的人，恰如用自己的手拔着头发，要离开地球一样，他离不开，焦躁着，然而并非因为有人摇了摇头，使他不敢拔了的缘故。

……

这确是一种苦境。但这苦境，是因为幻影不能成为实有而来的。即使没有左翼文坛作梗，也不会有这"第三种人"，何况作品。但苏汶先生却又心造了一个横暴的左翼文坛的幻影，将"第三种人"的幻影不能出现，以至将来的文艺不能发生的罪孽，都推给它了。

总括起来说，苏汶先生是主张"第三种人"与其欺骗，与其做冒牌货，倒还不如努力去创作，这是极不错的。[27]

经过鲁迅先生的批判，论争的本质更明朗了，后来由于何丹仁（冯雪峰）作了一篇总结性的文字《关于第三种文学的倾向与理论》，作为这次论争的总结。历史的发展证明了胡秋原、苏汶之流的真面目，他们并不是什么第三种人，而是真正的人民的敌人，对这样的敌人是应该予以痛击的。

1934年是所谓小品年。林语堂主编的《论语》于1932年创刊，专提倡"幽默"，在开头，鲁迅虽然不赞成，却也还是相当支持的。他说："我不爱'幽默'，并且以为这是只有爱开圆桌会议的国民才闹得出来的玩意儿，在中国，却连意译也办不到。"[28]但他理解幽默的风行是有其社会根源的：

> 然而社会讽刺家究竟是危险的，尤其是在有些"文学家"明明暗暗的成了"王之爪牙"的时代。人们谁高兴做"文字狱"中的主角呢，但倘不死绝，肚子里总还有半口闷气，要借着笑的幌子，哈哈的吐他出来。笑笑既不至于得罪别人，现在的法律上也尚无国民必须哭丧着脸的规定，并非"非法"，盖可断言的。我想：这便是去年以来，文字上流行了"幽默"的原因，但其中单是"为笑笑而笑笑"的自然也不少。[29]

所以鲁迅起初也还写一点文章，希望引导这幽默刊物走向"对社会的讽刺"一边，但结果却终于流为说笑话了。用鲁迅的话说，那作用"是将屠户的凶残，使大家化为一笑"[30]。1933年林语堂又编出了提倡闲适小品的《人间世》半月刊，说："今之所谓小品者……盖诚所谓宇宙之大，苍蝇之微，无一不入我范围矣。"[31]但实际上说的只是"苍蝇"。鲁迅说：

> "小摆设"当然不会有大发展。到五四运动的时候，才又来了一个展开，散文小品的成功，几乎在小说戏曲和诗歌之上。这之中，自然含着挣扎和战斗，但因为常常取法于英国的随笔（Essay），所以也带一点幽默和雍容；写法也有漂亮和缜密的，这是为了对于旧文学的示威，在表示旧文学之自以为特长者，白话文学也并非做不到。以后的路，本来明明是更分明的挣扎和战斗，因为这原是萌芽于"文学革命"以至"思想革命"的。但现在的趋势，却在特别提倡那和旧文章相合之点，雍

容,漂亮,缜密,就是要它成为"小摆设",供雅人摩挲,并且想青年摩挲了这"小摆设",由粗暴而变为风雅了。[32]

《论语》和《人间世》的销路不小,客观上对青年起着麻醉的作用,于是进步的作家们都开始攻击了。鲁迅说:

> 但林先生以为新近各报上之攻击《人间世》,是系统的化名的把戏,却是错误的,证据是不同的论旨,不同的作风。其中固然有虽曾附骥,终未登龙的"名人",或扮作黑头,而实是真正的丑脚的打诨,但也有热心人的谠论。世态是这么的纠纷,可见虽是小品,也正有待于分析和攻战的了,这或者倒是《人间世》的一线生机罢。[33]

到1934年《人间世》上发表了周作人的"五十自寿"的旧诗后,这论战就更展开了,有人呼之为"宇宙与苍蝇之争"。后来林语堂又编了《宇宙风》《西风》等刊物,但已逐渐没有读者了。

除以上所述外,其他如反对所谓"顺的翻译",反对青年在《庄子》与《文选》中找文学修养,打击革命小贩杨村人和提倡"国家事管他娘"的"词的解放"的邵洵美、曾今可,以及关于杂文的价值、京派与海派、标点明人小品等,都有过一些原则性的论争;我们从鲁迅先生的杂文中是可以找到那些战斗过来的痕迹的。冯雪峰曾说:"这时期,鲁迅先生以全部时间从事这种战斗,他的文字在广大人民中发生的影响也远远地超过了他在'五四'时的影响,而实践的效果也更大,更实际。"〔34〕直到他逝世以前,他还向托派的破坏作无情的斗争,我们是应该由他的遗著中学习这种严肃的战斗精神的。

三 文学运动

《新青年》的团体解散以后,鲁迅在北京领导和支持过的刊物与文艺团体有《语丝》、《莽原》、未名社等,他是始终坚持着战斗的工作的。《语丝》周刊创于1924年,目的是要"催促新的产生,对于有害于新的旧物,则竭力加以排击"〔35〕。内容以杂文为中心,与陈西滢等的《现代评论》常常笔战,瞿秋白说:"鲁迅当时的《语丝》,革命的小资产阶级的文艺思想和批评,正是针对着这些未来的'官场学者'的。"〔36〕鲁迅起初只是积极写稿来支持,1927年起才在上海负责编辑(四卷一期),时间有半年多,后交由柔石代编,又半年后也辞去。《莽原》是1925年由鲁迅领导文艺青年韦素园、韦丛芜、李霁野、台静农、高长虹、尚钺等办的,注重"文明批评"和"社会批评",原为周刊,附北京《京报》发行,1926年1月改为半月刊,由未名社印行。1926年夏鲁迅离京,由韦素园接编,1927年12月停刊。未名社是由《未名丛刊》起始的,1924年鲁迅为北新书局编两种丛书,《乌合丛书》专收创作,《未名丛刊》专收翻译,那时翻译书籍销路冷落,遂由韦素园等接洽自办,这就是未名社。鲁迅说:"未名社的同人,实在并没有雄心和大志,但是,愿意切切实实的,点点滴滴的做下去的意志,却是大家一致的。"[37]其中主要的负责人是韦素园,出版过《苏俄文艺论战》(任国桢译)、《烟袋》(苏联短篇小说集,曹靖华译)、《四十一》(苏联拉夫列涅夫作的两篇中篇小说,曹靖华译)等书。在鲁迅的领导下,是特别重视俄国文学及当时苏联文学的情况的。后来鲁迅于1934年曾说:"未名社现在是几乎消灭了,那存在期,也并不长久。然而自素园经营以来,绍介了果戈理(N.Gogol),陀思妥也夫斯基(F.Dostoevsky),安特列夫(L.Andreev),绍介了望·蔼覃(F.van Eeden),绍介了爱伦堡(I.Ehrenburg)的《烟袋》和拉夫列涅夫(B.Lavrenev)的《四十一》。还印行了《未名新集》,其中有丛芜的《君山》,静农的《地之子》和《建塔者》,我的《朝花夕拾》,在那时候,也都还算是相当可看的作品。事实不为轻薄阴险小儿留情,曾几何年,他们都已烟消火灭,然而未名社的译作,在文苑里却至今没有枯死的。"[38]

在大革命期间,由于三一八惨案后北京反动政府的迫害,由于那些所谓"正人君子"的官场学者们的排挤,也由于向往南方革命力量的激荡,鲁迅先生离开北京到南方去了。大革命期间革命群众的高昂情绪和国民党屠杀人民的现实情况,给了鲁迅以很大的启示和教育,到大革命失败后旅居上海的期间,他的思想遂更进一步地向前发展了;肯定了"惟新兴的无产者才有将来"的坚定的信仰,全心全意地为中国人民的文化事业服务了。从1928年起,大革命期间在人民群众中所激荡的,对于革命理论和对于现实社会的认识的思想要求,便自然作为文化革命和文艺运动的课题,表现在活动日程上了。1928年起始的关于革命文学的论争,便表现了这样的意义。到1930年左联成立以后,文学运动便有了更大的开展。鲁迅说："革命文学之所以旺盛起来，自然是因为由于社会的背景，一般群众、青年有了这样的要求。当从广东开始北伐的时候，一般积极的青年都跑到实际工作去了，那时还没有什么显著的革命文学运动，到了政治环境突然改变，革命遭了挫折，阶级的分化非常显明，国民党以'清党'之名，大戮共产党及革命群众，而死剩的青年们再入于被迫压的境遇，于是革命文学在上海这才有了强烈的活动。所以这革命文学的旺盛起来，在表面上和别国不同，并非由于革命的高扬，而是因为革命的挫折。"[39]在1928—1929两年中，创造社和太阳社都是在集中精力提倡革命文学的，而且都把鲁迅当作假想中的革命文学的"敌人"。在攻击鲁迅的许多文章中，也多半充满了闲话，纠缠于态度、年纪等的攻击，很少有理论和创作上的建树。当时（1928年5月）画室（冯雪峰）在《革命与知识阶级》一文中就说：

> 创造社改变了方向，倾向到革命来，这是十分好的事；但他们没有改变向来的狭小的团体主义的精神，这却是十分要不得的。一本大杂志有半本是攻击鲁迅的文章，在别的许多地方是大书着"创造社"的字样，而这只是为要抬出创造社来。对于鲁迅的攻击，在革命的现阶段的态度上既是可不必，而创造社诸人及其他等的攻击方法，还含有别的危险性。革命现在对于知识阶级的要求，是至少使知识阶级承认革命。但我们在鲁迅的言行里完全找不出诋毁整个革命的痕迹来，他至多嘲笑了革命文学的运动（他也并没有嘲笑革命文学的本身），嘲笑了追随者中的个人的言行；而一定要说他这就是诋

毁革命,"中伤"革命,这对于革命是有利的吗?而且不是可笑的吗?对于一切的恶意的诋毁者,为防御自己起见,革命要毫无犹豫地击死他们;革命也正不必遮瞒一切;但将不是诋毁革命者强要当作诋毁者,是只有害处没有益处的。[40]

当然,创造社和太阳社对于革命文学的提倡也还是有它一定的历史意义的,那首先是反映了大革命时期的激荡起来的人民群众的要求;对于他们自己也一样,一旦觉醒了以后的主观主义的更大的扩张,是很容易造成认识上的混乱的。至于鲁迅,他虽然没有自以为获得了无产阶级的委任状,那思想的深度是远超过当时的一般水平的。1927年他就说:"我以为根本问题是在作者可是一个'革命人',倘是的,则无论写的是什么事件,用的是什么材料,即都是'革命文学'。从喷泉里出来的都是水,从血管里出来的都是血。'赋得革命,五言八韵',是只能骗骗盲试官的。"[41]又在1928年的《文艺与革命》中说:

> 美国的辛克来儿说:一切文艺是宣传。我们的革命的文学者曾经当作宝贝,用大字印出过,而严肃的批评家又说他是"浅薄的社会主义者"。但我——也浅薄——相信辛克来儿的话。一切文艺,是宣传,只要你一给人看。即使个人主义的作品,一写出,就有宣传的可能,除非你不作文,不开口。那么,用于革命,作为工具的一种,自然也可以的。
>
> 但我以为当先求内容的充实和技巧的上达,不必

忙于挂招牌。"稻香村""陆稿荐",已经不能打动人心了,"皇太后鞋店"的顾客,我看见也并不比"皇后鞋店"里的多。一说"技巧",革命文学家是又要讨厌的。但我以为一切文艺固是宣传,而一切宣传却并非全是文艺,这正如一切花皆有色(我将白也算作色),而凡颜色未必都是花一样。革命之所以于口号、标语、布告、电报、教科书……之外,要用文艺者,就因为它是文艺。

但中国之所谓革命文学,似乎又作别论。招牌是挂了,却只在吹嘘同伙的文章,而对于目前的暴力和黑暗不敢正视。作品虽然也有些发表了,但往往是拙劣到连报章记事都不如;或则将剧本的动作辞句都推到演员的"昨日的文学家"身上去。那么,剩下来的思想的内容一定是很革命的了罢?[42]

他承认文学可以作为革命的工具之一种,"而一切宣传却并非全是文艺","当先求内容的充实和技巧的上达,不必忙于挂招牌",这就是他在当时的实事求是的态度,那内容的深刻是远超过当时许多洋洋大文的。他之所以不"忙于挂招牌",是由于他处理问题的一贯的现实主义态度,当时画室就说"鲁迅看见革命是比一般的知识阶级早一二年"[43]。他没有提倡革命文学,只因为他还没有感觉到有"挂招牌"的必要,如他以前所说的:"我就怕我未熟的果实偏偏毒死了偏爱我的果实的人,而憎恨我的东西如所谓正人君子也者偏偏都矍铄。"[44]因此他不愿轻率,这正是清醒的现实主义的态度。而且在论争中,他也绝不意气用事,而是不断地解剖着自己，求更进步的学习的。他说："我有一件事要感谢创造社的，是他们'挤'我看了几种科学底文艺论，明白了先前的文学史家们说了一大堆，还是纠缠不清的疑问。并且因此译了一本蒲力汗诺夫的《艺术论》，以救正我——还因我而及于别人——的只信进化论的偏颇。"[45]1929年和1930年两年之中，他介绍了日本片上伸的《无产阶级文学的理论与实际》，卢那卡尔斯基的《艺术论》和《文艺批评》，蒲力汗诺夫的《艺术论》，及苏联《文艺政策》等书，使马列主义的文艺理论比较系统地介绍于中国读者之前，为左联的成立和工作实践准备了理论的基础。这用心是很深长的。鲁迅后来说："去年左翼作家联盟在上海的成立，是一件重要的事实。因为这时已经输入了蒲力汗诺夫，卢那卡尔斯基等的理论，给大家能够互相切磋，更加坚实而有力。"[46]这些书籍的翻译是有很大的教育的功劳的。

关于创造社、太阳社攻击鲁迅的论战，瞿秋白曾作过详细的分析，其中说：

> 这时期的争论和纠葛转变到原则和理论的研究，真正革命文艺学说的介绍，那正是革命普罗文学的新的生命的产生。而还有人说：那是鲁迅"投降"了。现在看来，这种小市民的虚荣心，这种"剥削别人的自尊心"的态度，实在天真得可笑。[47]

鲁迅自己也在《二心集》的《序言》里自我批评说："而且我时时说些自己的事情，怎样地在'碰壁'，怎样地在做蜗牛，好像全世界的苦恼，萃于一身，在替大众受罪似的：也正是中产的知识阶级分子的坏脾气。只是原先是憎恶这熟识的本阶级，毫不可惜它的溃灭，后来又由于事实的教训，以为惟新兴的无产者才有将来，却是的确的。"肯定了如瞿秋白所说的："鲁迅从进化论进到阶级论，从绅士阶级的逆子贰臣进到无产阶级和劳动群众的真正的友人，以至于战士，他是经历了辛亥革命以前直到现在的四分之一世纪的战斗，从痛苦的经验和深刻的观察之中，带着宝贵的革命传统到新的阵营里来的。"[48]

鲁迅的意见都是为了新文学的发展的，原不是文学的敌人，但这次论争在许多问题上都使大家的理解深入了和明确了一些，也认识到谁是文学战线上的真正敌人。马列主义的社会科学和文艺理论也继续介绍进来了，据《中国新书月报》的调查，1930年上海比较重要的书局就有一百一十家，尤以文艺与社会科学的书局最多。这使得大家感觉到在思想上和共同的战斗目标上都有形成统一战线的需要。瞿秋白说："真正的革命文艺思想正在这一时期（指1928年的论争）开始深入地发展。在这新阶段上，革命文艺思想经过内部的斗争而逐渐地形成新的阵营。这种不可避免的斗争提出了新的问题，这已经不是父与子的问题，也不仅是暴露指挥刀后的屠伯们的问题。这是关于革命队伍的战略的争论。"[49]经过这次论争，重新组织"革命队伍"的条件就完全成熟了。

1930年2月16日由留在上海的文学工作者开了一个讨论会，会中产生了左联的筹备会，3月2日中国的左翼作家联盟就正式成立了。加入者有鲁迅、茅盾等五十余人。成立会中通过了左联的理论纲领，成立了常务委员会；通过成立马克思主义文艺理论研究会、国际文化研究会、文艺大众化研究会，创办联盟机关杂志，参加革命诸团体等的议案。首先出版的杂志是《世界文化》，为左联盟员所陆续主办的刊物有《萌芽》《拓荒者》《现代小说》《大众文艺》《北斗》《文学月报》《文艺新闻》《新文艺讲座》等；盟员的数量也日渐加多，在各重要地区都建立了分部。这时主要的口号是"无产阶级的革命文学"，即为无产阶级思想所领导的工农大众的文学，主要的任务仍是坚韧地反帝反封建，并确定文学应为工农服务，因此也就是新民主主义的文学。而左联本身，也仍然可以说是文艺工作者的统一战线的组织。鲁迅在左联成立大会上的发言就说："联合战线是以有共同目的为必要条件的。……如果目的都在工农大众，那当然战线也就统一了。"[50]这篇讲话非常重要，他首先说："在现在，'左翼'作家是很容易成为'右翼'作家的。为什么呢？第一，倘若不和实际的社会斗争接触，单关在玻璃窗内做文章，研究问题，那是无论怎样的激烈，'左'，都是容易办到的；然而一碰到实际，便即刻要撞碎了。……第二，倘不明白革命的实际情形，也容易变成'右翼'。革命是痛苦，其中也必然混有污秽和血，……所以对于革命抱有浪漫谛克的幻想的人，一和革命接近，一到革命进行，便容易失望。……还有，以为诗人或文学家高于一切人，他的工作比一切工作都高贵，也是不正确的观念。"这里，他针对着一般浪漫的和投机的思想，已提出了作家不应自视特殊而必须与实际斗争接触，是自我改造的唯一途径。接着他又说了今后应注意的几点："第一，对于旧社会和旧势力的斗争，必须坚决，持久不断，而且注重实力。""第二，战线应该扩大。""第三，应当造出大群的新的战士。""但同时，在文学战线上的人还要'韧'。"就是这种坚韧的战斗精神和战略,他领导了左联的活动并给他自己的战斗划了一个新的时期。他的文字在广大人民中发生的影响和实践效果,是远超过了他在"五四"期的深广程度的。这也使中国的文艺界和学术思想界引起了更大的激荡,在人民中发生了深刻巨大的影响。

左联十年的文学活动是在严重的白色恐怖下面进行的。国民党统治者不只封闭刊物,查禁书籍,逮捕和屠杀的事件也是层出不穷的。鲁迅说:

> 当三〇年的时候,期刊已渐渐的少见,有些是不能按期出版了,大约是受了逐日加紧的压迫。《语丝》和《奔流》,则常遭邮局的扣留,地方的禁止,到底也还是敷衍不下去。那时我能投稿的,就只剩了一个《萌芽》,而出到五期,也被禁止了,接着是出了一本《新地》。所以在这一年内,我只做了收在集内的不到十篇的短评。[51]

就在1930年的春天,由鲁迅、田汉、郁达夫、郑伯奇、画室、潘汉年、沈端先等五十二人签署发起的中国自由大同盟成立了,接着左联、社联等团体也成立了。鲁迅说:"去年左翼作家联盟在上海的成立,是一件重要的事实。……但也正因为更加坚实而有力了,就受到世界上古今所少有的压迫和摧残。"[52] 1931年1月17日,柔石、胡也频、李伟森、殷夫、冯铿等作家被捕,2月7日被秘密活埋和枪决于龙华警备司令部,他们牺牲时的态度都很镇定坚决,充分表现了先驱者的高贵的革命品质。左联为此发表了《为国民党屠杀

大批革命作家宣言》,鲁迅也为文纪念说:

> 中国的无产阶级革命文学在今天和明天之交发生,在诬蔑和压迫之中滋长,终于在最黑暗里,用我们的同志的鲜血写了第一篇文章。
>
> 我们的劳苦大众历来只被最剧烈的压迫和榨取,连识字教育的布施也得不到,惟有默默地身受着宰割和灭亡。繁难的象形字,又使他们不能有自修的机会。知识的青年们意识到自己的前驱的使命,便首先发出战叫。这战叫和劳苦大众自己的反叛的叫声一样地使统治者恐怖,走狗的文人即群起进攻,或者制造谣言,或者亲作侦探,然而都是暗做,都是匿名,不过证明了他们自己是黑暗的动物。
>
> 统治者也知道这些走狗的文人不能抵挡无产阶级革命文学,于是一面禁止书报,封闭书店,颁布恶出版法,通缉著作家,一面用最末的手段,将左翼作家逮捕,拘禁,秘密处以死刑,至今并未宣布。这一面固然在证明他们是在灭亡中的黑暗动物,一面也在证实中国无产阶级革命文学阵营的力量,因为如传略所罗列,我们的几个遇害的同志的年龄、勇气,尤其是平日的作品的成绩,已足使全队走狗不敢狂吠。
>
> 然而我们的这几个同志已被暗杀了,这自然是无产阶级革命文学的若干的损失,我们的很大的悲痛。但无产阶级革命文学却仍然滋长,因为这是属于革命的广大劳苦群众的,大众存在一日,壮大一日,无产阶级革命文学也就滋长一日。我们的同志的血,已经证明了无产

阶级革命文学和革命的劳苦大众是在受一样的压迫，一样的残杀，作一样的战斗，有一样的运命，是革命的劳苦大众的文学。

现在，军阀的报告已说虽是六十岁老妇，也为"邪说"所中，租界的巡捕，虽对于小学儿童，也时时加以检查；他们除从帝国主义得来的枪炮和几条走狗之外，已将一无所有了，所有的只是老老小小——青年不必说——的敌人。而他们的这些敌人，便都在我们的这一面。

我们现在以十分的哀悼和铭记，纪念我们的战死者，也就是要牢记中国无产阶级革命文学的历史的第一页，是同志的鲜血所记录，永远在显示敌人的卑劣的凶暴和启示我们的不断的斗争。[53]

后来鲁迅又写了《为了忘却的记念》一文来纪念他们，说："我又沉重的感到我失掉了很好的朋友，中国失掉了很好的青年，我在悲愤中沉静下去了，不料积习又从沉静中抬起头来，写下了以上那些字。……但我知道，即使不是我，将来总会有记起他们，再说他们的时候的。"[54]现在就是我们再说他们的时候了。

九一八事变后，国民党反动政府对进步文化活动的迫害更加严厉了，许多书籍和刊物都遭了封禁；"一·二八"后，1932年2月，鲁迅、茅盾等四十三人发表《上海文化界告世界书》，反对日本帝国主义进攻中国。1934年2月19日，国民党中央党部派员挨户至上海各新书店，查禁文艺书籍至一百四十九种之多，牵涉书店二十五家，七十六种刊物被禁

止发行,鲁迅于《中国文坛上的鬼魅》一文中说:

> 一九三三年十一月,上海的艺华影片公司突然被一群人们所袭击,捣毁得一塌胡涂了。他们是极有组织的,吹一声哨,动手,又一声哨,停止,又一声哨,散开。临走还留下了传单,说他们的所以征伐,是为了这公司为共产党所利用,而且所征伐的还不止影片公司,又蔓延到书店方面去,大则一群人闯进去捣毁一切,小则不知从那里飞来一块石子,敲碎了值洋二百的窗玻璃。那理由,自然也是因为这书店为共产党所利用。高价的窗玻璃的不安全,是使书店主人非常心痛的。几天之后,就有"文学家"将自己的"好作品"来卖给他了,他知道印出来是没有人看的,但得买下,因为价钱不过和一块窗玻璃相当,而可以免去第二块石子,省了修理窗门的工作。压迫书店,真成为最好的战略了。
>
> 但是,几块石子是还嫌不够的,中央宣传委员会也查禁了一大批书,计一百四十九种,凡是销行较多的,几乎都包括在里面。中国左翼作家的作品,自然大抵是被禁止的,而且又禁到译本。要举出几个作者来,那就是高尔基(Gorky),卢那卡尔斯基(Lunacharsky),斐定(Fedin),法捷耶夫(Fadeev),绥拉斐摩维支(Serafimovich),辛克莱(Upton Sinclair),甚而至于梅迪林克(Maeterlinck),梭罗古勃(Sologub),斯忒林培克(Strindberg)。[55]

在这种残酷的斗争环境下面,鲁迅先生自己当然也是受尽了压迫与谋害的。柔石等被捕后，他曾仓皇出走，一直至他逝世，经常是在特务的压迫中生活和斗争着的。我们的文艺运动原是从反"围剿"中深入人民群众的，原是在白色恐怖下艰苦地战斗过来的。就是这种革命的精神坚持了和深入了"五四"以来新文学的反帝反封建的传统，和人民大众建立了血肉的联系。正如毛泽东同志所说的："而共产主义者的鲁迅，却正在这一'围剿'中成了中国文化革命的伟人。"[56]

日本帝国主义企图强占全中国的野心一天天明显，中国共产党乃于1934年4月提出了组织反帝统一战线的政策。1935年8月1日，又发表《为抗日救国告全国同胞书》（即号召组织抗日民族统一战线的有名的"八一宣言"），要求国民党停止内战，一致抗日；并号召全国人民，不分阶级，不分党派，共同团结，组织国防政府，抗日联军，挽救民族危亡。"八一宣言"发表后，在全国人民中立刻得到了热烈的拥护。这年年底，中国工农红军经过了二万五千里长征，到达了对抗日有极大战略作用的地点陕甘宁边区，给全国人民带来了无穷的希望。鲁迅先生由上海拍去的贺电中说："中国和人类的未来，都寄托在你们身上。"在这种情势下，社会各阶层都要求成立组织，团结周围的一切力量来为抗日救亡服务。1935年12月27日上海文化界救国会成立，文学界已是其中的一个构成部分，接着文艺界自身的统一战线的运动也开始酝酿了。首先提出来的文艺界的统一战线的口号是"国防文学"，但对于那联合的基础究竟是"国防"呢，还是"国防文学"，大家的意见并不一致；于是鲁迅先生等又提出了"民族革命战争的大众文学"的口号，这就形成了当时的所谓"两个口号"的论争。这时鲁迅已在病中,没有能多发表文章,论争扩大以后,6月10日发表了由O.V.笔录"病中答访者问"的《论现在我们的文学运动》,作为对于"民族革命战争的大众文学"一口号的说明:

"左翼作家联盟"五六年来领导和战斗过来的,是无产阶级革命文学的运动。这文学和运动,一直发展着;到现在更具体底地,更实际斗争底地发展到民族革命战争的大众文学。民族革命战争的大众文学,是无产阶级革命文学的一发展,是无产革命文学在现在时候的真实的更广大的内容。这种文学,现在已经存在着,并且即将在这基础之上,再受着实际战斗生活的培养,开出烂缦的花来罢。因此,新的口号的提出,不能看作革命文学运动的停止,或者说"此路不通"了。所以,决非停止了历来的反对法西斯主义,反对一切反动者的血的斗争,而是将这斗争更深入,更扩大,更实际,更细微曲折,将斗争具体化到抗日反汉奸的斗争,将一切斗争汇合到抗日反汉奸斗争这总流里去。决非革命文学要放弃它的阶级的领导的责任,而是将它的责任更加重,更放大,重到和大到要使全民族,不分阶级和党派,一致去对外。这个民族的立场,才真是阶级的立场。托洛斯基的中国的徒孙们,似乎胡涂到连这一点都不懂的。但有些我的战友,竟也有在作相反的"美梦"者,我想,也是极胡涂的昏虫。

但民族革命战争的大众文学,正如无产革命文学的口号一样,大概是一个总的口号罢。在总口号之下,再提些随时应变的具体的口号,例如"国防文学""救亡文学""抗日文艺"等,我以为是无碍的。不但没有碍,并且是有益的,需要的。自然,太多了也使人头昏,浑乱。〔57〕

6月,中国文艺界协会发表宣言,签名者王任叔等一百二十余人;接着鲁迅等六十七人签名发表了《中国文艺工作者宣言》,但内容都是号召建立统一战线来为民族解放运动服务的。而双方在不同的杂志上发表"关于两个口号的论争"的文章也非常多,但所说的客观情势和建立统一战线的必要是大致相同的。8月鲁迅发表了《答徐懋庸并关于抗日统一战线问题》的长文,才算大致结束了这次的论争。文中说:

> 然而中国目前革命的政党向全国人民所提出的抗日统一战线的政策,我是看见的,我是拥护的,我无条件地加入这战线,那理由就因为我不但是一个作家,而且是一个中国人,所以这政策在我是认为非常正确的,……其次,我对于文艺界统一战线的态度。我赞成一切文学家,任何派别的文学家在抗日的口号之下统一起来的主张。……我以为文艺家在抗日问题上的联合是无条件的,只要他不是汉奸,愿意或赞成抗日,则不论叫哥哥妹妹,之乎者也,或鸳鸯蝴蝶都无妨。但在文学问题上我们仍可以互相批判。……我以为应当说:作家在"抗日"的旗帜,或者在"国防"的旗帜之下联合起来;不能说:作家在"国防文学"的口号下联合起来,因为有些作者不写"国防为主题"的作品,仍可从各

方面来参加抗日的联合战线,即使他像我一样没有加入"文艺家协会",也未必就是"汉奸"。"国防文学"不能包括一切文学,因为在"国防文学"与"汉奸文学"之外,确有既非前者也非后者的文学,除非他们有本领也证明了《红楼梦》《子夜》《阿Q正传》是"国防文学"或"汉奸文学"。……我提议"文艺家协会"应该克服它的理论上与行动上的宗派主义与行帮现象,把限度放得更宽些,……我以为在抗日战线上是任何抗日力量都应当欢迎的,同时在文学上也应当允许各人提出新的意见来讨论,"标新立异"也并不可怕;……自然,我还得说一说"民族革命战争的大众文学"这口号的无误及其与"国防文学"口号之关系。……如果它是为了推动一向囿于普洛革命文学的左翼作家们跑到抗日的民族革命战争的前线上去,它是为了补救"国防文学"这名词本身的在文学思想的意义上的不明了性,以及纠正一些注进"国防文学"这名词里去的不正确的意见,为了这些理由而被提出,那么它是正当的,正确的。……

下面说"民族革命战争的大众文学"主要是对前进的一向号称左翼的作家们提出的,希望这些作家们努力向前进。但也可以对一般或各派作家提倡的,希望的,希望他们也来努力向前进。这不是抗日统一战线的标准或总口号,如果不加以狭隘的误解,这口号和宗派主义或关门主义是并不相干的。下面又说:

> 这里的"大众",即照一向的"群众""民众"的意

思解释也可以,何况在现在,当然有"人民大众"这意思呢。我说"国防文学"是我们目前文学运动的具体口号之一,为的是"国防文学"这口号,颇通俗,已经有很多人听惯,它能扩大我们政治的和文学的影响,加之它可以解释为作家在国防旗帜下联合,为广义的爱国主义的文学的缘故。因此,它即使曾被不正确的解释,它本身含义上有缺陷,它仍应当存在,因为存在对于抗日运动有利益。[58]

这文章发表后,论争就明朗化了;而且经过鲁迅的指出,也开始清算了残存在一些人中的宗派主义、关门主义和理论上的机械论倾向。宗派主义形成的客观原因主要是长期的白色恐怖,地下状态的活动限制了文艺工作者与群众的联系;而这也正是最易培养机械论的因素。为了促成统一战线之总的政策,左联于1936年春解散了;经过了这次论争,大家也明确了统一战线的意义。10月初,由鲁迅等二十一人署名,发表了《文艺界同人为团结御侮与言论自由宣言》,主张即刻统一起文艺界的抗日力量,争取言论自由,为救亡御侮共同努力。这些签名者中有着不同的历史渊源和社会关系,但都赞同宣言中的要点和原则,可以说是这次论争的具体结果。在这次论争中,鲁迅被中伤为"破坏统一战线",但他却带着重病,一面和宗派主义作斗争,一面又和托派作斗争,严正地说明:"那切切实实,足踏在地上,为着现在中国人的生存而流血奋斗者,我得引为同志,是自以为光荣的。"[59]那立场的鲜明与战斗的明锐,很清楚地说明了他的坚强与伟大。二十年中,鲁迅先生就是以这样的精神领导了和推动了我们的新文学运动的。

四 创 作 问 题

我们常说中国的新文学有它一贯的革命现实主义的传统，因为从"五四"开始，无论各种文学社团的宣言中说得有如何不同，但当作一般的文艺思想和创作方法，只要是尊重"五四"文学革命的民主主义传统，愿为人民革命服务的作家，那就只能是现实主义和反抗的、革命的浪漫主义。当然，在起初，现实主义还是属于旧现实主义的范畴的要素居多，但为了民主革命的战斗实践的需要，已逐渐开始着民族化的和扬弃的过程了。当时很多作家都肯定了文学是为人生，并且要改造这人生的。当然，就现在的眼光看，这种说法是颇为笼统的；广泛地说"为人生"也没有明确指出了文学的阶级性质。但随着革命斗争的发展，现实主义的创作方法也在发展着，它在革命实践中逐渐明确起来了。我们可以说革命现实主义是"五四"以来新文学的主潮，即作为革命的浪漫主义的创造社，他们的作品一般地也是可以这样理解的。这主要因为他们是生活在一样的"现代中国"，他们"同样是中国封建宗法社会崩溃的结果，同样是帝国主义以及军阀官僚的牺牲品，同样是被中国畸形的资本主义关系的发展过程所'挤出轨道'的孤儿"[60]。他们不能没有革命的要求，因此那浪漫主义的情绪就必然会表现为对现实的反抗和对理想的憧憬。而那"理想"又一定是和中国人民的革命斗争一致的。因此，当作文学态度和创作方法的主潮，从新文学的开始起，就是革命的现实主义以及可以概括在它里面的革命的浪漫主义。批判的现实主义和反抗的浪漫主义的文学思潮都是很早就为鲁迅介绍到中国来的；在辛亥革命前他就在《域外小说集》中介绍过安特列夫等的批判的现实主义的作品，在《摩罗诗力说》里也介绍过拜伦等浪漫诗人；而且在他的手里，用了这种进步的创作方法来为民主革命服务，就自然逐渐地取得了我们的民族特色，成为革命的现实主义了。文学研究会的作家们想从现实人生的认识里寻求改革，创造社的作家们想用他们的热情来叫出改革的愿望，这两种精神，在革命的现实主义者鲁迅的身上得到了统一。在《阿Q正传》里，他不只写出了农民阿Q的生活，而且也写出了阿Q要革命；在鲁迅的作品里，理想与现实并不是对立的。从文学活动的开始起，他的思想就远远走在当时的前面了。冯雪峰先生说：

> 在二十年之间以一身体验了新文艺的创造和运动发展的全过程的鲁迅先生，他也不仅体验了将先进民族的进步的思想和文学植根到自己民族中来的"民族化"的战斗过程，同时也体验着从旧现实主义向新现实主义的发展过程。其中，他本人也体验着将反抗的革命的浪漫主义统一到革命现实主义中来的过程。[61]

左联初期的创作理论曾受了机械论的影响，主张"唯物辩证法的创作方法"，到1932年以后才有所批判，但鲁迅当时的意见倒是实事求是的，他指导青年说："我的意思是：现在能写什么，就写什么，不必趋时，自然更不必硬造一个突变式的革命英雄，自称'革命文学'；但也不可苟安于这一点,没有改革,以致沉没了自己——也就是消灭了对于时代的助力和贡献。""不过选材要严,开掘要深,不可将一点琐屑的没有意思的故事,便填成一篇,以创作丰富自乐。"〔62〕又在《答北斗杂志社问》"创作要怎样才会好"时说:

一,留心各样的事情,多看看,不看到一点就写。

二,写不出的时候不硬写。

三,模特儿不用一个一定的人,看得多了,凑合起来的。

四,写完后至少看两遍,竭力将可有可无的字、句、段删去,毫不可惜。宁可将可作小说的材料缩成 Sketch,决不将 Sketch 材料拉成小说。

五,看外国的短篇小说,几乎全是东欧及北欧作品,也看日本作品。

六,不生造除自己之外,谁也不懂的形容词之类。

七,不相信"小说作法"之类的话。

八,不相信中国的所谓"批评家"之类的话,而看看可靠的外国批评家的评论。〔63〕

他虽然说这只是"自己所经验的琐事",但那对创作的理解是完全合于现实主义的。

现实主义的创作方法首先是为革命的现实斗争服务的,因此就不能不接触到"为什么人"的问题。1929年进步作家们曾刊行过《大众文艺》杂志,左联一开始就是把"大众化"当作文艺运动的中心的,而鲁迅对这一运动的开展,尤为尽力。1930年他就说:"所以在现下的教育不平等的社会里,仍当有种种难易不同的文艺,以应各种程度的读者之需。不过应该多有为大众设想的作家,竭力来作浅显易解的作品,使大家能懂,爱看,以挤掉一些陈腐的劳什子。但那文字的程度,恐怕也只能到唱本那样。……总之,多作或一程度的大众化的文艺,也固然是现今的急务。若是大规模的设施,就必须政治之力的帮助,一条腿是走不成路的,许多动听的话,不过文人的聊以自慰罢了。"[64]1932年"文艺自由"论辩时,苏汶曾攻击左联说:"他们硬要作家们去写一些有利的连环图画和唱本来给劳动者们看。……这样低级的形式还生产得出好的作品吗?"鲁迅曾为此写过《连环图画辩护》。1934年展开了关于"大众语"问题的论争;要文学真正能为广大群众服务,语言自然是首先要接触到的问题。鲁迅平常是主张"从活人的嘴上,采取有生命的词汇,搬到纸上来"[65]的;而且认为"警句或炼话,讥刺和滑稽,十之九是出于下等人之口的"[66]。这次他自然是主张大众语的。他说:

> 由读书人来提倡大众语,当然比提倡白话困难。因为提倡白话时,好好坏坏,用的总算是白话,现在提倡大众语的文章却大抵不是大众语。但是,反对者是没有发命令的权利的。虽是一个残废人,倘在主张健康运动,他绝对没有错;如果提倡缠足,则即使是天足的壮健的女性,她还是在有意的或无意的害人。[67]

现在在码头上,公共机关中,大学校里,确已有着一种好像普通话模样的东西,大家说话,既非"国语",

又不是京话,各各带着乡音,乡调,却又不是方言,即使说的吃力,听的也吃力,然而总归说得出,听得懂。如果加以整理,帮它发达,也是大众语中的一支,说不定将来还简直是主力。我说要在方言里"加入新的去",那"新的"的来源就在这地方。待到这一种出于自然,又加人工的话一普遍,我们的大众语文就算大致统一了。[68]

大众语文统一对文学创作也是很重要、很有益处的,而且大众非常需要文学,但这是要让文学为大众服务的,决不应让大众为文学做牺牲。鲁迅说:

> 方言土语里,很有些意味深长的话,我们那里叫"炼话",用起来是很有意思的,恰如文言的用古典,听者也觉得趣味津津。各就各处的方言,将语法和词汇,更加提炼,使他们发达上去的,就是专化。这于文学,是很有益处的,它可以做得比仅用泛泛的话头的文章更加有意思。……大众,是有文学,要文学的,但决不该为文学做牺牲,要不然,他的荒谬和为了保存汉字,要十分之八的中国人做文盲来殉难的活圣贤就并不两样。所以,我想,启蒙时候用方言,但一面又要渐渐的加入普通的语法和词汇去。先用固定的,是一地方的语文的大众化,加入新的去,是全国的语文的大众化。[69]

这样,就在论争中得到了"倘要中国的文化一同向上,就必须提倡大众语,大众文,而且书法更必须拉丁化"[70]的结论。于是拉丁化形成了一个大的社会文化运动,但政治压迫立刻就来了,"首先是说提倡大众语文的,乃是'文艺的政治宣传员如宋阳之流',本意在于造反。给带上一顶有色帽,是极简单的反对法。不过一面也就是说,为了自己的太平,宁可中国有百分之八十的文盲"[71]。当时的这种大众语运动表现了大众对于文化权益的要求,因此运动一展开就成为尖锐的政治斗争了。

文学大众化是文学作品的普及问题,而语言文字正是形式的中心,必然是会首先接触到的。但这运动一展开,那社会意义就一定是大众对文化权利的要求,因此和人民大众的民族解放及民主革命的斗争就自然是一体的了。作为"文艺大众化"的问题,除了语言外自然还有别的问题,例如鲁迅就写过《论"旧形式的采用"》的辉煌的论文,把"旧形式之批判的利用"作为解决大众文艺形式的途径之一。但大众化的主要内容应该是为人民大众的意思,这是新文学运动和创作实践的基本方向,这时期虽有所努力,但问题的彻底解决是必须在人民自己掌握政权的条件下才能达到的。

鲁迅对于文学创作的重视,也表现在他对青年作家的指导和具体帮助方面。从他的书简和日记中,从许多作家纪念他的回忆文字中,都可看出他对青年作者们的热忱帮助来,而这也是和中国新文学的发展有极大关系的。举例说,他对未名社的扶植,他对《奴隶丛书》的编辑,都是为了帮助文学青年而努力的。他给许多作品写的序言,他的《〈中国新文学大系〉小说二集序》,都对青年作家有极公正扼要的批评,而这都是给了那些作者们以很大的教育的。从"五四"起,他不只以自己的一册册典范的创作献给了读者,而且通过他也培育出了不少的优秀的作家和作品；至于那些从他的作品中得到教育和营养的人们，就更不可胜计了。

五　呐喊与彷徨

在《新青年》上首先发表了创作的小说的，是鲁迅。他自己说：

> 从一九一八年五月起，《狂人日记》《孔乙己》《药》等，陆续的出现了，算是显示了"文学革命"的实绩，又因那时的认为"表现的深切和格式的特别"，颇激动了一部分青年读者的心。然而这激动，却是向来怠慢了绍介欧洲大陆文学的缘故。一八三四年顷，俄国果戈理（N.Gogol）就已经写了《狂人日记》；一八八三年顷，尼采（Fr. Nietzsche）也早借了苏鲁支（Zarathustra）的嘴，说过"你们已经走了从虫豸到人的路，在你们里面还有许多份是虫豸。你们做过猴子，到了现在，人还尤其猴子，无论比那一个猴子"的。而且《药》的收束，也分明的留着安特莱夫（L.Andreev）式的阴冷。但后起的《狂人日记》意在暴露家族制度和礼教的弊害，却比果戈理的忧愤深广，也不如尼采的超人的渺茫。此后虽然脱离了外国作家的影响，技巧稍为圆熟，刻划也稍加深切，如《肥皂》《离婚》等，但一面也减少了热情，不为读者们所注意了。[72]

在《狂人日记》里，他喊出了对"人吃人"的控诉，反抗了四千年吃人的社会，说"忧愤深广"是完全可以理解的。他也喊出了"救救孩子"的希冀，是一点也不渺茫的极现实的愿望。《呐喊》除后来移入《故事新编》中的《补天》外（原题作《不周山》），共收小说十四篇，是1918年到1922年写的，正是"五四"的高潮期，这些也正是"文学革命的实绩"。和《狂人日记》的精神一样，充满了反封建的战斗热情。鲁迅说："我的作品在《新青年》上，步调是和大家大概一致的，所以我想，这些确可以算作那时的'革命文学'。"[73]是的，由这些作品，不但使读者增高了文学革命的信心，而且更重要的是，使革命的知识分子扩大了他们的视野，注视到在农村生活着的中国的儿女。这里有麻木状态的负着生活重担的农民闰土，也有浮浪的农村无产者阿Q。这正是那时中国百分之九十以上的人民的生活，他们负着几千年因袭的重担，麻木无知地活着，而鲁迅，正是抱着"毁坏这铁屋的希望"，力图唤起这些昏睡的人的。因之，即使在那个启蒙时期，他的思想和作品必然也是清醒的现实主义的。他自己说：

> 说到"为什么"做小说罢，我仍抱着十多年前的"启蒙主义"（此文一九三三年作——瑶），以为必须是"为人生"，而且要改良这人生。我深恶先前的称小说为"闲书"，而且将"为艺术的艺术"，看作不过是"消闲"的新式的别号。所以我的取材，多采自病态社会的不幸的人们中，意思是在揭出病苦，引起疗救的注意。所以我力避行文的唠叨，只要觉得够将意思传给别人了，就宁可什么陪衬拖带也没有。中国旧戏上，没有背

景,新年卖给孩子看的花纸上,只有主要的几个人(但现在的花纸却多有背景了),我深信对于我的目的,这方法是适宜的,所以我不去描写风月,对话也决不说到一大篇。

我做完之后,总要看两遍,自己觉得拗口的,就增删几个字,一定要它读得顺口;没有相宜的白话,宁可引古语,希望总有人会懂,只有自己懂得或连自己也不懂的生造出来的字句,是不大用的。这一节,许多批评家之中,只有一个人看出来了,但他称我为 Stylist。[74]

鲁迅先生是极富于自我批评的精神的,他说:"我的确时时解剖别人,然而更多的是更无情面地解剖我自己。"[75]这是事实,《呐喊》中《一件小事》所写的"惭愧"与"自新"就是具体的证明;因此没有什么人的话更比他自己善于说明他的作品的特点了。在这里,我们要特别叙述一点1921年所写成的已经有了世界意义的《阿Q正传》。这是以辛亥革命为背景,漫画式地集中了全民族的弱点而写成的农村无产者的浮浪的性格。在这里,对于辛亥革命的不彻底性和那时革命形势的实际的表现达到了可惊的成功(但这并不是主题,只是侧面的背景的描写),而且说明了革命的动力是要向背负着封建历史重担的农民身上去追求的。鲁迅先生说:"据我的意思,中国倘不革命,阿Q便不做,既然革命,就会做的。"[76]这就说明了他的现实主义眼光的锐敏。他说:"阿Q的影像,在我心目中似乎确已有了好几年。"[77]就因为他老早就感觉到,要雕塑我们民族的典型,农民气质是不可分离的因素;"辛苦而麻木"的农民生活,也和整个他所感到的中国灰色的人生调子很融洽，这样，就自然集中地成了他所要讽刺的影子。实际上，阿Q虽然是被压迫在社会最底层而缺乏反抗意识的浮浪性贫农的典型，但他却多少是漫画化了的，就是说阿Q那些特征并不是农民所独有的，而是集中了各种社会阶层的，特别是新旧士大夫型的缺点和毛病的。鲁迅的人间爱深深地藏在那些嘲讽的背后，他要我们正视我们身上的缺点，勇于洗涤我们自己的灵魂。事实上，自从阿Q被创造出来以后，我们民族有许许多多的先驱者，在做着不断地洗涤自己的工作。周扬在《新的人民的文艺》一文中说："中国新文化运动的最伟大的启蒙主义者鲁迅曾经痛切地鞭挞了我们民族的所谓'国民性'，这种'国民性'正是帝国主义、封建主义在中国长期统治在人民身上所造成的一种落后精神状态。他批判地描写了中国人民性格的这个消极的，阴暗的，悲惨的方面，期望一种新的国民性的诞生。"[78]这话主要是指《阿Q正传》说的。

《呐喊》中一般的农民典型是闰土和七斤，闰土的坚韧、七斤的憨厚，是本质地画出了朴实善良的农民之可宝贵的性格。《故乡》的后半说：

> 我想：我竟与闰土隔绝到这地步了，但我们的后辈还是一气，宏儿不是正在想念水生么。我希望他们不再像我，又大家隔膜起来……然而我又不愿意他们因为要一气，都如我的辛苦展转而生活，也不愿意他们都如闰土的辛苦麻木而生活，也不愿意都如别人的辛苦恣睢而生活。他们应该有新的生活，为我们所未经生活过的。

这篇最后还说:"我想:希望是本无所谓有,无所谓无的。这正如地上的路;其实地上本没有路,走的人多了,也便成了路。"这里对"新的生活"寄予了现实的恳切的希望,仅只三十年,这希望在今天完全变成了事实。

《彷徨》中的十一篇是1924年开始写的,鲁迅说:

> 后来《新青年》的团体散掉了,有的高升,有的退隐,有的前进,我又经验了一回同一战阵中的伙伴还是会这么变化,并且落得一个"作家"的头衔,依然在沙漠中走来走去,不过已经逃不出在散漫的刊物上做文字,叫作随便谈谈。有了小感触,就写些短文,夸大点说,就是散文诗,以后印成一本,谓之《野草》。得到较整齐的材料,则还是做短篇小说,只因为成了游勇,布不成阵了,所以技术虽然比先前好一些,思路也似乎较无拘束,而战斗的意气却冷得不少。新的战友在那里呢?我想,这是很不好的。于是集印了这时期的十一篇作品,谓之《彷徨》,愿以后不再这模样。"路漫漫其修远兮,吾将上下而求索。"[79]

在《新青年》初期,鲁迅就说他"见过辛亥革命,见过二次革命,见过袁世凯称帝,张勋复辟,看来看去,就看得怀疑起来,于是失望,颓唐得很了"。但他既"怀疑于自己的失望",又"为了对于热情者们的同感",[80]终于"呐喊"起来了。而且这声音是如此的宏亮,立刻摇撼了青年人的心。到《新青年》分化以后,鲁迅是以游勇的身份作战了,正是"两间余一卒,荷戟独彷徨"[81]的时候,但他并没有停止了战斗,他是"荷戟"的;而且这韧性的持久战是一步步更深入了。当然,看见很多战友的中途变节,心境是凄凉的,"彷徨"中就不免带点感伤的色彩,热情也较"呐喊"减退了些。他自己说:"技术虽然比先前好一些,思路也似乎无拘束,而战斗的意气却冷得不少。"这是实在的。但鲁迅是并不会孤独下去的,当他默感到革命的潜力和接触到青年的热情的时候,他的战斗是极其尖锐的,这在杂文的成绩里就可以找到了说明。

《彷徨》十一篇中,《幸福的家庭》和《伤逝》是他不常写的青年生活的面影,说明现实如何残酷地嘲弄了理想。《在酒楼上》和《孤独者》都写传统的灰色环境如何挤扁了满怀热忱的知识分子;作者在《孤独者》篇末说:"隐约像是长嗥,像一匹受伤的狼,当深夜在旷野中嗥叫,惨伤里夹杂着愤怒和悲哀。"作者在这里发出了惨痛而反抗的嗥叫。其余都和《呐喊》差不多,集中在反封建和讽刺着古老的灰色的人生,而且同样表现出反抗的要求。

鲁迅,从他的创作开始起,就是以战斗姿态出现的;他一面揭发着社会丑恶的一面,一面也表现了他的改革愿望和战斗热情。在这二者的统一上,不只他作品的艺术水平高出了当时的作家,就在思想性的强度上也远远地走在了当时的前面。当作文化革命的旗帜,三十年来多少进步的作家都是追踪着他的足迹前进的。

从传统文献中摘取小说题材的,在中国新文学的历史上,鲁迅也是最早尝试的一人。他的《不周山》写于1922年,本来是收在《呐喊》中的,后来除掉了,又收到1936年出的《故事新编》里,改名《补天》。他说:

> 那时的意见,是想从古代和现代都采取题材,来做短篇小说,《不周山》便是取了"女娲炼石补天"的神话,动手试作的第一篇。首先,是很认真的,虽然也不过取了弗罗特说,来解释创造——人和文学的——的缘起。不记得怎么一来,中途停了笔,去看日报了,不幸正看见了谁——现在忘记了名字——的对于汪静之君的《蕙的风》的批评,他说要含泪哀求,请青年不要再写这样的文字。这可怜的阴险使我感到滑稽,当再写小说时,就无论如何,止不住有一个古衣冠的小丈夫,在女娲的两腿之间出现了。这就是从认真陷入了油滑的开端。油滑是创作的大敌,我对于自己很不满。[82]

1926年他在厦门又写了《奔月》和《铸剑》两篇,都是采取古神话作题材的,是传说人物的人情化;《奔月》中有深刻的寄意,《铸剑》表现复仇主义的精神。到1935年,他又陆续写了五篇,集成一本《故事新编》。《序言》中说:

> 对于历史小说,则以为博考文献,言必有据者,纵使有人讥为"教授小说",其实是很难组织之作,至于只取一点因由,随意点染,铺成一篇,倒无需怎样的手腕……
>
> 现在才总算编成了一本书。……叙事有时也有一点旧书上的根据,有时却不过信口开河。……不过并没有将古人写得更死,却也许暂时还有存在的余地的罢。

这其实是自谦;他写作的目的是为了现在,古人只是借来的题材，而且经他的笔写活了。这不是历史故事，是文学作品。自然，摄取那一点历史的因由也需要一番识力，但作者也加上了自己的意想，和现实联系起来了。

鲁迅称《故事新编》为"神话，传说及史实的演义"[83]，除上述三篇外，《理水》和《非攻》中的正面人物是禹和墨子，禹治水是"查了山泽的情形，征了百姓的意见"；墨子阻楚伐宋，却对弟子管黔敖说："你们仍然准备着，不要只望着口舌的成功。"中国的墨家是师承禹的，所以这两篇可视为同一的主题——对于禹和墨子精神的描绘与歌颂。他写出了为人民的战斗的和劳动的精神，献身于组织治水和抵抗侵略的大众事业，正显示了鲁迅自己的战斗精神的伟大；而这是和历史上中华民族的优秀传统相联系的。《出关》和《起死》表现了对道家思想的完全否定，阴柔的老子不得不离开了现实，虚无的无是非观的庄子也不能超脱了人间。《采薇》是对隐士的逃避现实的嘲讽，虽然也寄予了一点同情，但对主张为艺术而艺术的隐士小丙君却就是无情的狙击了。写这样的作品，并不像鲁迅先生自谦的"无需怎样的手腕"；在一个不熟悉历史题材，不懂得如何向传统文献中摄取题材的人，是比写现实的题材更其困难的。

六　匕首与投枪

鲁迅先生的杂文，在他创作中是占量最多的部分，是他多少年来文化战斗的结晶。瞿秋白先生说：

> 鲁迅的杂感其实是一种"社会论文"——战斗的

"阜利通"（feuilleton）。谁要是想一想这将近二十年的情形（此文一九三三年作——瑶），他就可以懂得这种文体发生的原因。急遽的剧烈的社会斗争，使作家不能够从容地把他的思想和感情熔铸到创作里去，表现在具体的形象和典型里；同时，残酷的强暴的压力，又不容许作家的言论采取通常的形式。作家的幽默才能，就帮助他用艺术的形式来表现他的政治立场，他的深刻的对社会的观察，他的热烈的对于民众斗争的同情。不但这样，这里反映着五四以来中国的思想斗争的历史。杂感这种文体，将要因为鲁迅而变成文艺性的论文（阜利通——feuilleton）的代名词。自然，这不能够代替创作，然而它的特点是更直接地更迅速地反应社会上的日常事变。[84]

这里不只从具体的社会背景上说明了产生这种文体的原因和它的价值，而且也说明了鲁迅后来很少再写小说的实际原因。"五四"初期，为了战斗的任务，带议论性质的文章本来很多，大家也承认杂文是文学的一种主要形式，如刘半农在《我之文学改良观》中就说："故进一步言之，凡可视为文学上有永久性存在之资格与价值者，只诗歌戏曲、小说杂文二种也。"《新青年》设《随感录》栏始于四卷四期（1918年4月），鲁迅先生陆续发表了很多篇，都是"当头一击"的简短文字，后来收在《热风》里，这就是杂感。在最初，"杂感"和"杂文"是略有区别的，鲁迅先生在《写在〈坟〉后面》里说："于是除小说杂感之外，逐渐又有了长长短短的杂文十多篇。"但那分别，也好像有些人分别"散文"和

"小品"一样,是并不太严格的。《坟》里所收的文章比较长一些,但瞿秋白先生皆称之为杂感,后来鲁迅自己也不分了。这种文体从"五四"起就是文化战斗的最有力的武器,而鲁迅,因为他坚持了他的战斗的工作与方向,也就特别善于运用这武器。《新青年》以后,1921年北京《晨报》第七版改成副刊,是中国日报有副刊的开始,因为每日出版,篇幅不大,特别适宜于发表杂感短文,鲁迅就在那里写了很多战斗性的文字。后来《语丝》的"任意而谈,无所顾忌,要催促新的产生,对于有害于新的旧物,则竭力加以排击"[85],《莽原》的注意"'文明批评'和'社会批评'"[86],也都是以用这种文体为最有战斗的效力。鲁迅先生说他编《莽原》时的情形是:

> 我所要多登的是议论,而寄来的偏多小说、诗。先前是虚伪的"花呀""爱呀"的诗,现在是虚伪的"死呀""血呀"的诗。呜呼,头痛极了!所以倘有近于议论的文章,即易于登出。[87]

这就充分说明了杂文的价值和鲁迅先生自始即要掌握这一武器的原因。他早期的杂文都收在《热风》和《坟》里,此外《华盖集》《华盖集续编》和《而已集》三书是1925—1927年期间写的;在对"现代评论派"的战斗中,虽然是通过"个人"来攻击的,但那是当时文化战线中非常原则性的战斗,那些个人是可以当作社会上的某种典型来看的。瞿秋白先生说:

新文化运动的领袖,大家都不免要想做青年的新的导师;而诚实的愿意做一个"革命军马前卒"的,却是鲁迅。他自己"背着因袭的重担,肩住了黑暗的闸门,放他们到宽阔光明的地方去"。……他没有自己造一座宝塔,把自己高高供在里面,他却砌了一座"坟",埋葬他的过去,热烈地希望着这可诅咒的时代——这过渡的时代也快些过去。他这种为着将来和大众而牺牲的精神,贯穿着他的各个时期。[88]

《而已集·题辞》说:"这半年我又看见了许多血和许多泪,然而我只有杂感而已。"他又说:"我是在二七年被血吓得目瞪口呆,离开广东的,那些吞吞吐吐,没有胆子直说的话,都载在《而已集》里。"[89]这正是在反动者血腥屠杀革命群众下的悲愤和抗议,而这也就使鲁迅的清醒的现实主义此后更向前跨了一步,和中国革命主流密切地结合了起来。

什么是鲁迅杂文的主要特点呢?用他自己的话说,在内容上"论时事不留面子,砭锢弊常取类型"[90]。在表现方法上,"好用反语,每遇辩论,辄不管三七二十一,就迎头一击"[91]。"我自己也知道,在中国,我的笔要算较为尖刻的,说话有时也不留情面。但我又知道人们怎样地用了公理正义的美名,正人君子的徽号,温良敦厚的假脸,流言公论的武器,吞吐曲折的文字,行私利己,使无刀笔的弱者不得喘息。倘使我没有这笔,也就是被欺侮到赴诉无门的一个;我觉悟了,所以要常用,尤其是用于使麒麟皮下露出马脚。"[92]这些,都说明了用讽刺的笔调来暴露和议论现实的丑恶的特征,瞿秋白先生称之为"神圣的憎恶和讽刺的锋芒"[93]。讽刺，原是暴露的一种有力的手段；鲁迅曾说："悲剧将人生的有价值的东西毁灭给人看，喜剧将那无价值的撕破给人看。讥讽又不过是喜剧的变简的一支流。"[94]"他所讽刺的是社会，社会不变，这讽刺就跟着存在。"[95] 当然，我们现在的社会是已经变了，但这不就是像鲁迅先生这样的人们所勇敢地战斗过来的吗？

被称作散文诗的《野草》写于1924—1926两年，这是诗的结晶，在悲凉之感中仍透露着坚韧的战斗性。文字用了象征，用了重叠，来凝结和强调着悲愤的声音。他自己在《〈野草〉英文译本序》中说：

> 现在举几个例罢。因为讽刺当时盛行的失恋诗，作《我的失恋》，因为憎恶社会上旁观者之多，作《复仇》第一篇，又因为惊异于青年之消沉，作《希望》。《这样的战士》，是有感于文人学士们帮助军阀而作。《腊叶》，是为爱我者的想要保存我而作的。段祺瑞政府枪击徒手民众后，作《淡淡的血痕中》，其时我已避居别处；奉天派和直隶派军阀战争的时候，作《一觉》，此后我就不能住在北京了。
>
> 所以，这也可以说，大半是废弛的地狱边沿的惨白色小花，当然不会美丽。但这地狱也必须失掉。这是由几个有雄辩和辣手，而那时还未得志的英雄们的脸色和语气所告诉我的。我于是作《失掉的好地狱》。

这些文学都是有所为而作的，譬如在《这样的战士》一篇中，他就歌颂了那种坚韧地反抗一切黑暗势力的举起了"脱手一掷的投枪"的战士,我们可以说鲁迅的文字在当时正是这样的投枪。

《朝花夕拾》十篇,是儿时回忆的记事;根据过去的生活经验严格地加以再组织的优美散文。这里不只可以帮助我们了解鲁迅先生的幼年生活情况,那些内容也仍有其现实的意义。如《二十四孝图》的猛烈攻击"老莱娱亲"和"郭巨埋儿";《无常》的描述民间文艺中活泼而诙谐的活无常,都是生动感人的。1932年出版的《两地书》,主要部分也写于1925—1927年期间,这是和景宋的通信集,可以看出鲁迅是怎样地帮助青年和怎样持正不阿地战斗,对于研究鲁迅是很重要的资料。

1928年以后,是鲁迅先生战斗精神最健旺和他领导左翼文学运动的时期,而他的杂文正是表现这种战斗精神的工具和结晶。那种诗与政论结合的精粹的文学和坚韧的面向现实的战斗的内容,是中国新文学史上最为光辉的收获,是值得后人去用心学习的。不只质上是如此宝贵,数量也是很丰富的。1935年岁末时他说:

> 近两年来,又时有前进的青年,好意的可惜我现在不大写文章,并声明他们的失望。我的只能令青年失望,是无可置辩的,但也有一点误解。今天我自己查勘了一下:我从在《新青年》上写《随感录》起,到写这集子里的最末一篇止,共历十八年,单是杂感,约有八十万字。后九年中的所写,比前九年多两倍;而这后九年中,近三年所写的字数,等于前六年,那么,所谓"现在不大写文章",其实也并非确切的核算。而且这些

前进的青年,似乎谁都没有注意到现在的对于言论的迫压,也很是令人觉得诧异的。我以为要论作家的作品,必须兼想到周围的情形。[96]

在当时的白色恐怖下,有些书常被禁止,如鲁迅先生的二心集》便被删掉大部分,书店只好把剩下的改为《拾零集》;有些文字又不能用常见的名字发表,便只好时常改换笔名,鲁迅先生用的笔名很多就是这原因;因此有人怀疑他不常写文字,其实在那样需要战斗的时候,他经常是抱病工作的。但为了躲避检查官的眼睛,便常常用隐晦曲折的语言,他自己譬做"带着枷锁的跳舞"[97],这就是所谓"鲁迅笔法",是在那种环境下的不得已的办法。

就因为这种杂文带有坚韧的战斗精神,自然就刺痛了一些文化战线上的鬼魅,他们好像"和杂文有切骨之仇",鲁迅先生说:"有些人们,每当意在奚落我的时候,就往往称我为'杂感家',以显出在高等文人的眼中的鄙视。"[98]但他严正地回答了他们:

其实"杂文"也不是现在的新货色,是"古已有之"的,凡有文章,倘若分类,都有类可归,如果编年,那就只按作成的年月,不管文体,各种都夹在一处,于是成了"杂"。……况且现在是多么切迫的时候,作者的任务,是在对于有害的事物,立刻给以反响或抗争,是感应的神经,是攻守的手足。潜心于他的鸿篇巨制,为未来的文化设想,固然是很好的,但为现在抗争,却也正是为现在和未来的战斗的作者,因为失掉了现在,也就没有了未来。[99]

杂文和所谓散文小品本来是一样的文体,只因为有些作者不敢面对现实,自我陶醉在性灵幽默的氛围中,才觉得发议论的够不上文学。鲁迅先生驳反对杂文者林希隽时说:

> 不错,比起高大的天文台来,"杂文"有时确很像一种小小的显微镜的工作,也照秽水,也看脓汁,有时研究淋菌,有时解剖苍蝇。从高超的学者看来,是渺小,污秽,甚而至于可恶的,但在劳作者自己,却也是一种"严肃的工作",和人生有关系,并且也不十分容易做。
>
> 他的"散文"的定义,是并非中国旧日的所谓"骈散""整散"的"散",也不是现在文学上和"韵文"相对的不拘韵律的"散文"(Prose)的意思:胡里胡涂。但他的所谓"严肃的工作"是说得明明白白的:形式要有"定型",要受"文学制作之体裁的束缚";内容要有所不谈;范围要有限制。这"严肃的工作"是什么呢?就是"制艺",普通叫"八股"。[100]

这一段"杂文"就匕首似的戳穿了那些反对杂文者所要的究竟是什么样的作品,同时也说明了杂文的严肃的战斗性质。而能有力地发挥现实的战斗效果的,自然就是最好的文艺形式。鲁迅先生说:

> 杂文这东西,我却恐怕要侵入高尚的文学楼台去

的。……杂文中之一体的随笔，因为有人说它近于英国的 Essay，有些人也就顿首再拜，不敢轻薄。……杂文发展起来，倘不赶紧削，大约也未必没有扰乱文苑的危险。以古例今，很可能的，……

我是爱读杂文的一个人，而且知道爱读杂文还不只我一个，因为它"言之有物"。我还更乐观于杂文的开展，日见其斑斓。第一是使中国的著作界热闹，活泼；第二是使不是东西之流缩头；第三是使所谓"为艺术而艺术"的作品，在相形之下，立刻显出不死不活相。[101]

这还不够说明鲁迅的杂文的价值吗？它针对着现实中丑恶的一面，给以锋利的刺击；由他的这些杂文集中，我们看出了中国社会中的形形色色，各种各样的存在的赘瘤，具体地反映了现实社会的斗争和发展。他在杂文中不但暴露了那些丑恶和黑暗，而且也有力地打击了它们。在写作上他创造了诗一样的凝聚的语言，使理论形象地表现出来，多用譬喻，引古人古事来说明今人今事，引对方的话来举例反驳，使读者避免了公式主义的抽象了解，而从生动活泼的具体事例中明白了爱憎的分界和战斗的精神，那影响是非常之大的。

目的既是为了战斗，文章就不能不顾及所要发表的刊物的性质，例如《伪自由书》《准风月谈》《花边文学》，就和《热风》中的文字相似，都很简短，是为了适应《申报》《自由谈》等报刊的性质。《二心集》的文章就长些，他在序中说："因为揭载的刊物有些不同，文字必得和他们相称，就很少做《热风》那样简短的文字了。"文章的长短是没有关系的,那都是杂文,都是为了战斗的需要。《三闲集》中收的是左联成立以前两三年的文字。《二心集》是"1930年与1931年两年间的杂文的结集"。《序言》中说:"只是原先是憎恶这熟识的本阶级,毫不可惜它的溃灭,后来又由于事实的教训,以为惟新兴的无产者才有将来,却是的确的。"集中有尖锐的短评,也有战斗性很强的长文。《伪自由书》是收的1933年给《申报》《自由谈》写的短文,他说:

> 这些短评,有的由于个人的感触,有的则出于时事的刺戟,但意思都极平常,说话也往往很晦涩,我知道《自由谈》并非同人杂志,"自由"更当然不过是一句反话,我决不想在这上面去驰骋的。我之所以投稿,一是为了朋友的交情,一则在给寂寞者以呐喊,也还是由于自己的老脾气。然而我的坏处,是在论时事不留面子,砭锢弊常取类型,而后者尤与时宜不合。……但到五月初,竟接连的不能发表了,我想,这是因为其时讳言时事而我的文字却不免涉及时事的缘故。[102]

结果连《自由谈》编者黎烈文也受到了压迫,于是由编者声明"吁请海内文豪,从兹多谈风月,少发牢骚,庶作者编者,两蒙其休"[103]。这以后鲁迅先生用种种笔名在《自由谈》上写的文字就收在《准风月谈》里,他说:

> 谈风月就谈风月吧,虽然仍旧不能正如尊意。想从一个题目限制了作家,其实是不能够的。假如出一个"学而时习之"的试题,叫遗少和车夫来做八股,那做

法就决定不一样。自然，车夫做的文章可以说是不通，是胡说，但这不通或胡说，就打破了遗少们的一统天下。古话里也有过：柳下惠看见糖水，说"可以养老"，盗跖见了，却道可以粘门闩。他们是弟兄，所见的又是同一的东西，想到的用法却有这么天差地远。"月白风清，如此良夜何？"好的，风雅之至，举手赞成。但同是涉及风月的"月黑杀人夜，风高放火天"呢，这不明明是一联古诗么？[104]

这说明了决定文章内容的不是题材，而是作者的立场和观点，而鲁迅先生正是有那样坚定不移的立场和正确的观点的。"内容也还和先前一样，批评些社会的现象，尤其是文坛的情形。因为笔名改得勤，开初倒还平安无事。然而，'江山好改，秉性难移'，我知道自己终于不能安分守己。《序的解放》碰着了曾今可，《豪语的折扣》又触犯了张资平，此外在不知不觉之中得罪了一些别的什么伟人，我还自己不知道。""于是不及半年，就得着更厉害的压迫了，敷衍到十一月（1932瑶注）初，只好停笔，证明了我的笔墨，实在敌不过那些带着假面，从指挥刀下挺身而出的英雄。"[105] 1933和1934年他的短文就化名分投《太白》等各处，后来收在《花边文学》里。那是压迫最厉害的时候，他说："因此除了官准的有骨气的文章之外，读者也只能看看没有骨气的文章。""在这种明诛暗杀之下，能够苟延残喘，和读者相见的，那么，非奴隶文章是什么呢？"[106] 但他仍然是巧妙地打了"游击战"的，写出了反抗的奴隶们的战斗的心声。《南腔北调集》收的是1932年和1933年除登在《自由谈》上以外的杂文，文字都比较长些。他说：

> 怪事随时袭来，我们也随时忘却，倘不重温这些杂感，连我自己做过短评的人，也毫不记得了。一年要出一本书，确有可以使学者们摇头的，然而只有这一本，虽然浅薄，却还借此存留一点遗闻逸事，以中国之大，世变之亟，恐怕也未必就算太多了罢。[107]

《且介亭杂文》是1934年写的，他说这是"在官民的明明暗暗，软软硬硬的围剿'杂文'的笔和刀下的结集，凡是写下来的，全在这里面。当然不敢说是诗史，其中有着时代的眉目，也决不是英雄们的八宝箱，一朝打开，便见光辉灿烂。我只在深夜的街头摆着一个地摊，所有的无非几个小钉，几个瓦碟，但也希望，并且相信有些人会从中寻出合于他的用处的东西"[108]。其实这些文字是可以称为诗史的，这表现着中国文化战线上那时期的思想斗争的历史，对后人是极宝贵的遗产。1935年写的文字收在《且介亭杂文二集》里，他说：

> 在今年，为了内心的冷静和外力的迫压，我几乎不谈国事了，偶尔触着的几篇，如《什么是讽刺》，如《从帮忙到扯淡》，也无一不被禁止。别的作者的遭遇，大约也是如此的罢，而天下太平，直到华北自治，才见有新闻记者恳求保护正当的舆论。我的不正当的舆论，却如国土一样，仍在日即于沦亡，但是我不想求保护，因为这代价实在是太大了。[109]

1936年是他逝世的一年，这年写的文字后来由许广平先生编印在《且介亭杂文末编》里，分量也并不少，都是为了战斗的需要，抱病勉力写作的；使我们读了倍感凄然，觉得失去了导师的悲痛！1946年出版的《鲁迅书简》中共收信八百余通，虽只占他生前所作书札的三分之一，对读者已是重大的赐予了。杨霁云先生在"跋"中说：

> 在先生的日记中，可以看出先生一生的精力，几有一大部分是消耗于信札方面的。我们知道先生生前对于来信素不肯使人失望——其实先生在其他方面只要力所能及，也决不肯使人失望的，这些从井救人的事在书简中就可看到不少——不论素识或不识，几乎是每信必复，甚至在大病垂危中，对来信尚口述而托许先生执笔写回信，这类的信，在这集子中就有好几封。先生亦自言"实则我作札甚多，或直言，或应酬"（其实真正应酬的信很少），并不一律，可知先生的书简，实应与先生的杂文同等相看。尤其是在书简中，可以看出先生对青年的诚挚爱护（如告以不要赤膊作战，战斗要韧，用壕堑战等），和做事的周密细心（如印书方面，注意到用纸的经久，颜料的植物性或矿物性，装订的精致，等等），这些都是在杂文中所看不到的。先生的此种举措，与先生的终生行事一贯相合，就是尽量牺牲自己，注目于永远，为的是将来！

这些书简也同样是杂文，从中可以看出他对朋友对青年的真诚；对木刻运动的大力提倡，也可以更真切地了解他的战斗的一生。如杨霁云所说,"读这些先生的遗札,可以使我们沉思,激励,鼓战疲之躯肢,作更坚韧的进击"[110]。

鲁迅先生说:"我的杂文,所写的常是一鼻,一嘴,一毛,但合起来,已几乎是或一形象的全体。"[111]这些宝贵的遗产,不只当作作品说是新文学史上最为辉煌的成就,那本身就是新文学血肉战斗的历史中不可分离的最重要的一部分。他是一个作家,然而这些作品是由一个根上生出来的枝叶,那"根"只是不断的坚韧的战斗;为了中国,为了人民。他曾说:"生存的小品文,必须是匕首,是投枪,能和读者一同杀出一条生存的血路的东西。"[112]这种精神一直贯注着他的全部作品,以至他的全生命。他不只是一个伟大的文学家,而且是一个伟大的思想家和革命家。

七　不灭的光辉

1936年10月19日上午5时25分,在中国抗日民族解放战争行将爆发前夜,在中国文艺界统一战线初步建立后不久,领导中国新民主主义文化革命近二十年的鲁迅先生于上海寓所逝世了。在举世哀悼之际,由蔡元培、宋庆龄、茅盾等十三人组成治丧委员会,各界前往瞻仰遗容者达数万人。22日下午,由鹿地亘、胡风、巴金、张天翼等十六人扶柩上车,葬于万国公墓。群众的送葬行列甚长,很招统治者猜忌。"在租界区域内,巡逻在行列两边有骑马的印度巡捕,全是挂着枪。行到中国界的虹桥路,便由黑衣白缠腿的中国警察接替了。他们的长枪却全装了刺刀;短枪也挂好了把子。但是我们这行列是安静的,我们的手是空的,仅是连绵地全唱起送葬歌，声音还是那样低哑和阴沉。"[113]由上海的一万多群众献"民族魂"白地黑字旗一面，覆于棺上。先生逝世后，全国各地都有群众自动集合地举行纪念仪式，哀悼的文字遍于各地报章杂志，一致认为是中华民族的大损失。在世界主要各国文艺界中，鲁迅之死也引起了极大的震动。巴黎全世界拥护文化协会代表全世界先进作家致电吊唁，苏联对外文化协会也来电吊唁中国的伟大作家。中国共产党中央和苏维埃政府，特为鲁迅逝世事发表了告全中国人民的宣言。[114]这一切，都证明了他为中国的新文化和中国人民的革命事业献身奋斗的重要业绩和重大成就；他将是永远活在中国人民的心里的。就文艺界说，在他逝世后首先是浸沉于悲哀与纪念办法的探讨中，而"学习鲁迅"尤为一致的呼声。以后在抗日战争期间，在反美、蒋的人民解放战争期间，鲁迅的遗著和他的战斗精神都给予了中国人民以很大的勇气和力量；特别对于文艺工作者，他的著作将永远是研究和学习的宝贵源泉。1940年中国人民领袖毛泽东写了伟大的名著《新民主主义论》，其中给了鲁迅以最荣誉最崇高的评价，说"鲁迅的方向，就是中华民族新文化的方向"。鲁迅的成就并不专限于文学方面，但由文学方面也可以证明毛泽东同志的话是完全正确的。从"五四"开始，鲁迅的文学活动就是从中国实际出发，完全符合中国人民的需要，并为中国人民的革命事业服务的。鲁迅逝世以后，随着中国革命的向前发展，中国的新文学也经历着新的发展和新的斗争任务，以前鲁迅所接触到的和渴望得到彻底解决的问题，在毛泽东同志的《在延安文艺座谈会上的讲话》中得到了明确的解决；这是总结了"五四"以来的，包括鲁迅先生所经历的二十年和他逝世后的几年中的文学运动的经验，在树立了人民民主政权的解放区的现实基础上予以解决的。今后中国新文学的发展方向，是努力使文学更好地为人民大众服务。而要达到这样的目标，认真地学习鲁迅先生的文学遗产和斗争精神，是非常之必要的工作。冯雪峰说："鲁迅，这个中国人民民主革命的伟大的启蒙主义思想家，二十世纪现实主义的世界大师之一，伟大的爱国主义者和国际主义者，他一生的思想和文学的发展道路，是完全和中国人民的革命发展道路相吻合的。他所成就的巨大的文学事业有独立的不能磨灭的灿烂的特色，一方面联系着中国的优秀文化和中国人民的理想与高贵品质；另一方面为一种深广的革命思想和强毅的战斗精神所贯串着，——那就是这样的一种思想和精神：它最深刻地反映着中国人民反帝反封建的革命斗争，并且最尖锐也最实际地为这革命斗争而服务。"[115]这里扼要地说明了鲁迅先生的事业和斗争方向的正确性质，当然同时也就说明了我们必须认真地学习鲁迅先生的道理了。

1951年10月30日，据《中国新文学史稿》上册改写

*　　*　　*

[1][2][3][13][56] 毛泽东：《新民主主义论》
[4][6][73][79][80][83] 鲁迅：《南腔北调集·〈自选集〉自序》。
[5][74] 鲁迅：《南腔北调集·我怎么做起小说来》。
[7] 鲁迅：《南腔北调集·〈守常全集〉题记》。
[8] 鲁迅：《且介亭杂文·忆刘半农君》。
[9] 陈独秀：《文学革命论》。
[10] 鲁迅：《热风·现在的屠杀者》。

〔11〕鲁迅:《呐喊·自序》。

〔12〕鲁迅:《集外集·序言》。

〔14〕据罗家伦:《驳胡先骕君的文学改良论的分析》,《新潮》一卷五期。

〔15〕鲁迅:《热风·估〈学衡〉》。

〔16〕章士钊:《创办国立编译馆呈文》。

〔17〕鲁迅:《华盖集·答 KS 君》。

〔18〕〔36〕〔47〕〔48〕〔49〕〔60〕〔84〕〔88〕〔93〕瞿秋白:《鲁迅杂感选集·序言》。

〔19〕鲁迅:《华盖集续编·一点比喻》。

〔20〕鲁迅:《三闲集·新月社批评家的任务》。

〔21〕鲁迅:《二心集·"硬译"与"文学的阶级性"》。

〔22〕鲁迅:《二心集·我们要批评家》。

〔23〕鲁迅:《二心集·黑暗中国的文艺界的现状》。

〔24〕〔55〕鲁迅:《且介亭杂文·中国文坛上的鬼魅》。

〔25〕鲁迅:《二心集·"民族主义文学"的任务和运命》。

〔26〕下引各文皆见苏汶所编《文艺自由论辩集》。

〔27〕鲁迅:《南腔北调集·论"第三种人"》。

〔28〕〔30〕鲁迅:《南腔北调集·论语一年》。

〔29〕〔95〕鲁迅:《伪自由书·从讽刺到幽默》。

〔31〕林语堂:《论小品文笔调》,《人间世》第六期。

〔32〕〔112〕鲁迅:《南腔北调集·小品文的危机》。

〔33〕鲁迅:《花边文学·小品文的生机》。

〔34〕〔61〕冯雪峰:《论民主革命的文艺运动》。

〔35〕〔85〕鲁迅:《三闲集·我和〈语丝〉的始终》。

〔37〕〔38〕鲁迅:《且介亭杂文·忆韦素园君》。

〔39〕〔46〕〔52〕鲁迅:《二心集·上海文艺之一瞥》。

〔40〕〔43〕见李何林编《中国文艺论战》,画室《革命与知识阶级》。

〔41〕鲁迅:《而已集·革命文学》。

〔42〕鲁迅:《三闲集·文艺与革命》。

〔44〕〔75〕鲁迅:《坟·写在〈坟〉后面》。

〔45〕〔98〕鲁迅：《三闲集·序言》。

〔50〕鲁迅：《二心集·对于左翼作家联盟的意见》。

〔51〕鲁迅：《二心集·序言》。

〔53〕鲁迅：《二心集·中国无产阶级革命文学和前驱的血》。

〔54〕鲁迅：《南腔北调集·为了忘却的记念》。

〔57〕鲁迅：《且介亭杂文末编·论现在我们的文学运动》。

〔58〕鲁迅：《且介亭杂文末编·答徐懋庸并关于抗日统一战线问题》。

〔59〕鲁迅：《且介亭杂文末编·答托洛斯基派的信》。

〔62〕鲁迅：《二心集·关于小说题材的通信》。

〔63〕鲁迅：《二心集·答北斗杂志社问》。

〔64〕鲁迅：《集外集拾遗·文艺的大众化》。

〔65〕鲁迅：《且介亭杂文二集·人生识字胡涂始》。

〔66〕鲁迅：《且介亭杂文·答〈戏〉周刊编者信》。

〔67〕鲁迅：《花边文学·汉字和拉丁化》。

〔68〕〔69〕〔70〕〔71〕鲁迅：《且介亭杂文·门外文谈》。

〔72〕鲁迅：《且介亭杂文二集·〈中国新文学大系〉小说二集序》。

〔76〕〔77〕鲁迅：《华盖集续编·〈阿Q正传〉的成因》。

〔78〕见《中华全国文学艺术工作者代表大会纪念文集》。

〔81〕鲁迅：《集外集·题〈彷徨〉》。

〔82〕鲁迅：《故事新编·序言》。

〔86〕鲁迅：《两地书（一七）》。

〔87〕鲁迅：《两地书（三四）》。

〔89〕鲁迅：《三闲集·序言》。

〔90〕〔102〕鲁迅：《伪自由书·前记》。

〔91〕鲁迅：《两地书（一二）》。

〔92〕鲁迅：《华盖集续编·我还不能"带住"》。

〔94〕鲁迅：《坟·再论雷峰塔的倒掉》。

〔96〕〔97〕鲁迅：《且介亭杂文二集·后记》。

〔99〕〔108〕鲁迅：《且介亭杂文·序言》。

〔100〕鲁迅：《集外集拾遗补编·做"杂文"也不易》。

〔101〕鲁迅:《且介亭杂文二集·徐懋庸作〈打杂集〉序》。

〔103〕鲁迅:《伪自由书·后记》。

〔104〕鲁迅:《准风月谈·前记》。

〔105〕〔111〕鲁迅:《准风月谈·后记》。

〔106〕鲁迅:《花边文学·序言》。

〔107〕鲁迅:《南腔北调集·题记》。

〔109〕鲁迅:《且介亭杂文二集·序言》。

〔110〕《鲁迅书简·跋》。

〔113〕《鲁迅先生纪念集·鲁迅先生逝世经过略记》。

〔114〕见《鲁迅先生纪念集》。

〔115〕冯雪峰:《鲁迅生平及他思想发展的梗概》,《文艺报》第四卷第十一、十二期。

鲁迅和北京

鲁迅先生在北京一共住过十四年，从 1912 年 5 月到 1926 年 8 月，也就是他三十二岁到四十六岁的时候；这期间他写了很多小说，差不多整个的小说部分都是在这里写的。同时又开始写杂文，介绍外国的小说戏剧和论文，完成了《中国小说史略》等学术著作，而且领导了《语丝》、《莽原》、未名社等文学社团的活动，运用全部的力量，打击了封建势力和军阀统治；这一段时间，正是他的思想光辉开始闪耀，并以战斗的业绩来丰富了"五四"新文化的历史内容的时期。

他在北京一共住过四个地方。初来的时候，住在宣武门外南半截胡同绍兴会馆内藤花馆。1916 年 5 月又移居会馆中补树书屋，就是《呐喊·自序》中所说的，"S 会馆里有三间屋，相传是往昔曾在院子里的槐树上缢死过一个女人的，现在槐树已经高不可攀了，而这屋还没有人住，许多年，我便寓在这屋里抄古碑"的那间屋子。《呐喊》和《热风》中的一部分作品就是在这里写的。1919 年 11 月搬到新买的公用库八道湾住宅，1923 年 8 月又搬到砖塔胡同六十一号，1924 年 5 月才移居到新买的阜成门内西三条胡同二十一号新宅。《野草》中《秋夜》一篇所记的："在我的后园，可以看见墙外有两株树，一株是枣树，还有一株也是枣树。"就是说的那里的情形。许广平先生曾在《两地书（一三）》中，描写初到他寓所时的印象说：

"尊府"居然探险过了！归来后的印象，是觉得熄灭了通红的灯光，坐在那间一面镶玻璃的室中时，是时而听雨声的淅沥，时而窥月光的清幽，当枣树发叶结实的时候，则领略它微风振枝，熟果坠地，还有鸡声喔喔，四时不绝……

在他留住北京的十四年当中除了曾回原籍三次，赴西安演讲一次，三一八惨案后避难入医院一次以外，都是在以上几个地方居住的。现在阜成门内住宅已由文化部派人修筑管理，供人参观，在这些鲁迅先生居住过的地方，我们是可以想象到他当年在北京辛勤工作的情形的。

他初来北京时，任教育部社会教育司第一科科长，旋改任教育部佥事；除1917年因张勋复辟之乱，愤而离职约一月，1925年因同情女师大学生运动被段祺瑞政府违法免职数月外，余皆在教育部任职。那时各机关常常欠薪，有时发一二成，还要大家去"索"；《呐喊》中的《端午节》，就是以"索薪"为题材的。《华盖集续编》中的《记"发薪"》一文中说："我今年已经收了四回俸钱了：第一次三元；第二次六元；第三次八十二元五角，即二成五，端午节的夜里收到的；第四次三成，九十九元，就是这一次。再算欠我的薪水，是大约还有九千二百四十元，七月份还不算。"因此他的实际收入并不多，生活很清苦。但好在可以有许多时间归自己支配。在《而已集》的《谈所谓"大内档案"》一文内，可约略看到那时的教育部办公的情形。在《反"漫谈"》一文中，他说他"目睹一打以上的总长"，并不是来办教育，"大抵是来做当局"的。这些人知道"中国的一切事万不可办"，因此部内的事并不多。这就使鲁迅先生有空暇做很多文化战线上的工作。五四运动以后，自1920年起，他就在北京大学等校兼课，于是跟青年学生有了更多的接触机会；他是一向爱护青年的，这以后和青年联系更紧了，于是办杂志，领导文学社团活动，特别是在女师大学生反对校长的运动当中，他都是和当时的进步青年学生在一起活动的。他家里常常有学生们来拜访，他也不惜花很多精力和时间来帮助他们。

从"五四"开始的中国新文学的历史是中国新民主主义革命在文学上的反映，鲁迅是始终参加了这一运动，并首先由他的努力来显示了文学革命的实绩的。他在《〈自选集〉自序》中说："我做小说，是开手于1918年，《新青年》上提倡'文学革命'的时候的。这一种运动，现在固然已经成为文学史上的陈迹了，但在那时，却无疑地是一个革命的运动。我的作品在《新青年》上，步调是和大家大概一致的，所以我想，这些确可以算作那时的'革命文学'。"他当时并不只写写小说和杂文，也参加了领导"五四"思想革命的《新青年》杂志的编辑计划。从文学革命的开始起，他就是积极参加了这一战斗的，并且是那样彻底地、不妥协地反对封建文化与买办文化。在这以前的几年间，他在绍兴会馆里抄古碑，校《嵇康集》，纂辑《会稽郡故书杂集》等，做的都是些沉默的工作。因为他还没有看到新生的力量；所谓"见过辛亥革命，见过二次革命，见过袁世凯称帝，张勋复辟，看来看去，就看得怀疑起来，于是失望，颓唐得很了"（《〈自选集〉自序》）。但他"却又怀疑于自己的失望，因为我所见过的人们，事件，是有限得很的"；因此他对于"五四"时期的热情改革者们抱有同感,认为"希望,是不能抹杀的"(《呐喊·自序》)。于是便积极地呐喊起来了。到了1921年以后,所谓"五四"落潮期,资产阶级的知识分子开始与敌人妥协,站在反动方面了;五四运动策源地的北京,"倒显得寂寞荒凉的古战场的情况"(《〈中国新文学大系〉小说二集序》)。他说,"后来《新青年》的团体散掉了,有的高升,有的退隐,有的前进",而他则"落得一个'作家'的头衔,依然在沙漠中走来走去","成了游勇,布不成阵了"。(《〈自选集〉自序》)但他仍坚持了文化战线上的战斗任务,1924年在北京刊行了由他积极支持的《语丝》周刊。内容"大抵以简短的感想和批评为主"(发刊词),鲁迅在《我和语丝的始终》一文中说它的特色是"任意而谈,无所顾忌,要催促新的产生,对于有害于新的旧物,则竭力加以排击。——但应该产生怎样的新,却并无明白的表示,而一到觉得有些危急之际,也还是故意隐约其词"。鲁迅的《野草》《华盖集》《彷徨》中的大部文字,都是先在《语丝》上发表的。当时《语丝》在和替北洋军阀服务的《现代评论》派战斗、抗议三一八惨案、反对解散女师大等各方面,都曾发生过积极的作用,论点是和当时南方的革命主流遥遥相应的。1925年,他看到"居然也有几个不问成败而要战斗的人"(《两地书(八)》),这主要是指韦素园诸人,遂创办《莽原》周刊,目的是要提倡"'文明批评'和'社会批评'"的(《两地书(一七)》)。原附北京《京报》发行,1926年由周刊改为半月刊,由未名社印行。鲁迅离京后由韦素园接编,1927年停刊。未名社也是1925年和韦素园等组成的,专致力翻译工作。这和莽原社都是由鲁迅实际领导的。未名社是中国最早致力介绍苏联文学的一个社团。后来鲁迅先生回忆说："未名社现在是几乎消灭了，那存在期，也并不长久。然而自素园经营以来，绍介了果戈理（N. Gogol），陀思妥也夫斯基（F. Dostoevsky），安特列夫（L. Andreev），绍介了望·蔼覃（F. van Eeden），绍介了爱伦堡（I. Ehrenburg）的《烟袋》和拉夫列涅夫（B. Lavrenev）的《四十一》。还印行了《未名新集》，其中有丛芜的《君山》，静农的《地之子》和《建塔者》，我的《朝花夕拾》，在那时候，也都还算是相当可看的作品。事实不为轻薄阴险小儿留情，曾几何年，他们就都已烟消火灭，然而未名社的译作，在文苑里却至今没有枯死的。"（《且介亭杂文·忆韦素园君》）在鲁迅的领导下，未名社是特别重视俄国文学及当时苏联文学的情况的。在经营《莽原》和未名社的工作期间，他寓所里经常有青年人来往；他每天要上课、办公、写文章、编杂志、校稿、会客，是非常忙碌的；我们在《两地书》中就可以约略看到一些他这时的情形。由于他的坚韧的工作，这些刊物和书籍在当时的文化战线上，特别是在北京的学生当中，曾发生过很大的影响。

鲁迅是以他的小说创作来"显示了文学革命的实绩"的，《呐喊》与《彷徨》中的作品全部是在北京所写，正是他抱着"毁坏这铁屋的希望"，力图唤起那些昏睡的人们的工作。关于他这些作品的意义和价值，我们这里不拟多谈。只从这些小说的取材背景说，主要有两个地方：一个是取材于他的故乡江南农村的，例如《孔乙己》《阿Q正传》等名作；另一个就是取材于北京的，从这里我们可以看出他对于当时北京的观感来。在《示众》中，他称北京叫"首善之区"；在《端午节》中，那个北京学校的名字叫"首善学校"；这自然都是反语。《示众》是讽刺小市民的麻木无聊的一篇速写，那些人就在寻看热闹中打发了一天的时光，无热闹可看时，"就在槐荫下看那很快地一起一落的狗肚皮"，这种灰色生活自然是应该嘲讽的。《端午节》是写知识分子的不满现实而又不愿改革的灰色面貌的，主人公方玄绰在那个"首善学校"的讲堂上，大讲其"差不多"说，古今人不相远，各色人等性相近，学生和官僚差不多等的"易地则皆然"的议论。这些"首善之区"的人物活动是当时反动政权统治下的必然现象，鲁迅极端地憎恶他们，也辛辣地嘲笑了他们。但他对北京的劳动人民还是充满了尊敬、同情的，就在《示众》中，那个"工人似的粗人"在好些人正兴致勃勃地围观一个罪犯时，他过来只问了一句"他，犯了什么事啦"？得不到回答就溜走了。那生活态度与其他的人显然是不同的。这种精神表现得最明显的是《呐喊》中的《一件小事》，这里写了一个洋车夫不顾自己拉的车，去救一个在大风中跌倒在马路上的花白头发的老女人的故事，深切地表现出了劳动人民之间的伟大友爱，这在小市民知识分子间是找不到的。作者在篇中说："我这时突然感到一种异样的感觉，觉得他满身灰尘的后影，刹时高大了，而且愈走愈大，须仰视才见。而且他对于我，渐渐的又几乎变成一种威压，甚而至于要榨出皮袍下面藏着的'小'来。"

在他所接触的北京劳动人民当中，他是体会到了他们的"高大"的；而这才是使北京变成像今天一样的真正名副其实的"首善之区"的重要力量。鲁迅先生是极富于自我批评精神的,他说:"我的确时时解剖别人,然而更多的是更无情面地解剖自己。"(《写在〈坟〉后面》)他从《一件小事》中感到了"惭愧"与"自新",这在别的几篇以北京为背景的小说中也可得到说明。这些小说大都是写知识分子的,例如《幸福的家庭》和《伤逝》,就都写出了现实生活是如何残酷地嘲弄了知识分子的"理想"。鲁迅对于青年知识分子的爱护和对于他们的缺点的批评,都是由深刻的体验中得到的,因此也是非常符合历史实际的。冯雪峰先生在回忆鲁迅《关于知识分子的谈话》中说:"鲁迅先生自己就从不曾以知识分子自居,虽然更不曾以'非知识分子'自居。我想,他对于革命的知识分子和青年们,并不以狭隘的尺度和过高的标准去评论他们,然而却注意他们的工作和工作效果的所归,就由于他自己并不曾以什么特别的身份自居,却将自己看成为属于民族的社会的革命之一名战卒吧。"(《文艺复兴》二卷三期)他对于青年们和对于他自己一样,只希望能够克服缺点,好好地工作;这种精神是从很早就可以看到的。他希望全中国进步,自然也希望北京能成为真正的"首善之区",因此他在写作时就不能不"揭出病苦,引起疗救的注意"(《南腔北调集·我怎么做起小说来》)。

被称作散文诗的《野草》全部写于北京,这是诗的结晶,在悲凉之感中仍透露着坚韧的战斗性。文字用了象征,用了重叠,来凝结和强调着悲愤的声音。《朝花夕拾》十篇中有五篇是在北京写的,这是儿时回忆的记事,根据过去的生活经验,严格地加以再组织的优美散文;根据这些文字,我们对鲁迅先生的幼年生活可以有更深切的了解。如果说他杂文的特色是一种文艺和议论结合的"社会论文",那么《野草》的特色是抒情,《朝花夕拾》的特色是叙事;单就文体讲,"五四"新文学初期一般号称收获最丰富的散文一体的各方面的特色,在他的创作里就已经都具备了。当然,为了战斗需要的急迫和言论的不自由,他是更多地运用了杂文这一武器的。《新青年》时代所写的杂文大都收在《坟》与《热风》里,以后的《华盖集》正续编也是在北京写的。"这里反映着'五四'以来中国思想斗争的通史"(瞿秋白语),也正是鲁迅的思想与战斗精神向上发展的纪录,他自己说他一贯是"论时事不留面子,砭锢弊常取类型"(《伪自由书·前记》),这说明了用讽刺的笔调来暴露和议论现实的丑恶,是他杂文的特点,瞿秋白先生称之为"神圣的憎恶和讽刺的锋芒"。在对《现代评论》派的所谓"正人君子"们的战斗中,那些文字虽然是通过"个人"来攻击的,但那是当时文化战线中非常原则性的战斗,那些个人是可以当作社会上的某种典型来看的。瞿秋白先生说:"新文化运动的领袖,大家都不免要想做青年的新的导师;而诚实的愿意做一个'革命军马前卒'的,却是鲁迅。他自己'背着因袭的重担,肩住了黑暗的闸门,放他们到宽阔光明的地方去'……他没有自己造一座宝塔,把自己高高供在里面,他却砌了一座'坟',埋葬他的过去,热烈地希望着这可诅咒的时代——这过渡的时代也快些过去。他这种为着将来和大众而牺牲的精神,贯穿着他的各个时期。"(《鲁迅杂感选集·序言》)我们以1926年在北京发生的三一八惨案为例,事后那些御用文人们都忙着歪曲事实,推卸责任,说学生们是"自蹈死地",说"群众领袖应负道义上的责任"等混淆是非的昏话；而鲁迅却是以那样的激昂严正的战斗声音，深刻地震撼了读者的心灵的！当时的全部战斗文字都收在《华盖集续编》里，例如在三一八那天写的《无花的蔷薇之二》后，就注明是"民国以来最黑暗的一天写"，其中说：

> 如果中国还不至于灭亡，则已往的史实示教过我们，将来的事便要大出于屠杀者的意料之外——
> 这不是一件事的结束，是一件事的开头。
> 墨写的谎说，决掩不住血写的事实。
> 血债必须用同物偿还。拖欠得愈久，就要付更大的利息！

鲁迅曾说："真的猛士，敢于直面惨淡的人生，敢于正视淋漓的鲜血。"（《记念刘和珍君》）鲁迅自己正是这样的"真的猛士"！事后统治者说请愿者是共产党，并发令通缉李大钊等五人。4月奉系军阀勾结日本帝国主义者进驻北京，市上又有通缉名单的传言（见《而已集·大衍发微》），北京入于恐怖世界，革命力量遭受打击，李大钊先生就是在被通缉后，于次年4月被反动统治者绞杀的。鲁迅离寓避难，在外流离共约一月，5月中旬才回到寓所。但他终于在北京住不下去了，一方面也向往于激荡起来的南方革命力量，遂于这年（1926）8月，离开北京到厦门去了。此后除于1929年夏和1932年冬因省母又来过二次北京外，就没有再来北京住了。但这一段宝贵的革命经验对于后来他在上海领导左翼作家联盟的更坚韧的战斗，是有极重要的意义的。在《二心集·序言》中他说："只是原先是憎恶这熟识的本阶级，毫不可惜它的溃灭，后来又由于事实的教训，以为惟新兴的无产者才有将来，却是的确的。"鲁迅就是在长期革命实践的过程中，得到了"事实的教训"，才逐渐锻炼成为最卓越最坚强的共产主义者的思想家和文学家的；这种战斗的精神永远值得我们学习。

现在北京已经成为人民的首都了，已经成为名副其实的真正的"首善之区"了，这是值得我们骄傲的，也是可以欣幸地告慰于鲁迅先生的。

《北京文艺》三卷一期

鲁迅的国际主义精神

还在辛亥革命以前,当鲁迅先生开始留心文学的时候,就特别注意俄国的作品。因为他的目的是要以文艺来改变国民的精神,是要推动民主革命的历史任务,于是自然就注意到了被压迫的反抗的作品。他说:"因为所求的作品是叫喊和反抗,势必至于倾向了东欧,因此所看的俄国,波兰以及巴尔干诸小国作家的东西就特别多。"(《南腔北调集·我怎么做起小说来》)而"俄国的文学,从尼古拉二世以来,就是为人生的"(《竖琴·前记》)。远在1907年写的《摩罗诗力说》里,他已扼要地给我们介绍过普式庚、来尔孟多夫和果戈理;后来他说:"那时就知道了俄国文学是我们的导师和朋友。因为从那里面,看见了被压迫者的善良的灵魂,的酸辛,的挣扎;还和四十年代的作品一同烧起希望,和六十年代的作品一同感到悲哀。我们岂不知道那时的大俄罗斯帝国也正在侵略中国,然而从文学里明白了一件大事,是世界上有两种人:压迫者和被压迫者!"(《南腔北调集·祝中俄文字之交》)这也就是俄国文学在中国获得了多数的读者而且使这两国人民有了深切的友谊的原因。到鲁迅自己开始以创作来"显示了文学革命的实绩"时,他的态度也以为文学"是必须为人生,而且要改良这人生"(《我怎么做起小说来》),这自然和俄国文学有了血缘的关系;他后来说他的处女作《狂人日记》就受有果戈理和安特列夫的影响（《〈中国新文学大系〉小说二集序》）。因此他对俄国文学的传统和它以后的发展，一向就是十分注意的，那用意自然也还是为了中国的文学和前途。十月革命以后，首先介绍给中国苏联文学界的情形、理论和作品的，就是他所主持的《未名丛刊》，于1925年先后出版了《苏俄文艺论战》（任国桢译）、《烟袋》和《四十一》（曹靖华译小说集）等书。他当时迫切需要了解一些苏联的真实情形，他说："先前，旧社会的腐败，我是觉到了的，我希望着新的社会的起来，但不知道这'新的'该是什么；而且也不知道'新的'起来以后，是否一定就好。待到十月革命后，我才知道这'新的'社会的创造者是无产阶级，但因为资本主义各国的反宣传，对于十月革命还有些冷淡，并且怀疑。""但到底也是自己断定：这革命恐怕对于穷人有了好处，那么对于阔人就一定是坏的。"（《且介亭杂文·答国际文学社问》及《南腔北调集·林克多〈苏联闻见录〉序》）这样，他就对苏联寄予了最亲切的友谊。1925年五卅事件后他说："我们的市民被上海租界的英国巡捕击杀了，我们并不还击，却先来赶紧洗刷牺牲者的罪名。说道我们并非'赤化'，因为没有受别国的煽动；说道我们并非'暴徒'，因为都是空手，没有兵器的。我不解为什么中国人如果真使中国赤化，真在中国暴动，就得听英捕来处死刑？……其实，这原由是很容易了然的，就因为我们并非暴徒，并未赤化的缘故。"（《华盖集·忽然想到之十》）

他慨叹日本人介绍苏联文学的迅速，而中国却缺少脚踏实地做翻译工作的人，由1928年起，他就自己负起了这一任务；陆续介绍了科学的艺术理论，高尔基和法捷耶夫等作家的作品，翻印了苏联版画，这些都在中国读者中发生了很大的影响。在《答国际文学社问》里，他说："现在苏联的存在和成功，使我确切的相信无阶级社会一定要出现，不但完全扫除了怀疑，而且增加许多勇气了。……我看苏联文学，是大半因为想绍介给中国，而对于中国，现在也还是战斗的作品更为紧要。"在译本高尔基《一月九日》的小引中他说："中国的工农，被压榨到救死尚且不暇，怎能谈到教育；文字又这么不容易，要想从中出现高尔基似的伟大作者，一时恐怕是很困难的。不过人的向着光明，是没有两样的，无祖国的文学也并无彼此之分，我们当然可以先来借看一些输入的先进的范本。"他原是要从苏联的战斗经验中来给中国人民以教育的。在《祝中俄文字之交》中他说："但苏联文学在我们却已有了里培进斯基的《一周间》，革拉特珂夫的《士敏土》，法捷耶夫的《毁灭》，绥拉菲摩微支的《铁流》；此外中篇短篇，还多得很。凡这些，都在御用文人的明枪暗箭之中，大踏步跨到读者大众的怀里去，给一一知道了变革，战斗，建设的辛苦和成功，……这可见我们的读者大众，是一向不用自私的'势利眼'来看俄国文学的。我们的读者大众，在朦胧中，早知道这伟大肥沃的'黑土'里，要生长出什么东西来，而这'黑土'却也确实生长了东西，给我们亲见了：忍受，呻吟，挣扎，反抗，战斗，变革，战斗，建设，战斗，成功。"

1929年艺苑朝花社印行的《近代木刻选集》《新俄画选》等三册，包括选辑序文和出版，都是在鲁迅的主持下进行的。他在《〈新俄画选〉小引》中说："当革命时，版画之用最广，虽极匆忙，顷刻能办。"那介绍的用意是很明显的。1934年他自己出资印了苏联木刻《引玉集》和中国创作《木刻纪程》，1936年编选了《苏联版画集》，是在病中勉力作成的。《〈引玉集〉后记》说有一部分已因"一·二八"战争失去，"万一相偕湮灭，在我是觉得比失了生命还可惜的"。《〈苏联版画集〉序》中也说："这是我所愿意做，也应该做的。"他是如何地爱护着社会主义的文化！在《记苏联版画展览会》中，他说那些"建设的成绩，令人抬起头来，看见飞机，水闸，工人住宅，集体农场，不再专门两眼看地，惦记着破皮鞋摇头叹气了。这些绍介者，都并非有所谓可怕的政治倾向的人，但决不幸灾乐祸，因此看得邻人的平和的繁荣，也就非常高兴，并且将这高兴来分给中国人。我以为为中国和苏联两国起见，这现象是极好的，一面是真相为我们所知道，得到了解，一面是不再误解，而且证明了我们中国，确有许多'威武不能屈，贫贱不能移'的必说真话的人们"。又说："但我们还有应当注意的，是其中有乌克兰、乔其亚、白俄罗斯的艺术家的作品，我想，倘没有十月革命，这些作品是不但不能和我们见面，也未必会得出现的。"他在这里也给中国人民描绘出了一幅前途的远景，那革命的信心是极其伟大和坚定的，当国民党文化特务"民族主义文学"者歌颂"成吉思汗"的时候，他指出了那用意只在想随着日本帝国主义来进攻苏联。"因为我们的权力者，现在已经明白了古之斡罗斯，即今之苏联，他们的主义，是决不能增加自己的权力，财富和姨太太的了。"(《且介亭杂文·中国文坛上的鬼魅》)他自己却译了《十月》《毁灭》《俄罗斯童话》《艺术论》等，编校了《铁流》《海上述林》等，辛勤地在中国人民面前献出了鲜艳滋养的异域的珍果。

这些当然是有很大功绩的,值得追念的,然而就中国人民对社会主义国家苏联的关系说来,鲁迅并不仅是一个苏联旧有文学遗产和现代文学艺术的忠实介绍者,他并且是苏联人民的最忠实的友人,是反对一切帝国主义和反动势力对社会主义革命造谣诬蔑的最勇敢的战士。在一切事件的判别和主张上,那国际主义的精神是异常鲜明的。九一八事变后,他指出了侵占中国也就是帝国主义企图进攻苏联的阴谋,他在《我们不再受骗了》一文中说:

> 帝国主义是一定要进攻苏联的。苏联愈弄得好,它们愈急于要进攻,因为它们愈要趋于灭亡。
>
> 帝国主义和我们,除了它的奴才之外,那一样利害不和我们正相反?我们的痛疽,是它们的宝贝,那么,它们的敌人,当然是我们的朋友了。它们自身正在崩溃下去,无法支持,为挽救自己的末运,便憎恶苏联的向上。谣诼,诅咒,怨恨,无所不至,没有效,终于只得准备动手去打了,一定要灭掉它才睡得着。但我们干什么呢?我们还会再被骗么?
>
> 帝国主义的奴才们要去打,自己(!)跟着它的主人去打去就是。我们人民和它们是利害完全相反的。我们反对进攻苏联。我们倒要打倒进攻苏联的恶鬼,无论它说着怎样甜腻的话头,装着怎样公正的面孔。
>
> 这才也是我们自己的生路!

这爱憎的界限是极分明的。当各地学生为九一八事变到南京请愿而国民党政府多方压迫，并且通电各地军政当局，说是"友邦人士，莫名惊诧，长此以往，国将不国"；那些"友邦"当然是指包括日本在内的各帝国主义者，鲁迅特写了《"友邦惊诧"论》，说："好个国民党政府的'友邦人士'！是什么东西！……可是'友邦人士'一惊诧，我们的国府就怕了，'长此以往，国将不国'了，好像失了东三省，党国倒愈像一个国，失了东三省谁也不响，党国倒愈像一个国，失了东三省只有几个学生上几篇'呈文'，党国倒愈像一个国，可以博得'友邦人士'的夸奖，永远'国'下去一样。几句电文说得明白极了：怎样的党国，怎样的'友邦'。'友邦'要我们人民身受宰割，寂然无声，略有'越轨'，便加屠戮；党国是要我们遵从这'友邦人士'的希望，否则，他就要'通电各地军政当局'，'即予紧急处置，不得于事后借口无法劝阻，敷衍塞责'了！"他对帝国主义的憎恨和对国民党政府反动本质的揭露，是深刻地教育了中国人民的。这与他对新生的社会主义苏联的感情正成了显明的对比，他看到1931年苏联煤油小麦的输出使得资本主义国家骇怕的事实，他感到了莫名的喜悦。1932年他看完了胡愈之的《莫斯科印象记》和林克多的《苏联闻见录》，说"所设施的正是合于人情"，"'……一切神圣不可侵犯'的东西，都像粪一般抛掉，而一个簇新的，真正空前的社会制度从地狱底里涌现而出，几万万的群众自己做了支配自己命运的人"。这是林克多《苏联闻见录》的序文，这书的校订出版，都由鲁迅先生经手，那目的就是要将苏联的建设成绩，介绍给中国人民，以粉碎一些帝国主义者的谣言的。这序文后边又说："我相信这书所说的苏联的好处的，也还有一个原因,那就是十来年前,说过苏联怎么不行怎么无望的所谓文明国人,去年已在苏联的煤油和麦子面前发抖。而且我看见确凿的事实:他们是在吸中国的膏血,夺中国的土地,杀中国的人民。他们是大骗子,他们说苏联坏,要进攻苏联,就可见苏联是好的了。"对于当时正受着日本帝国主义加紧侵略的中国人民,这简单的真理是再明白也没有了。从对全世界的关系说来,鲁迅是帝国主义和帝国主义战争的坚决反对者,他对争取自由和保卫世界和平是有无限忠心的,这在他死前对西班牙人民的奋斗的热烈拥护,是完全可以证明的。因此他虽然痛恨日本帝国主义者,但却最爱护日本劳动人民;这爱憎都不是个人的,它代表了中国人民与世界一切进步人民的精神上的团结。在他一生为祖国的不息的战斗中,处处我们都可体会出这种国际主义的精神来。

就这样,鲁迅自然也成了苏联人民的忠实友人。1934年苏联作家开第一次全体大会,邀请各国著名作家到会,鲁迅和罗曼·罗兰、巴比塞、萧伯纳等都是被邀请的人,苏联是鲁迅早就"神往"的地方,很多人也劝他借此出国休养一下身体,但他回肖三先生的信说:"大会我早想看一看,不过以现在情形而论,难以离家,一离家,即难以复返,更何况发表记载。那么,一切情形,只有我一个人知道,不能传给社会,不是失了意义了么?也许还是照旧的在这里写些文章好一点吧。"(见《鲁迅先生纪念集》)这里"家"自然是指中国,在统治者的压迫下,出国后即"难以复返",为了要坚持为中国人民的战斗,他舍弃了多年以来所抱的参观苏联的愿望。这次大会给鲁迅"致送了兄弟的祝问"电,说他

"英勇地执行了自己的正确的义务",是"劳动人民的最好的朋友"。在这以前,苏联的作家们也多次请他去参加"五一"及十月革命节的盛典,但为了工作,都没有去得成。在他死前四个月,苏联作家高尔基逝世了,鲁迅等电唁说:"高尔基的死——不但是苏联的损失,而且是全世界一切有正义感的人的损失。"鲁迅死后,国民党的报纸也都不能不登载了苏联对外文化协会和苏联大使鲍格莫洛夫的来电,都用着和鲁迅悼念高尔基差不多同意义的语言。在莫斯科,列宁格勒都有过追悼鲁迅的集会,出版了俄文的《鲁迅选集》;巴黎全世界拥护文化协会也代表全世界的进步作家来电吊唁。正因为鲁迅是真正代表了中国人民的要求和方向,因此他必然也是和世界进步人民团结在一起的。他的爱祖国的热忱必然会使他成为一个伟大的国际主义者。

他死前正赶着翻译果戈理的《死魂灵》时,他说:"听说果戈理的那些所谓'含泪的微笑',在他本土,现在是已经无用了,来替代它的有了健康的笑。但在别的地方,也依然有用,因为其中还藏着许多活人的影子。"(《且介亭杂文二集·几乎无事的悲剧》)那时正是民族危机加深,日本帝国主义企图灭亡全中国的时候,他的心是沉重的。我们可以告慰鲁迅先生的是,我们现在也有了"健康的笑"了,"鲁镇""未庄"式的农村也要实行土改了,鲁迅所痛恨的旧中国已经一去不复返了,我们已经建立了人民的新中国;而且已经明白地告诉了帝国主义者们,中国人民站起来了!当高尔基临终的时候,苏联人民以一部新的宪法草稿,呈献给他作卧病中的礼物,在鲁迅先生逝世的时候,中国人民还没有能够呈献出使先生可以安然瞑目的战绩,然而到今天,十四年后的今天,我们有了《共同纲领》,对于为中国人民战斗了一生的鲁迅先生,若果有知,也应该地下含笑的吧!

1950年10月15日,为鲁迅先生逝世十四周年作《进步日报》

关于鲁迅笔名与"阿Q"人名问题

侯外庐先生在《从鲁迅笔名与阿Q人名说到怎样认识鲁迅并怎样向鲁迅学习》(1月26日《光明日报》)一文里,对鲁迅笔名与"阿Q"人名从"考证学兼历史学"上提出了新的解释,并以为"由小可以见大",由此推论到关于鲁迅先生的思想和历史的阐释。本文不打算对他的"怎样认识鲁迅并怎样向鲁迅学习"一部分的意见说话,只拟就关于"鲁迅笔名与阿Q人名"的问题提出一些不同的看法,和侯先生商榷。

鲁迅在《华盖集续编·〈阿Q正传〉的成因》一文中说:"我所用的笔名也不只一个:LS、神飞、唐俟、某生者、雪之、风声;更以前还有:自树、索士、令飞、迅行。鲁迅就是承迅行而来的,因为那时的《新青年》编辑者不愿意有别号一般的署名。"他用迅行的笔名很早,辛亥革命前为刘申叔主办的《河南杂志》撰稿时就署名迅行,那几篇长文现在即编在《坟》里;这在许寿裳的《亡友鲁迅印象记》和周作人的《关于鲁迅》中都有记载。1918年在《新青年》发表《狂人日记》时才开始用鲁迅的笔名,原因确如他自己所说,是"《新青年》编辑者不愿意有别号一般的署名"。现在我们翻阅《新青年》也可以看到作者中完全没有不冠姓的别号。当时他为《新青年》另外写的《随感录》等杂文,署名唐俟,唐为"功不唐捐"之唐,"唐俟"意为空待,唐同时也是姓,看起来很像真名。《狂人日记》发表后,用鲁迅先生自己的话说,"又因那时的认为'表现的深切和格式的特别',颇激动了一部分青年读者的心"(《〈中国新文学大系〉小说二集序》),于是"从此以后,便一发而不可收,每写些小说模样的文章"(《呐喊·自序》),因而鲁迅这名字便随着作品影响的扩大而为人所熟悉了。因为他当初只想实际能做点事情,并不想求闻达,所以常常换用笔名;后来鲁迅的名字为读者所熟悉,遂继续应用下去了。他说:"在中国,小说不算文学,做小说的也决不能称为文学家,所以并没有人想在这一条道路上出世。我也并没有要将小说抬进'文苑'里的意思,不过想利用他的力量,来改良社会。"(《南腔北调集·我怎么做起小说来》)又说:"鲁迅即周树人,是别人查出来的。"(《〈阿Q正传〉的成因》)他发表《阿Q正传》时,因为是为《晨报副刊》的"开心话"一栏写的,"署名是巴人,取下里巴人,并不高雅的意思"(《〈阿Q正传〉的成因》)。就在"五四"时期,他也用过好几个笔名,因此单就"迅"字的训诂来阐发他的思想,是很冒险的事情。即以"鲁迅"二字论,"鲁"取母姓,侯先生也说"不必深文周纳";而要解释"迅"字,就不能不从"迅行"二字说起,因为他自己就说"鲁迅是承迅行而来的","迅行"二字的意义如果要解释,也只能说它表示了鲁迅先生在当时的战斗实践的要求,"迅"字当"迅速"解释并不可笑,不一定要根据《尔雅》,"迅行"和"唐俟"是"五四"前夕鲁迅最常用的笔名,这正表示了他当时的两种心境。在《鲁迅自选集》自序中他说:"然而我那时对于文学革命,其实并没有怎样的热情。见过辛亥革命,见过二次革命,见过袁世凯称帝,张勋复辟,看来看去,就看得怀疑起来,于是失望,颓唐得很了。""唐俟"二字的意义就表示着这种情绪的流露。但鲁迅先生又是富于现实主义的战斗精神的,他同时也不满意于自己的失望;同篇下文中接着就说:"不过我却又怀疑于自己的失望,因为我所见过的人们,事件,是有限得很的,这想头,就给了我提笔的力量。""迅行"二字就表示这种战斗实践的要求。后来鲁迅先生的战斗精神越发健旺发扬了,而鲁迅的笔名又在社会上发生了广泛的影响,读者对这个名字有了依靠指导的信心,于是他就常用这个笔名了。许寿裳《鲁迅的生活》(许氏所著《亡友鲁迅印象记》中《笔名鲁迅》一节所引)一文中说:

> 到了九年的年底,我们见面谈到这事,他说:"因为《新青年》编辑者不愿意有别号一般的署名,我从前用过迅行的别号是你所知道的,所以临时命名如此。理由是:(一)母亲姓鲁,(二)周鲁是同姓之国,(三)取愚鲁而迅速之意。""至于唐俟呢?"他答道:"哦!因为陈师曾(衡恪)那时送我一方石章,并问刻作何字,我想了一想,对他说:'你叫作槐堂,我就叫俟堂吧。'"我听到这里,就明白了这"俟"的涵义,那时部里的长官某颇想挤掉鲁迅,他就安静地等着,所谓"君子居易以俟命"也。把"俟堂"两个字颠倒过来,堂和唐这两个字同声可以互易,于是成名曰"唐俟"。周、鲁、唐又都是同姓之国也。

许寿裳是鲁迅先生的老友，这记载是很可靠的。侯先生根据《尔雅》说鲁迅先生"由'激'联想到'獥'，而复由獥性为'迅'之特性，就取'迅'之兽名"。似乎太迂曲了。尽管我们从历史实践的客观意义可以说明革命先驱者的"激"，但鲁迅先生当时是绝不会自居于"激"的。

关于"阿Q"的人名，鲁迅在《阿Q正传》中已有说明，更不至有问题。文中说："他活着的时候，人都叫他阿Quei，……我曾经仔细想：阿Quei，阿桂还是阿贵呢？……生怕注音字母还未通行，只好用洋字，照英国流行的拼法写他为阿Quei，略作阿Q。"可知阿Q只是阿贵或阿桂的拼音，自然不会如侯先生所说，取为阿S或Y了。至于用英文字母，那倒是有点意义的，如《阿Q正传》序中所说，是"盲从《新青年》提倡洋字"的，是对于顽固的国粹主义者的打击。譬如《阿Q正传》中的另一个人物小D，鲁迅就说："他叫小同，大起来，和阿Q一样。"（《且介亭杂文·答〈戏〉周刊编者信》）所以阿Q若不叫作阿贵或阿桂，而叫作阿三或阿由，我想写为阿S或阿Y也是可以的，绝不会损害这作品的价值。但他取名阿Q也是有点缘由的，周建人先生在《阿Q时候的风俗人物一斑》（《读书与出版》第二年四期，1947年4月）一文中曾叙述过他们故乡当时的一个给人家牵砻与舂米的农民，又说："这里为什么把他提出来呢？因为他名叫阿贵，Q字是贵字拼音的第一个字母，《阿Q正传》的作者借用了这Q字，他的性质却采取得不多；还是从没落的地主阶级分子里采取得多些……我以上所讲的是少数塑成阿Q这像时的原料，但一时如何说得尽？"（周作人的文章里也有关于阿桂的类似记载，这里不多援引。）我们并不以为实际存在过的"阿贵"就是阿Q的模型,鲁迅自己就说他"所写的事迹,大抵有一点见过或听到过的缘由,但决不全用这事实,只是采取一端,加以改造,或生发开去,到足以几乎完全发表我的意思为止。人物的模特儿也一样,没有专用过一个人,往往嘴在浙江,脸在北京,衣服在山西,是一个拼凑起来的脚色"(《南腔北调集·我怎么做起小说来》)。但我们仍然同意周建人先生的说法,他可以因这点"缘由"而取名为阿Q的。鲁迅自己也说:"阿Q的影像,在我心目中似乎确已有了好几年,但我一向毫无写他出来的意思。"(《〈阿Q正传〉的成因》)又说:"还记得作《阿Q正传》时,就曾有小政客和小官僚惶怒,硬说是在讽刺他,殊不知阿Q的模特儿,却在别的小城市中,而他也实在正在给人家捣米。但小说里面,并无实在的某甲或某乙的么?并不是的。倘使没有,就不成为小说。纵使写的是妖怪,孙悟空一个筋斗十万八千里,猪八戒高老庄招亲,在人类中也未必没有谁和他们精神上相像。有谁相像,就是无意中取谁来做了模特儿。"(《且介亭杂文末编·〈出关〉的"关"》)

鲁迅先生对劳动人民一向是有浓厚感情的,《故乡》中的闰土就是例子,阿Q的最初影像自然可能与阿贵有关系,那么在写作中塑造典型的时候借用他一个Q字也是可以的,并不必有何寄托。他平常并不赞成这种为书中人物作"索引"式的考据工作,他说:

> 纵使谁整个的进了小说,如果作者手腕高妙,作品久传的话,读者所见的就只是书中人,和这曾经实有的

人倒不相干了。例如《红楼梦》里贾宝玉的模特儿是作者自己曹霑,《儒林外史》里马二先生的模特儿是冯执中,现在我们所觉得的却只是贾宝玉和马二先生,只有特种学者如胡适之先生之流,这才把曹霑和冯执中念念不忘的记在心眼儿里:这就是所谓人生有限,而艺术却较为永久的话罢。(《〈出关〉的"关"》)

现在侯先生以为阿Q是取Question(问题)的第一个字母,说:"在他的脑子里简直可以说是充满了Question,到处在写???"其实鲁迅是最清醒的现实主义者,他是深刻体会到了革命历史的曲折艰难的,脑中并不充满疑问。侯先生在1941年就曾写过一篇《阿Q的年代问题》(见嘉陵江出版社编印之《鲁迅研究》),其中说:

> 鲁迅的存疑,是采取了阿Q,这阿Q显然是知觉与不知觉间的大文豪的时代大Question的提法,我们虽不能直接猜谜似的说Q即Question的简称,但在意义方面,谁也不能否认这一个拆散时代的图书周围的整个历史问题被鲁迅抓住了。

这里他还说不能像现在似的"直接猜谜",但也许当时没有引起人的注意吧,十年后的今天他却来作肯定的考据断案了。

侯先生这篇文章是对西北大学学生的讲演稿,我们觉得让学生从这些地方入手去认识鲁迅,就有点钻牛角尖,是很难"由小见大"的。鲁迅自己说:

我的一切小说中,指明着某处的却少得很。中国人几乎都是爱护故乡,奚落别处的大英雄,阿Q也很有这脾气。那时我想,假如写一篇暴露小说,指定事情是出在某处的吧,那么,某处人恨得不共戴天,非某处人却无异隔岸观火,彼此都不反省,一班人咬牙切齿,一班人却飘飘然,不但作品的意义和作用完全失掉了,还要由此生出无聊的枝节来,大家争一通闲气——"闲话扬州"是最近的例子。为了医病,方子上开人参,吃法不好,倒落得满身浮肿,用萝卜子来解,这才恢复了先前一样的瘦,人参白买了,还空空的折贴了萝卜子。人名也一样,古今文坛消息家,往往以为有些小说的根本是在报私仇,所以一定要穿凿书上的谁,就是实际上的谁。为免除这些才子学者们的白费心思,另生枝节起见,我就用"赵太爷","钱大爷",是"百家姓"上最初的两个字;至于阿Q的姓呢,谁也不十分了然。但是,那时还是发生了谣言。还有排行,因为我是长男,下有两个兄弟,为豫防谣言家的毒舌起见,我的作品中的坏角色,是没有一个不是老大,或老四,老五的。上面所说那样的苦心,并非我怕得罪人,目的是消灭各种无聊的副作用,使作品的力量较能集中,发挥得更强烈。(《且介亭杂文·答〈戏〉周刊编者信》)

所以我们对于鲁迅笔名或"阿Q"人名的讨论,在鲁迅先生看来,都是属于一种内容以外的"无聊的枝节",是他平常所要苦心消灭的事情,而且仅就全集所录,鲁迅用过的笔名就有七十八个。早期常常换用笔名是因为他不求闻达,也显示了战斗阵营的人多气盛；最后主要地是为了容易发表，避过国民党检查者的眼睛；这些笔名如果要查《说文》《尔雅》训诂起来，也未尝不可能有所解释，但这实在是"无聊的枝节"，反而容易妨碍作品力量的集中的。至于作品中人物的命名含意的探求，就更琐碎难说了，我们用什么理由说明闰土一定叫闰土，魏连殳一定叫魏连殳呢？而且我们又有什么必要一定非说明不可呢？让学生从这些地方去认识鲁迅，是只能增加一些"无聊的副作用"的。

为什么侯先生会想到由《尔雅》来给鲁迅的名字做训诂呢？我想那原因是因为侯先生是治思想史的，对章氏遗书的研究颇有心得，他自己著作中引用的就不少；又因为重视鲁迅在中国近代思想斗争史上的业绩，因而想到鲁迅曾跟章太炎治过小学，遂在文字训诂这一点上引起联想来了。如果这推想不至太谬，那么侯先生这想法就错了。鲁迅自己在《且介亭杂文末编·关于太炎先生二三事》一文中说，章太炎先生"一九〇六年六月出狱，即日东渡，到了东京，不久就主持《民报》。……真是所向披靡，令人神旺。前去听讲也在这时候，但又并非因为他是学者，却为了他是有学问的革命家，所以直到现在，先生的音容笑貌，还在目前，而所讲的《说文解字》却一句也记不得了"。鲁迅先生平生对文字训诂之学并无兴趣，他钦佩章太炎的只是章氏生平"七被追捕，三入牢狱，而革命之志，终不屈挠"的人格。至于他在《阿Q正传》序中所说的"至于其余，却都非浅学所能穿凿，只希望有'历史癖与考据癖'的胡适之先生的门人们，将来或者能够寻出许多新端绪来"，这原是对胡适之之流的一种讽刺；侯先生把它当正面意思读了，遂说"但胡适之是不会在中国活历史上考证出什么来的,还是我来猜猜看吧"。其实鲁迅先生做小说绝不会故布疑阵,让后人去考据的。因为侯先生此文是从"考证学兼历史学"上来解释鲁迅笔名与"阿Q"人名,所以我们也不得不在前面多引一点材料来表示"无征不信"的意思,其实这种问题是不必过求甚解的。

1951年1月26日

《光明日报》

悼鲁迅先生

人类的活动在时代的进展中刻上了深的烙印,历史明白地显示了究竟谁在进步,谁在没落。《新青年》时代的诸战士,这启发萌芽期的中国新文化的前哨,在中国历史上是努力了向前推动任务的,然而时代推移了,历史的舞台上拥上了新的人类,这一批古老的角色如何呢?

飞黄腾达的现实生活使他们忘记了过去,不愿意再提到了过去,苦茶古玩,性灵小品,为他们所艰苦地抨击过的封建文化,又轻轻地把他们拉回去了,然而,历史毕竟是向前的,战斗过来的是时代,而拉回去的却是这一批古老的角色自己。

从《新青年》时代起,到今日这短短的二十年间,中国政治的现实情况已经经过了好多的转换,当作具体反映的中国文化动向也已经由反封建、反帝,进展到今日的国防动员了。

时代明白地显示了一切,最为民众所拥护的人,将是最能与历史的进程取着一致步调的人,遗弃了自己时代任务的角色,将也同样地被时代所遗弃了。

这并不在于自己主观上的愿否,保持自己过去的光荣并不像品茗度曲那样容易,不论自己如何解说,生活中行为的实践给予了一个最好的说明。

拿这标准来观察过去,《新青年》时代的诸战士,能始终领导着时代而未为时代所遗弃了的，能始终保持着一致的前进步调的，只有这时刻为中华民族服务的鲁迅先生。

鲁迅先生在战斗的过程中，是经过许多的变化的，然而强烈地贯彻在他全部生活中的却只有一个理想，是爱护真理和追求真理。这理想引导着他的行为，引导着他的作品。在鲁迅的作品中，我们看见他爱好这人类，同时他却又强烈地憎恶着这人类，这就因为他从最初的文化活动起，就是一个抱有正义感的作家，他看不惯这些"一面是庄严的工作，一面却是荒淫与无耻"的事实。他要暴露这些事实，他也要除去这些事实，这样，从"憎"里发出的"爱"才是真的爱，而暴露黑暗也就体现了所渴求的原是光明。爱护真理和追求真理说明了鲁迅先生的全生活，和他的全部事业的过程。

固然鲁迅先生的活动目标是经过转换的，然而这同样也是时代的转换。鲁迅先生初期的工作虽然和现在不同，然而在那时确也是代表着一种进步方向的。时代限制了鲁迅，鲁迅也领导了时代。

把鲁迅先生仅只视为一个文人是污辱了鲁迅，至少也是不了解鲁迅。"空头的文学家"鲁迅连他儿子都不让做，鲁迅自己的思想是应该被知道的了。鲁迅从来没有单纯地认为自己只是一个文学家，别人当然也不应该这样了解他，虽然在中国新文学的成长中，鲁迅先生的作品是必然地占着极重要的地位的。

然而更重要的是鲁迅不但是创作了文学作品，而且是领导了中国近十余年来的文化运动，在这种意义上，鲁迅先生的事业是有着多方面的存在的。

当作一个文学作家，鲁迅先生刻画出了辛亥革命前后中国落后农民的典型人物——阿Q，那种精神胜利法，那种浮浪的性格是代表着某一时期的怎样的一群，它显示了中国新文学的第一次的伟大成果，表现了中国社会的重要的一面。在《呐喊》和《彷徨》的许多短篇里，鲁迅先生通过了具体人物的行动和特征，表现出中国社会中某一群人物之代表的范例和人与人之间的特定关系。在《故事新编》里，鲁迅先生怎样从旧的事实赋予我们新的感觉、新的内容，怎样使历史和神话中的人物形象化为现实社会某一面的表现，使读者得到一个新的印象。无疑的，这些都是中国新文学的宝贵收获，是鲁迅先生所遗留给我们的恩物。

当作一个外国文学的介绍者，鲁迅先生勤恳谨慎地致力于翻译工作，初期所介绍的俄国文学和日本白桦派等的文学作品，后来所努力介绍的苏联文学，在中国新文学的成长过程中，在对于文艺青年的学习过程中，都发生过极重大而有意义的影响。因了鲁迅先生的工作，国内对于苏联文学才有了一个较为完整的认识，因了鲁迅先生的开始，国内对于艺术和一般文艺理论的体系才有所介绍和建立，这些具体的事实，这一册册已经销行过很多的书籍，充分地说明了鲁迅先生对于中国新文学是有如何的贡献。虽然有人攻击为硬译，为不通，然而鲁迅先生译笔的忠实和译本内容的精良却得到了多数读者的爱护。

在艺术的领域，鲁迅先生移植过苏联的版画，翻印过德国的木刻，这新兴的有表现力的艺术，因了鲁迅先生的介绍，而得繁殖到中国的园地，得到了中国的读者。他整理过北平的笺谱，而直到病重的时候还在编印着《凯绥·珂勒惠支的版画选集》，这是如何地在为工作而努力。

　　而在鲁迅先生遗作中占着篇幅最多的却是先生的一册册的杂文集，这锐利的短剑和匕首，针对着现实中丑恶的一面，给以锋利的刺击，由他这历年所积的杂文集中，我们看出了中国社会中的形形色色，各种各样的存在的赘瘤，具体地反映了现实情况在时间中的变动。鲁迅先生在杂文中不但暴露了丑恶和黑暗，而且也有力地打击了这丑恶和黑暗。在中国这样复杂的社会情况中，现实的黑暗方面太多，而进步的文艺工作者又是那样地微少，杂文事实上成了一种最适合需要的最锐敏的表现形式。虽然正统的学者们还在对杂文的文艺价值怀疑，然而杂文现在不但存在，而且已经得到绝对多数读者的拥护了。

　　此外鲁迅先生对于中国旧日材料文献的科学研究，也有不可磨灭的地方，如《中国小说史略》等书。

　　就以上的大略叙述，就遗存下的这五十多种的书籍中，鲁迅先生已经不仅只是一个普通文学作家了，是的，鲁迅先生的事业的确是有着多方面的存在的。

　　然而更伟大的还不是鲁迅先生个人著述对于中国文化的贡献，而是当作一个进步的文化运动的领导者对于中国新文化建设的努力和成果。

　　对于青年作家的教育和帮助，是鲁迅先生生活中一贯的态度。在《未名》，在《语丝》，直到今日我们所看到的一些不知名的青年人的刊物上，都载有鲁迅的名字。这不是为了稿费（哪里有什么稿费），为了出名，而是为了对于青年作家的鼓励和向上，为了中国新文化的建设前途。因为鲁迅先生不但是憎着人类，而且也爱着人类。在今日中国有价值的几本青年作家的小说、杂文，或好的译文上，我们随时可以看到鲁迅先生的序言，读者信赖鲁迅，鲁迅爱护着好的作品，这样，借了鲁迅先生的力而使作家和作品都得到好的发展了。

有人说鲁迅先生尖锐刻薄，这对于他所"憎"的一群是如此的，然而鲁迅先生却也有他对人热情的地方，如对白莽、柔石、韦素园，但这也并不单纯地是为了友谊，而是为了事业，为了真理。

在鲁迅先生的领导之下，中国的进步文化团体和作者所努力过来的，尚显明的存在于每一读者的记忆中。第三种人问题、文学遗产问题、翻译问题、大众语文问题、新文字问题，直到最近的中国文艺界联合问题，鲁迅先生都不但当作参加的一员，而且是以他自己的正确的理解来领导并且结束了每次论争的。从纷乱中求得一致原是论争的目的，而这一致就使中国文化和文化人又向前迈进了一步。这是鲁迅事业中最重要的一面，是鲁迅最伟大的地方，也是人人所最不能忘怀于鲁迅先生的地方。从这种意义上看，鲁迅先生的死才真的是如宋庆龄先生所说，是中华民族的一个大损失。

鲁迅先生在病中，在死前，尚屡次不忘而且竭力促进的是中华民族的救亡和文艺界的联合问题，这是时代赋予了这一代人的重要使命，也是鲁迅先生遗留下而必须我们所担负起来的重要工作。完成鲁迅先生的遗志才真正够得上一个纪念鲁迅的人。

爱护真理和追求真理贯彻了鲁迅的全生命，然而直到他的死，周围仍然是混乱和黑暗，大上海正陷在敌人炮火的危急中，华北又在离心了，以后的正是一个艰苦的开始，在我国现在这国土上培植鲁迅这么个人是不容易的。而现在却更其急需着他。鲁迅先生怀着不安死去了，遗留下的一切却更狰狞地存在于我们的周围。

当然，我们是要继续鲁迅先生的遗志而为中华民族服务的，虽然我们的力量是相当的脆弱；但这是一个马上开始的事业，在这一刻，在我们听到这伟大的文化巨人逝世的一刻，我们怎能不表示深深的哀悼！

1936 年 10 月 25 日

《清华周刊》

盖 棺 论 定

　　人们常说盖棺论定,其实从来是虽已"盖棺"而"论"并不就能"定"的。一个人生前的思想行为好坏,死后仍然会在不同人的眼中显着不同的看法,并不是人一死大家就都对他客观了似的。但死以后毕竟和活的时候不同,第一,你说他什么他不会翻口了,旁人纵然替他辩护,但毕竟人死无对证,你仍然可以坚持下去。第二,人死后无论你怎样说他,骂他,只要在字句上勉强说得通,横竖被说的人绝不会再拿事实来表现给你瞧了。有这两种好处,所以对于死了的人的议论也就特别多,这也是死人对于活人的一点好处。孔子被人往返解释了多少年,但孔子并不能出来辟谣,通电否认,或登启事。这种借死人说法的事,确乎是一件绝妙的精神胜利办法,因为这是"盖棺论定"。

　　举个现成而又实在的例,莫过于鲁迅先生死后的论调。

　　据说鲁迅先生是好报复的,这在好的意义上讲,鲁迅先生也并不否认,最近在《中流》上发表过的《死》不就说他并不打算在死前宽恕人,同时在《女吊》中不也强调过绍兴人的报复行为吗?这报复当然不是泄愤,不过是表示出自己并不是"奴才相"而已,说得明白一点,也同样是一种战斗。这确实也使人胆怯一点,所以在生前像现在这样评述鲁迅的人也并不多。况且他是一个活人,举例说,邱韵铎君在小报上猜测《出关》是在骂傅东华,他就可以写一篇《出关的"关"》的杂文，这一来，人们也只好闭嘴了，虽然未免有点扫兴。

但死后就毕竟不同了，这个报上可以说他前半生很有功绩，可惜近十年来的光阴都浪费了。那个报上也可说他的死全是为了刚愎自用。某教授可以说他的贡献是中国小说史，而遗憾的是没有完成中国文学史，而他那位文坛知名的令弟也可以说家兄对古小说甚有研究，著有《古小说钩沉》等，近年来并爱好甲骨文字学，可惜并未贡献于世等。我想最可惜的倒是鲁迅先生不愿自附于名流学者之林，假设他再活几年，也不一定会对甲骨文字有多大贡献，但他却在"门外"谈新文字了。

问题就在这里，反正盖棺论定，人死无对证，上海市长还送他个花圈，大家何妨于此时痛痛快快地说说，来几声狞笑。

然而真正哀悼鲁迅的人却是"送丧者达万余人，多为青年男女"等没有发表过什么谈话的人。

其实在鲁迅先生看来，这种乘人死后乱发议论的办法，何尝不是一种十足的"阿Q相"。

1936 年 10 月 23 日

《清华周刊》

后　　记

　　包括在这本小书里的几篇文字，可以说是当作一个文艺学徒向鲁迅先生遗著中学习的一些笔记；虽然谈不到是研究，是心得，但以先生之浩瀚博大，从中体会和吸取一些自己所能理解或消化的东西，那获益也就不是浅鲜的。这些文字大都是发表过的，现在把它辑印出来，为的是对一些人也许还有点参考的用处。

　　集中《鲁迅对于中国文学遗产的态度和他所受中国文学的影响》一文，曾蒙冯雪峰先生指正多处，作者敬在此致谢。《鲁迅与中国新文学的成长》一文是根据拙著《中国新文学史稿》上册改写的；这书出版后，友人王士菁先生就来信批评说："作为一本教材，介绍给入门者来看，读者自然会有收获的。他可以瞥见了近二十年来新文学的风貌，这是很好的。但从这里，也就产生了另一种情况，那就是您太受体例拘束了。为了照顾到讲授的方便，而没有能发挥书中所应该加以突出和强调的中心思想；譬如说，关于鲁迅的，在书中就没有把材料集中起来，加以特别的描写，使人们看出他的确是新文化的方向，而把他分散在各处，其意义就减低了。"我觉得他这意见是完全正确的，要了解中国新文学的发展历史，首先就必须了解鲁迅事业的意义和方向，这是中国新文学史的重心，是必须加以突出和强调的。因此我又花了一些工夫，根据《中国新文学史稿》中的材料，重新集中改写为《鲁迅和中国新文学的成长》一文，这是可以看作抗战前的中国新文学简史的。其余《鲁迅和北京》与《鲁迅的国际主义精神》两篇，是应报刊之约，为鲁迅先生逝世纪念日写的；《关于鲁迅笔名与"阿Q"人名问题》一篇，是和侯外庐先生讨论的文章，现在也一并收在这里。

向鲁迅先生学习，在我还只能算是一个开始。对于这样一位伟大的先驱者，我是竭诚地愿意从各方面来深入学习的；现在就以这书来作为开始学习的记录吧。

1951年11月1日于北京清华大学

重 版 后 记

　　本书所收的几篇文章都是我在中华人民共和国建国之初写的，距今已达三十年。三十年来我们已经有了许多关于鲁迅研究的著作，在各个方面都取得了很大的进展，这本习作性质的小书应该是属于陈迹的了。但追溯关于鲁迅作品和思想的评论和研究，已经有了六十年的历史进程，中国人民对于这一文化巨人的认识和学习，也是经历了一个逐渐深入的过程。时值鲁迅诞生百年纪念之际，很多人深切地感到，为了建设社会主义的新文化，今天仍然有重新认识鲁迅和学习鲁迅的迫切需要。因此回顾和考察过去六十年来在不同时期人们对鲁迅的认识和评价，也就不是毫无意义的事了。人的思想和认识总是深深地打上时代的烙印的，本书写于民主革命取得全国胜利的欢腾的年代，作者当时的心境就是以为鲁迅毕生为之奋斗的事业终于胜利地成功了，旧中国那种对鲁迅肆意歪曲的文章不会再有市场了，我们面临的任务是迎接随着经济建设高潮而来的文化建设高潮，因此在学习和写作时是抱有一种欢欣和虔敬的感情的。当今校阅旧作，颇多感慨。这也就是虽然本书内容只能算作一些学习的笔记，但仍然愿意重版问世的原因。再者，近知香港书坊早已将此书重印发售，可见其内容或许对今天的读者仍有一些参考的用处，于是就接受陕西人民出版社的敦促和帮助，对全书校阅一过，交付重印了。除对个别字句略有订正之外，书中内容并无变动。只是最近看到1936年鲁迅逝世后由"鲁迅纪念委员会"编辑的《鲁迅先生纪念集》一书，它选录了当时报刊所载的哀悼和纪念文章一百数十篇，其中也包括了我所写的两篇；为了纪念先生诞生一百周年和检查自己在学习道路上的脚迹，现在也把它作为附录，收入本书。

　　鲁迅在《集外集·序言》中回顾他多年以前的旧作时，曾批评了一些人的"悔其少作"的态度；并说："但我对于自己的'少作'，愧则有之，悔却从来没有过。出屁股，衔手指的照相，当然是惹人发笑的，但自有婴年的天真，决非少年以至老年所能有。况且如果少时不作，到老恐怕也未必就能作，又怎么还知道悔呢？"虽然这本小书的内容其实只有幼稚，并无天真，但鲁迅的话毕竟给了我很大的鼓励，使我终于有勇气再次把这本书献于读者面前了。

1981年3月20日于北京大学

鲁迅作品论集

论鲁迅作品与中国古典文学的历史联系

一

鲁迅对于中国古典文学的精湛的研究和深邃的修养，是可以由他关于中国文学史的著作和关于旧籍的辑校工作所证明的，无需多所论列。值得加以探讨的是在鲁迅的全部创作中也无不浸润着中国古典文学的滋养，这是构成他创作特色和艺术风格的重要因素，也是使他与中国文学史上的伟大的古典作家们保持历史联系的根本原因。诚然，鲁迅从开始创作起就接受了外国文学的影响，他的文学活动又是和中国人民的民主革命保持着血肉联系的，因此无论就文艺思想或作品的某些形式特点说，都与中国古典作家带有很大的不同；但这只是问题的一方面，如果我们加以细致的考察，则在他的作品中又无不带有我们民族的优秀传统的光辉。中华民族是一个发展着的向上的民族，他之所以勇于接受外来的影响，正是为了发扬我们自己的文化传统和建设我们的新的文学事业。他自然不是复古主义者，单纯地因袭过去的人；但他也绝不是虚无主义者，通过他的民主革命的理性的照耀，他是在传统文献中能够有明确的抉择的。对于那些糟粕部分，他自然是坚决地给以"一击"的；但他也从古典文学中学习到了很多东西，继承并发扬了那些长久为人民所喜爱的精华，而这正是构成他的作品的伟大成就的重要因素。

　　鲁迅开始从事文学事业是出于爱国主义的热忱，想从改变人民的精神面貌上来改变中国的处境。正是由于这种对祖国的热爱，一方面固然引导他无情地抨击旧文化中的消极方面，但一方面也促使他向传统历史中探索那些积极的因素。我们不只从他早期所受的教育和阅读的书籍中可以知道他很早就对古典文学有了广泛的知识，而且从他少年时期对于屈原的爱好[1]，从他早期作品中的那种"我以我血荐轩辕"的情绪中，也感到了他对古典文学的精神上的向往。这是很容易理解的；清末民主革命的首要任务在于推翻清朝统治者，因之"光复旧物"的口号在当时是有实际的战斗意义的；鲁迅就回忆过清末在日本的抱有革命思想的留学生们的"钞旧书"的活动，而且认为那是"可以供青年猛省的"。鲁迅记载那本集录的书的封面上的四句古语是："摅怀旧之蓄念，发思古之幽情，光祖宗之玄灵，振大汉之天声！"[2] 正是这种爱国主义的热忱和民主革命的要求，在青年心目中就自然地表现为对传统文化的积极方面的热情的向往和追求。爱国主义和人道主义的精神本来是在长期的历史传统中所不断积累和丰富起来的，也是伟大的古典文学作品中所经常蕴藏着的内容，这样，在文学活动中就自然和历史上的战斗传统取得了精神上的联系；鲁迅以后的治小说史、校《嵇康集》等种种工作，都是和这种少年时期的爱好有关的。

　　这里有两个问题值得注意：第一，鲁迅既然从少年起就从未间断地接触了许多中国古典文学的作品，而这些又都是长期为人民所喜爱的富有艺术感染力的伟大作品，则除了那里面所蕴藏着的思想内容以外,鲁迅自然也得到了许多艺术上的感受,包括表现形式和描写手法等;这对鲁迅自己的创作就不可能没有影响。第二,鲁迅从来就很注重于向古典文学汲取有用的东西,其中自然也包括古典作家的艺术表现方法。因此对于过去一些作品中的有用的因素,鲁迅是接受了的,对他的创作也是有影响的。不过这种影响既然不是简单的模仿,而作品又表现着不同范畴的社会内容和人民生活,则自然也不是一目了然、具体可摘的。换句话说,虽然在作品的形式渊源、某些艺术构思和表现手法,以及风格特点上,我们很容易感到鲁迅作品的民族特色,以及它和一些古典作品中的相类似的因素,但同时又感到他们彼此间还是有很大差别的。这也很自然,鲁迅对于古典文学的继承本来是带创造性的、有发展的,并不是简单的模拟;他的吸收和学习是经过溶化的。而且除此之外,他所接受的影响的来源也是多元的,其中还有外国文学的影响,更有从人民生活中直接提炼来的因素。但在这种多元的因素中,中国古典文学的影响是更为显著的,是形成他作品中风格特色的重要部分,也是使他与中国古典作家取得历史联系的根本原因。

为了建设和发展中国的新文学,鲁迅一向是非常注重向古典文学传统学习的,他说:

> 我也以为"新文学"和"旧文学"这中间不能有截然的分界,然而有蜕变,有比较的偏向。[3]

因为新的阶级及其文化,并非突然从天而降,大抵是发达于对于旧支配者及其文化的反抗中,亦即发达于和旧者的对立中,所以新文化仍然有所承传,于旧文化也仍然有所择取。[4]

在这种对于"旧文学"的"承传"和"择取"中,不只指那些作品中所表现的思想内容,而且也是很注意于表现方法和艺术技巧的。他曾说:"古典的,反动的,观念形态已经很不相同的作品,大抵即不能打动新的青年的心(但自然也要有正确的指示),倒反可以从中学学描写的本领,作者的努力。"[5]这说明他是非常注重向古典作品中学习"描写的本领"的。1928年在与创造社讨论革命文学时,他的意见是"当先求内容的充实和技巧的上达",他不顾别人讨厌他说"技巧",而强调文艺对于革命的用处之所以有别于标语口号者,"就因为它是文艺"。[6]在论到木刻时也曾说:"木刻是一种作某用的工具,是不错的,但万不要忘记它是艺术。它之所以是工具,就因为它是艺术的缘故。"[7]文艺作品是有它自己的特征的,要使文艺发生他所能发生的作用,就必须讲求艺术特点,就必须学习"描写的本领"和"技巧"。而那学习的重要对象之一就是我们民族自己的古典作品。这在美术方面,他是有更详尽的说明的:

我们有艺术史,而且生在中国,即必须翻开中国的艺术史来。采取什么呢?我想,唐以前的真迹,我们无从目睹了,但还能知道大抵以故事为题材,这是可以取法的;在唐,可取佛画的灿烂,线画的空实和明快,宋的院画,萎靡柔媚之处当舍,周密不苟之处是可取的,米点山水，则毫无用处。后来的写意画（文人画）有无用处，我此刻不敢确说，恐怕也许还有可用之点的罢。这些采取，并非断片的古董的杂陈，必须溶化于新作品中，那是不必赘说的事。恰如吃用牛羊，弃去蹄毛，留其精粹，以滋养及发达新的生体，决不因此就会"类乎"牛羊的。[8]

这里讲的都是艺术上的风格和表现手法；他对中国文人画的缺点是有过批评的，说它"两点是眼，不知是长是圆，一画是鸟，不知是鹰是燕"[9]，但并没有得出否定的结论，而说"也许还有可用之点的罢"，这和他说的从过去的反动作品中也可以学习"描写的本领"的论点是一致的。他自己有抉择，因此有接受多方面长处的恢廓的胸襟；他曾多次称赞汉唐两代的勇于接受外来影响的"闳放"态度，[10]这和他认为新文学应该多方面地吸取经验来充实自己的意见也是一致的。对于"木刻"他曾说过："倘参酌汉代的石刻画像，明清的书籍插画，并且留心民间赏玩的所谓'年画'，和欧洲的新法融合起来，许能够创出一种更好的版画。"[11]我以为这也同样可以理解为他对文艺创作的意见；这里固然要接受欧洲的先进的经验，但更重要的还是向中国古代的和民间的作品学习，以求创造出新的作品。他称赞陶元庆的绘画是"都和世界的时代思潮合流，而又并未梏亡中国的民族性"[12]，这就是说好的作品一定要发扬我们自己的民族特点，并使之现代化，来表现今天的生活。

对于文学作品也是一样，他称赞唐代传奇是"而大归则究在文采与意想"[13]。所谓"文采与意想"大体相当于我们现在所说的艺术表现力和艺术构思,这正是特别值得我们去学习的地方。他说:"《诗经》是经,也是伟大的文学作品;屈原、宋玉,在文学史上还是重要的作家。为什么呢?——就因为他究竟有文采。……司马相如在文学史上也还是很重要的作家。为什么呢?就因为他究竟有文采。"[14]这些作品的内容尽管彼此不同,但其有"文采"则一,就是说都有艺术表现力和艺术特点,因此都不失其为伟大;也都值得我们去学习。

值得注意的是鲁迅的这些意见并不只是当作一个文学史家来示人以研究的成果,更重要的是当作一个从事创作实践的作家来讲他自己的体会;因此这些意见的重要意义也不仅在于它在理论上的正确程度,而更在于它是和中国现代文学的奠基者——鲁迅的作品的特色和渊源相联系的。因此,发掘鲁迅作品在这些方面的特点不只对了解这一伟大作家的独特成就有重大的意义,并且可以由之明确中国现代文学与古典文学的历史联系,理解鲁迅在中国文学史上的"继往开来"的重要地位。

二

鲁迅作品的风格特色是与"魏晋文章"有其一脉相承之处的,特别是他那些带有议论性质的杂文。这是鲁迅自己也承认的;据孙伏园先生记载,刘半农曾赠送过鲁迅一副联语,是"托尼学说,魏晋文章"。"当时的朋友都认为这副联语很恰当,鲁迅先生自己也不加反对。"[15]关于"托尼学说"对于鲁迅的影响我们这里不拟论述,而且也是经过鲁迅自己后来批判了的；但主要作为作品风格特色的"魏晋文章"却是贯串着鲁迅的全部作品的，影响非常深远。在具体分析魏晋文章与鲁迅作品的某些共同的特色之前，有两个问题需要说明：第一，是鲁迅如何开始接近了魏晋文章；第二，是鲁迅为什么特别爱好这些魏晋时代的作品。

鲁迅开始接近魏晋文学，是与章太炎有关的。在《集外集·序言》中，鲁迅自称早年曾受严又陵的影响，"以后又受了章太炎先生的影响，古了起来"。据许寿裳《亡友鲁迅印象记》中记载，鲁迅少年时曾受过严复、林纾的影响，能背诵好几篇严译《天演论》，"后来却都不大佩服了"，还和严译文体"开了玩笑"；许氏并记鲁迅读了章太炎批评严复译文的《〈社会通诠〉商兑》一文后，就戏呼严氏为"载飞载鸣"了，因为章氏文中有云：

　　……然相其文质，于声音节奏之间，犹未离于帖括。申夭之态，回复之词，载飞载鸣，情状可见，盖俯仰于桐城之道左，而未趋其庭庑者也。

"载飞载鸣"正是对于严氏文体受"帖括"影响的一种讥刺，鲁迅是同意章太炎的看法的。鲁迅从章氏问学虽在1908年，但在此以前鲁迅就读过他的许多文章，对他很钦佩。鲁迅在《关于太炎先生二三事》一文中曾说：

　　我的知道中国有太炎先生，并非因为他的经学和小学，是为了他驳斥康有为和作邹容的《革命军》序，竟被监禁于上海的西牢。

鲁迅又说他爱看章氏主持的《民报》，"但并非为了先生的文笔古奥，索解为难……却为了他是有学问的革命家"；鲁迅对章太炎是一直保有着敬意的，而且为了章氏死后一些"名流"们特别赞扬他的"国学"，鲁迅就着重指出章氏的革命家的一面，这在当时是有深刻的战斗意义的。但在少年鲁迅开始对革命家的章太炎发生景仰时，却是通过章氏的带有革命意义的文章的。例如他所说的痛斥改良主义的《驳康有为论革命书》及《邹容〈革命军〉序》等，都是1903年发表的；就在这年发生了轰动一时的《苏报》案，章氏入狱。在这时期，鲁迅无疑是章氏政论的一个忠实的读者，而且正是由此培植了他对于章氏的景仰的；因此他在前引一文的后面就说："战斗的文章，乃是先生一生中最大、最久的业绩。"据许著年谱，鲁迅于1902年至日本，开始"课余喜读哲学与文艺之书"，次年"为《浙江潮》杂志撰文"，可知鲁迅于爱好文学与从事写作之初，正是非常爱读章太炎文章的时候。当然，首先是章氏那些文章的战斗性的内容吸引了鲁迅，但章氏的这些文章同时又是以"魏晋文章"的笔调和风格著称的，这对鲁迅也同样地发生了影响。这种影响也并不仅只在阅读文章时的无形感染方面，而是在理论上也认为只有"魏晋文章"才最适宜于表达这种革命的议论性质的内容。当时章太炎是这样看法，鲁迅也同样接受了这种看法；他的"不大佩服"严又陵正是由此来的。

　　章太炎在《自述学术次第》中说他少年时曾学韩愈的文章，后来又随乡人谭献学汪中、李兆洛一派的"选体"文章，下云：

> 三十四岁以后，欲以清和流美自化；读三国两晋文辞，以为至美，由是体裁初变。然于汪、李两公，犹嫌其能作常文，至议礼论政则蹶焉。仲长统、崔实之流，诚不可企；吴魏之文，仪容穆若，气自卷舒，未有辞不逮意，窘于步伐之内者也。而汪、李局促如斯，此与宋世欧阳、王、苏诸家务为曼衍者，适成两极，要皆非中道矣。[16]

章太炎生于1868年，三十四岁时正当1901年（中国传统虚数计算），就是他开始写那些洋洋洒洒的革命政论，并刻《訄书》行世的时候。他从实践中感到像汪中、李兆洛那种"选学派"的文体过于局促，而桐城派的效法韩欧又"务为曼衍"，对于"议礼论政"的政论内容都不能胜任，只有魏晋文章"未有辞不逮意"的毛病，于是就感到"夫王弼、阮籍、嵇康、裴頠之辞，必非汪、李所能窥也"；于是才"中岁所作既异少年之体"。中国文学史上的散文一体，是有着不同的流派和时代特色的；清末以来，最流行的文派是效法六朝的"选学派"和效法唐宋八家的"桐城派"，这些文章的内容在清末已是空洞无物的了，而那种笔调和风格也限制着内容的表现；因此到"五四"文学革命时就提出了把"桐城谬种"和"选学妖孽"当作抨击的对象。在章太炎那时，还没有可能提出如"五四"时代那样的主张，但他对当时流行的这两种文派也同样感到了不满，他对严复文体的批评正是把它当作桐城流裔来处理的；但用什么来代替呢？他只好从历史上去找寻那种适合于议论和表达政见的文体，于是他找到了魏晋文；应该说，这在当时是有革命意义的。黄侃赞美章太炎说:"持论议礼,尊魏晋之笔;缘情体物,本纵横之家。可谓博文约礼,深根宁极者焉。"[17]这是当时人们对章氏文体的评价,他正是以这种文体来写他的战斗文章的。

章太炎在许多地方都论述过魏晋文章的特点,他说:"老庄形名之学,逮魏复作,故其言不牵章句,单篇持论,亦优汉世。""魏晋之文,大体皆埤于汉,独持论仿佛晚周。气体虽异,要其守己有度,伐人有序,和理在中,孚尹旁达,可以为百世师矣。"又说:"效唐宋之持论者,利其齿牙;效汉之持论者,多其记诵,斯已给矣。效魏晋之持论者,上不徒守文,下不可御人以口,必先豫之以学。"[18]这里说明他所称赞的是带有议论性质的文章;他以为老庄思想在魏晋的抬头使文章的内容有了独立的见解,不牵于章句;这种"持论"有论辩效力,可以"伐人";学魏晋文必须自己先有"学",并不是学腔调记诵,因之这种文章可以为"百世师"。这些道理说明了他是为了要表达新的内容和与人论辩才喜爱了比较善于表述自己政见的魏晋文章的。

值得注意的是:鲁迅不只通过章太炎的"战斗的文章"接触了魏晋文章的笔调风格,启发了他以后研究魏晋文学的志趣,而且对于章氏的这些意见他也是基本上同意的,因而也直接影响到了他自己的创作风格。鲁迅也以为"汉末魏初这个时代是很重要的时代,在文学方面起一个重大的变化"。他称之为"'文学的自觉时代',或如近代所说是为艺术而艺术(Art for Art's Sake)的一派"[19]。后来鲁迅曾说:

> "为艺术而艺术"在发生时,是对于一种社会的成规的革命,但待到新兴的战斗的艺术出现之际,还拿着这老招牌来明明暗暗阻碍他的发展,那就成为反动。[20]

鲁迅正是把魏晋文学当作"对于一种社会的成规的革命"来看待的,而且也是特别喜欢这时期的议论文的。魏晋时期由于老庄思想的起来,个性比较发展,新颖的反礼教的意见比较多;但除过这些内容的战斗性使鲁迅发生爱好之外,在文章风格上也同样是引起了他的喜爱的。

郭沫若有《庄子与鲁迅》一文,许寿裳有《屈原和鲁迅》一文[21],他们列举了很多例证来说明庄子和屈原对于鲁迅作品的影响。这是正确的;鲁迅自己在1907年作的《摩罗诗力说》里就对屈原作过很高的评价,在《汉文学史纲要》中对庄子也甚为称誉,虽然后来他对老庄思想的消极因素已给予了深刻的批判。魏晋文学的特色之一正是发扬了庄子和屈原作品中的那些优良部分的,就为鲁迅所特别称道的"竹林七贤"中的阮籍和嵇康说,就都是"好老庄"的;而屈原那种"放言无惮,为前人所不敢言"[22]的精神,也正是鲁迅所说的魏晋文学的特色。就是在作品的风格和表现方式上,也正有许多相类似的地方;譬如屈原的"引类譬喻"[23],庄子的"寓言十九,重言十七,卮言日出"[24],也正是魏晋议论文字在表现方法上所常用的。因此就鲁迅作品的风格特色说,尤其是杂文,与魏晋文章有更其直接的联系。

三

　　这里我们可以说明鲁迅为什么特别爱好魏晋文章的问题了。当然，在许多点上鲁迅的看法是与章太炎相同的；这是因为魏晋文章长于论辩说理本是公认的特点，就连桐城派和选学派也承认他们不善于作说理论辩文字。曾国藩《与吴南屏书》云："尝谓古文之道，无施不可，但不宜说理耳。"孙梅《四六丛话》序论云："若乃命微言以藻思，责奥意于腴词，以妃青媲白之文，求辨博纵横之用，譬之蚁封奔骋，佩玉走趋；舌本间强，恐类文家之吃；笔端繁拥，终滋腹笥之贫。"这就是说无论桐城古文或骈文，都不宜于作论辩文字。而鲁迅论嵇康却说"康文长于言理"[25]，又云："刘勰说：'嵇康师心以遣论，阮籍使气以命诗。'这'师心'和'使气'，便是魏末晋初的文章的特色。"[26]鲁迅在校勘和考订《嵇康集》上所花的功力，正说明了他对这种富有个性和独立见解的"师心以遣"的议论文的深刻爱好。这也不仅是鲁迅个人的偏爱，而是人所公认的。刘师培《中古文学史》就说嵇阮之文大抵相同，但"嵇文长于辩难，文如剥茧，无不尽之意"，又说嵇文"析理绵密，亦为汉人所未有"。但鲁迅对嵇康等人的说明侧重在文章内容的反礼教精神方面，而且不赞成章太炎的那种过分着重在"文笔古奥"的特点，应该说这正是鲁迅的伟大和他超越了章太炎的地方；但他对魏晋文章的议论性质和表现方式，仍然是非常爱好的，而且与章太炎的意见也是基本上一致的。

　　从这里可以说明鲁迅杂文的历史渊源和表现方式的某些特点。在中国文学史上，除了小说戏曲一向被认为"小道"

外，最普遍常用的文体形式就是诗和文，因此诗文集是与经、子、史并列的四部之一。文的涵义很广，包括议论、抒情、叙事等各种内容，是作者表达自己思想感情最常用的形式。因此传统之所谓"散文"或"古文"，是在"文"这一大类中与骈文相对待的名词，而不是与诗相对待的名词；像嵇康等人的议论文也正是包括在散文之中的。鲁迅也说过："骈文后起，唐虞三代是不骈的，称'平文'为'古文'便是这意思。由此推开去，如果古者言文真是不分，则称'白话文'为'古文'，似乎也无所不可。"[27]从这种意义讲，"杂文"正是承继了古典文学中的散文这一形式的发展，特别是承继了魏晋文这一流派的发展的。鲁迅曾说："我是爱读杂文的一个人，而且知道爱读杂文还不只我一个，因为它'言之有物'。"[28]这里不只说明了鲁迅从"五四"起就一直坚持运用杂文这一武器的原因，而且同时也说明了鲁迅为什么特别爱好"言之有物"的魏晋文章。

《新青年》设《随感录》始于四卷四期（1918年4月），当时在这一栏写杂感最多的是鲁迅、陈独秀、钱玄同等人；从开始起这种文体就是进行文化战斗的有力武器。当时大家认为杂文也是文学的一种主要形式，正是受了古典文学的影响。如刘半农在《我之文学改良观》中就说："故进一步言之，凡可视为文学上有永久存在之资格与价值者，只诗歌戏曲、小说杂文二种也。"后来鲁迅也说过："其实'杂文'也不是现在的新货色，是'古已有之'的。"[29]只是有些写杂文的人后来脱离了战斗，"有的高升，有的退隐"，才放弃了这种不容许吞吞吐吐的文体；而鲁迅，由于他坚持了战斗的工作，也由于他善于向我们的优秀传统学习，因之才不断地运用了这种形式；才在实践中感到对于"猛烈的攻击，只宜用散文，如'杂感'之类，而造语还须曲折"[30]的必要。同时在作品的艺术风格上也继承和高度地发展了类似魏晋文学的那种特色。

　　什么是魏晋文章的特色呢？鲁迅以为"总括起来，我们可以说汉末魏初的文章是清峻、通脱"。他又加解释说："清峻的风格——就是文章要简约严明的意思。""通脱即随便之意。此种提倡影响到文坛，便产生多量想说什么便说什么的文章。""更因思想通脱之后，废除固执，遂能充分容纳异端和外来的思想，故孔教以外的思想源源引入。"[31]这就是说：没有"八股"式的规格教条的束缚，思想比较开朗，个性比较鲜明，而表现又要言不烦，简约严明，富有说服力。鲁迅是非常喜爱"简约严明"的风格的，他曾说他的文章"常招误解"，"可见意在简练，稍一不慎，即易流于晦涩"[32]；足见既"简约"而又"严明"是并不很容易的。无须多说，魏晋文章的这些特色正是鲁迅平日所致力，也是在鲁迅的杂文中得到继承和发展的。在魏晋文人中，鲁迅特别喜爱的是孔融和"竹林七贤"中的阮籍和嵇康的文章，尤其是嵇康。这些人的作品是有共同特点的，鲁迅说竹林七贤"差不多都是反抗旧礼教的"。而刘师培论嵇康的文章就说他"近汉孔融"[33]。鲁迅论陶渊明也说："陶潜之在晋末，是和孔融于汉末与嵇康于魏末略同，又是将近易代的时候。"[34]当然这也关系到他们的作品精神和艺术风格的渊源和类似。而在鲁迅的杂文中，这些特色更得到了崭新的表现和高度的发展。

　　我们不妨就某些类似的特色来分析一下。

譬如鲁迅称赞"孔融作文，喜用讥嘲的笔调"，但"并不大对别人讥讽，只对曹操"。[35]据冯雪峰同志回忆说鲁迅晚年"曾以孔融的态度和遭遇自比"[36]；所谓"遭遇"当然是鲁迅所谓"专喜和曹操捣乱"，曹操"借故把他杀了"。而"态度"却正是孔融的不屈的反抗精神，并且是通过他的讥嘲笔调的文章的；从这里可以看出鲁迅与孔融在精神上的共鸣，和他对孔融作品的喜爱。我们不妨抄一段孔融的文章看看：曹操下令禁酒，"令"中引古代贪酒亡败的事例为理由，孔融在《又难曹公制酒禁表》中就说：

> 虽然，徐偃王行仁义而亡，今令不绝仁义。燕哙以让失社稷，今令不禁谦退。鲁因儒损，今令不弃文学。夏商亦以妇人失天下，今令不断婚姻。而将酒独急者，疑但惜谷耳；非以亡王为戒也。

这种风格和表现方法不是和鲁迅杂文很类似吗？鲁迅自己说他的杂文特点是"论时事不留面子，砭锢弊常取类型"[37]。在表现方法上则是"好用反语，每遇辩论，辄不管三七二十一，就迎头一击"[38]。又说："我自己也知道，在中国，我的笔要算较为尖刻的，说话有时也不留情面。……尤其是用于使麒麟皮下露出马脚。"[39]这些话是可以概括地说明鲁迅杂文的特色的；他擅长于讽刺的手法，常常给黑暗面以尖利的一击；在表现方法上则多用譬喻、反语，使自己的思想能形象地表现出来；因此也常常援引古人古事来说明今人今事，引对方的话来举例反驳，这样不只可以增加读者的亲切感受，而且也特别富有战斗力量。而这些特点的类似状态的存在，在中国文学史上是曾经出现过的，例如前面所举的孔融的文章。

其实不只孔融，这些特点在魏晋文章中是相当普遍的。鲁迅特别喜欢嵇康，是和嵇康作品中的那种"非汤武而薄周孔"的坚定的反礼教精神分不开的。嵇康的诗不多，集中大半为议论文；鲁迅说："嵇康的论文，比阮籍更好，思想新颖，往往与古时旧说反对。"又说："嵇康的害处是在发议论。"[40]嵇康自己也说他"刚肠嫉恶，轻肆直言，遇事便发"[41]；他的见杀，"罪状和曹操的杀孔融差不多"[42]，在嵇康的论文中，上面所谈的一些特点也是非常显著的；特别在他与别人辩难的一些文章中，更显得说理透辟，层次井然，富有逻辑性；但那表述方式又多半是通过"据事以类义，援古以证今"[43]的，不只风格简约严明，而且富于诗的气氛。例如著名的《与山巨源绝交书》，在说明不能出仕的理由时就是通过"有必不堪者七，甚不可者二"的"九患"来陈述的，可以当得起传统所谓"众理虽繁，而无倒置之乖；群言虽多，而无棼丝之乱"[44]的说法。又如在《难张叔辽自然好学论》中，那论点即是通过譬喻来展开的，他说张叔辽用的譬喻是"以必然之理，喻未必然之好学"，是"似是而非之论"，下面他就以一连串的譬喻来反驳之，说明自己的论点。鲁迅对这种双方辩难的文字是很感兴趣的，他说：

> 魏的嵇康，所存的集子里还有别人的赠答和论难，晋的阮籍，集里也有伏义的来信，大约都是很古的残本，由后人重编的。《谢宣城集》虽然只剩了前半部，

但有他的同僚一同赋咏的诗。我以为这样的集子最好，因为一面看作者的文章，一面又可以见他和别人的关系，他的作品，比之同咏者，高下如何，他为什么要说那些话。[45]

通过彼此间的论辩文章，是更可以体会双方意见的区别和那种"针锋相对"的表现方式的。我们不只从《伪自由书》《准风月谈》等书的附录别人文字的体例中可以看出鲁迅仿照这样的编排法，而且从鲁迅的一些著名的思想论争的文章里，譬如《"硬译"与"文学的阶级性"》等，也看到了类似这种"针锋相对"而简约严明的表现方式。

中国古典文学中的散文作品当然并不完全是议论性质的文字，抒情写景、叙今忆昔，内容和风格都是非常丰富多样的。鲁迅就称赞过"唐末诗风衰落，而小品放了光辉"。也说过明末的小品"并非全是吟风弄月，其中有不平，有讽刺，有攻击，有破坏"[46]。"五四"以后，写作散文的作家很多，收获也很丰富。鲁迅认为"散文小品的成功，几乎在小说戏曲和诗歌之上"[47]，朱自清在《背影》序中也说："但就散文论散文，这三四年的发展，确是绚烂极了：有种种的样式，种种的流派。"我以为这种成功是和古典文学中的历史凭借分不开的。在这种种不同的样式和流派中，如果大致区分，则依习惯可分为议论、抒情、叙事三大类，而这些内容又都是在古典文学中有着大量存在的。就"五四"期文学的成就说，则除过带有议论性质的鲁迅杂文以外，《野草》是抒情诗式的散文，而《朝花夕拾》是优美的叙事作品。鲁迅的创作正全面地代表着"五四"期散文的绚烂成绩的顶端。

这种成就也正是继承了中国古典文学的优良传统而得到发展的。

当然，鲁迅的精神代表着中国文学史上的新的创造，是和过去的作者有很大不同的；我们这里只在阐明他的作品与中国古典文学在历史继承上的联系，从这里更可以了解鲁迅作品的创造性的实绩。

四

鲁迅是很早就对中国古典小说发生了兴趣的。他在少年时自己买的第一部书是《唐代丛书》[48]，这虽是一部书贾汇刻的相当芜杂的书，但内容包括了很多的唐人传奇笔记等，在当时他是非常喜欢的。在《中国小说史略》中他称道唐代传奇的"特异成就"在于"文采与意想"，这就是说他对这些作品的艺术表现和艺术构思是很爱好的。他曾广泛地阅读过各种野史杂传和笔记小说等，而这些在中国的传统文学观念里都是视为"小说"的。到他对魏晋文学发生兴趣以后，他也在阮籍、嵇康、陶渊明等人的作品中找到可以借鉴的类似小说的文章；他说：

> 但六朝人也并非不能想象和描写，不过他不用于小说，这类文章，那时也不谓之小说。例如阮籍的《大人先生传》，陶潜的《桃花源记》，其实倒和后来的唐代传奇文相近；就是嵇康的《圣贤高士传赞》（今仅有辑本），葛洪的《神仙传》，也可以看作唐人传奇文的祖师的。李公佐作《南柯太守传》，李肇为之赞，这就是嵇

康的《高士传》法；陈鸿《长恨传》置白居易的长歌之前，元稹的《莺莺传》既录《会真诗》，又举李公垂《莺莺歌》之名作结，也令人不能不想到《桃花源记》。[49]

我们前面讲到鲁迅杂文的简约严明的风格特点与魏晋文章的联系，这其实也是包括他的小说在内的。不仅如此，即在某些艺术构思和人物形象的塑造上，也有可以看出这种影响的地方。

知识分子的形象是鲁迅小说中经常描绘的重点之一；据冯雪峰同志回忆，1936年鲁迅先生逝世前还计划写一关于四代知识分子的长篇小说，"一代是章太炎先生他们；其次是鲁迅先生自己的一代；第三，是相当于例如瞿秋白等人的一代"，最后是如柔石等当时的革命青年一代。当时鲁迅曾说："倘要写，关于知识分子我是可以写的……而且我不写，关于前两代恐怕将来也没有人能写了。"[50]这个计划没有完成当然是无法弥补的损失；但我以为，鲁迅对于这个题材是酝思已久的了，特别是关于前两代，而且在他的作品中是已经有所表现的。关于"章太炎先生他们"的一代，我觉得《狂人日记》中的狂人和《长明灯》中的疯子的构思和人物刻画，是属于这一类的。那都是早期的社会改革者的形象，是初步觉醒起来的进步知识分子的挣扎和斗争的面貌的描绘。在清朝末年，孙中山和章太炎都是曾被某些人叫作"疯子"的，这在革命者的鲁迅的思想中是不能不引起深刻的感触的。我们只要举下面一件事就很清楚了：章太炎因《苏报》案被清廷拘捕，在狱中三年，于1906年获释至日本，东京留学生集会欢迎，到者七千余人，座无隙地；章太炎当时发表的

《演说词》中有云：

> 自从甲午以后，……对着朋友，说这逐满独立的话，总是摇头，也有说是疯癫的，也有说是叛逆的，也有说是自取杀身之祸的。但兄弟是凭他说个疯癫，我还守我疯癫的念头。……大凡非常可怪的议论，不是神经病人，断不能想，就是想也不敢说，说了以后，遇着艰难困苦的时候，不是神经病人，断不能百折不回，孤行己意。所以古来有大学问、成大事业的，必得有神经病才能做到。……近来有人传说：某某有神经病，某某也是有神经病，兄弟看来，不怕有神经病，只怕富贵利禄当面现前的时候，那神经病立刻好了，这才是要不得呢！（鼓掌）略高一点的人，富贵利禄的补剂，虽不能治他的神经病，那艰难困苦的毒剂，还是可以治得的。这总是脚跟不稳，不能成就什么气候。兄弟尝这毒剂是最多的，算来自戊戌年以后，已有七次查拿，六次都拿不到，到第七次方才拿到。……但兄弟在这艰难困苦的盘涡里头，并没有一丝一毫的懊悔，凭你什么毒剂，这神经病总治不好（欢呼）。或者诸君推重，也未必不由于此。……若要增进爱国的热肠，一切功业学问上的人物，须选择几个出来，时常放在心里，这是最紧要的。就是没有相干的人，古事古迹都可以动人爱国的心思。当初顾亭林要排斥满洲，却无兵力，就到各处去访那古碑、古碣传示后人，也是此意。[51]

这是一篇充满昂扬气概的"狂人颂"，我们现在读来都感到很激动。鲁迅在《狂人日记》中的小序记狂人已早愈，于是便"赴某地候补矣"，这正是对在富贵利禄面前"神经病立刻好了"的另一类人的顺笔讽刺。鲁迅对章太炎是极崇敬的，所受的影响也很大。一直到他逝世前所写的《关于太炎先生二三事》中还说："考其生平，以大勋章作扇坠，临总统府之门，大诟袁世凯的包藏祸心者，并世无第二人；七被追捕，三入牢狱，而革命之志，终不屈挠者，并世亦无第二人；这才是先哲的精神，后生的楷模。"可以想见，鲁迅在他的未完成的长篇小说中将是怎样来塑造这"第一代"的先进知识分子的形象的；而"狂人"和"疯子"正是鲁迅对这种"先哲精神"的歌颂，是鲁迅作品中的正面人物形象。此外在别的作品中也还有一些受到章氏影响的痕迹。譬如《故事新编》中的《出关》，鲁迅自己就说："老子的西出函谷，为了孔子的几句话，并非我的发见或创造，是三十年前，在东京从太炎先生口头听来的，后来他写在《诸子学略说》中，但我也并不信为一定的事实。"[52]这就是说在"出关"这一情节的构思上是受到了章太炎的启发的。又如关于发辫和革命者的关系的描写，在《头发的故事》《风波》以及杂文《随感录三十五》《病后杂谈之余》中，都有充满感情的叙述；这当然与他自己的经历有密切关系，但在《因太炎先生而想起的二三事》中，鲁迅首先就想到了章太炎的剪辫，并引了章氏《解辫发》文中的一段。章氏剪辫早在庚子（1900年），当时唐才常乘义和团起义事件谋独立，但仍以"勤王"为名，章太炎坚决主张"光复"，反对首鼠两端式的改良主义路线，遂断发以示决绝。这是关系着清末革命派与改良派的政治路线的问题，从这里正表现出了章氏的革命精神,在当时影响是很大的;因此也在鲁迅的记忆中保有了深刻的印象。值得注意的是鲁迅从章太炎那里也学习了从古人古事中找出"爱国心思"的方法,他的抄古碑、校辑古籍等活动都与此有关,而更重要的,他也在阮籍、嵇康等人身上找到了反礼教、反周孔的"思想新颖"的精神。

关于鲁迅小说中"第二代"的知识分子的形象,除了那些带有自叙性质的以第一人称出现的、可以在某种程度上理解为鲁迅自己的经历的篇章以外(这一点我们后面还要谈到),《孤独者》中的魏连殳和《在酒楼上》的吕纬甫无疑是属于这一代的知识分子形象的。我以为鲁迅对于这些人物的塑造在态度上是与他对历史上某些人物的看法有类似之处的,例如对于阮籍;因此在某些情节和性格的描写上也是受有古典作品的影响的。鲁迅对于魏连殳的悲愤心情是赋予了内心的同情的,但对他的"与世浮沉"的态度则是批判的;那描写魏连殳的"古怪"由对祖母的送殓开始,写他在别人虚伪的拜哭中"始终没有落过一滴泪",到大家想走散的时候,"他流下泪来了,接着就失声,立刻又变成长嚎,像一匹受伤的狼,当深夜在旷野中嗥叫,惨伤里夹杂着愤怒和悲哀"。这里沉重地写出了魏连殳的孤独和愤世的心情,他对祖母其实倒是最有感情的。这里我们很容易想到阮籍的故事:

> 母终,正与人围棋;对者求止,籍留与决赌。既而饮酒二斗,举声一号,吐血数升。及将葬,食一蒸肫,饮二斗酒,然后临诀。直言"穷矣"!举声一号,因又

吐血数升。毁瘠骨立，殆致灭性。裴楷往吊之，散发箕踞，醉而直视，楷吊唁毕便去。或问楷："凡吊者主哭客乃为礼，籍既不哭，君何为哭？"楷曰："阮籍既方外之士，故不崇礼；我俗中之士，故以轨仪自居。"时人叹为两得。籍又能为青白眼，见礼俗之士，以白眼对之。及嵇喜来吊，籍作白眼，喜不怿而退。喜弟康闻之，乃赍酒挟琴造焉。籍大悦，乃见青眼。由是礼法之士，疾之若仇。[53]

鲁迅以为阮籍、嵇康等人是"不平之极，无计可施，激而变成不谈礼教，不信礼教，甚至于反对礼教"。"这是因为他们生于乱世，不得已，才有这样的行为，并非他们的本态。"[54]像阮籍的"时率意独驾，不由径路，车迹所穷，辄痛哭而返"，当然是怀抱不满而找不到出路的一种悲愤心情的表现，这与魏连殳的为"亲手造成孤独，又放在嘴里去咀嚼的人的一生"痛哭是颇相像的；我们这里并不想论证阮籍等人与魏连殳之间在思想上的相似之点，但至少鲁迅对待他们的态度是有其类似之处的；而在写作时的一些情节的构思和性格的描写上，就不能不受到为鲁迅所熟悉并有所共鸣的阮籍、嵇康等人的行为和文章的影响了。在我国历史上对现实抱有强烈不满的知识分子本来是很多的，但他们在"无计可施"的情况下，不是"与俗浮沉"就是"悲愤以殁"，这种情况一直到魏连殳的时代仍然是存在的。例如鲁迅的朋友范爱农，在他与鲁迅的信中就说："如此世界，实何生为，盖吾辈生成傲骨，未能随波逐流，惟死而已，端无生理。"[55]鲁迅在《范爱农》一文和《哀范君三章》的旧诗里也是寄予了同情的；范爱农与魏连殳、吕纬甫当然是属于同一代的人物，但在他的身上却存有多少嵇康式的孤愤的感情啊！当然，这些人和阮籍、嵇康等人不同，他们是已经有条件可以走另外一条不同的路了，因此鲁迅才给了他们以深刻的批判；"孤独者"的题目就是鲁迅对魏连殳所作的评价。但鲁迅对这些人的悲愤心情也是充分理解并赋予了同情的，因此在塑造他们的性格时，在构思上也就有受到古代叛逆者的事迹的影响了。吕纬甫的性格当然比较更颓唐和消沉一些，那种嗜酒和随遇而安的心情是更有一点类似刘伶的。

鲁迅的《呐喊》与《彷徨》都写于前期，因此对于坚决走向党所领导的革命的知识分子形象在作品中没有能够写出来；但《伤逝》中的涓生和《幸福的家庭》中的"作家"在时代上应该是属于所谓"第三代"的，这些人的脆弱和不幸的遭遇正显示了这一代知识分子的面临抉择的歧途。鲁迅所以把有不平、有理想的知识分子当作自己写作的重要题材之一，除过为中国人民革命的现实所决定的因素以外，他对于这类人物的性格和生活非常熟悉也是重要的原因；而这种"熟悉"是包括着他对于历史传统的深刻理解在内的。

在鲁迅小说中作者给予了极大同情的一类人物是受旧的社会制度和传统习惯所凌辱歧视的妇女和儿童。鲁迅说他写小说的用意就在于揭露"所谓上流社会的堕落和下层社会的不幸"[56]，而下层社会中的妇女与儿童是尤其不幸的。在《灯下漫笔》一文中，鲁迅曾引《左传》的"人有十等"的记载，那最下层的一等叫作"台"，鲁迅说："但是'台'没有臣，不是太苦了吗？无须担心的，有比他更卑的妻，更弱的子在。"下层的妇女和儿童一直是处在最底层,为社会所歧视凌辱的。华大妈和小栓,单四嫂子和宝儿,祥林嫂和阿毛,《幸福的家庭》中的主妇和女孩,鲁迅塑造了一连串的这一类的人物形象,并寄予了极大的同情。他曾说:"我还记得中国的女人是怎样被压制,有时简直并羊而不如。"[57]对被压迫的妇女儿童采取同情态度的精神本来是有极其悠久的历史传统的,汉乐府中的著名篇章中就有《妇病行》和《孤儿行》,唐宋传奇以及后来的章回小说中,妇女的形象常常居于主要的地位,民间文学中也有像虐待至死的童养媳"女吊"那样的形象;而鲁迅对于儿童一代的幸福生活的希冀是与他的深厚的爱国主义精神分不开的。在《狂人日记》中他已发出了"救救孩子"的呼声,在《故乡》中更对宏儿和水生的未来寄予了那么恳切和确信的期待;在这一点上我以为是与鲁迅的关于阮籍、嵇康等人对待下一代的态度的理解颇有联系的,他曾由嵇康《家诫》等文献中引论"社会上对于儿子不像父亲,称为'不肖',以为是坏事,殊不知世上正有不愿他的儿子像自己的父亲哩。试看阮籍嵇康,就是如此"[58]。在《故乡》中鲁迅不也是热忱地希望宏儿、水生的一代不要像他们父辈的"辛苦展转"或"辛苦麻木"而生活吗?"他们应该有新的生活",这正是伟大的作家们对人类未来的共同期望。

五

鲁迅的《〈中国新文学大系〉小说二集序》一文,实际上是以文学史家的态度来论述作家作品的;他说《狂人日记》《药》这些最初的小说受到了果戈理和安特莱夫等外国作家的影响，而以后就"脱离了外国作家的影响，技巧稍为圆熟，刻划也稍加深切，如《肥皂》《离婚》等"，这个叙述是确切的。我们觉得使鲁迅完成了自己的独特风格的因素之一，是他意识地向中国文学去探索和学习了表现的方法，特别是古典小说。鲁迅自己说他的小说的特点是：

> 我力避行文的唠叨，只要觉得够将意思传给别人了，就宁可什么陪衬拖带也没有。中国旧戏上，没有背景，新年卖给孩子看的花纸上，只有主要的几个人（但现在的花纸却多有背景了），我深信对于我的目的，这方法是适宜的，所以我不去描写风月，对话也决不说到一大篇。[59]

我以为这不仅是鲁迅小说的风格特点，也是中国古典文学的一般的风格特点；而且正如鲁迅所说，是和古典戏剧和古典美术也有其共同之点的。鲁迅对于美术是有很精湛的研究的，我们前面已经说过，他称赞陶元庆的绘画时就说，"都和世界的时代思潮合流，而又并未梏亡中国的民族性"，这个评语指出了陶氏的绘画并未消失了类似旧日中国年画的那种朴素的风格，而表现的内容和思想又是现代化的；这其实是可以说明鲁迅自己的小说特色的，他也"并未梏亡中国的民族性"，而是将其发展并给以现代化的。正是因为他承继并发展了这种"民族性"，才达到如他自己的谦逊的说法，"技巧稍为圆熟，刻划也稍加深切"。在中国古典文学中，除上节所谈者以外，与他的小说创作最有直接联系的当然是那些古典的白话小说，其中对他影响最大的是吴敬梓的《儒林外史》。鲁迅在《中国小说史略》全书中，以对《儒林外史》的评价为最高。这是有许多原因的：第一，鲁迅对于《儒林外史》所写的"士林"的风习是有深切的感受的，他对作者的讽刺和揭露不能不引起激动。据周作人的"日记"所记，鲁迅在十八岁时到南京之前（戊戌闰三月），还遥从三味书屋受业，还在习作八股文和试帖诗。周氏戊戌三月的日记有云："二十日：晴。下午接绍函，并文诗各两篇，文题一云'左右皆曰贤'，二云'人告之以过则喜'，诗题一云'苔痕上阶绿'（得苔字），二云'满地梨花昨夜风'（得风字）。"[60]除他自己亲自受过这样的教育以外，可以想见他对于受过科举制度毒害的上一辈读书人的面貌是有过许多接触的，因此他深切地感到了《儒林外史》的艺术力量。后来他曾说："《儒林外史》作者的手段何尝在罗贯中下，然而留学生漫天塞地以来，这部书就好像不永久，也不伟大了，伟大也要有人懂。"[61]他对社会上不理解《儒林外史》的伟大感到很气愤，而归咎于漫天塞地的"留学生"不懂得《儒林外史》中所写的生活，不懂得中国知识分子的痛苦的历史经历。因此在《白光》里，他写了陈士成的落第发疯；这不是历史题材，但却仍然是"外史"式的人物，只是没有可能再像范进那样的"大器晚成"罢了，而在精神世界里，却正是非常类似的。孔乙己是更其渺小而可怜的牺牲者，鲁迅在憎恨吃人的制度之余，甚至不能不给以某些同情；据孙伏园记载，这是鲁迅自己最喜欢的一篇作品[62]，我以为这是与他自己的深刻感受有关的。

其次，《儒林外史》的讽刺艺术也是使鲁迅喜爱的重要原因。鲁迅创作的目的既然"意思是在揭出病苦,引起疗救的注意"[63],则自然需要采取讽刺的手法来对不合理事物给予尖锐的批判,因此他是非常喜爱讽刺作品的;他对果戈理的作品是如此,对《儒林外史》也是如此。《中国小说史略》中只将《儒林外史》称为"讽刺小说",他以为中国小说中之真正可称为讽刺,可与果戈理、斯惠夫特的讽刺艺术并称者,只有一部《儒林外史》。[64]他说:

> 迨吴敬梓《儒林外史》出,乃秉持公心,指摘时弊,机锋所向,尤在士林;其文又戚而能谐,婉而多讽:于是说部中乃始有足称讽刺之书。……既多据自所闻见,而笔又足以达之,故能烛幽索隐,物无遁形,凡官师,儒者,名士,山人,间亦有市井细民,皆现身纸上,声态并作,使彼世相,如在目前……是后亦鲜有以公心讽世之书如《儒林外史》者。[65]

鲁迅小说的一个重要特色是讽刺;特别在对一些否定的人物形象,他是常常给以无情的狙击的。这是鲁迅的现实主义的重要成就之一,他写过两篇讲讽刺的文章,说明"非写实决不能成为所谓'讽刺'",而所举的例子之一就是《儒林外史》中的写范举人守孝,鲁迅并且说"和这相似的情形是现在还可以遇见的"。我以为像《端午节》中方玄绰的买彩票的想法,像《肥皂》中"移风文社"那些人的聚会情形的描绘,是和范进丁忧的"翼翼尽礼","而情伪毕露"的写法可以媲美的;都可以说是"诚微辞之妙选,亦狙击之辣手矣"[66]。类似这种例子还可以举出很多;在赵太爷、举人老爷、七大人、慰老爷这一类人物形象的塑造上，是可以在《儒林外史》中找出类似的表现手法来的；例如严贡生、张静斋以及王德、王仁这些人的性格表现和处理方法，就和赵太爷等有许多相似的地方。《风波》中的赵七爷讲"倘若赵子龙在世"等，是和匡超人讲自己是"先儒匡子"颇有异曲同工之处的；而在七斤家桌旁发生的那个争论的场面，是通过人物的简劲的对话来写出不同的性格的；这和《儒林外史》第三十四回中写众人纷纷议论对杜少卿的意见的紧凑的性格化的对话，在写法上是颇有共同点的。鲁迅说：

> "讽刺"的生命是真实；不必是曾有的实事，但必须是会有的实情。所以它不是"捏造"，也不是"诬蔑"；既不是"揭发阴私"，又不是专记骇人听闻的所谓"奇闻"或"怪现状"。[67]

这可以理解为鲁迅对运用讽刺手法的现实主义原则，也是他对《儒林外史》给以高度评价的依据。他把清末吴趼人写的《瞎骗奇闻》和《二十年目睹之怪现状》等作品别名之为"谴责小说"，就因为这类"辞气浮露，笔无藏锋"的作品较之《儒林外史》的"度量技术"是相去很远的，从这里也可以看出鲁迅的讽刺艺术的精神来。

第三，在形式和结构上，《儒林外史》也是最近于鲁迅小说的。唐宋传奇名虽短篇，但在有头有尾，故事性很强等特点上，其实是很近于《三国演义》《水浒传》等长篇的；而《儒林外史》则正如鲁迅所指出，是"事与其来俱起，亦与其去俱讫,虽云长篇,颇同短制"[68]的。在《肥皂》《离婚》等鲁迅自己觉得技巧圆熟的作品中,这种"事与其来俱起,亦与其去俱讫"的结构特点就更明显;就是在《阿Q正传》《孤独者》等首尾毕具,人物性格随着情节的发展而展开的作品中,那种以突出的生活插曲来互相连接的写法也不是传奇体或演义体的,而更接近于《儒林外史》的方法。中国的古典文学在样式和风格上也是多样化的,《儒林外史》和《三国演义》就具有显然不同的特点;而鲁迅小说的形式结构,因为它是短篇,并受了外国近代短篇小说的影响,因此在向民族传统去探索时,就更容易受到《儒林外史》的影响了。

以上只是就主要方面而言;鲁迅先生是全面地研究了中国小说史的,因之他对其他一些古典作品也是推许过,并继承了其中的许多优点的。他称赞过《金瓶梅》的"凡所形容,或条畅,或曲折,或刻露而尽相,或幽伏而含讥,或一时并写两面,使之相形,变幻之情,随在显见"[69],《红楼梦》的"正因写实,转成新鲜"[70];这些特点在鲁迅的作品中也是有所继承的。我们在鲁四老爷身上看到了贾政式的虚伪的"正派",在"高老夫子"的形象中也可以看到应伯爵式的市井人物的影子。在描写技巧和语言的运用上,鲁迅先生也曾称赞过《红楼梦》等书的优点;他说:

> 高尔基很惊服巴尔扎克小说里写对话的巧妙,以为并不描写人物的模样,却能使读者看了对话,便好像目睹了说话的那些人。中国还没有那样好手段的小说家,但《水浒》和《红楼梦》的有些地方,是能使读者由说

话看出人来的。[71]

对于这些优点,鲁迅是采取的;他自述他用的语言是"采说书而去其油滑,听闲谈而去其散漫,博取民众的口语而存其比较的大家能懂的字句,成为四不像的白话"[72]。在这当中,所谓"采说书"就是采自旧日的章回小说。他曾说他写完一篇之后,总要求"读得顺口";"没有相宜的白话,宁可引古语,希望总有人会懂,只有自己懂得或连自己也不懂的生造出来的字句,是不大用的"[73]。与有些作家的习于用过分"欧化"的语言不同,他要求合乎我们祖国语言的规律和习惯,要求"顺口";这在文学语言的继承性上就自然会在以前的白话小说和可用的古语中去采取了。这是构成鲁迅作品的风格特点的重要因素之一,而这正是和我国的古典文学相联系的。

六

法捷耶夫在《论鲁迅》中说:"鲁迅的讽刺和幽默到处都表现出来。但是如果说在《阿Q正传》中,鲁迅是一个表面上好像是无情地叙述事件的叙事的作家,那么在《伤逝》中,他就是一个触动心弦的深刻抒情的作家。"[74]我们也感觉到,鲁迅小说的写法是大致可以分为如法捷耶夫所说的两类的。关于前者,如《阿Q正传》《风波》《离婚》《肥皂》等,就是鲁迅自己所说的白描的写法:

"白描"却并没有秘诀。如果要说有,也不过是和障眼法反一调：有真意，去粉饰，少做作，勿卖弄而已。[75]

这类作品的讽刺性较强，带有一些与他的杂文共同的特色；那表现方法是比较接近于《儒林外史》等古典小说的。但另外一类，那些特别能激动我们心弦的带有浓厚的抒情气氛的作品，我以为是与中国古典诗歌的联系更其密切的。《伤逝》是通过涓生的抒情式的独白写出来的，就带有这种特色；但在另外一些作品里，像《故乡》《祝福》《在酒楼上》《孤独者》等，这种特色就更其显著。这些作品都是用第一人称"我"的经历和感受写出来的，"第一人称"的形象在作品中并不是着重描写的，在情节上也不占显著地位，但作品中那些引起我们强烈地关心他们命运的主人公的遭遇却都是通过他的感受来写出的，并且首先在他的心弦上引起了震动，于是那种深刻的抒情气氛就不能不深深地激动着我们。《故乡》中的这些诗一样的句子："我只觉得我四面有看不见的高墙，将我隔成孤身，使我非常气闷；那西瓜地上的银项圈的小英雄的影像，我本来十分清楚，现在却忽地模糊了，又使我非常的悲哀。"以及下面的"在潺潺的水声中"对宏儿、水生辈的前途的瞩望，是我们所永远不能忘怀的。《祝福》中的关于第一人称形象的"在阴沉的雪天里，在无聊的书房里"的强烈不安的抒写，是多么增强了我们对祥林嫂的悲惨命运的不安！《在酒楼上》的默默的饮酒，《孤独者》中的无聊的送殓，都是通过第一人称"我"的感受来深沉地写出了对方的为人和性格的，而且正是在这些地方引起了我们对于主人公的一些同情。无庸多说，在这些作品中本来就是有作者自己的深沉的感情的,而且那种触动心弦的抒情的写法,也是非常富有诗意的。中国是一个有悠久的诗歌传统的国家,在那些伟大诗人们的不朽的篇章中,类似这样的抒情诗的作品是非常之多的。他们常常将在人生长途中的某些遭际和感受,某些引起过他的心弦震动的人和事,用优美深刻的抒情诗的笔触抒发出来;这类例子是不胜枚举,也无须举的。我们知道鲁迅平日有所感触时也还是写旧诗的,譬如在杨杏佛被刺后他所写的下面的一首诗:

> 岂有豪情似旧时,花开花落两由之。何期泪洒江南雨,又为斯民哭健儿。[76]

这里通过自己悲愤的感触来写杨氏的被难,是与他那些小说中的抒情写法很类似的,而又与中国古典诗歌保持着多么密切的联系。许寿裳说:"这首诗才气纵横,富于新意,无异龚自珍。"[77]唐弢同志也曾说过"先生好定庵诗"[78]。我们知道龚定庵是晚清的比较进步的思想家,梁启超曾说:"光绪间所谓新学家者,大率人人皆经过崇拜龚氏之一时期。"[79]定庵诗的特点正是继承了古典诗歌的传统,在抒情气氛中抒发新意的;特别是绝句,前人也以"才多意广"[80]称之。鲁迅的这一类小说,正是带有抒情诗的特点的。

像古典诗歌一样,这种"抒情"常常是通过自然景物、通过心情感受而形成一种统一的情调和气氛的。当然,在小说中,写景色、写气氛,实际也是在写人物的;但这样就能使作品形成一种独特的艺术风格,增强作品的感染力。《故乡》是从深冬阴晦的天色中的萧索荒村开始的,而结尾则是在金黄的圆月下听着"潺潺的水声"离开的;这里不能不映衬出被隔绝开的双方的辛苦的心情。《祝福》中这种特点就更显著,爆竹声中的祝福的气氛本身就成了一种反衬,而寂静的雪夜又是多么凄凉啊!"雪花落在积得厚厚的雪褥上面,听去似乎瑟瑟有声,使人更加感得沉寂。"这里深沉地表达出了人间的不幸。《在酒楼上》的情节发生在风景凄清的大雪中的狭小阴湿的小酒店,而作品中还有一大段对于酒楼外的废园雪景的富有诗意的描写。结尾是在风雪交加的黄昏中,这一对友人方向相反地告别了;充满了"意兴索然"的感触。《孤独者》中在写深冬灯下枯坐,"如见雪花片片飘坠,来增补这一望无际的雪堆"中,突然接到了两眼像嵌在雪罗汉上小炭一样黑而有光的正在怀念中的魏连殳的来信,而这位久别的正陷在绝境中的孤独者的信也正是写在大雪深夜中吐了两口血之后的,这是多么沉重、孤寂而悲凉的气氛。到最后送殓归来的时候,却是散出冷静光辉的一轮圆月的清夜,在那里隐约听到狼似的长嗥,"惨伤里夹杂着愤怒和悲哀"。鲁迅多次地描写了冬雪的景色,是和他要写的孤寂的气氛和人物的沉重的心情紧密联系的;那写法虽然也各不相同,但都有一种抒情诗的气氛,能够吸引读者浸沉在那情境里面,关心着主人公的命运。中国古典诗歌的写法向来就是"诗人感物,联类不穷"的,"天高气清,阴沉之志远;霰雪无垠,矜肃之虑深"[81]。通过景物的描绘来抒写情绪和气氛正是一向所注重的;因此才要求"情在词外"和"状溢目前"能够统一起来,提高作品的表现力量。就以雪景的描写来说,从《诗经》的"今我来思,雨雪霏霏",《楚辞》的"霰雪纷其无垠兮,云霏霏而承宇"开始,写景一向就是同抒写情绪和气氛紧密结合的。这样的著名篇章不知有多少，而鲁迅《野草》中的一篇《雪》，不是大家都认为是抒写怀念情绪的散文诗吗？

鲁迅小说又常常以景物或气氛的描写结尾，使人读后留有余韵，可以引起人的深思。如上所说，这也同样是与古典诗歌有联系的。不只像上面所举的那些篇，别的许多篇也是如此。例如《明天》中对鲁镇深夜景色的描写，《药》中的写乌鸦飞向远处的天空，都是显著的例子。中国的古典文学向来是很讲求结尾的余韵的；《文心雕龙·附会篇》说："若首唱荣华，而媵句憔悴，则遗势郁湮，余风不畅。"纪昀评云："此言收束亦不可苟，诗家结句为难，即是此意。"鲁迅的小说正是注意到结尾对于整篇作品的效果的。

至于以历史传说为题材的《故事新编》，则除了前述的那些特点以外，由于他的素材是从文献的简短记载中采取来的，与从广阔复杂的现实生活中汲取来的有所区别，因此在艺术构思上也特别与过去的文献有所联系。鲁迅自称这书是"神话，传说及史实的演义"[82]，这个说明是非常恰切的。中国过去也有这一类"演义"体的小说，例如大家所熟知的《封神演义》和《三国演义》；那写法当然与《故事新编》不同，但就这类小说与原始记载的关联说，却都可以说是"只取一点因由，随意点染"[83]而成的。这点"因由"虽然与后来写成的作品存在着性质的差异，但那"因由"却不只提供了写作的题材，也是同时引起作家的思维过程并在创作构思上有所联系的。鲁迅对神话传说向来很喜爱，他以为"神话不特为宗教之萌芽，美术所由起，且实为文章之渊源"[84]。因此在写作时他就能从"一点旧书上的根据"出发，把传说中的人物赋予了性格和生命。其中如《补天》和《奔月》，原来的记载就很简略，的确是只有一点"因由"；但小说中却由此展开了动人的故事情节。但像《铸剑》，鲁迅自己就说"只给铺排，没有改动"[85]，所据的《列异传》的故事即收在《古小说钩沉》中，在情节安排和故事精神上，它都是与原来的传说基本符合的；那彼此间在构思和表现方法上的联系就更其明显。此外各篇也有类似情形；其中当然有许多地方是作家自己的新意，例如鲁迅自己关于《出关》就说："至于孔老相争，孔胜老败，却是我的意见。"[86]但也有和"旧书上的根据"相同点比较多的作品，例如《采薇》。总之，这些小说除过在语言风格等方面与其他作品保有共同的特色以外，当作者在向传统文献摄取题材的时候，就必然同时也会在创作构思上引起启发和联想，因而也就与过去的文献有了更多的联系。

七

现实主义文学的源泉既然是现实生活，则构成伟大作品的最重要的成功因素自然是作家对于客观现实的认识和感受。以鲁迅而论，他自己就说过："但我母亲的母家是农村，使我能够间或和许多农民相亲近，逐渐知道他们是毕生受着压迫，……偶然得到一个可写文章的机会，我便将所谓上流社会的堕落和下层社会的不幸，陆续用短篇小说的形式发表出来了。"[87]这正是构成鲁迅作品的伟大成就的重要原因；我们在古典文学作品中，就很难看到像闰土、七斤、阿Q等这样鲜明生动的农民形象。即使是在古典文学中有过类似存在的，譬如知识分子的形象，也因为时代不同，客观现实有了变化，而作家的观察角度和表现方法也都有着很大的差异，那成就也并不是前人所能比拟的。但现实主义文学也是有它的历史基础的，任何作家都不可能完全脱离了历史的传统而有所成就；因此善于学习和继承古典文学的优良传统正是一个作家获得成功的重要原因；它不但不是与作家的创造性相抵触的，而且正是构成他的创造性成就的重要条件。特别在作品的形式风格、艺术技巧以及创作构思等方面，在每一民族的文学史的发展上常常是带有比较显明的继承性的。鲁迅自然与过去的古典作家不同，他不仅是承受了中国古典文学的影响，同时也自觉地接受了外国进步文学的有用成分，而且这种接受都是通过一个革命作家的理性的抉择的，他所要采取的是那些对建设中国现代文学有用的东西。这样，他的学习就绝不是生搬硬套，而是经过溶化的。为了接受中国古典文学的优良成分，使之为当前的文学事业服务，那自然就必需有所发展；而接受外国文学的影响也同样是必需经过溶化的。这是为文学创作的现实主义要求和文学发展的历史继承性所决定的，而鲁迅的作品就正体现了这种性质；他的接受中国古典文学的影响，正是丰富和发展了我们民族的优良传统的。

　　从这里也可以连带说明中国现代文学与古典文学传统的历史联系。资产阶级的民族虚无主义者常常喜欢吹嘘说"五四"以来的新文学完全是欧洲文学的"移植"，是与中国的文学传统截然分开的；而"五四"时期在反封建的高潮中，的确也有一部分人对传统文学不加区别地作了过多的否定，因而常常出现一些混乱的看法。"移植"的说法当然是无稽的,我们并不否认中国现代文学接受了外国进步文学的很大影响,但现实主义文学总是植根在现实生活的土壤上的,并且是要适应于人民的美学爱好的,而这却都不是任何外来的"移植"可以"顿改旧观"的。"五四"时期有些人作了过激的主张,像毛泽东同志在《反对党八股》中所批判过的,是由于"他们对于现状,对于历史,对于外国事物,没有历史唯物主义的批判精神,所谓坏就是绝对的坏,一切皆坏,所谓好就是绝对的好,一切皆好"。但即使在"五四"当时,由于"这个运动是生动活泼的,前进的,革命的"。也并不是所有的人都抱着上述的那些看法。举例说,鲁迅曾说过"在中国,小说不算文学,做小说的也决不能称为文学家"的话[88],这说明了在封建社会里对于一些人民性很强的小说戏曲作品的歧视和抑制,但在"五四"新文化运动中却把《水浒传》《红楼梦》《儒林外史》等作品提到了文学正宗的地位;鲁迅曾慨叹"中国之小说自来无史"[89],而他的研究中国小说史正是为了发扬古典文学中那些有价值的部分,为建设新的现实主义文学创造条件的。又如给予民间文学以很高的评价并开始收集和研究,也是从"五四"以后开始的,鲁迅对于民间文学的"刚健清新"的风格就非常赞赏。应该说,这才是"五四"新文化运动的精神和主流。鲁迅反对旧文化中的糟粕部分是非常坚决和彻底的,所谓"从旧垒中来,情形看得较为分明,反戈一击,易致强敌的死命"[90]。但他绝不是民族虚无主义者,他说:"我们从古以来,就有埋头苦干的人,有拚命硬干的人,有为民请命的人,有舍身取法的人,……虽是等于为帝王将相作家谱的所谓'正史',也往往掩不住他们的光耀,这就是中国的脊梁。"[91]而那些以为"中国事事不如人",主张"全盘西化",认为新文学完全是"移植"来的虚无主义者,却恰好又是大吹大擂地提倡"整理国故"的人;这里我们看出了民族虚无主义者与国粹主义者相通的道理,因而也就更加明白在胡适等人给青年大开什么"最低限度的国学必读书目"的时候,鲁迅主张青年们"要少——或者竟不——看中国书"的实际战斗意义。[92]这一条是绝不能概括为鲁迅对中国古代文化的具体意见的。

"五四"以来这种正确对待古典文学的态度和精神是给了现代文学创作以积极影响的,当作"中国文化革命的主将",鲁迅自己的作品就代表着现代文学的主流;它与中国古典文学保有着血肉的联系,并标志着中国文学历史的新的发展。三十多年来,现代文学创作中的比较成功的作品,总是在艺术风格上带有一定的民族特色的,从这里正可以看出文学历史的继承关系。这也很容易理解,我们的许多老作家在青年时期都还受过读古书的教育,而在他们的阅览或研究古典文学中也不能不给创作以影响;郭沫若早在《女神》中就有过对于屈原的赞颂,茅盾对于中国古代神话和古典小说的研究也是对他的创作有一定的影响的;这都显示了中国现代文学正是中国文学史的一个新的发展部分。

当鲁迅还活着的那些年代,人们在估计现代文学的成就的时候,都觉得在小说、散文方面的收获似乎更丰富一些;从《中国新文学大系》的各集"导言"中就可以看出这样的消息。我觉得这是和我们古典文学中历史蕴藏的丰富,以及像鲁迅那样的善于继承和发展的精神分不开的;而在创作收获比较单薄的部门如诗歌和话剧中,这种历史联系也就比较薄弱一些；但"新月派"就在这种情况下以"诗镌""剧刊"起家了，这确实值得我们深思。这种情形后来当然有所改变，但如何向古典文学的优良传统学习，到今天仍然是我们繁荣创作的重要问题之一。鲁迅的作品与古典文学的联系不只给我们说明了继承民族优良传统的重要性，而且由于这些作品在思想和艺术上的不朽价值，它本身已经成为我们民族传统的一个组成部分，成为我们应该首先向之学习的重要遗产。认真地学习鲁迅的作品对于社会主义文化建设和社会主义文学的发展，都具有极其重大的意义。

1956 年 9 月 16 日，为鲁迅先生逝世二十周年纪念作

*　　*　　*

〔1〕许寿裳：《亡友鲁迅印象记·屈原和鲁迅》。
〔2〕鲁迅：《而已集·略谈香港》。
〔3〕鲁迅：《准风月谈·"感旧"以后（上）》。
〔4〕鲁迅：《集外集拾遗·〈浮士德与城〉后记》。
〔5〕鲁迅：《准风月谈·关于翻译（上）》。
〔6〕鲁迅：《三闲集·文艺与革命》。
〔7〕鲁迅：1935 年 6 月 16 日致李桦信。
〔8〕鲁迅：《且介亭杂文·论"旧形式的采用"》。
〔9〕鲁迅：《且介亭杂文末编·记苏联版画展览会》。
〔10〕参看鲁迅《坟·看镜有感》《而已集·略谈香港》，以及孙伏园《鲁迅先生二三事·杨贵妃》各文。
〔11〕鲁迅：1935 年 2 月 4 日致李桦信。
〔12〕鲁迅：《而已集·当陶元庆君的绘画展览时》。
〔13〕鲁迅：《中国小说史略》。
〔14〕鲁迅：《且介亭杂文二集·从帮忙到扯淡》。

〔15〕〔62〕孙伏园：《鲁迅先生二三事》。

〔16〕见《章氏丛书三编》。关于《文选》和唐宋八家作品的本身，是与清末的所谓"选体派"和"桐城派"应该区别看待的；鲁迅在《写在〈坟〉后面》中就记他正在看《文选》，而在《花边文学》中的《古人并不纯厚》一文中，也称赞过欧阳修的"悻悻"，可见他

也并不是采取完全否定态度的。

〔17〕黄侃：《〈国故论衡〉赞》。

〔18〕章太炎：《国故论衡》中卷《论式》。

〔19〕〔26〕〔31〕〔34〕〔35〕〔40〕〔42〕〔54〕〔58〕鲁迅：《而已集·魏晋风度及文章与药及酒之关系》。

〔20〕鲁迅：《南腔北调集·又论"第三种人"》。

〔21〕郭沫若：《今昔蒲剑》。许寿裳：《亡友鲁迅印象记》。

〔22〕鲁迅：《坟·摩罗诗力说》。

〔23〕王逸：《离骚章句序》。

〔24〕庄子：《寓言篇》。

〔25〕鲁迅：《古籍序跋集·〈嵇康集〉考》。

〔27〕鲁迅：《花边文学·做文章》。

〔28〕鲁迅：《且介亭杂文二集·徐懋庸作〈打杂集〉序》。

〔29〕鲁迅：《且介亭杂文·序言》。

〔30〕鲁迅：《两地书（三二）》。

〔32〕鲁迅：《两地书（一二）》。

〔33〕刘师培：《中古文学史》。

〔36〕冯雪峰：《过来的时代·鲁迅论》。

〔37〕鲁迅：《伪自由书·前记》。

〔38〕鲁迅：《两地书（一二）》。

〔39〕鲁迅：《华盖集续编·我还不能"带住"》。

〔41〕《嵇康集·与山巨源绝交书》。

〔43〕刘勰：《文心雕龙·事类篇》。

〔44〕刘勰：《文心雕龙·附会篇》。

〔45〕鲁迅：《且介亭杂文二集·"题未定"草（八）》。

〔46〕〔47〕鲁迅:《南腔北调集·小品文的危机》。
〔48〕周启明:《鲁迅的少年时代·关于鲁迅》。
〔49〕鲁迅:《且介亭杂文二集·六朝小说和唐代传奇文有怎样的区别?》。
〔50〕冯雪峰:《过来的时代·鲁迅先生计划而未完成的著作》。
〔51〕见《民报》第六号。
〔52〕〔86〕鲁迅:《且介亭杂文末编·〈出关〉的"关"》。
〔53〕见《晋书》四十九本传。
〔55〕周遐寿:《鲁迅小说里的人物·哀范君》。
〔56〕鲁迅:《集外集拾遗·英译本〈短篇小说选集〉自序》。
〔57〕鲁迅:《华盖集·忽然想到（七）》。
〔59〕〔63〕〔73〕〔88〕鲁迅:《南腔北调集·我怎样做起小说来》。
〔60〕周遐寿:《鲁迅小说里的人物·附录一:旧日记里的鲁迅》。
〔61〕鲁迅:《且介亭杂文二集·叶紫作〈丰收〉序》。
〔64〕参阅鲁迅:《且介亭杂文二集·什么是"讽刺"?》及《且介亭杂文二集·论讽刺》二文。
〔65〕〔66〕〔68〕鲁迅:《中国小说史略·清之讽刺小说》。
〔67〕鲁迅:《且介亭杂文二集·什么是"讽刺"?》。
〔69〕鲁迅:《中国小说史略·明之人情小说（上）》。
〔70〕鲁迅:《中国小说史略·清之人情小说》。
〔71〕鲁迅:《花边文学·看书琐记》。
〔72〕鲁迅:《二心集·关于翻译的通信》。
〔74〕见1949年10月19日《人民日报》。
〔75〕鲁迅:《南腔北调集·作文秘诀》。
〔76〕鲁迅:《集外集拾遗·悼杨铨》。
〔77〕许寿裳:《亡友鲁迅印象记》。
〔78〕唐弢:《〈鲁迅全集补遗〉编后记》。
〔79〕梁启超:《清代学术概论》。
〔80〕陈衍:《石遗室诗话》。
〔81〕刘勰:《文心雕龙·物色篇》。
〔82〕鲁迅:《南腔北调集·〈自选集〉自序》。

〔83〕鲁迅:《故事新编·序言》。
〔84〕鲁迅:《中国小说史略·神话与传说》。
〔85〕鲁迅:1936年2月17日致徐懋庸信。
〔87〕鲁迅:《集外集拾遗·英译本〈短篇小说选集〉自序》。
〔89〕鲁迅:《中国小说史略·序言》。
〔90〕鲁迅:《坟·写在〈坟〉后面》。
〔91〕鲁迅:《且介亭杂文·中国人失掉自信力了吗》。
〔92〕鲁迅:《华盖集·青年必读书》。

论鲁迅作品与外国文学的关系

一 "向西方找真理"的一个侧面

鲁迅的文学事业,是从翻译和介绍外国文学开始的。他决定弃医学文,提倡文艺运动来唤醒人民的觉悟,就是受到外国文学的启发的。从1907年写《摩罗诗力说》直到逝世以前他翻译果戈理的《死魂灵》,三十年间他从未停止过翻译和介绍的工作。他曾说:"注重翻译,以作借镜,其实也就是催进和鼓励着创作。"[1]早在1909年他为《域外小说集》写的《序言》中就说:"异域文术新宗,自此始入华土。使有士卓特,不为常俗所囿,必将犁然有当于心,按邦国时期,籀读其心声,以相度神思之所在。"所谓"相度神思之所在",就是要作为创作的借鉴,因此他才把"弗失文情"作为翻译的准绳。后来他自述他开始创作时"所仰仗的全在先前看过的百来篇外国作品和一点医学上的知识",而且把"看外国的短篇小说"作为他的一条创作经验[2],可知他的创作特色是同对外国文学的借鉴密切联系的。当然,他又说过以后他"脱离了外国作家的影响"[3]。从学习、借鉴到脱离,其实就是一个对外国文学的批判、吸收和民族化的过程。因为文学作品的民族特色本来是一个历史性的范畴,它不但应该有批判继承民族优良传统的因素,而且也要有使之适应时代潮流的现代化的特点。鲁迅的作品是最富有民族特色的,但又与过去时代的作品截然不同,它是广泛借鉴和吸收了外国文学的优点又同时使之为反映中国人民生活服务的。这就使他的作品具有了鲜明的独特风格，达到了新的创造性的成就。因此考察鲁迅作品与外国文学的关系，不仅对深入理解鲁迅作品及其艺术上的成就和贡献是必要的，而且同时可以帮助我们领会正确对待和借鉴外国文学的态度和方法。

鲁迅开始接触外国文学，是和他"向西方找真理"的过程一同开始的，因此他的爱好和抉择就不能不受到中国人民民主革命的需要的制约。就在他热烈地读着严复译的《天演论》的前后，在当时流行的"看新书的风气"下，他就大量地读了林纾译的外国小说。据许寿裳回忆，林译小说"出版之后，鲁迅每本必读，而对于他的多译哈葛德和科南道尔的作品，却表示不满"[4]。林译小说一百数十种中，绝大部分为英国小说，其中哈葛德占二十种，科南道尔占七种，数量最多。青年时代的鲁迅是怀着追求进步和了解外国人民的生活与文艺的心情来读这些新书的，但内容却使他完全失望，后来他多次叙述过对这些作品的感受。他说："我们曾在梁启超所办的《时务报》上，看见了《福尔摩斯包探案》的变幻，又在《新小说》上，看见了焦士威奴所做的号称科学小说的《海底旅行》之类的新奇。后来林琴南大译英国哈葛德的小说了，我们又看见了伦敦小姐之缠绵和非洲野蛮之古怪。……包探，冒险家，英国姑娘，非洲野蛮的故事，是只能当醉饱之后，在发胀的身体上搔搔痒的，然而我们的一部分的青年却已经觉得压迫，只有痛楚，他要挣扎，用不着痒痒的抚摩，只在寻切实的指示了。"[5]这段话是有他自己的亲切感受的。怀着"我以我血荐轩辕"的为祖国为人民的伟大心愿的鲁迅,他阅读和介绍外国文学的目的,是要寻求"切实的指示"的,因此他的爱好和抉择就自然倾注到了那些描写被压迫民族和被压迫人民的作品,而这完全不是林译小说所能满足的。后来他说:"十八世纪的英国小说,它的目的就在供给太太小姐们的消遣,所讲的都是愉快风趣的话。"而他要求的是"在小说里可以发见社会,也可以发见我们自己"[6]。他从来是为艺术而艺术的坚决反对者,他要求在外国作品中可以看到现代社会和我们自己的影子,这样才会对中国有益。当他到了日本,他的德语和日语可以帮助他广泛接触外国文学的时候,他并没有因为语言上的方便,和单纯的对文艺的爱好,而使自己的精力花在歌德、席勒或《源氏物语》等德国和日本的著名作品上,而是"因为所求的作品是叫喊和反抗,势必至于倾向了东欧,因此所看的俄国,波兰以及巴尔干诸小国作家的东西就特别多"[7]。他的目的十分明确,是为了寻求"叫喊和反抗"的被压迫者的声音来振奋中国人民的精神,这是为中国民主革命服务的现实需要所决定的。正如他从事创作是为了改良社会一样,他对外国文学的爱好、翻译和介绍,也是始终遵循着对中国青年读者和中国现代文学有所裨益这一根本愿望的。正是因为中国半殖民地半封建的社会现实,才促使他特别注意被压迫民族的文学情况。他说:"我向来是想介绍东欧文学的一个人。"[8] 1907年他在《摩罗诗力说》中介绍了波兰诗人,1921年《小说月报》出《被损害民族的文学》专号,他译介了《近代捷克文学概观》和《小俄罗斯文学略说》二文,后来他在驳斥林语堂攻击他"今日绍介波兰诗人,明日绍介捷克文豪"时说:"那时满清宰华,汉民受制,中国境遇,颇类波兰,读其诗歌,即易于心心相印,不但无事大之意,也不存献媚之心。……波兰捷克,虽然未曾加入八国联军来打过北京,那文学却在。"[9]可见他爱好和抉择的着眼点是作者的受压迫的社会背景与中国相似,其思想感情能引起中国读者的共鸣,可以激发人们要求进步和改革的热情,对中国社会和文学有所裨益的作品。即使是在世界文坛上声名显赫的作家,如果不是上述情形,就引不起他的爱好。他就说过他总不能爱但丁和陀思妥也夫斯基,因为"那《神曲》的《炼狱》里,就有我所爱的异端在";而陀氏则"把小说中的男男女女,放在万难忍受的境遇里","使他们什么事都做不出来"。[10]就是说,这类作品无论其艺术成就如何,那种对现实的宗教式的忍从和对不幸者的冷酷的态度,对于启发中国人民的觉悟是没有帮助的。这同样也是他的介绍翻译工作的出发点,他说他翻译外国作品"不过要传播被虐待者的苦痛的呼声和激发国人对于强权者的憎恶和愤怒而已,并不是从什么'艺术之宫'里伸出手来,拔了海外的奇花瑶草,来移植在华国的艺苑"[11]。与资产阶级文人妄图依附名人名著来炫学和传世不同,他明白地说"我是向来不想译世界上已有定评的杰作,附以不朽的"[12],他的为人民革命服务的意图十分清楚。他曾给青年讲过选读文艺作品的方法:"先看几种名家的选本,从中觉得谁的作品自己最爱看,然后再看这一个作者的专集,然后再从文学史上看看他在史上的位置;倘要知道得更详细,就看一两本这人的传记,那便可以大略了解了。"[13]从鲁迅的经历可以了解,这就是他自己开始阅读外国作品时的经验。这个方法是否可靠的关键就在"自己最爱看"这个标准里的"自己"究竟是个什么样的人。我们不能说徐志摩不爱看曼殊斐儿或者梁实秋不爱看白璧德，但对于别人来说情况就完全不同；鲁迅自己的爱好所以具有一定的普遍性和进步意义，就因为他是一个革命者和新文学的建设者，他的爱好实际上是有批判和抉择的，那标准就是对于中国人民和中国现代文学有启发和借鉴的作用，而这就从根本上保证了他的工作的进步意义。

他所爱看的外国作品既然在思想感情上打动了他，那么对于他的创作自然会产生一定的影响。当然，文艺创作总是植根于人民生活的，像鲁迅这样伟大的作家，他的作品反映了中国民主革命时期广阔的历史图景，他的富有民族特色的艺术风格根本上是来自他对人民生活和人民美学爱好的深刻理解的；但作为借鉴，作为他作品的艺术力的有机部分，外国文学的影响仍然是很显著的。这种影响当然不是在主题思想或表现手法上对某一外国作家的硬搬和模仿，或者在作品中渲染所谓异域情调之类，甚至也不是作为作家艺术修养的自然流露，而是经过他有意识地借鉴、汲取、消化和脱离的过程，成为他的艺术成就的营养而存在的。他给青年作者的信中曾说："此后如要创作，第一须观察，第二是要看别人的作品，但不可专看一个人的作品，以防被他束缚住，必须博采众家，取其所长，这才后来能够独立。"[14]他把观察生活摆在创作的首位，其次才是借鉴；他借鉴的方法就是"博采众家，取其所长"，然后在这基础上形成自己的独立风格。他认为这种借鉴对于创作的发展十分重要。他说："我们的文化落后，……作品的比较的薄弱，是势所必至的，而且又不能不时时取法于外国。"[15]这同毛泽东同志指出的"所以我们决不可拒绝继承和借鉴古人和外国人,哪怕是封建阶级和资产阶级的东西"[16],精神是完全一致的。"五四"以来的中国现代文学,由于追求民主和革新,由于为民主革命服务的社会需要所决定,在它的成长和发展过程中确实受到了外国文学的影响。鲁迅就指出现代小说产生的原因,"一方面是由于社会的要求的,一方面则是受了西洋文学的影响"[17]。但并不是所有外国作品所产生的社会影响都是积极的,因为这不仅取决于这些作品本身的思想价值和艺术成就,而且也取决于接受者的思想感情和对待借鉴的态度,取决于他的批判和汲取的能力。鲁迅曾批评二十年代的一些创作说:"从实说,好的也离不了剽取点外国作品的技术和神情,文笔或者漂亮,思想往往赶不上翻译品,甚者还要加上些传统思想,使他适合于中国人的老脾气。"[18]鲁迅反对这种对外国文学的形式主义的模仿;他提倡翻译,自己用很大精力从事翻译和介绍的工作,就是为了促进中国革命和中国现代文学的健康发展。他认为好的译本"不但在输入新的内容,也在输入新的表现法"[19]。他一方面寻求外国的进步和民主的思想来帮助中国人民的革命斗争,同时努力为读者多提供一些有新的表现方法的外国作品,来扩大文艺工作者的眼界,促进中国新的革命文学的成长。因此,从中国民主革命的历史过程来考察,从鲁迅的文学活动和中国革命的关系来考察,他的介绍、翻译、汲取和借鉴外国文学,是同先进的中国人向西方寻找真理的进程完全一致的,他只是从文学领域开拓了一个新的侧面。但文学作品又与社会政治思想有所不同,虽然总的说来,鲁迅介绍的外国文学除后期少数的如高尔基等的作品以外，绝大部分都是资产阶级民主主义的文学，但如果能够正确地对待和批判，它对我们的文学创作仍然有继承和借鉴的作用，因而它有可能成为鲁迅作品的艺术成就的重要的养料。

当然，我们只能历史地看待这些作品的价值，决不能将它同无产阶级文学混为一谈。鲁迅后来也严正地指出了这一点，他说："凡这些，离无产者文学本来还很远，所以凡所绍介的作品，自然大抵是叫唤、呻吟、困穷、酸辛，至多，也不过是一点挣扎。"[20]因此鲁迅在借鉴和汲取之后又努力脱离它的影响，这不仅是艺术上创造独立的民族风格的需要，同时也是思想上的革命的批判精神的表现。

二 "摩罗"精神

1907年鲁迅写的《摩罗诗力说》是他最早的一篇介绍外国文学的文章，也是中国最早的系统地介绍以拜伦为代表的积极浪漫主义文学的文章。直到1926年他编完杂文集《坟》以后，还在《后记》中特意向读者介绍这一篇，他确实是喜爱这些诗人和他们的精神的。他把拜伦、雪莱直到裴多菲的这些诗人总名之曰"摩罗诗派"，宗主始于拜伦，因为拜伦的诗确实对欧洲许多国家浪漫主义文学的发展起过很大作用。这派诗人的共同特点是"无不刚健不挠，抱诚守真；不取媚于群，以随顺旧俗；发为雄声，以起其国人之新生，而大其国于天下"。为了唤醒人民反抗外来侵略和争取民族解放的觉悟，为了否定封建主义的一切传统束缚，鲁迅从他文学活动的开始，首先就爱上了拜伦和其他浪漫主义诗人，这是完全符合青年时代鲁迅的思想逻辑的。鲁迅用"立意在反抗，指归在动作"来概括摩罗诗人的精神，他所指的其实就是革命精神，这是同他当时决定选择用文艺来进行战斗的革命道路密切联系的。拜伦、雪莱等人的诗是那个时代他所能找到的最富有振奋人心的革命精神的作品。恩格斯在《英国工人阶级状况》中指出："雪莱，天才的预言家雪莱，以及怀有满腔热情而对当前社会进行辛辣讽刺的拜伦，他们的读者极大多数是在工人中间；资产者自己只有着经过阉割而适合于当前伪善的说教的所谓'家庭版'。"就拜伦说，他的对英国上层统治者的憎恶和对祖国的热爱，他的热爱自由和对被压迫民族的援助，都深深地激动了青年鲁迅的心，因此鲁迅热烈地歌颂了他，说他"自尊而怜人之为奴，制人而援人之独立，无惧于狂涛而大傲于乘马，好战崇力，遇敌无所宽假，而于累囚之苦，有同情焉。意者摩罗为性，有如此乎？"。鲁迅所歌颂的摩罗精神就是这种敢于向压迫者进行斗争的革命精神。

　　鲁迅所以赞扬这种精神，是有深刻的社会原因的。身受帝国主义和清朝统治者压迫的中国人民，处在辛亥革命前夕民主革命思潮高涨时期，所需要的正是复仇和反抗，所追求的正是自由和解放，因此拜伦诗中那种奔放热烈的革命情绪就很容易激动人们的心弦。他的《哀希腊》（长诗《唐·璜》第三篇中一个希腊爱国志士所唱的歌）在清末就有马君武、梁启超、苏曼殊等人的译文，为中国读者所传诵，就因为当时人们痛感到中国与希腊的命运相似，也是往古光荣而今零落，因此对"如此好河山也应有自由回照"，"难道我为奴为隶今生便了"这种内容就很容易得到感应（诗句引自当时传诵较广的梁启超《新中国未来记》中的译文）。鲁迅追忆当时的情形说："有人说 G.Byron（拜伦）的诗多为青年所爱读，我觉得这话很有几分真。就自己而论，也还记得怎样读了他的诗而心神俱旺；尤其是看见他那花布裹头，去助希腊独立时候的肖像。……其实，那时 Byron 之所以比较的为中国人所知，还有别一原因，就是他的助希腊独立。时当清的末年，在一部分中国青年的心中，革命思潮正盛，凡有叫喊复仇和反抗的，便容易惹起感应。"[21]接着他在《摩罗诗力说》中又着重介绍了波兰的复仇诗人密茨凯维支、匈牙利的爱国诗人裴多菲。1929年他说密茨凯维支"是波兰在异族压迫之下的时代的诗人，所鼓吹的是复仇，所希求的是解放，在二三十年前，是很足以招致中国青年的共鸣的"。裴多菲"是我那时所敬仰的诗人。在满洲政府之下的人，共鸣于反抗俄皇的英雄，也是自然的事"。[22]鲁迅正是在这样的时代条件下为摩罗诗人的"复仇和反抗"精神所鼓舞而"心神俱旺"的，他的基本出发点是革命。当时他所专注的是怎样才能使被压迫民族起来反抗压迫者，怎样才能使中国走上革新和进步的道路，因此拜伦式的革命激情就自然地打动了他的心。拜伦诗歌中的主要形象，如康拉德、曼夫列特、卢希飞勒、该隐等，都是勇敢倔强的反抗者的形象，按照鲁迅的理解，他们都体现了诗人自己的革命精神。这些人物虽然并不明确斗争的道路和目标，而且过于相信个人的力量，因而最后不能不得到悲剧的结局，但他们是坚强不屈的战士，忠于美好的理想，敢于向反动势力公开挑战，宁可战死也决不向压迫者投降妥协。这种"刚健抗拒破坏挑战之声"投合了鲁迅当时的思想和情绪，因此他的文章首先不是从艺术上来对他们的诗歌加以评述，而是着重在赞扬他们的复仇和反抗的革命精神对人们所起的巨大鼓舞作用。

鲁迅作的诗歌数量不多，小说中也没有拜伦式的个人主义英雄的悲剧，一般地说，他作品中浪漫主义的激情和理想也并不突出，这些是否意味着摩罗诗人对他的作品没有什么显著影响呢？事实并不如此。鲁迅既然首先是从革命精神这一点来爱好和高度评价这些作品的，因此在他对待现实的态度上、对各种不同人物的爱憎倾向上，他的作品就有着显著的同摩罗诗人相类似的地方，特别是拜伦。革命的首要问题是分清革命的动力和对象，这是敌我问题，作者的倾向性必须鲜明。很多研究者都把鲁迅对待阿Q、闰土等农民形象的态度概括为"哀其不幸，怒其不争"，这是正确的。其实不只限于农民形象，鲁迅对待吕纬甫、涓生、子君等受反动势力压迫的知识分子，又何尝不是"哀其不幸，怒其不争"呢！这是因为农民和受压迫的知识分子在他们提高了觉悟之后，都有可能成为革命的动力，因此作者在同情他们的不幸遭遇和批判他们的严重弱点的同时，也对他们的觉醒和前途寄予了殷切的希望。"哀其不幸，怒其不争"这两句话就是引自鲁迅概括的拜伦对待被压迫奴隶的态度，他说："苟奴隶立其前，必衷悲而疾视，衷悲所以哀其不幸，疾视所以怒其不争，此诗人所为援希腊之独立，而终死于其军中者也。"[23]这其实也是鲁迅自己为革命和革命文学贡献一切的出发点。人们也常常把鲁迅在对敌斗争中的彻底的不妥协的态度概括为"不克厥敌，战则不止"。这也同样是鲁迅论述拜伦的话,他说:"故其平生,如狂涛如厉风,举一切伪饰陋习,悉与荡涤,瞻顾前后,素所不知;精神郁勃,莫可制抑,力战而毙,亦必自救其精神;不克厥敌,战则不止。"这种坚决的斗争精神不仅表现在鲁迅的光辉的一生,同样也表现在他作品中对待反面人物的态度上面。不论是赵太爷,还是鲁四老爷,作者不仅对他们毫无怜悯和同情,而且决不是把这些人的行为当作道德上或生活上的过失或堕落来处理的,如很多批判的现实主义作家那样;而是把他们作为反动势力的代表,作为农民的对立面,只能使读者引起憎恶的感情而存在的。正因为鲁迅把摩罗诗人理解为革命者,所以他的作品《伤逝》中的"五四"知识青年涓生和子君可以在一起谈论雪莱,从中得到鼓舞;而《幸福的家庭》中被讽刺的喜剧性人物"作家",就以为拜伦的诗"不稳当",有碍于一个"幸福的家庭",而只能读《理想的良人》之类的书。鲁迅当时也指出了拜伦作品中的消极面,说他"渐与社会生冲突,乃以是渐有所厌倦于人间"。但决心献身于祖国和人民的鲁迅,是不能对厌世情绪引起同感的;他只吸取并发扬了摩罗诗人的积极抗争的精神,把它熔铸在自己的生活和创作中,后期则更在无产阶级立场上,对之加以马克思主义的改造,使它发出了新的独特的光彩。

鲁迅在谈到他的《狂人日记》时,曾说过它"不如尼采的超人的渺茫"[24]的话,有些研究者就用力研究尼采对鲁迅作品的影响。确实,鲁迅在1907年作的《文化偏至论》中就谈到尼采的思想,后来又翻译了他的《察拉图斯忒拉的序言》,鲁迅当时还没有分清楚资产阶级上升时期的个性解放思想同后来资产阶级走向没落时期针对工人阶级集体主义的尼采反动思想的区别，他从反对安于现状、要求发扬个性和"力抗时俗"出发，也介绍了尼采的思想。但他不仅是从个性解放的角度去说明，而且从最初起，他对尼采的思想就是有着保留和批判的。就在《摩罗诗力说》里，他把拜伦同尼采作了比较，说拜伦"正异尼怯"（即尼采），"故尼佉欲自强，而并颂强者：此（指拜伦——引者）则亦欲自强，而力抗强者"；处在帝国主义和封建统治者强力压迫之下的中国人民，虽然力求自强，但决然无法接受歌颂强者的思想，而只能是要求"力抗强者"的。所以鲁迅当时就批评尼采的学说是"虽云据科学为根，而宗教与幻想之臭味不脱"[25]。1925年他在《杂感》一文中指出："勇者愤怒，抽刃向更强者；怯者愤怒，却抽刃向更弱者。"[26]这不正是对尼采的颂强凌弱的反动思想的批判吗？因为他痛感到"中国人所蕴蓄的怨愤已经够多了，自然是受强者的蹂躏所致的。但他们却不很向强者反抗，而反在弱者身上发泄"[27]，对于迫切要求提高人民觉悟的鲁迅来说，他当然不能同意尼采的那种对待被压迫人民的态度。1918年他就不仅指出尼采的超人"太觉渺茫"，而且反对尼采说的"见车要翻了，推他一下"的说法，而赞成"扶他一下"，只是"倘若不愿你扶，便不必硬扶"，如果真的翻倒，"再来切切实实帮他抬"[28]。可见即使在鲁迅早期，他同尼采的思想也是有原则区别的。到了后期，他就更明确地指出了尼采的虚伪和反动，他说："尼采就自诩过他是太阳，光热无穷，只是给与，不想取得。然而尼采究竟不是太阳，他发了疯。"[29]尼采不是文学作家，他的《察拉图斯忒拉如此说》一书虽然借用了察拉图斯忒拉这个人物，但其言行并无现实根据，并不是什么文学形象，作者只是用他来阐述自己的思想。因此无论就思想或艺术来考察，鲁迅作品所受的尼采的影响都不是主要的，他只是在早期对尼采的"重新估定价值"和"偶像破坏"等观点有所赞同罢了。就《狂人日记》说，只有"将来是容不得吃人的人"这一思想表面上好像与尼采的超人类似，但狂人是对封建礼教的控诉，有充分的现实生活根据，不仅"不如尼采的超人的渺茫"，而且本质上是完全不同的。

在鲁迅所介绍的摩罗诗人中，鲁迅始终都喜爱的是匈牙利爱国诗人裴多菲。1908年他译介了《裴彖飞诗论》，1925年又译了裴多菲的五首诗，还在自己作品中多次引用过裴多菲的诗句[30]。1931年他还说："我向来原是很爱 Petöfi Sándor（裴多菲）的人和诗的。""正如作者虽然死在哥萨克兵的矛尖上，也依然是一个诗人和英雄一样。"[31]他对于裴多菲亲自参加抗击奥地利侵略者的卫国战争，用笔和武器同敌人搏斗，最后贡献了自己生命的事实，十分敬佩，同时也为他诗中的"斗志"所感染。他感慨地说："悲哉死也，然而更可悲的是他的诗至今没有死。"[32]就是说裴多菲所抗击的反动势力当时仍然存在，需要努力战斗。当然，鲁迅是知道裴多菲的局限性的。他只称之为"爱国诗人"，对于殷夫的曲译为"民众诗人"，他认为大可不必故意为之掩护；并且指出："他生于那时，当然没有现代的见解，取长弃短，只要那'斗志'能鼓动青年战士的心，就尽够了。"[33]鲁迅对于外国作家，是贯彻了他所说的"取长弃短"的批判精神的。从鲁迅作品中可以看出，裴多菲对他同样起了鼓舞斗志的作用。当鲁迅在1925年前后感到自己成了"游勇",有点寂寞彷徨的时候,正是裴多菲的诗句"绝望之为虚妄,正与希望相同"给了他"提笔的力量"[34];他当时虽然还感到希望渺茫,但认识到"希望是附丽于存在的,有存在,便有希望,有希望,便是光明。如果历史家的话不是诳话,则世界上的事物可还没有因为黑暗而长存的先例"[35]。于是他毅然否定了绝望,确立了"吾将上下而求索"的战斗追求。1935年他在《七论"文人相轻"——两伤》一文中引用了裴多菲的《我的爱——并不是……》一诗,来说明"在现在这'可怜'的时代,能杀才能生,能憎才能爱,能生与爱,才能文"。而且称赞说裴多菲"说得好",就因为这首诗表现了作者的鲜明的憎的感情,因此那爱才是可信的。鲁迅三十年间一直把《裴多菲诗集》的德文译本带在身边[36],因此他的作品有时也表现出与裴多菲类似的思想和情绪。譬如在他逝世前不久写的《半夏小集》中说:"假使我的血肉该喂动物,我情愿喂狮虎鹰隼,却一点也不给癞皮狗们吃。养肥了狮虎鹰隼,它们在天空,岩角,大漠,丛莽里是伟美的壮观,捕来放在动物园里,打死制成标本,也令人看了神旺,消去鄙吝的心。但养胖一群癞皮狗,只会乱钻,乱叫,可多么讨厌。"这同裴多菲在《狗之歌》《狼之歌》等诗篇中所表达的情绪是相似的;诗人憎恶"带着快乐的心情"舔主人脚跟的狗,而赞美"在赤裸的沙漠之中""有自由的生命"的狼。当然,这不能简单理解为艺术构思上的借鉴,首先还在于他们表达的都是一个战斗者所具有的那种鲜明热烈的爱憎,也就是鲁迅所赞美的摩罗精神。

三 "上流社会的堕落和下层社会的不幸"

鲁迅于1908年开始《域外小说集》的翻译工作,他所选译的三篇全是俄国作品。为了"将旧社会的病根暴露出来,催人留心,设法加以疗治的希望"[37],他把目光从对"刚健抗拒破坏挑战之声"的追求,转为对社会现实的凝视,从浪漫主义转向了现实主义。他翻译介绍的目的很明确,是为了让中国人从中认识自己的社会和处境,为了中国的"新生",因此他首先把注意力集中在那些所反映的生活与中国社会相类似、容易为中国读者所理解的作品。"波兰和巴尔干诸小国"当时都是被压迫民族,它们受外来侵略和国内反动势力压迫的情况与中国类似是很容易理解的;俄国当时正在侵略中国,但鲁迅从清末开始翻译一直到逝世,都对俄国文学十分重视,表面上好像情况有所不同,其实那原因是一样的。毛泽东同志在《论人民民主专政》一文中指出:"中国有许多事情和十月革命以前的俄国相同,或者近似。封建主义的压迫,这是相同的。经济和文化落后,这是近似的。两个国家都落后,中国则更落后。先进的人们,为了使国家复兴,不惜艰苦奋斗,寻找革命真理,这是相同的。"由于有相同或者近似的社会背景,俄国文学中所反映的生活就容易为中国人所理解和接受,鲁迅的经历感受就充分说明了这一点。他追忆说:"那时就知道了俄国文学是我们的导师和朋友。因为从那里面,看见了被压迫者的善良的灵魂,的酸辛,的挣扎;还和四十年代的作品一同烧起希望,和六十年代的作品一同感到悲哀。我们岂不知道那时的大俄罗斯帝国也正在侵略中国,然而从文学里明白了一件大事,是世界上有两种人：压迫者和被压迫者！"[38]鲁迅自己就是当时的先进的中国人，他从俄国文学中看到了阶级的对立和矛盾，看到了被压迫人民的痛苦和挣扎，这不仅有助于他加深对中国社会的理解，而且也有助于他明确中国的新文学应该具有怎样的性质。

除了作为浪漫诗派，鲁迅在《摩罗诗力说》中介绍了俄国诗人普希金和莱蒙托夫以外，在散文作家中，为什么鲁迅首先注意到的是安特列夫、迦尔洵、阿尔志跋绥夫这些消极因素较多，艺术成就不大的作家呢？他在《域外小说集·略例》中开头就说："集中所录，以近世小品为多。"这就是说他寻求的是当代短篇作品，他首先注意的是同时代的声音。这种精神在他是一贯的，他曾说："但我自己，却与其看薄凯契阿，雨果的书，宁可看契诃夫，高尔基的书，因为它更新，和我们的世界更接近。"[39]他的翻译夏目漱石、森鸥外等人作品的《现代日本小说集》，翻译俄国及东欧作品的《现代小说译丛》，都是着眼于"现代"这一意义。但在十九世纪末，资产阶级文学普遍处于颓废堕落的时期，他的出发点虽然是寻求时代的强音，但最容易接触到的却往往是不健康的作品。鲁迅后来在评论"沉钟社"的青年"摄取异域的营养"时说："但那时觉醒起来的知识青年的心情，是大抵热烈，然而悲凉的。即使寻到一点光明，'径一周三'，却更分明的看见了周围的无涯际的黑暗。摄取来的异域的营养又是'世纪末'的果汁：王尔德，尼采，波特莱尔，安特莱夫们所安排的。"[40]这些人中除英国的王尔德和法国的波特莱尔这些唯美主义作家与鲁迅关系较少外，这段话可以看作是他对自己最早寻求外国作品的经历的回顾，也是对"世纪末"文学的消极影响的批判。安特列夫这些作家感觉到了现实的缺陷，提出了生活中的重大问题，这是吸引鲁迅接近他们的原因；但"径一周三"，鲁迅也敏锐地看出了他们的阴暗消极的悲观主义思想倾向，看出了他们对待生活的错误态度。他指出安特列夫"全然是一个绝望厌世的作家"，迦尔洵"悯人厌世""入于病态"，"阿尔志跋绥夫是厌世主义的作家"，他的小说《沙宁》中的议论"也不过一个败绩的颓唐的强者的不圆满的辩解"，而《工人绥惠列夫》"临末的思想却太可怕"。[41]他从中国人民的需要出发，始终贯彻了批判的精神。鲁迅自己有时虽然也有过失望和悲愤的情绪，但那原因在于人民被压迫的苦难处境和革命力量的挫折，同安特列夫等人的悲观主义有着本质的不同。这些作家对他的创作也没有显著影响，他虽然说过"《药》的收束，也分明的留着安特莱夫式的阴冷"，而且指出过《药》和安特列夫的《齿痛》是相类似的作品[42]，但如果我们把《药》同《齿痛》比较就可知道，由于《药》里写了两个母亲的交晤和坟上出现了花环，那情调就完全不同了，不是悲观颓唐，而是表达出了对将来的信心。可见这几个作家虽然是他最早注意到的，却并不是他最爱好的。他自己就说："记得当时最爱看的作者，是俄国的果戈理和波兰的显克微支。"[43]他很快就扩大了自己的视野，就俄国文学说，对果戈理、柯罗连科、萨尔蒂珂夫（谢德林）、托尔斯泰、屠格涅夫、契诃夫、高尔基这些作家，都有所论述。他说："我们虽然从安特莱夫的作品里遇到了恐怖，阿尔志跋绥夫的作品里看见了绝望和荒唐，但也从珂罗连珂学得了宽宏，从戈理基感受了反抗。"[44]这就是说，他从这类俄国文学中所得到的并不都是恐怖绝望之类的消极的东西，而是从更多的作家那里得到了有益的启发和营养的。

在《英译本〈短篇小说选集〉自序》一文中，鲁迅把他的小说的内容概括为"上流社会的堕落和下层社会的不幸"，而且说这是受了外国文学的启发。他回顾了他和许多农民相亲近的经历，"知道他们是毕生受着压迫，很多苦痛"，很想让大家知道这些景况。他说："后来我看到一些外国的小说，尤其是俄国，波兰和巴尔干诸小国的，才明白了世界上也有这许多和我们的劳苦大众同一运命的人，而有些作家正在为此而呼号，而战斗。"这才启发他把眼中"分明地再现"的生活体验，"陆续用短篇小说的形式发表出来了"[45]。这就说明，外国的现实主义文学启发了他对中国社会现实和人民生活的深入解剖，这同他的热爱人民和探索革命动力的思想结合起来，就使得他的观察力特别广阔和深刻，使他的作品的现实主义成就为中国人民革命的理想所照耀而达到了新的高度。1920年他批评那些讨厌现实主义的人说："不厌事实而厌写出，实在是一件万分古怪的事。"[46]文艺作品是反映现实的，生活在半殖民地半封建的旧中国，他写作的目的是为了"引起疗救的注意"；为不合理事实的存在感到讨厌则追求改革或疗救，为文艺作品写出"病态"感到讨厌则只能产生"瞒和骗的文艺"，而这是不能成为他所追求的"引导国民精神的前途的灯火"的新文艺的。[47]鲁迅的小说，无论是写农民的或写知识分子的，都深刻地反映了从辛亥革命到第一次国内革命战争之前的中国社会现实，而且形式和风格也是民族化的，但它又和中国传统小说的面貌完全不同。

其中最重要的一点就是鲁迅写了有重大社会意义的题材，写了"上流社会的堕落和下层社会的不幸"，写了阶级的对立和矛盾，而且他自己是鲜明地站在被压迫人民一边的。鲁迅是研究和考察过中国小说史的，他说："古之小说，主角是勇将策士，侠盗赃官，妖怪神仙，佳人才子，后来则有妓女嫖客，无赖奴才之流。'五四'以后的短篇里却大抵是新的智识者登了场，因为他们是首先觉到了在'欧风美雨'中的飘摇的，然而总还不脱古之英雄和才子气。"[48]中国有长达两千年的封建社会，但竟没有一部以创造社会财富的农民为主人公的小说；《水浒传》的题材是写农民起义的，但其中的人物已经脱离了土地和劳动，在中国文学史上真正把农民当作小说中的主人公的，鲁迅是第一人。这是和中国民主革命的历史任务相适应的。毛泽东同志在《论联合政府》中指出："农民是最大的革命民主派。"正因为鲁迅的出发点是革命，他才把农民看作是革命的动力和历史的主人公，并把他们摆在和压迫者相对的地位来描写。这对中国现代文学的健康发展是有伟大意义的，鲁迅就痛斥过资产阶级文人的那种文艺观点，他们"一听到下层社会的叫唤和呻吟，就使他们眉头百结，扬起了带着白手套的纤手，挥斥道：这些下流都从'艺术之宫'里滚出去！"[49]。而鲁迅则坚持了从被压迫人民的角度来反映生活的现实主义观点。即使是写知识分子的，鲁迅也和这些人根本不同，丝毫没有什么"英雄和才子气"，而是从人民革命的角度来考察知识分子的优点和弱点，使他们在社会矛盾中接受考验，就是说他们其实也是分别属于"上流社会的堕落和下层社会的不幸"的范畴。高老夫子、方玄绰，显然属于堕落的一群，而吕纬甫、涓生、子君等则同样属于不幸者。作品的艺术成就当然并不单纯决定于"写什么",但"写什么"并不是一个无关重要的问题,它不仅关系到作品的社会意义,而且也是同作家的立场观点密切联系的。革命的作家总是首先把目光集中到社会的主要矛盾和有重大意义的题材上,鲁迅就是这样。他一向深恶以小说为"闲书"的人们,他是为了唤醒"铁屋子"里面熟睡的人们才开始创作的,如他自己所说,这就是"那时的革命文学"。[50]因此鲁迅把注意力转到外国的现实主义作品方面,就不仅仅是为了艺术方法上的借鉴,而首先是为中国民主革命的政治需要所决定的。他要探索革命的道路和动力,他要从外国作品中寻求为被压迫人民"呼号"和"战斗"的声音,而俄国和其他东欧国家的现实主义文学就给了他以有益的启发,使他的创作反映了当时中国社会的重大矛盾,对人民革命起了伟大的作用。

鲁迅在他后期的十年中,怀着无产阶级的强烈感情和建设中国无产阶级文学的热切愿望,对十月革命后苏联文学的情况十分关心,并且用了很大力量来翻译和介绍苏联的作品。他称赞高尔基是"'底层'的代表者,是无产阶级的作家",并且说:"然而革命的导师,却在二十多年以前,已经知道他是新俄的伟大的艺术家,用了别一种兵器,向着同一的敌人,为了同一的目的而战斗的伙伴,他的武器——艺术的语言——是有极大的意义的。"[51]他所指的是列宁在1910年的论断:"而高尔基毫无疑问是无产阶级艺术的最杰出的代表,他对无产阶级艺术做出了许多贡献,并且还会做出更多的贡献。"[52]鲁迅不但翻译了高尔基的《俄罗斯的童话》和短篇《恶魔》,介绍了短篇《一月九日》和《母亲》的插图木刻，而且为了供青年作者的借鉴，特意译介了高尔基的《我的文学修养》，他还写了《做文章》和《看书琐记》两文来阐发其中的要点。他认为高尔基"的一身，就是大众的一体，喜怒哀乐，无不相通"[53]，他重视的是作家的无产阶级思想感情。他还以极大的热情翻译了法捷耶夫的《毁灭》，并且写了很长的《后记》来分析和介绍它的思想和艺术，就因为他认为"这'溃灭'正是新生之前的一滴血，是实际战斗者献给现代人们的大教训"。对正在进行革命斗争的中国人民特别有教育意义。而且艺术上的特色也"随在皆是"，"非身历者不能描写"，因此他说他"就像亲生的儿子一般爱他，并且由他想到儿子的儿子"[54]。他是为了中国革命和革命文学的发展来作介绍工作的，实际效果也是这样，如毛泽东同志所指出，这部书在中国"产生了很大的影响"。他翻译了玛拉式庚的短篇《工人》，虽然认为这"不是什么杰作"，但由于其中描写了列宁和斯大林，而且"仿佛妙手的速写画一样，颇有神采"[55]，他就非常乐于介绍了。为了汲取经验和教训，他对十月革命后苏联文学的发展是经过全面的考察和了解的。他既看到了上述那类作品的"内容和技术的杰出"的成就，也注意到了叶遂宁和梭波里从革命前的热情歌颂到革命后的苦闷自杀，并且"因此知道凡有革命以前的幻想或理想的革命诗人，很可有碰死在自己所讴歌希望的现实上的运命；而现实的革命倘不粉碎了这类诗人的幻想或理想，则这革命也还是布告上的空谈"[56]。另外他也翻译介绍了雅各武莱夫的《十月》等所谓"同路人"的作品。但他指出《十月》"所描写的大抵是游移和后悔，没有一个铁似的革命者在内"，因为所谓"同路人"作者"究不是战斗到底的一员，所以见于笔墨，便只能偏以洗练的技术制胜了"。他既指出了《十月》"通篇的阴郁的绝望底的氛围气"，也指出了它描写巷战等处"显示着电影式的结构和描写法的清新"。他之所以介绍这类作品，除了因为它们的"洗练的技术"还有可取之外，就是为了和无产阶级作家的作品可以对比，"足令读者得益不少"[57]。他是希望引导中国读者从对比中认识到参加革命实践和端正立场的重要意义的。

鲁迅介绍和翻译苏联文学的工作虽然对于中国的读者和作者有过很大的影响，但对他的创作，则正如他自己所说，因为"不在革命的旋涡中心，而且久不能到各处去考察"，反动势力的压迫使他"写新的不能，写旧的又不愿"[58]，因此他后期就很少写小说，自然也就谈不上对作品的影响了。文化战线上的尖锐复杂的反"围剿"斗争使他更多地运用了杂文这一武器，而杂文与外国文学的关系就远非直接和明显了。

四 "表现的深切和格式的特别"

作为"文学革命的实绩"出现的鲁迅小说，在"五四"时期曾起了激动人心的巨大影响，后来鲁迅在分析发生这种社会影响的原因时说："又因那时的认为'表现的深切和格式的特别'，颇激动了一部分青年读者的心。然而这激动，却是向来怠慢了绍介欧洲大陆文学的缘故。"[59]这就说明，就形式体裁和表现方法这些艺术特点说来，它确实接受了外国文学的很大影响。鲁迅的小说都是短篇，所谓"格式的特别"主要就是指现代短篇小说这种形式。中国古典文学中当然也有短篇小说，而且还有不少为人传诵的篇章，然而无论就"始有意为小说"的唐宋传奇以及后来如《聊斋志异》之类的"拟传奇"，或"即以俚语著书，叙述故事"的宋元话本以及明代的"拟话本"，[60]那"格式"都是和现代短篇小说不同的。这不仅表现在它特别着重在故事情节的奇异和巧合上，而往往忽略了时代环境和人物性格的描写，这从它的名称叫"传奇"，书名叫《聊斋志异》《拍案惊奇》《今古奇观》等就可以看出来；更重要的是那写法就是以压缩的、省俭的形式来表现长篇在展开的过程中所显示的内容，而不是如鲁迅所理解的现代短篇小说所具有的那种特点。鲁迅把长篇喻作"时代精神所居的大宫阙"，而短篇则是"一雕阑一画础"，它"虽然细小，所得却更为分明，再以此推及全体，感受遂愈加切实"，这就是说短篇小说不是长篇的具体而微的模型或盆景性质的东西，而是可以"借一斑略知全豹，以一目尽传精神"的作品。[61]当然，不论是鲁迅的小说或外国作家的短篇，也都有正面描写一个人的一生的，如鲁迅的《祝福》《阿Q正传》，契诃夫的《打赌》《宝贝儿》，但它的写法仍然是从典型塑造的要求出发，不过是从纵的方面选取全过程的极小部分而已。鲁迅开始创作的时候，这种注重环境和人物描写的现代短篇小说的格式，对读者还十分新鲜，因而也就感到是"特别"的。中国古典小说名著都是章回体的长篇，清末流行的谴责小说，林琴南翻译的外国小说，也绝大部分是长篇。鲁迅则从他清末开始介绍外国小说起，就把精力倾注到短篇作品上。他后来回忆说："《域外小说集》初出的时候，见过的人，往往摇头说：'以为他才开头，却已完了！'那时短篇小说还很少，读书人看惯了一二百回的章回体，所以短篇便等于无物。"[62]但他介绍的目的就在使读者"不为常俗所囿"，而注意别人的"神思之所在"。[63]因此可以说，由"五四"开始的中国现代短篇小说的创作，就是由鲁迅以自己的介绍翻译和创作实践来奠定了基础的。我们现在看《鲁迅译文集》，他所介绍的绝大部分小说是短篇，只是由于他后期"所见的无产者作家的短篇很有限"，见到的"却又是不能绍介，或不宜绍介的"[64]，他才译介了《毁灭》《死魂灵》等长篇，但我们由他称高尔基的短篇《一月九日》为"先进的范本"，翻译了高尔基的《俄罗斯的童话》等短篇，而且极加称赞，就可看出他重视短篇小说这种形式是始终一贯的。

每个作家都有他自己喜爱和熟谙的文学形式，这并不排斥其他的体裁，鲁迅就认为长篇和短篇是"巨细高低，相依为命"，就是说两者相互依存，相得益彰。他之所以特别重视短篇，除了考虑到读者"忙于生活，无暇来看长篇"之外，就因为在短篇中可以深刻地反映虽是局部但具有典型意义的生活，可以由此"推及全体"，使人产生深刻的印象。特别是当这种形式还不为中国所熟悉的时候，为了开阔人们的眼界，使人知道世界文学的"种种作风，种种作者，种种所写的人和物和事状"，以便作为借鉴，汲取营养，为中国现代文学的发展和丰富提供条件，他便把翻译和创作短篇小说作为自己的工作重点了。[65]

鲁迅十分重视从外国文学中批判地吸收艺术表现方法，他明白地说："我所取法的，大抵是外国的作家。"[66]但他不仅是用它来为反映中国人民的现实生活服务,而且能够推陈出新,使之获得民族的特色。鲁迅小说中表现的深切和形式结构的多样化,是同他重视吸收多种有用的表现方法分不开的。《呐喊》出版后,茅盾在1923年《读〈呐喊〉》一文中说:"在中国新文坛上,鲁迅君常常是创造新形式的先锋;《呐喊》里的十多篇小说几乎一篇有一篇新形式,而这些新形式又莫不给青年作者以极大的影响,必然有多数人跟上去试验。"[67]这里说明了"格式的特别和表现的深切"在当时所起的深刻影响。我们试以发表在《新青年》上的最初的三篇小说为例,就可以充分看出他在表现方法上的多样化。《狂人日记》用的是日记体,是由"狂人"自述他的感受和遭遇的,这样便于写出直接的控诉和呼吁,因而深切地表达出了反封建的战斗呼声。《孔乙己》通过一个酒店小伙计的眼睛,用第一人称来叙述,由柜台内外、长衫短衣的对照中,鲜明地写出了孔乙己这个没落的封建知识分子的悲剧。《药》则用了客观描写的方法,它用人血馒头的细节来连接起两个牺牲者的不幸命运,由不同的场景展示了广阔的社会画面。这些不同的表现方式服从于内容的需要,都是为塑造人物和深化主题服务的。像这种为反映现代生活服务的表现方法,仅靠对中国古典文学的借鉴是不够的,因此鲁迅认为"不能不时时取法于外国"[68]。他之所以那么重视多方面地吸收表现方法,正是为了获得能够深切地表现内容的艺术手段。这种精神在鲁迅是一贯的,1934年底他译了西班牙作者P·巴罗哈的《少年别》,他说这是一篇"用戏剧似的形式来写的新样式的小说","因为这一种形式的小说,中国还不多见,所以就译了出来"。[69]次年他就运用这种形式写了篇以批判庄子思想为内容的历史小说《起死》。这篇作品以紧凑的对话尖锐地揭露了庄子的无是非观在现实中的破产，取得了格式特别和表现深切的艺术效果，同时又富有浓厚的民族风格。可见对外国文学的借鉴是鲁迅作品取得高度艺术成就的一个不可忽视的因素。

在鲁迅对外国作品的评述中，我们也可以看到他十分重视一些有创造性的艺术特点。例如他不喜欢陀思妥也夫斯基的作品，但也指出了"他写人物，几乎无须描写外貌，只要以语气，声音，就不独将他们的思想和感情，便是面目和身体也表示着"[70]。这是因为鲁迅认为在有"正确的指示"的前提下，人们可以从那些思想内容不大能打动读者的"古典的，反动的"作品中"学学描写的本领，作者的努力"[71]。他对苏联作家拉甫拉涅夫的小说《星花》的思想内容很不赞成，指出它和无产作者的作品"截然不同"，但同时也指出了它有"洗练的技术"，其中"所写的居民的风习和性质，土地的景色，士兵的朴诚，均极动人，令人非一气读完，不肯掩卷"。[72]当然，这些只说明他对作品的艺术特色很重视，但更受他重视的还是那些思想内容与艺术表现都比较好的作品。如对罗马尼亚作家索陀威奴的短篇《恋歌》，他就认为不仅有"美丽迷人的描写"，而且"前世纪的罗马尼亚的大森林的景色，地主和农奴的生活情形，却实在写得历历如绘。"[73]更不必说像高尔基的作品了。

在外国短篇小说作者中，鲁迅在艺术上比较欣赏的作家是契诃夫。他曾对人说："契诃夫是我顶喜欢的作者。"[74]这是同他重视俄国文学和短篇小说这种形式有关的。高尔基给契诃夫的信中曾说:"在俄国文学中,还没有一个像您这样的短篇小说家,而您现在是我国一个最珍贵和卓越的人物。""您拿您的小小的短篇小说进行着巨大的事业——在人们心中唤起对这种醉生梦死和半死不活的生活的憎恶——让魔鬼把这种生活抓走吧!"[75]这既同鲁迅的"揭出病苦,引起疗救的注意"的创作意图有所联系,同时艺术上的成就又是可以和值得借鉴的。郭沫若同志曾说:"毫无疑问,鲁迅在早年一定是深切地受了契诃夫的影响的。""鲁迅的作品与作风和契诃夫的极相类似,简直可以说是孪生的弟兄。假使契诃夫的作品是'人类无声的悲哀的音乐'(Still and sad music of humanity),鲁迅的作品至少可以说是中国的无声的悲哀的音乐。"[76]这里指的当然是鲁迅的小说。1929年为了纪念契诃夫逝世二十五周年和开始创作五十年,鲁迅在他主编的《奔流》上曾刊登了他译的论文《契诃夫和新文艺》,另外还刊登了两篇契诃夫的作品。他曾在杂文中引述过这篇论文中的下述论点:"安特列夫竭力要我们恐怖,我们却并不怕;契诃夫不这样,我们倒恐怖了。"[77]就是欣赏契诃夫作品在艺术表现上的深切有力。1935年他译了契诃夫早期的八个短篇,收为《坏孩子和别的奇闻》一书,他称赞这些小说"字数虽少,角色却都活画出来了","没有一篇是可以一笑就了的"。[78]但同时也指出了作者思想上的阴郁悲观的气息。可见鲁迅主要是从艺术借鉴的角度来喜欢这个作者的。契诃夫的短篇用简短的篇幅写了具有社会意义的主题,他暴露了俄国社会广泛流行的平庸、灰暗和堕落的生活(如《普里希别叶夫中士》等),描写了在物质和精神方面都极端贫乏的俄罗斯农民生活(如《农民》），也刻画过不少知识分子的形象（如著名的《套中人》和列宁喜欢的《第六病室》），这些都是能够吸引鲁迅的注意的。契诃夫对现实的态度严肃认真，鲁迅曾说："契诃夫说过：'被昏蛋所称赞，不如战死在他手里。'真是伤心而且悟道之言。"[79]就是对他的创作态度的概括评价。但鲁迅是革命者，他对旧社会的批判要比契诃夫锐利得多，他对农民有更深刻的理解，这些都不是契诃夫所能比拟的，因此引起他更大注意的还是这些作品的艺术特色。契诃夫的短篇小说结构谨严，写得十分精炼，他善于启发读者的想象力，推动他们思考问题。他的作品人物不多，而且只突出其中他所选定的中心人物，由主要情节讲起，排除一切多余的东西，只用基本线索和选取有特征的细节来刻画人物的性格。他很少大段地描写风景，语言简洁生动，不大用华丽的词藻和堆砌的形容词，同时又有把握描写对象的能力。这些特点同鲁迅所说的"要极省俭的画出一个人的特点，最好是画他的眼睛"的塑造人物的方法，以及"有真意，去粉饰，少做作，勿卖弄"的"白描"手法，[80]都是十分接近的。总之，白描、传神、集中的表现方法，是契诃夫的作品引起鲁迅喜爱的主要原因，同时当然也是他在自己的创作实践中所注意借鉴的主要方面。显然，这些特点对鲁迅的小说是有一定影响的；只是由于鲁迅思想的深刻性和战斗性，他对中国人民生活的熟悉和理解，以及他对中国古典小说传统风格的重视和继承，就使他的作品绝不是仅如契诃夫那样的对"小人物"的怜惜和同情，而是真正从革命的角度写出了农民和知识分子的遭遇和前途，因而不仅在思想上，而且也在艺术上取得了崭新的卓越的成就。

五 散文诗·社会批评

鲁迅自称《野草》为散文诗，而且说它"技术并不算坏"[81]。我们从这部抒情意味浓厚和艺术优美的作品中，确实可以看到作者对自己心境感受的解剖和抒发；他虽然是用散文写的，但意致深远，内容和表现方式都有浓郁的诗意。应该承认，散文诗这一体裁的运用是受到外国文学的影响的。中国古代有"以文为诗"的宋诗，也有如辞赋之类的韵文，也就是以诗的形式写的散文，但这些不仅都受一定格律和韵脚的限制，而且它所借助的形象和思想感情的容量都是比较狭窄的，和《野草》显然不是同一类的体裁。"五四"以后，外国文学中的散文诗一类作品，在中国有了广泛的流传，才逐渐有了这种形式的创作。鲁迅早在日本留学时期，就爱上了荷兰诗人望·蔼覃的《小约翰》，这本书原序的作者德国人保罗·赉赫称蔼覃是"在荷兰迄今所到达的抒情诗里，他的诗也可以算是最好的"，又称《小约翰》是"象征写实底童话诗"。[82]鲁迅在中译本《引言》中同意这种说法，而且说它是"无韵的诗，成人的童话"。在本书《附录一》鲁迅译的荷兰诗人波勒·兑·蒙德的介绍文章中，则径直称它为散文诗。鲁迅从1906年开始接触这本书，就感到"非常神往"，"是自己爱看，又愿意别人也看的书，于是不知不觉，遂有了翻成中文的意思"。[83]但直到1926年才开始翻译，次年出版。1936年鲁迅曾应读者之请，把他译著的各书开了一个单子，在所译书目中，他只在《小约翰》和《死魂灵》两书上加注了一个"好"字，而且在信中说明："别的皆较旧，失了时效，或不足观，其实是不必看的。"[84]他曾说:"我也不愿意别人劝我去吃他所爱吃的东西,然而我所爱吃的,却往往不自觉地劝人吃。看的东西也一样,《小约翰》即是其一。"[85]可见这是从他从事文学工作开始,三十年来一直爱好不释的一本书。这不仅因为原作者曾研究过医学和生物学,以及学识渊博、关心儿童等方面与鲁迅有共同点,主要还在于它的内容和体裁。它是童话,但故事大部是在"幻惑之乡"开演的,"那地方是花卉和草,禽鸟和昆虫,都作为有思想的东西,互相谈话,而且和各种神奇的生物往还"[86],"其中如金虫的生平,菌类的言行,火萤的理想,蚂蚁的平和论,都是实际和幻想的混合"[87]。这种表现方式和鲁迅自己认为"大半是废弛的地狱边沿的惨白色小花"的《野草》[88],颇有近似之处,都是通过形象和想象来抒发作者的情绪和感受的。《野草》中不仅有许多奇特的构思和幻想的故事,而且如《秋夜》中所写的瑟缩地做梦的细小的粉红花,《狗的驳诘》中大发议论的狗,都是作为有思想的东西活动的,正是一种实际和幻想相混合的写法。当然,《野草》所抒写的是鲁迅在他思想发展的一个特定阶段的独有的心情和感受,是和写作当时的具体时代特点相联系的,这与作为童话的《小约翰》根本不同;我们所指的仅只限于两者在体裁和写法上的近似。

在中国流行得比较广泛的散文诗作品,是《屠格涅夫散文诗》。据孙伏园回忆,鲁迅曾对他讲过关于《药》的创作情况,并举出屠格涅夫的《工人和白手人》和《药》的用意有些仿佛。[89]《工人和白手人》是《屠格涅夫散文诗》五十首之一,可见鲁迅对这部作品是很熟悉的。《散文诗》是屠格涅夫的晚年作品,就内容说,其中表现着作者对人生无常和关于衰老死亡的命运的沉思,往事的回忆和爱的幻想,有严重的忧郁感伤情绪和悲观主义倾向。但它在艺术上又是十分成熟的、浓郁的抒情因素,对大自然的冷漠和威力的描写,艺术幻象的精巧的构思和引人思索的寓意,都使它充满了诗的意境和感染力。写作《野草》时期的鲁迅处于当时的黑暗现实下固然也有某种孤寂阴暗的情绪,但同时他还正在"上下求索"革命途径和"新的战友",而且他是为了解剖自己的思想矛盾才抒发感受的,因此在思想倾向上同《屠格涅夫散文诗》有着根本的不同。但是当他决定选择散文诗这种形式来抒写他在获得马克思主义世界观的过程中所经历的内心曲折和思想感触的时候,对同一类型的艺术上较好的作品他当然是会有所借鉴的,特别是在艺术构思和形象选择方面。我们试举用幻象来抒写感触的表现方法为例,就可以说明这一点。《野草》中从《死火》到《死后》一连七篇都是用"我梦见自己……"开始的,通篇写的似乎都是梦境,此外如《影的告别》《好的故事》《一觉》,写的也都是朦胧中的幻象。这是因为作者要写的是他在解剖自己思想情绪时的矛盾和感触,是在独自思索中产生的,而且这些矛盾还没有找到真正的解决办法,因此用梦境和幻象的构思方式不仅可以收到意致深远的诗的效果,而且也显示了这些感触与黑暗现实的某种对立的性质。这种方法在中国古典诗歌和散文中是比较少见的,但在《屠格涅夫散文诗》中却是常用的一种构思方式,如《世界的末日》《虫》《自然》《蔚蓝的国》和《基督》,写的都是梦境;《老妇》《两兄弟》《仙女》等篇写的是幻象。当然,梦或幻象的具体内容和思想意义是每篇各不相同的,更不用说它同《野草》的根本区别了，但作为散文诗的一种艺术构思和选择形象的方式，则《野草》显然是对它有所借鉴的。这种借鉴对于鲁迅当然只能是一种启发，因为即使是类似的构思和形象，由于思想倾向的根本不同，艺术表现也是完全两样的。《野草》中有一篇《求乞者》，《屠格涅夫散文诗》中有一篇《乞丐》，表面上都是通过第一人称"我"在路上遇到一个乞丐来抒发感触的，但屠格涅夫珍视的是人类的互助和同情，认为这是对不幸者的最好的布施，在另一篇《施舍》中更宣扬了施舍关系可以得到道德的完善、和平和欢乐。鲁迅则极端厌恶这种人和人之间的布施关系，认为它不过是"无物之阵"的灰色生活的点缀，消除求乞这种现象同样"是要各人竭力挣来，培植，保养的，不是别人布施，捐助的"。因此他对于布施式的关系"给以烦腻，疑心，憎恶"[90]。不同的思想内容使两篇作品在艺术表现上也采取了完全不同的方式。又如屠格涅夫的《基督》和鲁迅的《复仇（其二）》都是借基督的形象来抒发感触的，前者只用自己的感觉表现了基督就是像常人一样的普通人的思想，后者则通过耶稣去钉十字架的场面，沉痛地描写了在其同胞尚未觉悟的情况下一个孤独的改革者的遭遇和心情——他要被钉死了，感到"四面都是敌意"，但他"较永久地悲悯他们的前途，然而仇恨他们的现在"。也就是写了一个对群众"哀其不幸，怒其不争"的先驱的改革者的形象。两者都不是把基督当作"神"来写的，但形象的思想意义和表现方法是完全不同的。这就充分地说明，鲁迅对于外国作品的借鉴采取的完全是"为我所用"的主人公态度，既没有为原作者的悲观主义思想所束缚，也没有在艺术上运用近似的表现手法，而是创造性地汲取营养，丰富和扩大了自己在艺术构思上的视野，获得了更多的可以为表现内容服务的艺术手段。

杂文是鲁迅进行战斗的主要武器。就杂文这一体裁的产生、渊源或风格特色来说，都同中国社会现实和古典文学的传统有着密切的联系，而与外国文学的关系则是相当远的。但鲁迅既然一贯重视和提倡杂文的写作，把它称为"'文明批评'和'社会批评'"[91]，那么当他接触的外国作品中也有类似杂文的关于社会现实和文化思想的揭露批判的内容时，自然会引起他的密切的注意。1925年鲁迅译了日本厨川白村的《出了象牙之塔》，就因为他感到这本书"于本国的微温，中道，妥协，虚假，小气，自大，保守等世态，一一加以辛辣的攻击和无所假借的批评。就是从我们外国人的眼睛看，也往往觉得有'快刀斩乱麻'似的爽利，至于禁不住称快"[92]。他把这本书当作针对中国"隐蔽着的痼疾"的"从外国药房贩来的一帖泻药"，就是希望它能在中国发生杂文一样的作用。厨川白村是日本的唯心主义文艺理论家，这本书是他的论文随笔集。鲁迅所欣赏的主要是其中社会批评的部分；他说："作者对于他的本国的缺点的猛烈的攻击法，真是一个霹雳手。……他所狙击的要害，我觉得往往也就是中国的病痛的要害；这是我们大可以借此深思，反省的。"[93]1928年他译了日本鹤见祐辅的《思想·山水·人物》，而且在《题记》中径直称这本书是"杂文集"。原作者是资产阶级自由主义者，鲁迅当时就不同意作者的一些观点，认为书中"有大背我意之处"，只是"觉得其中有些有用，或有些有益"，才把它翻译过来。这本书中的许多观点的确是鲁迅一向所反对的，例如《论自由主义》一篇，鲁迅说虽然是作者"神往的东西"，却"并非我所注意的文字"。[94]又如《说幽默》一篇，鲁迅向来认为幽默"是只有爱开圆桌会议的国民才闹得出来的玩意儿，在中国，却连意译也办不到"[95]。更其明显的是《断想》一文，作者竟然对"费厄泼赖"大加赞扬，而鲁迅是于1925年就写过《论"费厄泼赖"应该缓行》的名文的。可见鲁迅对这本书的观点基本上是批判的，因此他才在《题记》中指出"并非要大家拿来作言动的指南针"。他所觉得"其中有些有用，或有些有益"的主要是两点，一是在作者的某些批评中"分明可见中国的影子"，二是作者的文笔"很有明快切中的地方，滔滔然如瓶泻水，使人不觉终卷"。[96]而这两者都是有益于关心社会批评和写作杂文的借鉴的。

　　鲁迅认为在"五四"以后的新文学创作中，"散文小品的成功，几乎在小说戏曲和诗歌之上"，而且指出"因为常常取法于英国的随笔（Essay），所以也带一点幽默和雍容；写法也有漂亮和缜密的"，这类作品起了"对于旧文学的示威"的战斗作用。[97]鲁迅自己的散文简练隽永，抒情味很浓，和英国随笔的风格迥然不同，他并未有意地去取法。但他不反对这种借鉴，只要作者牢记思想革命的战斗任务。1928年他编《奔流》时曾译载了随笔《大地的消失》一文，并且在《后记》中指出："Essay（随笔）本来不容易译，在此只想绍介一个格式。将来倘能得到这一类的文章，也还想登下去。"[98]这就说明他是赞成散文作者熟悉随笔这一格式的，而且愿意多介绍一些可供借鉴的作品。这些都是和他一向主张的"博采众家、取其所长"的观点一致的。

六 讽刺艺术

　　无论小说和杂文，鲁迅作品显著的艺术特色之一就是讽刺。这是因为他要"揭出病苦，引起疗救的注意"，要"论时事不留面子，砭锢弊常取类型",[99]所以他就需要抓住生活中有典型意义的事例，采取最有力的艺术手法来给以致命的一击；他的讽刺对象主要是敌人，是用来撕破旧中国的脸的。鲁迅认为讽刺的作用与喜剧相同，是"将那无价值的（东西）撕破给人看"[100]的，而在半殖民地半封建的旧中国，多少卑劣可笑的事情都习以为常地被当作庄严正常的现象来看待啊！鲁迅曾慨叹说："假使现在有一个英国的斯惠夫德似的人，做一部《格利佛游记》那样的讽刺小说，说在二十世纪中，到了一个文明的国度，看见一群人在烧香拜龙，作法求雨，赏鉴'胖女'，禁杀乌龟；又一群人在正正经经的研究古代舞法，主张男女分途，以及女人的腿应该不许其露出。那么，远处，或是将来的人，恐怕大抵要以为这是作者贫嘴薄舌，随意捏造，以挖苦他所不满的人们的罢。然而这的确是事实。"[101]这就说明当时的现实生活是讽刺作品产生的根源，但它又不是简单的拉杂的生活记录，要使作品真正有力量，就必须对生活素材进行艺术加工，使它充分发挥战斗的作用。鲁迅写过《论讽刺》和《什么是"讽刺"？》两篇文章，其中不仅精辟地论述了讽刺艺术的特征，而且可以认为是总结了他自己的创作经验的。他一方面强调了"非写实决不能成为所谓'讽刺,'"[102],一方面又指出了作者"有意的偏要提出这等事,而且加以精炼,甚至于夸张,却确是'讽刺'的本领。同一事件,在拉杂的非艺术的记录中,是不成为讽刺,谁也不大会受感动的"[103]。这就说明作者除了正确的认识生活之外,还必须在精炼、夸张的讽刺艺术上用工夫,才可能产生感人的力量。鲁迅作品在讽刺艺术上的高度成就,当然首先在于他对社会生活的正确认识和革命者的战斗态度,但他的艺术加工的本领也同样是重要的,而在这方面,就同他对过去作品的借鉴有了联系。在那两篇论讽刺的文章里,他推崇的讽刺作品除了《儒林外史》等中国小说外,就举出了斯惠夫德和果戈理两个外国作家。斯惠夫德的《格利佛游记》,鲁迅称赞它在讽刺艺术上的成就,但英国社会情况和作品中所写的生活同中国的差别太大,因此对鲁迅作品没有显著的影响。果戈理就不同,鲁迅认为他"那《外套》里的大小官吏,《鼻子》里的绅士,医生,闲人们之类的典型,是虽在中国的现在,也还可以遇见的"[104]。由于俄国社会生活和旧中国的生活相似,果戈理的作品容易为中国读者所理解,这同样也是鲁迅三十年来一直喜爱果戈理的重要原因。

早在1907年写的《摩罗诗力说》里,鲁迅就称赞果戈理"以描绘社会人生之黑暗著名","以不可见之泪痕悲色,振其邦人"。他创作的第一篇白话小说《狂人日记》用的是与果戈理小说相同的名字,虽然果戈理的作品只表现了卑微的弱者呼救的声音,而鲁迅则号召人们打破吃人的制度,比较起来"忧愤深广"得多,但在艺术形式上是受到果戈理作品的启发的。他对《死魂灵》的翻译付出了极大的精力,直到逝世前不久，他还在忙于《死魂灵》第二部的翻译，他对果戈理的喜爱是一贯的。鲁迅所欣赏的主要是果戈理作品的现实主义成就，尤其是讽刺艺术，而这也正是他所要借鉴的地方。他论《死魂灵》第一部时说："其中的许多人物，到现在还很有生气，使我们不同国度，不同时代的读者，也觉得仿佛写着自己的周围，不得不叹服他伟大的写实的本领。"又说："讽刺的本领，在这里不及谈，单说那独特之处，尤其是在用平常事，平常话，深刻的显出当时地主的无聊生活。""写法的确不过平铺直叙，但到处是刺，有的明白，有的却隐藏。"[105]《死魂灵》第一部主要写的是地主们，附带也描写了一些官吏集团的人物，它通过乞乞科夫的访问各贵族庄园，描绘了农奴制俄罗斯的地主生活，其中都是些庸俗、猥琐、丑恶的角色；作者辛辣地嘲笑了他们，用讽刺艺术来批判了那个"一无是处的时代"。鲁迅是深知果戈理的弱点和局限的，他指出果戈理对地主的"讽刺固多"，实则"都各有可爱之处。至于写到农奴，却没有一点可取了"，因为"果戈理自己就是地主"[106]《死魂灵》第一部着重描写的是讽刺的对象，这个弱点还不很突出，到第二部作者企图塑造正面形象的时候，他的局限便成为致命的了。鲁迅认为："这一部书，单是第一部就已经足够的，果戈理的运命所限，就在讽刺他本身所属的一流人物。所以他描写没落人物，依然栩栩如生，一到创造他之所谓好人，就没有生气。"这是为作家的阶级立场所决定的，他要描写地主们改心向善，完全违反了现实主义的创作原则，当然是要失败的。因此鲁迅指出这种人物形象的"积极者偏远逊于没落者：在讽刺作家果戈理，真是无可奈何的事"[107]。就是对于第一部，鲁迅也依然是有批判的，不仅指出了它描写了地主的尚有"可爱之处"，而且他表示同意《死魂灵》德译本《序言》作者珂德略来夫斯基的意见，认为果戈理"有一种偏见，以为位置高的，道德也高，所以对于大官，攻击特少"[108]。但鲁迅在批判他的弱点和局限的同时，也指出了作者在艺术上的杰出成就，称赞他写出了极平常的"几乎无事的悲剧"，"非由诗人画出它的形象来，是很不容易觉察的"。[109]这种现实主义成就，特别是对于丑恶现象的讽刺艺术，在旧中国是非常需要的，因而也是值得借鉴的。

鲁迅曾介绍过一篇日本作者论述果戈理的文章，其中有这样一段话："从果戈理学什么呢，单从他学些出众的讽刺的手法，是不够的。他的讽刺，是怎样的东西呢？最要紧的是用了懂得了这讽刺，体会了这讽刺的眼睛，来观察现代日本的这混浊了的社会情势，从中抓出真的讽刺底的东西来。"[110]这其实大体上是概括了鲁迅的借鉴态度和鲁迅作品的讽刺特色的；他从中国的现实生活出发，针对各种不同的对象，抓住它的特征，运用精炼的艺术手法，给以辛辣的讽刺，以达到打击敌人和教育人民的目的。和果戈理不同，在鲁迅笔下的地主和其他反面人物，例如赵太爷、鲁四老爷、七大人、慰老爷、四铭、高老夫子之类，我们丝毫也发现不了他们有任何可爱之处，或有任何"改心向善"的可能，因为作者就是把他们作为旧的社会制度的支柱和人民的敌人来彻底否定的。他鲜明地站在人民一边，从压迫者与被压迫者的关系来表现人物，而不是仅从这些人的生活空虚或道德堕落来着眼的。当然，在鲁迅笔下的讽刺对象中也有一些带有"可爱之处"之人物，例如阿Q，甚至孔乙己，但他们都是被压迫者，他们身上的可笑之处是和他们的被压迫和被损害的地位不可分的。鲁迅不但在运用讽刺时的态度不同，而且他还写了阿Q的革命性，孔乙己对待孩子们的善良的性格，就因为在他们身上本来就有值得同情的地方。鲁迅的敌我界限十分明确，他说："讽刺家，是危险的。假使他所讽刺的是不识字者，被杀戮者，被囚禁者，被压迫者吧，那很好，正可给读他文章的所谓有教育的智识者嘻嘻一笑，更觉得自己的勇敢和高明。"[111]鲁迅坚决反对恶意地讽刺劳动人民和被压迫者，他对他们身上的缺点的讽刺全出于"怒其不争"和促使他们觉醒起来的迫切愿望，这和对地主阶级等反面人物的讽刺是有根本区别的。小说如此，杂文也一样；毛泽东同志指出："'杂文时代'的鲁迅，也不曾嘲笑和攻击革命人民和革命政党，杂文的写法也和对于敌人的完全两样。"[112]这种态度鲜明的根本原因就在于作者是革命者，他讽刺的目的在于改造社会，因此他对讽刺的运用十分严格，既反对"觉得一切世事，一无足取，也一无可为"的冷嘲，又反对"将屠户的凶残，使大家化为一笑"的幽默，[113]他是把讽刺艺术作为战斗武器来使用的。可见虽然他十分喜爱果戈理的写实和讽刺，他也有意识地把果戈理的作品作为借鉴，但他们之间的对现实的态度以及艺术特色，都是有很大区别的。

除果戈理外，从"博采众长"出发，鲁迅也介绍了别人的讽刺作品。他翻译了俄国萨尔蒂珂夫（谢德林）《某城纪事》中的《饥馑》，称赞作者的"锋利的笔尖，深刻的观察"，而且认为这类作品"于中国也很相宜"。[114]他也翻译了法国作家腓立普的短篇《食人人种的话》，认为这是"圆熟之作"，但他"所取的是篇中的深刻的讽喻"，[115]并不赞成作者的思想。当1933年英国作家萧伯纳到上海时，一时无聊文人纷纷指萧为幽默大师、行动怪诞的人，鲁迅则说："我是喜欢萧的。"因为"他往往撕掉绅士们的假面"，"终于拉住耳朵，指给大家道：'看哪，这是蛆虫！'连磋商的工夫，掩饰的法子也不给人有一点"。[116]恩格斯在1892年在批评萧伯纳参加费边派的活动时，曾指出过萧"作为文学家是很有才能和富于机智的"[117]。讽刺是萧伯纳作品的主要特色，而这正是鲁迅喜欢他的原因。可见鲁迅对外国作家采取的都是分析批判的态度，从未加以盲目的推崇和全盘的肯定。

七　体裁家（Stylist）

鲁迅在《我怎么做起小说来》一文中说："我做完之后，总要看两遍，自己觉得拗口的，就增删几个字，一定要它读得顺口；没有相宜的白话，宁可引古语，希望总有人会懂，只有自己懂得或连自己也不懂的生造出来的字句，是不大用的。这一节，许多批评家之中，只有一个人看出来了，但他称我为 Stylist（体裁家）。"[118]这是说他很注意文学语言的提炼工作，而这一点在"五四"时期新文学的建设中是有非常重要的战斗意义的。"五四"文学革命是以反对文言文、提倡白话文开始的，从当时先驱者们的主张看来，他们之所以坚决主张"白话当为文学之正宗"，主要有两方面的理由：第一，白话能够为一般人所看懂，容易普及；第二，白话是一种完善的文学语言,它比文言文更富于艺术表现力,更能完满地反映现实生活。白话文容易普及这一点是常识之内的事情,有充分的说服力;但白话文是否可以成为一种完善的文学语言,当时就有人抱着怀疑的态度。这当然可以据理驳斥,但更重要的还在于用创作实践来证明。白话小说虽然在中国有悠久的历史,但由于它是从"平话"和说书的口头文学演变来的,从文学语言的观点看就不够精炼和完美,人们日常的口语和谈话当然是作家采取的源泉,但须加提炼的工夫。因此鲁迅说他用的语言是"采说书而去其油滑,听闲谈而去其散漫,博取民众的口语而存其比较的大家能懂的字句,成为四不像的白话"[119]。这里所谓"采说书"就是采自旧的章回小说,而闲谈和口语则是从生活中直接提炼的,所以他称赞高尔基说的"大众语是毛胚,加了工的是文学"是"很中肯的指示"[120]。鲁迅非常重视从艺术表现力方面做到新文学"对于旧文学的示威"[121],因此注重文学语言的提炼工作,在当时就有实际的战斗作用,同时这也形成了他自己的文体风格。

文学语言当然属于民族的范畴,但为了丰富它的表现力,使它精密和完善,能够更好地反映现代生活,仍然是可以从外国文学中得到启发和借鉴的。鲁迅称刘半农对于"'她'字和'牠'字的创造"是"五四"时期打的一次"大仗"[122];这表面上看来好像有点夸张,其实他是有深刻体会的。拿女性第三人称的"她"字来说,鲁迅起初用的也是"他"字,如《明天》中单四嫂子的代词;后来觉得意义含混,有加以区别的必要,便用"伊"字来代替,《呐喊》中的《风波》等篇就是如此。大概总感到"伊"字读音与口语不同,并不妥善,因此到"她"字出现之后,从《祝福》起,便欣然应用了。他文章中的副词语尾用"地"字,是从1924年开始的。这只是最显明的例子,说明为了丰富语言的表现力,为了精密和完善,他是很注意从外国语言中汲取有用成分的。他认为外国作品的译本可以"输入新的表现法",而且其中有的"后来便可以据为己有"。[123]因为随着社会的发展,生活中有了新鲜事物和新的概念,当然就要求有新的用语来确切地表现它。"他要说得精密,固有的白话不够用,便只得采些外国的句法。比较的难懂,不像茶淘饭似的可以一口吞下去是真的,但补这缺点的是精密。"[124]当然,在文学语言的提炼上,鲁迅是把"从活人的嘴上,采取有生命的词汇"摆在第一位的,但文学语言"应该比口语简洁,然而明了"。[125]这就需要从古语或外国语言吸收一些有用的东西来丰富它。所以他主张"要支持欧化式的文章,但要区别这种文章,是故意胡闹,还是为了立论的精密,不得不如此"[126]。有些作者硬搬外国语的表现方式,生造一些只有自己懂得或连自己也不懂的字句,是崇洋思想作怪,只能属于"故意胡闹"之列;而为了精密和丰富表现力从外国作品中吸收有用的成分,则完全是另外一回事。毛泽东同志在《反对党八股》一文中指出:"要从外国语言中吸收我们所需要的成分。我们不是硬搬或滥用外国语言,是要吸收外国语言中的好东西,于我们适用的东西。"作为丰富文学语言的途径之一,鲁迅是十分注意从外国作品中吸取有用的成分的,这是形成他的文体风格的一个因素。

鲁迅把称他为体裁家的批评者认为是看出了他的文学语言的特点,他在外国文学中同样也很注意在这方面有成就的作家。1921年他翻译了保加利亚作者跋佐夫的短篇《战争中的威尔珂》，并且在《后记》中也称作者为体裁家。他说："跋佐夫不但是革命的文人，也是旧文学的轨道破坏者，也是体裁家（Stylist），勃尔格利亚（保加利亚）文书旧用一种希腊教会的人造文，轻视口语，因此口语便很不完全了，而跋佐夫是鼓吹白话，又善于运用白话的人。"跋佐夫是中国读者比较熟悉的作家，他的描写对土耳其战争的长篇《轭下》和短篇集《过岭记》都有过中国译本，1935年鲁迅又翻译了他的短篇《村妇》。鲁迅虽然称赞他作品中的爱祖国爱人民的思想和"使巴尔干的美丽，朴野，都涌现于读者的眼前"的艺术，但显然，更引起他重视的是作者"是旧文学的轨道破坏者"，是努力运用新的文学语言的人，就是说，是体裁家。因为这是同中国新文学的建设和鲁迅自己创作实践的目标相一致的。

我们知道在翻译外国作品的方法上，鲁迅一向是主张直译的，原因就在他不仅要介绍作品的内容，而且也要介绍新的表现方法；他认为不能为了顺眼顺口就把翻译变成"改作"，这对艺术借鉴没有好处。他说："凡是翻译，必须兼顾着两面，一当然力求其易解，一则保存着原作的丰姿，但这保存，却又常常和易懂相矛盾：看不惯了。不过它原是洋鬼子，当然谁也看不惯，为比较的顺眼起见，只能改换他的衣裳，却不该削低他的鼻子，剜掉他的眼睛。"[127]他在翻译的理论和实践上都把"保存原作的丰姿"摆在重要位置，有时说要"保存原来的精悍的语气"，有时说"竭力想保存原书的口吻"[128]，目的都同时在介绍原作在表现方法上的特点。这些新的表现方法，包括句法和用语，是可以供创作上的借鉴的，所以他主张"一面尽量的输入，一面尽量的消化，吸收，可用的传下去了，渣滓就听他剩落在过去里。……其中的一部分，将从'不顺'而成为'顺'，有一部分，则因为到底'不顺'而被淘汰，被踢开。这最要紧的是我们自己的批判"[129]。如果善于批判和吸收，这些外来的新的特点是可以丰富我们文学语言的艺术表现力的。他并没有认为外来的一切都是精华，而是主张凡"渣滓"就"踢开"；就连他自己用力推敲的译文，他也认为如有更好的能够传达原作风貌的译本，"那时我就欣然消灭"[130]。他的根本出发点是为读者、为中国现代文学创作的健康发展着想的。

八 "拿来主义"

1934年，鲁迅写了《拿来主义》的名文，对于如何正确对待文化遗产，特别是外国文学，作了理论的概括。这篇文章不仅用马克思主义的观点对这一重要问题作了精辟分析，而且可以认为是他自己三十年来实践经验的总结。他的全部经历和作品就说明他拿来了什么，吸收了什么和抛弃了什么。鲁迅所接触、介绍和翻译的外国作品，绝大部分是资产阶级文学，这就有一个如何对待的问题：既不能如国粹主义者那样一律排斥，全盘否定；也不能如一些资产阶级文人那样顶礼膜拜，无批判地硬搬和模仿。鲁迅从中国人民革命和新文学建设的需要出发，在长期实践中积累了丰富的经验，《拿来主义》就是他的宝贵经验的结晶。

在这篇文章中，他主张对于遗产首先要敢于"拿来"，他既批判了那种在旧的遗产面前徘徊不前的"孱头",又批判了那种为了表示自己"革命"而毁灭遗产的"昏蛋",他们貌似前进,实则极端错误;当然他也同时批判了那种对遗产采取羡慕态度而欣欣然全盘继承的"废物"。他认为英国鸦片、美国电影之类外国东西是别人"送来"的,当然无益;我们应该根据我们的需要主动地"拿来"。他曾称赞汉唐时代人民具有"自信心",敢于吸收外来文化,"凡取用外来事物的时候,就如将彼俘来一样,自由驱使,绝不介怀"[131]。无产阶级为了建设新的文学,对于过去时代遗留下来的文学遗产,也是要批判地继承的。他说:"因为新的阶级及其文化,并非突然从天而降,大抵是发达于对于旧支配者及其文化的反抗中,亦即发达于和旧者的对立中,所以新文化仍然有所承传,于旧文化也仍然有所择取。"而在当时的中国,"单就文艺而言,我们实在还知道得太少,吸收得太少"[132]。所以他首先要求"运用脑髓,放出眼光,自己来拿"!

"拿来"之后,就要"挑选","或使用,或存放,或毁灭"。根据情况,区别对待。对人民有营养的,就利用;对于既有毒素又有用处的,则正确吸取和利用其有用的一面,而清除其有害的毒素;对人民毫无益处的,则除留一点给博物馆外,原则上都须加以毁灭。这里强调的是革命的批判精神。他主张"拿来",但与那种兼收并蓄的全盘继承论者不同,他要根据人民群众的需要和利益,严加"挑选"。他曾举日本派"遣唐使"学习中国文明为例,说明"别择"(就是"挑选")的重要性,他说"日本虽然采取了许多中国文明,刑法上却不用凌迟,宫庭中仍无太监,妇女们也终于不缠足"〔133〕。这是对那些无批判地崇拜西方的资产阶级文人的有力批判，说明不加"挑选"的硬搬和模仿就只能学到消极有害的东西。在他所举出的可供"挑选"的三种情况中，数量最多、内容最复杂的是第二种，即既有消极作用又有用处的那一类，这就特别需要分析和批判。他反对那种"对于作者，作品，译品"十分苛求的形而上学态度："首饰要'足赤'，人物要'完人'。一有缺点，有时就全部都不要了。"而主张用"吃烂苹果"的方法，"倘不是穿心烂"，虽有烂疤，"然而这几处没有烂，还可吃得"。〔134〕这个譬喻就形象地说明了批判分析的重要性，它可以剔除糟粕，吸收精华。

"占有"和"挑选"并不是目的，目的是为了借鉴，为了推陈出新，也就是为了新的创作。因此他的结论是："没有拿来的，人不能自成为新人，没有拿来的，文艺不能自成为新文艺。"鲁迅在很多文章里讲过借鉴和创新的关系，他认为旧形式的采取，"并非断片的古董的杂陈，必须溶化于新作品中，那是不必赘说的事，恰如吃用牛羊，弃去蹄毛，留其精粹，以滋养及发达新的生体，决不因此就会'类乎'牛羊的"。"旧形式是采取，必有所删除，既有删除，必有所增益，这结果是新形式的出现，也就是变革。"〔135〕鲁迅正是吸取了世界优秀作品所提供的经验，经过他的吸收和消化，使之溶于自己的创作中，取得了民族的特色，形成了继承与革新的统一的。对于内容含有鸦片式的毒素的作品，他不主张消极的禁止，认为"一面也必须有先觉者来指示，说吸了就会上瘾，而上瘾之后，就成一个废物，或者还是社会上的害虫"。就是说要用有分析的文章来帮助读者正确理解，以便"从中学学描写的本领,作者的努力"[136]。总之,我们对过去作品的态度归根到底决定于我们建设新世界的理想和需要,离开了这一点,无论谈破坏或保存,都是错误的。他说:"新的建设的理想,是一切言动的南针,倘没有这而言破坏,便如未来派,不过是破坏的同路人,而言保存,则全然是旧社会的维持者。"[137]他一贯是为了新文艺的建设,为了创新而向外国优秀作品借鉴的,这才是"拿来主义"的真谛。所以他说:"我已经确切的相信:将来的光明,必将证明我们不但是文艺上的遗产的保存者,而且也是开拓者和建设者。"[138]

毛泽东同志指出:"我们必须继承一切优秀的文学艺术遗产,批判地吸收其中一切有益的东西,作为我们从此时此地的人民生活中的文学艺术原料创造作品时候的借鉴。有这个借鉴和没有这个借鉴是不同的,这里有文野之分,粗细之分,高低之分,快慢之分。"[139]鲁迅就是这样做的。他的作品深刻地反映了中国新民主主义革命时期的人民生活,成为无产阶级领导下的革命文化的重要组成部分,在艺术上创造性地形成了自己的风格,这些伟大的成就同他善于批判地向过去的作品吸收有益的东西是分不开的。他之所以能做到这一点,从根本上来说,就因为他是一个革命者。从他决定从事文艺活动的开始,就是以提高人民的觉悟,推动民族解放和社会改革为目标的。他的创作意图十分明确,就是使文艺为人民革命服务。虽然"五四"时期他还不是一个马克思主义者,但他的彻底的不妥协的反帝反封建的精神是和党在民主革命时期的总路线完全一致的,这就使他在挑选和吸收有益的东西时有了明确的目的和方向。鲁迅在批判那些专门宣扬文学遗产中的消极成分的论客时说："潦倒而至于昏聩的人，凡是好的，他总归得不到。"[140]这说明如何批判和吸收是同本人的立场观点分不开的，由于鲁迅是从中国人民和革命文艺的需要出发的，这就保证了他的挑选和批判能有正确的依据。例如易卜生的《傀儡家庭》等剧作，在"五四"时期曾经风行一时，胡适写了《易卜生主义》来宣扬个人主义，还模仿易卜生写了独幕剧《终身大事》。鲁迅则认为当时介绍的意义在于易卜生"敢于攻击社会，敢于独战多数"，而当时的《新青年》"是颇有以孤军而被包围于旧垒中之感"的[141]；他并不同意当时一般人对于易卜生作品的理解。在《娜拉走后怎样》一文中，鲁迅认为娜拉走后"实在只有两条路：不是堕落，就是回来"，并且提出了这样的论点："正无需乎震骇一时的牺牲，不如深沉的韧性的战斗。"正是基于这种认识，他写了批判知识分子脆弱性的小说《伤逝》，深刻地表现了个性解放、婚姻自由决不能脱离社会解放而单独解决的思想。1928年他慨叹"先前欣赏那汲 Ibsen（易卜生）之流的剧本《终身大事》的英年，也多拜倒于《天女散花《黛玉葬花》的台下了"。而希望能有"从集团主义的观点，来批评易卜生的论文"。[142]同样是易卜生的作品，由于观察的出发点和角度不同，就可以产生出不同的理解和评价。这不仅说明了鲁迅批判锋芒的严格和尖锐，而且可以说明鲁迅作品区别于那些外国作家的地方。无论果戈理或契诃夫，拜伦或裴多菲，不管他们对当时那个社会有过多少的批判或反抗，都没有达到要求彻底推翻整个社会制度的高度；而鲁迅，则从被压迫人民的愿望出发，从"五四"时期就是要求彻底推翻帝国主义和封建主义在中国的统治的。他首先在思想上站得高，因此在借鉴上就能保持清醒的态度，能够取其精华，弃其糟粕。艺术上也是一样，他主张"采用外国的良规，加以发挥，使我们的作品更加丰满是一条路"[143]但又反对"只看一个人的著作"，认为"必须如蜜蜂一样，采过许多花，这才能酿出蜜来，倘若叮在一处，所得就非常有限，枯燥了"[144]。他之所以要"拿来"，要"占有""挑选"，就是要把这些前人的作品作为借鉴；这不但不能代替人民生活这个创作的唯一源泉，而且也不能代替或减少创作时"酿造"的辛勤，他不过是从前人的经验中汲取营养，使作品更加丰满罢了。他的作品就充分证明了这一点，我们很难具体地指出某一篇或某一处是受到某一作家的影响的，因为它已经完全溶化在作品中了。同时，他从外国文学中挑选和汲取了些什么，是同他那个时代以及他自己在创作实践中的需要有联系的；我们不能简单地认为他所借鉴的作品就一定是外国文学中最好的或者是最适合我们需要的，这要作具体的分析。我们只能从原则和方法上来领会和汲取他的宝贵的经验，在这方面是同样不能硬搬和模仿的。因此我们只是从一些大的方面来考察鲁迅作品与外国文学的关系，这除了可以使我们更深刻地理解他的伟大成就以外，由于如何对待人类文化遗产是长期受到机会主义路线干扰的重大问题，为了坚持批判继承的正确方针，我们对于那种或则鼓吹无批判地全面继承，或则鼓吹"打倒一切"地全盘否定的错误观点，必须坚决予以批判。毛泽东同志指出："打倒奴隶思想，埋葬教条主义，认真学习外国的好经验，也一定研究外国的坏经验——引以为戒，这就是我们的路线。"[145]鲁迅在文学战线上的长期实践经验就为我们提供了生动的范例，因而它仍然有它丰富的现实意义和深刻的启发作用。

　　　*　　　*　　　*

〔1〕〔15〕〔68〕鲁迅：《南腔北调集·关于翻译》。

〔2〕鲁迅：《南腔北调集·我怎么做起小说来》及《二心集·答北斗杂志社问》。

〔3〕〔24〕〔40〕〔59〕鲁迅：《且介亭杂文二集·〈中国新文学大系〉小说二集序》。

〔4〕许寿裳：《亡友鲁迅印象记·杂谈名人》。

〔5〕〔38〕〔44〕鲁迅：《南腔北调集·祝中俄文字之交》。

〔6〕鲁迅：《集外集·文艺与政治的歧途》。

〔7〕〔43〕鲁迅：《南腔北调集·我怎么做起小说来》。

〔8〕〔20〕〔49〕鲁迅：《南腔北调集·〈竖琴〉前记》。

〔9〕鲁迅：《且介亭杂文二集·"题未定"草（三）》。

〔10〕鲁迅：《且介亭杂文二集·陀思妥夫斯基的事》及《集外集·〈穷人〉小引》。

〔11〕〔21〕〔27〕鲁迅：《坟·杂忆》。

〔12〕鲁迅：《译文序跋集·〈壁下译丛〉小引》。

〔13〕鲁迅：《而已集·读书杂谈》。

〔14〕〔66〕鲁迅：1933年8月13日致董永舒信。

〔16〕〔112〕〔139〕毛泽东：《在延安文艺座谈会上的讲话》。

〔17〕鲁迅：《且介亭杂文·〈草鞋脚〉小引》。

〔18〕鲁迅：《坟·未有天才之前》。

〔19〕〔119〕〔123〕〔129〕鲁迅：《二心集·关于翻译的通信》。

〔22〕鲁迅：《集外集·〈奔流〉编校后记（十一）（十二）》。

〔23〕鲁迅：《坟·摩罗诗力说》。

〔25〕鲁迅：《集外集拾遗补编·破恶声论》。

〔26〕鲁迅：《华盖集·杂感》。

〔28〕鲁迅：《热风·随感录四十一》及《集外集·渡河与引路》。

〔29〕鲁迅：《且介亭杂文·拿来主义》。

〔30〕见鲁迅:《野草·希望》《集外集拾遗·诗歌之敌》《南腔北调集·〈自选集〉自序》《南腔北调集·为了忘却的记念》《且介亭杂文二集·〈中国新文学大系〉小说二集序》《且介亭杂文二集·七论"文人相轻"——两伤》。

〔31〕《集外集拾遗补编·〈勇敢的约翰〉校后记》。

〔32〕鲁迅:《野草·希望》。

〔33〕鲁迅:《南腔北调集·为了忘却的记念》及《集外集·〈奔流〉编校后记（十二）》。

〔34〕〔37〕鲁迅:《南腔北调集·〈自选集〉自序》。

〔35〕鲁迅:《华盖集续集·记谈话》。

〔36〕鲁迅:《南腔北调集·为了忘却的记念》。

〔39〕鲁迅:《且介亭杂文二集·叶紫作〈丰收〉序》。

〔41〕见 1925 年 9 月 30 日致许钦文信、《译文序跋集·〈一篇很短的传奇〉译者附记（二）》、《译文序跋集·译了〈工人绥惠略夫〉之后》、《华盖集续编·记谈话》各文。

〔42〕鲁迅:《且介亭杂文二集·〈中国新文学大系〉小说二集序》。孙伏园:《鲁迅先生二三事·〈药〉》中记鲁迅的谈话。

〔45〕鲁迅:《集外集拾遗·英译本〈短篇小说选集〉自序》。

〔46〕鲁迅:《译文序跋集·〈幸福〉译者附记》。

〔47〕鲁迅:《坟·论睁了眼看》。

〔48〕鲁迅:《南腔北调集·〈总退却〉序》。

〔50〕鲁迅:《南腔北调集·我怎么做起小说来》《〈呐喊〉自序》《南腔北调集·〈自选集〉自序》各文。

〔51〕鲁迅:《集外集拾遗·译本高尔基〈一月九日〉小引》。

〔52〕列宁:《论召回主义的拥护者和辩护人的"纲领"》。

〔53〕鲁迅:《且介亭杂文末编·关于太炎先生二三事》。

〔54〕鲁迅:《译文序跋集·〈溃灭〉第二部一至三章译者附记》《译文序跋集·〈毁灭〉后记》《二心集·关于翻译的通信》各文。

〔55〕鲁迅:《译文序跋集·〈一天的工作〉后记》。

〔56〕见鲁迅:《南腔北调集·祝中俄文字之交》及《三闲集·在钟楼上》两文。

〔57〕鲁迅:《译文序跋集·〈竖琴〉后记》《译文序跋集·〈十月〉后记》。
〔58〕见鲁迅:《且介亭杂文·答国际文学社问》及《集外集拾遗·英译本〈短篇小说选集〉自序》两文。
〔60〕引语见鲁迅:《中国小说史略》。
〔61〕鲁迅:《三闲集·〈近代世界短篇小说集〉小引》。
〔62〕鲁迅:《译文序跋集·〈域外小说集〉序言》。
〔63〕鲁迅:《译文序跋集·〈域外小说集〉序言》。
〔64〕鲁迅:《译文序跋集·〈一天的工作〉前记及后记》。
〔65〕鲁迅:《三闲集·〈近代世界短篇小说集〉小引》。
〔67〕李何林:《鲁迅论》。
〔69〕鲁迅:《译文序跋集·〈少年别〉译者附记》。
〔70〕鲁迅:《集外集·〈穷人〉小引》。
〔71〕〔136〕鲁迅:《准风月谈·关于翻译(上)》。
〔72〕鲁迅:《译文序跋集·〈竖琴〉后记》。
〔73〕鲁迅:《译文序跋集·〈恋歌〉译者附记》。
〔74〕李何林编:《鲁迅论》中,收有《新中国的思想界领袖鲁迅》一文,美国巴来特R.M.Bartlet作,石孚译。原作者曾于1926年在北京会见过鲁迅,这里引的是他记录的鲁迅的谈话。
〔75〕《文学书简(上)》中译本20页及66页。
〔76〕《沫若文集(十三卷)·契诃夫在东方》。
〔77〕鲁迅:《三闲集·铲共大观》。
〔78〕鲁迅:《译文序跋集·〈坏孩子和别的奇闻〉译者后记及前记》。
〔79〕鲁迅:《且介亭杂文二集·徐懋庸作〈打杂集〉序》。
〔80〕鲁迅:《南腔北调集·我怎么做起小说来》《南腔北调集·作文秘诀》。
〔81〕鲁迅:《南腔北调集·〈自选集〉自序》、1934年10月9日致萧军信。
〔82〕《鲁迅译文集(第4卷)·〈小约翰〉原序、附录一》。
〔83〕〔85〕〔87〕鲁迅:《译文序跋集·〈小约翰〉引言》。
〔84〕鲁迅:1936年2月19日致夏传经信。
〔86〕《鲁迅译文集(第4卷)·〈小约翰〉附录一》。
〔88〕鲁迅:《二心集·〈野草〉英文译本序》。

〔89〕孙伏园：《鲁迅先生二三事·〈药〉》中记鲁迅的谈话。

〔90〕鲁迅：《热风·随感录六十一》《野草·求乞者》。

〔91〕鲁迅：《两地书（一七）》。

〔92〕〔133〕鲁迅：《译文序跋集·〈出了象牙之塔〉后记》。

〔93〕鲁迅：《译文序跋集·〈从灵向肉和从肉向灵〉译者附记、〈观照享乐的生活〉译者附记》。

〔94〕〔95〕鲁迅：《译文序跋集·〈思想·山水，人物〉题记》。

〔96〕鲁迅：《南腔北调集·"论语一年"》。

〔97〕〔121〕鲁迅：《南腔北调集·小品文的危机》。

〔98〕鲁迅：《集外集·〈奔流〉编校后记（一）》。

〔99〕鲁迅：《南腔北调集·我怎么做起小说来》《伪自由书·前记》。

〔100〕鲁迅：《坟·再论雷峰塔的倒掉》。

〔101〕鲁迅：《花边文学·奇怪》。

〔102〕〔104〕鲁迅：《且介亭杂文二集·论讽刺》。

〔103〕鲁迅：《且介亭杂文二集·什么是"讽刺"？》。

〔105〕鲁迅：《且介亭杂文二集·〈死魂灵百图〉小引、几乎无事的悲剧、"题未定"草（一）》。

〔106〕〔109〕鲁迅：《且介亭杂文二集·几乎无事的悲剧》。

〔107〕鲁迅：《译文序跋集·〈死魂灵〉第二部第二章译者附记、〈死魂灵〉第二部第一章译者附记》。

〔108〕鲁迅：1935年10月20日致孟十还信。

〔110〕《鲁迅译文集（第10卷）·立野信之：〈果戈理私观〉》。

〔111〕鲁迅：《伪自由书·从讽刺到幽默》。

〔113〕鲁迅：《且介亭杂文二集·什么是"讽刺"？》《南腔北调集·"论语一年"》。

〔114〕鲁迅：《译文序跋集·〈饥馑〉译者附记》、1935年2月9日致孟十还信。

〔115〕鲁迅：《译文序跋集·〈食人人种的话〉译者附记》。

〔116〕鲁迅：《南腔北调集·看萧和"看萧的人们"记、论语一年》。

〔117〕马克思、恩格斯：《论艺术》第4卷第160页。

〔118〕这个批评家指黎锦明。见他的《论体裁描写与中国新文艺》一文,1928年2月《文学周报》第五卷。

〔120〕鲁迅:《花边文学·做文章》。

〔122〕鲁迅:《且介亭杂文·忆刘半农君》。

〔124〕鲁迅:《花边文学·玩笑只当它玩笑(上)》。

〔125〕鲁迅:《且介亭杂文二集·人生识字胡涂始》《且介亭杂文·答曹聚仁先生信》。

〔126〕鲁迅:1934年7月29日致曹聚仁信。

〔127〕鲁迅:《且介亭杂文二集·"题未定"草(二)》。

〔128〕鲁迅:《二心集·"硬译"与"文学的阶级性"》《译文序跋集·〈出了象牙之塔〉后记》。

〔130〕鲁迅:《译文序跋集·〈俄罗斯的童话〉小引》。

〔131〕鲁迅:《坟·看镜有感》。

〔132〕鲁迅:《集外集拾遗·〈浮士德与城〉后记》《集外集·〈奔流〉编校后记(二)》。

〔134〕鲁迅:《准风月谈·关于翻译(下)》。

〔135〕鲁迅:《且介亭杂文·论"旧形式的采用"》。

〔137〕鲁迅:《集外集拾遗·〈浮士德与城〉后记》。

〔138〕鲁迅:《集外集拾遗·〈引玉集〉后记》。

〔140〕鲁迅:《且介亭杂文二集·"题未定"草(六)》。

〔141〕〔142〕鲁迅:《集外集·〈奔流〉编校后记(三)》。

〔143〕鲁迅:《且介亭杂文·〈木刻纪程〉小引》。

〔144〕鲁迅:1936年4月15日致颜黎民信。

〔145〕转引自周恩来总理四届人大《政府工作报告》。

谈《呐喊》与《彷徨》

从"五四"文学革命开始的现代文学，鲁迅是用白话文写小说的第一个人。除了《故事新编》之外，《呐喊》《彷徨》两集共收小说二十五篇。他开始创作的目的非常明确，就是"想利用他的力量，来改良社会"。他说："我深恶先前的称小说为'闲书'，而且将'为艺术的艺术'，看作不过是'消闲'的新式的别号。所以我的取材，多采自病态社会的不幸的人们中，意思是揭出病苦，引起疗救的注意。"[1]鲁迅不是为艺术而艺术或自我表现才创作的，从清末他决定从事文艺活动开始，就是为了文艺可以改变人们的精神，提高人民的觉悟，来推动民族和社会的改革的。经过了辛亥革命的失败，他痛感到革新与守旧之间力量对比的悬殊，经历了"寂寞"感的痛苦和艰苦的探索，才在十月革命以后"五四"当时的新的历史条件下，抱着摧毁旧中国这个"铁屋"的新希望，开始了他的创作活动。他把在1918—1922年间写的小说集命名《呐喊》，意思就是用这些作品来给革命力量助威作战，"使他们不惮于前驱"。他后来曾把这些作品叫作"遵命文学"，并且说："不过我所遵奉的，是那时革命的前驱者的命令，也是我自己所愿意遵奉的命令，决不是皇上的圣旨，也不是金元和真的指挥刀。"[2]他的自觉地使文艺为人民革命服务的意图是十分明确的，他努力使他的作品能够"使人民群众惊醒起来，感奋起来，推动人民群众走向团结和斗争，实行改造自己的环境"。

他开始创作时已接触过许多外国的进步的民主主义作品，使他"从文学里明白了一件大事，世界上有两种人，压迫者和被压迫者"[3]。因为他的母家是农村，他曾和农民有过许多亲近的机会，"逐渐知道他们是毕生受着压迫，很多苦痛"，所以他"便将所谓上流社会的堕落和下层社会的不幸，陆续用短篇小说的形式发表出来了"。[4]他的小说主要写了两类人物，一类是农民，一类是知识分子。小说的时代背景是从辛亥革命前夕到第一次国内革命战争前夕，大约二十年之间的中国社会。第二本小说集《彷徨》写于1924—1925年，收小说十一篇，这是新文化内部发生分化，它的右翼投向敌人以后所写的，因此和《呐喊》的热情反抗有所不同，而更多的是冷静的剖析和刻画，特别是着重考察和描写了知识分子的命运和弱点。但《彷徨》的技巧更为圆熟，刻画更为深切，在艺术上都是典范。它虽不像《呐喊》中的作品在发表的当时就极大地震动了青年人的心，但对后来文艺创作的影响仍然是很大的。

鲁迅小说体现了由"五四"开始的现代文学的特点和实绩，他的彻底的不妥协的反帝反封建的精神是和民主革命时期的任务完全一致的。他自觉地使文艺为人民服务，因此他是"中国文化革命的主将"，因为他确实是代表全民族的大多数向着敌人英勇斗争的。因此"鲁迅的方向"是从"五四"开始的。尽管在前进的道路上他还要经过一段曲折，但他的走向共产主义的方向，是从"五四"就奠定了的。

"五四"是中国新民主主义革命的开始，当时新文化运动的主要内容，正如毛泽东同志所分析，一是反对旧道德，提倡新道德；一是反对旧文学，提倡新文学。当时的文学革命，也主要有两方面的内容，一是反对文言文，提倡白话文；一是反对封建的旧思想，提倡民主主义的新思想。有了文学革命的倡导，就必须相应地有创作实践。鲁迅就是以自己的创作实践来为革命服务的。他的小说充分反映了辛亥革命前后到大革命之前这一时期的历史。这个时期的历史特点是：辛亥革命失败了；"五四"开始了无产阶级领导的新民主主义革命。虽然1921年已经成立了工人阶级政党，但工人阶级还没有跟农民结合起来，农民仍然过着痛苦的生活，农村的阶级矛盾非常尖锐。鲁迅的小说，就集中揭露了封建统治者的罪恶，反映了遭受经济剥削和精神压迫的农民的生活和要求，也反映了这时期知识分子的道路和命运。这些小说分别收在小说集《呐喊》《彷徨》里边。鲁迅用自己的创作实践扩大了新文学的阵地，同时由于这些小说内容的深刻，表现的新颖，把文学和人民命运联系起来，为新文学奠定了基础。所以我们说，鲁迅是现代文学的奠基人。

鲁迅对农民的态度是"哀其不幸，怒其不争"。他一方面非常同情农民的遭遇，一方面又怨恨他们没有革命的觉悟。他除了描写农民的不幸之外，还批判了农民身上的某些缺点。鲁迅写知识分子也和当时一般作家有所不同。他是从革命的角度来考察知识分子的命运，考察他们的优点和弱点的。鲁迅在当时是革命民主主义者，他跟革命先驱者采取同一的步调，始终站在被压迫人民这边，从被压迫人民角度来观察分析问题，进行创作。所以他的小说比当时一般作家的显得深刻，符合无产阶级在这一时期的反帝反封建的任务和要求。

鲁迅的第一篇小说《狂人日记》，通过对狂人的描写，暴露了封建礼教和家族制度的罪恶，将封建社会的历史概括为"人吃人"的历史，表现了彻底的反帝反封建精神。这篇小说在当时产生了很大影响。《新青年》上有不少批判"吃人的礼教"的文章，就是从这篇小说引出来的。封建社会里也可能产生反封建的思想，但很少从根本上否定封建制度的，只有从"五四"开始才有了彻底的不妥协的反封建思想。《二十年目睹之怪现状》等晚清作品也批判了封建社会，但不彻底，有改良主义色彩。鲁迅的作品则以前所未有的、彻底的不妥协的精神，开始了文学上的一个新的时代。

《呐喊》中的作品较多地描写了农村生活和农民形象，其中最有名的是《阿Q正传》。这篇小说描写了辛亥革命时期一个农民的典型形象。辛亥革命表面上看是成功了，推翻了清朝的帝制，有一定的功绩，但是并没有完成反帝反封建的历史任务，对当时的社会关系没有引起多大的变动。这种情形不仅在《阿Q正传》里有反映，而且在《风波》《头发的故事》里也有反映。辛亥革命的结果仅是少了一条辫子，别的什么变化也没有，鲁迅在很多地方表现了这一思想。甚至像在《风波》这篇小说里所写的，就连七斤头上少了一条辫子，在张勋复辟的风声中还引起了一场"风波"，可见辛亥革命是如何的不彻底和当时的农民是处于怎样的境遇了。在《故乡》里，鲁迅更详细地描写了农村社会破产的情形。这是用第一人称写的，充满了抒情的笔调。少年的闰土，"项带银圈，手捏一柄钢叉"，似一位小英雄，但眼前的闰土却这样的麻木，对照之下，就写出了农民在"多子，饥荒，苛税，兵，匪，官，绅"的压迫下的巨大变化。闰土的形象有很大概括性。他代表了当时一般农民的形象。他善良、朴实、勤劳，但过多的痛苦和折磨，使他精神变得麻木起来。他叫的一声"老爷！"使作品中的"我"对他幼年的美丽回忆完全破灭了。小说里另外还描写了一个带有小市民习气的杨二嫂，来衬托闰土这个人物的善良性格。小说虽然写的是农民的痛苦生活，但结尾是很乐观的，作者相信下一代的宏儿和水生再也不会有这样的痛苦生活，而应该有新的生活。这种新的生活是历史上所没有过的，它既不像当时农民那样辛苦麻木，又不像统治阶级那样辛苦恣睢，也不像知识分子那样辛苦辗转，而是一种完全不同于过去历史上的生活，是农民应该有的那种生活。这样的希望表现了"五四"时期鲁迅的乐观主义精神和改变农民命运的信心。

《彷徨》中的《祝福》写的是一个农村妇女的悲惨遭遇。主人翁祥林嫂，是一个善良、勤劳的农村妇女。她对于生活的要求非常低，只希望用自己辛勤的劳动，换得一种起码的生活权利。她在鲁四老爷家里，把原来由三人做的活儿一个人担当起来，即便这样，她也"口角边渐渐的有了笑影，脸上也白胖了"。但即使这样极为卑微的生活愿望也不能保住，她的遭遇比这要不幸得多，充满了辛酸和血泪。她的丈夫死了，唯一的儿子被狼吃掉了，别人不但不同情，反而嘲笑她，最后还要到土地庙里捐一条门槛赎罪。她的不幸还不仅仅是现实遭遇的悲惨，更严重的是精神上的痛苦把她压碎了。在四婶最后一次说"你放着罢，祥林嫂"这样的打击下，她的精神便完全被摧毁了。整天就像失掉魂魄似的，见了人就害怕，"有如在白天出穴游行的小鼠"，不然就呆坐着，"直是一个木偶人"，最后被一步一步逼成一个乞丐，终于在鲁四老爷家"祝福"的毕毕剥剥的鞭炮声中寂寞地死去了。祥林嫂一生悲惨的遭遇,鲜明地表现了毛泽东同志所说的封建社会加在农民身上的四条绳索,即政权、族权、神权、夫权对农民的摧残。这四条绳索在祥林嫂身上都有所表现。祥林嫂这个人物并不是没有斗争的;她不断地挣扎,但都不能摆脱悲剧的命运。作品的深刻意义,不仅在于表现了与祥林嫂对立的人,如她的婆婆和鲁四老爷对她的压迫,而且在于写出了周围与她同样地位的人,如柳妈,以及镇上的人,也同样促进了她的不幸,把她的不幸当成娱乐的材料,这些人无意中起了帮凶的作用,促成了祥林嫂的悲剧。

鲁迅笔下的农民,也有斗争性比较强的,如《离婚》里的爱姑。她的性格跟祥林嫂不同,很坚强、泼辣,丈夫不要她,要跟她离婚,为此事她闹了三年,可以说斗争性是相当强的。她看不起像慰老爷这样的小地主,大骂"老畜生""小畜生"。然而农村的封建统治势力未变,最后还得让七大人来调解。爱姑的悲剧,就在于她对七大人抱有幻想,所以到七大人把场面一摆开,并没有说什么,只叫了一声"来——兮",爱姑的精神就全垮了。小说里只写了一个场面和爱姑的心理感受,就写出了农村封建统治者对农民精神上的压力,写出了爱姑由原来的优势一下子转为劣势的原因;小说也描绘了土豪劣绅的丑态,批判了小生产者一些不切实际的幻想。小说用形象告诉人们:黑暗势力还很强大,要进行更为持久坚韧的斗争。这是鲁迅在许多小说中反复强调的思想。

鲁迅善于从农村的阶级关系中,观察和分析农民的现实生活。在他的作品里,不仅从经济方面来说明农民生活的悲惨，而且从精神世界来说明农民的痛苦，并以更多的笔墨描写了在长期封建统治下农民的没有觉悟的精神状态。这就深刻地说明，农民不能不革命，因为农民的生活地位决定了不革命是没有出路的，但同时在农民主观上还缺乏民主革命的起码觉悟，这两者之间形成了尖锐的矛盾，所以鲁迅对农民的态度是既"哀其不幸"，同时又"怒其不争"，希望他们能够起来斗争。

新民主主义革命的历史任务，其中心内容是解放农民的问题。在鲁迅以前，还没有一个作家像鲁迅这样关心农民的命运，把农民问题提到这样重要的地位；因此可以说，他的小说提出了与历史要求相一致的重要内容。

《阿Q正传》是鲁迅的代表作，1921年写的。小说以辛亥革命前后一个十分闭塞的农村未庄为背景，塑造了一个受严重精神戕害的雇农阿Q形象。阿Q的生活地位非常悲惨。鲁迅曾说过，古代封建社会等级制度极严，"天有十日，人有十等"，层层压迫，那最下等的是"台"，台下边是不是就没有被压迫者了呢？鲁迅说，"无须担心的，有比他们更卑的妻，更弱的子在"。[5]但阿Q连老婆孩子都没有；他无职业，无土地，住在土谷祠里，甚至连姓也失掉了，他的名字中只有一个"阿"字是正确的。他经受着残酷的剥削和压迫，失掉了独立生活的依靠，甚至连姓赵都不能说，有一次说了，还被赵太爷打了他一个嘴巴。他是失掉了土地的农民，很能劳动，"割麦便割麦，舂米便舂米，撑船便撑船"。他的生活虽然很悲惨，可是在精神上却感到自己了不起，常处优胜，这正是他的可悲的地方。小说以《优胜记略》《续优胜记略》两章集中地描写了阿Q这一精神特点，即所谓精神胜利法。

阿Q这种性格的特点是，他一方面夸耀过去，一方面又幻想将来。比方他说："我们先前——比你阔的多啦！你算是什么东西！"可是他连自己过去姓什么都不清楚；他又想："我的儿子会阔得多啦！"其实他连老婆也没有。他忌讳说"癞"以及一切近于"赖"的音，但当无法对付未庄闲人们的玩笑时，却得意地说："你还不配……"被人打了，他就用自我麻醉的方法，说什么"我总算被儿子打了，……"。闲人们连这点便宜也不让他占，他只好承认别人打自己是"打虫豸"。等到什么办法都用不上的时候，他又能自轻自贱，自己打自己的嘴巴；打的时候，他感到打的是一个人，被打的又是一个人，胜利的依然是他自己。而且他还以第一个能够自轻自贱的人而骄傲，"除了'自轻自贱'不算外，余下的就是'第一个'。状元不也是'第一个'么？"。阿Q之不觉悟竟到了这样地步，他对什么样的屈辱都可以忘掉，只要精神上居于优胜就成。阿Q有时也欺侮弱者，当假洋鬼子打了他以后，他就去欺侮小尼姑，实际上这仍然是一种精神胜利法。阿Q的精神胜利法是一种自我麻醉的手段。这种性格的存在，妨碍了他的觉悟，使他不能正视自己被压迫的处境。他的所谓"优胜记略"实际上是充满了屈辱血泪的奴隶生活的记录。

鲁迅对农民阿Q身上的弱点并不是欣赏而是非常痛心的。首先从阿Q这个名字就可以看出来。为什么小说起名《阿Q正传》呢？鲁迅自己说得很清楚，是从旧小说里"闲话休题言归正传"来的。鲁迅曾感慨"中国之小说自来无史"，小说在传统的典籍"经史子集"里从来没有地位，它只能算是"闲书"。但即使在地位低下的小说里,也从来没有过以农民作主人公的。鲁迅曾考察过中国小说里的人物,他说:"古之小说,主角是勇将策士,侠盗赃官,妖怪神仙,佳人才子,后来则有妓女嫖客,无赖奴才之流。"[6]在小说里,把农民当作主人公来描写,鲁迅是中国文学史上的第一个人。一个作品的好坏,当然不能只看他写了什么题材,写了什么人,而要看他是怎么写的。但是作家选择什么题材并不是跟写得好坏没有联系的。中国的小说历来没有以农民作主人公的,《水浒传》就主题性质说是描写了农民起义,可是小说里的人物还是一些脱离了土地的人民,不是在生产中的普通农民。把普通的农民作为小说的主人公,表现他们的生活和命运,在中国文学史上是从鲁迅开始的。这是很有时代意义的事情,仅就这一点,也可看出鲁迅的伟大。写的是农民,又题名为《阿Q正传》,就说明鲁迅用心之深了。主人公又为什么叫阿Q呢?据周遐寿回忆,鲁迅喜欢这个名字,觉得大写的Q字上边的小辫很好玩,很像一个不幸农民的脑袋,一个大头,后面吊着一根小辫子,而且认为初版《呐喊》只有三个Q字是合格的。[7]有人写文章说,鲁迅之所以起名阿Q,是用英文的question(问题)的第一个字母,所以用了Q字,说明鲁迅在思考问题。我是比较相信周遐寿的说法的。因为阿Q这样的人没有地位,只有一个名字Q是近似的,鲁迅对农民的命运充满着同情,对阿Q所处的那种屈辱的地位深感痛心,所以他用了Q字做主人公的名字。仅从这一点也可以看出鲁迅对农民的态度了。

鲁迅特别同情农民,所以对他们身上的缺点,也特别感到痛心。阿Q的精神胜利法是要不得的,但阿Q又是农民，这就有了一个问题，阿Q精神是否代表农民的本质？就阿Q的生活地位看来他确实是农民。1934年有人根据《阿Q正传》改编成剧本，征求鲁迅意见，鲁迅便在答复中说明了阿Q的性格和样子。他说："我的意见，以为阿Q该是三十岁左右，样子平平常常，有农民式的质朴，愚蠢，但也很沾了些游手之徒的狡猾。"[8]这说明什么呢？一方面，阿Q是劳动农民，质朴，没有觉悟，因此也很愚蠢，他有农民小生产者守旧的缺点，同时也受了统治阶级的思想影响，如说父亲比儿子高一等，女人就一定是祸水，革命就是造反等。另一方面，他和一般农民不同，他有"游手之徒的狡猾"，他到处流浪，做过小偷，有些瞧不起乡下人，如说乡下人没有见过革命党等。所以阿Q性格中的大部分是当时一般农民都有的，其中某一些则是一般农民没有的。阿Q精神可以说是当时中国农村错综复杂的矛盾的表现，它是半封建半殖民地社会的产物。在帝国主义侵略下，当时的封建统治阶级无法抵抗，就采取了一种自欺欺人的办法，精神胜利法就是这样一种精神病态的表现。因此，不光农民有这种思想，统治阶级这种思想更多。但是马克思认为，"统治阶级的思想在每一时代都是占统治地位的思想"，在阶级社会里，被压迫阶级的思想在很大程度上是受统治阶级的思想影响的。不同的阶级，既然生活在同一时代，同一社会，同一民族自然经济环境里，而彼此接触到的社会条件、物质条件，某些又是相同的，于是这种阿Q精神就有了传染的机会。农民是劳动人民，但是农民是小生产者，受私有制社会里经济地位的影响，因此它本身也有孕育阿Q精神胜利法的可能。像阿Q这种人，一方面既有农民的质朴愚蠢，一方面又沾染了流氓无产者的习气，因此在他身上的精神胜利法就表现得十分突出。

鲁迅说他在《阿Q正传》里是试着要写出"国民的魂灵"。《阿Q正传》出来后，又曾有小官僚和小政客惶恐，以为在讽刺他。这样，阿Q精神就是民族的缺点，各阶级都有的；鲁迅的创作意图也是要批判国民性的弱点，一直到1933年他还说："十二年前，鲁迅作过一篇《阿Q正传》，大约是想暴露国民的弱点的。"[9]但文艺作品是要写出有血有肉的人物形象的，精神胜利法虽然在当时的各阶级身上的确都有所表现，但我们分析作品人物时则不能把他的性格抽象化，不能脱离他的时代特点和阶级特点。统治阶级所有的阿Q精神与阿Q身上的阿Q精神其表现形式和社会作用，都是不同的。就社会作用说，统治阶级是用来自欺欺人的，而且主要是欺人；阿Q则只能是自欺。统治阶级是为了麻醉人民，欺骗人民的；阿Q的精神胜利法则只是一种痛苦和屈辱的避难所，只能用来自我麻醉。由于社会意义不同，表现形式也就有了不同。阿Q忌讳"癞疮疤"，讳说"灯""亮"等；统治阶级也有忌讳，但与此并不相同。如常说的"只许州官放火，不许百姓点灯"，这个故事说的是宋朝有个州官名叫田登，讳言"登"音，因此正月十五元宵节民间放灯时，为了避讳，他的告示上写"本州依例放火三日"。表面上看，这和阿Q的忌讳很相似。但州官这样做是为了显示自己做官的威风，而阿Q则只是为了避免别人对癞疮疤的嘲笑，意义大不相同。就表现在阿Q这一典型人物身上的精神胜利法而言，它只能是辛亥革命前后属于农民身上的缺点。我们不能使它脱离人物的阶级性和时代性。统治者身上的精神胜利法当然是很多的，鲁迅并不以为是非常重要的事情；只是由于它表现在农民身上，才使作者感到同情和痛心。我们分析阿Q这个人物的典型意义的时候，只能说这种精神胜利法是属于阿Q的。这并不排斥鲁迅所说的写出"国民的魂灵"的意图。鲁迅创作是遵循现实主义原则的，他心目中的阿Q形象非常具体，他曾说过，阿Q这个人只能戴一顶毡帽，"只要在头上戴上一顶瓜皮小帽，就失去了阿Q"[10]；鲁迅写的是这样一个具体的阿Q，并不是抽象地表述阿Q精神。在鲁迅看来，批判精神胜利法，跟写一个个性化的人物是并不矛盾的。精神胜利法虽然带有很大的普遍性，但普遍性体现在特殊性中，体现在具体人物的身上。小说里的典型性格愈写得鲜明具体，愈有个性特征，它就愈带普遍性。鲁迅虽然想写出国民的魂灵，可是他不能抽象地写国民，也不能写各个阶级的国民。鲁迅特别关心农民，他写得越像农民，越带个性特征，他对精神胜利法的批判也就越深刻，越有普遍意义。至于作品发表后所产生的广泛影响，很多人感到自己身上也有阿Q精神，那是因为阿Q形象给人的印象很深，这正说明作品所发生的社会作用。我们在日常生活中也常常引用阿Q来形容某种人，这种用法和作品中人物形象的典型意义有联系，但不能把二者等同起来。在日常生活中的用法不是指形象的全部意义，而且也可以有不同的用法。如说"三个臭皮匠，凑成一个诸葛亮"，这里的诸葛亮是指智慧的意思，是好的；而有人的绰号叫"二诸葛"，则是指他迷信占卜的意思。列宁《论苏维埃共和国的国内外形势》里，用奥勃洛摩夫来比喻那些老是躺在床上订计划的干部，并且说当时还存在着许多奥勃洛摩夫，"因为奥勃洛摩夫不仅是地主，而且是农民，不仅是农民，而且是知识分子，不仅是知识分子，而且是工人和共产党员"[11]。这里列宁只是采取奥勃洛摩夫性格中的"懒惰"一点，来作譬喻，并不是对作品作全面的人物分析，就作品中的人物形象说，奥勃洛摩夫当然只能是地主。"阿Q"在日常生活中的被引用，也只能是一种联想意义。它说明作品的社会影响很大，但不能用来代替对作品的分析。因此我们不能对阿Q精神作超阶级超时代的理解，只能就具体的雇农阿Q来分析。阿Q身上的精神胜利法，符合于他的阶级地位，他的生活经历和他的个性特点，因此阿Q才给我们留下极深刻的印象；才有可能产生广泛的社会影响，引起了一些人的不安，也启发我们正视自己的缺点。

阿Q的精神胜利法中并没有什么积极因素，它是地主阶级思想影响农民的结果。这是阿Q精神产生的主要阶级根源。同时因为农民是小生产者，在私有制度下，眼光狭小，在遭到痛苦和失败时也容易产生落后思想和失败情绪。我们从马列主义经典作家分析宗教影响的意见中可以得到启发。如斯大林曾说："千百年来，劳动者数十次数百次地企图推翻压迫者，使自己成为自己生活的主宰。但是他们每次都遭到失败，受到侮辱，不得不退却，不得不把委屈和耻辱、愤怒和绝望埋在心里，仰望茫茫的苍天，希望在那里找到救星。"[12] 马克思说"宗教是人民的鸦片"，在阶级社会里，统治阶级用宗教来欺骗人，麻醉人。但被统治阶级在反抗遭到失败以后，也很容易把自己的委屈和耻辱寄托于宗教。这就给我们一个启发，阿Q精神虽然主要是从统治阶级那里来的，然而在农民经受残酷的剥削压迫，屡次反抗失败以后，也会产生这种阿Q精神。所以从阶级根源来说，农民也是可能产生这种阿Q精神的。有人不承认这一点，总觉得精神胜利法不好，可耻，说农民身上也会产生这么多不好的东西，似乎很不公道。这确实是不公道的，然而阿Q的经历遭遇不就是十分不公道的吗？在辛亥革命时代，就一般农民来说，阿Q精神都有不同程度的存在，只是阿Q有典型性，在他身上更为集中突出罢了。鲁迅为什么要写农民的缺点呢？他主要是在考察农民和革命的关系问题。他考察妨碍农民觉悟、妨碍他们起来革命的原因。他把农民是否有觉悟，革命是否联系农民，作为考察革命能否成功的标志。辛亥革命之所以没有成功，就是因为资产阶级不要农民参加革命。这正表现了鲁迅对农民问题理解的深刻性。

阿Q这个人物的性格是有发展的。阿Q在三十多岁时搞了一次恋爱的悲剧，于是就发生了生计问题；由于生活的逼迫，他活不下去了，就跑到城里去做小偷，经历了"从中兴到末路"；正值阿Q处于末路时，恰恰来了辛亥革命。随着人物性格的发展，故事情节的发展，鲁迅把这样一个农民摆在革命高潮的典型环境里，来考察农民和革命的关系，描写了阿Q当革命到来以后在性格上发生的变化。从第七章之后，就写阿Q参加革命的过程。阿Q由欢迎革命，到别人不准革命，最后竟不得不"大团圆"了。这就说明，阿Q不只有阿Q精神，而且还有革命性，特别是当辛亥革命进入高潮时，阿Q的革命性就充分地表现出来了。鲁迅对阿Q革命性的描写紧紧扣住阿Q性格的特点。他先是憎恶革命，认为"革命便是造反"，造反便是跟他为难，所以一向"深恶而痛绝之"。但当他看到连百里闻名的举人老爷也害怕革命时，他对革命也有些"神往"起来了。他的参加革命是从他被压迫的阶级地位出发的。

阿Q身上虽然有很多正统观念，很多精神胜利法，但他还是有革命性的。当辛亥革命到来时，鲁迅真实地、正确地勾画出了各种不同阶级，不同的人对待革命的态度，以及他们的感情变化。地主赵太爷对革命惧怕，而阿Q对革命则是高兴的。这是根据史实和生活逻辑写出来的，是符合阿Q性格的逻辑发展，符合他的阶级特点的。阿Q是从被剥削、被压迫者的直感要求参加革命，而且为了革命"牺牲"了性命，所以不能忽视他的这种革命性。当然，我们也不可以夸大这种革命性，因为他参加革命时，也还是带有很多的精神胜利法的。有些人因为阿Q是农民，就夸大他的革命性，甚至说阿Q的精神胜利法也是革命性的扭曲表现，连"龙虎斗"偷东西也说成革命性，这种理解是不正确的。鲁迅既没有忽视阿Q的革命性，也没有夸大阿Q的革命性；阿Q式的革命性既符合他的阶级地位，也符合他的带有阿Q精神的性格特点。阿Q对革命的设想，确实十分幼稚和糊涂，他认为革命是拿着板刀、钢鞭、炸弹、洋炮、三尖两刃刀、钩镰枪，革命以后可以把赵太爷箱子里的元宝、洋钱、洋纱衫，和秀才娘子的一张宁式床搬到土谷祠里，想到该死的是赵太爷、秀才、假洋鬼子和小D。这些设想确实是阿Q式的，认识很幼稚，很糊涂，但它也表现了农民的平均主义思想和报复情绪。阿Q确实认识到革命是暴力，可以改变自己的生活地位，而且只有革命才可以使自己的生活变好。鲁迅确实看到阿Q处于被剥削被压迫的劳动者的地位，不管他有多少缺点，多么不觉悟，终究是会要求参加革命的。鲁迅正确地看到农民是革命的阶级，阿Q是向往革命的，不管阿Q怎么落后，还没有落后到成为一个驯服的奴才，不想改变自己悲惨的生活地位。所以阿Q的悲剧根本上是他要革命而资产阶级不准他革命的悲剧。鲁迅之所以写了阿Q的那么多缺点，正是因为要发扬他的革命性，而精神胜利法是妨碍他的觉悟的，所以一定要加以批判。

鲁迅采取讽刺的手法，即喜剧的手法批判了阿Q的精神胜利法，特别是在前三章。所谓喜剧，按照鲁迅的说法，就是把一些没有价值的东西撕破给人看。讽刺是比较简单的喜剧手法。阿Q的精神胜利法，有的使我们感到可笑，但阿Q的命运是悲剧性的，因此鲁迅的许多批判引起我们的不是笑，而是同情。对阿Q的缺点要笑时，一想到阿Q的阶级地位，悲惨的生活，就使我们笑不起来了。当阿Q最后被缚去法场游街的时候，鲁迅就不能再用喜剧手法来写了，其中有一段是这样描写的："这刹那中，他的思想又仿佛旋风似的在脑子里一回旋了。四年之前，他曾在山脚下遇见一只饿狼，永是不近不远的跟定他，要吃他的肉。……"这种非常严肃含义深刻的描写，充分显示出鲁迅对阿Q悲惨命运的同情，在这里讽刺的笔调就不见了。

《阿Q正传》的伟大意义之一，在于它用形象力量说明了辛亥革命失败的原因。资产阶级没有力量来领导中国革命，它不要农民起来革命，所以失败了。毛泽东同志在《湖南农民运动考察报告》里说过："国民革命需要一个大的农村变动。辛亥革命没有这个变动，所以失败了。"毛泽东同志把辛亥革命失败的原因，归之于没有大的农村变动。辛亥革命不但没有这个变动，而且给阿Q带来"大团圆"的结局。资产阶级领导的革命不能反映农民要求,不要农民,相反地却和地主勾结起来,扼杀了农民的革命要求;他们赶跑了皇帝,却并没有给农民带来实际利益。《阿Q正传》对这种情形作了极为深刻的描写。知县大老爷还是原官,举人老爷也做了什么官,带兵的也还是先前的老把总,假洋鬼子也与赵秀才勾结,戴起了"柿油党"的银桃子,而真正要革命的阿Q却得了个"大团圆"的结局。小说的结尾具体地描写了阿Q的死,而周围的人并不了解这一悲剧。阿Q的悲剧实际上也就是辛亥革命的悲剧。枪毙阿Q的枪声一响,也就宣布了辛亥革命的死刑。辛亥革命的命运和阿Q的命运是紧密联系在一起的。这是伟大的现实主义作家对辛亥革命的深刻批判。鲁迅写这小说是1921年,是新民主主义革命的初期,当时中国工人运动还没有和农民结合,一般作家对农民还缺乏了解,鲁迅以他亲身的经历,长期以来的观察思索,丰富的艺术修养,重新表现了辛亥革命的历史教训。这就是:由"五四"开始的新的革命要得到成功,就必须把农民当作革命的主要力量;就必须解决他们的问题。

《阿Q正传》是中篇小说,比较长,不仅阿Q的性格有发展,而且广阔地写出了社会矛盾,写出了当时错综复杂的社会关系。小说为了写阿Q,就要写他与其他人物的关系。如写了未庄的赵太爷、假洋鬼子,写了小D、吴妈,等等。通过这些人物关系的描写,写出了当时农村的阶级矛盾与阶级关系,从而表现了农民必须克服自己身上的弱点起来革命的主题思想。

在《阿Q正传》里,鲁迅着重写了农民落后的一面,这是为了启发农民的革命觉悟,客观上是有重大意义的。虽然鲁迅当时还不能明确指出农民究竟通过什么样的道路才能解放自己，但他始终站在被压迫人民一边，站在农民一边来观察问题，认为农民有权利过一种合理的生活，并且要为此起来革命。鲁迅后来说过，"中国倘不革命，阿Q便不做，既然革命，就会做的"。[13] 这就是说，中国如果发生革命，农民一定是不可忽视的力量，而且革命一定要解决他们的问题。这里表现了鲁迅严格的现实主义原则和对中国革命的乐观主义精神。

阿Q是鲁迅作品中最有典型意义的形象。自从在鲁迅笔下出现以后，就为大家所熟悉；现在已有二十八种外文的译本，在外国也有很多人写文章来评论和赞扬这一作品。这说明阿Q这个形象，有着极深刻的意义和广泛的影响。

鲁迅小说中的另外一类重要的人物是知识分子形象。《呐喊》中知识分子主要有两类，一类是觉醒的先驱者，如《狂人日记》里的狂人，《药》里的夏瑜；一类是受封建社会摧残毒害的知识分子，如《孔乙己》里的孔乙己，《白光》里的陈士成，这时候鲁迅还是把他们当作社会的受害者来描写的。到了五四运动高潮以后，即在《彷徨》里，鲁迅就把知识分子当作一种革命力量，从革命的角度来考察他们的优点和弱点。大体上讲，《彷徨》里描写的知识分子也有两类，第一类如《在酒楼上》的主人公吕纬甫和《孤独者》中的主人公魏连殳。他们都是在辛亥革命前就接受了进步思想，有了一些觉悟，可是到辛亥革命后，他们就消沉下去了。鲁迅写了他们沉沦的过程和当时彷徨孤寂的心情。以吕纬甫来说，他本来是个很敏捷精悍的人，青年时候为了破除迷信，曾到城隍庙里去拔掉神像的胡子，辛亥革命以后，他经过多年的辗转流离、生活的打击，意志便慢慢地消沉下来。青年时代的理想消逝了，现在生活里一点目标也没有，只是"敷敷衍衍，模模糊糊"地过日子。他原来提倡科学，反对封建文化，后来竟教起"子曰诗云"之类的封建的东西。生活逼得他走投无路，只能做些无聊的事情，用他自己的话说，就是"无非做了些无聊的事情，等于什么也没有做"。他对自己现在的生活也不满，但又无力自拔，鲁迅用形象的比喻来说明这种生活，像苍蝇飞了一个圈子，又回到原来的地方了。当时很多知识分子都经历了这种苍蝇似的悲剧。小说里写了两个细节，一个是吕纬甫给三岁上死掉的小兄弟迁葬；一个是他给一个叫阿顺的女孩子送去两朵剪绒花。这两个细节选择得非常精当，都是毫无意义的事情，然而他都做了，深刻地表现了他只做了些无聊的事，等于什么也没有做的那种空虚的精神世界。鲁迅写他们在酒楼上喝酒的情景非常凄凉。作者对吕纬甫的态度有同情的一面，也有批判的一面。小说的结尾写他们一同走出店门，然后朝相反的方向各自走去了。这是一种批判。为什么鲁迅对他表同情呢？这是因为吕纬甫的消沉，虽然主观上要负很大责任，但是也有客观的社会原因。辛亥革命以后，知识分子没有找到正确的道路，统治阶级加在他们身上的压力很沉重，不是他们个人奋斗所能解决的。鲁迅自己就曾经历过抄古碑的生活。这种情绪在《孤独者》中表现得更为鲜明。鲁迅对魏连殳的批判是更明显的，小说的题目叫《孤独者》就有批判的意义。魏连殳比起吕纬甫来又进了一步，他不仅消沉，而且非常忧郁、冷漠，他有理想，看不惯庸俗的一般的人，不愿同流合污，然而生活在这样的社会里怎么办呢？他于是亲手造了一个独头茧，把自己包在里边，想与现实隔离开来，但是事实上是隔离不开的。人怎么能离开社会呢？于是各种打击都来了，流言蜚语威胁着他，最后失业了；到生活不下去的时候，他便抛弃自己的理想，做了军阀杜师长的顾问，用他自己的话来说，就是"我已经躬行我先前所憎恶，所反对的一切"。自此以后，别人不再造谣言了，生活也阔起来了，周围的人都来奉承他。看来他好像胜利了，而实际上他是失败了。他的内心世界和精神世界有很大的伤痕，在周围一片胜利声中，独自咀嚼着失败的悲哀，最后终于孤独地死去了。这两篇小说里的知识分子都是不满现实的，有改革社会现实的愿望，有美好的理想，但是这种愿望和理想跟现实有严重的冲突，这里尖锐地写出了理想与现实的对立，革新要求与守旧力量的尖锐矛盾。小说里令人窒息的空气，是辛亥革命以后的历史气氛的反映。这样的性格在辛亥革命以后的知识分子中很有典型意义。鲁迅原来对辛亥革命很热情，很积极，但革命之后，他便觉得先前是做人家的奴隶，革命成功之后新贵上台，他又做了他们的奴隶。他很失望。只是到了"五四"时期新的历史条件下，才重新起来战斗。当时一般的知识分子因失败而消沉下去的例子，是屡见不鲜的。

《彷徨》中另一类知识分子的代表是《伤逝》中的子君和涓生。《伤逝》写的是"五四"以后的青年知识分子。子君和涓生的时代，大体上比吕纬甫、魏连殳要晚十年的样子。他们是"五四"时代的青年，他们的思想带有时代的特色。鲁迅写他们不是用知识分子观点考察知识分子，而是用革命的观点，把知识分子当作革命力量来考察他们的命运的。《伤逝》写的是"五四"时代，当时最流行的思想是个性解放，婚姻自由。这一点在"五四"时有进步意义。但仅仅以此为奋斗目标则有很大的局限性。"五四"时期写知识分子的作品很多。大多写青年人对个性解放，婚姻自由的要求。但鲁迅却说明了这些要求不能脱离对社会现实的斗争。不这样就不能成功，就会是悲剧。子君开始时非常勇敢，力争婚姻自由，不顾人们的一切非难，脱离了自己的家庭，大胆地说出："我是我自己的，他们谁也没有干涉我的权利！"能够做到这一点，在当时确实是不容易的。就以脱离家庭来说，不仅有经济上的问题，而且还有感情上的联系，看来子君对个性解放的要求是非常坚决的。但个性解放是不能离开社会的解放而孤立追求的，子君的悲剧就在于她原来的理想太狭小了；她所以有那么大的勇气，主要动力就是爱情。这个理想本身就决定了她的悲剧。就她的理想的最终目的来看，这个理想是达到了的，和自己心爱的人组织起了一个小家庭，斗争已经告一段落，已经胜利了。但是恰好在胜利的时候，正是她的悲剧的开始。这正是鲁迅思想深刻的地方。子君原来很苍白，同居以后，竟胖了起来，脸色也红活了，并且全心用于家庭的生活。她的目的很渺小，这是"五四"以后许多青年知识分子的悲剧。她开始还能向家庭斗争，但到涓生失业，她就经不住打击了。要求个性解放、婚姻自主是"五四"时代知识青年的普遍呼声。"五四"后根据《孔雀东南飞》改编的剧本就有好几种。易卜生的《傀儡家庭》"五四"时很流行。鲁迅有一篇杂文《娜拉走后怎样》，说娜拉走后有两种可能：一是回去；一是堕落或死掉。社会经济制度不改变，所谓个性解放是不可能不落空的。在鲁迅看来，要追求个性的解放，就必须跟变革经济制度联系起来；

如果经济制度不改变，即使争取到个人幸福也是没有保障的。他把人物的命运同历史规定的时代任务结合起来。"自由固不是钱所能买到的，但能够为钱而卖掉"，也就是这个意思。在"五四"时代的一般知识分子中，子君这样的人物有很大代表性。她要求个性解放、婚姻自由很勇敢，经历过斗争，但斗争之后不是问题的解决，而是问题的产生。有些资产阶级知识分子就没有这类问题。如胡适在"五四"时写过一个剧本《终身大事》，里面那个小姐最后跟爱人坐汽车走了，没有发生生活问题，但也没有个性解放，不过由一个笼子钻进了另一个笼子，谈不到什么自由。而子君呢，她以为是奋斗的成果，实际上恰恰是悲剧的开始。

涓生这个人物跟子君不同一点，他在开始争取婚姻自由的斗争中没有子君那么勇敢，对社会压力有些畏难情绪；但是当家庭建立以后，他也不像子君那样一下子解除了武装。他比子君现实一些，有更进一步的觉悟，对社会的残酷性有些了解；当不幸来临的时候，多少有点精神准备，就是说还保持着一定的清醒，考虑过比家庭更多一些的问题。他失业以后，比子君经得起打击，坚强一些。在家庭发生裂痕之后，他曾每天跑图书馆，独自坐着想，他想到"世界上并非没有为了奋斗者而开的活路"，肯定了奋斗者的道路。他认为自己翅膀还未麻痹，没有失去飞的能力，但是究竟怎样飞，自己也很茫然。他看到了"人生要义"，比子君只看到小家庭要广一些。但他究竟比子君清醒多少，看来也很有限，而且并无行动。他认为"人必须要真实"，不能虚伪，认为没有勇气说真话的人，就不能开辟一条新生的道路。但他对生活的真实的第一步，就是他要对子君说，"我已经不爱你了"。涓生不愿意回忆过去两人的感情，而这正是子君借以维持生命的最重要的一点。他也知道说出不爱子君的话以后会发生很大变故，但是他认为一个人应该有勇气说出真实的话。然而在那个社会里，说真话和说假话的结果几乎是一样的，这也正说明了当时社会的虚伪性和残酷性。

涓生对现实生活还有点勇气，想找一条道路奋斗一番，但是这条道路很渺茫，他既不能与子君携手同行，又不愿同子君一块死，于是就只好独自走去。实际上他还没有真正认识到社会的黑暗与压力，他把不幸归因于和子君的结合上，急于摆脱而走自己的路，这正是他的悲剧。在小说的结尾部分，他开始有了一些新的认识，要向新的生活跨出第一步，便写下他的"手记"，即他的"悔恨和悲哀"。他控诉了社会的不合理，决心要找一条新的道路。小说通过二人的悲剧，把爱情跟生活尖锐地对立起来。这个道理好像很简单，但是就涓生和子君来说，能够认识到生活是第一位的，却付出了很大的代价。

如果退一步，放弃了理想和追求，马马虎虎地过下去将是什么样子呢？《幸福的家庭》里的青年作家夫妇就做了一个回答。鲁迅在《幸福的家庭》里，写一个作家想在作品里建立一个幸福的家庭，但是什么地方都不合适，在北京，死气沉沉，江苏、浙江天天要防打仗，四川、广东正在打，山东、河南要绑票，上海、天津房租贵，云南、贵州交通不便，在当时的中国，任何地方都不可能建立一个幸福的家庭，最后只能把这个地点假定为 A。他和爱人也是五年前自由结合的，他的爱人原来是"笑眯眯"的，现在却变成"阴凄凄"的了。《幸福的家庭》里人物的精神境界比子君、涓生低得多。这个"作家"是个空想的中庸主义者,而涓生、子君是革命青年。青年作家想放门帘来和外边隔开,这样既不是"闭关自守",也不是"门户开放",就是他性格中的中庸之道的表现。他所想的只是个人的东西,并没有什么觉悟或对现实要求变革的思想,也没有演成悲剧。因此鲁迅用了讽刺的笔调,对他毫无同情,而《伤逝》则用了抒情的笔调。

《伤逝》中涓生和子君的悲剧也有时代的原因,但与魏连殳不同;他们处于"五四"以后,是有更大可能来找到新的道路的。这些知识分子所经历的都是个人奋斗的悲剧,个人奋斗一般地可以说是知识分子开始觉悟的起点,但如果不与社会斗争结合起来,不在实践中改变自己同人民群众的关系,就必然要以悲剧结束。这些知识分子都是有理想的,敏感,正直,值得同情;然而又是孤独和软弱的,充满了空想,脱离实际。他们的觉醒和反抗仅仅是新的道路的开始,前面还有更长的路需要坚韧地走去。这篇小说虽然写的是悲剧的故事,但并不给人低沉的感觉,主要是由于它肯定了涓生还有追求新理想新道路的勇气。虽然新的是什么还不明确,但他决定要追求下去,首先对过去做一总结,非常严肃、沉痛,这使人相信他可以找到一条新的道路。作品的意义并不在于为青年人指出一条新路,它主要在控诉社会的黑暗,肯定找寻改革的道路的勇气和希望。结尾涓生说,他得"默默地前行","用遗忘和说谎做我的前导"。这里"遗忘"和"说谎"是反语,如同杂文篇名《为了忘却的记念》和《我要骗人》的用法,是对旧社会的控诉。涓生找路的力量就在于这种对现实社会的痛恨,而控诉则是他的第一步。这篇小说是用抒情的笔调写的。作品里赞扬了子君的勇敢,赞扬了涓生的正直，同时又深刻地批判了他们的软弱和目光短浅，指出了他们认识上的局限。这里表现了鲁迅对生活理解的深刻程度。

这篇小说是用第一人称写的，用的是手记的体裁，这种写法比较适宜于抒写内心的感受。可以一边叙述，一边评论，一边控诉，给人一种亲切的感觉。小说中具体细节的描写很少，对话也不多，没有铺叙细节和过程，而只把心理描写、情节发展、人物行动和具体感受结合起来，通过涓生第一人称的回忆写出来，因此抒情性很浓，有强烈的艺术感染力。

像研究和表现农民一样，鲁迅是从寻求中国革命的力量的角度来研究和表现知识分子的。在充满阶级压迫和民族压迫的中国现实社会里，知识分子由于有文化知识，比较敏感，因此往往是首先觉悟的人物，但在其未下决心为民众利益服务并与群众相结合的时候，往往带有主观主义和个人主义的倾向，他们的思想往往是空虚的，他们的行动往往是动摇的。鲁迅在《伤逝》《在酒楼上》等小说里，就如实地描写了知识分子的这些特点，描写了他们的优点和致命的弱点。

总的说来，鲁迅的小说真实地表现了辛亥革命前后到大革命以前这一历史阶段的时代特点，思想性很强，远远超过当时一般作家的成就。小说的形式和艺术构思也新颖多样，形成了独特的风格。他曾说写人物要善于画眼睛；又说他的小说只要能够将意思传达给别人就够了，宁可什么陪衬拖带也没有，"中国旧戏上，没有背景，新年卖给孩子看的花纸上，只有主要的几个人……所以我不去描写风月，对话也决不说到一大篇"[14]。这些话主要有两个意思：第一，要着重写出人物的精神面貌；第二，他非常注意农民的艺术趣味。旧戏和年画都是农民十分喜爱的艺术，鲁迅研究了这些艺术的风格特点，并运用于自己的艺术创造上，这就使他的小说显示了深厚的民族特色。当然，民族风格和欣赏习惯也会有发展和改变，不能机械理解。他的作品里同样有写景很好的，如《社戏》；有用对话开头的，如《明天》；也有注重场面描写的，如《示众》；这些都受了外国的一些影响，但总的说来他还是非常注重中国人民的美学爱好，特别是农民的艺术趣味；所以他的作品既吸取了外国文学的某些特长，又显示出深厚的民族风格。

他的成功是有原因的。他经历了辛亥革命，研究了现实生活，读了许多关于中国历史和文学的书籍，对中国社会和历史作过深刻的观察，有很高的艺术修养，同时又有革命民主主义思想，有彻底推翻旧社会的强烈要求，这就保证了他的小说能够达到这样高度的成就。鲁迅写《狂人日记》时已经三十八岁了，在思想上、生活上、艺术上，对写作已经有了充分的准备，他的成功绝不是偶然的。

读鲁迅小说时会有一种"重压之感"。这有两方面的原因：第一，这里反映了作家在思想上探索道路的痕迹；第二，更重要的，这是那个民族矛盾、阶级矛盾非常尖锐的时代气氛的反映。

鲁迅的小说反映了这样一个时代，当时人民生活在苦难当中，农民尚未普遍觉醒，知识分子的追求又往往陷于悲剧的结局，资产阶级不能领导一次成功的革命，而封建势力仍然统治着整个社会，这是从辛亥革命到大革命之间的时代特点，它们都在鲁迅的作品中得到了深刻的反映。虽然他没有写中国工人阶级，但就他所写的看来，就他对各种革命力量的考察说来，那结论是：资产阶级无力领导中国革命，知识分子必须克服弱点，改变个人奋斗的方向，追求新的生活道路。农民身上则蕴藏着很大的革命力量。要取得革命的胜利，以上这些革命力量是必须有一个更其坚强的领导力量的；鲁迅当时正在探索和追求这种力量。他的作品不仅有巨大的现实主义深度，而且富有理想主义的光彩，因此能在民主革命时代发挥巨大的战斗作用。鲁迅是中国现代文学的奠基人。他的作品是我们建设社会主义的民族的新文化的宝贵遗产。

* * *

〔1〕〔14〕鲁迅：《南腔北调集·我怎么做起小说来》。
〔2〕鲁迅：《南腔北调集·〈自选集〉自序》。
〔3〕鲁迅：《南腔北调集·祝中俄文字之交》。
〔4〕鲁迅：《集外集拾遗·英译本〈短篇小说选集〉自序》。
〔5〕鲁迅：《坟·灯下漫笔》。
〔6〕鲁迅：《南腔北调集·〈总退却〉序》。
〔7〕周遐寿：《鲁迅小说里的人物》46页。
〔8〕〔10〕鲁迅：《且介亭杂文·寄〈戏〉周刊编者信》。
〔9〕鲁迅：《伪自由书·再谈保留》。
〔11〕《列宁论文学》92页。
〔12〕斯大林：《悼列宁》。
〔13〕鲁迅：《华盖集续编·〈阿Q正传〉的成因》。

论《野草》

一

鲁迅的散文诗集《野草》写于1924—1926年间，与小说集《彷徨》同时，正是他在北京与"正人君子"们苦战的时候；这以后，他就怀着对革命力量追求与向往的心情，离京南下了。这部作品与他的其他许多杂文集不同，它主要不是针对社会现实所发表的意见，不是如"投枪"一样的对敌斗争的产物，而是对自己心境和思想中矛盾的解剖、思索和批判。从这部抒情意味深厚而艺术上又十分完美的作品中，我们不只可以得到很高的艺术享受，更重要的是由此我们可以细致地体会"鲁迅的道路"的伟大意义，了解像鲁迅这样的革命家在获得马克思主义世界观的过程中所经历的内心世界的曲折和自我解剖的深刻；这不只对研究鲁迅这一作家有帮助，而且在今天对许多人都还有很大的现实意义。

人们都有这种感觉，在鲁迅的作品中《野草》是相当难懂的。这因为：第一，《野草》是诗，诗的语言总是要求更其集中、隽永、意致深远的；一般说来，诗总比普通散文要难懂一些。一首诗的主要特点并不在它所用的文字有韵或无韵，而在它是否包含有诗意，诗的内容和表现方式。《野草》虽是用散文体写的，但不仅由于"那时难于直说，所以有时措辞就很含糊"[1]，而且鲁迅自己即称之为"散文诗"[2]，并自谓乃"碰了许多钉子之后写出来的"，"技术并不算坏"[3]，那它比之那些带有政论性质的"当头一击"的杂文来，自然就要隽永、含蓄得多。第二，《野草》主要是抒情诗，它不仅属于如古典诗歌中之"咏怀""言志"一类，而且作者一方面以充分的自我批评精神，解剖自己思想感触中的矛盾；一方面又"并不愿将自以为苦的寂寞"，再来传染给"正做着好梦的青年"[4]，而作者当时又正处于"路漫漫其修远兮，吾将上下而求索"的对新的道路的探索过程，因之这种"言志"就往往采取了比较隐晦的寓意的表现方式。我们如果缺乏对当时具体环境与作者思想感受的实际了解，读来自然就难免感到有点难懂了。

鲁迅曾说："我的确时时解剖别人，然而更多的是更无情面地解剖我自己。"[5]又说："我知道我自己，我解剖自己并不比解剖别人留情面。"[6]我们读过许多鲁迅的精辟的解剖别人的文章，而像《呐喊》中的《一件小事》和《野草》中的《风筝》那种带有深刻的自我批判性质的文字，同样给人们以难以磨灭的印象；就因为从这种文章中我们更容易体会到一个革命者的勇于正视自己缺点的高尚品质。正如鲁迅自己所说："然而革命者决不怕批判自己，他知道得很清楚，他们敢于明言。"[7]鲁迅向来是十分憎恶"瞒"与"骗"的[8]，阿Q的精神胜利法的主要特征之一就是不敢正视自己的缺点，鲁迅之所以那么深刻地批判阿Q精神，也正是要启示人们勇于洗涤自己的灵魂，走向改革的道路。以《风筝》为例，作者在叙述二十年前儿时的一段生活时，心情沉重地感到当时对小兄弟做了一件错事，于是充满内疚地抒写自己的心绪，而"心也仿佛变了铅块，很重很重的堕下去了"。当然，《风筝》是通过叙事来抒情的，而且作者的思绪已经非常明确，因之它的内容并不难于理解。但另有许多篇其实也是属于自我解剖性质的，不过由于抒发的是作者写作当时的心情和思想上感到的矛盾，又采取了隐喻或寓意式的表现方式，而且由于作者当时尚在探索新路的过程中，因之即使到文章的结尾那种矛盾也并未真正解决；我们只能看到作者当时的思想实际和自我批判的认真努力，从而受到启示和教育。这一类内容是《野草》中的主要部分，也往往是比较最难懂的篇章，如《影的告别》《墓碣文》等篇。要认真地了解这些篇章的含义，也即理解《野草》一书的主要性质，就必须对作者当时在思想上所感到的矛盾及其实质有一明确的认识，然后才能真正体会作者的自我解剖和批判的革命者的精神，以及他在到达马克思主义高峰前的思想历程。

与《野草》主要部分写作时间约略同时，1925年5月鲁迅在给许广平的信中说："其实，我的意见原也一时不容易了然，因为其中本含有许多矛盾，教我自己说，或者是人道主义与个人主义这两种思想的消长起伏罢。"[9]正确理解鲁迅所谓人道主义和个人主义这两个名词含义的实质，是可以了解鲁迅当时所感到的思想矛盾和《野草》中作者所解剖、批判的内容的。鲁迅当时还不是一个马克思主义者，他对很多名词的运用是按照自己的理解来借用的，与我们今天的一般理解有所不同。以人道主义一词为例，我们今天都知道资产阶级人道主义的核心就是个人主义，二者之间是根本不存在什么矛盾的；显然鲁迅心目中的所谓人道主义一词的含义并非如此。我们已经有很多文章分析和批判过抽象的人道主义的伪善性质，但用形象来彻底揭露这种思想的实质的，那么《野草》中的《聪明人和傻子和奴才》一文中的"聪明人"

的形象，可以说是最鲜明地勾画出了人道主义者的面貌的；他的对被压迫者的同情只能为统治者起一种使人安于奴才地位的帮忙作用，而作者则显然是对之采取极端憎恶的批判态度的。和这相类似的是他在给许广平的信中批评某一小说里的牧师对一个历诉困苦的乡下女人说："忍着罢，上帝使你在生前受苦，死后定当赐福的。"他不只说"我不相信"，而且指出"其实古今的圣贤以及哲人学者之所说，何尝能比这高明些。他们之所谓'将来'，不就是牧师之所谓'死后'么"[10]。这里对人道主义的批判是十分深刻的。我们常常借用鲁迅的"哀其不幸、怒其不争"[11]这两句话来说明他早期对劳动人民的态度，这是非常正确的；如同"聪明人"或牧师那样的人道主义者，他有时或者可以"哀其不幸"，但绝不会"怒其不争"；而鲁迅所赞美的"傻子"精神的特点就在于"必争"。早在1907年鲁迅就说："故不争之民，其遭遇战事，常较好争之民多，而畏死之民，其苓落殄亡，亦视强项敢死之民众。"[12]可知鲁迅所谓的人道主义是以人民起来抗争和摆脱奴隶地位为主要内容的。早在"五四"时期的《随感录六十一》中，他就批判了许多人空谈人道，并指出"其实近于真正的人道，说的人还不很多，并且说了还要犯罪"。又说"因为人道是要各人竭力挣来，培植，保养的，不是别人布施，捐助的"[13]。后来在与创造社论争的时候，他批评有些人"知道人道主义不彻底了，但当'杀人如草不闻声'的时候，连人道主义式的抗争也没有"[14]。可知鲁迅虽然还没有能够从阶级观点来明确区别资产阶级人道主义与革命人道主义的不同内容，但他所指的人道主义乃"真正的人道"，是以人民起来抗争为主要特征的；这就与那种宣传对人民"布施捐助"的资产阶级人道主义有了鲜明的区别。《野草》中的《求乞者》一文中说:"我不布施,我无布施心,我但居布施者之上,给以烦腻,疑心,憎恶。"也同样反映了鲁迅的这种心情。因此鲁迅的所谓人道主义,实质上是一种不妥协地进行反抗斗争、彻底改变人民群众的被压迫地位的思想,是有丰富的革命内容的。它在实践过程中必然与集体主义相联系,而与个人主义相矛盾,这在鲁迅当时思想上是实际感受到了的。

鲁迅所谓"个人主义"一词的内容也是值得分析的。瞿秋白在《〈鲁迅杂感选集〉序言》中,曾经分析到"鲁迅在'五四'前的思想,进化论和个性主义还是他的基本"。而在1925—1926年的时候,中国思想界已经准备着第二次"伟大的分裂","一方面是工农民众的阵营,别方面是依附封建残余的资产阶级"。又说:"正是这期间鲁迅的思想反映着一般被蹂躏、被侮辱、被欺骗的人们的彷徨与愤激,他才从进化论最终地走到了阶级论,从进取的争求解放的个性主义进到了战斗的改造世界的集体主义。"[15]鲁迅所说的他思想中的个人主义,实质上就是瞿秋白同志所谓"进取的争取解放的个性主义"。早在1907年的《文化偏至论》中,鲁迅就说明他所说的"个人",并非"害人利己主义",其精神在于"据其所信,力抗时俗",以求"国人之自觉至,个性张,沙聚之邦,由是转为人国"。这种个性解放思想在早期的反封建战斗中虽然也有其一定的积极意义,但仅就战斗者个人而言,也极易有"不阿世媚俗,而不见容于人群"的寂寞空虚之感,极易产生彷徨与愤激的情绪;这就是《题呐喊》一诗中所说的"弄文罹文网,抗世违世情"的感触。特别在《新青年》的团体散掉以后,同一战阵中的伙伴发生了变化,"有的高升,有的退隐,有的前进"[16],自己感到像在沙漠中走来走去的"游勇"的时候,这种思想情绪就更容易产生。这个时期正是鲁迅写作《野草》与《彷徨》的时期,而这种寂寞空虚的思想情绪就是鲁迅所说的"个人主义"一词在特定社会历史条件下所表现的具体内容。"由进取的争取解放的个性主义进到战斗的改造世界的集体主义"是一个飞跃的质的变化,在达到这个飞跃之前,二者之间就不可能没有矛盾,这正是思想向前发展的契机;鲁迅当时所实际感受到的个人主义与人道主义两种思想的矛盾,用准确的科学语言表达出来,就正是瞿秋白同志所分析的个性主义与集体主义的矛盾。鲁迅在《野草》中所自我解剖的思想矛盾,所批判的一些虚无绝望的思想,所反映的彷徨愤激的情绪,都正说明了在鲁迅思想中正孕育着一种向前飞跃发展的潜力,而鲁迅正是自觉地解剖自己、克服其中的消极部分,而最终达到了"战斗的改造世界的集体主义"的。《野草》中的主要内容就反映了这一思想矛盾的历程,因此这部作品不但不因为它包含有一些空虚寂寞的感情而减去光彩,而且由于它反映了一个伟大的革命者在前进过程中如何克服负荷,严肃地进行自我批判的精神,因而更给我们以巨大的启示和教育。

二

在鲁迅当时的思想中是否已经萌有集体主义的因素呢?这应该是没有什么疑问的。瞿秋白同志认为在"五四"之前,进化论和个性主义是鲁迅思想的基本;而到"五四"以后，鲁迅在新的历史条件下参加了战斗，他的思想中就已经产生了新的集体主义的因素。他自称他在"五四"期的作品是"遵命文学"，并说："不过我所遵奉的，是那时革命的前驱者的命令，也是我自己所愿意遵奉的命令。"[17]为了"与前驱者取同一的步调"，他努力使自己的作品"显出若干亮色"；为了给战士"助威"，他把小说集取名《呐喊》[18]；这种在革命阵营内部自觉地"遵命"以及与前驱者采取同一步调的思想基础当然就是集体主义，而"革命的前驱者"就是指在"五四"初期对革命发生实际指导作用的李大钊等具有初步共产主义思想的知识分子。在写作《野草》的时期情况与前不同，《新青年》的团体散掉了，自己感到成为"在沙漠中走来走去"的"游勇"，"布不成阵了"[19]，但他不但自己继续进行坚韧的战斗，而且在思想上仍然追求集体的战阵和温暖；而那种彷徨寂寞的情绪正是与这种追求相联系的。因此他说："新的战友在那里呢？我想，这是很不好的。"[20]在《彷徨》前面他引录了《离骚》的名句"路漫漫其修远兮，吾将上下而求索"，应该说他所求索的实际上包含新的道路与新的战友的双重意义。1925年3月在给许广平的信中就说："我现在还要找寻生力军，加多破坏论者。"[21]他是并不愿孤军作战的。

鲁迅当时对青年们寄托了很大的希望，对他们的觉悟和反抗极表欢欣，对他们的颓唐消沉则很感不安，这正是和他寻求战友的思想相联系的。《野草》里的《一觉》一篇记他从青年作者的文稿中看到"不肯涂脂抹粉的青年们的魂灵"，"他们已经粗暴了，或者将要粗暴了，然而我爱这些流血和隐痛的魂灵，因为他使我觉得是在人间，是在人间活着"。

这里青年人的觉醒和粗暴给了他多么大的鼓舞和欢欣。他曾说:"我早就很希望中国的青年站出来,对于中国的社会,文明,都毫无忌惮地加以批评。"[22]又说:"创造这中国历史上未曾有过的第三样时代,则是现在的青年的使命!"[23]他是把中国的希望寄托于青年的。《野草》中的《希望》一篇他自述是"因为惊异于青年之消沉"而作的[24],篇首第一句话就是"我的心分外地寂寞",在剖析这寂寞的原因时说,当他的青春尚在时虽也感到空虚,但"用这希望的盾,抗拒那空虚中暗夜的袭来,虽然盾后面也依然是空虚中的暗夜"。下边却说:"然而现在何以如此寂寞?难道连身外的青春也都逝去,世上的青年也多衰老了么?"自己的迟暮不足惜,但对"青年们很平安"的消沉状态却使他"分外地寂寞"。这篇文章是以鲁迅多次引用过的匈牙利诗人裴多菲的诗句"绝望之为虚妄,正与希望相同"作结的。作者虽然对希望还未能充分肯定,但这里正是为了否定绝望而说的。因为所谓绝望也是一种在追求和战斗中的感触,如果处于麻木的平安状态,则正如作者所说:"青年们很平安,而我的面前竟至于并且没有真的暗夜。"但他对此是加以批判的,"纵使寻不到身外的青春,也总得自己来一掷我身中的迟暮"。像《这样的战士》一篇所描写,"他举起了投枪"。他仍然是要坚持战斗的,但这自然就难免要产生空虚寂寞的情绪了。《淡淡的血痕中》一篇写于三一八惨案之后,副题是"纪念几个死者和生者和未生者",他预期"叛逆的猛士出于人间","正视一切重叠淤积的凝血,深知一切已死,方生,将生和未生。""他将要起来使人类苏生",结语是"天地在猛士的眼中于是变色"。这里他不只否定了那个不合理的黑暗的世界，而且正在期待着暴风雨般的革命的来临。他对未来是有强烈的希望和理想的；只是由于他当时的思想局限，这种希望和理想尚未能成为科学的预见，尚未能加以充满信心的肯定，因而虽然绝不与黑暗妥协，但面对着强大的敌人，就不能不有空虚寂寞之感了。他后来曾说："先前，旧社会的腐败，我是觉到了的，我希望着新的社会的起来，但不知道这'新的'该是什么；而且也不知道'新的'起来以后，是否一定就好。待到十月革命后，我才知道这'新的'社会的创造者是无产阶级，但因为资本主义各国的反宣传，对于十月革命还有些冷淡，并且怀疑。"[25]因为对"新的"社会尚不免有所怀疑，而对于旧的又极端憎恶，"毫不可惜它的溃灭"，这就给他的战斗带来了许多必须解决而尚未能彻底解决的问题，例如革命斗争的道路、动力、前途，等等，这些都给他以很大苦闷。在写作《野草》的时期他给许广平的信中说："我自己对于苦闷的办法，是专与袭来的苦痛捣乱，将无赖手段当作胜利，硬唱凯歌，算是乐趣。"[26]这种"捣乱"其实就是通过思想斗争的自我批判，他要求自己必须排开苦闷"硬唱凯歌"。《野草》中的许多篇就是这种"与袭来的苦痛捣乱"的产物。他在同年写的《北京通信》中，说他"正站在歧路上，——或者，说得较有希望些：站在十字路口。站在歧路上是几乎难以举足，站在十字路口，是可走的道路很多"[27]。这正表现了他苦心孜孜地"上下求索"道路的彷徨情绪。因此他虽然有强烈的理想和希望，但在当时毕竟还处于朦胧状态，还不太具体，而这也正是他对空虚绝望之尚未能彻底摆脱的原因。《野草》中《好的故事》一篇所写的在"昏沉的夜"里他在朦胧中所看见的"好的故事"，正是抒写了理想与现实的对立,抒写了在现实中所看不到的"许多美的人和美的事","美丽,幽雅,有趣,而且光明"。但他正要"凝视他们"时,却变成了"碎影",而且终于"碎影"也消失了,只剩下了"昏沉的夜"。这并不是如有人所解释的那样,是"回忆故乡绍兴田园景色,富有天趣的佳作"[28],而是借景抒情,表现了作者对理想的美好事物的凝视与追求。作者当时处于军阀统治下的北京,黑暗的现实强大而具体,在与"正人君子"的苦战中又受到了严重的迫害,他不能不深切感到"惟'黑暗与虚无'乃是'实有'"[29]。但理想和希望尽管很朦胧,仍然给了他很大的力量;因为他清楚:"黑暗只能附丽于渐就灭亡的事物,一灭亡,黑暗也就一同灭亡了,它不永久。然而将来是永远要有的,并且总要光明起来;只要不做黑暗的附着物,为光明而灭亡,则我们一定有悠久的将来,而且一定是光明的将来。"[30]正因为他有蔑视黑暗的气概,因此虽然感到了理想与现实的对立,希望与绝望的矛盾,但仍然能够坚强地进行战斗,"与黑暗捣乱"。当时他的学生许广平就感到:"虽则先生自己所感觉的黑暗居多,而对于青年,却处处给予一种不退走,不悲观,不绝望的诱导,自己也仍以悲观作不悲观,以无可为作可为,向前的走去。"[31]这里可以看出鲁迅的战斗精神,但同样也说明了他思想情绪上存在的一些矛盾;这种矛盾给他以很大痛苦,而且成为前进中的负荷,使他不能不严肃地进行自我解剖。《野草》中的篇章就真切地显示了他的这种思想历程。

《野草》中有许多篇写出了他当时心境上的阴影,这种阴影首先是当时强大的黑暗现实的反映。《野草》的《题辞》

就写得很明白:"我自爱我的野草,但我憎恶这以野草作装饰的地面。地火在地下运行,奔突;熔岩一旦喷出,将烧尽一切野草,以及乔木,于是并且无可朽腐。""我希望这野草的死亡与朽腐,火速到来。"他期望"地火"(革命)的火速到来,极端憎恶这把"地火"压在下边的地面,而野草正是在这样的地面上产生的。和这可以对照说明的一篇是《死火》,作者梦见自己处于冰谷中,遇着冰结的死火,他要出这冰谷,而且用自己的温热惊醒死火,使他燃烧,并一同跃出冰谷;纵然最后死火烧完,自己被突然驰来的大石车碾死,但也为看到大石车的坠入冰谷而得意地笑着。"大石车"当然是指黑暗的统治势力,冰谷似的现实冻结了改革者,但作者却怀着"时日曷丧,予及汝偕亡"的战斗精神,渴望死火复燃于地面。鲁迅认为"改革最快的还是火与剑"[32],所谓"地火""死火"的"火",都是革命的象征性的代词,他是一向渴望革命的火燃烧起来的。但正如《热风·题记》中所说,"我却觉得周围的空气太寒冽了",这样的冰谷似的环境不能不在鲁迅的身上投下阴影。《秋夜》中的萧条衰飒的气氛,《雪》中所描写的"在无边的旷野上,在凛冽的天宇下"的"孤独的雪",都实际上写出了当时的时代气氛和环境特征。《失掉的好地狱》一篇写他"在荒寒的野外,地狱的旁边"所感到的"地下太平"的感触,更形象地写出了当时的黑暗的中国。在这篇写作时间(1925年6月16日)前不久(同年5月21日),他在《华盖集》的《"碰壁"之后》一文中写道:"我眼前总充塞着重叠的黑云,其中有故鬼,新鬼,游魂,牛首阿旁,畜生,化生,大叫唤,无叫唤,使我不堪闻见。"这篇文章的内容是关于"女师大"学潮的,正是在与那些"正人君子"们的战斗中他充分看到了周围黑暗势力的强大。《〈野草〉英文译本序》中说:"这也可以说,大半是废弛的地狱边沿的惨白色小花,当然不会美丽。但这地狱也必须失掉。这是由几个有雄辩和辣手,而那时还未得志的英雄们的脸色和语气所告诉我的。我于是作《失掉的好地狱》。"[33]这篇文章不只写出了地狱的残酷和鬼魂们的痛苦,而且写了人类赶走魔鬼后,做了新的地狱的统治者,而鬼魂却"一样呻吟,一样宛转,至于都不暇记起失掉的好地狱"。这篇文章的写作时间已在五卅运动之后,作者从那时自以为是"鬼魂"的解放者,而当时尚未得志的一些国民党"英雄们"的嘴脸上,已天才地预感到这些人是根本不可能担负打破地狱、解放鬼魂的使命的。在同年写的《杂语》一文中他说:"称为神的和称为魔的战斗了,并非争夺天国,而在要得地狱的统治权。所以无论谁胜,地狱至今也还是照样的地狱。"[34]表面上看来这包括着他对前途和理想的怀疑,但这里正说明了他所要求的革命的彻底性和他从宝贵的生活经验中所得来的深刻的教训。当时他曾对辛亥革命说过这样的话:"我觉得革命以前,我是做奴隶;革命以后不多久,就受了奴隶的骗,变成他们的奴隶了。"[35]事实的教训使他不能不考察那些自命为改革者的实质,而他也的确从那些当时虽然还未掌握政权的国民党"英雄们"的脸色和语气中得出了应有的结论;这些人并不是"鬼魂"的解放者,而是要取得地狱的统治权的。但他坚定地相信,"这地狱也必须失掉"。一个处在地狱似的环境中的战士,对前途尚未能充分肯定的时候,强大的黑暗势力会在他的心境上投下阴影,是一点也不奇怪的。重要的是他并未被这阴影所吞没,而是努力在和它"捣乱",努力摆脱它的侵袭。

对于周围的黑暗势力,鲁迅从来是毫不容情地给以打击的。这不只在他的杂文和小说中可以看到,就在散文诗集《野草》中,有几篇也是属于讽刺诗性质,而那讽刺的锋芒仍然是指向社会上的不合理事物的。不过既然采取了诗的表现方式,就更能引起人的深思和反省,但那精神还是一贯的。例如《我的失恋》讽刺了当时盛行的失恋诗,而以"由她去罢"作结。《这样的战士》则作者自述"是有感于文人学士们帮助军阀而作"[36]。《狗的驳诘》讽刺了那些比狗还势利的人。《立论》一篇揭露了"瞒与骗"的社会现象,"说谎的得好报,说必然的遭打",否则就只能打"哈哈"。这就是他所憎恶的中国文人的特点,他们"对于社会现象,向来就多没有正视的勇气",而"必须敢于正视,这才可望敢想,敢说,敢作,敢当"[37]。从这里也可以看出,所谓"阴影"固然是黑暗势力在他思想中的反映,但这并没有使他产生退却或妥协的任何想法;反之,尽管内心有矛盾、有痛苦,他却感到必须向前走去,必须进行新的探索和追求。

三

《过客》一篇是最能说明鲁迅先生这时期的感受、矛盾和不断追求的态度的。"过客"这一形象的本身就在很大程度上体现了作者自己当时的感受和情绪。他"约三四十岁,状态困顿倔强,眼光阴沉,黑须,乱发……"向着"似路非路"的前面不歇地走去;尽管十分劳顿,但绝不能回转,因为"回到那里去,就没一处没有名目,没一处没有地主,没一处没有驱逐和牢笼，没一处没有皮面的笑容，没一处没有眶外的眼泪"。他极端憎恶这些，绝不能与之作任何妥协，而且"有声音常在前面催促"，使他不能停歇下来；因此尽管"力气太稀薄"，而且不能肯定在前面催促他的声音的性质和前面究竟是什么所在，但仍然一个人"昂了头，奋然向西走去"。这一形象的对过去憎恶之深切和对前途追求之坚定，都是十分令人感动的；但他孤独、困顿，而且不能肯定前面是什么所在和听到的是什么声音，也许没有力气再往前走而竟然止于坟前，但这些都不能使他停歇下来，他必须向前走。这其实就是鲁迅先生当时的实际感受，《野草》中的好些篇都含有这样的内容。如果竟然半途停止下来呢？那个老翁的形象就回答了这个问题；这是一个与小说《在酒楼上》的吕纬甫相类似的人物，他也熟悉走过来的地方，前边的声音也曾叫过他，但他终于休息了，于是就再也听不到前边有声音叫了，他只知道前面是坟了。我们知道吕纬甫早先也是勇敢地参加过反封建的革命斗争的，但后来变得悲观颓唐了，"敷敷衍衍，模模糊糊"地休息下来了，于是"无非做了些无聊的事情，等于什么也没有做"。在小说和在散文诗中一样，鲁迅批判了这种屈从于黑暗势力的性格，他是一定要向前探索和追求的。至于那个女孩，则像鲁迅在别处所说的"正做着好梦的青年"；她看到的不是坟，而是野百合和野蔷薇，她目前是很难理解现实的严酷程度的。

　　从《过客》中可以看到鲁迅的与旧的彻底决裂、不顾一切地向前追求的精神，但同样也看到了他的困顿和孤寂的情绪，而从根本上说来，像这样坚定勇敢的战士而有时竟然感到困顿，那正是因为他处于孤军作战的孤寂状态的缘故。所谓"孤军作战"自然是指作者主观上的感受，实际上当时正处于大革命时期，党所领导的群众运动在各个方面都已经形成很大的社会力量，全国人民的革命斗争无论在目标上或方向上，都与鲁迅在北京所进行的文化战线上的斗争是一致的；而且既然都是整个人民革命力量的组成部分，客观上也不能彼此不发生联系和互相支援的作用。因而从整个革命斗争的形势说来，尽管黑暗势力还仍然十分强大，但他并不是处于孤立的"游勇"状态。那么他自己为什么会有孤军作战的寂寞之感呢？这一方面固然是由于《新青年》的团体散掉以后，革命的文化战线还没有像后来左翼文化运动时期那样形成自己的强大的队伍，但主要的还是由于鲁迅自己当时思想上有弱点，他还不能准确地估计当时各方面的革命力量以及它们之间的联系。正如瞿秋白同志所分析，一方面鲁迅的"为着将来和大众而牺牲的精神，贯穿着他的各个时期"，而且"他的神圣的憎恶和讽刺的锋芒，都集中在军阀官僚和他们的叭儿狗"。而另一方面，他又"不是立刻就能够脱离个性主义——怀疑群众的倾向的"[38]。这两方面的矛盾其实就是鲁迅自己所说的人道主义与个人主义的矛盾。正是由于存在这种个性主义的思想负荷，才使他在战斗中感到了孤独和空虚，使他对于革命的前途未能充分肯定，对于革命的动力缺乏真实的估计。譬如对于"新的战友"的寻求，他这时是把注意力更多地着重在青年身上的；他说："我一向是相信进化论的，总以为将来必胜于过去，青年必胜于老人。"[39]青年知识分子富有朝气，对新事物比较敏感，旧的负荷比较少，因而易于接受革命思想，这是他们的优点；但他们本身的弱点很多，需要在实践中不断地锻炼和改造，是不能作为一种社会力量来担负中国革命的重任的。因此后来在他目睹"同是青年,而分成两大阵营"之后,就"思路因此轰毁"[40],而且终于从事实的教训中明确地提出了"惟新兴的无产者才有将来"[41]的结论。

但在写作《野草》的时期,他的心境的确有如《过客》中所表现的那样,是免不了有"孤军作战"的悲愤之感的。《复仇(其二)》一篇就借着以色列人迫害耶稣的故事,沉痛地描写了一个孤独的改革者的遭遇和心情。而这心情又是和改革者对于周围人的看法相联系的;他感到"四面都是敌意",自己也要被钉死了,但他"玩味"周围的人,"而且较永久地悲悯他们的前途,然而仇恨他们的现在"。这当然也就是"哀其不幸,怒其不争"的意思。《复仇》第一篇更强烈地批判了那种缺乏热烈的爱憎而习惯于持旁观态度的人们,他自己说这篇是"因为憎恶社会上旁观者之多"而作的[42];两篇都充满了愤激的情绪,这由《复仇》的题名也可以看出来,而这正是作者当时的孤寂心情的反映。他后来曾自述这一篇:"我在《野草》中,曾记一男一女,持刀对立旷野中,无聊人竟随而往,以为必有事件,慰其无聊,而二人从此毫无动作,以致无聊人仍然无聊,至于老死,题曰《复仇》,亦是此意。但此亦不过愤激之谈,该二人或相爱,或相杀,还是照所欲而行的为是。"[43]这是1934年写的,观点与前不同,他指出了那"不过愤激之谈";但这种愤激情绪却是由来已久的,小说《示众》中看客无聊的围观,《祝福》中鲁镇人们对祥林嫂的痛苦的咀嚼,以及《阿Q正传》中人群麻木冷漠地鉴赏阿Q示众的"盛举",都是鲁迅一向感到悲愤的现象。他曾沉痛地说,不觉悟的群众"永远是戏剧的看客"，并说："只好使他们无戏可看倒是疗救，正无需乎震骇一时的牺牲，不如深沉的韧性的战斗。"[44]由于过多地看到群众身上的精神创伤，而对他们的"革命可能性"估计不足，是鲁迅早期一些杂感中往往有的缺点，这种缺点正是由个性主义的思想负荷、由孤独感而来的一种愤激痛苦的情绪产生的。这种情绪在《这样的战士》《颓败线的颤动》《死后》等篇中都有所流露。

鲁迅在战斗中由于尚未能充分肯定理想和前途，由于感到黑暗势力强大而自己处于"游勇"状态，更重要的，由于已经感觉到自己思想中存在着矛盾，因此在他与敌人进行战斗的同时，他也不断解剖和批判自己思想中的一些空虚阴暗的情绪。他并不认为他所有的或一心绪的波动都是对的，反之，他努力思索、解剖、批判那些他自己也感到的思想上的矛盾，努力求得有利于战斗的解脱，而这正是促进他后来思想飞跃的重要原因。《影的告别》和《墓碣文》两篇就表现了他的这种对自己思想矛盾的自我解剖和批判，而且是十分认真严肃的。前者中有影对形的言词，后者中有"我"与死尸的交晤，文章中所表现的两方面的感受态度有所不同，但又同为作者的诗的抒情，即皆代表诗人的思想情绪的一面；作品解剖了这种矛盾，并努力批判那种空虚阴暗的思想；这两篇是可以深刻地说明鲁迅先生当时的思想实际和自我解剖的内容的。"影"来告别时说出了许多话，他告别的对象是"人"，就是"形"；"形"在这里没有说话，但他显然是一个勇往直前的战斗者；他是属于影所说的"有我所不乐意的在你们将来的黄金世界里"的"你们"中的一员，他对"将来的黄金世界"是肯定的。形影本来是应该不分离的，但影竟然要告别了,他感到"不愿彷徨于明暗之间",又不能肯定"是黄昏还是黎明",而他的命运只是或被沉没于黑夜,或被消失于白天,他所有的只是"黑暗和虚空";于是他愿独自远行,沉没于黑暗。以形与影的不同想法来写自己思想矛盾的在中国有很老的传统,陶渊明的《形影神诗》三首即其一例,其中《影答形》一首即记影对形所说的一番话。这里影所说的当然是作者曾经有过的一种思想,而且显然成了形的战斗的负荷,作者并未否定黎明或白天的到来,但也未能充分肯定,而是"彷徨于无地"。这就是说,他一方面在战斗中有"黑暗和虚空"的感觉,一方面又愿意与之分别,使黑暗消失于白天,虚空不占于心地。这种"黑暗和虚空"的思想在《墓碣文》中表现得更其阴郁,那墓碣阳面和阴面的残存文句所表现的极端虚无的思想是属于那个死尸的,他何以如此则虽"抉心自食"也难知"本味",这种思想在一个战士身上只能是一时的波动,它和战斗实践当然是矛盾的;作者在深刻地解剖这种思想之际,不只以死尸的形象和剥落的墓碣刻辞来表现作者的批判态度,而且最后的文句是:"我疾走,不敢反顾,生怕看见他的追随。"他是努力要克服矛盾并与这种虚空思想决绝的。这两篇作品中所写的虚空阴暗的思想本身当然是不健康的,但作者是以一种自我解剖和批判的态度写的,而并非赞扬它;虽然由于当时他还没有到达马克思主义的高峰,因而这种思想矛盾还未能获得真正解决,但他感觉到自己思想中有矛盾并努力排除一些阴暗的情绪,正预示着在他思想发展的道路上将有一个极大的飞跃。另外《腊叶》一篇,作者说"是为爱我者的想要保存我而作的"[45]。据孙伏园先生回忆,《腊叶》中也是反映了作者的一些思想矛盾的。作者曾对孙伏园说:"许公很鼓励我,希望我努力工作,不要松懈,不要怠忽,但又很爱护我,希望我多加保养,不要过劳,不要发很。这是不能两全的,这里面有矛盾。《腊叶》的感兴,就从这儿得来,《雁门集》等却是无关宏旨的。"[46]这里是日常谈话记录,如与其他各篇参看,则所谓矛盾的内容实质上仍然是与前述情形一致的。

四

《野草》中从《死火》到《死后》一连七篇都是用"我梦见自己……"开始的,通篇叙述的似乎都是梦境;其余的如《影的告别》是从"人睡到不知道时候的时候"开始,《好的故事》是写在"昏沉的夜"里闭了眼睛在朦胧中看见的景象;而在最后一篇《一觉》中,更写了在夕阳西下,昏黄环绕中,他"在无名的思想中静静地合了眼睛,看见很长的梦"。为什么写梦变成《野草》中表现方式的一个显著特色呢?第一,当然是如作者自己所说,"因为那时难于直说,所以有时措辞就很含糊了"[47]。是因为处于言论不自由的环境下的不得已办法。其次,这些文章是作者痛苦地进行思索和自我解剖的结果,他正是为了记录他在思索中的矛盾和感触才写下来的;这些感触都是思想深处的折磨自己灵魂的思绪,是只能在独自思索中产生的,其本身就属于抒情咏怀性质的诗的意境,因此用梦的形式来表现不只可以增加诗意,收到"言有尽而意无穷"的艺术效果,而且也正表现了它与黑暗现实的某种对立的性质。他曾说:"假使寻不出路,我们所要的就是梦;但不要将来的梦,只要目前的梦。"[48]他做梦并不是企图在超现实的梦幻境界中来逃避斗争，而正是为了目前的战斗来探索正确的道路的；这些梦也并不是为了在幻觉中找寻精神上的慰藉，而正是一些为了要改造现实而必须严肃思考的问题。他后来曾说："虽然梦'大家有饭吃'者有人，梦'无阶级社会'者有人，梦'大同世界'者有人，而很少有人梦见建设这样社会以前的阶级斗争，白色恐怖，轰炸，虐杀，鼻子里灌辣椒水，电刑……倘不梦见这些，好社会是不会来的，无论怎么写得光明，终究是一个梦，空头的梦，说了出来，也无非教人都进这空头的梦境里面去。"[49] 他是坚决反对做那种引导人去逃避现实的"空头的梦"的；他也梦想将来的好社会，但更重要和迫切的是从现实出发，首先思索在创造这好社会的过程中所应该走的道路和必须进行的斗争。在给许广平的信中，他反对一味地"怀念'过去'"和"希望'将来'"，"而对于'现在'这一个题目，都缴了白卷"[50]。这正表现了鲁迅的清醒的现实主义精神。《野草》中的梦就带有这样的性质，作者的心情是十分沉重的；《颓败线的颤动》一文最后说："我梦中还用尽平生之力，要将这十分沉重的手移开。"这正表现了一个伟大的革命家对现实社会和对自己的思想所进行的极其严肃认真的解剖。他又说："做梦，是自由的，说梦，就不自由。做梦，是做真梦的，说梦，就难免说谎。"[51] 从这里可以想到，鲁迅所做的"真梦"远比写出来的要多得多，因为把这些"真梦"都说出来确实是困难的，所谓"不自由"和"难于直说"，就已经表示出了这些"真梦"的性质；而一个严肃的作家当然是不愿"说谎"的，因此在写这种"梦"的时候，就不得不采取了含蓄和暗示的方式。这固然不如"直说"明确，但却使作家更多地运用了他的艺术修养，采取了意致深远和发人沉思的诗的表现方式，这就使《野草》一书在艺术上隽永醇厚，成为精致的抒情小品了。

当然，对于那些梦想将来的人鲁迅也是有分析的；有一种人不过是统治者的帮闲，像《聪明人和傻子和奴才》一篇中的聪明人那样，以"总会好起来"的"空头的梦"来麻痹人的灵魂，鲁迅是向来投以极大的憎恶的。但有些青年人由于生活经验不深，不理解现实的严酷性质，他们也常常有丰富的对将来的美丽的遐想，但这首先是由对现实的不满来的，而且并未放弃斗争，那么鲁迅即使看到他们的梦想的某些超现实性质，也并不忍于戳破它们，反而给以各种各样的支持和鼓舞，所谓"并不愿将自以为苦的寂寞，再来传染给也如我那年青时候似的正做着好梦的青年"[52]，正是此意。《野草》中《秋夜》一篇中所描写的"在冷的夜气中，瑟缩着做梦"的极细小的粉红花，就想着"春的到来"，"蝴蝶乱飞，蜜蜂都唱起春调来了。她于是一笑，虽然颜色冻得红惨惨地，仍然瑟缩着"。作者虽然写了小粉红花目前的悲惨的处境，但并未否定春天的到来，这精神在他是一贯的。正因为如此，作者在抒写自己的一些痛苦寂寞的情绪时，也就不愿多所渲染，而在构思上宁愿采取一种含蓄隐喻的方式，这自然就增加了这部作品的诗的气氛，增强了它的艺术力。

《野草》中在艺术构思和形象选择上都充满了诗的性质，正是为了适应他的这种思想感受的表现需要的。"影"的告别词，在四面灰土中一个小孩的求乞，冰山冰谷中的死火，地狱中的"地下太平"和鬼魂反狱的绝叫，墓碣上的隐晦的文句和坟中死尸的坐起，运动神经废灭而知觉尚在的死后感觉,对战士一式点头的无物之阵,不敢使血色永远鲜秾的怯弱的造物主,以及《复仇》的两篇中的人物形象,《颓败线的颤动》中垂老的女人的痛苦遭遇和颤动反抗,——所有这些构思都是奇特的、创造性的,我们不只在一般散文中很难看到,就在抒情咏怀的诗篇中也是十分罕见的;而他所给人的感受和所产生的形象力量确实是沉重的、发人深思的。它使我们深刻地感受到一个伟大的战士在与强大敌人孤军作战时的精神状态,他对黑暗现实的憎恨和对自己思想感触的无情解剖,他的愤激和痛苦,而这一切都是和这部作品的艺术构思密切联系的。在一些描写景物的画面中,无论是秋夜的天空和星星,墙外的枣树和室内的小青虫,或者是暖国的雨和朔方的雪花,小船行山阴道上的景色或庭前木叶凋零的变红的枫树,都不只描绘得极其精致,有些还以拟人化的手法,写出了它们的生命和感情;更重要的是由这些景物所引起来的思绪使作者所要表达的那种感触达到了动人心弦的效力。以鲁迅先生之谦虚而自谓这部作品"技术并不算坏",可见他在创作时是花费了多么巨大的艺术劳动。

五

由《野草》中可以看出,随着中国革命的向前发展,鲁迅前期的革命民主主义思想已使他感到了许多对现实的疑问和思想上的矛盾,革命的前途、动力等问题苦恼着他,他迫切地在探索正确的道路;"新的战友在哪里呢?"他在战斗实践中感到孤独,因而也就产生了与革命主流进一步结合的要求。与《野草》的写作同时,除小说集《彷徨》和《两地书》以外，在《华盖集》《集外集》等杂文集中就存有他当时所写的许多战斗性很强的杂文，他从来没有产生过悲观动摇的想法；但很显然，他的世界观的限制已使他不能正确把握现实的发展，在战斗中面对着强大的敌人他不能没有势孤力单和胜利前途渺茫的感觉，《这样的战士》一篇就像肖像画似的画出了这一时期作为战士的鲁迅的特色。他对"无物之阵"中的一切迷人的花样看得十分清楚，而且毫不妥协地永远"举起了投枪"，但他感到战士"终于在无物之阵中老衰，寿终。他终于不是战士，而无物之物则是胜者"。虽然他仍然"举起了投枪"，但他思想中的矛盾和痛苦是很容易觉察到的；这就表明革命现实的发展已使他对自己原来观察事物的思想基础有所怀疑，他产生了与革命主流建立更密切的联系的愿望。他的找寻"新的战友"的想法实质上就表现了这种要求，而这也正是他力图摆脱"游勇"感和思想矛盾的合乎逻辑的发展。当时正值大革命时期，革命主力集中在南方，鲁迅的南去厦门和广州，除了他在北京受到统治者迫害的原因以外，也正表现了他迫切地要求靠近革命主流的愿望。《野草》中的最后一篇是《一觉》，他自己说："奉天派和直隶派军阀战争的时候，作《一觉》，此后我就不能住在北京了。"[53]但他的南下是抱着若干兴奋的心情的，在初到厦门过"双十节"的时候，他感到"商民都自动地挂旗结彩庆贺，不象北京那样，听警察吩咐之后，才挂出一张污秽的五色旗来"[54]。不管这种观感是否符合当时情况，但它至少已经表现了鲁迅对大革命高潮和人民觉悟的殷切期待，他的心情是颇为愉快的。后来他到广州，更是怀着参加革命斗争的热情和希望的；在给许广平的信中他说："其实我也还有一点野心,也想到广州后,对于'绅士'们仍然加以打击,至多无非不能回北京去,并不在意。第二是与创造社联合起来,造一条战线,更向旧社会进攻,我再勉力写些文字。"[55]这些愿望后来由于形势变化当然没有实现,但它说明鲁迅在写完《一觉》之后的南下,正是为了要求与革命主力建立密切联系,结束《野草》写作时期的"游勇"状态和思想矛盾的。

鲁迅的这种对真理的迫切追求是与他的革命责任感密切联系的。我们谈过鲁迅对青年知识分子曾寄予很大的期望,而且努力在那里寻找"新的战友",但事实上他也感觉到他在青年中具有很高的威信,青年人是希望他来引路的,这就使他感到困惑了;他自己如果不能探索到新的正确的道路,势将对别人发生深远的影响,因此现实的发展使他不能不从更广阔的视野来考察中国革命的主流和动力,他的南下实际上就表现了他要求解决他与整个革命力量的结合问题。他曾说:"我自己,是什么也不怕的,生命是我自己的东西;所以我不妨大步走去,向着我自以为可以走去的路;即使前面是深渊,荆棘,狭谷,火坑,都由我自己负责。然而向青年说话可就难了,如果盲人瞎马,引入危途,我就该得谋杀许多人命的罪孽。"[56]在《两地书》中也说:"假使我真有指导青年的本领——无论指导得错不错——我决不藏匿起来,但可惜我连自己也没有指南针,到现在还是乱闯。倘若闯入深渊,自己有自己负责,领着别人又怎么好呢?"[57]他并没有拒绝领别人,而是感到迫切需要掌握革命的"指南针"。1926年他又说:"倘说为别人引路,那就更不容易了,因为连我自己还不明白应当怎么走。……在寻求中,我就怕我未熟的果实偏偏毒死了偏爱我的果实的人,而憎恨我的东西如所谓正人君子也者偏偏都矍铄。"[58]这些都说明了他的革命责任感不断驱使他"寻求"真理和正确的革命道路。在1927年国民党背叛革命、屠杀人民的最黑暗的年代,在鲁迅那样悲愤填膺地营救青年无效后,他经受了远比写《淡淡的血痕》中的三一八惨案更为惨痛的血的教训,他自己说"被血吓得目瞪口呆"[59],而这种对青年人引路的革命责任感更激烈地绞痛了他的心。他说:"中国的筵席上有一种'醉虾',虾越鲜活,吃的人便越高兴,越畅快。我就是做这醉虾的帮手,弄清了老实而不幸的青年的脑子和弄敏了他的感觉,使他万一遭灾时来尝加倍的苦痛,同时给憎恶他的人们赏玩这较灵的苦痛,得到格外的享乐。"[60]这虽然是愤激的声音,但在感情上难道还有比一个革命者感到自己苦战的结果仅仅是为统治者制造屠杀的对象而更痛苦的事吗?因此鲁迅感到他的"思路因此轰毁",他的思想发展到此非有一个飞跃不可了;这就是如他后来所说的"由于事实的教训,以为惟新兴的无产者才有将来"[61]。所谓"事实的教训"虽然主要是指国民党的叛变革命,但实际上是包括了鲁迅自己长期战斗经验的总结的。经过党和马克思主义思想所给予他的教育和帮助,现实主义者的鲁迅终于认清了什么才是中国革命的主流和领导力量,这就是如他后来所说的,与共产党人"得引为同志,是自以为光荣的"[62]。他的世界观的变化给他后期的战斗和创作提供了新的思想基础,使他在第二次国内革命战争时期建立了更为辉煌的战绩。

在《野草》写作时期,鲁迅做了许多的"梦",他在写完《一觉》之后南下了,但结果呢?如他自己所说:"抱着梦幻而来,一遇实际,便被从梦境放逐了,不过剩下些索漠。"[63]在这革命的转折关头,他从刀光血色中看出"中国现在是一个进向大时代的时代"。[64]敏感到"地火"的"运行,奔突",期待着"熔岩"的冲腾。这种感触我们从《野草·题辞》中感受得很清楚。这篇《题辞》写于1927年4月26日的广州,是刚刚经历了血的教训以后写的;他说:"我自爱我的野草,但我憎恶这以野草作装饰的地面。""地火在地下运行,奔突;熔岩一旦喷出,将烧尽一切野草,以及乔木,于是并且无可朽腐。""我以这一丛野草,在明与暗,生与死,过去与未来之际,献于友与仇,人与兽,爱者与不爱者之前作证。"这是他在对反革命大屠杀极端愤怒和对光明未来热烈向望的心情下写的。《野草》各篇的写作本来是由于他感到"由本身的矛盾或社会的缺陷所生的苦痛,虽不正视,却要身受的"[65]。因此他以严肃的自我解剖的心情写下那些战斗的抒情诗篇,但他的南下却是希望结束这样一种心情的。1927年1月他在广州中山大学学生会欢迎会上的演说中,希望青年人不要懒,要"紧张一点,革新一点",并说:"有了旧的灭亡,才有新的发生。旧的思想灭亡,即是新的思想萌芽了,精神上有了进步了。故不论新的旧的,都可以叫出来,旧的所以能够灭亡,就是因为有新的,但若无新的,则旧的是不亡了。"[66]这正是他渴望"野草的死亡与朽腐,火速到来"的意思,但到刚刚经历了国民党的血腥屠杀之后,他感到像《野草》中所写的那样严酷的时代并未过去,而且更处于"人与兽"的"生与死"的激烈斗争之际,于是他就表示对《野草》的自爱,且愿以之献出作证了。在同年5月1日作的《朝花夕拾·小引》中说:"我那时还做了一篇短文,叫做《一觉》,现在是,连这'一觉'也没有了。……虽生之日,犹死之年。"他当时的愤怒心情是可以想见的。这种珍惜《野草》的心情实际上表示了他感到即使再如写作《野草》当时那样地成为"游勇"状态,他也仍然是要坚持斗争的。1934年他对当时的白色恐怖还说过下面的话:"杀不掉,我就退进野草里,自己舔尽了伤口的血痕,决不烦别人傅药。"[67]这正表现了他经得起任何考验的坚强不屈的革命精神。

但《野草》中的思想情绪毕竟是属于鲁迅思想发展的特定阶段的产物,到他后期成为伟大的共产主义战士以后,他对《野草》就有过一些从新的观点所作的说明,而不像在写《野草》那时候的心情了。例如说《野草》的"心情太颓唐了"[68];又说:"我不再作这样的东西了。日在变化的时代,已不许这样的文章,甚而至于这样的感想存在。"[69]这些话正是从马克思主义的高度对《野草》内容所作的一些新的说明。在《二心集·序言》中他更严肃地进行自我批评说:"而且我时时说些自己的事情,怎样地在'碰壁',怎样地在做蜗牛,好像全世界的苦恼,萃于一身,在替大众受罪似的:也正是中产的知识阶级分子的坏脾气。"这里所说的那些他说过的"自己的事情",当然可以包括《野草》的内容在内,而且体现了鲁迅一贯的勇于解剖自己的精神;但一个人的思想或一本书的内容都是与一定的时代特点相联系的;我们都为鲁迅先生后期思想的到达共产主义高峰而欢欣,但这种思想上的飞跃正是与他所经历的思想矛盾和自我解剖的精神分不开的,而《野草》一书就为一个伟大的革命家在他思想发展的一个特定阶段给我们预示了那种向前跃进的脉络;这对于我们是尤其珍贵的。由革命民主主义到达共产主义的鲁迅思想发展的道路应该是中国作家、知识分子和革命群众相结合的典范，它对于我们不只有历史认识的价值，而且仍然有着丰富的现实意义。

为鲁迅诞生八十周年纪念作
1961年8月11日于北戴河海滨休养所

*　　*　　*

〔1〕鲁迅：《二心集·〈野草〉英文译本序》。

〔2〕〔16〕〔17〕〔18〕〔19〕〔20〕鲁迅：《南腔北调集·〈自选集〉自序》。

〔3〕鲁迅：1934年10月9日致萧军信。

〔4〕鲁迅：《呐喊·自序》。

〔5〕鲁迅：《坟·写在〈坟〉后面》。

〔6〕鲁迅：《而已集·答有恒先生》。

〔7〕鲁迅：《三闲集·"醉眼"中的朦胧》。

〔8〕鲁迅：《坟·论睁了眼看》。

〔9〕鲁迅：《两地书（二四）》。

〔10〕见鲁迅《两地书（二）》。按此小说指波兰显克微支所作《炭画》一书。1908年鲁迅与周作人译《域外小说集》时，周作人也将《炭画》用文言文译出，1914年在上海文明书局出版，1926年又由北新书局重印。《炭画》中女主人公农民来服之妇谒牧师契什克求救，牧师素以"聪明正直，常能赐以善言，慰其愁苦"著称，但对农妇仅作如鲁迅先生所引之语。《两地书（三七）》许广平致鲁迅函中，曾言阅读《炭画》事。此书反映农民痛苦甚深刻，鲁迅于开始介绍外国文学作品时即注意及之，故印象极深。

〔11〕〔12〕鲁迅：《坟·摩罗诗力说》。

〔13〕鲁迅：《热风·随感录六十一》。

〔14〕鲁迅：《三闲集·"醉眼"中的朦胧》。

〔15〕见《瞿秋白文集》。
〔21〕鲁迅:《两地书(八)》。
〔22〕鲁迅:《华盖集·题记》。
〔23〕鲁迅:《坟·灯下漫笔》。
〔24〕鲁迅:《二心集·〈野草〉英文译本序》。
〔25〕鲁迅:《且介亭杂文·答国际文学社问》。
〔26〕鲁迅:《两地书(二)》。
〔27〕鲁迅:《华盖集》。
〔28〕卫俊秀:《鲁迅野草探索》。
〔29〕鲁迅:《两地书(四)》。
〔30〕鲁迅:《华盖集续编·记谈话》。
〔31〕鲁迅:《两地书(五)》。
〔32〕鲁迅:《两地书(一○)》。
〔33〕鲁迅:《二心集》。
〔34〕鲁迅:《集外集》。
〔35〕鲁迅:《华盖集·忽然想到(三)》。
〔36〕鲁迅:《二心集·〈野草〉英文译本序》。
〔37〕鲁迅:《坟·论睁了眼看》。
〔38〕瞿秋白:《瞿秋白文集·〈鲁迅杂感选集〉序言》。
〔39〕〔40〕鲁迅:《三闲集·序言》。
〔41〕鲁迅:《二心集·序言》。
〔42〕〔45〕〔47〕〔53〕〔69〕鲁迅:《二心集·〈野草〉英文译本序》。
〔43〕鲁迅:1934年5月16日致郑振铎信。
〔44〕〔48〕鲁迅:《坟·娜拉走后怎样》。
〔46〕孙伏园:《鲁迅先生二三事·腊叶》。
〔49〕鲁迅:《南腔北调集·听说梦》。
〔50〕鲁迅:《两地书(四)》。
〔51〕鲁迅:《南腔北调集·听说梦》。
〔52〕鲁迅:《呐喊·自序》。
〔54〕鲁迅:《两地书(五三)》。

〔55〕鲁迅：《两地书（六九）》。

〔56〕鲁迅：《华盖集·北京通讯》。

〔57〕鲁迅：《两地书（二）》。

〔58〕鲁迅：《坟·写在〈坟〉后面》。

〔59〕鲁迅：《三闲集·序言》。

〔60〕鲁迅：《而已集·答有恒先生》。

〔61〕鲁迅：《二心集·序言》。

〔62〕鲁迅：《且介亭杂文末编·答托洛斯基派的信》。

〔63〕鲁迅：《三闲集·在钟楼上》。

〔64〕鲁迅：《而已集·〈尘影〉题辞》。

〔65〕鲁迅：《坟·论睁了眼看》。

〔66〕见《鲁迅在广东》一书。

〔67〕鲁迅：《南腔北调集·答杨邨人先生公开信的公开信》。

〔68〕鲁迅：1934年10月9日致萧军信。

论《朝花夕拾》

一

鲁迅的散文集《朝花夕拾》，是专门为《莽原》半月刊撰写的一组文章，第一篇写于1926年2月21日，最后一篇写于同年11月18日，前后九个月，和作者别的创作集子比起来，写作时间是比较集中的。其内容也很集中，都是"从记忆中抄出来的"[1]。作者原来给这一组文章起了一个总的题目——《旧事重提》，每发表一篇就注明这是《旧事重提》第几篇，显然要对自己过去的生活道路作比较系统的回顾。从这一组文章的构思来看，其先后安排基本上是以作者的童年和青年的生活轨迹为依据的。从1887年他初读《鉴略》到1912年范爱农之死，即从他的童年到辛亥革命之后，历时达二十多年。第一篇到第六篇主要写童心世界，第七篇和第八篇写青年时代面临的人生道路的抉择，第九篇和第十篇怀念师友，回顾了自己走上文学道路的经历。篇与篇之间也约略有脉络可寻。如回顾童年生活的那几篇，有些事件或人物就安排在不同的篇章中前后出现，彼此是有些照应或关联的。第一篇《狗·猫·鼠》中从侧面提到了保姆阿长，第二篇就专门回忆《阿长与〈山海经〉》；第二篇写了有趣的"三哼经"，在第三篇就谈到那令人生厌的《二十四孝图》；接下来的三篇，从枯燥的背书谈到迎神赛会，从迎神赛会谈到令人难忘的无常，最后又从百草园谈到三味书屋，都是经过作者精心的构思和安排，从不同侧面展示了童年生活的情景。甚至有的篇与篇之间语气上都互相承接。如《狗·猫·鼠》中说到阿长，下一篇《阿长与〈山海经〉》一开头就是："长妈妈，已经说过……"。《父亲的病》结尾写到衍太太催促少年鲁迅大声叫唤即将断气的父亲，下一篇《琐记》就以"衍太太现在是早经做了祖母"这种语句开始，从中也可以看出前后联结的关系。

看来，作者写这一组文章是有比较完整的构思的，对于各篇内容如何安排，打算写几篇，都有过通盘的考虑。这在作者写作过程中也有所透露。当鲁迅写完第六篇后，给当时《莽原》的编者韦素园去信时就能很有计划地预告"《旧事重提》我还想做四篇"[2]。后来果然依照计划做完了最后一篇，给韦素园再次去信说，"这书是完结了"[3]，更是明确地把这一组散文当作一本完整的书了。

《朝花夕拾》各篇虽然也可以各自独立成文，但作为一本书却是有机的整体。在鲁迅诸多创作集中，《朝花夕拾》这一特点是不容忽视的。因此，研究《朝花夕拾》，不能只把它看作是片断的回忆录，也不能满足于只就各篇作细致的分析，还要注意把全书作为一个统一的机体来考察，了解作者写这一组文章的总的意图和心境，从总体上把握此书的意义、价值和特色，认识它在中国现代散文创作和鲁迅作品中的地位。

《朝花夕拾》既是一个有机的整体，有总的构思，那么，它的写作意图就和杂文不一样。杂文随时受到现实问题的触动，有感而发，一篇篇都有具体的写作背景和针对性，《朝花夕拾》则不一定每篇都是在现实问题的触发下动笔的，也不一定每篇都是结合现实、针砭时弊的。

当然,其中个别篇章确实也有较浓重的杂文色彩。如第一篇《狗·猫·鼠》就是专门回击"现代评论派"的诬蔑的。文章的开头和结尾都用了大段的议论,用辛辣的笔调讽刺了"现代评论派"文人的"媚态的猫"式的嘴脸。其中作者追忆了自己童年"仇猫"的经过和心理,但也紧扣着对"猫态"的揭露和讥讽。这篇文章有明确的针对性,论战性很浓,是受了现实斗争的"刺激"而写的。

但是,《狗·猫·鼠》这篇在《朝花夕拾》全书中是比较特殊的。我们往下看,第二篇《阿长与〈山海经〉》就不同了,它不再是论战性的,并非针对某一论敌或某一现实问题而写,也很难说作者是在现实斗争触发下才写的作品。这里鲁迅主要是追忆自己的保姆,写一个纯朴善良而又迷信落后的劳动妇女给少年鲁迅心理上的影响,抒发了自己对她的诚挚深厚的感情。所以分析这篇作品,用不着像分析鲁迅杂文那样,一定指出它有什么特定的写作背景或现实批判意义,因为那样反倒可能离开作者的原意。事实上,《朝花夕拾》中只有《狗·猫·鼠》一篇可以说是在现实问题直接激发下的近似杂文的作品,其余九篇的内容主要都是叙事抒情,追忆往事,忆念故人。篇中虽然有时也会穿插一些针砭时弊的议论,间或有对论敌的辛辣讽刺,但那不过是回忆叙事过程中的顺笔涉及,主要功力并不在此。大概在写《狗·猫·鼠》时,由于现实中论敌的激发,着重在给"媚态的猫"画像。鲁迅对于那种一方面"无所不为",一方面又"奴性十足"的奴才相一向深恶痛绝[4],所以他叙述他仇猫的第一条理由就是猫的"折磨弱者的坏脾气",而自己则是对受欺凌的弱者同情并对欺凌者要反抗和报仇的。因此写了他仇猫的由来，回忆了猫吃了他幼年时喜爱的隐鼠的经过，并写到了长妈妈在这件事中的作用。这篇文章的写作意图是圆满地完成了，"媚态的猫"作为一种社会典型形象已被鲜明生动地刻画出来了，但在写作过程中从记忆里所涌现出来的人和事却感到还有许多值得写出，其中最为迫切的就是长妈妈。因为在《狗·猫·鼠》中，长妈妈只是侧面提到，从文章中只能得到她是一个曾用假话哄骗孩子的女工的印象，这是使对长妈妈有深厚感情的鲁迅十分不安的。《阿长与〈山海经〉》的脱稿，距《狗·猫·鼠》的写成只有二十天，文章语气虽紧接着前篇，但内容并无论战性，而是深情地为这一辛勤良善的妇女祝愿："仁厚黑暗的地母呵，愿在你怀里永安她的魂灵！"大概就在这时，《朝花夕拾》的总的构思已经形成，因此在那流离迁徙的不安日子里，还有计划地紧接着又写了三篇[5]。当然，由于环境和心境的不同，在北京写的几篇较之在厦门写的那些篇，议论和涉及时弊的要多一些，但总的构思是完整的、一贯的，性质也是相同的。即以《二十四孝图》来说，这篇的议论也较多，一开头就诅咒复古派，杂文味也很浓，但作者仍然是按照《朝花夕拾》全书的构思和线索来回顾自己童年时对这类读物的具体感受的，只是在这线索的展开中才有时进而联系现实、揭露封建复古势力的虚伪和黑暗。所以与其说是受了现实刺激才追忆往事，还不如说是在追忆这段往事时联系了现实。

从鲁迅自己的一些话中，也可以看出《朝花夕拾》的写作总的来说是和杂文写作不一样的。《朝花夕拾》写了一半，鲁迅就从北京去了厦门。刚到厦门那两个月，因为消息闭塞，又远离思想斗争环境，生活是很沉闷孤寂的。他在给别人的信中屡次提到那里"和社会隔离"，生活"单调"，"一点刺激也没有"，"如在深山中，竟没有什么作文之意"，"竟什么也做不出"[6]。这里讲"做不出"的主要指杂文，而并不包括回忆散文《朝花夕拾》。几乎就在发这些感慨的同时，鲁迅以比写《朝花夕拾》前五篇更快的速度，很快就写完了此书的后五篇：1926年9月18日作《从百草园到三味书屋》，10月7日作《父亲的病》，10月8日作《琐记》，12日作《藤野先生》，11月18日作《范爱农》。而在作这五篇散文的两个月期间，除了写过几篇序跋之外，杂文确实一篇都没有写。这说明鲁迅写杂文是要"刺激"的，没有现实斗争的触发，就产生不出杂文；《朝花夕拾》则毕竟与此不同，它是回忆散文，无需现实的刺激，而且已经有了总的构思安排，只要再从记忆中搜求材料，就能一气写成，所以即使在厦门那种孤寂的环境中，《朝花夕拾》的后五篇还是很快就完成了。

我们说《朝花夕拾》和一般杂文不一样，是从总体上考察的，并不排斥鲁迅在回忆童年和青年生活时，有时也会运用杂文笔法和涉及对现实的批判。特别是此书的前半部，这种社会批评的色彩更浓一些，这也是同现实"刺激"有关的。前五篇创作前后，鲁迅直接参加了女师大学潮，目睹了三一八惨案中爱国青年的鲜血，与"现代评论派"的"正人君子"展开针锋相对的论战。"三一八"之后还遭到军阀政府的通缉，终于离开了北京。鲁迅当时的斗争处于特殊困难状态，现实的"刺激"是很多的，这不但促使他写下许多战斗的杂文，1926年这一年的战绩就收在《华盖集续编》里；

同时也使他在写《朝花夕拾》的回忆文章中也不能不掺进一些社会批评的内容。写后五篇时他已在远离斗争前线的厦门，于是这种直接触及现实的成分就比较少了。但从总体上说，《朝花夕拾》毕竟不是直接面对现实斗争的，它主要是作者对自己以往生活的回味、咀嚼和总结。

为什么在斗争特殊困难的时候鲁迅要写这么一本以回忆往事为内容的散文集呢？原因恐怕是多方面的。如前所述，现实斗争的"刺激"，应该说还是一个直接的诱因。开篇《狗·猫·鼠》就是为了回击"现代评论派"的人身攻击的。他们根据鲁迅1922年写的《兔和猫》，说鲁迅是"仇猫"的，而"仇猫"者必是狗，所以鲁迅关于"打落水狗"的文章也是"对了他的大镜子写的"。鲁迅为了剖析"猫性"对弱者残忍和对主子柔媚的特征，为"现代评论派"的论客们勾勒一张画像，认为有必要光明正大地谈谈自己过去的生活阅历，给论敌的诬蔑以有力的回击。这就是《狗·猫·鼠》一文的起因和由来。但这种刺激只能说是最初导致鲁迅决定写《朝花夕拾》的原因之一，到他继续写作和进行整体构思时，他就越耽于对已往生活的回忆，把这作为更主要的目的了。如果考察一下鲁迅当时的心境，这也是完全可以理解的。在那个沙漠般的沉闷枯燥的时代里，鲁迅要与种种卑劣的"正人君子"、政客走狗们反复论战，他有时委实是感到沉重和痛苦的。只是出于对黑暗社会和反动势力的激愤，出于排击旧物、催促新生的革命责任感，他才执着地运用杂文这一武器，坚持韧性的战斗。这种思想情绪，在《朝花夕拾》动笔前不久写的《华盖集·题记》中就有所透露："……我的生命，至少是一部分的生命，已经耗费在写这些无聊的东西中，而我所获得的，乃是我自己的灵魂的荒凉和粗糙。"其中就有一种难言的苦痛。在写作《朝花夕拾》期间的一封信中又谈到他的杂文说："直到现在，文章还是做，与其说'文章'，倒不如说是'骂'罢。但我实在困倦极了，很想休息休息，今年秋天，也许要到别的地方去，地方还未定，大约是南边。目的是：一，专门讲书，少问别事（但这也难说，恐怕仍然要说话）……此后我还想仍到热闹地方，照例捣乱。"[7]当时鲁迅正处于思想飞跃的前夜，情绪比较复杂；一方面执着地战斗，一方面有时又有某种"游勇"式的寂寞感，感到与那些卑劣论敌们"纠缠"实在有些痛苦和无聊，以致如《朝花夕拾·小引》中所说，也"常想在纷扰中寻出一点闲静来"，咀嚼和思索已往的生活。鲁迅在这段黑暗的岁月里，在向敌人不断发出勇猛进击的同时，也对自己灵魂作过冷峻的解剖，优美的散文诗集《野草》就抒写了自己探求光明途中的内心矛盾；那么在对形形色色论敌纠缠不已的间隙，在舔尽自己伤口的血痕的战斗间歇，反顾所走过的生活道路，写下《朝花夕拾》这种性质的作品，不也是可以理解的吗？《朝花夕拾》的写作时间和《野草》的写作时间是重叠衔接的[8]，虽然作为叙事散文，《朝花夕拾》的笔调较之散文诗《野草》要开朗明快得多，但就作者当时的心境说，这两个集子的产生是有一些共同点的。鲁迅在1927年5月写的《朝花夕拾·小引》中曾讲到儿时生活对他所引起的"思乡的蛊惑"，促使他"时时反顾"，《朝花夕拾》就是这种"反顾"的产品。这种想法在鲁迅是一贯的，一直到他晚年所写的《我的种痘》《我的第一个师父》《女吊》等篇，也都是这种"反顾"的产品，有的还是逝世前不久写出来的。

更重要的原因，是鲁迅觉得把这些自己感受最深的经历写出来，不仅是个人的事情，而且对青年人有重大的现实意义。他感到虽然"民国"已经有了十五年的历史，但社会上的思想、习俗，以及人与人之间的关系，并没有发生什么实质性的变化，仍然是"乌烟瘴气"；因此他说"我觉得什么都要重新做过"[9]。他劝人翻看史书，"知道我们现在的情形，和那时的何其神似"[10]。他对于清末以来许多人为了改变祖国面貌所跋涉的艰辛曲折的道路有深切的体会，觉得其中有许多经验或教训可以记取，但往往不为当时的青年人所领会。他说："我常常欣慕现在的青年，虽然生于清末，而大抵长于民国，吐纳共和的空气，该不至于再有什么异族轭下的不平之气，和被压迫民族的合辙之悲罢。"[11]这些话是在五卅运动发生后的反帝高潮中讲的，他正是以他自己的见闻经历来提醒青年们注意历史经验的。所以他说"我希望有人好好地做一部民国的建设史给少年看"[12]，这些话是凝聚了他痛苦的长期思考的。我们知道《莽原》主要是由鲁迅寄以期望的一些青年人办的刊物，鲁迅全力支持他们，并把这组文章题名为"旧事重提"。"旧事"之所以值得"重提"者，不仅因为它对现实仍有重要的借鉴或启示作用，而且正因为是"重提"，说明经过时间的考验，作者对它的认识和理解也已经深化了，它就更应该引起人们的思索和重视。现在的书名《朝花夕拾》是1927年编集时改称的，那是在四一二反革命政变后的广州，在那血腥的日子里，鲁迅在《小引》中写道："带露折花，色香自然要好得多，但是我不能够。便是现在心目中的离奇和芜杂，我也还不能使他即刻幻化，转成离奇和芜杂的文章。或者，他日仰看流云时，会在我的眼前一闪烁罢。"针对现实写"新事",所谓"带露折花",既有环境是否可能的问题（鲁迅那时候就只有"而已"），也有认识和理解上需要思索和深化的问题；有时是必须待诸"他日"，始能看到真正光彩的"闪烁"的。这就是鲁迅时时反顾，并希望青少年学习"民国史"的原因。据冯雪峰回忆，鲁迅在写了《女吊》之后，本拟连写十来篇"诗的散文"，"成一本书"，而且有两篇已有腹稿，"一篇是关于'母爱'的，一篇则关于'穷'"，而且说"这计划倘能完成，世间无疑将多一本和《朝花夕拾》同类的杰作，但他来不及写成了"[13]。可见有计划地写一系列优美的回忆性质的散文，一直到晚年还是鲁迅考虑的事情，它与杂文的写作是并行不悖的。

二

鲁迅的童年虽然生活在一个家道中落的封建家庭里，接受的是封建启蒙教育，饱受了压抑和人们的白眼；以后在追求人生道路的青少年时期，经历也是十分曲折和坎坷的，这些在《朝花夕拾》中都有生动的描述。但回忆带给鲁迅的并不全是不堪回首的痛苦，也不全是着重在对不合理事物的批判；相反，童年生活给他留下了许多美好的记忆，甚至会给他增添勇气和力量。《朝花夕拾》十篇，写故乡和童年的就有七篇，《小引》中提到他"曾经屡次忆起儿时在故乡所吃的蔬果：菱角、罗汉豆、茭白、香瓜。凡这些，都是极其鲜美可口的，都曾是使我思乡的蛊惑"。这只是举例，引起他"思乡的蛊惑"的当然不只是蔬果。《野草》中的《好的故事》，是抒写作者在"昏沉的夜"所憧憬的美好理想的，写的就是坐小船在山阴道上看见的两岸美景，但在要凝视时却又消失了，寓意是很清楚的。《雪》则把美好的江南冬天的雪来和北方的"孤独的雪""死掉的雨"对比，身处北方的作者在抒写理想和现实的矛盾时是把记忆中的故乡景色作为美好理想的象征的。《风筝》中写道："现在，故乡的春天又在这异地的空中了，既给我久经逝去的儿时的回忆，而一并也带着无可把握的悲哀。"《野草》是抒情的散文诗，作者不满周围冰冷的黑暗的现实，用儿时回忆中的故乡景色来象征美好的事物和理想；到以叙事为主要特色的《朝花夕拾》里，这些美好的事物就具象化了。儿童是爱美的，即使在被呵斥和禁止的环境下，也很难完全压制他们追求美好有趣事物的活力；看看三味书屋中那些孩子们的情趣吧，鲁迅写道："我的小同学因为专读'人之初性本善'读得要枯燥而死了，只好偷偷地翻开第一叶，看那题着'文星高照'四个字的恶鬼一般的魁星像，来满足他幼稚爱美的天性。昨天看这个，今天也看这个，然而他们的眼睛里还闪出苏醒和欢喜的光辉来。"比之那些小同学，鲁迅就有幸得多了，他不仅可以公开地看家藏的《玉历钞传》之类赏善罚恶的图画故事，而且很早就有机会看到《花镜》等引起他喜爱的有图的书；但他"最为心爱的宝书"还是长妈妈给他买来的那部"画着人面的兽，九头的蛇"等神奇事物的《山海经》。那虽然是一部刻印"十分粗拙的本子"，"图像也很坏"，但它在童年鲁迅的心上引起了多少美妙有趣的想象；以致他接着搜集了许多种绘画的书，用荆川纸描摹了一本本旧小说的绣像，培育了他的审美意识和对艺术的浓厚兴趣。当然不只是图画，就说那个他当时的"乐园"百草园吧,他在那里的草木鸟虫中发现了多么美妙神奇的天地:油蛉低唱,蟋蟀弹琴,酸甜的覆盆子,白颊的张飞鸟;自然界的能引起儿童美好感情的东西都使他"有无限趣味"。即便是三味书屋后面的那个小园,"也可以爬上花坛去折腊梅花,在地上或桂花树上寻蝉蜕",或者"捉了苍蝇喂蚂蚁"。童年时代给鲁迅一生都留下不可磨灭的美好印象的当然不只是故乡的自然风物,鲁迅就说过《朝花夕拾》写了许多"有关中国风俗和琐事"[14],而且作者在回忆这许多风俗、琐事以及人物的时候,都是渗透了他自己童年时代的爱憎感情的。其实这也容易理解,如果不是当年深深地激动过自己心弦的事物,是不可能在作者四十多岁时还仍然保留着那么深刻、清晰的印象的。因此凡是他写到的人和事,都在叙述中鲜明地渗透了作者当年对它的态度和爱憎;而常常"蛊惑"他反顾的那些值得怀念的事物,都是童年时代引起他强烈兴趣的美好的事物。如果分析《朝花夕拾》的思想性,我以为首先它是以儿童的天然的、正常的兴趣和爱好作为对人和事的评价尺度的,它提供了一个关于风俗、琐事和人物的美丑的价值观念。鲁迅在评论向培良的小说时曾说:"作者向我们叙述着他的心灵所听到的时间的足音,有些是借了儿童时代的天真的爱和憎,有些是借着羁旅时候的寂寞的闻和见,……只如熟人相对,娓娓而谈,使我们在不甚操心的倾听中,感到一种生活的色相。但是,作者的内心是热烈的,倘不热烈,也就不能这么平静的娓娓而谈了。"[15]这其实也是《朝花夕拾》的特点。我们记得鲁迅的小说《怀旧》和《孔乙己》,也是通过儿童的眼睛来写"生活的色相"的,正因为儿童的"天真的爱憎"虽然朴素和幼稚，但它还没有受到利害和偏见的侵袭，因此这种爱憎就常常是和美丑、是非、善恶的客观意义同步的。《朝花夕拾》不是小说，不能虚构，它所体现的作者童年时代对周围事物的爱憎感，就自然成为本书思想意义的主要内容了。当然，在行文中作者有时也联系写作当时的现实，在更高的或深化了的认识上有所阐述或议论；但作者对童年的感受和目前的想法这二者，在文章中是区分得很清楚的，而重点显然在于前者。譬如最使他反感的《二十四孝图》中的"郭巨埋儿"，童年的想法是"自己不敢再想做孝子，并且怕我父亲去做孝子了"。而"现在想起来，实在觉得很傻气。这是因为现在已经知道了这些老玩意，本来谁也不实行"。但不正是童年时的"傻气"和憎恶更能显示这种"以不情为伦纪"的丑恶和虚伪吗？可见发自作者热烈的内心的对人和事的鲜明的爱憎态度，才是本书真正能够感染读者的思想倾向。

除了故乡的自然风物以外，给作者留下美好记忆的童年生活的人和事是很多的；通过富有感情的笔触，他也把这种美好的情绪传给了读者。请看，虽然"喜欢切切察察"，但能做"别人不肯做，或不能做的事"的长妈妈，善于在雪地捕鸟的闰土的父亲，以及后来在《我的第一个师父》中所写的娶妻留须的叛逆的和尚，都是童年鲁迅所敬爱的人物。坐上三道明瓦窗的大船去东关看"五猖会"，正月十四夜等着看像"老鼠成亲"花纸上画的那样尖腮细腿的仪仗队的出现，都是使他"极其神往"的；因为民间的迎神赛会"虽说是祷祈，同时也等于娱乐"[16]，而民间年画（花纸）和旧戏的艺术特点，则一直到鲁迅后来写小说的时候还是他着意追求的风格[17]。特别是"和'下等人'一同"欣赏乡下人所扮演的"目连戏",更是童年生活中最值得"反顾"的事情,他自己还曾上台扮演过鬼卒;《无常》和后来写的《女吊》,就是专门写"大戏"(绍兴戏)或目连戏中最令人喜爱的两个形象的,它们是多么深厚地体现了劳动人民的感情和愿望,又是在童年鲁迅心上刻上了多么美的欣赏和记忆。在《朝花夕拾·后记》中,还有一幅鲁迅自己画的他"所记得的目连戏或迎神赛会中的活无常",而且他"确信我的记忆并没有错",这是我们现在所看到的唯一的一幅鲁迅的绘画,对此他是浸注了很深的感情的。他说:"我至今还确凿记得,在故乡时候,和'下等人'一同,常常这样高兴地正视这鬼而人,理而情,可怖而可爱的无常;而且欣赏他脸上的哭和笑,口头的硬语与谐谈……。""因为他爽直,爱发议论,有人情,——要寻真实的朋友,倒还是他妥当。"一直到鲁迅晚年,在《门外文谈》一文中他还说无常是"真的农民和手工业工人的作品,由他们闲中扮演"。他再次引用了无常的唱词,而且说道:"何等有人情,又何等知过,何等守法,又何等果决,我们的文学家做得出来么?""女吊"也是目连戏中的一个鬼魂,是"女性的吊死鬼",她身穿红衫,口中鸣冤叫屈,坚决要去复仇;鲁迅认为她是"比别的一切鬼魂更美,更强的鬼魂"。这些刚健清新的民间创作都是鲁迅所喜爱、赞美和永远不能忘怀的。可以看到,鲁迅对童年生活中最美好的记忆是劳动人民善良、勤劳和反抗的性格,他们所创造的能体现他们感情的像无常和女吊那样的角色,为他们所喜爱的民间艺术——花纸、民间故事、迎神赛会和目连戏,以及他们所生活和热爱的自然景物。这一切都是通过儿童的浓烈的兴趣和爱好来体现了它们的美的意义和价值的。写青年时代的三篇也一样，耿直不阿而终生不得志的范爱农，作者是充满悲愤的感情怀念他的。辛亥革命后范爱农当上了师范学校的学监，不再发牢骚也不大喝酒了，又办事，又教书，"实在勤快得可以"；但不久就"被孔教会会长的校长设法去掉了，他又成了革命前的爱农"，终至潦倒以死。他的直立在菱荡里的尸体就是对黑暗现实的控诉。鲁迅对他是充满了真挚的友情的。严谨热诚和诲人不倦的藤野先生，鲁迅说"在我所认为我师的之中，他是最使我感激，给我鼓励的一个"。而且以后也一瞥见挂在墙上的他的照片，就增加了生活和工作的勇气。这两位都不是什么声名显赫的人物，但文章确实写出了他们的高尚正直的品质和青年鲁迅对他们的深厚的感情。范爱农的遭遇表现了那个时代要求进步的知识分子的悲剧，藤野先生的精神则在于他是为了中国和为了科学，希望新的医学在中国能得到发展。这在当时还普遍存在歧视弱国人民的日本，确实是难能可贵的，所以鲁迅认为"他的性格，在我的眼里和心里是伟大的，虽然他的姓名并不为许多人所知道"。一位教书的同事曾不无牢骚地对我说："藤野先生不讲究穿着，埋头工作，对学生的学习认真负责，希望外国留学生学好，我们多少年来不就是这样做的吗？只是没有一个像鲁迅那样的学生写文章罢了！"确实，今天我国忠于教育和学术工作的人是很多的，他们的精神也是会在青年人的心目中引起尊敬的；但在当时只有一个中国学生而民族偏见还广泛流行的日本仙台，这确实不容易，它引起鲁迅的敬爱之情是很自然的。《琐记》写的是青年鲁迅走异路、投异地，寻找"别一类人们"的探寻前进道路的经历，在当时的环境下他所遇到的自然多是"乌烟瘴气"的事物，但在矿路学堂时，由于总办是一个"新党"，"西学"的影响已经散布到校内，不仅开设了使鲁迅感到"非常新鲜"的自然科学课程，而且看《时务报》《译学汇编》等新书的风气也流行起来；鲁迅饶有兴味地回忆了他"一有闲空，就照例地吃侉饼、花生米、辣椒，看《天演论》"的学生生活。总之，和童年时代一样，青年时期也有美好的值得反顾的人和事。所有这些为作者所喜爱、赞美的事物都渗透着作者的深厚的爱，写出了它们的美的意义和价值。这才是"花"，尽管时光流逝了，已经是"夕拾"的"朝花"，但凝视起来仍然是美丽的。

在那样的家庭和社会环境中，善良的人物是不幸的，美好的事物是得不到正常发展的。鲁迅曾说："能杀才能生，能憎才能爱，能生与爱，才能文。"[18]一个对美的人和事有热烈的爱的人，是必然会对压制、摧残和扼杀美好事物的力量给以强烈的谴责和批判的。他必然是如鲁迅所说："像热烈地主张着所是一样，热烈地攻击着所非，像热烈地拥抱着所爱一样，更热烈地拥抱着所憎。"[19]这就是《朝花夕拾》中通过童年和青少年时期的生活感受，对封建习俗和封建思想文化给以尖锐的讽刺和批判的原因。童年的鲁迅是十分爱好图画的，但当一个长辈赠给他《二十四孝图》时，他本来"高兴极了"，接着就是"扫兴"和"反感"；因为像"老莱娱亲"这样的故事，他感到"简直是装佯，侮辱了孩子"。最使他反感的是"诈跌仆地"，鲁迅说："无论忤逆，无论孝顺，小孩子多不愿意'诈'作，听故事也不喜欢是谣言，这是凡有稍稍留心儿童心理的都知道的。""诈"就是"伪"，关于美丑的爱憎本来是与真伪、是非、善恶等一致的；衍太太为什么那么招人憎恶呢？制造流言总是一个重要因素吧，流言也就是引起孩子们普遍憎恶的谣言，其他有关她的许多事都是与此有关的。《父亲的病》中所批判的那两个"名医"，不仅因为他们医道拙劣，更重要的是如鲁迅在别处所说，他们是"有意的或无意的骗子"[20]。这样的人物引起童年鲁迅的强烈憎恶是理所当然的。但是还有一些人，他们主观上正是一本正经地做自以为十分正当的事情，但由于他们本身就是浸透了封建主义思想毒素的，他们觉得必须使孩子按照既成的社会秩序和封建思想的要求成长，才是正路；觉得压制、摧残和扼杀儿童的天然的兴趣和爱好是为了孩子好，是他们的责任；由于他们并不自觉地把是非、善恶颠倒了，同儿童的对美的兴趣和追求发生了直接的抵触，当然也会引起儿童的不耐烦、畏惧，甚至厌恶。从这些地方所表现的思想倾向当然也是对封建思想和文化的批判，而且是更严厉的批判。长妈妈所恪守的许多荒谬的规矩和道理，她对自己脱下裤子就可以使外面大炮放不出的愚蠢的自信；方正、严厉的三味书屋塾师不愿学生提问题，只让孩子放开喉咙读那些《论语》《幼学琼林》之类的不懂的书籍；如果孩子躲到后园去玩了，他就大呼起来："人都到那里去了！"《朝花夕拾》在写到这类事情的时候，憎恶感是十分鲜明的；但对长妈妈只写了"不佩服"和"不耐烦"，而对那位塾师则说后来对他好起来了，不过让读的书也渐渐加多。现在的鲁迅研究者对于长妈妈和三味书屋的塾师寿镜吾的事迹已经调查得很清楚，他们都是善良正直的人，而且鲁迅对他们也是有感情的，但这并没有妨碍或削弱文章中对封建思想和封建教育的批判的深刻性。更能说明问题的是《五猖会》，正当七岁的鲁迅"笑着跳着"要和家里人去看五猖会的时候，他父亲却让他必须背熟"粤自盘古，生于太荒"这样一句也不懂的《鉴略》，有二三十行，"背不出，就不准去看会"。结果虽然背熟后让走了，但他已对风景、点心，以至五猖会的热闹，都没有兴致了。在《父亲的病》中，鲁迅说"我很爱我的父亲"，但背书这件事却使他"至今一想起，还诧异我的父亲何以要在那时候叫我来背书"。这里对封建教育方法和封建家长制的批判是很严峻的，后来他曾说过，"倘有人作一部历史，将中国历来教育儿童的方法，用书，作一个明确的记录"，"则其功德，当不在禹（虽然他也许不过是一条虫）下"[21]。《五猖会》其实就是这种封建传统教育的一个批判的"记录"。但我们可以看出，儿童的爱憎不但是鲜明的，而且也是能够区别人和事的关系的。《朝花夕拾》的思想性，主要就表现在它以儿童正常的健康的爱憎倾向对人和事提供了一个合理的价值标准；它虽然是朴素的、直感的，却是鲜明的和正确的，而且还是十分富有感染力的。

　　《朝花夕拾》中有关社会批评的地方还有很多，其中有的是对于当时看到的一些丑恶现象的批判，也有的是作者联系现实所发的议论。前者如《藤野先生》中写的那些头顶盘着大辫子，顶得帽子像高耸的富士山，或把辫子盘平，像小姑娘的发髻一般，晚上则咚咚咚地学跳舞的清国留学生；后者如《狗·猫·鼠》中讲"人禽之辨"的一般议论：动物们"适性任情，对就对，错就错，不说一句分辩话"，他们没有自鸣清高，没有竖过"公理""正义"的牌子，而人不仅说空话，还要说违心之论，对于物说来，实在"颜厚有忸怩"。这些社会批评不仅是非常精辟的，而且对作者所回忆的主要内容提供了背景或加深了认识；它不是外加的附着物，而是文章的有机部分。但如果认为同杂文一样，这些就是文章的主要思想内容，那也是不恰切的。因为它虽然也有讽刺或议论，但通常都是在抒情性很浓的回忆中夹叙夹议地穿插进去的，并未离题；用的多是旁敲侧击的手法，与杂文之正面的和通篇的抨击时弊有所不同。因此它仍然是或者属于回忆的组成部分，或者是由回忆内容所引起的联想。对于鲁迅这样的作家，无论写什么样的作品，他都是不会忘记文学的战斗作用的。

三

《朝花夕拾》是鲁迅回忆童年和青少年时期生活的散文，但它不是自传，鲁迅是不赞成给自己写传记的；他说："我是不写自传也不热心于别人给我作传的，因为一生太平凡，倘使这样的也可做传，那么，中国一下子可以有四万万部传记，真将塞破图书馆。"[22]传记是以宣扬"本传主"的生平事业为内容的，鲁迅自居于普通人之列，并不想宣扬自己的贡献和成就。我们在分析《朝花夕拾》产生的原因时，曾谈到鲁迅觉得把自己的一些经历写出来，对提醒青年人注意历史经验仍有现实意义，因此在讨论这本散文集的艺术特点时，首先必须考虑到作者是以热烈的内心，现身说法地对青年读者谈自己的经历和感受的。正如鲁迅所说："倘不热烈，也就不能这样平静的娓娓而谈了。"[23]许广平回忆说，鲁迅"在青年跟前，不是以导师出现，正像一位很要好，意气极相投的挚友一般"[24]。也只有把读者摆在一种心心相印的平等地位，才能做到"如熟人相对，娓娓而谈"[25]。不仅如此，要打动读者的心弦，尽管是如鲁迅所赞赏的"任意而谈，无所顾忌"[26]那样，但在内容和写法上还必须适应这样的目的和要求。就内容说，回忆是根据事实的，不能虚构，但是可以选择，鲁迅所写的事件和细节就是经过精心的选择和提炼的，因此常常能够提示事物的本质，具有很高的典型意义。以《琐记》为例，它从作者离开S城到赴日留学之前，写了四年的生活，写了他不断探索前进道路的曲折过程，通篇就是由几个典型细节构成的。它先由衍太太写起，目的在于写出对S城人的脸和心早已了然，无可留恋，必须外出"去寻为S城人所诟病的人们，无论其为畜生或魔鬼"。其次写中西学堂，表明他所追求的是为时人所不齿的"异端"；但他并不满足，因为他追求的并不只是学外语。接着写了南京两个学堂的情形：水师学堂是训练海军的，原有一个游泳池，但因淹死过学生，早已填平了；还在上面造了一座关帝庙来镇压，每年7月15日还要请和尚放焰火。对这所学校的突出印象是它有一根二十丈高的桅杆，可以爬上去看风景。通过这些细节，它的"乌烟瘴气"就一目了然了。路矿学堂原是为开青龙山煤矿设立的，结果所得的煤只够烧两架抽水机之用，"就是抽了水掘煤，掘出煤来抽水，结一笔出入两清的帐"。学生下过几回矿洞，就算毕业了。"爬上天空二十丈和钻下地面二十丈，结果还是一无所能，学问是'上穷碧落下黄泉，两处茫茫皆不见'了。"这当中还插入了他热衷地看《天演论》等新书的一段。最后写到日本去，并以一个人因祖母哭得死去活来不去了和临行前一个前辈同学的可笑的叮嘱作结，说明当时的社会风习还都是视到外国去为畏途的。这篇文章通过这一连串富有典型特征的细节，写出了作者追求科学与进步、坚决要走出一条新路来的心情，也勾画出了当时洋务派那种"富国强兵""实业救国"之类活动的真实面貌；篇幅不长而极为传神，主要就是那些经过精心选择的细节是十分富有表现力的。写人物的几篇也一样，无论藤野先生或范爱农，尽管人物性格很鲜明，但它与小说中的塑造形象不同，不是多方面地展现人物的精神面貌，而是通过自己的感受和印象，选择一些富有特征的片段或细节，来抒写自己的感情和态度的。它远比小说的笔墨更为经济和精炼，而且如同抒情诗那样，毋宁说文章中更主要的形象是作者自己；《藤野先生》写了自己弃医从文的原委，《范爱农》写了自己对辛亥革命的痛心的感受，他是在同朋友谈心曲而不是讲故事。因此就内容说，精心地选择有典型特征的细节，并赋以强烈的感情色彩，就是它的主要特点。

　　在写法上，既然要求自己的生活感受为读者所领会，引起共鸣或同感，自然就不能以教训者或讲演者的姿态出现，而必须是漫谈式的，似乎天马行空，毫不用心，但絮絮道来，既有深长的韵味，又能有感情的交流。例如《狗·猫·鼠》中作者从自己的仇猫说起，谈了人们的婚礼，黑猫、猫婆和猫鬼，猫与虎的师徒关系，老鼠成亲的花纸，蛇和"老鼠数铜钱"，隐鼠和墨猴等许多传说、掌故和现实的小故事，波浪起伏，好像漫不经心地闲聊天，但实际都是以勾画"媚态的猫"为中心的。其他各篇也都是时而叙回忆，时而发议论；时而勾勒一幅景色，时而讥刺某种心理；时而考核故实，时而旁敲侧击；但它仍能吸引人们饶有兴味地读下去，而其中心和脉络也是十分清楚的。其所以能够如此，就因为作者的感情线索是连贯的，读者可以从中体味到作者的性格和爱憎。当然，既然要求如"熟人相对，娓娓而谈"，语言也必须生动隽永；它可以有一点幽默和风趣，但不能啰嗦，必须洗练和简洁。鲁迅一向反对把文章写得朦胧难懂，认为那不过是"变戏法的障眼的手巾"，他要求反此道而行，采用"白描"的手法，并把"白描"扼要地解释为"有真意，去粉饰，少做作，勿卖弄"[27]。他也不赞成精雕细刻，把文章写成供雅人摩挲的"小摆设"[28]。《朝花夕拾》与此相反，它正是以诚恳坦率的真意和洗练晓畅的文笔见称的。这一切就构成了《朝花夕拾》的艺术特点。

这些特点很容易使我们联想到在写《朝花夕拾》的前一年，鲁迅翻译的日本厨川白村《出了象牙之塔》一书中关于Essay（随笔）的论述。他说："如果是冬天，便坐在暖炉旁边的安乐椅子上，倘在夏天，则披浴衣，啜苦茗，随随便便，和好友任心闲话，将这些话照样地移在纸上的东西，就是Essay。兴之所至，也说些以不至于头痛为度的道理罢。也有冷嘲，也有警句罢。既有humor（滑稽），也有pathos（感愤）。所谈的题目，天下国家的大事不待言，还有市井的琐事，书籍的批评，相识者的消息，以及自己的过去的追怀，想到什么就纵谈什么，而托于即兴之笔者，是这一类的文章。"[29]他强调"再随便些"，"再淳朴些，再天真些，率直些"[30]；当然不是用录音机随便记下的任何人不加思索的谈话都是好文章，他说的其实就是鲁迅所谓"有真意，去粉饰，少做作，勿卖弄"。所以他也认为"那写法，是将作者思索体验的世界，只暗示于细心的注意深微的读者们。装着随便的涂鸦模样,其实却是用了雕心刻骨的苦心的文章"[31]。"作者这一面,既须有很富于诗才学殖,而对于人生的各样的现象,又有奇警的锐敏的透察力才对。"[32]厨川白村对散文随笔的特点所作的这些理论性的阐述,对中国曾有过很大的影响;郁达夫说:"至如鲁迅先生所翻的厨川白村氏在《出了象牙之塔》里介绍英国 Essay 的文章,更为弄文墨的人,大家所读过的妙文。"[33]值得注意的是不仅他所阐述的这些特点与《朝花夕拾》的写法有所契合,而且这也是得到鲁迅自己的首肯的。据当时刊登《朝花夕拾》文章的《莽原》负责人之一李霁野回忆:"鲁迅先生在同我们谈到《出了象牙之塔》的时候,劝我多读点英国的 Essay,并教导我勉力写这种体裁的文章。"接着就说他们同鲁迅谈过如"《狗·猫·鼠》这样别开生面的回忆文,似乎都受了一点本书的影响,但是思想意义的深度和广度,总结革命经验的科学性,坚持韧性斗争的激情,都不是《出了象牙之塔》所能比拟,先生倒是也不否认的"[34]。鲁迅并且给他们谈过这类文章的写法:"要锻炼着撒开手,只要抓紧辔头,就不必怕放野马;过于拘谨,要防止走上'小摆设'的绝路。"[35]厨川白村的文艺思想很复杂,我们这里不拟讨论;就他所阐述的散文随笔的写法要求来说,其主要精神在于强调文章要表现作者的艺术个性。所以他说:"在 Essay,比什么都紧要的要件,就是作者将自己的个人底人格的色彩,浓厚地表现出来。从那本质上说,是既非记述,也非说明,又不是议论。……乃是将作者的自我极端地扩大了夸张了而写出的东西,其兴味全在于人格的调子(personal note)。有一个学者,所以,评这文体,说,是将诗歌中的抒情诗，行以散文的东西。倘没有作者这人的神情浮动者，就无聊。作为自己告白的文学，用这体裁是最为便当的。"[36]当然，作家的个性是千差万别的，但读者是众多的，如果作家的"自我"违背时代精神，与读者的要求相抵触，那是无论怎样"夸张"和"扩大"也引不起读者的同感的；即使像熟人相对那样闲谈，也会"话不投机半句多"。但他要求文章要有鲜明的艺术个性和人格色彩，还是十分中肯的。由于这种论点符合了"五四"时期提倡个性解放的时代要求，所以对中国的散文创作曾发生过广泛的影响，鲁迅也包括在内。《朝花夕拾》既是对青年朋友谈"自己的过去的追怀"的，因此热情坦率、纵意而谈；但又抓紧了"辔头"，中心和线索十分清楚。像抒情诗那样，作品的主人公就是作者自己，个性特征和感情色彩都很鲜明。但它不是"小摆设"，不是只供人玩赏和"摩挲"的东西，而是具有深刻的思想意义的。从这点讲，尽管厨川白村也同鲁迅一样提倡文艺批评和社会批评，《出了象牙之塔》就是一本用随笔笔调写的文艺评论和社会评论的书，而且还写过批评日本社会虚伪保守等世态的为鲁迅所赞赏的文章，但就思想深度和艺术价值来说，鲁迅散文随笔的成就确非他"所能比拟"。

鲁迅于1933年写过一篇文章，题名《小品文的危机》[37]，是为了反对《论语》《人间世》等刊物提倡以"幽默""闲适"为内容的小品文而写的。在这篇文章里，他从晋代的清言起，扼要地叙述了散文小品在中国文学史上的发展线索，重点是讲"五四"以来现代散文小品的历史经验；当他谈到现代散文小品的成就的时候，曾说："这之中，自然含着挣扎和战斗,但因为常常取法于英国的随笔(Es-say),所以也带一点幽默和雍容。"这里鲁迅把英国随笔的风格特点概括为幽默和雍容,并且对它的影响采取了肯定的态度。当然,这并不是现代散文小品唯一的或主要的艺术渊源,因为作为历史回顾,鲁迅就已经讲了由晋代清言起的我们自己的传统,而且他所强调的是"挣扎和战斗"。就他自己的作品《朝花夕拾》来看,它的"挣扎和战斗"的历史特点是不容置疑的;它当然也有中国古典文学传统的影响,作品中不仅谈到了许多历史记载和掌故,而且还直接引用过如李济翁的《资暇集》和张岱的《陶庵梦忆》等笔记,也就是小品;这种历史联系是无须多说的。但在写法上同时也有外国随笔的影响,因此"也带一点幽默和雍容"。关于"雍容",我们实际已经谈过很多了,它确实是《朝花夕拾》的显著的风格特点;需要略加申述的是"幽默"。前引厨川白村在论述随笔特点时,本来就提到了 humor,也就是幽默;当时这个译名还未流行,鲁迅把它译为"滑稽"。1926年鲁迅译了日本鹤见祐辅的《说"幽默"》,他当时并不反对幽默,还说此文"虽浅,却颇清楚明白"[38]。三十年代鲁迅才坦率地讲"我不爱'幽默'"[39],那是为了反对《论语》提倡的那种"将屠户的凶残,使大家化为一笑"[40]的脱离人民的倾向;并不是在写法上一律反对机智的可以引起读者会心的微笑或某种喜剧性兴奋的表现手法。幽默决不会是毫无意义的,有时那里边就包含着一定程度的讽刺,有时则是对某些弱点或矛盾的善意的揭示;都是可以引起读者兴味或沉思的部分。就《朝花夕拾》说,除了对"正人君子"之流的尖锐讽刺之外,幽默的特点也是很明显的。如《父亲的病》中写"名医"所用的"奇特的药引","最平常的是'蟋蟀一对',旁注小字道:'要原配,即本在一窠中者。'"。作者插入议论说:"似乎昆虫也要贞节,续弦或再醮,连做药资格也丧失了。"这种议论读后使人失笑,但它是带刺的,同时也起了讽刺的作用。《琐记》的结尾记作者在赴日前曾向一位去过日本的前辈同学请教,他"郑重地"介绍"要多带些中国袜",并将纸票都换成日本银圆。"后来呢?后来,要穿制服和皮鞋,中国袜完全无用;一元的银圆日本早已废置不用了,又赔钱换了半元的银圆和纸票。"由于事情如此可笑,而作者反用平静的笔调细加叙述,它自然就引起了读者善意的微笑。这类例子是很多的,长妈妈的睡相和"严肃"的谈话,念佛的老妪对迎神赛会中的鬼王照例给予的"不胜屏营待命之至"的仪节,都是对善良的人的某些弱点的揭示,也都是富有幽默感的细节。可见问题不在幽默这种写法的运用,而在于它的具体内容和社会作用。就《朝花夕拾》说,把幽默和雍容一并作为它的艺术上的特点,是符合实际情况的。

我们只是借鲁迅所概括的外国随笔对中国散文创作影响的话,来说明《朝花夕拾》的一些艺术特点;但这些特点主要是由作者的创作意图和读者对象决定的,并不单纯是取法于外国随笔的结果。总的说来,《朝花夕拾》在平静朴素的叙述中渗透了作者真挚的感情,在简洁洗练的文笔中有深长的韵味;虽为个人回忆,但有丰富深刻的社会内容。在为数众多的现代散文创作中,它的艺术成就是创造性的,并且具有一定的典范意义。

四

　　《朝花夕拾》出版距今已半个世纪以上，除了作为文艺作品一直为人传诵外，它的文献价值也越来越显著了。首先，它是关于革命文学家鲁迅生平史实的第一手资料。人们渴望知道我国这一伟大人物的孕育、成长和经历，以便从中接受教育，但关于他的早期生活资料并不丰富，许寿裳等人虽然提供了一些，但鲁迅自己的回忆当然是最宝贵的文献。从《朝花夕拾》里，我们可以看到鲁迅早年的完整的形象：对弱者的同情和对封建秩序的反感，同劳动人民的感情上的联系，对于自然美和艺术美的敏锐的感受，对封建礼教的怀疑和对民间的美术与戏剧的热爱，追求新的道路的执着和接受进化论等社会改革思想的热忱，弃医从文的原委和爱国主义思想的迸发，以及辛亥革命中所经历的兴奋和失望。它虽然不是自传，但通过许多具体的史实，我们可以看到鲁迅的成长过程和思想形成的脉络，看到一个对封建思想从反感到决裂，不断探索和追求新的道路的爱国者的足迹。这一切对鲁迅后来所建树的伟大业绩是有密切联系的。故乡的人民生活一直是他进行创作的主要源泉之一，为人民所喜爱的民间艺术是他追求的风格特点。他后来的美术活动如搜集和研究古代石刻画像，编印古代版画笺谱，提倡木刻艺术和介绍苏联版画等，都是同童年时代对美术的热爱有关的。他一贯注意儿童教育和儿童读物，还翻译介绍了《小约翰》《表》等著名外国儿童文学作品，这当然也与他的童年经历有关。总之，对于鲁迅生平传记中的许多重要问题，都可以从《朝花夕拾》中找到渊源或解答。现在出版的《鲁迅传》和《鲁迅年谱》一共已不下十种,其中关于鲁迅三十岁以前的部分,所依据的资料的来源,许多都是这本书所提供的;可见它的文献价值之可贵了。

作为历史文献,当然必须首先肯定鲁迅所写的事实都是可信的;否则尽管它的艺术质量很高,也缺乏史料价值。这本来不应该成为问题,但竟然也有人提出了异议。周作人在他晚年写的《知堂回想录》中,就说鲁迅《朝花夕拾·父亲的病》是"一种诗的描写",药引"平地木"实际并不难找;鲁迅父亲临终时按照绍兴民间风俗,作为长辈的衍太太也没有"特地光临的道理",并说:"《朝花夕拾》里请她出台,鼓励作者大声叫唤,使得病人不得安稳,无非想当她做小说里的恶人,写出她阴险的行为罢了。"又说在《范爱农》中鲁迅"自己主张发电报,那为的是配合范爱农反对的意思,是故意把'真实'改写为'诗'",其实当时鲁迅也是属于反对发电报的一派的。周作人这里所说的"诗",指的就是虚构,这就涉及到了《朝花夕拾》的性质问题;它究竟是一本回忆性的散文还是如周作人所理解的杂有想象和虚构的小说;如果是后者,那就谈不上什么史料价值了。一般地讲,这种看法本来是不值一辩的;但由于周作人的特殊身份,而且他也是根据事实回想的,于是就引起了一些人对本书文献价值的怀疑。其实鲁迅在《朝花夕拾·小引》中明明说它"是从记忆中抄出来的,与实际容或有些不同,然而我现在只记得这样"。既然是"从记忆中抄出来的",就不可能杂有想象和虚构;其中某些地方也可能与事实有些不同,但那全属于记忆上的差误。例如《范爱农》中记他作了悼念范爱农的四首诗,"后来曾在一种日报上发表,现在是将要忘记完了"。今已查明他所作的诗实际上只有三首,发表在1912年8月21日的绍兴《民兴日报》,作者说"四首"显然是记错了。既然是"旧事重提",这类记忆上的差误是可能有的,作者就说他"将要忘记完了";但他又说"现在只记得这样",就是说决没有添枝加叶的虚构。在《朝花夕拾·后记》中讲到无常的图像时,他说"我还确信我的记忆并没有错";《五猖会》讲到背诵《鉴略》的一段时又说"还分明如昨日事";特别是就在《父亲的病》中作者讲到父亲临终前他大声叫唤时的情景说:"我现在还听到那时的自己的这声音。"他的记忆是十分清楚的,而催促他快叫的就是忽然进来了的衍太太。当时鲁迅十六岁,是长子,按照礼节负有"亲视含殓"的重任;而周作人只有十二岁,可以不在现场,他也没有详细描述当时的情况,怎么可以根据一般习俗就断定衍太太不可能在场呢?正因为她是一个以"精通礼节"自诩的人,又住在一门里,她在此紧要时刻忽然"进来"是符合她的性格的,不能从一般民间习俗作推论,至于"平地木",名称本来很多,药店叫紫金牛,绍兴人俗称"老弗大",一时不知何物也是容易理解的;后来不是由于有人指点,"得来全不费工夫"地找到了吗?怎么可以根据自己的知识认为"访求最不费力"就说作者是虚构的呢!根本原因是喜欢平和冲淡的周作人不满意鲁迅关于周家的叙述,而又无法用事实来否定,于是就想以"诗的描写""小说里的恶人"等字样来把它抹掉。至于周作人所记的鲁迅和范爱农当时在政治态度上的一致,并不一定表现在"发电报"这件具体事情上也彼此相同,因为它还关系到电报的内容性质问题。鲁迅明白地说是"主张打电报到北京，痛斥满政府的无人道"。而周作人的回忆则说发电报是"要政府文明处理，以后不再随便处刑"。可以看出，二者的内容是很不相同的。总之，我们虽然不能肯定鲁迅的记载完全无误，但应该肯定其中决没有想象和虚构的成分。如果经过核实，证明某件事确有失实之处，那也是属于记忆上的差误；而不是如周作人所说的鲁迅"把'真实'改写为'诗'"。周作人的这种看法是不可信的，《朝花夕拾》的史料价值不容置疑。

其次，作为参考文献，《朝花夕拾》也为我们理解和研究鲁迅的小说提供了重要的、有用的资料。鲁迅的小说有许多是以故乡为背景的，《朝花夕拾》中关于社会风习、人们的心理状态以及自然风物等的记述，都有助于我们对鲁迅小说中的环境气氛的理解和研究。特别是人物，鲁迅在生活中接触到的和感受很深的真实的人，同他在小说中所创造的典型形象并不是没有关联的。当然，鲁迅并没有把某一具体的人作为他小说中人物的原型，他多次说过他写的人物是"拼凑起来的角色"，因此这种"关联"不是原型和典型形象之间的关系，而是生活积累与艺术创造之间的关系。所谓"拼凑"就是艺术概括、典型化，作者自己也很难分清小说中人物的哪一部分是来自生活中的某人，但它又决不是凭空创造的，而必然有它的坚实的生活依据。当我们读《祝福》时，不是觉得祥林嫂的命运和精神面貌同连姓名也不被人知道的长妈妈有某种相似吗？而当我们读《孤独者》和《在酒楼上》的时候，魏连殳和吕纬甫的曾经追求进步而终于被环境压扁了的知识分子的苦难命运深深地刺痛了我们的心，这时就会自然地浮起了鲁迅所记述的范爱农的潦倒以终的一生。就是《故乡》中那个豆腐西施杨二嫂，我们也不难由她联想到生活中的那个精明能干的衍太太；虽然她们的身份地位和具体行为很不相同，但精神世界却又那么"神似"。甚至从《明天》和《药》中所写的宝儿和华小栓的死，也使我们想到当时社会上实际存在的骗人的庸医。这种联想是有益的，它帮助我们加深了对鲁迅作品的理解，同时也为研究文艺与生活的关系以及鲁迅小说的典型化艺术，提供了重要的依据。

再次，《朝花夕拾》也为中国近代史提供了比一般历史记载更为鲜明和准确的形象化的社会史料。十九世纪末和二十世纪初正是中国新旧交织、发生剧烈变化的时代，这本书就从家庭到学校、从绍兴到仙台，多方面地展示了当时真实的生活场景和社会风习。举例说，当我们讲清末洋务派练海军和兴矿业等"富国强兵"的措施时，还有比鲁迅所描述的南京两所新学堂的"乌烟瘴气"的情况更能有力地显示他们的"业绩"吗？而"西学东渐"在当时青年中所引起的热潮和后果也同样被生动地描绘了出来。辛亥革命是一场更大的全国范围的社会变革，但结果如何呢？绍兴光复后鲁迅和范爱农兴奋地"到街上去走了一通，满眼是白旗。然而貌虽如此，内骨子是依旧的，因为还是几个旧乡绅所组织的军政府，什么铁路股东是行政司长，钱店掌柜是军械司长……"。不久，革命党人王金发带兵进来，做了军政府的都督，然而"在衙门里的人物，穿布衣来的，不上十天也大概换上皮袍子了，天气还并不冷"。招牌虽换，货色依旧；用不了多久，"涂饰的新漆剥落已尽，于是旧相又显了出来"[41]。辛亥革命的失败在这里留下了多么生动真实的图景！作为社会史料，《朝花夕拾》同样是具有文献价值的。

《朝花夕拾》之所以多方面地取得了杰出的成就，最根本的原因是作者不仅是一位卓越的作家，而且是一位坚定的为改变祖国面貌献身的革命者。他不仅有广博的学识和深厚的艺术修养，而且对各种社会现象有敏锐的观察力；他的热烈的爱憎感情渗透于字里行间，因而对读者有强烈的感染力。现在，它已经成为我们所珍惜的文化遗产的一部分，并将在社会主义精神文明的建设中发挥它应有的作用。

1983 年 10 月 28 日脱稿

* * *

〔1〕鲁迅：《朝花夕拾·小引》。
〔2〕鲁迅：1926 年 10 月 7 日致韦素园信。
〔3〕鲁迅：1926 年 11 月 20 日致韦素园信。
〔4〕鲁迅：《南腔北调集·谚语》。
〔5〕鲁迅：《朝花夕拾·小引》说"中三篇是流离中所作，地方是医院和木匠房"；据文后作者自注，此三篇写于 5 月 10 日至 6 月 23 日，但据《鲁迅日记》，作者在医院和木匠房之时间为 3 月 29 日至 5 月 2 日，《小引》中记忆有误。林辰云：作者"追忆之顷，只是泛指写于那一段不安的日子而已"。见《鲁迅事迹考·鲁迅北京避难考》。
〔6〕鲁迅：1926 年 10 月 4 日致韦素园，1926 年 10 月 4 日致许寿裳，1926 年 10 月 15 日致韦素园信等。

〔7〕鲁迅：1926 年 6 月 17 日致李秉中信。
〔8〕鲁迅：《野草》最后两文《淡淡的血痕中》和《一觉》写于 1926 年 4 月 8 日和 10 日；《朝花夕拾》首篇《狗·猫·鼠》写于 1926 年 2 月 11 日。
〔9〕〔12〕鲁迅：《华盖集·忽然想到》。
〔10〕鲁迅：《华盖集·这个与那个》。
〔11〕鲁迅：《坟·杂忆》。
〔13〕冯雪峰：《过来的时代·鲁迅先生计划而未完成的著作》。
〔14〕鲁迅：1934 年 4 月 11 日致增田涉信。
〔15〕〔23〕〔25〕鲁迅：《且介亭杂文二集·〈中国新文学大系〉小说二集序》。
〔16〕鲁迅：《朝花夕拾·后记》。
〔17〕鲁迅：《南腔北调集·我怎么做起小说来》。
〔18〕鲁迅：《且介亭杂文二集·七论"文人相轻"——两伤》。
〔19〕鲁迅：《且介亭杂文二集·再论"文人相轻"》。
〔20〕鲁迅：《呐喊·自序》。
〔21〕鲁迅：《准风月谈·我们怎样教育儿童的？》。
〔22〕鲁迅：1936 年 5 月 8 日致李霁野信。
〔24〕许广平：《欣慰的纪念·鲁迅和青年们》。
〔26〕鲁迅：《三闲集·我和〈语丝〉的始终》。
〔27〕鲁迅：《南腔北调集·作文秘诀》。
〔28〕鲁迅：《南腔北调集·小品文的危机》。
〔29〕鲁迅：《鲁迅译文集》第三卷《出了象牙之塔·Essay》。
〔30〕鲁迅：《鲁迅译文集》第三卷《出了象牙之塔·自己表现》。
〔31〕〔32〕鲁迅：《鲁迅译文集》第三卷《出了象牙之塔·Essay 与新闻杂志》。
〔33〕郁达夫：《中国新文学大系·散文二集导言》。
〔34〕李霁野：《鲁迅先生与未名社》。
〔35〕李霁野：《漫谈〈朝花夕拾〉》，《人民文学》1959 年第 10 期。
〔36〕鲁迅：《鲁迅译文集》第三卷《出了象牙之塔·Essay》。
〔37〕鲁迅：《南腔北调集》。

〔38〕鲁迅：1926年12月8日致韦素园信。
〔39〕〔40〕鲁迅：《南腔北调集·"论语一年"》。
〔41〕鲁迅：《两地书（八）》。

《故事新编》散论

一 性质之争

鲁迅《故事新编》共收作品八篇，写于1922年到1935年，前后历时十三年。

在鲁迅作品中，《故事新编》是唯一的一部存在它是属于什么性质作品的争论的集子。这种不同观点在全国解放前已略露端倪，但尚无人公然说它不是历史小说；在1951年关于新编历史剧的讨论中，因为有人援引《故事新编》为历史剧创作中的反历史主义倾向辩护，就引起了人们对这部作品的性质的思考，但当时并未展开讨论。1956年至1957年间，由于党提出了在学术上百家争鸣的方针，学术思想比较活跃；又由于苏联《共产党人》专论《关于文学艺术中的典型问题》的发表以及它在我国产生了相当广泛的影响，遂对《故事新编》的性质展开了一次比较集中的讨论；发表了一批观点不同的文章，摆出了针锋相对的意见。以后上海《文艺月报》编辑部曾将有代表性的文章编为《〈故事新编〉的思想意义和艺术风格》一书，编者在《前记》中说："这次讨论的中心问题之一是《故事新编》的作品是历史小说，还是讽刺作品。"其实主张《故事新编》不是历史小说的人的更准确的表述，是认为它"是以故事形式写出来的杂文"[1]。因为历史小说与讽刺作品并不是对立的概念，讽刺作品可以包括诗歌、小说、戏剧等多种样式。这次论争并没有取得一致的认识，这个问题也一直没有很好解决。在以后的年月里发表的涉及《故事新编》的文章或书籍中，虽然绝大多数都承认它是历史小说，但对以往论争中的主要分歧，即对作品中有关现代性情节的作用及其与表现历史人物的关系，大多仍采取回避态度；说明对这个问题的认识，迄今仍然是模糊的。

鲁迅自己对《故事新编》性质的说明是很清楚的，即它是历史小说。在《序言》中，他回溯了开始写《补天》时的想法，即"从古代和现代都采取题材，来做短篇小说"，而《补天》是第一篇。他又把历史小说分为两类，一类是"博考文献，言必有据者"，一类是"只取一点因由，随意点染，铺成一篇"者，而他的作品属后一类。虽然他有时称这些作品为"速写"[2]，但"速写"不过是指在艺术上还不够精致和完整而已，它仍然是取材于古代的小说；在《答北斗杂志社问》中他谈自己的创作经验时就说："宁可将可作小说的材料缩成 Sketch，决不将 Sketch 材料拉成小说。"可见速写只是一种没有充分展开的比较短小的小说，并不是另外一种性质。他的《自选集》收创作五种，不收杂文；其中包括《故事新编》，并且解释说它是"神话，传说和史实的演义"[3]，而"演义"一词的通常含义就是历史小说，如《三国演义》之类。1935年12月他正写《采薇》等篇时在给王冶秋、增田涉的信中都说："现在在做以神话为题材的短篇小说。"[4]可见鲁迅视《故事新编》为历史小说是无可置疑的。在写作方法上，这些作品也与他取材于现代生活的小说一样，都是采用典型化的方法。他写现代题材是"大抵有一点见过或听到过的缘由，但决不全用这事实，只是采取一端,加以改造,或生发开去,到足以几乎完全发表我的意思为止"[5]。写历史题材也是"只取一点因由,随意点染,铺成一篇"[6]。对于人物的描写也是如此,他一贯反对"视小说为非斥人则自况的老看法"[7],对《阿Q正传》是这样,对《出关》也是这样;认为小说人物的"一肢一节,总不免和某一个相似,倘使无一和活人相似处,即非具象化了的作品,而邱(韵铎)先生却用抽象的封皮,把《出关》封闭了"[8]。可见《故事新编》之为历史小说,本来应该是没有疑义的;这也就是多数人虽然回避了关于性质之争的主要分歧,却仍然认为它是历史小说的原因。

但不愿承认它是历史小说的一方就毫无根据、他们的观点就毫无合理因素吗?也不尽然。因为关键问题在对于作品中出现的某些现代性情节的理解。这个问题在全国解放前就已存在,如欧阳凡海在《鲁迅的书》中就说:"我们不能说鲁迅取材于历史的小说在原则上是现实主义的,若是从细节上说,鲁迅取材于历史的小说,却没有一篇足以作为现实主义的小说家处理历史题材的完整的类型的。"甚至说鲁迅"因目前的愤懑而扭歪古人的地方,差不多是每篇都有的,这也是因为他对于古人不及今人诚敬的缘故"。而茅盾则认为《故事新编》"给我们树立了可贵的楷式",作者"非但'没有将古人写得更死',而且将古代和现代错综交融,成为一而二,二而一"[9]。很明显,这两种意见是对立的。到五十年代展开论争以后,这种分歧就更明朗化了。主张《故事新编》是历史小说的一方明白地说那些"直接抨击现实的细节""是这部作品的客观上确实存在的缺点",我们"不必为贤者讳"[10]。而另一方则由艺术直感和对鲁迅的虔敬心情出发，不能接受这样的观点；以为如果承认《故事新编》是历史小说，势必要导致鲁迅有反历史主义和反现实主义倾向的结论，而这显然是与作品实际不符合的。于是就特别强调了这些现代性细节的现实意义和战斗作用，甚至说"鲁迅先生原就不想去写什么古人"[11]。因为现代性细节在作品中确实存在，这是双方都承认的，有的人还作了统计，说"占全书篇幅的十分之一左右"[12]；数量虽不算多，但十分醒目，因此争论的焦点就集中在这些现代性情节在作品中所起的作用方面。我们说后来的一些涉及《故事新编》的书籍或文章对此采取了回避的态度，就是说他们既承认《故事新编》是历史小说，又阐述了其中某些针对现实的情节所起的战斗作用，而对于两者之间的关系却一般未加说明；也就是说对于性质之争的焦点未能做出科学的解释，问题依然存在。尽管双方的主张都有某些合理的因素，但都未能从作品实际出发进行深入的分析，因而也就未能充分理解鲁迅对历史小说创作所作的创造性探索及其成就。

细节真实对于现实主义创作诚然是重要的，但也要具体分析这些被认为是缺点的细节在作品中的地位和作用，以及它们对主要人物性格的影响。就《故事新编》来说，各篇所描写的主要人物的言行和性格大致都有典籍记载上的根据，无论是正面形象如女娲、羿、眉间尺及宴之敖者，大禹及墨翟，还是批判性人物如老子、庄子、伯夷、叔齐，在他们身上并没有出现那些带有喜剧因素的现代性细节。即以论争一方所具体指摘的"缺点"来看，那些细节都出于虚构的喜剧性的穿插人物身上，这些人物的出现是否必要和成功，当然可以讨论；但并没有直接损害主要人物的历史真实性则是无疑的。有一篇文章指摘说，这些细节"虽然本身起过一定的战斗作用，但从艺术形象的真实性上看是确实存在的缺点，如《补天》中的'古衣冠的小丈夫'，《理水》中的'OK''莎士比亚'，《采薇》中的'海派会剥猪猡'，《出关》中的'来笃话啥西'等"[13]。以上这些细节分别属于古衣冠的小丈夫、"文化山"上的学者、华山大王小穷奇和函谷关的账房，都是穿插性的虚构的"随意点染"的人物；我们后面将要着重分析这类人物在作品中的意义和作用，但无论如何他们并未对女娲、大禹、夷齐和老子的性格构成损害。就历史真实性来说，由于这些细节的现代特点异常鲜明，如"OK""莎士比亚"之类，反而泾渭分明，谁也不会把它和主要人物活动的历史环境混同起来。这与1951年所讨论的历史剧创作中的反历史主义倾向有着根本的不同；那类作品的特点是使主要历史人物具有现代人的思想、做今天的事，使古代史实与当前现实作不恰当的比拟或影射，这样既不能正确反映古代生活，也不能正确反映现实，因而是反历史主义的；《故事新编》完全不是这样，鲁迅之所以坚决反对小说人物"非斥人即自况"的看法，就是反对把小说中的古代人物当作比拟或影射现实的写法。他对主要人物的描写是完全遵循历史真实性的原则的，其中的某些虚构成分也是为了不"把古人写得更死"，是可能发生的情节，这同对那些穿插性的喜剧人物的勾勒是两种完全不同的写法，因而决不会发生混淆古今的反历史主义的问题。在这一点上，论争中对立的一方不承认《故事新编》有反历史主义和反现实主义的倾向是合理的和正确的，只是把它排除于历史小说之外并不能解决困难。问题必须深入分析，仅凭一种虔敬的感情是无法真正解决学术问题的。如果把问题的焦点集中到这些穿插性的虚构的喜剧人物在作品中出现的意义和作用，则不仅可以解决"性质之争"的主要分歧，而且有助于我们深入理解鲁迅对创作历史小说的认识与实践。

1956年之所以展开一次关于《故事新编》的"性质之争"，是与苏联《共产党人》专论《关于文学艺术中的典型问题》的发表和影响直接有关的。该文于1955年发表后，《文艺报》于1956年第三期全文译载，并在全国发生了广泛的影响。这篇文章的内容主要是批判马林科夫在苏共"十九大"的报告中关于"典型是一定社会历史现象的本质"和"典型问题任何时候都是政治问题"的提法，文章斥之为烦琐哲学和教条主义。它认为"这种把两者（典型同党性）等同起来的做法，会促使人们以反历史的态度来对待文学和艺术的现象"。它要求"在艺术创作中要从生动的现实中的事实和现象出发，而不要从主观的设想和意识出发。真正的共产主义的党性是同主观主义的一切表现格格不入的，是同把人物变成思想的简单传声筒，把不适合人物性格的思想和感情强加在人物身上的这种做法格格不入的"。在当时关于《故事新编》的讨论文章中，从开始起就有人援引专论作为理论的依据，实际上是把《故事新编》的写法作为反历史的从主观出发的态度来看待，认为鲁迅把不适合人物性格的思想感情强加在历史人物身上了。另外一些人显然感到不能这样看问题，但又无力做出理论上的说明，于是就把《故事新编》视为杂文式的讽刺作品，以便摆脱关于典型问题理论的拘束。这当然就会出现不能自圆其说的地方，也无力起到保卫鲁迅的作用。其实《共产党人》专论当时是为赫鲁晓夫上台制造舆论的，并不是在马克思主义文艺理论上有什么重要的突破。典型不能与党性等同起来，并不说明作者的倾向性对于典型创造就没有重要意义；典型问题诚然不同于政治问题，但这并不等于说典型性格可以不包括政治内容。文艺作品的表现方式更有它的独创性和多样化的问题，文学艺术历史发展的丰富经验是启发作家进行创造性探索的源泉之一，其中包括创造新的表现方式的问题。这最终要经过社会实践和效果的检验；不承认这一点而只从概念上推理和追求逻辑的完整性，同样是烦琐哲学和教条主义。马林科夫的提法是片面的，但专论却从一个片面走向另一个片面。就《故事新编》的写法来说，它既然是鲁迅的一种独特的创造，我们就应该从实践效果上看它是否成功，以及考察作者这种创造性探索的历史渊源和现实根据，并对它做出一定的评价。任何不能概括作家新的成功的创造的理论都是苍白的，而仅仅根据一篇外来文章就指摘不合于该文论点的本国著名作品，则不仅是教条主义的，而且也是十分轻率的。这次"性质之争"之所以未能取得应有的成果，是完全可以理解的。

二　关于"油滑"

鲁迅的《故事新编·序言》说他在《补天》中写了一个"古衣冠的小丈夫"，"是从认真陷入了油滑的开端。油滑是创作的大敌，我对于自己很不满"。但又说以后各篇也"仍不免有油滑之处，过了十三年，依然并无长进"。这就给我们提出了两个问题：第一是"油滑"的具体内容指什么？第二是它在作品中究竟起什么作用，为什么鲁迅既然对此不满而又历时十三年还在坚持运用？从鲁迅所指出的"古衣冠的小丈夫"看来，它是指虚构的穿插性的喜剧人物；它不一定有古书上的根据，反而是从现实的启发虚构的。因为它带有喜剧性，所以能对现实起到揭露和讽刺的作用；鲁迅认为"喜剧将那无价值的撕破给人看。讽刺又不过是喜剧的变简的一支流"[14]。所谓"油滑"，即指它具有类似戏剧中丑角那样的插科打诨的性质，也即具有喜剧性。在《〈出关〉的"关"》中，鲁迅说他对老子用了"漫画化"的手法，"送他出了关，毫无爱惜"，而并未将老子的"鼻子涂白"。老子是《出关》的主要人物，"漫画化"是一种根据他原来具有的特征加以突出和夸张的写法，是作家进行典型概括时常用的方法，并不属于"油滑"的范围；而如果将"鼻子涂白"则将使老子成为丑角一类的可以调侃和插科打诨的人物，这对历史人物老子显然是不适宜的。但《出关》中也不是没有"鼻子涂白"的人物，被人指为"缺点"的说"来笃话啥西"的账房就是一个，要听老子讲恋爱故事的书记当然也是；他们在作品中只是穿插性的"随意点染"的人物，但在他们身上可以有现代性的词汇和细节，这就是"油滑"的具体内容。鲁迅指出，《故事新编》"除《铸剑》外，都不免油滑"[15]，其实《铸剑》中那个扭住眉间尺衣领，"说被他压坏的贵重的丹田，必须保险，倘若不到八十岁便死掉了，就得抵命"的瘪脸少年，也是穿插进去的喜剧性人物；不过笔墨不多，没有掺入现代性细节而已。这类人物以《理水》中为最多，文化山的学者、考察水利的大员，以及头有疙瘩的下民代表，都属此类；在他们身上出现了许多现代性细节，但都没有直接介入作品的主要人物和主要线索，都是穿插性的。问题不在分量的多寡而在性质，这些喜剧性人物除过与故事整体保持情节和结构上的联系以外，他们都有现实生活的依据，在他们身上可以有现代性的语言和细节。这种如茅盾所说的"将古代和现代错综交融"[16]于一身的特点，就是"油滑"的具体内容。鲁迅的创作态度是严肃的，他认为"油滑是创作的大敌"，而且还批评过别人作品的"油滑"[17]，但鲁迅又说："严肃地观察或描写一种事物，当然是非常好的。但将眼光放在狭窄的范围内，那就不好了。"[18]严肃和认真是就创作态度说的，如果对创作采取的是油滑的态度，那当然不好，所以说是"创作的大敌"。但作者在观察和描写时使自己视野开阔，敢于做"冲破一切传统思想和手法的闯将"[19]，又是另一回事。鲁迅对于"油滑"的写法，历十三年而未改，并且明白地说"此后也想保持此种油腔滑调"[20]，当然是就这种手法的艺术效果考虑的，而不能理解为他决定要采取不严肃的创作态度。其实当他"止不住"要写一个"古衣冠的小丈夫"时，态度也是严肃的，就是希望在取材于古代的小说中也对现实能起比较直接的作用；但如何能在不损害作品整体和古代人物性格的前提下做到这一点，他正在进行艺术上的新的探索。他不希望别人奉为圭臬，而且深恐它会导致创作态度的不够认真和严肃，这是他所"不满"的主要原因。他说，《故事新编》"都不免油滑，然而有些文人学士，却又不免头痛，此真所谓'有一利必有一弊'，而又'有一弊必有一利'也"[21]。难道真的是利弊参半吗？事实并不如此。鲁迅曾说："譬如中国人，凡是做文章，总说'有利然而又有弊'，这最足以代表知识阶级的思想。其实无论什么都是有弊的，就是吃饭也是有弊的，它能滋养我们这方面是有利的；但是一方面使我们消化器官疲乏，那就不好而有弊了。假使做事要面面顾到，那就什么事都不能做了。"[22]我们当然不能说这种"油滑"的用法绝对没有弊，它被人指为"缺点"就是一弊，然而鲁迅所以坚持运用者，就因为这种写法不仅可以对社会现实起揭露和讽刺的作用，而且由于它同故事整体保持联系，也可以引导读者对历史人物做出对比和评价。文学史上不乏这样的例子，某些情节似乎是不真实的，但就作品整体说来，它反而有助于作品的真实性。卢那察尔斯基曾指出过这一点："只要它具有很大的、内在的、现实主义的真实性，它在外表上无论怎样不像真实都可以。"他举"漫画笔法"为例说："用这种人为的情节，不像真实的情节，比用任何其他方法更能鲜明而敏利地说明内在的真实。"[23]就《故事新编》中这些穿插的喜剧性人物来说，由于它是以古人面貌出现的，与故事整体保有一定联系，我们可以设想古代也有这种在精神和性格上类似我们在现实生活中所习见的人物；同时它又可以在某些言行细节中脱离作品所规定的时代环境，使我们可以鲜明地感到它的现实性，使它与作品的主要人物和主要线索保持一定的距离，从而除对现实生活产生讽刺和批判作用以外，还可以使人们易于对历史人物和事件产生理解和做出评价；这就是"油滑"对作品整体所起的作用。当然，这种古今杂糅于一身是会产生矛盾的，但一则它是穿插性的，对整体不会有决定性影响；二则它集中于喜剧性人物身上，而"鼻子涂白"的丑角式的人物本身就是有矛盾的，这是构成喜剧性格的重要因素。捷克学者普实克对《故事新编》这种手法给予了很高的评价，视为开创了世界文学中历史小说的新流派。他说:"鲁迅的作品是一种极为杰出的典范,说明现代美学准则如何丰富了本国文学的传统原则,并产生了一种新的结合体。这种手法在鲁迅以其新的、现代手法处理历史题材的《故事新编》中反映出来。他以冷嘲热讽的幽默笔调剥去了历史人物的传统荣誉,扯掉了浪漫主义历史观加在他们头上的光圈,使他们脚踏实地地回到今天的世界上来。他把事实放在与之不相称的时代背景中去,使之脱离原来的历史环境,以便从新的角度来观察他们。以这种手法写成的历史小说,使鲁迅成为现代世界文学上这种流派的一位大师。"[24]

鲁迅于写毕《非攻》之后,正在酝酿《理水》等篇时,在致萧军、萧红的信中说:"近几时我想看看古书,再来做点什么书,把那些坏种的祖坟刨一下。"[25]鲁迅笔下的这些喜剧性人物的言行,就其实质说来,本来是古今都存在的,其中并非没有相通的地方。鲁迅曾在《又是"古已有之"》一文中,对一些骇人听闻的社会现象从"古已有之"谈到"今尚有之",又谈到还怕"后仍有之"[26];又说过从史书中可以"知道我们现在的情形,和那时的何其神似,而现在的昏妄举动,胡涂思想,那时也早已有过,并且都闹糟了"。"总之:读史,就愈可以觉悟中国改革之不可缓了。"[27]他写历史小说和写现代生活题材的小说一样,都是为了"揭出病苦,引起疗救的注意"[28],目的都是为了改变现实,因此才把不"将古人写得更死"作为创作时遵循的原则;而喜剧性人物的出场,即所谓"油滑之处",却明显地有可以使作品整体"活"起来的效果,有助于使古人获得新的生命。鲁迅曾翻译了日本芥川龙之介的以古代传说为题材的小说《鼻子》和《罗生门》，并介绍其特点说："他想从含在这些材料里的古人的生活当中，寻出与自己的心情能够贴切的触着的或物，因此那些古代故事经他改作之后，都注进新的生命去，便与现代人生出干系来了。"[29]其实芥川的注入新生命只表现在材料的选择和感受的传达方面，在表现上仍然用的是传统的方法；而鲁迅，为了探索在历史小说中如何将古人写"活"，使作品能更好地为现实服务，他采用了"油滑"的手法，并且一直保持了下去；可见他对这种写法的好处是经过认真思考的。他所考虑的不是它是否符合"文学概论"中关于历史小说的规定，他曾说"如果艺术之宫里有这么麻烦的禁令，倒不如不进去"[30]；他所思考的是这种写法所带来的艺术效果和社会效果。所谓"有一利必有一弊"，所谓对自己"不满"，主要是指他不愿提倡和让别人模仿这种写法；因为如果处理不当，是很容易影响到创作态度的认真和严肃的。所谓"油滑是创作的大敌"，就在于此。鲁迅希望读者从作品中得到的是"明确的是非与热烈的爱憎"，而不是模仿的帖括或范本。因为这种手法确实是不易学习的，"弊"很可能就出在这上面。茅盾对此深有体会，他一方面说《故事新编》"给我们树立了可贵的楷式"，一方面又说"我们虽能理会，能吟味，却未能学而几及"。他并且对"继承着《故事新编》的'鲁迅主义'"的作品进行了考察，认为"就现在所见的成绩而言，终未免进退失据，于'古'既不尽信，于'今'也失其攻刺之的"[31]。足见鲁迅自称"油滑"是"不长进"，不仅是自谦，而且是有深刻用心的。

三 "二丑艺术"

鲁迅在《故事新编》中所采用的这种"油滑"的写法，在以往的文艺作品中是否有类似的存在呢？我们已经说明这是指一种穿插性的喜剧人物：这种人物既同作品整体有一定的情节上的联系，同时又可以脱离规定的时代环境而表现某些现代性的语言或细节；它通常是"鼻子涂白"式的和有点油腔滑调的，而且能对现实起讽刺的作用。根据这些特点，我们自然会联想到戏曲艺术中的丑角。鲁迅有一篇《二丑艺术》的杂文，我们现在不谈这篇文章的思想意义，仅就鲁迅所举的浙东戏班中二丑这种角色在剧目整体中的作用来看，他所扮演的身份既然是依靠权门贵公子的清客或拳师，则舞台上演出的一定是一出有关一位古代贵公子的剧目，二丑当然也在故事中有一定的任务；但他在表演中又可以"回过脸来，向台下的看客指出他公子的缺点，摇着头装起鬼脸道：你看这家伙，这回可要倒楣哩！"[32]。台下的看客当然是现代人，那么就二丑这一人物来说，当然就是古今交错于一身了。据徐淦《鲁迅先生和绍兴戏》一文介绍，绍兴"乱弹班""除了大花脸（净）、小花脸（小丑）之外，还有二花脸，三花脸，四花脸之分，而二花脸——二丑尤为重要"[33]。别的剧种的丑行分得没有这么细，但戏曲中的丑角都有这种特点，即有时可以脱离剧情和规定的时代环境而表现某些现代性的语言细节，则各剧种都是相同的。为什么可以如此呢？就因为他是丑角，可以油腔滑调，可以插科打诨，谁也不会把丑角的脱离剧情的穿插性的现代语言当作剧情的一部分。即以大家都熟悉的京剧而论，生旦等扮演严肃的古代人物的角色说话时用"韵白",只有丑角和花旦说的是接近生活的语言"京白";而花旦,鲁迅说海派戏叫"玩笑旦","他(她)要会媚笑,又要会撒泼,要会打情骂俏,又要会油腔滑调。总之,这是花旦而兼小丑的角色"[34]。丑角或花旦都是可以油腔滑调的,他们在舞台上说接近现代口语的京白不但没有使人觉得破坏了历史故事的整体,反而是使整体的演出获得成功的必要条件;所以清李斗《扬州画舫录》记"花部角色"云:"丑以科诨见长,……惟京师科诨皆官话,故丑以京腔为最。"不但如此,他们还可以脱离剧情而插入有关现代生活的语言细节,而且演出时反应热烈,并没有受到什么指责。现在电台还经常广播的京剧唱片《连升店》,是名丑萧长华和小生姜妙香合演的,内容是叙述一个势利眼的店主人对应考的穷书生前倨后恭的态度;当那个书生嫌把他安置在堆草的小屋表示不满时,店主人说:"嗬!他还想住北京饭店呐!"剧场立刻充满了笑声。又如尚小云和荀慧生合演的《樊江关》,也是电台的保留节目,内容是叙述樊梨花和薛金莲姑嫂之间的拌嘴的;当樊梨花自炫她"自幼拜梨山老母为师"时,由荀慧生饰演的薛金莲(花旦应工)立刻接着说:"嗬!你有师傅,是科班出身,我也不是票友呀!"这当然是就两位演员的身份说的,而不是就唐代故事中的两个剧中人物的身份说的;由于他们是著名演员,所以反应特别强烈。丑角的这种特点在全国各剧种中都是存在的;鲁迅就曾指出:"绍兴戏文中,一向是官员秀才用官话,堂倌狱卒用土话的,也就是生,旦,净大抵用官话,丑用土话。我想,这也并非全为了用这来区别人的上下,雅俗,好坏,还有一个大原因,是警句或炼话,讥刺和滑稽，十之九是出于下等人之口的，所以他必用土话，使本地的看客们能够彻底的了解，那么，这关系之重大，也就可想而知了。"[35]鲁迅说二丑"乃是小百姓看透了这一种人，提出精华来，制定了的角色"[36]。这就是说丑角的一些特点，包括说接近口语的"警句或炼话"，像二丑那样脱离规定的古代环境的"讥刺和滑稽"，都是长期以来为人民所创造和批准的，因此它才会在全国各剧种中形成一个普遍存在的传统。川剧名丑周企何在《川剧丑角艺术》一文中说，丑角"有时也不妨来点生活语言，更见效果"[37]。他所谓生活语言实际上就是指脱离剧情规定的现代性语言细节。

这个传统是很古老的，它绝不仅仅属于表演艺术的范围，而且在戏剧文学中也同样存在；就是说剧作家在创作时就给丑角规定了他在剧中的"油滑"的任务。元杂剧中丑、搽旦等喜剧性角色，都有穿插性的科诨成分。著名剧作家关汉卿的作品中就有很多，甚至在《窦娥冤》这样的悲剧中也穿插着楚州太守在大堂上跪迎告状的，说"但来告状的就是我衣食父母"的喜剧性细节。在旦本戏《蝴蝶梦》第三折末，丑扮的王三明日将被处死，他问狱卒张千怎样死法，张千云："把你盆吊死三十板，高墙丢过去。"王三云："哥哥，你丢我时放仔细些，我肚子上有个疖子哩。"这还属于调侃和滑稽性质，但接下去王三却唱起来，才唱"端正好"第一句"腹揽五车书"，张千惊问："你怎么唱起来？"王三回答"是曲尾"。[38]就这里的对话看，张千是以演员和观众身份发问，王三是以演员或作者的身份作答，皆脱离了宋代故事《蝴蝶梦》的剧情和时代，是穿插进去的现代性细节。以后如明沈璟的传奇《义侠记》，写武松与西门庆故事，丑扮王婆，净扮西门庆，小丑扮武大；到武大及西门庆死后，又以净扮差役，小丑扮乔郓哥。在第十九出《薄罚》中，王婆的白语有："（丑扯净介）老爹，西门庆是他装作的。（扯小丑介）武大郎不死还搬戏。"这里丑扮的王婆显然是告诉观众那两位演员又重扮另外的角色出场了，与剧情中的古代故事毫无关系。这个传统一直保持了下来，六十年代初新创作的湖南花鼓戏《补锅》，是现代题材，写一农村少女与一青年补锅匠恋爱，女方的母亲看不起补锅的，而她家的锅又坏了，于是这两个青年乘机设计了一些喜剧性细节，来促进老妈妈的转变；最后老妈妈觉察到了真相，问道："你们两个演的什么戏啊？"二人同时回答："湖南花鼓戏。"于是故事就以喜剧形式结束了。这个戏的演出效果很好，还拍了电影；扮演青年男女的演员是继承了传统戏中丑与花旦的特点的，即可以脱离所扮演的规定角色而掺入演员自己的另外一种身份的语言。这些为历代剧作家所习用的丑角的"油滑"特点以及可以脱离作品规定的时代环境而自由发挥的特点，也为戏剧理论家和批评家所承认，清李渔《闲情偶寄》词曲部，认为科诨"乃看戏之人参汤"，"妙在水到渠成，天机自露，我本无心说笑话，谁知笑话逼人来"。李渔由他的文艺观点出发，不赞成丑角运用讽刺，而着重在科诨的"雅俗同欢"的作用，但对其喜剧性特点还是重视的。明谢肇淛《五杂俎》云："凡为小说及杂剧戏文，须是虚实相半，方为游戏三昧之笔，亦要情景造极而止，不必问其有无也。……凡事事考之正史，年月不合，姓字不同，不敢作也。如此则看史足矣，何名为戏？"清梁廷枏《曲话》云："《牡丹亭》对宋人说大明律，《春芜记》楚国王二竟有'不怕府县三司作'之句，作者故为此不通语，骇人闻听；然插科打诨，正自有趣，可以令人捧腹，不妨略一记之。"他注意到了某些剧作中的今古杂糅不是作者一时的疏忽，而是故意为之，是插科打诨所允许的。当然，古代剧作中的一些脱离剧情的喜剧性穿插不一定有很高的思想意义，有时只是为了"令人捧腹"；但这样的写法是一种由来已久的传统，而且在关汉卿、汤显祖等著名大作家的作品中也同样存在，却是无疑的。

其实丑角"油滑"的可贵之处主要还在于它能机智地对现实进行讽刺，古今交错的目的也在于它能对"今"进行嘲讽和批评。关于丑角可以讽刺的传统尤其古老，它源于古之俳优；优孟衣冠，它的职能本来就是寓庄于谐、进行讽谏的。历史上这类记载连绵不绝，王国维所辑《优语条》中所收甚多。今转录其所辑钱易《南部新书》一则："王延彬独据建州，称伪号，一旦大设，伶官作戏，辞云：'只闻有泗州和尚，不见有五县天子。'"这种利用"泗州"和"五县"成对的谐语来当面讽刺盘据五县地盘当皇帝的统治者，应该说是机智而勇敢的。这个传统也是流传下来了的，《明史纪事本末》卷三十七"汪直用事"条载："汪直用事久，势倾中外，天下凛凛。有中官阿丑，善诙谐，恒于上前作院本，颇有谲谏风。一日，丑作醉者酗酒状前，遣人佯曰：'某官至！'酗骂如故。又曰：'驾至！'酗亦如故。曰：'汪太监来！'醉者惊迫帖然。旁一人曰：'驾至不惧，而惧汪太监何也？'曰：'吾知有汪太监，不知有天子。'又一日，忽效（汪）直衣冠，持双斧趋跄而行，或问故，答曰：'吾将兵惟仗此两钺耳！'问钺何名？曰：'王越、陈钺也。'上微哂。自是而直宠衰矣！"这是明代成化时丑角讽刺宦官擅权的故事。丑角的这种以油滑的姿态讽刺现实的特征一直为人民所喜爱,清末昆曲名丑杨鸣玉,人称"苏丑杨三",死时正值甲午之战前后,当时李鸿章主持签订中日和约,为人所不齿,曾有人作联语云:"杨三已死无苏丑,李二先生是汉奸。"传诵一时。可以看到人们对丑角艺术的爱好。而清末京剧名丑刘赶三是以在戏中借题发挥、嘲笑统治者闻名的;最后竟因讽刺李鸿章的丧权辱国受杖责,郁愤而死。可见丑角在历史题材的戏曲故事中虽然也扮演着某种穿插性的人物,与作品整体保持一定联系,但他的喜剧性格可以允许他以油滑的姿态对现实进行揭露或讽刺。这一传统渊源悠久,一直为人民所喜闻乐道,而且从社会效果看也从未造成使剧情整体发生时代错乱的感觉。这种文艺现象难道不值得人们去注意吗?

我们对于这种文艺现象的美学意义还缺乏研究,但决不能认为它只是一种原始形态的落后的表现方式。这种为人民所创造并经过历史检验为人民所欢迎的表现方式,尽管其中杂有许多庸俗的成分,但它的表现能力和艺术效果都是不容争辩的。鲁迅说:"我是不薄'庸俗',也自甘'庸俗'的。"[39]一个严肃的重视人民美学爱好的作家,是会注意到这种文艺现象的价值和它的意义的。德国戏剧家布莱希特著有《中国戏曲表演艺术中的间离效果》一文[40],他是吸取了中国古典戏曲的特点而创立了自己著名的戏剧流派的。他认为中国戏曲表演的特点就是"间离效果",演员只是表演人物而不是全部化为剧中人物;表演的目的不是把观众的感情吸引到剧情中去,而是让观众保持评判的立场,能用清醒的头脑来观察舞台上所发生的一切。他认为中国戏曲演员在演出中与所扮人物区分开的方法是"自我间离",它可以使观众清醒地保持他同舞台的距离,而不致陷入舞台幻觉。他说:"戏曲演员在表演时的自我观察是一种艺术的和艺术化的自我间离的动作,防止观众在感情上完全忘我地和舞台表演的事件融合为一,并十分出色地创造出二者之间的距离。但这绝不排斥观众的共鸣,观众会跟进行观察的演员取得共鸣,而他是习惯处于观察者、旁观者的地位的。"[41]值得注意的是布莱希特讲的不仅是演剧理论,而且是剧作理论;他自己就是一位剧作家,还用他特有的戏剧手法写了以中国题材为内容的剧本《四川好人》《高加索灰阑记》。应该说,古典戏曲中的丑角艺术是最符合他所要求的既是演员、又是角色的双重身份的,而且它也确实起到了引导观众或读者对作品整体进行思考和评价的间离效果的作用。我们这里并不想对布莱希特的戏剧理论做出评价,但我们不能不承认,他对中国戏曲,特别是丑角艺术的观察是敏锐的,他抓住了它的特点和优点。

四 戏曲的启示

鲁迅为了使历史小说能对现实发生最大的作用,为了在古代题材中也能有社会批评的内容,他当然会从文艺的历史经验中汲取有益的成分,丰富自己的艺术表现力,这就是他之所以要长期保持"油滑之处"的原因。他对中国的传统戏曲十分熟悉。他虽然不大看京剧,主要是因为那时京剧"已被士大夫据为己有,罩进玻璃罩"[42]了;但对绍兴戏和目连戏却是十分喜爱的,尤其是目连戏。他写专文介绍的"无常""女吊"的形象,都是出现在目连戏中的;他自己"在十余岁时候"还曾瞒着父母扮演过鬼卒[43],而且一直保留着美好的记忆。他说"大戏"(即绍兴戏)和"目连"的"不同之点:一在演员,前者是专门的戏子,后者则是临时集合的 Amateur(业余演出者)——农民和工人;一在剧本,前者有许多种,后者却好歹总只演一本《目连救母记》"[44]。《目连救母记》讲的是佛的大弟子目连入地狱救母的故事,唐代已有讲这个故事的"变文",《东京梦华录》"中元节"条云:"构肆乐人,自过七夕,便般目连救母杂剧,直至十五日止,观者增倍。"鲁迅在《无常》中所引明张岱《陶庵梦忆》"目连戏"条,说演出"凡三日三夜"。明代有一部《目连救母行孝戏文》,共有一百出之多。这个故事历代皆有演出,越搞越长。其实它的主要故事情节并没有变,只是穿插的小故事越来越多,因此才能演出许多天。就故事主线来说,它是敬神的宣传因果报应的很正经的戏,但穿插的小故事却都是一些具有相对独立性的诙谐油滑的应归丑角表演的节目。后来在舞台上独立演出的剧目《定计化缘》《瞎子观灯》《王婆骂鸡》《哑子背疯》以及由《和尚下山》《尼姑思凡》合成的《僧尼会》,原来都是《目连救母记》中的穿插性节目。鲁迅特别欣赏的"鬼而人,理而情,可怖而可爱的无常"和"带复仇性的,比别的一切鬼魂更美,更强的"女吊[45],以及"比起希腊的伊索,俄国的梭罗古勃的寓言来""毫无逊色"的"武松打虎"故事[46]也都是《目连救母记》中的人物和故事。鲁迅说:"这是真的农民和手业工人的作品,由他们闲中扮演。借目连的巡行来贯串许多故事"。[47]由于它在民间是由劳动人民业余演出的,这些穿插性故事一般都有诙谐油滑的特点；它同主要线索目连救母的联系很少，而且大部都带喜剧色彩。它是人民自己创作的，内容反映了一些社会现实，说出了一些平时不敢说的话，它为鲁迅所喜爱是很容易理解的。鲁迅不但过了多少年还记得"无常"的唱词，而且还在《朝花夕拾·后记》中自己画了一幅他所记得的"活无常"，是我们现在所见到的鲁迅的唯一美术作品。他说农民做目连戏"虽说是祷祈，同时也等于娱乐"[48]，是十分喜爱这些活动的。目连戏中的一些精彩节目也为专业的大戏（即绍兴戏）所演出，所以鲁迅说要真正知道"无常"的可爱，"最好是去看戏。但看普通戏也不行，必须看'大戏'或者'目连戏'"[49]。究竟"无常"在戏中如何可爱呢？下面一段文章记述了绍兴戏演出《跳活无常》的情况，无常"领了老婆儿子去捡一个路边的猪头吃；谁知那不是猪头，却是狗头，当他去捡时，竟给狗咬了一口。于是，他便拍拍蒲扇骂起狗来了。他用各种各样的话语，骂了各种各样的狗。这时，台下观众中间，便不断地发出哄笑，觉得他骂得好，有意思，诙谐可笑"。"还有，那活无常嫂不仅漂亮，而且活泼，不愧是活无常的老婆。"[50]可以看出，这是由丑角和花旦扮演的讽刺喜剧，表演诙谐油滑，但重要的是他机智地骂了现实中的各种各样的狗，吐出了人们心中的不平，取得了讽刺的强烈效果。可见人们喜爱目连戏，与目连救母的故事简直没有什么关系，他们所喜爱的都是一些穿插性的喜剧小节目。

鲁迅也十分喜爱绍兴戏，《社戏》中记述了他幼年时看戏的情景："忽而一个红衫的小丑被绑在台柱子上，给一个花白胡子的用马鞭打起来了，大家才又振作精神的笑着看。

在这一夜里,我以为这实在要算是最好的一折。"据徐淦《鲁迅先生和绍兴戏》一文考证,这折戏名叫《游园吊打》,内容是叙述唐宰相卢杞陷害忠良、纵子作恶的;卢子携帮闲老丁至忠良朱文光家抢亲,被花白胡子的朱文光将恶少吊打了一通,直到恶少写了"服辩"(悔过书)为止。恶少由小丑扮,老丁由二丑扮;"服辩"的词句是:"恶少:'抢姣姣。'老丁:'起祸苗!'恶少:'下遭再来抢姣姣。'老丁:'变猪变狗变阿猫!'"这里就为鲁迅所欣赏的二丑艺术提供了一个生动的例证。鲁迅对绍兴戏的熟悉还可以从他的小说的细节描写中看出来。当阿Q发生"生计问题",决定要打小D的时候,他将手一扬,唱道:"我手执钢鞭将你打!"于是演出了一场和小D不分胜负的"龙虎斗";而当他用"儿子打老子"的精神胜利法得意起来去酒店的时候,唱的却是《小孤孀上坟》;这些唱词的选择都是紧扣人物的心理状态的。由于"生计问题"是不能用精神胜利法来解决的,所以它是阿Q出走以至后来想要革命的关键,这时他就不再唱一向感兴趣的《小孤孀上坟》,而要"我手执钢鞭将你打"了。这句唱词出自绍兴戏《龙虎斗》,是叙一个武艺出众的小将为报父仇而坚决要打宋朝皇帝赵匡胤的,那么它对阿Q后来的命运之重要,便是不言而喻的了。从这些地方我们可以了解鲁迅熟悉地方戏曲的情况,他是深爱这些和人民保持血肉联系的民间艺术的。鲁迅杂文中也有些篇是引用戏曲故事来阐述他的思想的,如《准风月谈·偶成》以群玉班的情况来揭露反动文艺的遭人唾弃;《且介亭杂文·脸谱臆测》以戏曲脸谱来勾勒一些反动文人的嘴脸。鲁迅还说他的小说"只要觉得够将意思传给别人了,就宁可什么陪衬拖带也没有。

中国旧戏上,没有背景,新年卖给孩子看的花纸上,只有主要的几个人,我深信对于我的目的,这方法是适宜的"[51]。这就是说他所追求的是像中国的旧戏和年画那样的单纯朴素的风格。他之所以喜爱旧戏和年画,就因为它是农民喜爱的艺术;这同他喜爱目连戏和绍兴戏的情形是一样的。他十分注意农民的艺术趣味,这是他的作品富有浓厚的民族特色的重要原因。他认为绍兴戏中的二丑是"小百姓""制定了的角色",绍兴戏中丑角的分档很细,正说明了人民对丑角艺术的欣赏和重视;这是不会不引起一向重视农民艺术趣味的鲁迅的注意,并给他的创作以有益的启示的。中国戏曲演的都是历史故事,它对古代人物和事件的处理方式,对于正在写历史小说的鲁迅来说,当然也是不会不引为借鉴的。

鲁迅不仅在他的青少年时期培育了他对戏曲的爱好和感情,而且他对中国戏曲的文献资料也是十分熟悉的。戏曲和小说的关系本来很密切,许多传统剧目都来自古典小说;鲁迅是专门研究中国小说史的,他在研究过程中一定会接触到许多有关戏曲的文献资料。《华盖集·补白》有一段话说:"记得宋人的一部杂记里记有市井间的谐谑,将金人和宋人的事物来比较。譬如问金人有箭,宋有什么?则答道,'有锁子甲'。又问金有四太子,宋有何人?则答道,'有岳少保'。临末问,金人有狼牙棒(打人脑袋的武器),宋有什么?却答道,'有天灵盖'!"这是他在五卅运动后写的杂文,是批判当时"不以实力为根本的民气"论的。值得注意的是他所引用的这条宋人杂记的材料恰恰是伶人作杂戏时说的话,而且显然是与丑角的油滑和讽刺的特点紧密相关的。这条材料见于宋代张知甫的《可书》,原文云:"金人自侵中国，惟以敲棒击人脑而毙。绍兴间有伶人作杂戏云：'若要胜其金人，须是我中国一件件相敌乃可。且如金国有粘罕，我国有韩少保；金国有柳叶枪，我国有凤凰弓；金国有凿子箭，我国有锁子甲；金国有敲棒，我国有天灵盖。'人皆笑之。"鲁迅在引用时并没有查阅原书，所以文字有所出入，这正证明了他平日对戏曲中丑角以油滑的姿态讽刺现实的传统留有十分深刻的印象；而这对于他创作历史题材的小说是不会没有启示作用的。小说与戏曲当然是两种不同的文艺形式，但有些创作原则并不是不能相通的。清方东树《昭昧詹言》"附论诸家诗话"第五十二条引黄庭坚论古体诗"煞句宜活"时说："如杂剧然，要打诨出场。"方东树还用杂剧的打诨来比喻苏轼"波澜浩大，变化不测"的七言古诗[52]。如果戏曲中的打诨或油滑的手法可以运用于古体诗而取得"活"的效果的话，那么鲁迅在力求不"将古人写得更死"的历史小说中，这种传统对他不是更有值得借鉴的地方吗？《故事新编》中关于穿插性的喜剧人物的写法，就是鲁迅吸取了戏曲的历史经验而做出的一种新的尝试和创造。它除了能对现实发生讽刺和批判的作用以外，并没有使小说整体蒙受损害，反而使作者所要着重写出的主要人物和故事更"活"了。

五　且说《补天》

所谓"油滑之处"并不是《故事新编》的主要部分，我们用了许多篇幅来阐述，是因为它是一个有争议的问题。作为历史小说，鲁迅每一篇都着重描写了历史或神话传说中的重要人物,这些形象的塑造和它的意义,才是《故事新编》的主要部分。下面我们将从鲁迅的第一篇历史小说《补天》开始,分别对这些作品的内容和成就,提出一些自己的理解和看法。

鲁迅在《故事新编·序言》中说:"第一篇《补天》——原先题作《不周山》——还是1922年的冬天写成的。那时的意见,是想从古代和现代都采取题材,来做短篇小说,《不周山》便是取了'女娲炼石补天'的神话,动手试作的第一篇。"这说明在写出了《狂人日记》《阿Q正传》等著名作品以后,鲁迅正在扩大自己的视野,进行艺术上的新探索。这不仅表现在他开始用新的观点来处理古代题材方面,而且也是在创作方法和艺术风格上的新探索。鲁迅说他在构思《补天》时追求一种"宏大"的结构与风格[53],茅盾说《补天》的"艺术境界"是"诡奇"[54],以及我们在读到女娲抟土作人和炼石补天时那种雄伟的瑰丽的画面,都显示了这篇作品的浪漫主义的特色。这是与神话的题材和女娲的宏伟的形象有关的。《故事新编》是"神话,传说及史实的演义"[55],而八篇中只有《补天》是取材于神话的。照鲁迅的说法,神话是古代人民"睹天物之奇觚,则逞神思而施以人化想出古异,谀诡可观"[56],而传说则为神话演进以后,中枢者已由"神格""渐近于人性","或为神性之人,或为古英雄,其奇才异能神勇为凡人所不及"者[57],所以《中国小说史略》举女娲炼石补天及共工怒触不周山为神话,而举羿射十日及嫦娥奔月为传说。古代神话是人类童年时期征服自然的想象结晶,高尔基认为"浪漫主义是神话的基础",它是"从既定的现实中所抽出的意义上再加上——依据假想的逻辑加以推想——所愿望的、所可能的东西,这样来补足形象"[58]的。中国古籍中虽有关于女娲神话的记载,但皆十分简略,鲁迅既然意在表现人和文学的创造的缘起,要在人类诞生的黎明期来表现女娲创造生命和生活的巨大的喜悦与艰辛,他在构思时寻求"宏大"的结构与风格,用他的美好的想象来塑造女娲的形象,他自觉地运用浪漫主义的方法是很自然的。鲁迅对古代神话十分欣赏,他认为"太古之民,神思如是,为后人者,当若何惊异瑰大之",使"思想文术"达到"庄严美妙"的境界[59]。《补天》可以说就是他对这个神话故事的"惊异瑰大"的产物。鲁迅之所以对"古衣冠的小丈夫"的出现感到有点遗憾,确实是因为它对原来创作意图的"宏大"结构和"庄严美妙"的画面有所损害;但这种穿插性的人物不仅使神话故事与现实有了联系,而且也并没有影响女娲的宏伟壮美的形象。它反而使作品突破了弗洛依特学说的限制,着重描写了女娲创造性工作的喜悦和艰辛;她对这种猥琐丑恶的小人物给予了最大的轻蔑,从而使伟大的创造力在对比中展现出了更为瑰丽动人的色彩。

　　鲁迅虽然是革命现实主义的奠基人,但他对浪漫主义并不是陌生的。早在童年时代,他就对《山海经》的神话故事发生了浓厚的兴趣,《补天》中的"女娲氏之肠"的情节就源于《山海经》的《大荒西经》。据周遐寿回忆,鲁迅少年时"早就寝而不即睡,招人共话,最普通的是说仙山"。"想象居住山中,有天然楼阁,巨蚁供使令,名阿赤阿黑,能神变。"[60]可见很早他就习于驰骋自己的想象力。到他开始从事文艺事业时,首先吸引他的便是以拜伦、雪莱为代表的浪漫主义的摩罗诗派。只是由于严峻的社会现实的影响,鲁迅才走上了现实主义的创作道路。但我们仍然可以从他对现实的批判中感到他对理想的追求,从他的冷静的刻画中感到作者的灼热的感情。作家总是希望通过正面形象来体现自己的美学理想的,正因为鲁迅在现实中还没有找到可以充分寄托自己理想的现实力量,而他对理想的追求又十分执着和强烈,因此他就把这种热情凝聚到古代神话传说中的人物身上了;《补天》《奔月》《铸剑》这三篇前期所写的历史小说其实都是英雄的颂歌,尤其是《补天》。鲁迅在缅怀古代人民神思的基础上,对之"惊异瑰大",焕发了自己的浪漫主义的才情。

鲁迅说《不周山》"原意是在描写性的发动和创造,以至衰亡的";又说他是"取了佛罗特说,来解释创造——人和文学的——的缘起"[61]。但在作品的具体描写中,我们只从女娲的精力洋溢和极端无聊的心境中,看到有一点性的苦闷的影子,而主要篇幅则是描绘女娲进行创造性工作的喜悦和艰辛,是对创造精神的歌颂。许寿裳曾说:"鲁迅是诗人,他的著作都充满着美的创造精神。"[62]在描绘女娲为之献身的最初和最宏大的创造性工作的情景中,作者倾注了他的全部热情。鲁迅曾说他在"学了一点医学"以后,才明白了"虐待异性的病态",[63]可见他是在日本留学时期接触到弗洛依特学说的;1921年在《译了〈工人绥惠略夫〉之后》一文中他说:"但性欲本是生物的本能,所以便在社会运动时期,自然也参互在里面。"[64]但如同他对待任何外国学说一样,他从未对弗洛依特学说予以全面肯定。不仅在后期他指出过"佛洛伊特恐怕是有几文钱,吃得饱饱的罢,所以没有感到吃饭之难,只注意于性欲"[65]。就在前期,他也指出了"奥国的佛罗特一流专一用解剖刀来分割文艺,冷静到入了迷,至于不觉得自己的过度的穿凿附会",因为他只"研钻着一点有限的视野"。[66]在他介绍厨川白村的《苦闷的象征》时,既指出了厨川同柏格森和佛罗特学说的渊源关系,又指出了厨川与他们的"小有不同"[67];厨川把文艺看作是"苦闷的象征",是受压抑的生命的创造活力同强制性的压抑力冲突的产物,这种受压抑的内容当然也可以包括性的苦闷。鲁迅是痛感到社会的黑暗而要求有冲决"萎靡锢蔽"的创造精神的[68],他很重视厨川的这种"小有不同";因此才在描绘女娲的创造工作时,写了她在创造之前由周围现实所感到的"懊恼"和"无聊"。正如他在一则《小杂感》中以警句的形式所写的:"人感到寂寞时,会创作;一感到干净时,即无创作,他已经一无所爱。创作总根于爱。杨朱无书。"[69]可见他在描写女娲的创造精神时是为了写她的热爱生活才写到她的懊恼和无聊的,并不是着意在宣扬弗罗依特学说。这是就他的"原意",即最初的构思说的;到作品完成的时候,由于写了女娲献身以后践踏创造业绩的"女娲氏之肠"等情节,也由于写了古衣冠的小丈夫和脸有白毛的老道士这类喜剧性的穿插人物,作品的现实感大大增强了,因而也就突破了弗洛依特学说的限制,而成为一曲创造精神的壮丽颂歌。

女娲的形象是通过抟土作人和炼石补天两起创造性劳动来描绘的。小说一开始,就在广阔的宇宙间展现出了浓艳的画卷,"粉红的天空"、"石绿色的浮云"、"血红的云彩"、"流动的金球"、"冷而且白的月亮"、"嫩绿"的大地、"桃红和青白色"的杂花、"斑斓的烟霭"——这种色彩缤纷的绚丽的奇景宛如一幅巨大的画幅,而当女娲"擎上那非常圆满而精力洋溢的臂膊,向天打一个欠伸,天空便突然失了色,化为神异的肉红"。她走到海边,"全身的曲线都消融在淡玫瑰似的光海里,直到身中央才浓成一段纯白"。多么神异美丽的景象,女娲就是在这样的背景下开始创造了人类的。由于女娲"全体都在四面八方的逬散",那些软泥揉捏的小东西都从她的身上得到了生命,都是这位巨人的后裔。她第一回在天地间看见笑,"于是自己也第一回笑得合不上嘴唇来",长久地浸沉在创造性劳动所带来的喜悦中。在炼石补天中,"情形不比先前,——仰面是歪斜开裂的天,低头是龌龊破烂的地,毫没有一些可以赏心悦目的东西了"。这里作者着力描写的是这种创造性劳动的艰辛和女娲的献身精神。她终于"累得眼花耳响,支持不住了"。但仍以极大的毅力坚持着,"风和火势卷得伊的头发都四散而且旋转,汗水如瀑布一样奔流",最后"天上一色青碧",大功告成了;而她也在"用尽了自己一切"之后"躺倒"了,"而且不再呼吸了"。这位人类之母以浑厚淳朴的心地,坚毅顽强的自我牺牲精神,创造了人类赖以生存的环境;她的劳动是艰辛的,但也给创造者自己带来了欢乐、勇气和满足。作者歌颂了女娲,实际上也就是歌颂了古代劳动人民创造了人类和世界的伟大业绩。

鲁迅并不是一味缅怀往古的人,他并没有忘记现实世界中还存在着形形色色的有负于先民创造的猥琐丑恶的破坏者。在女娲正要点火补天的时候,出现了含着眼泪的小丈夫;而在她死后,颛顼的禁军竟然在她死尸的肚皮上扎了寨,并且自称是"女娲的嫡派",旗子上也写了"女娲氏之肠"。鲁迅曾经尖锐地指出过"一方面是庄严的工作，另一方面却是荒淫与无耻"[70]的社会现实，在《补天》中，这种对比尤其强烈：一方面是伟大的创造，另一方面却是卑琐的破坏；这不仅更其显示了创造精神的崇高，而且也使作品的思想意义大大深化了。正因为如此，始终面向现实的鲁迅才一直沿用了由《补天》开始的"油滑"的穿插，使之成为《故事新编》的重要的思想与艺术特色。

《补天》的艺术风格不仅与《呐喊》中其他各篇不同，而且在《故事新编》中也是独具一格的。在瑰丽的背景下，主人公女娲是神奇的，场面更是惊心动魄的，试看看补天时的情景。"火焰的柱，赫赫的压倒了昆仑山上的红光。大风忽地起来，火柱旋转着发吼，青的和杂色的石块都一色通红了，饴糖似的流布在裂缝中间，像一条不灭的闪电。"这样奇异壮丽的画面是浪漫主义的最浓重的一笔。难道中国的神话故事真的那么贫乏吗？它不过如鲁迅所说，有待于后人"惊异瑰大之"罢了。读了《补天》，我们不能不敬仰女娲的创造性劳动，同时也不能不赞叹塑造伟大的女娲形象的作者的创作力。

六 《奔月》与《铸剑》

《奔月》和《铸剑》是鲁迅经历了女师大学潮、五卅运动和三一八惨案之后，离开北京在厦门和广州写作的。如他自己所说："我来厦门，虽是为了暂避军阀官僚'正人君子'们的迫害，然而小半也在休息几时，及有些准备。"[71]他是抱着"真的猛士，将更奋然而前行"和"寻求别种方法的战斗"南下的[72],因此所谓"休息"和"准备",实际上必然是休整和总结经验的意思。这时正值鲁迅思想变化的前夕,他需要静下来思考一些问题;而当时厦门和广州的生活又为他提供了这样的条件。他"一个人住在厦门的石屋里,对着大海,翻着古书,四近无生人气,心里空空洞洞"[73]。就是在这种背景下他又开始了《故事新编》的写作。而在广州,则"慨自被供在大钟楼上以来,……孤子特立"[74],情形和厦门差不多。他感到"寂静浓到如酒,令人微醺"。他能"听得自己的心音,四远还仿佛有无量悲哀,苦恼,零落,死灭,都杂入这寂静中,使它变成药酒,加色,加味,加香"[75]。当时正值大革命高潮,全国都卷入了动荡变化的激流,人们都在选择自己的道路,历史要求鲁迅思想有一个新的飞跃。在厦门他"在静夜中,回忆先前的经历"[76],他正在总结经验,清理自己的思路,考虑今后的道路。其中他思考得最多的一个问题就是老一代和青年一代的关系。鲁迅在北京是和青年并肩作战的,而且认为"创造这中国历史上未曾有过的第三样时代,则是现在的青年的使命"[77]!但他也知道青年有各式各样,不能一概而论。还在1925年关于"青年必读书"的论争中,他就说过"我自问还不至于如此之昏,会不知道青年有各式各样"[78]。在他从"先前的经历"思考自己与各种不同表现的青年的关系时,他是从战斗效果的角度来考察问题的。这种心情,就在《奔月》和《铸剑》的人物塑造中有了投影;因为这两篇作品所表现的是战士的命运和战士的道路的严肃主题。

鲁迅是一向反对"视小说为非斥人即自况的老看法的"[79],但他又说:"但小说里面,并无实在的某甲或某乙的么?并不是的。倘使没有，就不成为小说。纵使写的是妖怪，……在人类中也未必没有谁和他们精神上相像。"[80]《奔月》和《铸剑》是写古代传说的，我们不能径直说它是写现实中的某人；但就精神上有某种相像而言，它又确实有现实的投影，特别是鲁迅当时心情的投影。《奔月》以英雄羿为主人公，但不是写他当年射日的战功和雄姿，而是着力铺写他在完成了历史功绩之后的遭遇；《铸剑》中的黑色人不惜献身来坚决复仇的坚强刚毅的精神以及他同青年眉间尺的关系，而他的名字"宴之敖者"恰好又是鲁迅用过的笔名，因此在这两位战士的形象身上，我们不能不感到他们精神的某些方面与小说作者的联系，不能不感到鲁迅的经历和心情在作品中的投影。当然，这决不能穿凿成为"自况"说，但指出这一点对理解作品的思想意义并不是不重要的。其实不仅作品中的主人公不能用"自况"说来解释，即如《奔月》中的逢蒙，尽管现在研究者已经找出有许多细节包含着对高长虹的讽刺，但我们仍然只能把他当作一个传说中的人物来理解；高长虹这种类型的青年不过同他在精神上有相似之处罢了。林辰在《鲁迅与狂飙社》一文中谈到《奔月》时说："但在当时，除鲁迅和景宋之外，大概只有长虹一人领悟这小说的含义罢。在《两地书》未出版前，读者是无法明白的。"[81]可见重要的仍然在这些形象本身的意义。他们身上有现实的投影只能说明作者的创作过程和作品的现实性，这可以在一定程度上帮助我们理解人物形象的精神实质，但不能脱离作品而堕入索隐式的泥坑。鲁迅指出："纵使谁整个的进了小说，如果作者手腕高妙，作品久传的话，读者所见的就只是书中人，和这曾经实有的人倒不相干了。"[82]我们读《奔月》和《铸剑》,当然也只能把羿和黑色人作为古代传说中的战士形象来理解。

《奔月》着重描写了战士的遭遇。羿是曾经射落九个太阳,射死封豕长蛇,为民除害的英雄,但现在不仅无用武之地,人们也早已忘记了他,老婆子甚至骂他是"骗子"。门庭冷落,彤弓高悬,生活的艰难不说,最痛心的是弟子逢蒙的背叛,反过来还造谣、诬蔑,甚至暗害他;妻子嫦娥不耐清苦,离开他奔月了,只剩下他一个人,孤独而寂寞。这对于一个战士说来,是难堪的;但也是许多战士所曾经有过的遭遇,《补天》中女娲不也是在她为人类献出一切以后被那些世界的毁坏者在她肚皮上扎寨的吗?鲁迅也说过:"我其实还敢站在前线上,但发现当面称为'同道'的暗中将我作傀儡或从背后枪击我,却比被敌人所伤更其悲哀。"[83]世界上有这样的事情并不重要,重要的是战士对之所采取的态度。作品描写了羿的勇敢豪迈的性格,他虽然感到寂寞和孤独,但并不悲观。看看他在愤怒中射月的情景:"身子是岩石一般挺立着,眼光直射,闪闪如岩下电,须发开张飘动,像黑色火,这一瞬息,使人仿佛想见他当年射日的雄姿。"战士依然是战士,即使失败了,他仍然决定吃饱睡足,再去找一服仙药,吃了追上去。羿不仅勇猛,而且正直和豪迈,但周围却是逢蒙那样的青年和嫦娥那样的女人,他当然会感到寂寞。这里确实倾注了鲁迅自己的经验和感情,他痛感到"有些青年之于我,见可利用则尽情利用,倘觉不能利用了,便想一棒打杀,所以很有些悲愤之言"[84]。又说:"我现在对于做文章的青年,实在有些失望;我看有希望的青年,恐怕大抵打仗去了,至于弄弄笔墨的,却还未遇着真有几分为社会的,他们多是挂新招牌的利己主义者。"[85]这类青年看到"活着他不能吸血了,就要打杀了煮吃,有如此恶毒"[86]。逢蒙的形象确实有这类青年的投影,所以羿给了他最大的蔑视,哈哈大笑地教训他说:"这些话你只可以哄哄老婆子,本人面前捣什么鬼?俺向来就只是打猎,没有弄过你似的剪径的玩意儿。"羿态度开朗,在诅咒声中径自走了。鲁迅对于类似遭遇的态度也是这样的,一方面他要对着诬蔑他的人"黑的恶鬼似的站着"[87],一方面仍然对青年采取热情帮助的态度;如他所说,"不能因为遇见过几个坏人,便将人们都作坏人看"[88],这种态度和情绪是影响到了羿的战士形象的塑造的。尽管羿的遭遇是令人叹息的,但事业永生,雄姿常存,战士依然是战士;鲁迅在羿的精神气质中注入了强烈的感情。《奔月》的主要情节都有古书上的根据,包括逢蒙的剪径;只是在羿的女侍中有一些喜剧性的穿插。

《铸剑》写的是正在进行战斗的战士。眉间尺和黑色人,一个是正在成长的复仇者,一个是久经锻炼的老战士,他们共同向"善于猜疑,又极残忍"的国王进行反抗和复仇;这里当然体现了老一代和青年一代在战斗中的关系。这个传说本身就富有人民性,鲁迅"只给铺排,没有改动"[89];但这是就故事轮廓说的,重要的是写出了人物的性格。作者由眉间尺与水缸里的老鼠搏斗起笔,正是要写一个怀有深仇大恨的青年如何由善良优柔而成为刚强坚定的战士的;像他父亲在熔炉中铸剑那样,在听了母亲的严肃的申诉以后,眉间尺的心也由人民的苦难和复仇的希望而铸炼成才了。他没有恐惧,没有彷徨,"像是猛火焚烧着",走上了复仇的道路。但像一切缺乏斗争经验的青年战士一样，仅有勇气和决心是很难取得战果的。在听了黑色人的教导以后，他毫不犹豫地抽剑削下了自己的头；而这颗不屈的头最后在金鼎的沸水中欢快地跳着复仇之舞，唱着复仇之歌，终于在"嫣然一笑"中完成了他与敌人血战到底的战士的形象。它说明战士的性格不是天生的，而是像铸剑一样，需要在斗争中去铸炼。

但作者着力描写的却是黑色人宴之敖者，他是在眉间尺被闲人包围、处境困难的时候出现的。他的特点是冷峻，令人战栗的冷峻；满身黑色，瘦得如铁，甚至在他提出要眉间尺的剑和头来报仇的时候，他的声音也是"严冷的"，没有任何惋惜或犹豫。他只说："聪明的孩子，告诉你罢。你还不知道么，我怎么地善于报仇。你的就是我的，他也就是我。我的魂灵上是有这么多的，人我所加的伤，我已经憎恶了我自己！"这就把复仇的性质升华到了人民对统治者和压迫者的反抗；他忍受着过重的创伤，承担着过多的苦痛，他懂得生活的严峻和斗争的残酷，他的感情里只有憎恶，包括憎恶自己的无力，而把全部力量集中到一个神圣的目标，要为一切遭受苦难的人民报仇。冷峻是他的性格特征，这是复仇的需要，也是热情凝聚到极点的结果，像那把纯青的雄剑一样，这是久经铸炼的坚决要为人民复仇的性格。他的一切行动指向一个目标，以生命向压迫者作无情的殊死的战斗。这个形象是鲁迅的伟大创造，它反映了鲁迅渴望和期待着新的战斗的巨大热情。

鲁迅在致增田涉的信中谈到《铸剑》时说："但要注意的，是那里面的歌。"又说"第三首歌，确是伟丽雄壮"。[90] 这些歌是根据《吴越春秋》中"勾践伐吴外传"的歌调改写的，强调了复仇的意义和性质。鲁迅在晚年写的复仇的鬼魂《女吊》的开始，就引了明末王思任的话："会稽乃报仇雪耻之乡。"这与勾践复仇的故事有关；鲁迅这里采用了它的歌调，使复仇精神更加强烈地表现了出来。本来变戏法的场面是复仇的高潮，是作者着意渲染铺排的部分，这些雄壮激越的歌就使作品的战斗性和抒情性大大增强了，这些歌其实也是鲁迅心中的歌。经过两个战士的头颅协力作战，终于将王头咬得"眼歪鼻塌，满脸鳞伤"，在"四目相视，微微一笑"中完成了复仇的胜利。鲁迅曾说："与革命爆发时代接近的文学，每每带有愤怒之音；他要反抗，他要复仇。"[91]《铸剑》的写作，不仅反映了鲁迅要求投入新的战斗的心情，也是反映了当时处于大革命高潮时期的时代特点的。

"伟丽雄壮"不仅是那首歌的特点，也是《铸剑》全篇的艺术特色。宴之敖者和后来的眉间尺都是"铁的人物"，就像鲁迅所称赞的木刻画那样，"放笔直干"，"黑白分明"，[92]它所呈现的是一种刚劲有力的美。鲁迅一向欣赏这种力的艺术，他称赞汉人石刻"气魄深沉雄大"而认为明代木刻"有纤巧之憾"。[93]他也称赞《毁灭》《铁流》等苏联小说写了"铁的人物和血的战斗，实在够使描写多愁善病的才子和千娇百媚的佳人的所谓'美文'，在这面前淡到毫无踪影"[94]。《铸剑》中当然也写到残忍、多疑和愚蠢的国王和他那些颟顸的臣属及王妃，而且投以揶揄和嘲笑，但就主要人物老一代和青年一代两个同力协作的复仇者的形象来说，确实是"铁的人物和血的战斗"，刚劲有力，线条分明，有强烈的震撼人心的力量。

七 《非攻》与《理水》

《非攻》写于1934年8月,《理水》写于1935年11月,距《铸剑》写成已经七八年了,时代背景和鲁迅自己的思想都发生了重大的变化。当时的中国处于十年内战时期,日本侵略者占领了中国的东北以后,正向华北一带扩展;鲁迅已经成为伟大的共产主义者,是当时风靡全国的左翼文化运动的旗手;这些时代的和作家思想的特点必然会在作品中反映出来。以《非攻》《理水》为开端的鲁迅后期写的五篇历史小说都表现了作家在自觉地运用历史唯物主义的观点来处理古代题材,致力于真实地反映历史的本质,而且洋溢着乐观主义的精神。在题材选取和喜剧性人物的穿插等方面,都表现了强烈的现实性和战斗性,使之能够更好地为思想文化战线的现实斗争服务。这样就使后期这几篇作品带有了与前期不同的思想和艺术的特色。

《非攻》和《理水》中所塑造的墨子和大禹的形象的最重要的特点,是不仅他们的"阻楚伐宋"或"理水"的业绩体现了人民的利益和愿望,而且他们本身就体现了劳动人民的气质和风格,而这一切又是符合文献记载的,这才是真正"中国的脊梁"。在写成《非攻》后一个月,鲁迅写了《中国人失掉自信力了吗》的名文,尖锐地批判了当时流行的不相信人民力量的历史唯心主义思潮。其中说:"我们从古以来,就有埋头苦干的人,有拚命硬干的人,有为民请命的人,有舍身取法的人,……虽是等于为帝王将相作家谱的所谓'正史',也往往掩不住他们的光耀,这就是中国的脊梁。"[95]他所举的这些"中国的脊梁"的重要的特点,就是"干",

而不是空谈。鲁迅一向重视改革的行动和实践,而且这正是导致他思想向前发展的重要原因。他强调路是人走出来的,"遇见深林,可以辟成平地的,遇见旷野,可以栽种树木的,遇见沙漠,可以开掘井泉的"[96]。早在前期,他就认为"现在的青年最要紧的是'行',不是'言'"[97]。而他后期告诫左翼作家的首要一点,就是"坐在客厅里谈谈社会主义,高雅得很,漂亮得很,然而并不想到实行的。这种社会主义者,毫不可靠"[98]。墨子和大禹所以是"中国的脊梁",就因为他们是"埋头苦干"和"拚命硬干"的人。要"干",即从事改变现实的实践,当然很辛苦;远不像《非攻》中的曹公子鼓吹"民气"或《理水》中文化山上的学者们那样轻松,但历史的真正创造者人民群众从来就是这样的。鲁迅深知过去的史籍"涂饰太厚,废话太多,所以很不容易察出底细来。正如通过密叶投射在莓苔上面的月光,只看到点点的碎影"[99]。因此他主张"即如历史,就该另编一部",以便"褫其华衮,示人本相,庶青年不再乌烟瘴气,莫名其妙"[100]。他后期写历史小说首先从"中国的脊梁"墨子和大禹写起,正是自觉地运用历史唯物主义,做拨开密叶来显示月光的工作。

如同儒家的称道尧舜,道家的称道无怀氏、葛天氏一样,墨家自称是直接师承大禹的。《庄子·天下篇》就记载墨子称道大禹治水的话说:"禹亲自操橐耜,而九杂天下之川,腓无胈,胫无毛,沐甚雨,栉疾风,置万国。禹大圣也,而形劳天下也如此。"而且认为"不能如此,非墨之道也,不足为墨"。所以墨子和大禹在许多方面是一致的,艰苦朴素的生活、不辞劳顿的奔波、言行一致的作风,等等;

这一切都体现了劳动人民的品德和风格，而这正是作者所要歌颂的。他写墨子，不是宣传墨家的兼爱思想，而是由"阻楚伐宋"这一侧面来写墨子的反对侵略。当然，"非攻"的思想基础是与兼爱分不开的；但在"阻楚伐宋"这件事上，"兼相爱，交相利"已成为国与国之间关系的基础，而不是一般的哲学原则了。由他所选择的这一侧面出发，通过许多细节，他着意渲染了墨子的平凡。他的穿着是旧衣破裳，草鞋，背着破包袱，像一个乞丐；当听从公输般的劝告借穿上好的但是太短的衣裳去见楚王时，就像"高脚鹭鸶似的"。吃的是窝窝头和盐渍藜菜干；要喝水就到井边"绞着辘轳，汲起半瓶井水来，捧着吸了十多口"。半夜赶路歇下来，就"在一个农家的檐下睡到黎明，起来仍复走"。总之，是从生活细节上写他的劳动人民的习惯和气质。小说开头两节写了墨子对子夏弟子公孙高和民气论者曹公子的蔑视的态度，然后正面展开了对侵略者楚王及其帮凶公输般的斗争。他早已安排自己的弟子管黔敖、禽滑釐等在宋国做了抵抗的准备，对侵略者并不抱幻想；并且叮嘱说："你们仍然准备着，不要只望着口舌的成功。"因此他与公输般的斗争既是智慧的较量，也是力量的斗争。他从容沉静，不卑不亢，义正词严，锋利敏捷，在对垒中鲜明地显示了他的勇敢机智的特点。墨子有真理，有群众，有胆量，有智慧；他的以于人民有利为标准的真理观显示了与实际生产活动有联系的古代思想家的特色。这个形象是鲜明的和丰满的。在论战的层次上也深具匠心，表现了墨子与公输般既是政敌、又是同乡的特殊关系。在墨子的对比下，楚王的昏庸和公输般的狡黠就很明显了。这些情节都有文献的根据，只是曹公子虽也有记载说他是墨子的弟子,但这个形象却全是鲁迅的创造。他是在宋国做了两年官之后才变了样的,他那夸张地"手在空中一挥"、叫嚷"我们都去死"的表演,在精神上是与三十年代民族主义文学家的叫嚷"准备着我们的头颅去给敌人砍掉"十分相像的。墨子说:"不要弄玄虚,死并不坏,也很难,但要死得于民有利。"显示了墨子反对空谈、重视实践的思想特色。和墨子的性格特征相适应,《非攻》采取了简洁的叙述式写法,故事情节如流水般地缓缓展开,表现了一种单纯朴实的风格。

对鲁迅说来,《理水》中大禹的形象的孕育时间是相当长的。在青少年时期,鲁迅经常探访的故乡名胜古迹中就有禹陵;1912年在《〈越铎〉出世辞》中,他热烈称颂故乡人民"复存大禹卓苦勤劳之风"[101]。1917年作《〈会稽郡故书杂集〉序》[102],对大禹表示无限景仰,以后又写了《会稽禹庙窆石考》[103],对窆石的由来、文字刻凿的年代以及后人的种种说法作了谨严的考证。无疑,大禹的"埋头苦干"和"拚命硬干"的精神对鲁迅是有深刻影响的。《理水》不仅写大禹为民治水的与自然灾害作斗争的功绩,更着重写了围绕治水问题他与周围的人的斗争,突出了为民谋利的正义事业的艰巨性。小说是要塑造禹的光辉形象的,但前两节不仅禹没有登场,而且在开场时连禹的存在也成了问题,小说正是由一场"世界上是否真有这个禹"的激烈论战开始的。鲁迅让一些喜剧性人物充分表演,通过文化山的"学者"和"乡下人"之间展开的这场形式荒唐、内容严肃的论争,赋予了禹的形象以深刻的人民的性质。禹不是孤立的一个人,他的背后站着被称为"愚人"、其实是最聪明的"乡下人",

他是劳动人民利益的代表者。那些文化山上的官场学者,那些考察水情的昏庸的"中年的胖胖的大员",以及奴才气十足的"下民的代表",都以喜剧性人物的姿态,作为禹的对立面纷纷登场了。鲁迅运用了许多现代性语言,把他们的鼻子都涂上了白粉,让他们充分表演,自我揭露,显出"历史小丑"的原形。鲁迅这样写不仅是为了讽刺当时的社会现实,而且是要用这些"历史小丑"来衬托出历史的真正主人,禹和他的同事们,以及他所代表的劳动人民。

就在水利局的要员们大排筵宴,淋漓尽致地表演丑剧的时候,"一群乞丐似的大汉,面目黧黑,衣服破旧,竟冲破了断绝交通的界线,闯到局里来了"。在那群要员被吓退了酒意、狼狈地"退在下面"的场面中,"禹便一径跨到席上,在上面坐下","伸开了两脚,把大脚底对着大员们,又不穿袜子,满脚底都是栗子一般的老茧"。这就是小说的主人公,当然也是历史的主人公——禹和他的同事们的精彩的出场。接着是一个会议的场面,禹出场后并没有立刻说什么,而是让那群要员们再次提出种种荒谬的"建议",然后他突然大声地说出了自己的意见:"我经过查考,知道先前的方法:'湮',确是错误了。以后应该用'导'。"于是围绕着两种治水方法,实际上是革新和守旧的两种思想,展开了一场短兵相接的论争。鲁迅用夸张和揶揄的口吻来渲染那些要员们的恐惧和愤怒,以及拚死维护陈规旧法的挣扎,但禹斩钉截铁地说:"我查了山泽的情形,征了百姓的意见,已经看透实情,打定主意,无论如何,非'导'不可!这些同事,也都和我同意的。"他指的是和他同来而并未在论争中说话的人,"一排黑瘦的乞丐似的东西,不动,不言,不笑,像铁铸的一样"。这里用笔浓重，含义深刻；它提醒读者，不仅禹的治水方法是从实际出发和来自老百姓的，而且他的背后有"乞丐似的"穷困艰苦而又"铁铸"般坚定的支持这个世界的人民。禹的形象是高大和深厚的，在他身上作者概括了劳动人民勤劳坚毅的品德，革新精神和求实精神的结合。这些描写都有文献上的根据，穿插进去的喜剧性人物虽多，但并未对禹的历史真实性有所损害；反之，这些学者和官吏的表演不仅有讽刺社会现实的作用，而且它突出了理水绝不只是对自然界的斗争，历史本身就是必须经过艰苦的对立面的斗争才能前进的。

在小说的结尾，写了禹回京以后，管理了国家大事，在衣食上"态度也改变一点了"，终于连商人也说起好来。其变化颇似《范爱农》中所写的王金发于辛亥革命胜利后进入绍兴的情况："穿布衣来的，不上十天也大概换上皮袍子了，天气还并不冷。"[104]鲁迅并没有忘记历史的规定性，他是严格地以历史唯物主义观点来处理这一题材的。

八 《出关》与《起死》

《出关》和《起死》的主人公是老子和庄子，是通过他们的形象和言行来批判老庄思想的。三十年代，在民族危机日益严重的情况下，"恰如用棍子搅了一下停滞多年的池塘，各种古的沉滓、新的沉滓，就都翻着筋斗漂上来，在水面上转一个身，来趁势显示自己的存在了"[105]。在这些泛起的沉滓中，就有不少奇谈怪论实质上是宣传老庄思想的。有的人搬出"柔能克刚"的说法来鼓吹以不抵抗为抵抗，有的人向青年推荐《庄子》与《文选》；有的宣扬"老庄是上流"，有的在做"高人兼逸士梦"。还有人以"文人相轻""文坛悲观"等口舌来抹杀是非，否定原则，真是"彼亦一是非，此亦一是非，是与非不想辨；'不知周之梦为蝴蝶欤，蝴蝶之梦为周欤？'梦与觉也分不清"[106]。这一切说明老庄思想在现实中仍然有很大影响，鲁迅除在一些杂文中结合现实斗争予以尖锐批判外，还感到有必要"把那些坏种的祖坟刨一下"[107]，于是他写了《出关》和《起死》，让老子和庄子的形象在现实社会关系中显示出他们的学说的虚伪和矛盾。

　　鲁迅对老庄思想从来是采取批判态度的。对于老子，早在《摩罗诗力说》中他就以"进化如飞矢"的道理，批判了老子的"不撄人心"的倒退的哲学思想。在《说不出》一文中他说："太上老君的《道德》五千言，开头就说'道可道非常道'，其实也就是一个'说不出'，所以这三个字，也就替得五千言。"[108]《汉文学史纲要》评论老子说："老子之言亦不纯一，戒多言而时有愤辞，尚无为而仍欲治天下。其无为者，以欲'无不为'也。"这仍然是他写《出关》时的看法。他说："那《出关》其实是我对于老子思想的批评。""这种'大而无当'的思想家，是不中用的，我对于他并无同情，描写上也加以漫画化，将他送出去。"[109]所以《出关》写孔老相争中老子的失败，写时人对老子及其哲学的奚落，写老子在出关前尚须做自己不愿做的事情，都是为了写老子清静无为的思想如何不合时宜，即在现实面前如何地"不中用"，在与现实的矛盾中显示其"大而无当"，终于老子也只好一个人走流沙了。

　　小说由孔老矛盾开始，把老子出关的原因直接归于孔胜老败的结果。孔子问礼于老子本有文献记载,但老子的西去函谷是为了避孔子的加害,则如鲁迅所说,乃本之于章太炎的《诸子学略说》。章氏此文是反儒的,所以同情在老子方面。原文有云:"孔学本出于老,以儒道之形式有异,不欲崇奉以为本师。……老子胆怯,不得不曲从其请。逢蒙杀羿之事,又其素所忧惕也……于是西去函谷,知秦地之无儒,而孔子之无如我何,则始著《道德经》以发其覆。"[110]这当然不一定是事实,但它有助于表现老子的软弱退让和孔子的阴险权诈的性格;而且由于对现实所采取的态度不同,孔老相争中孔胜老败是必然的。小说从此写起,就不仅批判了老子,也批判了孔子。孔子虽然采取的是进取的态度,但他是"上朝廷"的,是为"权势者设想""出色的治国方法"的[111],因此在小说中是一个逢蒙式的人物。相形之下,老子只是"一段呆木头",结果他只能走流沙。作者一再使老子处于不谐调的环境中,让他显出狼狈相。一向主张清静无为的老子竟然"免不掉"要当众"讲学"了,而听众又是账房、书记、探子、巡警一类喜剧性人物;有的"显出苦脸",有的"手足失措","七倒八歪斜"地打起呵欠和瞌睡来。接着还"免不掉"要"编讲义",否则是走不了的;所谓"无为而无不为"的哲学在实际生活面前显得多么狼狈!而出关以后,那些人还要就他的著作和行径议论一番。在这些专谈生意经或恋爱故事的喜剧性人物的极其庸俗和轻薄的议论中,一方面充分地显示了老子学说的"不中用"的实质,一方面也揭示了老子的真相。所以鲁迅说:"我同意于关尹子的嘲笑,他是连老婆也娶不成的。"[112]关尹喜正做着现任官,他只对《税收精义》有兴趣,当然是不会欢迎老子那一套的;但真的就没有人要看老子的书了吗?那个账房就尖锐地说出了问题的实质:"总有人看的,交卸了的关官和还没有做关官的隐士,不是多得很吗?"可见老子的无为哲学也是"敲门砖",是为那些在野的人准备登朝的哲学;交卸了的官僚想东山再起,未登仕途的隐士心怀魏阙,就都会在老子哲学中找到精神的支柱。本来"无为"的目的就在"无不为",即以"无为"来达到阻碍历史前进的目的,这就是老子哲学的实质。当人们在小说的结尾看到关尹喜把老子的《道德经》和"充公的盐,胡麻,布,大豆,饽饽等类"一起放在积满灰尘的架子上时,自然会对老子的无为哲学及其现代崇拜者投以轻蔑的一笑;而喜剧性人物在作品中对于深化主题所起的作用,也就十分清楚了。

鲁迅对庄子思想的批评也是从来就很尖锐的。《汉文学史纲要》说:"故自史迁以来,均谓周(庄周)之要本,归于老子之言。然老子尚欲言有无,别修短,知白黑,而措意于天下;周则欲并有无修短白黑而一之,以大归于'混沌',其'不谴是非','外死生','无终始',胥此意也。"由于庄子的唯心主义哲学发展得相当精致,他的文章又"汪洋辟阖,仪态万方"[113],因此历来的社会影响都很大;鲁迅就说过"我们虽挂孔子的门徒招牌,却是庄生的私淑弟子"[114]。有着明确的是非和热烈的好恶的鲁迅,对庄子的相对主义的"无是非观"最为反感,曾在许多文章中予以批判。他斥责有些文坛悲观论者"不施考察,不加批判,但用'彼亦一是非,此亦一是非'的论调,将一切作者,诋为'一丘之貉,'"[115]。就在1935年,他一连写了七篇论"文人相轻"的文章,主旨即在明是非之辨,批判"混淆黑白"的相对主义。他指出庄子的"彼亦一是非，此亦一是非"是"难以永远实行的"，"就是庄子自己，不也在《天下篇》里，历举了别人的缺失，以他的'无是非'轻了一切'有所是非'的言行吗？要不然，一部《庄子》，只要'今天天气哈哈哈……'七个字就写完了"[116]。这些文章说明鲁迅在三十年代批判庄子的无是非观是有强烈的时代原因和现实针对性的，同时他也看到了庄子本身在言行上就存在着矛盾；于是为了"刨祖坟"，他写了《起死》，使庄子在极端矛盾的处境中显出狼狈相，揭示了他的相对主义哲学的为统治者服务的本质。

《起死》主要取材于《庄子·至乐》。《至乐》篇是借庄子和髑髅在梦中的对话来宣扬"不知悦生，不知恶死"的"外死生"观点的。鲁迅的《起死》则把髑髅与鬼魂分开，鬼魂讲的仍是《至乐》篇中髑髅说的那些关于死的轻松快乐的话，而髑髅则原来是一个五百年前在探亲途中被人打死并抢走衣物的乡下人，毫无知觉；只是庄子请司命大神把他起死之后，才恢复了原来的知觉和思维。他活转来当然首先要衣服，要活就得有生活资料，不能赤条条，这是很现实的问题；于是一场关于"是非观"的论战竟然围绕着"赤条条"问题展开了。这一切是以最荒唐的形式表现出来的，却包含了最为深刻和真实的内容。庄子对汉子大讲他的相对主义："衣服是可有可无的，也许是有衣服对，也许是没有衣服对。鸟有羽，兽有毛，然而黄瓜、茄子赤条条。此所谓'彼亦一是非，此亦一是非'，你固然不能说没有衣服对，然而你又怎么能说有衣服对呢？……"但汉子只是揪住不放，斥为"强盗军师"，要剥他的道袍；逼得庄子狂吹警笛，叫来了巡士。当巡士请他赏给汉子一件衣服时，他却说因为要去见楚王，不能同意。作品使庄子在现实中处于进退失措、十分狼狈的状态。自己既然不能脱去衣服，足见有衣服是对的；既然把去见楚王看得很重要，足见贵贱是有区别的；汉子在活转来时与他为难，足见死生是不同的；他由汉子所记得的大事来推算汉子已死去五百年，足见大小古今也是有差别的。这一切都显示了他的虚无主义、相对主义思想的虚伪性和荒谬性。最后保护他的竟不得不是楚王的命令和警笛，而爱读他的文章的人竟是做巡警局长的"隐士"。则这种哲学的实质不是非常清楚的吗？而且不仅那个汉子骂他是"贱骨头""强盗军师"，连司命大神也说他"不安分"，"认真不像认真，玩耍又不像玩耍"。鬼魂也说他是"胡涂虫"，"花白了胡子，还是想不通"。作者用了极度夸张的写法，弃去假象，廓大本质，使其否认质的规定性和真理的客观性的相对主义学说"赤条条"地当场出丑；不仅显示了这种学说在现实世界根本行不通，而且连庄子自己也并不真的相信这一套。当那些庄子学说的现代门徒们费力地鼓吹"彼亦一是非，此亦一是非"的时候，同样自己也并不真的"信从"；他们从来就不准备实行，事实上也是不可能实行的。他们只不过可以补巡警局长之不足，为当时的统治者服务，力图使人民安于"赤条条"的命运而已。

《起死》用了独幕剧式的写法，为的是使矛盾集中，显出庄子的狼狈处境，最后他只能借助巡士的帮助仓皇逃走。由于庄子学说本身具有扑朔迷离、故弄玄虚的特点，它的实质常常被一层精致的外衣所掩盖，因此在同一场合用紧凑的对话使矛盾尖锐化的写法，是可以取得有力的艺术效果的。1934年底鲁迅翻译了西班牙作者 P·巴罗哈的《少年别》，他介绍说这是一篇"用戏剧似的形式来写的新样式的小说","因为这一形式的小说,中国还不多见,所以就译了出来"[117]。《起死》就是在这以后鲁迅受到启发所写的一篇新样式的小说。

九 《采薇》略谈

《采薇》写的是伯夷、叔齐兄弟二人"义不食周粟"而饿死首阳山的故事。这是两个在历史上很有影响的人物,孔孟以下,历代多有称颂,唐韩愈甚至颂为"昭乎日月不足为明",等等,但也偶有持异议的,如宋代的王安石[118];到了现代,仍然常常有人称道他们的气节,但也有人斥之为充满封建正统观念的遗老。总之,评价是很不相同的。这些不同既与夷齐本身思想性格的复杂性有关,也与知识分子对现实所采取的不同态度有关,因为夷齐早已成为一些知识分子尊崇和向往的人物。鲁迅写《采薇》,就当时的现实意义说来,显然也有针对某些知识分子既对黑暗现实有所不满而又采取消极逃避态度的批判性质;而要使这种批判具有艺术效果,就必须写出夷齐思想性格的复杂性。正如鲁迅所指出,《出关》中对老子的正确看法是出于喜剧性人物关尹喜[119];同样地,《采薇》中对伯夷、叔齐的恰当评价也出于丑角式的人物小丙君。他评论伯夷、叔齐说:"他们的品格,通体都是矛盾。"鲁迅正是通过"通体矛盾"来写出夷齐思想性格的复杂性,并对他们的处事态度予以讽刺和批判的。

伯夷、叔齐是笃信所谓先王之道的,为了孝悌,他们放弃王位,相继逃离了自己的国土来到西伯的养老堂隐居;为了反对周武王"不仁不孝""以暴易暴"的军事行动,他们敢于面对刀斧,"扣马而谏";为了抗议武王"竟全改了文王的规矩",他们决定不食周粟,千辛万苦来到首阳山采薇为生;最后,为了将他们"不食周粟"的信念贯彻到底,连"薇"也吃不下去了,只能"缩做一团",饿死在山洞里。就是在日常生活的细节里,他们两人之间对礼让友悌之类的"先王之道"也是决不含糊的;例如伯夷一见叔齐,总是"先站起身,把手一摆,意思是请兄弟在阶沿下坐下",而叔齐则必定是"恭敬的垂手"而立。凡此种种,尽管迂腐可笑,但他们主观上是真诚的,而且自以为很正直。因此对于他们看不惯的背离他们所信的先王之道的现实,就不能不有所不满;即使逃到首阳山也"不肯超然",不但"有议论",而且"还要做诗","还要发感慨,不肯安分守己","不但怨,简直骂了"。但这种不满又是十分软弱无力的,不但毫无实际效果,只落得饿死的下场,而且周武王也正是以恭行天罚、推行王道为号召的;那个投靠武王的小丙君竟然谴责他们"撇下祖业",不是孝子,"讥讪朝政",不像良民,有违"温柔敦厚"的诗道,"都是昏蛋"。究竟谁的行为符合所谓先王之道呢?鲁迅曾经说过,历代的阔人读了一点记载先王之道的大书,就"能够假借大义,窃取美名","只有几个胡涂透顶的笨牛,真会诚心诚意地来主张读经"。"况且既然是诚心诚意主张读经的笨牛,则决无钻营,取巧,献媚的手段可知,一定不会阔气;他的主张,自然也不会发生什么效力的。"[120]伯夷、叔齐就是这种"胡涂透顶的笨牛"式的角色,他们不像小丙君那样"聪明",竟然"身体力行"起他们所信的先王之道来,迂腐而又正直,结果只能表现为消极无力的反抗，陷于"通体矛盾"之中。鲁迅在写他们的软弱迂腐的性格的时候，不但写他们到处遇到轻蔑和讥刺，而且还写了他们自己的一些偶然闪现的与他们自己的信念相矛盾的心理活动。当伯夷在首阳山上由于多嘴，把他们"让位"和"不食周粟"的原委传播开去、结果惹来麻烦的时候，叔齐心里想："父亲不肯把位传给他，可也不能不说很有些眼力。"原来他内心深处对父亲要把王位传给自己还感到相当满意，这是同他的礼让友悌的一贯信念有矛盾的。又据阿金姐说，当老天爷吩咐母鹿用奶去喂他们时，叔齐一面喝着鹿奶，一面心里想："这鹿有这么胖，杀它来吃，味道一定是不坏的。"这不正是他们一向反对的以怨报德、有违恕道的吗？其实这正说明他们真诚地相信先王之道那一套是矫情。为父亲赏识而自慰，因腹中空空想吃肉，这本来是常情；只是他们平日在努力压抑自己的感情和愿望，使之符合先王之道的准绳，这正说明先王之道本身的伪善性质，而他们则不能不成为迂腐可笑的笨牛式的人物了。

在《采薇》里，真正懂得先王之道精髓的并不是伯夷和叔齐，而是他们的对立面：周武王，小丙君，乃至华山大王小穷奇。周武王是打着推行王道、"恭行天罚"的旗号伐纣的，在"血流漂杵"之后又"归马于华山之阳"，博得了"王道的祖师而且专家"[121]的美名；一直到鲁迅写《采薇》的年代，不是从日本侵略者、国民党统治者，一直到胡适，都在喧嚣着要提倡王道吗？而一些自以为正直的知识分子，虽对黑暗现实有所不满，但只能在"有所不为"的无力抗议中自我安慰，结果当然不能不陷入"通体矛盾"的悲剧。鲁迅曾指出："倘说先前曾有真的王道者，是妄言，说现在还有者，是新药。""在中国的王道，看去虽然好像是和霸道对立的东西，其实却是兄弟，这之前和之后，一定要有霸道跑来的。"[122] 王道的这种实质，那些卖力提倡的人都是心照不宣的，包括那个让人把夷齐从马前拖开去的周武王；只有夷齐这一类软弱的知识分子，才会产生逃避和不合作的要求和悲剧。鲁迅曾质问过那些以"有不为"名斋的人说："'有所不为'的，是卑鄙龌龊的事乎，抑非卑鄙龌龊的事乎？"[123] 可见重要的在于辨清事情的是非和性质，而这正是一些对现实采取逃避态度的知识分子所不敢正视的。鲁迅对伯夷、叔齐的批判态度是十分严峻的，但都有文献上的根据，并没有丑化他们，也没有使之"现代化"，但其思想意义仍然是非常深刻的。在《论"第三种人"》一文中鲁迅曾说："生在战斗的时代而要离开战斗而独立，……这样的人，实在也是一个心造的幻影，在现实世界上是没有的。"[124] 这也就是夷齐不能不"缩做一团"地饿死在山洞里的根本原因。

小丙君和小穷奇都是鲁迅创造的喜剧性人物。他们也讲王道，而且思想性格上并无矛盾，从他们身上反倒可以看出所谓先王之道的真谛和实质。这位"首阳村的第一等高人小丙君""原是妲己的舅公的干女婿"，在纣王下面"做着祭酒"，当他看到纣王大势已去，便果断地"带着五十车行李和八百个奴婢"到武王那里去"投明主"。他慷慨激昂地高谈"温柔敦厚才是诗"，高谈"普天之下，莫非王土"；称武王为"圣上"，骂夷齐不是"良民"；这种历史上和现实生活中屡见不鲜的见风转舵的人物，不正是"先王之道"的勇敢的捍卫者吗？而华山大王小穷奇，尽管干的是杀人越货的勾当,却口口声声"小人们也遵先王遗教,非常敬老",甚至在动手抢劫时还说什么"恭行天搜""瞻仰贵体",他也在认真地躬行先王之道哩!鲁迅用这种喜剧性人物的极度夸张的语言,尖锐地揭示出先王之道的骗人的和掠夺性的实质。从小丙君、小穷奇的伪善言行的对照中,就越显出伯夷、叔齐的"真诚"的迂腐与可笑。在小说的结尾,作者创造了一个婢女阿金,她"大义凛然"地对夷齐说:"你们在吃的薇,难道不是我们圣上的吗?"她的话一下子戳破了这幕自欺欺人的喜剧,于是夷齐只能为他们所笃信的那套思想殉葬了。

茅盾很欣赏《采薇》的艺术成就,他说:"《故事新编》中的《采薇》无一事无出处,从这样一篇小说就可以窥见鲁迅的博览。""《采薇》却巧妙地化陈腐为神奇(鹿授乳、叔齐有杀鹿之心、妇人讥夷齐,均见注《列士传》《古史考》《金楼子》等书,阿金姐这名字是鲁迅给取的),旧说已足运用,故毋须再骋幻想。"[125]鲁迅并不反对"博考文献",只是着眼点在于不"将古人写得更死",即写出活的人物形象来。《采薇》的情节皆有所本,主要人物伯夷、叔齐的言行符合文献记载,鲁迅将各种材料精心地组织起来,赋以新意;虽有很强的现实意义,但仍然是写古代史实的历史小说。鲁迅重在写人物,即如伯夷、叔齐两人,在性格上作者也把他们写得有所区别;伯夷满足于"有所不为",而叔齐则不满于"为养老而养老",还颇想"有所为",因此在许多细节上就表现出了二人在性格上的差别。至于喜剧性人物小丙君和小穷奇,他们在作品中既衬托出了夷齐性格的迂腐和软弱,也对主题的深化有明显的作用。在小说的最后,作者写下了夷齐死后留在人们心目中的印象的一幅漫画:"好像看见他们蹲在石壁下，正在张开白胡子的大口，拚命的吃鹿肉。"茅盾说《采薇》的"艺术境界"是"诙谐"[126]；"诙谐"也是为了批判，而且是同夷齐这两位"通体矛盾"的主人公的思想性格相适应的。

十 "演义"新诠

从《故事新编》各篇的主要人物看来，鲁迅是严格地根据历史文献来加以描写的，既没有随意的涂饰，也没有任何比附或影射现实的痕迹；反之，有的倒是对古代人物的精神面貌的深刻的理解和如实的描绘；因此就主题思想说来，各篇都闪耀着历史真理的光辉。它对于读者正确认识古代人物的精神实质，了解历史发展的真谛，自然会有很大的启示作用。作者当然是重视作品的现实意义和社会效果的，但正如他在《古人并不纯厚》一文中所分析[127]，如果不经后人的歪曲和选择而示读者以古人的真面目，则古代可资现实借鉴的事例是很多的。所谓不"将古人写得更死"的意思，就是说所写的人物仍然保持着古人的面目，没有写歪；但又不同于文献记载，而是写出了有思想感情的活生生的形象。这不正是历史小说的写作要求吗？鲁迅说："对于历史小说，则以为博考文献，言必有据者，纵使有人讥为'教授小说'，其实是很难组织之作。"[128]他说《故事新编》不同于这类作品。但从现在人们对《故事新编》的注解和研究看来，鲁迅是经过"博考文献"的工夫的，他的"只取一点因由"，正是"博考文献"之后严于选材的结果；只是并不"言必有据"，而是加以"点染"罢了。为什么有人会对精心组织的"言必有据"的作品讥为"教授小说"呢？就因为这样必然要失去生动的生活气息、失去文艺作品的感染力。因为所谓"据"者，必定是有关历史人物或事件的文献记载，这些记载无论多么详细和丰富，都属于史料性质，它不可能为文艺作品提供必要的生动的细节和生活画面；根据这些史料可以写成非常详细的历史书籍，但如果根本排斥虚构或点染，是不可能写成生动感人的文艺作品的。这是任何一个运用古代题材来写文艺作品的人都会遇到的问题，用鲁迅的话说，就是"据旧史则难于抒写，杂虚辞复易滋混淆"[129]。既然"言必有据"难于抒写，则虚构对于历史小说就是必要的和不可避免的；问题只在于如何运用，即这种虚构必须有助于把人物写活而对文献记载又不发生"混淆"之弊。茅盾把文艺理论家对历史性作品习用的"历史真实与艺术真实的统一"一语，经过理论分析，解释为其实是"历史真实与艺术虚构的结合"[130]，精辟地说明了虚构在历史性作品中的重要性。这也是鲁迅的看法，他说："艺术的真实非即历史上的真实，我们是听到过的，因为后者须有其事，而创作则可以缀合，抒写，只要逼真，不必实有其事也。"[131]鲁迅写《故事新编》时的所谓"随意点染"，实际上指的就是虚构；《故事新编》的艺术成就的表现之一就是他较好地处理了文献根据与艺术虚构之间的关系。茅盾评论说："《故事新编》为运用历史故事和古代传说（这本是我国文学的老传统），开辟新的天地，创造新的表现方法。这八篇小说各有其运用史实，借古讽今的特点，但仍有共同之处，即：取舍史实，服从于主题，而新添枝叶，绝非无的放矢。"[132]鲁迅所创造的这种处理"史实"和"枝叶"的艺术经验,是值得我们充分重视的。

鲁迅把《故事新编》说成是"神话,传说及史实的演义"[133],这是具有深意的。"演义"本来是中国传统对历史小说的称呼,如人们所熟知的《三国演义》等书,鲁迅沿用了这一名称,正说明了他对中国古典历史小说的写法是经过考察和总结的;而且认为它的某些处理古代题材的方法仍然是值得肯定和继承的。在《中国小说史略》中,鲁迅曾全面地研究过中国的历史小说的起源和发展,它的各种写法及其得失,正是在这样的基础上,他肯定和丰富了"演义"一词的含义,并且用自己的创作实践说明了"演义"是比"言必有据"的写法更能揭示历史的本质,它是一种符合中华民族传统和人民欣赏习惯的历史小说的写法。

据《中国小说史略》的研究成果,中国的历史小说实源于宋人之"说话",它本来就是民间艺人所创造的一种群众性的艺术形式。孟元老《东京梦华录》所载说话人的专长中已有"说三分"和"说五代史"的条目;吴自牧《梦粱录》所载说话的四科中即有"讲史书"的一科,他解释说:"谓讲说《通鉴》汉唐历代书史文传兴废战争之事。"而周密《武林旧事》所叙四科中就把"讲史书"更名为"演史",着重在"演"字。鲁迅根据各种记载考证后,得出结论说:"是知讲史之体,在历叙史实而杂以虚辞。"[134]他并且根据残本《五代史平话》,考察了史实与虚辞的安排处理的方法:"大抵史上大事,即无发挥,一涉细故,便多增饰,状以骈俪,证以诗歌,又杂诨词,以博笑噱。"[135]这些"增饰"的部分的成就和效果姑且不论,但它显然有一个原则,即在不影响历史事件的真实性的前提下，尽量增加作品的艺术感染力。这就是"演"，就是加入虚构的成分；但又不能改变"史上大事"的脉络和面貌，而只能渲染和丰富它，这就是后来把历史小说叫作"演义"的由来。鲁迅曾说："'讲史'是讲历史上底事情，及名人传记等；就是后来历史小说之起源。"[136]在这类后来的历史小说中，《中国小说史略》对《三国志演义》和《隋唐演义》的评价较高；此外作者对于明清两代的许多演义体小说总括评论说："且或总揽全史（《二十四史通俗演义》），或订补旧文（两汉两晋隋唐等），然大抵效《三国志演义》而不及，虽其上者，亦复拘牵史实，袭用陈言，故既拙于措辞，又颇惮于叙事，蔡奡《东周列国志读法》云：'若说是正经书，却毕竟是小说样子，……但要说他是小说，他却件件从经传上来。'本以美之，而讲史之病亦在此。"[137]值得注意的是鲁迅认为这些小说之所以不及《三国志演义》者，主要在于"拘牵史实，袭用陈言"，并且以《东周列国志》作为这类小说的代表；而《东周列国志》就是以多纪实事、不事虚构著称的。清章学诚《丙辰札记》就推崇《东周列国志》"多纪实事"，批评《三国志演义》"七分实事，三分虚构，以致观者往往为所惑乱"。他主张"但须实则概从其实，虚则明著寓言，不可错杂如'三国'之淆人耳"。章学诚是史学家，一味求真，照他的观点势必根本否定了历史小说的写作。鲁迅在讲《三国志演义》时也引了他的话，但同时又引了明谢肇淛《五杂俎》的"太实则近腐"的评论，两说并存，而以"据旧史则难于抒写，杂虚辞复易滋混淆"[138]来概括历史小说必须处理好史实与虚构的关系。鲁迅并未指责《三国志演义》的虚辞，他所不满的是这部书的人物形象没有写好。他说:"至于写人,亦颇有失,以致欲显刘备之长厚而似伪,状诸葛之多智而近妖;惟于关羽,特多好语,义勇之概,时时如见矣。"[139]他也注意到三国故事在民间受欢迎的情况,指出"金元杂剧亦常用三国时事,……而今口搬演为戏文者尤多,则为世之所乐道可知也"[140]。又说《三国志演义》"人都喜欢看它,将来也仍旧能保持其相当价值的"[141]。由上述可知,中国传统的历史小说的写法,向来就有以《东周列国志》为代表的和以《三国志演义》为代表的两派,而鲁迅是不赞成前者的。这也是许多人和一般读者的看法。清末曾有人加以比较说:"历史小说最难作,过于翔实,无以异于正史。读《东周列国志》觉索然无味者,正以全书随事随时,摘录排比,绝无匠心经营于其间,遂不足刺激读者精神,鼓舞读者兴趣。若《三国志演义》,则起伏开合,萦拂映带,虽无一事不本史乘,实无一语未经陶冶,宜其风行数百年,而妇孺皆耳熟能详也。"[142]《三国志演义》的成功之处,就在于它是"演义",而不仅仅是"志"。二十世纪初叶,随着中国民主革命高潮的兴起,小说的宣传教育作用普遍受到重视,历史小说的这种"演义"体写法在清末特别引起了人们的注意。黄摩西《小说小话》云:"历史小说当以旧有之《三国志演义》《隋唐演义》为正格。""若今人所谓历史小说者,但就书之本文,演为俗语,别无点缀斡旋处,冗长拖沓,并失全史文之真精神,与教会所译之《新旧约》无异。……演义者,恐其义之晦塞无味,而为之点缀,为之斡旋也,兹则演词而已,演式而已,何演义之足云!"[143]他认为所演之"义"应该是历史的真精神,而作者必须运用"点缀""斡旋"等"演"

的手段,来达到发挥历史精神的作用。他以为《三国志演义》就是"演义"的正格,所以说"小说感应社会之效果,殆莫过于《三国演义》一书矣"[144]。鲁迅写《故事新编》虽然是"五四"以后的事情,但在清末他也是注意到小说的感染力和《三国演义》这些书的社会影响的。1903年他在《月界旅行·辨言》中说:"彼纤儿俗子,《山海经》《三国志》诸书,未尝梦见,而亦能津津然识长股奇肱之域,道周郎,葛亮之名者,实《镜花缘》及《三国演义》之赐也。"[145]到他写《中国小说史略》的时候,就全面地考察和研究了中国历史小说的源流演变及其得失,终于肯定了宋朝以来的"演义"这一传统是值得继承和发扬的。

但鲁迅并不以为《三国志演义》为理想的历史小说,他对"演义"这一传统的考察更着重于记载中的宋代说话人的创造,而不仅仅是由《三国志演义》而来。我们根据《故事新编》的序言和其中的八篇作品,根据他在《中国小说史略》中对传统历史小说的考察,就可以知道他把《故事新编》称为"演义",是有他自己对于历史小说创作原则的理解的。他所说的"演义"既是继承了过去历史小说的传统,又是有所发扬、赋予了新的诠释的。这就是作者必须依据历史事实和古代人物品德的实质,即"义";而在构思和情节安排上又必须按照文艺创作的要求,加以一定的虚构或点染,即"演";以便发扬历史的根本精神,有益于今天的读者。具体地说,"演义"一词应该包括下面一些内容:第一,主要人物和事件须有"旧书上的根据",但选材要严,只取自己选定的"因由",即重点或侧面;而不过于受史料的拘牵。他评论郑振铎的历史小说《桂公塘》时即"以为太为《指南录》

所拘束，未能活泼耳"[146]。这同他评论某些传统历史小说的观点是一致的。第二，必须根据自己的创作意图予以灵活的艺术加工，即"随意点染"，其中包括作者的想象和虚构。第三，重要的是塑造出生动的古代人物的形象，使之比历史记载能给人以活生生的感觉，即不能"将古人写得更死"。第四，要重视作品的现实意义，但不是简单地比附或影射，而且要表彰"中国的脊梁"和刨"坏种的祖坟"，即按照历史唯物主义的观点来揭示历史的精神和实质。上述这些内容和要求，是可以用"演义"一词来概括的。尽管过去并没有哪一部传统的"演义"体小说达到了这个要求，但由宋代的说话人开始，他们面对广大听众的欣赏要求，根据他们自己的认识和能力，是努力以这种精神来处理历史题材的，这个传统值得我们肯定和发扬。至于穿插进去的喜剧性人物，包括他们身上的现代性细节，鲁迅在总结宋代说话人"演史"的特点时，就把"又杂诨词，以博笑噱"作为"增饰"中的最后一点[147]；就是说它有时是可以存在的，但并不是"演义"所必不可少的；这要看作者的意图和当时的社会条件，但重要的是这种"增饰"只能给作品增加"活泼"而不能对"史上大事"有所损害。就鲁迅所理解的"演义"的内容，即历史小说的创作原则来说，它并不是其中的必要的组成部分。鲁迅在《故事新编》中所以运用了许多的"油滑"，主要是为了适应时代和社会现实的需要，但它也是"演义"这种写法所允许的。鲁迅既一贯反对用既定的"文学概论"的格式把他的作品"封闭"起来，也反对把他的作品当作范本或帖括。文艺贵在创造，他早就希望中国能产生"冲破一切传统思想和手法的闯将"[148]，因此他只把他的《故事新编》

准确地称之为"神话,传说及史实的演义"。

1981 年 8 月 25 日脱稿

*　　*　　*

〔1〕伊凡:《鲁迅先生的〈故事新编〉》,《文艺报》1953 年 14 号。此文发表较早,但其论点在讨论中屡次为人沿用。

〔2〕鲁迅:《故事新编·序言》及《〈出关〉的"关"》。

〔3〕〔55〕〔133〕鲁迅:《南腔北调集·〈自选集〉自序》。

〔4〕鲁迅:1935 年 12 月 4 日致王冶秋信,1935 年 12 月 3 日致增田涉信。

〔5〕〔28〕〔51〕〔53〕鲁迅:《南腔北调集·我怎么做起小说来》。

〔6〕〔39〕〔73〕〔128〕鲁迅:《故事新编·序言》。

〔7〕〔8〕〔79〕〔109〕鲁迅:1936 年 2 月 21 日致徐懋庸信。

〔9〕〔16〕〔31〕茅盾:《玄武门之变》序。

〔10〕吴颖:《如何理解〈故事新编〉的思想意义》,收于《〈故事新编〉的思想意义和艺术风格》一书。

〔11〕伊凡:《鲁迅先生的〈故事新编〉》,《文艺报》1953 年 14 号。

〔12〕〔13〕吴颖:《再论如何理解〈故事新编〉的思想意义》,收于《〈故事新编〉的思想意义和艺术风格》一书。

〔14〕鲁迅:《坟·再论雷峰塔的倒掉》。

〔15〕鲁迅:1936 年 2 月 1 日致黎烈文信。

〔17〕鲁迅:1933 年 2 月 1 日致张天翼信。

〔18〕鲁迅:1935 年 2 月 6 日致增田涉信。

〔19〕〔148〕鲁迅:《坟·论睁了眼看》。

〔20〕鲁迅:1933 年 6 月 7 日致黎烈文信。

〔21〕鲁迅:1936 年 2 月 1 日致黎烈文信。

〔22〕鲁迅:《集外集拾遗补编·关于知识阶级》。

〔23〕卢那察尔斯基:《论文学·社会主义现实主义》。

〔24〕J·普实克:《鲁迅》,见《鲁迅研究年刊》(1979 年)。

〔25〕〔107〕鲁迅：1935年1月4日致萧军、萧红信。
〔26〕鲁迅：《集外集拾遗·又是"古已有之"》。
〔27〕鲁迅：《华盖集·这个与那个（一）》。
〔29〕鲁迅：《译文序跋集·〈日本现代小说集〉附录》。
〔30〕鲁迅：《华盖集·题记》。
〔32〕〔36〕鲁迅：《准风月谈·二丑艺术》。
〔33〕见1956年9月5日《人民日报》。
〔34〕鲁迅：《伪自由书·大观园的人才》。
〔35〕鲁迅：《且介亭杂文·答〈戏〉周刊编者信》。
〔37〕见1963年3月14日《光明日报》。
〔38〕见《元曲选·包待制三勘蝴蝶梦》。
〔40〕该文主要论点黄佐临于六十年代初已有介绍，《戏剧学习》1979年第二期发表了译文，题为《中国戏剧艺术中的"陌生化"效果》。
〔41〕转引自《戏剧学习》1980年第二期：丁扬忠《布莱希特与中国古典戏曲》。与该刊1979年第二期发表之译文，文字间略有出入。
〔42〕鲁迅：《花边文学·略论梅兰芳及其他（上）》。
〔43〕〔44〕鲁迅：《且介亭杂文末编·女吊》。
〔45〕鲁迅：《朝花夕拾·无常》及《且介亭杂文末编·女吊》。
〔46〕〔47〕鲁迅：《且介亭杂文·门外文谈》。
〔48〕鲁迅：《朝花夕拾·后记》。
〔49〕鲁迅：《朝花夕拾·无常》。
〔50〕王西彦：《论阿Q和他的悲剧·狼的奶汁》。
〔52〕《昭昧詹言》卷二十一。
〔54〕〔125〕〔126〕〔132〕茅盾：《茅盾评论文集·联系实际，学习鲁迅》。
〔56〕〔59〕鲁迅：《集外集拾遗·破恶声论》。
〔57〕鲁迅：《中国小说史略·神话与传说》。
〔58〕高尔基：《高尔基文学论文集·苏联的文学》。
〔60〕周遐寿：《鲁迅的故家·童话》。
〔61〕鲁迅：《南腔北调集·我怎么做起小说来》及《故事新编·序言》。
〔62〕许寿裳：《我所认识的鲁迅·鲁迅的人格和思想》。

〔63〕鲁迅：《且介亭杂文末编·我的第一个师父》。
〔64〕鲁迅：《译文序跋集》。
〔65〕鲁迅：《南腔北调集·听说梦》。
〔66〕鲁迅：《集外集拾遗·诗歌之敌》。
〔67〕〔68〕鲁迅：《译文序跋集·〈苦闷的象征〉引言》。
〔69〕鲁迅：《而已集·小杂感》。
〔70〕鲁迅：《且介亭杂文二集·田军作〈八月的乡村〉序》。
〔71〕鲁迅：《两地书（一〇二）》。
〔72〕鲁迅：《华盖集续编·记念刘和珍君》及《空谈》。
〔74〕鲁迅：《三闲集·在钟楼上》。
〔75〕鲁迅：《三闲集·怎么写》。
〔76〕〔86〕〔88〕鲁迅：《两地书（七三）》。
〔77〕鲁迅：《坟·灯下漫笔》。
〔78〕鲁迅：《集外集拾遗·聊答"……"》。
〔80〕〔82〕〔112〕〔119〕鲁迅：《且介亭杂文末编·〈出关〉的"关"》。
〔81〕林辰：《鲁迅事迹考》。
〔83〕鲁迅：《两地书（七一）》。
〔84〕〔87〕鲁迅：《两地书（九三）》。
〔85〕鲁迅：《两地书（八五）》。
〔89〕鲁迅：1936年2月17日致徐懋庸信。
〔90〕鲁迅：1936年3月28日致增田涉信。
〔91〕鲁迅：《而已集·革命时代的文学》。
〔92〕鲁迅：《集外集拾遗·〈近代木刻选集〉（1）小引》、1934年4月5日致张慧信。
〔93〕鲁迅：1935年9月9日致李桦信。
〔94〕鲁迅：《二心集·关于翻译的通信》。
〔95〕鲁迅：《且介亭杂文》。
〔96〕鲁迅：《华盖集·导师》。
〔97〕鲁迅：《华盖集·青年必读书》。
〔98〕鲁迅：《二心集·对于左翼作家联盟的意见》。

〔99〕鲁迅：《华盖集·忽然想到（四）》。

〔100〕鲁迅：1933年6月18日致曹聚仁信。

〔101〕〔103〕鲁迅：《集外集拾遗补编》。

〔102〕鲁迅：《古籍序跋集》。

〔104〕鲁迅：《朝花夕拾·范爱农》。

〔105〕鲁迅：《二心集·沉滓的泛起》。

〔106〕〔114〕鲁迅：《南腔北调集·"论语一年"》。

〔108〕鲁迅：《集外集》。

〔110〕见《国粹学报》第20期。

〔111〕鲁迅：《且介亭杂文二集·在现代中国的孔夫子》。

〔113〕鲁迅：《汉文学史纲要·老庄》。

〔115〕鲁迅：《准风月谈·"中国文坛的悲观"》。

〔116〕鲁迅：《且介亭杂文二集·"文人相轻"》。

〔117〕鲁迅：《译文序跋集·〈少年别〉译者附记》。

〔118〕见《昌黎先生文集·伯夷颂》及《临川集·伯夷》。

〔120〕鲁迅：《华盖集·十四年的"读经"》。

〔121〕〔122〕鲁迅：《且介亭杂文·关于中国的两三件事（二）》。

〔123〕鲁迅：《集外集拾遗补编·"有不为斋"》。

〔124〕鲁迅：《南腔北调集》。

〔127〕鲁迅：《花边文学》。

〔129〕〔138〕〔139〕〔140〕鲁迅：《中国小说史略·元明传来之讲史（上）》。

〔130〕茅盾：《茅盾评论文集·关于历史及历史剧》。

〔131〕鲁迅：1933年12月20日致徐懋庸信。

〔134〕〔135〕〔147〕鲁迅：《中国小说史略·宋之话本》。

〔136〕〔141〕鲁迅：《中国小说史略》附录《中国小说的历史的变迁》第四讲《宋人之"说话"及其影响》。

〔137〕鲁迅：《中国小说史略·元明传来之讲史（下）》。

〔142〕见《小说林》第1卷，1907年，《觚庵随笔》。

〔143〕见《小说林》第1卷，1907年。

〔144〕见《小说林》第1卷，黄摩西《小说小话》。

〔145〕鲁迅:《译文序跋集》。
〔146〕鲁迅:1934年5月16日致郑振铎信。

爱的大纛和憎的丰碑

——英译本《鲁迅诗选》前言

一

鲁迅（1881—1936）是现代中国伟大的文学家、思想家和革命家。从青年时代起，他就怀着"我以我血荐轩辕"的心情，积极参加了孙中山所领导的民主革命，并以文艺为武器进行战斗。这个革命运动虽然在1911年推翻了清朝统治，结束了两千余年的帝制，但就民主革命的反帝反封建的主要任务来说，由于资产阶级的软弱和妥协，这个革命实质上是失败了，并没有改变中国半殖民地半封建的社会性质。鲁迅当时就敏锐地感到了这一点，"狐狸方去穴，桃偶已登场"，1912年他就指出了新的军阀统治和以前并没有什么根本区别，并且努力总结1911年辛亥革命失败的教训和探索新的革命道路。"十月革命一声炮响，给我们送来了马克思列宁主义"，以1919年的五四运动为标志，中国开始了无产阶级领导的新民主主义革命。这个革命的主要任务虽然还是以反帝反封建为特点的民主革命，但由于它是无产阶级领导的，因此就带有前所未有的彻底性和不妥协性。在新的历史条件下，鲁迅不仅以战斗的姿态投入了这个革命运动，写了许多小说和杂文，而且以他的创作实践证明他是"五四"以后所产生的文化新军的最伟大和最英勇的旗手。虽然鲁迅当时还不是一个马克思主义者,但他从革命民主主义的立场出发,在中国共产党的领导下,在文化战线上对敌人展开了英勇的进攻,产生了极大的社会影响。

1927年,以蒋介石为代表的大资产阶级背叛了革命,转到帝国主义和封建势力的反革命营垒,大肆屠杀共产党人和革命人民,建立了法西斯政权。中国人民在共产党的领导下,展开了长达十年之久的以土地革命为中心内容的武装斗争。鲁迅从长期的革命实践中不断总结经验,从马克思列宁主义的学习中接受革命真理,他目睹了蒋介石残酷屠杀革命者的血的现实,从"事实的教训"中认识到"惟新兴的无产者才有将来"。他批判了自己过去认识上的"偏颇",思想上有了新的飞跃,成为伟大的共产主义战士。中国革命在反对蒋介石反动政权的军事"围剿"和文化"围剿"中更加深入了,毛泽东同志指出:"革命的文学艺术运动,在十年内战时期有了大的发展。这个运动和当时的革命战争,在总的方向上是一致的,但在实际工作上却没有互相结合起来,这是因为当时的反动派把这两支兄弟军队从中隔断了的缘故。"[1]以鲁迅为旗手的战斗的左翼革命文艺运动,以上海为中心,英勇斗争,粉碎了敌人的反革命文化"围剿",提高了全国人民的觉悟,有力地配合了当时进行的革命战争,"而共产主义者的鲁迅,却正在这一'围剿'中成了中国文化革命的伟人"[2]。在蒋介石反动政权竭力推行反人民的卖国独裁政策的情况下,日本帝国主义的侵略魔爪伸进中国来了,1931年占领了中国的东北,华北也处于岌岌可危的状态,民族危机十分严重;直至1936年鲁迅逝世,中国仍处于"黎明前最黑暗的年代",民族矛盾和阶级矛盾都非常尖锐。正是在这样黑暗的年代,鲁迅不仅冲破重重艰难险阻,领导了左翼文艺运动,写下了大量深刻有力的战斗篇章,而且积极参加了"中国自由运动大同盟""中国民权保障同盟"等政治运动,编辑进步书刊,扶植青年作家,翻译和介绍马克思主义文艺论著和外国进步作品,为中国革命做出了巨大的贡献。他立场坚定,爱憎分明,敢于蔑视一切敌人,坚信胜利属于人民,他所留下的大量作品已成为中国人民的精神财富,成为人民不断汲取力量的宝库。正如毛泽东同志所说:"鲁迅的方向,就是中华民族新文化的方向。"[3]

鲁迅主要是运用小说和杂文进行战斗的,尤其是在他成为共产主义者以后,杂文更成了他反"围剿"斗争的犀利武器。各种体裁的诗一共只有七十多首,而且大都是短诗,在他的全部著作中只占很小的部分。但这只是就数量而言。他的诗不仅字字珠玉,艺术成就很高,而且在他的作品中有着特殊的重要意义。鲁迅从他决定从事文艺事业起,就是首先注意到诗歌对于反抗和革命的鼓舞力量的,而且他的创作实践也是从诗开始的。1907年他就写了《摩罗诗力说》的长文热情地介绍了以英国诗人拜伦为首的欧洲浪漫主义诗人及其作品,而且以"立意在反抗,指归在动作"的赞语来概括他们的特点。在他1918年开始创作小说和杂文之前,就已经写过十几首诗,而且有些诗篇对我们理解鲁迅的革命精神十分重要。如《自题小像》抒发了作者热爱祖国、热爱人民的深厚感情和为祖国的解放而献身的坚强决心;《哀范君三章》艺术地概括了辛亥革命失败后的政治环境,愤怒地控诉了一个正直的知识分子不容于黑暗社会的悲剧,这些都是同鲁迅一生的革命实践密切联系的。1918年,在十月革命的鼓舞下，中国展开了以反封建为主要内容的文学革命运动，主张用语体文进行文学创作；鲁迅除了写作小说和杂文来积极参加这一运动以外，也用语体写了几首新诗。他说这是"因为那时诗坛寂寞，所以打打边鼓，凑些热闹"[4]，就是说他写新诗是为了对于文学革命的支持。他从来是赞成诗体革新和创作新诗的，他说："我以为内容且不说，新诗先要有节调，押大致相近的韵，给大家容易记，又顺口，唱得出来。"[5]后来鲁迅写的《好东西歌》《公民科歌》《南京民谣》和《言词争执歌》这些歌谣体的政治讽刺诗，可以说就是他的这种主张的实践。这几首诗都是为"中国左翼作家联盟"主持的普及性综合刊物《十字街头》写的，它尖锐地揭露了国民党反动派的丑态，具有强烈的现实性和战斗性；形式又通俗易懂，顺口易记，可以普及到工农群众中去。正因为他支持新诗的发展，"五四"以后鲁迅有十年左右没有写过旧诗，他把一些诗的感受写成了像《野草》那样的散文诗。从三十年代初到他逝世的五六年间，他才又用旧诗形式写下了四十多首诗，这些作品是他诗歌创作的主要部分，包括了许多为人传诵的名篇；它完全是在另一种情况下写出来的，作者的原意并不是为了发表才写的。

鲁迅说他自己是既不喜欢作新诗、也不喜欢作古诗的，他把古体诗的写作称为"积习"[6]，就是说他本无意做诗人，只是由于习惯才及时把这些感受记下来的。这些诗篇原来几乎都没有在报刊上公开发表过，开始时是应朋友要求写字才写给人看的。他说："我平常并不作诗，只是在有人要我写字时，胡诌几句塞责，并不存稿。"[7]因为这些诗为人所爱好，辗转传抄，后来经过别人搜集，才编入了《集外集》。汉字的书法艺术在中国有悠久的传统,深受人民的喜爱,鲁迅既为人所景仰,他的书法又自成风格,造诣极高,因此常有朋友请他书幅题字。郭沫若同志称赞他的书法说:"融冶篆隶于一炉,听任心腕之交应,朴质而不拘挛,洒脱而有法度。远逾宋唐,直攀魏晋。世人宝之,非因人而贵也。"[8]这些书写给朋友的诗篇中有的是专为这个朋友作的,诗的内容就和此人有关,如《送 O·E 君携兰归国》《赠画师》等;但更多的是鲁迅自己有感而作的诗篇,内容与写赠的人并无关系。鲁迅当时之所以没有公开发表这些作品,一则确实是"吟罢低眉无写处",用鲁迅的话说,当时的中国"禁锢得比罐头还严密"[9],这些爱憎分明的诗是无处发表的;二则鲁迅并不提倡人们写旧诗,认为"大可不必动手"[10],因此也无意公开发表。但正因为这些诗是作者在不可遏止的感情下写出来的,而且当时并不预备发表,因而就更强烈地表现出了诗人的爱与憎,表现出了一个伟大的共产主义战士的内心世界。这对于我们深入地理解鲁迅的广阔胸襟和革命情操,是至为宝贵的。从这种意义讲,他留下的诗篇虽然为数不多,却具有不同于其他作品的特殊的重要性。

二

1936年鲁迅在为牺牲了的青年共产党人殷夫的诗集《孩儿塔》作序时,曾说它"是对于前驱者的爱的大纛,也是对于摧残者的憎的丰碑",并且说它和一般的诗歌不同,"因为这诗属于别一世界"[11]。所谓"属于别一世界",就是说它是属于担负着开拓中国历史新阶段的无产阶级的声音;这里表现了鲁迅对于革命诗歌的最热烈的赞颂。其实鲁迅自己的诗也是这样的。作为抒情诗，当然首先必须具有强烈的感情，作品才会有感染力；但作者的感情究竟集中在什么地方，也就是说作品究竟表现了什么样的社会内容，并不是一个无关重要的问题。鲁迅曾慨叹于"中国诗人也每未免感得太浅太偏，走过宫人斜就做一首'无题'，看见树丫叉就赋一篇'有感'"[12]。类似这种无病呻吟或顾影自怜式的感情，无论它多么强烈也是不会有好作品的；真正的革命诗歌必须是时代的最强音，它对于重大的现实斗争必须采取积极的鲜明的态度，强烈地表现出自己的爱憎倾向。鲁迅也有不少题作《有感》或《无题》的诗篇，但它的内容却是同三十年代中国"围剿"和反"围剿"的斗争紧密关联的；"怒向刀丛觅小诗"，这些诗本身就是现实斗争的产物。因此，就鲁迅诗篇的主要内容来说，是同样可以用"对于前驱者的爱的大纛"和"对于摧残者的憎的丰碑"来概括的，因为它确实有力地抒发了无产阶级革命家的感情，唱出了时代的强音。它不仅写出了"前驱者"和"摧残者"之间的严酷的对立和斗争，而且强烈地表现出了自己的爱和憎。用鲁迅的话说，就是"像热烈地主张着所是一样，热烈地攻击着所非，像热烈地拥抱着所爱一样，更热烈地拥抱着所憎——恰如赫尔库来斯（Hercules）的紧抱了巨人安太乌斯（Antaeus）一样，因为要折断他的肋骨"[13]。这种由明确的是非出发所表现出来的强烈的爱憎，最能显示作为伟大的共产主义战士的革命精神。

殷夫是和柔石等几个青年作家于1931年被国民党秘密杀害的。他们被捕后，鲁迅也被迫出走。在流寓的客舍中鲁迅听到了他们牺牲的消息，深夜里悲愤地写下了《无题》（惯于长夜过春时）这首诗，"忍看朋辈成新鬼，怒向刀丛觅小诗"。爱憎是如此鲜明，确实如他在悼念死难者的文章中所说的："永远在显示敌人的卑劣的凶暴和启示我们的不断的斗争。"[14]最能说明鲁迅这种革命精神的是《自嘲》一诗，毛泽东同志曾对这首诗中颈联两句做过精辟的分析："鲁迅的两句诗，'横眉冷对千夫指，俯首甘为孺子牛'，应该成为我们的座右铭。'千夫'在这里就是说敌人，对于无论什么凶恶的敌人我们决不屈服。'孺子'在这里就是说无产阶级和人民大众。一切共产党员，一切革命家，一切革命的文艺工作者，都应该学鲁迅的榜样，做无产阶级和人民大众的'牛'，鞠躬尽瘁，死而后已。"[15]鲁迅处在反动统治的白色恐怖之下，用"自嘲"的形式抒写了自己坚定不移的革命信念，他的感情是如此深沉和强烈，确实可以说是"爱的大纛"和"憎的丰碑"。

这些诗既然是写在"万家墨面没蒿莱"的"中国黎明前最黑暗的时代"，而作者又是一个坚定的革命者，因此在环境描写中，在气氛点染中，无不打上了那个时代的烙印。"大野多钩棘，长天列战云。几家春袅袅，万籁静愔愔"，"故乡黯黯锁玄云，遥夜迢迢隔上春"，这就是三十年代中国政治社会的阴暗图景。"云封高岫护将军，霆击寒村灭下民"，"洞庭木落楚天高，眉黛猩红浣战袍"，尖锐地揭露和讽刺了国民党反动派在军事"围剿"中屠杀人民的罪行。"风生白下千林暗，雾塞苍天百卉殚"，"无奈终输萧艾密，却成迁客播芳馨"，同样清楚地写出了反革命的文化"围剿"和革命人民反"围剿"的斗争。当日本帝国主义入侵中国，民族危机严重,而国民党政府执行卖国投降政策的时候,他既对"奔霆飞熛歼人子,败井颓垣剩饿鸠"的侵略者的暴行进行了强烈的谴责,又对国民党反动派"金风萧瑟走千官"的仓皇奔逃的可耻行径进行了辛辣的讽刺;鲁迅还以共产主义者的伟大胸怀,热情地展望了抗战胜利以后中日两国人民友好往来的光明前景:"度尽劫波兄弟在,相逢一笑泯恩仇。"他深知反对帝国主义的侵略战争是两国人民的共同任务,也是两国人民团结友好的基础,正如他在《吊唁小林多喜二家属电》中所说:"日中两国人民群众,亲如兄弟。资产阶级欺骗人民,用血在我们中间制造鸿沟,并且仍在继续制造。但是无产阶级和它的先锋队正在用自己的血来消灭这道鸿沟。"[16]他爱憎分明,对日本侵略者和日本人民群众表现了截然不同的两种态度。

鲁迅的重要诗篇都是抒情诗,揭露和讽刺并不是诗的主要内容,这类诗句在全诗中往往是为了引起作者的抒情咏怀服务的,更重要的是作者自己的心情和感受。由于他有坚定的奋斗目标,敢于蔑视黑暗势力,因此即使在揭露和讽刺中也仍然闪耀着理想的光芒,充满了革命乐观主义的精神。"血沃中原肥劲草,寒凝大地发春华",他坚信人民的斗争体现着历史的方向,它必将冲破反动派冰封雪压一般的统治,开放出美丽的胜利的花朵。"愿乞画家新意匠,只研朱墨作春山",他要求文艺作者高瞻远瞩,热情地歌颂新的世界和革命理想。正是由于作者富有革命的激情,因此他能在那样黎明前最黑暗的年代里,仍然热烈地期待、追求和歌颂着人民的胜利。"心事浩茫连广宇,于无声处听惊雷",他以伟大革命家的政治敏感和远见,坚信表面上"无声的中国"一定会发出震撼世界的革命风雷。他的最后一首诗《亥年残秋偶作》的尾联说:"竦听荒鸡偏阒寂,起看星斗正阑干。"诗人渴望荒鸡早啼,黎明速来,虽然周围仍然是一片阒寂,但仰望天空,正是北斗横斜、东方欲晓的时候,情绪由深沉转向昂扬,展示了旭日将升、理想必将实现的前景。这种对于人民革命事业的深厚的爱,是充溢在鲁迅的诗篇中的。肝胆照人,这些诗对革命人民真正是"爱的大纛"。

鲁迅诗篇的内容相当广泛,除上述者外,有对反动派屠杀民主人士的指斥,也有对歌女痛苦遭遇的描绘;有对烈士的深情怀念,也有对友人的诚挚劝告。无论他所歌咏的是什么,无不抒发着一个伟大战士的崇高的思想感情。即使是抒写他对妻和子的感情的诗篇,也并不是什么儿女情长的缠绵纤细的情绪,而是"十年携手共艰危"的战友情谊和"回眸时看小於菟"的热爱新的一代的豪迈胸襟。这就说明,他的诗篇之所以能动人心弦,从根本上说是因为他所抒发的是革命家的伟大怀抱,他的爱憎感情是和人民相通的。

当收有旧诗在内的《集外集》被国民党反动派检查时,结果有十篇文章不准印,而没有删去这些诗。鲁迅在给友人的信中说:"《集外集》只抽十篇,诚为'天恩高厚',但旧诗如此明白,却一首也不删,则终不免'呆鸟'之讥。"[17]鲁迅是深知他的诗篇的强烈的战斗内容的,只是由于这些诗是用旧诗形式写的,文字简练,表现比较含蓄,那些没有文化修养的特务"呆鸟"们根本看不懂,才算被他们放过了。所以鲁迅说:"今之叭儿及其主人,则连小才也没有。"[18]但广大读者是理解鲁迅的,他们从这些诗所具有的革命的政治内容中得到了有力的启示和鼓舞。

三

　　鲁迅所写的旧诗都是近体诗，尤以七言律诗和绝句为多。这一方面是因为他着重在抒情咏怀，所以采用八句或四句的短章比较适宜；而且近体诗向来以抒情为主，音调铿锵，对仗严格，内容表现得比较含蓄，这对于他抒发自己感受的要求是适应的。古诗与乐府歌行则重在铺叙与发挥，篇幅一般较长，不适宜于表现这样的内容。另一方面，这也同他的爱好唐诗有关。律诗和绝句都是唐代盛行的诗体，鲁迅从少年时就受到这种诗体的教育，对唐诗十分熟悉和喜爱。他曾在致友人的信中说："我以为一切好诗，到唐已被做完，此后倘非能翻出如来掌心之'齐天大圣'，大可不必动手。然而言行不能一致，有时也诌几句，自省殊亦可笑。玉溪生清词丽句，何敢比肩，而用典太多，则为我所不满。"[19]这说明他对唐诗的艺术成就非常欣赏。李商隐（玉溪生）是晚唐的著名诗人，七律尤其脍炙人口；鲁迅对别人把他和李商隐相比做了分析，他欣赏李商隐的词句清丽，但不满意于用典过多，妨碍了内容表达上的显豁和准确。这当然只是就艺术技巧说的，但我们可以从这些话中领会到鲁迅的诗在艺术上的某些特点。近体诗对形式格律的要求极严，鲁迅用这种古典诗体来表现富有时代精神的革命者的感情，而能运用自如，清新感人，并没有迁就形式或使人读来有类似古人作品的陈腐感，这同他对中国古典文学有很深的修养是分不开的。有人说他的诗"有唐人风韵"[20]，就是因为它不仅在形式格律上符合这种诗体的要求，而且构思新颖，词句清丽，抒情性强而表现则凝练含蓄，在艺术上并不比唐代的著名诗人有逊色。但这只是他的诗歌特色的一个方面，这些诗和唐人作品有着时代的和阶级的本质区别；我们并不必做这种比较，因为它"属于别一世界"。

有人把使用自然口语和放宽用韵限制当作鲁迅的诗突破了旧形式的特点[21]，这种看法并不全面。因为这样的例证多表现在讽刺性的诗篇中，如《二十二年元旦》《赠邬其山》等诗，而并不表现在许多抒情性很强的诗篇；这说明他之所以运用口语和解放诗韵，只是为了加强讽刺的效果。这样的诗数量不多，就他的主要诗篇来说，在规式上是符合近体诗的传统要求的（包括拗体）。近体诗还要求有对仗，特别是律诗；鲁迅的诗借助丰富的联想和贴切的用语，诗联都能做到寓意深刻，对仗工整，有很强的表现力。如五律《大野多钩棘》和七律《亥年残秋偶作》，通篇皆用偶句，而且工整和谐，凝练含蓄；尾联以偶句作结，而诗意连贯，结束有力，显示了作者的熟练的技巧。绝句则可散可对，向来体制不一，鲁迅的诗也是这样。虽然在对仗上绝句不像律诗那样严格，但它只有四句，而要求语近情深，富有余味，所以无论起句是散是对，第三句必须情切意深，结句才能凝重有力。鲁迅的名篇如《自题小像》、《无题》（万家墨面没蒿莱），其结句"我以我血荐轩辕""于无声处听惊雷"之所以慷慨激越、动人心弦，就是由作者"寄意寒星荃不察"以及"心事浩茫连广宇"所引出来的结果。这说明作者在艺术表现上是十分得心应手的。

诗中用典贴切，可以由联想中丰富诗的表现力，扩大诗的表现内容；可以使诗意含蓄，言简意深，所以鲁迅并不一般地反对用典。特别是律诗，因为需要对仗，所以历来用典很多。但如果用得过多或者过僻，像李义山那样，就会诗意晦涩，使人不能准确地理解诗的内容，这才是鲁迅所不满的。鲁迅的诗中即使用典较多的篇章，也完全是为了表达内容的需要，并不是为了追求词句的宏丽。如《阻郁达夫移家杭州》一诗，诗意是要说明杭州的政治环境险恶，特务横行，自然风景虽好，也不是适于居住的地方，因此劝郁达夫不要移家杭州。诗中紧紧扣住与杭州有关的事迹，用典贴切，对仗工整，从"阻"字着眼，运用强烈的对比手法，表现了那里不宜居留的阴暗气氛，为尾联的"何似举家游旷远，风波浩荡足行吟"作了有力的烘托。从这里我们可以看出他对于用典的态度。

鲁迅诗中有许多词句来自《楚辞》，如《无题》（一枝清采妥湘灵）一诗，四句都与《楚辞》有关，类似这样的词句还有很多。这是因为屈原是鲁迅最喜爱的古代诗人，他很早就称赞屈原"抽写哀怨，郁为奇文"，"放言无惮，为前人所不敢言"[22]。而在国民党反革命文化"围剿"的环境下，鲁迅感到进步作家比屈原当时的处境更为惨苦，"泽畔有人吟不得，秋波渺渺失离骚"。因此《楚辞》中的词句就很容易引起他的感触，当然也易于引起读者的联想。另一方面，《楚辞》中所歌咏的洞庭潇湘的风光不仅孕有古代的神话传说，可以丰富诗的想象和意境，而且湘赣一带当时是国民党反动派军事"围剿"激烈进行的地区，革命斗争十分尖锐，而这正是作者极为关心而又难于直接抒写的内容，因此运用《楚辞》所引起的想象和构思，可以含蓄而深刻地写出了他的感受，易于引起读者的联想和共鸣。著名的《湘灵歌》、《无题》（洞庭木落楚天高）就是这样。这就说明，鲁迅首先是从内容出发，一切表现方法，无论遣词造句，或对仗用典，都是为了诗的内容服务的。

由此可见，鲁迅旧诗的艺术特点并不在他要有意地突破传统的形式格律的限制，在诗体上有所创新，而在于他运用了近体诗的严格的规式来表现新的内容，抒发革命者的强烈感情，真正做到了革命的政治内容和完美的艺术形式的统一，从而形成了一种富有时代精神的深沉激越的风格特色。这当然同他的深厚的古典文学修养有关，但诗如其人，最根本的因素仍然在于他所表现的是一个伟大的革命者的思想感情。他的爱憎是如此鲜明，忧愤是如此深广，我们通过这些诗不仅可以看到他的精湛的艺术成就，而且更重要的是可以由此体会到他的崇高的精神世界。

1977年8月30日

*　　*　　*

〔1〕〔15〕毛泽东：《在延安文艺座谈会上的讲话》。
〔2〕〔3〕毛泽东：《新民主主义论》。
〔4〕鲁迅：《集外集·序言》。
〔5〕鲁迅：1934年11月1日致窦隐夫信。
〔6〕〔9〕鲁迅：《南腔北调集·为了忘却的记念》。
〔7〕鲁迅：1934年10月13日致杨霁云信。
〔8〕郭沫若：《鲁迅诗稿序》。
〔10〕〔19〕鲁迅：1934年12月20日致杨霁云信。
〔11〕鲁迅：《且介亭杂文末编·白莽作〈孩儿塔〉序》。
〔12〕鲁迅：《集外集拾遗·诗歌之敌》。
〔13〕鲁迅：《且介亭杂文二集·再论"文人相轻"》。

〔14〕鲁迅:《二心集·中国无产阶级革命文学和前驱的血》。
〔16〕见《中国现代文艺资料丛刊》第一辑。
〔17〕〔18〕鲁迅:1935年2月4日致杨霁云信。
〔20〕郭沫若:《由日本回来了》,《沫若文集》第8卷。
〔21〕许寿裳:《我所认识的鲁迅·〈鲁迅旧体诗〉序》。
〔22〕鲁迅:《坟·摩罗诗力说》。

《怀旧》略说

　　《怀旧》是鲁迅的第一篇创作小说，也是鲁迅用文言写成的唯一的一篇小说。它写成于《狂人日记》发表前七年，辛亥革命刚刚发生不久的1911年冬天。由于时代条件和"五四"时期不同，也由于它是用文言文写的，在1913年4月《小说月报》发表的当时，并没有引起热烈的反响；以后研究现代文学史和鲁迅作品的人，也多从《狂人日记》讲起，因此它的重要性往往被忽略了。其实无论从现代文学的时代特色或构成鲁迅小说创作的风格特点说，它都具有开端性质的历史意义；而且更重要的，作为一篇短篇小说，它本身的思想艺术价值就是值得重视的，我们今天读起来仍然会感到它的艺术力量。它之所以在当时或以后没有引起应有的重视，完全是时代的原因；当时社会上还没有如"五四"新文化运动掀起的那种震撼人心的革命浪潮；作为小说创作，《怀旧》的思想艺术特色毋宁说是一种孤立的现象。它不仅不同于晚清的谴责小说以及民国初年流行的黑幕小说、"鸳鸯蝴蝶"之类，而且也不同于受到外国文学很大影响的如苏曼殊的《断鸿零雁记》等小说；即使有人对它加以赞赏，也是隔靴搔痒，不得要领。如当时《小说月报》编者恽铁樵曾在发表时批注推荐说："曾见青年才解握管，便讲词章，卒致满纸饭钉，无有是处，极宜此等文字药之。"他虽然也看到了这篇小说的白描手法的一些特点，但完全是从传统词章的观点讲评的。如果我们要在小说创作中找寻同它有类似特色的作品，那就只有从"五四"以后的现代小说中才能找到。这就是说，除过它是用文言写的以外，在精神上或风格上它都是"现代的"，我们可以把它看作是现代作品的发轫。

鲁迅曾说过《狂人日记》《孔乙己》《药》等作品的出现"显示了文学革命的实绩"，因为它们的"'表现的深切和格式的特别'，颇激动了一部分青年读者的心"，并说这是由于受了欧洲文学影响的缘故。[1]这些作为文学革命实绩的作品的特点，当然也是鲁迅"五四"时期小说创作的特点，除过激动人心这种巨大的社会影响是当时所特有的时代条件以外，其余如接受外国文学影响使作品达到表现的深切和格式的特别等因素，在《怀旧》中都是十分明显的。鲁迅说他"五四"时期开始写小说时只看过百来篇外国小说，其余什么准备也没有[2]；又说他从外国作品中明白了世界上有两种人，压迫者和被压迫者[3]，因此他的小说就多写"上流社会的堕落和下层社会的不幸"[4]。我们知道鲁迅大量阅读外国作品是在决定弃医从文以后的1906年到1909年，也就是说在《怀旧》创作之前这些条件就已经具备了。他已经决定要以文学作为自己的事业，已经翻译介绍了安特列夫和迦尔洵的短篇小说，希望"异域文术新宗，自此始入华土。使有士卓特，不为常俗所囿"[5]，这就是说要学习外国小说的某些表现方式，突破传统的写法；而《怀旧》如同他以后的小说那样，就是以外国近代现实主义的方法来写上层和下层人物在同一背景中的不同反应的，从而真实地写出了他们"辛苦恣睢而生活"和"辛苦麻木而生活"的精神面貌。尽管在此之前，鲁迅已经根据希腊历史故事改写过小说《斯巴达之魂》，翻译过雨果的《哀尘》，但这都在他弃医从文之前，它只说明鲁迅是一个充满激情的爱国主义者和他对文学的爱好和兴趣是从浪漫主义开始的；而在写《怀旧》的时候，他已经抱着"揭出病苦，引起疗救的注意"[6]的心愿，转为对现实的凝视，并致力于小说创作了。因此除过它本身的成就值得重视以外，《怀旧》对于我们理解鲁迅后来小说的创作思想和艺术特色，也是有帮助的。

《怀旧》的情节与人物取材于江南农村小镇，鲁迅对这样的小镇生活和所描写的人物十分熟悉。小说的主要情节是写小乡镇上因传有不明身份的革命军要来而引起的波动。这一波动涉及到了各个阶层，恰如"风乍起，吹皱一池春水"，但又并未给任何人造成悲欢离合的遭遇。仅仅一天的时间，这场虚惊就已过去，波动趋于平息，旧的生活秩序又重新恢复了。我们知道写辛亥革命的痛心的失败是鲁迅小说的一个重要内容，《阿Q正传》《药》等名篇都是以这一重大历史事件为背景的。但鲁迅对这场革命的感受并不是后来才有的，在散文《范爱农》里，我们已经看到光复后绍兴的"招牌虽换、货色依旧"的实际情况，就在1912年，鲁迅已经发出"狐狸方去穴，桃偶已登场"[7]的沉痛感慨，而《怀旧》就是鲁迅刚刚目睹了盼望已久的推翻满清王朝的革命在小城镇怎样走了过场，目睹了当时上流社会怎样应付革命的投机表演，并痛心地观察到下层群众的生活毫无变化及其对于革命的麻木无知之后写出来的。尽管总结这一场革命还需要时间，还需要更多的探索和思考，但鲁迅从广大人民是否觉醒并是否参加了革命的角度来考虑问题，看到封建统治者的地位丝毫没有动摇的现实，他及时地把自己的生活感受用小说的形式反映出来了，这就使得《怀旧》在"表现的深切"上达到了远远超过当时作品的新的高度。

小说中描写的两个乡镇上层人物塾师"秃先生"与富户金耀宗对待革命的既惶恐又密谋应变的态度，在当时的环境下具有很高的概括性。从"府尊"到类似《阿Q正传》中举人老爷的"何墟三大人"，再到当地的金耀宗和为他出谋划策的秃先生，是一个严密的统治网；他们本能地敌视对现有秩序的任何冲击，千方百计地维护既得的地位和利益。他们对革命是恐惧的，并不像一般群众那样漠不关心，革命军要来的消息就是从"三大人"那里传来的。小说着重描绘了秃先生的形象。秃先生一边为学童滥解《论语》曰"孔夫子说，我到六十便耳顺，耳是耳朵。到七十便从心所欲，不逾这个矩了"，一边"战其膝，又大点其头，似自有深趣"，一副昏庸腐朽的"冬烘"姿态；他平时以"仰圣"自居，但一到时世有变，立即露出"仰三大人也，甚于圣"的本来面目，是一个典型的为封建统治者帮闲的人物。金耀宗的"拥巨资，而敝衣破履，日日食菜，面黄肿如秋茄"的形象，颇与《儒林外史》中的守财奴严监生相似，但鲁迅没有着重谴责他们的个人品质，而是在读者对他们的身份有所了解后，就置之于社会生活的骚动之中。在革命军将要到来的风声里，地主金耀宗"如见皆而呼救"，尽管他不辨"粳糯""鲂鲤"，"识语殊聊聊"，对于"箪食壶浆以迎王师"的投机权术却素有"家训"，急于找秃先生商量对策。秃先生也的确不辜负他的厚望，深知他们共同的利害所在。他不仅诬蔑革命军为"山贼""乱人"，"运必弗长"，而且对于金耀宗投机应变的企图心领会。这个"能处任何时世,而使己身无几微之疢"的善于帮闲的"智者"建议对革命军既"不可撄","亦不可太与亲近",要保持小心谨慎、若即若离的态度,观察形势,以便官军回来时有回旋余地。革命军最后并没有到"芜市",但这一次密谋划策却生动地表现出这两个人物对于革命的符合他们身份和性格的反应。

属于下层人物的阉人王翁和李媪对革命则处于严重的麻木状态,引起金耀宗等人慌乱的革命军即来的消息,对于他们的影响不过是"弗改常度";到了晚上仍是"出而纳凉""谈故事",只不过这一天谈的都是有关"长毛"的怀旧的传说罢了。虽然他们平日也对耀宗"特傲",但一点也不理解革命为何物。普通群众也只是"悉函惧意","惘然而行"地逃难;何墟人奔芜市,芜市居民争走何墟,仓皇失措。正如鲁迅后来所慨叹的那样:"中国的百姓是中立的,战时连自己也不知道属于那一面,但又属于无论那一面。强盗来了,就属于官,当然该被杀掠;官兵既到,该是自家人了罢,但仍然要被杀掠,仿佛又属于强盗似的。这时候,百姓就希望有一个一定的主子,拿他们去做百姓,——不敢,是拿他们去做牛马,情愿自己寻草吃,只求他决定他们怎么跑。"[8]革命军要到来的消息所引起的混乱就充分地表现了当时人民所处的这种奴隶地位。到证明消息是误传时,"秃先生大笑","众亦笑,则见秃先生笑,故助笑耳"。作品以平淡笔调描绘的人民群众对于革命的不了解不关心、隔膜冷淡的态度,深刻地反映出辛亥革命缺乏人民支持的致命弱点。鲁迅正是出于对国家前途与民族命运的强烈关注,才把这些凡人小事作为自己创作的题材,真实地写出了当时环境下他们的精神面貌。就像《风波》中"皇帝坐龙庭"在临河土场上引起的那一场风波，我们从《怀旧》里几个平凡人物的行动中嗅到了时代的气息，看到了辛亥革命这一历史事件的折光。

鲁迅在《怀旧》中是用一个儿童的口吻以第一人称写的，他将几个生活片断串联在一起，构成一幅完整的时代风云中的世态图，就像成功的绘画那样，它抓住整个动态过程中最有特色的一瞬间，使人们从表面的静止中感到那动荡的深度与广度。为了艺术上的完整，也为了更好地揭露出秃先生的面目，小说用了不少笔墨描写了童子在封建教育制度下不得不整天枯坐，学一些根本不懂的东西，天真活泼的性格受到压抑，以至晚上做梦都在受秃先生的叱责。这些与儿童日常生活密切相关的细节不仅使读者对童子的性格与心情有了细致的了解，而且使读者真切地感受到辛亥革命发生时的时代特征与社会特征，也使秃先生的形象更加生动和真实。更重要的，这样可以使作者所选取的上层和下层的生活画面能够有机地结合起来，写出社会生活的全貌。很清楚，金耀宗、秃先生同王翁、李媪是分属于两个不同的生活圈子的人物，但他们与学童的生活又都有着或远或近，或亲或疏的联系。一方面学童被迫受教于秃先生，整天在那里枯坐读书；另一方面，他的生活又受着女佣李媪的照料，他的未被泯灭的童心使他更愿意与勤劳朴实的王翁、李媪在一起，这就使这个儿童既能看到书房内秃先生与金氏的不自觉的表演，又能自然地记下了青桐树下不为大人物所关心的乡村野老们的闲言碎语。就在这样的结构中，作者使思想内容与艺术形式取得了比较完美的结合。

　　由于儿童还没有受到社会上的利益和偏见的拘牵,他的天真纯朴和好奇的眼光往往能够透视生活的真相。和《孔乙己》相似,《怀旧》也是通过儿童的眼光去观察生活的。这是一个还没有学会虚伪,没有学会"为尊者讳"的九岁的孩子,所以才会有例如先生讲书时"余都不之解,字为鼻影所遮,余亦不之见,但见《论语》之上,载先生秃头,烂然有光,可照我面目;特颇模糊臃肿,远不如后囿古池之明晰耳"的类乎讽刺的观察与感觉;才会在风潮将至时,有"先生往日,惟遇令节或年暮一归,归必持《八铭塾钞》数卷,今则全帙俨然在案,但携破箧中衣履去耳"的如实描绘;也才会对秃先生与金氏的交谊有"耀宗曾以二十一岁无子,急蓄妾三人;而秃先生亦云以不孝有三,无后为大,故尝投三十一金,购如夫人一,则优礼之故,自因耀宗纯孝"的儿童式的简单推理;这些都使我们阅读时不时为作品中天真地表露出来的幽默与讽刺发出会心的微笑。同样,当儿童的眼光转向他所爱戴的人物时,便照出了这些人的可悲的麻木与无知。我们看到他直觉地判断着:"长毛来而秃先生去,长毛盖好人,王翁善我,必长毛耳。"然而这判断却被王翁轻易地否定了。我们还可以从孩子"思倘长毛来,能以秃先生头掷李媪怀中"的遐想,孩子对长毛事满怀好奇与疑问时"李媪则力握余手禁余,一若余之怀疑,能贻大祸于媪者"这段话所流露的不以为然的情绪等细节中,看到睁了求知的双眼观察周围世界的儿童对这些麻木的不觉悟者的不满与失望。正是通过儿童对各阶层人物的观察以及这种观察在作品中的穿插交织和自然结合,作者的爱憎倾向才得以明确而又毫不牵强地表现出来。小说的最后以学童与李媪的内容截然不同的噩梦作结，它只用了夜半时分的几句对话，就寓意深远地写出了没有觉悟的李媪不能不接受统治者对于"长毛"等革命者的诬蔑，情愿平平安安以便脱离"长毛"的噩梦，以及满怀童心的儿童仍然不能不重新回到日夜都想摆脱的噩梦一般的现实，使读者在掩卷之后仍不能不深思这噩梦一般的社会与生活究竟还要延续到何时！

通观《怀旧》全篇，我们可以看到，它不仅在"表现的深切"上有别于传统的和当时的小说，而且在"格式的特别"上也取得了突出的成就。中国的短篇小说虽然历史悠久，但无论是从唐人传奇到《聊斋》的文言小说，或者从宋元话本到"三言二拍"的白话小说，都是以叙述有头有尾的故事发展过程为主要特色，因此着重在情节的奇异和巧合；"传奇""志异""奇观""怪现状"等名称就说明了它的特点。实际上它是一种以故事为主的压缩了的长篇，而不是如鲁迅所强调的"借一斑略知全豹，以一目尽传精神"的截取生活片断的写法，这种情况直到"五四"文学革命以后才有了改变。我们知道无论创作或翻译，鲁迅一向都是提倡短篇小说这种体裁的；他所说的《狂人日记》《孔乙己》《药》等作品的"格式的特别"，就是指它们是借鉴了外国短篇小说的表现方式而言的。鲁迅把长篇譬作宏丽的"大伽兰"，而短篇则只是这宏伟建筑的"一雕阑一画础"，它只是整体的局部而非具体而微的模型；它"虽然细小，所得却更为分明，再以此推及全体，感受遂愈加切实"[9]。值得注意的是这些特点在《怀旧》中已经基本具备了。它所着重的是真实而不是巧合，是人物和环境而不是故事和情节；它只写了几个生活片段，就概括地把时代环境和不同人物的精神面貌写出来了。捷克著名学者普实克认为《怀旧》是"中国现代文学的先声"，"完全是一部新的现代文学的作品，而绝不属于旧时代的文学"。正是从它的表现方式来看的。所以他说："断断续续的谈话无需直接描写，就把人物展现在我们面前，表露出用别的写法无法描述的各种关系，揭示出直截了当的描写绝对写不出的人物的心灵以及他的犹疑和细致入微的思想感情。"[10]这种成就的取得当然与外国文学的影响有关，如鲁迅所说，这是产生"格式的特别"的主要原因；但由于它是为反映中国的现实生活服务的，而且还吸取了传统的笔记野史的一些特点，因此除过丰富了作品的艺术表现力之外，读者感到的是清新而不是生疏和隔膜。"五四"以后具有现代特点的短篇小说大量产生了，这种新的"格式"已经为人们所熟悉，但从历史发展的观点来看，《怀旧》确实是现代文学的先声。

从鲁迅自己的创作说，《怀旧》与《呐喊》《彷徨》中的许多作品有着明显的"血缘"关系。首先，《怀旧》所反映的社会问题，是鲁迅以后许多年一直深入考虑的问题。从《怀旧》可以看出，鲁迅从辛亥年冬天开始就已经在严肃地思考着中国革命与农民的关系问题了。《药》《阿Q正传》等作品事实上早就孕育在《怀旧》的写作时期了。其次，在艺术上，鲁迅始终保持了他从《怀旧》开始的现实主义的创作方法，通过社会下层和上层人物的生活的如实描绘，反映深刻重大的社会主题。当然，随着时代的前进和创作经验的丰富，他的眼光也更为敏锐，作品的艺术成就和典型性也更高了。这是因为到了创作《呐喊》《彷徨》时,鲁迅已经"见过辛亥革命,见过二次革命,见过袁世凯称帝,张勋复辟",认识到半封建半殖民地的旧中国是一间"绝无窗户而万难破毁的""铁屋子",要使"革命的前驱者"破毁这"铁屋子"的希望成为现实,是需要用文学发出更响亮的"呐喊"之声的。[11]但追本溯源,这种精神在《怀旧》中已经肇始。在表现方法上我们也可以感到这种"血缘关系":《风波》和《示众》的场景和布局,《阿Q正传》的讽刺笔调,《孔乙已》中通过小伙计的眼光来写人物的手法,赵七爷、赵太爷,以至举人老爷、七大人之流的行为的揭露,都可以从《怀旧》中体味到作家艺术构思的发展脉络。因此在鲁迅小说艺术的研究课题中,《怀旧》也占有重要的地位。

在鲁迅文学遗产的宝库中,《怀旧》虽然不能说是最重要的或代表性的作品,却无疑地是他走向高峰的一个重要的里程碑。由于鲁迅是中国现代文学的奠基人,《怀旧》同样也是中国现代现实主义小说创作的先声。这是一个响亮的声音,因为即使今天读来,作品仍然显示着它的思想艺术的光辉。

1983年11月15日

* * *

〔1〕〔6〕鲁迅:《且介亭杂文二集·〈中国新文学大系〉小说二集序》。
〔2〕鲁迅:《南腔北调集·我怎么做起小说来》。
〔3〕鲁迅:《南腔北调集·祝中俄文字之交》。
〔4〕鲁迅:《集外集拾遗·英译本〈短篇小说选集〉自序》。

〔5〕鲁迅:《译文序跋集·〈域外小说集〉序言》。
〔7〕鲁迅:《集外集拾遗·哀范君三章》。
〔8〕鲁迅:《坟·灯下漫笔》。
〔9〕鲁迅:《三闲集·〈近代世界短篇小说集〉小引》。
〔10〕见《国外鲁迅研究论集》一书。
〔11〕鲁迅:《南腔北调集·〈自选集〉自序》及《呐喊·自序》。

《狂人日记》略说

鲁迅的《狂人日记》是中国现代文学史上的第一篇小说，它发表于"五四"的前一年，1918年5月。在当时新文化运动和文学革命的浪潮中，这篇作品是用白话文写的一份激烈的指向封建主义制度和道德的宣战书；它以前所未有的彻底精神，攻击了封建礼教，把四千年的历史总结为"吃人"的历史。鲁迅自己说这篇小说是"意在暴露家族制度和礼教的弊害"[1]。这个弊害概括地说起来就是"吃人"。因此从它发表以后，"吃人的礼教"一句话就深入人心，在"五四"时期产生了广泛的影响。这篇作品表现了新文化运动的彻底的反封建精神，也显示了文学革命提倡"文学当以白话为正宗"的实绩。毛泽东同志在《新民主主义论》里说："五四运动所进行的文化革命则是彻底地反对封建文化的运动，自有中国历史以来，还没有过这样伟大而彻底的文化革命。当时以反对旧道德提倡新道德、反对旧文学提倡新文学为文化革命的两大旗帜，立下了伟大的功劳。"这个文化运动开始于五四运动的前夜，它为"五四"爱国运动在思想上作了酝酿和准备，并且促使"五四"以后的文化思想和文学面貌展开一个崭新的局面。《狂人日记》这篇作品，它的彻底反对封建道德的内容和崭新的语言形式，就正表现了这个伟大而彻底的文化革命的两大旗帜；它的出现充分反映了中国革命进入到新的阶段的历史特征，因此在当时才能够发生那样坚强有力的时代号角的作用。

在一篇不算长的短篇小说里能够有那么大的思想容量，能够有那么深广的历史内容，确实是令人惊异的；这就必须看到它的巧妙独特的艺术构思。《狂人日记》的伟大成就不仅在于它表达了那样深刻的富有时代精神的思想内容，而且也在于它的艺术表现上的特点。正如小说的题名所表示的，那些深刻的思想内容是通过狂人的日记，通过狂人这一形象的创造而表现出来的。这个狂人是一个"迫害狂"病症的患者，他精神紧张，心怀恐惧，以为别人都在准备吃掉他，包括他的大哥和街上的小孩子。他独自住在一间黑沉沉的屋子里，被人看守着，或者说是照管着；在他的思想活动中，他把目前生活中所能看到的一切和在记忆中留有深刻印象的一切，通通都和"吃人"这一事实联系了起来。狼子村佃户说的村人把恶人的心肝炒了吃固然是吃人，连蒸鱼的眼睛也像吃人的样子，医生诊脉是在揣肥瘠，路人的笑也像青面獠牙使他从头冷到脚跟。他在生活中所能接触到的事物很少，他怀疑周围的一切人，但同时他又在不停地思索，"凡事总须研究，才会明白"，于是他就不能不在过去的记忆里来寻找联想，而且按照一个患迫害狂的病人的思路，把这一切都和吃人联系了起来。所谓"过去"，就是说在未狂以前，那时他的神经是健全的；照作品所提供的细节，我们知道他是一个地主家庭出身的知识分子，读过历史，作过策论，不只知道"易子而食""食肉寝皮"这些文句，盘古开天辟地和易牙献子这些故事，而且还有关于《本草纲目》和海乙那的知识。更重要的，他曾经在二十年前"把古久先生的陈年流水簿子，踹了一脚"，就是说他曾经做过打破传统和违反陈规的活动，他还清楚地记得徐锡麟的牺牲，这就说明他在发狂以前是一个革命者，而且曾用当时革命者的眼光来观察事物。到他成了狂人，他就把这些经历和记忆都和吃人以及周围人对他发生仇恨的原因联系在一起。这种联系之所以可能，就在于从一个革命者的眼光看来，过去的历史本来就是人吃人的历史，而且从他把周围人对他的仇恨归因于他曾经触犯过"古久先生的陈年流水簿子"，我们也很容易想到他得病的原因。迫害狂的病源总是与患者受过迫害或者有受迫害的可能相联系的，他的得病自然与他的从事革命活动有关，他是因为革命才被人逼成疯子的。这样，在这个狂人的性格中，就有了既是狂人又是革命者的两种特征；而且既然是狂人写的日记，作为一篇现实主义的作品，这些特征必须通过狂人的思路和逻辑表现出来。从他是一个狂人说，他的想法很糊涂，他只想到别人要吃他，包括给他找人治病的大哥。从他是一个革命者来说，他又是敢于打破传统的先驱者，是对将来有预见的十分清醒和勇敢的人物。我们如果只看到这一形象的狂人的一面，就会降低这篇作品的伟大的思想意义；但如果只看到这一人物的革命的一面，就会把小说看成某种寓言或概念的演绎，降低了它在现实主义艺术上的伟大成就。

这两种特征为什么可以统一在一个人物的身上呢？第一，狂人的思维本来就是跳跃式的，缺少连贯性，前后之间只能"略具联络"，而眼前的见闻和记忆中的事物又都是他思索和"研究"的对象，因此尽管如小序所说，"语颇错杂无伦次"，但可以同时在这一特定的人物身上存在。正如"错杂"的语言我们在作品中也只找到对意义并无妨碍的几处，而并不是满纸荒唐言的一样。"错杂"的文句计有：一、"宛然是关了一只鸡鸭"。二、"易牙蒸了他儿子，给桀纣吃"。桀纣应为齐桓公。三、"徐锡林"，"林"应为"麟"。——这些都是有助于表现日记为狂人所记，而又无损于意义的明白的。同样，那些表现革命者的地方，也是通过狂人的特殊思维方式而又使它不损害革命者的战斗精神的。第二，更重要的，在狂人的思路里，二者之间本来有共同的地方，可以由"吃人"这一点将它们贯串起来，而这就十分有利于表现革命者眼中的封建制度的实质。鲁迅在《灯下漫笔》一文中曾说："所谓中国的文明者，其实不过是安排给阔人享用的人肉的筵宴。所谓中国者，其实不过是安排这人肉的筵宴的厨房。……于是大小无数的人肉的筵宴，即从有文明以来一直排到现在，人们就在这会场中吃人，被吃，以凶人的愚妄的欢呼，将悲惨的弱者的呼号遮掩，更不消说女人和小儿。这人肉的筵宴现在还排着，有许多人还想一直排下去。扫荡这些食人者，掀掉这筵席，毁坏这厨房，则是现在的青年的使命！"在这篇充满革命精神的杂文里，对于"中国文明"和封建社会历史的描述，同样是用"吃人"这一特点来概括的。鲁迅当时还不是马克思主义者，但他以革命民主主义者的锐利的目光，不只已经看出了封建制度的残酷性，而且说明这种制度是为阔人和凶人服务，而直接受到损害的则是"悲惨的弱者"。当然，这里所说的"吃人"是指封建制度所加给被压迫者的物质和精神上的致命的损害，是一种譬喻的说法，并不就像狼子村的人炒心肝那样的吃人肉。作为一个革命者，狂人原来也是这样理解的，这正是导致许多人仇视的一种打破传统的思想；狂人的特点就在于把这两种吃人联系在一起，从一个患迫害狂的病者的思路出发，给了许多吃人现象以具体形象的意义。事实上充满封建制度中的"人肉的筵宴"的残酷性质远比具体地吃掉一个人要深广得多，因为吃人肉的事实毕竟是比较少见的，但前者是一个概括性的譬喻，通过狂人的联想，就在不损害"吃人"的深刻意义的情形下，又赋予了它以具体可感的性质。作者这种巧妙的艺术构思，使作品对于封建制度的揭露和抨击显得异常尖锐和有力。

狂人在作品中是正面形象，许多发出革命火花的思想都是通过狂人的思索和行动来表现的；正是在这个人物身上，我们看到了作者的彻底反封建的革命民主主义精神。一般地说，作家的进步的社会思想和美学理想总是通过作品中的正面人物来体现的；但现实主义作品中的人物性格必须与环境描写和情节发展的需要相协调，而不能成为作家主观思想的传声筒，因此我们不能不加分析地把狂人的所有思想都认为是作者的思想。其中有一些是和作者当时的思想一致的，例如前面说的封建社会的"吃人"的实质，以及"将来容不得吃人的人""救救孩子"等，是体现了作者当时的思想的；但另外一些地方就不一定如此，不只描写狂人的疑惧和紧张的地方不能这样理解，就是其余的地方也必须加以分析和区别。例如狂人从别人对他的脸色和目光来观察，把赵贵翁和一路上的人都一律看待，而那些人中间"也有给知县打枷过的，也有给绅士掌过嘴的，也有衙役占了他妻子的，也有老子娘被债主逼死的"。这里描写的正是迫害狂患者对周围世界的反应，不能把它认为就是作者的观点。鲁迅当时虽然还不是马克思主义者，但他的许多作品中都描写了"上流社会的堕落和下层社会的不幸"[2]，对各种不同的人并不是一律看待的。狂人既然是一个迫害狂患者，他的疑惧和敏感就使他不可能不把别人都想象为怀有恶意的人。又如狂人的劝转别人不要吃人的描写，完全是为了情节发展的需要，不能认为"劝转"就是作者的改造社会的思想和方法。狂人这一形象的光辉性质也表现在他具有昂扬的斗争精神。虽然按照他自己的思路，他已研究明白别人正准备吃他，他处于完全孤立的状态，但他并不肯屈服于被吃的命运，而是仍然要斗争，要改变那个吃人的世界。这篇作品的前六节是描写狂人所感到的吃人的现实的，从第七节起，就着重写狂人所进行的这种斗争。处在狂人那样的地位和环境，他的斗争方式也是狂人式的，"劝转"就是狂人进行斗争的方式，正如他的斗争对象只能首先选择他的大哥一样，而且只有经过劝转的无效，才能发展到最后的"救救孩子"的结论。其实不只《狂人日记》，任何现实主义作家通过作品中的正面形象来体现自己的思想都不是无条件的，不能在二者之间划上等号。这并不是说作者的思想当时就没有局限，但这是两个性质不同的问题。譬如"救救孩子"这种思想就表现了作者当时观察社会问题的思想局限，1927年在《答有恒先生》一文中他曾说："现在倘再发那些四平八稳的'救救孩子'似的议论，连我自己听去，也觉得空空洞洞了。"这是他经过"事实的教训"，发现自己的思想偏颇以后的感触。但在写《狂人日记》的当时，"救救孩子"的思想和他在同时期写的《我们现在怎样做父亲》等杂文中的观点是一致的；作为《狂人日记》这篇作品的结尾，它确实体现了当时作者的思想。当然它也完全符合作为革命者的狂人形象在当时所可能掌握的进步思想。

　　作品既然着重在抨击封建主义的"吃人"的罪恶，对于吃人者就不能不予以诅咒和揭露。狂人的大哥这一形象虽然在作品中着墨不多，但性格仍然很鲜明。他不准佃户减租，他讲过的什么割股疗亲的道理和做"论"的方法，都证明他确实"心里满装着吃人的意思"。狂人对于这种人的又要吃人又不敢明说的特点是很清楚的。"狮子似的凶心，兔子的怯弱，狐狸的狡猾"，可以说就是对封建统治者既凶残又卑怯的狡猾性格的概括。这些都是通过狂人的思路表现出来的，但又是那样的清醒和深刻；而把他的大哥作为吃人者来描写，就更突出了狂人这一形象的战斗精神。

　　《狂人日记》虽然是作者写的第一篇白话小说，但它能够达到这样高的成就却并不是偶然的。首先，作者就是一个革命者，他对封建主义的毒害感受很深，反对的态度非常彻底。他曾积极地参加了辛亥革命，体验到这次革命失败以后的痛苦，也看到许多人在革命低潮时期脱离革命的现象。经过了长期的沉默和思索，当他在十月革命后新的历史条件下重新投入战斗的时候，他就要求人们接受辛亥革命的教训，战斗必须勇敢和彻底，不能中途妥协。他开始写小说是为了给当时还处于少数的"在寂寞里奔驰"的先驱者呐喊，"使他不悼于前驱"，这就更有必要使人记住过去的教训。《狂人日记》的小序是用文言写的，说明狂人的病已早愈，于是就"赴某地候补"，做官去了。他的言行已经正常，已经适应了社会上一般人的行为的规范，于是就再不会有狂人式的叛逆思想和白话文写的日记了。这说明作者对封建制度的吃人的本质和革命者的精神状态都是有深刻理解的。其次，他对于迫害狂的症状和患者病态心理的表现也有具体的了解。在《我怎么做起小说来》一文中，他曾说他写《狂人日记》的时候，"所仰仗的全在先前看过的百来篇外国作品和一点医学上的知识，此外的准备，一点也没有"。鲁迅是学过医学的，这里把"医学上的知识"也当作写小说所仰仗的准备，是包括迫害狂的症状在内的；作品的小序中，也曾说"以供医家研究"，说明他对这种病症是很了解的。据周遐寿《鲁迅小说里的人物》一书所记，鲁迅还有过一个患迫害狂的表兄弟；他老以为有人要杀他，鲁迅曾照料过他一阵，在1916年的《鲁迅日记》中也略有记载。这说明除过医学知识以外，鲁迅对于这类病人还有过实际生活的接触，这对于他塑造狂人这一形象是有帮助的。最后，到写《狂人日记》时，鲁迅把志趣转到文学方面已经有了十年以上的历史，他不只读过许多世界著名作品，而且还用文言文写过小说，他的文艺修养是非常深厚的。这就说明《狂人日记》虽然是中国现代文学史上的第一篇小说，但作者进行创作时在思想、生活和艺术各方面都有很充分的准备，因此才能达到那样的成熟和成功。

鲁迅把他看过外国作品也当作开始写小说时的一种准备，后来还说过《狂人日记》"比果戈理的忧愤深广，也不如尼采的超人的渺茫"[3]的话。就短篇小说的形式特点来说，《狂人日记》确实与中国的古典小说不同，受了欧洲文学相当大的影响，但作品的内容和思想都是由中国现实生活的土壤产生的，与外国作品根本不同。果戈理的同名小说《狂人日记》，表现了作者对被压迫的弱者的同情，作品中主人公最后呼喊他母亲来救救他这个可怜的儿子，只是表现了被压迫者呼救的声音；而鲁迅的"救救孩子"则是号召人们打破吃人的制度，不只忧愤深广得多，而且内容完全是革命的。鲁迅曾翻译过尼采的《查拉图斯特拉如此说》一书的序言，其中查拉图斯特拉这一人物和他的言行并无现实根据，尼采只是借他来说出自己的哲学思想；《狂人日记》除了在手法上与它略有相似之外，内容和尼采的"超人"是完全不同的，《狂人日记》充分地表现出了新民主主义革命开始时期的时代精神，是一点也不渺茫的。

《狂人日记》在内容上表现了彻底的反封建精神，在表现形式上又借鉴了一些外国文学的特点，而且用白话作为文学语言，因此它给人带来了崭新的感觉。用鲁迅的话就是："那时的认为'表现的深切和格式的特别'，颇激动了一部分青年读者的心。"[4]它的出现不只显示了中国现代文学的最初收获，而且也表明了鲁迅是中国文学史上第一个要彻底打倒封建制度的作家。

1964年4月10日

* * *

[1][3][4] 鲁迅：《且介亭杂文二集·〈中国新文学大系〉小说二集序》。
[2] 鲁迅：《集外集拾遗·〈英译本短篇小说〉自序》。

《过客》略说

鲁迅的《过客》写于1925年3月2日,收在散文诗集《野草》里。像《野草》中的其他各篇一样,《过客》也充满了抒情诗的气氛。它不同于他所写的那些像"投枪"一样的针对社会现实的杂文,而是对自己心境的一种思索和解剖,是属于如古典诗歌中的"咏怀""言志"一类的抒情作品;因此他自称《野草》是"散文诗"。[1]1925年正是他在北京与反动政治力量的帮闲所谓"正人君子"们艰苦地进行战斗的时候,当时的黑暗势力十分强大,而自从《新青年》的团体散掉以后,原来在文化战线上的人们"有的高升,有的退隐,有的前进",鲁迅却仍然坚韧地与敌人进行斗争,因此他感到自己像在沙漠里走来走去的"游勇",心境上就不免常常涌起一些处于孤军作战状态时很容易产生的寂寞之感。这种思想情绪首先是周围强大的黑暗势力在作家身上投下的阴影,同时当时的革命文化战线也的确还没有像后来左翼文化运动时期那样形成自己的强大队伍,因而在一个坚持斗争的战士身上,就难免产生一些孤寂的情绪了。我们知道鲁迅当时还不是一个马克思主义者,他还不能准确地估计当时各方面的革命力量和它们之间的联系。实际上当时正处于大革命时期,党所领导的群众运动在各个方面都已经形成很大的社会力量,全国人民的革命斗争无论在目标上或方向上,都与鲁迅在北京所进行的文化战线上的斗争是一致的,客观上也不能彼此不发生联系和互相支援的作用，因此所谓"孤军作战"主要是指作家自己主观上的感受，那种孤寂之感也是作家在当时特定情况下思想和心境上的矛盾的反映。这种感情在一个战士身上当然不可能长久存在，它说明了在鲁迅思想中正孕育着一种向前飞跃发展的潜力，他正是通过不断地深刻地解剖自己，才到达了马克思主义的高峰的。瞿秋白同志在《〈鲁迅杂感选集〉序言》中分析鲁迅前期的思想时说："正是这期间鲁迅的思想反映着一般被蹂躏、被侮辱、被欺骗的人们的彷徨与愤激，他才从进化论最终地走到了阶级论，从进取的争取解放的个性主义进到了战斗的改造世界的集体主义。"因此像《过客》一篇中所表现的那种孤寂的感情正是当时被压迫人民的情绪的反映。到了第二年（1926），在经历了三一八惨案的教训以后，他就怀着"血债必须以同物偿还"的悲愤感情，离京南下了。鲁迅在给与《野草》写于同一时期的小说集《彷徨》题辞时，曾引了屈原《离骚》中的"路漫漫其修远兮，吾将上下而求索"的名句，《过客》一篇就可以理解为他在艰苦地探求革命道路时的一种内心感情的抒发；那种不顾一切坚持前进的精神和在前进过程中的痛苦感受，都是十分震动人心的。

《过客》就内容说虽是抒情性质的散文，但它是用三个不同性格的人物之间的对话写出来的，作者采取了类似独幕剧的形式，目的就在从对话中突出这三个人物在同一背景中的不同的感受和态度。鲁迅曾说："如果删除了不必要之点，只摘出各人的有特色的谈话来，我想，就可以使别人从谈话里推见每个说话的人物。"[2]由此可知，作者采取这一形式的用意主要在于使这三个人物都能在读者心目中留有深刻的印象。我们说它是抒情性质的,因为"过客"这一形象本身就在很大程度上体现了作者自己当时的感受和情绪,而且和《野草》一书中其他各篇的内容也是一致的;但作者除过要写"过客"这一人物的感受以外,还要写出其他两个人物与"过客"的不同的态度,这都是他在心目中早已存在的人物模样,因而也是希望引起读者的注意,从对比中得到启发的。从这种意义讲,这三个人物就都有他的重要性,都有一定的典型意义,因而从他们"有特色的谈话"来简练地写出他们对待生活的不同态度,就是最恰当的了。在鲁迅的作品中,完全用对话写的还有一篇《聪明人和傻子和奴才》,也收在《野草》中;那也是写三个性格各不相同的人物,内容也带有一定的抒情性质,和《过客》很相似。此外《故事新编》中的《起死》一篇也是完全用对话写的,目的在于使无是非观的庄子当场现出狼狈相,发生深刻的批判作用。这几篇作品的内容虽然各不相同,但它们不只说明了鲁迅采取什么形式完全是为了适应内容的需要,而且证明他非常善于运用富有特色的、性格化的对话,善于从简练的对话中表现出人物的鲜明特征。解放前在历年纪念鲁迅的活动中,《过客》曾多次被化装表演过,由于它的深沉的内容同纪念鲁迅时群众那种肃穆的心情非常适应,而富有性格特征的对话又能有力地打动人的心弦,因而获得了强烈的艺术效果。通过这篇作品,我们仿佛对鲁迅坚强不屈的韧战精神,他所处的时代和他在艰苦地探索道路时的心境,都有了比较具体的形象的感受。这说明《过客》一篇所包孕的丰富的思想内容,同时也说明了它所具有的动人的艺术力量。

《过客》中的三个人物是在黄昏时见面的,地点是一个极端荒凉的所在,东边"是几株杂树和瓦砾",西边是荒凉破败的丛葬,是坟,但其间有一条似路非路的痕迹。这样黯淡荒凉的背景当然是现实的隐喻或缩影。怎样才能摆脱这种阴郁的环境呢?唯一的希望就在毅然能从"似路非路"的地方找出一条路来。"路是人走出来的",作品中的主要人物"过客"就正不疲倦地在路上探索前进。他"约三四十岁,状态困顿倔强,眼光阴沉,黑须,乱发……",向着"似路非路"的前面不歇地走去;尽管十分劳顿,但他绝不能回转。因为"回到那里去,就没一处没有名目,没一处没有地主,没一处没有驱逐和牢笼,没一处没有皮面的笑容,没一处没有眶外的眼泪"。他极端憎恶这些,绝不能与之作任何妥协,而且"有声音常在前面催促,使他不能停歇下来";他惟有一个人"昂了头,奋然向西走去"。这一人物的对过去憎恶之深切和对前途追求之坚定,都是十分令人感动的;但他孤独、困顿,也许没有力气再往前走而竟然止于坟前,但这些都不能使他停歇下来,他必须向前走。他目前虽然还不能明确"前面的声音"是什么性质,但那已成为鼓励他继续前进的力量,这正说明他对未来是有强烈的希望和理想的;只是由于他的思想局限,这种希望和理想尚未能成为科学的预见,尚未能加以充满信心的肯定,因而虽然绝不与黑暗妥协,但面对着强大的敌人,就不能不有困顿孤寂之感了。鲁迅自己后来曾说过:"先前,旧社会的腐败,我是觉到了的,我希望着新的社会的起来,但不知道这'新的'该是什么;而且也不知道'新的'起来以后,是否一定就好。"[3]但他同时又相信"路是人走出来的",因此尽管对希望的性质还不能充分肯定,但由于他与过去的彻底决裂,因而无论如何困顿乏力，仍然必须倔强地奋然前进，他只知道他所要去的地方就在"前面"。《野草》中另外有一篇《这样的战士》，描写战士无论遇到敌人的任何"迷人的花样"，他总是毫不妥协地永远"举起了投枪"；"过客"这一形象可以说就是"这样的战士"。

如果"过客"这个人物竟然半途停止下来，那会是怎样的情况呢？我们可以说老翁的形象就回答了这个问题。他是一个饱经人生风霜的老人，他也熟悉"过客"走过来的那些地方，前面的声音也曾叫过他，但他终于休息了，于是就再也没有什么希望和理想可以支持他了，再也听不到前面有声音叫了。他满足于"天天看见天，看见土，看见风"，认为"什么也不比这些好看"；他觉得只要得到一些人的同情，所谓"心底的眼泪"，就可以停下来或回转去，于是他所知道的前面就只能是坟了。坟的前面呢？他不知道，因为他认为即使"前去也料不定可能走完"，于是就停下来了。这样的人物在现实社会中，在鲁迅所遇到过的人们当中，在那个时代可以说是非常之多的。鲁迅的小说《在酒楼上》的主人公吕纬甫，就是与这个老翁相类似的人物。我们知道吕纬甫也是勇敢地参加过反封建的革命斗争的，但后来变得悲观颓唐了，"敷敷衍衍，模模糊糊"地休息下来了，于是无非"做了些无聊的事情，等于什么也没有做"。他的经历就像苍蝇飞了一个小圈子，又停在原来的地方了；问他以后的打算，他是"连明天怎样也不知道"。在小说中和在《过客》中一样，鲁迅都批判了这种屈从于黑暗势力的性格。在小说中，"我"最后是跟吕纬甫方向相反地分别了，正像过客"昂了头"离开那里前进一样。鲁迅在《朝花夕拾》中所记的范爱农,那性格和经历也跟吕纬甫有些相似。更能引起我们思考的是周作人的一篇文章,其中说:"我是寻路的人。我日日走着路寻路。""现在才知道了,在悲哀中挣扎着正是自然之路。""路的终点是死,我们便挣扎着往那里去",于是他决定"只想缓缓地走着,看沿路景色,听人家谈论,尽量地享受这些应得的苦和乐"。[4]周作人早年同鲁迅有着类似的经历,他也曾挣扎着寻过路,但由于人生观的不同,在徘徊中他听不到前边声音的呼唤了,像那个老翁一样,终于走上了一条表面上是随波逐流而其实是倒退的道路。这类人物在当时是很多的,他们的悲剧遭遇有时代和社会的原因,也同知识分子自身的脆弱性密切联系。鲁迅迫切地希望结束这样的悲剧,他用"过客"的绝不回转去的坚决态度与老翁做了鲜明的对照,从而也就更突出了"过客"这一人物的精神面貌。

至于那个女孩,则正像鲁迅在别处所说的"正做着好梦的青年",她目前还很难理解现实的严酷程度。她也看前面,但她看到的不是坟,而是野百合与野蔷薇;她对于周围事物充满了好奇和关心,那情绪与老翁是完全不同的,当然她更不能理解"过客"的心境。鲁迅曾说过他"并不愿将自以为苦的寂寞,再来传染给也如我那年青时候似的正做着好梦的青年"[5],他对青年虽然希望殷切,但并不要他们来分担他的寂寞与痛苦。在写作《过客》的同一年他曾说过:"创造这中国历史上未曾有过的第三样时代,则是现在的青年的使命!"[6]同时在另一篇文章中又说:"我自己,是什么也不怕的,生命是我自己的东西,所以我不妨大步走去,向着我自以为可以走去的路;即使前面是深渊,荆棘,狭谷,火坑，都由我自己负责。然而向青年说话可就难了，如果盲人瞎马，引入危途，我就该得谋杀许多人命的罪孽。"[7]从上面两段话中我们可以理解鲁迅对青年的态度，他期望并且爱护青年一代，希望他们创造新的时代和过新的生活，但他觉得在自己也还不能肯定怎样走的时候，是不能接受别人的"太多的好意"的。"过客"不要女孩给他的布片，而且谈了一段他对于"布施"的看法。简单地说，就是他不能给别人布施，他也不能接受任何人的布施，无论施予者为敌为友。在同时期写的一篇杂文中他说："我所憎恶的太多了，应该自己也得到憎恶，这才还有点像活在人间；如果收得的乃是相反的布施，于我倒是一个冷嘲，使我对于自己也要大加侮蔑，如果收得的是吞吞吐吐的不知道算什么，则使我感到将要呕哕似的恶心。"[8]他对于现实中的人与人之间的虚伪的布施式的关系感到憎恶，如果这女孩对他的布施是另一种，是"爱"，那么他自己就属于应该得到诅咒的一类；他承担不了这种"最上的东西"。他觉得把这样的担子背在身上是自己所背不动的，他又不能无视于这是"最上的东西"而把它扔在坟里；但当女孩高兴地让他把这块布片"挂在野百合、野蔷薇上"的时候，他仍然在沉默和沉思中接受了这件礼物，奋然前进了。这个女孩对于我们理解"过客"的心境是有很大帮助的，尽管她对"过客"只发生过一杯水和一块布片的关系，但水是用来补充血的，布片是"太好的""最上的东西"；而且她对前面是野百合和野蔷薇的说法也引起了"过客"的微笑，而并不像他听到老翁说前面是坟时的那样惊诧，这都说明女孩的关心和期望对于"过客"的继续前进仍然是有作用的。

前面究竟是什么所在呢？老翁的答案是坟，女孩的答案是野百合与野蔷薇，在"过客"看来，这都不错；但他所最关心的和所要追求的是走完了坟或者野百合与野蔷薇之后的所在。这不但是他们所不知道的，也是他们所不关心的，对于女孩说来至少目前是这样。而"过客"就在这样的环境中，荒凉、阴郁、孤独，却仍然坚韧无畏地前进；昂了头，奋然但又跄踉地走去！《过客》发表后不久，鲁迅在给友人的信中解释"《过客》的意思"时说："虽然明知前路是坟而偏走，就是反抗绝望，因为我以为绝望而反抗者难，比因希望而战斗者更勇猛，更悲壮。但这种反抗，每容易蹉跌在'爱'——感激也在内——里，所以那过客得了小女孩的一片破布的布施也几乎不能前进了。"[9] 从这里我们可以体会"过客"这一形象的丰富意义，他是如此高大，但又是那样地孤寂，他使我们深刻地感受到一个伟大的战士在与敌人孤军作战时的精神状态，他对黑暗现实的憎恨和对自己思想感触的无情解剖，他的愤激和痛苦；而这一切又都是和这篇作品的艺术构思相联系的。无论是一杯水或一块布片，作者都在特定情境下以含蓄深沉的对话赋予了极其丰富的意义。他从三个人物的不同的态度和反应来深刻地写出了"过客"的心境和感受，读来深沉隽永，具有丰富的诗的意境。篇幅虽然不长，艺术感染力却非常强烈。

到鲁迅后期成为伟大的共产主义战士以后，他曾对《野草》一书以新的观点作过一些说明。例如说《野草》的"心情太颓唐了"[10]，又说："我不再作这样的东西了。日在变化的时代，已不许这样的文章，甚而至于这样的感想存在。"[11] 这些话当然也适用于《过客》一篇。但如果我们了解了作者写作当时的情况和作品的正确意义,那它所给予我们的就不只可供艺术上的学习和欣赏,思想内容也仍然是积极的、健康的。同时它还可以帮助我们理解像鲁迅这样一位伟大的革命家在他思想发展的特定阶段的内心感受,他的革命的和自我解剖的精神,而这对于我们是尤其珍贵的。

*　　*　　*

〔1〕鲁迅:《南腔北调集·〈自选集〉自序》。
〔2〕鲁迅:《花边文学·看书琐记》。
〔3〕鲁迅:《且介亭杂文·答国际文学社问》。
〔4〕鲁迅:《谈虎集(下)·寻路的人》。
〔5〕鲁迅:《呐喊·自序》。
〔6〕鲁迅:《坟·灯下漫笔》。
〔7〕鲁迅:《华盖集·北京通讯》。
〔8〕鲁迅:《华盖集·我的"籍"和"系"》。
〔9〕鲁迅:1925年4月11日致赵其文信。
〔10〕鲁迅:1934年10月9日致萧军信。
〔11〕鲁迅:《二心集·〈野草〉英文译本序》。

鲁迅研究的指导性文献

——学习毛泽东同志关于鲁迅的论述

如所周知,毛泽东同志给了鲁迅最深刻、最科学、最全面、最崇高的评价。毛泽东同志说:"鲁迅是中国文化革命的主将,他不但是伟大的文学家,而且是伟大的思想家和伟大的革命家。"又说"共产主义者的鲁迅"在国民党文化"围剿"中"成了中国文化革命的伟人"。[1]我们应该怎样理解毛泽东同志对鲁迅的崇高评价呢?

列宁曾经说过这样的话,伟大的革命家逝世后,"他们的敌人便企图窃取他们的名字来欺骗被压迫阶级"[2]。鲁迅在《忆韦素园君》一文中也说:"文人的遭殃,不在生前的被攻击和被冷落,一瞑之后,言行两亡,于是无聊之徒,谬托知己,是非蜂起,既以自衒,又以卖钱,连死尸也成了他们的沽名获利之具,这倒是值得悲哀的。"鲁迅死了以后,虽然许多人都说他伟大,但是有一些人是歪曲他的,是利用宣传鲁迅来达到他们的目的。尽管现在没有像高长虹那样赤裸裸地攻击鲁迅的人了,但是有些人的手段之毒辣和阴险,是远远超过那些公开地反对鲁迅的人的。祸国殃民的"四人帮",就是这样的"蛀虫"。他们为了篡夺党和国家的最高领导权,利用手中窃取的权力,一方面拚命限制、破坏和扼杀关于鲁迅著作的出版和研究工作,以致十年内乱时期我们一直没有出版过加注的《鲁迅全集》和一本像样的《鲁迅传》;

一方面他们又组织御用的写作班子，专门打着鲁迅的旗号来贩运私货，把那些毒汁四溅的反动文章贴上研究鲁迅的标签，为他们篡党夺权的需要服务。例如他们的御用写作班子所写的一篇题目很长的文章，叫作《由赵七爷的辫子想到阿Q和小D的小辫子兼论党内不肯改悔的走资派的大辫子》（1976年3月13日《文汇报》），就是一篇典型的歪曲鲁迅、进行反革命叫嚣的大毒草。它叫嚷什么揪"辫帅"、追"后台"，恶毒攻击我们敬爱的周总理，这算什么学习和研究鲁迅呢？我们都知道阿Q和小D的"龙虎斗"是在辛亥革命之前，阿Q还要经过"从中兴到末路"才能遇上辛亥革命的发生，他们怎么可能在革命的未发生之际就团结起来反对所谓复辟派"盘辫党"呢？而且就在《风波》中也根本没有提出什么"辫帅""后台"的问题。"四人帮"一伙有的从三十年代起就是攻击鲁迅的，有的则在五十年代就写过专门歪曲鲁迅的书籍，到他们近年来组织写作班子、加紧篡党夺权的罪恶活动的时候，虽然表面打着宣传鲁迅的旗号，实际上却伪造材料，颠倒历史，信口胡扯，混淆是非，炮制了许多歪曲鲁迅的毒草文章。所以我们不能光从字面上是否肯定鲁迅来看一些文章的正确与否，而要看它的论点是否符合鲁迅的思想和作品，是否用马克思主义的观点作了历史的具体分析。毛泽东同志对鲁迅的评价就是我们学习和研究、判断是非曲直的锐利武器。如果我们用毛泽东同志对鲁迅的评价来衡量四十年来大量有关鲁迅的书籍和文章中的观点，那么就主要方面讲起来，我觉得在三个问题上有些人是同毛泽东同志的论述存在着明显的分歧的。现在我就从这三个方面来谈谈自己学习毛泽东同志论鲁迅的体会。

第一个问题，鲁迅究竟是"一家"还是"三家"？是单纯是伟大的文学家，还是同时也是伟大的革命家和思想家？

第二个问题，毛泽东同志说："鲁迅是中国文化革命的主将。"某些人却说鲁迅是革命的同路人、是同情革命的。究竟是同情革命的同路人呢，还是文化革命的主将？既然是主将，就不是仅仅表示同情的团结对象。在这个问题上两种观点是根本对立的。

第三个问题，毛泽东同志说，"共产主义者的鲁迅"，在十年"围剿"中成了文化革命的伟人。"共产主义者的鲁迅"，就是说鲁迅是共产主义的战士，特别是在他的后期；而有些人则说鲁迅是人道主义者。究竟鲁迅是共产主义战士还是人道主义者？

我们从这三个方面来看一些人的著述和他们的论点，就知道对鲁迅的评价今天仍然存在着深刻的分歧，就可以加强我们对毛泽东同志论述的深刻性的理解。为什么毛泽东同志能够正确地评价鲁迅呢？就因为毛泽东同志是无产阶级革命的领袖，而鲁迅是无产阶级的革命家，他们的心是相通的。那些抱有错误观点的人，情况也不尽相同。其中有的是敌人，他们是有意歪曲；另外一些人，则和资产阶级世界观有关系。他们由于世界观的原因，不能正确理解鲁迅的伟大成就；我们过去写了一些错误文章，原因也在这里。关于以上三个问题的错误观点，我们可以举出某个鲁迅研究者作为代表，因为他表现得最集中。他写了三本关于鲁迅的书，在香港出版，里面的思想观点是一致的。他就认为鲁迅绝不是一个革命家，而是一个人道主义者。鲁迅只是同情革命而不是革命家。他的观点主要就集中在上述三个问题上面。别人的论点没有他这样集中,但是类似的观点还是很多的。所以我想就这三个问题谈谈自己学习毛泽东同志的著作的体会。

第一个问题:鲁迅究竟是"一家"还是"三家"?究竟鲁迅单纯是伟大的文学家,还是同时也是伟大的思想家和革命家?

鲁迅当然是伟大的文学家。这一点并不错。许多外国人的著作,我们四十年来的很多文章,都是这样讲的;但有些人强调他是文学家,目的在于不承认他是思想家和革命家。他们就是强调鲁迅仅仅是一个伟大的作家。我们说,鲁迅当然是一个伟大的文学家,但是,他的一切实践(包括创作实践)的基本出发点是为了革命;如果脱离了革命家来谈文学家,那鲁迅就成了为他一贯所憎恶,决不要他儿子做的那种空头文学家了;也就是为文学而文学、为艺术而艺术,不知道文艺是干什么的人了。

我们从两个方面来看鲁迅的文学活动和中国革命的关系。

首先从他的创作意图来看。他是自觉地在文学领域、文艺战线进行战斗的。鲁迅有好几篇文章讲他为什么要搞文学,为什么写起小说来和他怎么来开始写小说的。他说:"在中国,小说不算文学,做小说的也决不能称为文学家,所以并没有人想在这一条道路上出世。我也并没有要将小说抬进'文苑'里的意思,不过想利用他的力量,来改良社会。""我深恶先前的称小说为'闲书',而且将'为艺术的艺术',看作不过是'消闲'的新式的别号。所以我的取材,多采自病态社会的不幸的人们中,意思是在揭出病苦,引起疗救的注意。"[3]他是怀着"我以我血荐轩辕"的革命精神,抱着毁掉"铁屋"的强烈愿望，使文艺为人民革命服务的。他的作品也确实起了"使人民群众惊醒起来，感奋起来，推动人民群众走向团结和斗争，实行改造自己的环境"[4]的革命作用。他曾说："革命文学者若不想以他的文学，助革命更加深化，展开，却借革命来推销他自己的'文学'，则革命高扬的时候，他正是狮子身上的害虫。"[5]他对文学和革命的关系，从来是摆得很正的，他的作品是文艺如何为人民服务的典范。我们知道，鲁迅开始是学医的，因为日本明治维新与介绍西方医学有关，而且中国如果发生抵抗帝国主义的侵略战争，他可以当军医。他学医是为了救国。他改学文学，目的并没有改变，只是认为文学是一件更切要的事情，是用来提高人民觉悟的有效工具，可以对革命做出更好的贡献。所以不论写小说或写杂文，他的意图都是明确地为了改造社会，就是要为革命事业服务。他从"五四"起就知道社会上有两种人，一种是压迫者，一种是被压迫者。他的小说的内容用鲁迅自己的话来概括，写的是"上流社会的堕落和下层社会的不幸"。这些语言都还不是明确的阶级分析的语言，但是很明显，鲁迅已经看出了社会上有阶级对立，看出了社会上有压迫者和被压迫者，有上流社会和下层社会，而且自己是鲜明地站在下层社会的被压迫者这一边，为推翻不合理的社会制度作斗争。他自己讲得很清楚，当时中国是一个铁的黑屋子，大家都昏沉沉地睡觉，他要唤醒他们，起来把这个铁屋子毁掉。他的创作目的非常明确，是为社会改革服务的。所以他从来就反对为艺术而艺术，而且不仅是从"五四"开始，实际上从鲁迅从事文学起，从清末起，鲁迅就是革命家，辛亥革命以前他就参加了反对清朝统治者的革命活动。但在那个时期，他从事的是以孙中山为代表的资产阶级领导的旧民主主义革命，他当时属于先进的中国人，向西方寻找真理，并且以文学作武器，宣传进步思想，希望能够提高人民的觉悟，改变国家的面貌。从"五四"开始，在十月革命以后的新的历史条件下，作为中国文化革命的旗手，他的一切活动都是服从于人民革命的任务和要求的。所以从鲁迅自己的创作意图来讲，并不是为了当文学家，不是为了想写一部不朽的作品，而是为了用文学作武器，来改造社会。杂文也是一样，他并不想让他的杂文永久流传下去，他只希望他所抨击的那种社会现象很快消失，那么他的杂文也就可以消失了。他从来是把文学作为一种革命的手段，斗争的武器的。

关于"思想家"也是一样。我们一谈到思想家，就很容易用资产阶级的传统观点来看问题，以为看一个人是不是思想家，首先看他是否有自己一套完整的哲学体系，逻辑性是否严密，是否言之成理，持之有故，自成一家。我们认为不能简单这样看。我们看一个思想家，首先看他的思想符合哪个阶级的要求，看他是为了说明世界还是为了改造世界。一切唯心主义哲学家，都是为了说明世界的，而一个革命者，他必须是以革命实践为前提的，他把思想看作是改造世界的武器，就像毛泽东同志说中国人从西方寻找思想武器那样。找武器是为了战斗的，如果发现这个武器不适用，不解决问题，他就要去另外寻找更锋利、更有效的武器。所以我们一定要从革命家的基点来理解思想家的鲁迅，因为他是为了改造世界才掌握思想武器的。他发现医学能救国，他就学医，后来发现医学只能救个别人的生命，要使中国人都觉悟起来，最有效的是文学，于是他就把文学当作主要手段。当然革命并不是只用文学就能成功，鲁迅也不是要大家都当文学家，而是把文学作为自己从事革命的具体工作。他确实接触过各种各样的思想学说，但他从来是有自己的批判抉择的标准的，那就是中国人民的利益和需要；一直到他发现马克思主义是最明快的哲学，是指导中国革命的最好的武器以前，他的思想基础就是以彻底的反帝反封建为主要特征的革命民主主义思想，而这正是以革命家为出发点的。

所以，从创作意图看，"三家"是统一的。我们决不能脱离了思想家和革命家来考察鲁迅的文学成就，把他只当作是一个伟大的作家。如果我们从鲁迅作品的社会效果来看，那就更清楚了。

毛泽东同志正是从社会效果上来评价鲁迅的。毛泽东同志《在延安文艺座谈会上的讲话》中说，我们看一个作家是否正确，是看他的作品，看他的社会实践在社会大众中产生的效果，实践及其效果是检验主观愿望或动机的标准。毛泽东同志给鲁迅这么高的评价，正是从鲁迅作品所产生的效果对于中国革命的关系来考察的，所以毛泽东同志说："鲁迅是在文化战线上，代表全民族的大多数，向着敌人冲锋陷阵的最正确、最勇敢、最坚决、最忠实、最热忱的空前的民族英雄。"只有革命家的作品，才能有对敌冲锋陷阵的作用。

我们常说鲁迅的思想分前后期，这是不错的。毛泽东同志说："鲁迅后期的杂文最深刻有力，并没有片面性，就是因为这时候他学会了辩证法。"我们从这里可能看出两点：第一是鲁迅思想可以分为前后期；第二是后期没有片面性，前期则还有点片面性。但我们也不能忽略他前期后期是有连贯性的。比如对于谁是我们的主要敌人,他从来是很明确的;并不只是后期,前期就很明确。我认为,鲁迅的思想反映了中国农民的要求和愿望。一个受剥削的农民,他很清楚谁是他的敌人,那就是压在他头上的地主老爷。这并不需要很高的理论水平。鲁迅对于谁是我们的敌人很早就非常明确。他说:"我们目下的当务之急,是:一要生存,二要温饱,三要发展。"苟有阻碍这前途者,不管是谁,"全都踏倒他"[6]。这是他前期的文章。究竟什么社会力量妨碍中国人民的生存和发展呢?当然是帝国主义和封建主义;所以在鲁迅的笔下,反帝反封建的彻底性非常明显。这是符合中国新民主主义革命的总路线的。毛泽东同志对鲁迅的评价,正是从他的作品的社会效果来考察的,也就是从鲁迅作品跟中国革命的关系来评价的。

我们自己的感觉也是这样。像我们这样六十多岁年纪或者比我更大一点的人,从我们开始接触一些书报杂志开始,就是在鲁迅的作品哺育下成长的。鲁迅的作品在二十年代、三十年代,哺育了一代知识分子和干部的成长,到了现在,更为广大的人民群众所热爱,从它所产生的社会效果来看,从民主革命到今天,一直起着宣传革命思想和推动革命前进的作用。鲁迅作为革命家和思想家的伟大贡献,是非常明显的。这里并没有忽略他同时也是伟大的文学家。但是一个文学家如果真正伟大,他就必须具有革命思想和忠实地为革命服务。鲁迅正是这样,他的基本出发点是一个革命家。

第二个问题:鲁迅究竟是中国文化革命的主将还是同路人?

主将和同路人是两个不同的概念。同路人就是说他不是革命队伍的基本成员，不过是可以同走一段路的人，走到什么地方分手也说不定。主将则是起主要作用的人物。既然是主将，就决不是同路人。

有些人对鲁迅是中国文化革命的主将不大理解，特别是鲁迅前期。他们认为从"五四"开始的中国新民主主义革命的性质既然是无产阶级领导的民主革命，那么他的主将就应该是无产阶级的，鲁迅则不但不是党员，而且他在前期还不是马克思主义者，就感到一支无产阶级领导的崭新的文化生力军，它的主将竟然不是马列主义者，觉得很不好说。于是有些人就认为毛泽东同志指的是鲁迅的后期，不是前期。这种理解是不对的。因为毛泽东同志讲得很明确，"五四"以后中国产生了崭新的文化生力军，就是共产主义的宇宙观和社会革命论的文化思想，而且这支文化新军二十年来建立了伟大的功劳，简直是所向无敌的。毛泽东同志的《新民主主义论》是在1940年写的，二十年来当然是指"五四"以来；并且紧接着说，"而鲁迅，就是这个文化新军的最伟大和最英勇的旗手"。这明明白白是说"五四"以来鲁迅就是伟大的旗手，是不应该发生任何误解的。

对于鲁迅的"主将"地位，在革命文艺运动中也有一个认识过程，有一些革命文学阵营内的同志也曾把鲁迅说成是革命的同路人（其中许多同志后来改变了这种观点，遵照毛泽东同志的评价，确认了鲁迅的"主将"地位），特别是鲁迅的前期。1928年创造社、太阳社批评鲁迅的时候，冯雪峰是不赞成的，他写了《革命与知识阶级》一文，认为鲁迅是革命的"追随者"，应对之采取"宽大态度"，因为鲁迅并未"诋毁革命"。这就是说鲁迅是同路人。瞿秋白说鲁迅反对绅士,是革命的"诤友",也是说鲁迅是同路人;他在《答〈福建民报〉记者问》中说鲁迅"只能算为同路人"。以后有些同志也讲过类似的话。同路人当然就不是主将了。关于鲁迅后期的争论不大,因为毛泽东同志已经讲鲁迅在文化"围剿"中"成了中国文化革命的伟人",那当然就是主将了;但关于前期,直到现在仍然有很多不同的理解。我领会毛泽东同志的话,"主将"是从"五四"算起的,而且即使在鲁迅的前期,也是可以称之为主将的。

鲁迅前期从世界观上说确实还不是马克思主义者,但我也不同意瞿秋白以及许多人所说的鲁迅前期是进化论者。毛泽东同志在《唯心历史观的破产》一文中曾说,由于受到帝国主义的侵略,"中国人被迫从帝国主义的老家即西方资产阶级革命时代的武器库中学来了进化论"一类思想武器,但是这些武器"软弱得很",到"五四"的时候就"宣告破产了"。我们不能设想一支崭新的文化生力军,浩浩荡荡的,但它的主将拿着的却是一种已经破产了的武器。所以鲁迅前期的思想是不能用进化论来概括的。毛泽东同志从来没有说过鲁迅是进化论者。鲁迅自己确实说过"我一向是相信进化论的",还说过他学了马克思主义理论以后才"救正"了他"只信进化论的偏颇"。这又应该怎么理解呢?我们必须从鲁迅和进化论的关系来进行一点具体分析。鲁迅谈到他和进化论关系的主要有两篇文章,一篇是《朝花夕拾》里的《琐记》,是记他在青年时代怎样开始接触严复译的《天演论》的,那时他在南京。另一篇是《三闲集·序言》,讲他过去一向相信进化论,后来相信了马克思主义。鲁迅从《天演论》中第一次接触到进化论思想,这本书是英国赫胥黎写的,他是个达尔文主义者，本来的书名是《进化论和伦理学》，严复把它翻译成《天演论》，他只翻译了前两篇。总的来说，这本书前半部是唯物的，后半部是唯心的，内容主要是讲生物进化的达尔文学说。鲁迅当时学的是自然科学，他接触进化论主要也是从生物进化的观点来理解的。鲁迅留学日本的时期，进化论在日本很流行，鲁迅看了很多关于达尔文主义的书籍，都是关于生物进化的。我们现在从《坟》的《人之历史》一文就可以看到鲁迅当时所接受的影响。《人之历史》着重介绍了海克尔的种系发生学，是一篇专门介绍生物进化学说的论文。海克尔是一个唯物主义者，他创立了生物进化系统图，是坚定的达尔文主义者。列宁在《唯物主义与经验批判主义》中赞扬了海克尔学说的战斗性："看一看这些干枯在僵死的经院哲学上的木乃伊怎样被海克尔的几记耳光打得两眼冒火，双颊发红（也许是生平第一次），这倒是大快人心的事。"鲁迅正是从生物进化学说的科学性和战斗性来加以介绍的。关于达尔文的生物进化学说，马克思曾给了很高的评价，认为"达尔文的著作非常有意义，这本书（指达尔文的《物种起源》）我可以用来当作历史上的阶级斗争的自然科学依据"[7]。因为达尔文考察了生物和环境条件的关系，发现了生物演变和发展的规律，达尔文主义是十九世纪的三大发现（细胞学说、能量守恒和转换定律、进化学说）之一，是唯物主义思想在自然科学领域的重大胜利。列宁曾把马克思主义的辩证法称为"最新科学进化论"[8]。可见在生物学范围内，达尔文主义是符合马克思主义观点的，鲁迅是在他学医的时候深入研究进化论的，他所接受的主要也是关于自然科学的范围。如果把进化论简单地应用到社会科学的领域，就是说用生存竞争和自然选择的观点来考察人类社会的发展，就会是错误的和反动的。列宁指出："生物学的一般概念，如果被搬运到社会科学的领域，就会变成空话。"[9]达尔文进化学说的核心是生存竞争和自然选择，生物的生存必须适应外界环境和自然条件的变化，各种生物为了生存互相竞争，条件良好、能够适应环境的就能够生存下去，那些不能适应的就被淘汰而灭亡了。古代有很多生物，现在已经没有了。存下来的就是优良的，淘汰掉的就是不良的，这叫作适者生存，不适者灭亡。生存竞争和自然选择的规律，在生物进化史上是符合实际的，但它不能说明人类社会的发展。这不仅因为自然界的变化非常缓慢，人类社会的变化很快，更重要的是人类从事生产活动，形成了社会，他对于自然环境不是处于被动的适应状态，而是可以能动地改造自然的，因此人和自然的关系实际上仍然反映了人与人之间的社会关系。如果把生存竞争和优胜劣败这套理论直接应用到社会上，就只能替剥削阶级和帝国主义辩护，只能说明剥削和侵略是有理的，而受欺凌则是活该，那当然是极反动的。这就是社会达尔文主义。社会达尔文主义在第一次世界大战时期即二十世纪初期，在西方很流行。鲁迅则不仅没有宣传过这种思想，而且对它是有批判的。我们知道鲁迅在日本时曾受到尼采的一点影响。尼采是很反动的唯心主义哲学家，他认为人类要进化到比人更高级的"超人"，就像人比猴子更高级一样，所以他歌颂强者，让弱者尽快死亡。鲁迅从一开始起就不同意这种观点。在1907年写的《摩罗诗力说》里，鲁迅把尼采和拜伦作了比较，他说拜伦"正异尼怯"（即尼采），"故尼佉欲自强，而并颂强者；此（指拜伦）

则亦欲自强，而力抗强者"。他显然是赞同拜伦的。1918年他就反对尼采说的"见车要翻了，推他一下"的主张，而赞成"扶他一下"[10]。这很容易理解，处在帝国主义强力压迫之下的中国人民，决然无法接受歌颂强者而要弱者消亡的思想，而只能是要求"力抗强者"的。他曾说："勇者愤怒，抽刃向更强者；怯者愤怒，却抽刃向更弱者。"[11]这正是对于颂强凌弱的反动思想的批判，因为他痛感到"中国人所蕴蓄的怨愤已经够多了，自然是受强者的蹂躏所致的"[12]。后来鲁迅考察了进化论学说在中国流行的情况，并对社会达尔文主义作了批判。他说："进化学说之于中国，输入是颇早的，远在严复的译述赫胥黎《天演论》。但终于也不过留下一个空泛的名词，欧洲大战时代，又大为论客所误解，到了现在，连名目也奄奄一息了。"[13]这里所说的论客的误解，正是指社会达尔文主义。鲁迅认为他们是歪曲了进化论的。在1908年写的《破恶声论》里，他把借着进化论来为帝国主义者侵略弱小国家辩护的人斥为"兽性爱国之士"，他指出："兽性爱国之士必生于强大之邦，势力强盛，威足以凌天下，则孤尊自国，蔑视异方，执进化留良之言，攻小弱以逞欲，非混一寰宇，异种悉为臣仆不慊也。"他对用"进化留良"来为侵略者辩护的人表现了极大的愤慨，而他开始介绍东欧被压迫民族文学的动机，就是为了"传播被虐待者的苦痛的呼声和激发国人对于强权者的憎恶和愤怒"。[14]可见鲁迅从来就是和社会达尔文主义划清了界限的。毛泽东同志在《矛盾论》里从哲学思想上批判了庸俗进化论，庸俗进化论认为事物变化是渐进的，不承认飞跃，不承认事物内部的对立面的斗争。毛泽东同志说他们只承认数量的增减和场所的变更，而不承认性质的变化。庸俗进化论是一种形而上学，是根本违反达尔文主义的进化学说的，它的特点是反对质变，反对对立统一的规律。鲁迅并不是这样的看法，他从来就承认有质变，而且主张通过斗争来催促新事物的产生。早在1903年，他就针对当时改良派认为人类历史的由专制到立宪，再到共和是"政体进化之公例"的谬论进行反驳说："然专制方严，一血刃而骤列于共和者，宁不能得之历史间哉。"[15]他认为世界的进步，都是从流血得来的；而在中国"即使搬动一张桌子，改装一个火炉，几乎也要血"[16]，所以他主张深沉的韧性的战斗。他认为革命并不希奇，要进步就要革命。即使在前期，鲁迅的很多文章都承认社会上有对立面，有斗争，有上等人和下等人，有压迫者和被压迫者，有阔人和"窄人"。斗争是不可避免的，而且还必须持久地韧性地战斗，才能使社会发生根本性质的改变。可见他从来不是庸俗进化论者。鲁迅是革命的，而庸俗进化论则只能导致改良主义。

我们不能仅仅从进化论的名词出发，而不分析一个人的思想实际。"五四"前后许多人受过进化论的影响，但思想实质并不一样。例如胡适，他也受过进化论的影响，他写的一篇《历史的文学观念论》，就把所谓"历史进化的文学观"当作基本理论，他正是用庸俗进化论来观察历史的。因此在政治上就提倡改良主义，主张"多研究些问题，少谈些主义"，认为社会只能一点一滴地改良。胡适原来的名字叫胡洪骍，他改名胡适，字适之，就是受了社会达尔文主义的影响。因为社会达尔文主义鼓吹的就是生存竞争，优胜劣败，适者生存，不适者灭亡这一套，于是他就把名字也改了。胡适就是竭力歌颂帝国主义，认为强的就是好的。他有一篇文章，叫《请大家来照照镜子》，说什么"美国在世界上的地位是给我们做镜子用的，叫我们生一点羡慕，起一点惭愧"。可见笼统地说一个人受了进化论影响，是不能说明问题的，必须进行具体的分析。

那么，鲁迅是不是接受过进化论的影响，以及他所接受的又是什么内容呢？他有两篇文章谈到这个问题。《三闲集·序言》说："我一向是相信进化论的，总以为将来必胜于过去，青年必胜于老人。"后来由于事实的教训，才促使"思路因此轰毁"，也就是破产了。到学了马列主义之后，就"救正"了"只信进化论的偏颇"。在《三闲集·通信》中说他还在北京的时候，"总以为下等人胜于上等人，青年胜于老头子"。根据鲁迅自己的说法和他的前期杂文，他确实受过进化论的影响。但他究竟相信进化论的什么具体内容呢？他提出了三个论点：第一是将来必胜于过去，第二是青年必胜于老人，第三是下等人胜于上等人。《三闲集·序言》的话是有针对性的，创造社的一个人叫杜荃，他写了一篇《文艺战线上的封建余孽》，说鲁迅主张"杀尽一切可怕的青年，并且赶快，这是这位老头子的哲学，于是乎老头子不死了"。鲁迅说他从来就没有主张杀过青年，而且一向认为青年是胜过老年人的。我们从很多鲁迅的前期杂文里都可以看到上述三个观点，其中"下等人胜于上等人"是关于社会上的阶级对立和矛盾的，鲁迅的立场是站在"下等人"一边。这与进化论毫无关系。与进化论有关的是另外两条：将来必胜于过去，青年人必胜于老人，这确实是鲁迅从进化论所接受的思想。但它的核心其实就是对宇宙间一切事物都适用的新陈代谢的规律。新事物一定要代替旧事物,事物总是向前发展的,新生必然战胜腐朽,自然领域是这样,社会领域也是这样,这是共同的规律。毛泽东同志指出:"新陈代谢是宇宙间普遍的永远不可抵抗的规律。""世界上总是这样以新的代替旧的,总是这样新陈代谢、除旧布新或推陈出新的。"[17]又说:"不论在自然界和在社会上,一切新生力量,就其性质来说,从来就是不可战胜的。而一切旧势力,不管它们的数量如何庞大,总是要被消灭的。"[18]就生物学领域说,旧的品种灭亡了,新的品种出现了,新陈代谢,向前发展;人类社会也是这样,革命一定要战胜反动,新生事物一定要战胜腐朽事物,新的进步的制度一定要战胜旧的落后的制度,这是社会历史发展的趋势和规律,是不以人们的主观意志为转移的。毛泽东同志说:"社会主义制度终究要代替资本主义制度,这是一个不以人们自己的意志为转移的客观规律。"[19]但这只是总的规律,如果不用阶级斗争的观点和阶级分析的方法而仅仅用新陈代谢的一般规律来观察社会现实的话,那就不只是不够的,而且必然要产生"偏颇"。就"将来"和"过去"的关系而言,虽然事物的总趋势是向前发展的,但前进的道路毕竟是曲折的,并不排除在发展过程中的某些历史倒退现象。关于青年,鲁迅在实践中就已感到"但青年又何能一概而论?有醒着的,有睡着的,有昏着的,有躺着的,有玩着的,此外还多。但是,自然也有要前进的"[20]。这是他前期所说的话,可见如果不是用阶级分析的方法,而笼统地认为"青年人比老年人好"是会产生"偏颇"的。但鲁迅不仅在实践中突破了自己认识上的某些局限,而且他所指的主要是事物向前发展的总的趋势,是新陈代谢的普遍规律。他从进化论中接受的就是这个规律,新的一定要代替旧的,将来一定胜过现在;而且鲁迅把这当作自己的信念,指导自己的行动。鲁迅前期杂文的思想特点,总的来讲,就是他所说的"要催促新的产生,对于有害于新的旧物,则竭力加以排击"[21]。他努力推动新事物的成长,攻击腐朽的旧事物,这就是他从进化论接受的主要影响。概括地讲,鲁迅从进化论中主要接受了三点,第一条是变革的观点,事物不是静止的,而是不断运动和可以变革的;第二是发展的观点,他认为事物总是向前发展的,而且把中国人民的生存和发展当作他战斗的目标;第三是乐观主义精神,因为坚信事物的变化和发展是不可抗拒的,因此也就坚信黑暗决不会长久存在,光明必将到来。这三点确实是从进化学说里接受来的,但并不能用进化论来概括;因为进化论的核心是生存竞争和自然选择,这是它的主要内容,是决定事物性质的东西,而鲁迅所接受的只是普遍性的东西。鲁迅有一篇文章叫《春末闲谈》,这是1925年写的,他从细腰蜂的生动的比喻说起,指出古今中外,统治者用了一切的方法来统治人民,想永远统治下去,但总是要失败,人民的胜利是必然的。统治者用尽一切麻痹的方法,无非要人民不死不活。不死,能替统治者劳动,供养统治者;不活,则不会反抗。但这总归不行,阔人的天下是不会太平的。他从中外历史上考察了反动统治者与人民之间的对抗性矛盾的变化和发展,对人民的力量和前途充满了乐观的信心。这三点表现了他从进化学说中得到的是事物发展的规律,而这是可以应用到社会领域的。自然,作为一种思想武器,这是远远不够的。因为这只是宇宙间的普遍规律,还没有解决人类社会的矛盾的特殊性。矛盾的普遍性要通过特殊性体现出来，重要的是矛盾的特殊性。什么是社会领域的特殊性？毛泽东同志说："阶级斗争，一些阶级胜利了，一些阶级消灭了。这就是历史，这就是几千年的文明史。"[22]鲁迅前期还没有掌握历史唯物主义的观点，用的还不是阶级分析的方法。他坚信新事物要代替旧事物，将来一定胜于现在，可是如他自己所说，"但应该产生怎样的'新'，却并无明白的表示"[23]；他虽然已经看到社会上阶级对立的现象，而且把自己摆在被压迫者一边，但还停留在感性阶段，还没有对社会发展取得科学的规律性的认识。鲁迅在掌握了马列主义以后对他自己前期的思想作了一个总结，说"救正"了自己只信进化论的"偏颇"。什么叫"偏颇"？偏颇就是片面性。毛泽东同志说鲁迅后期杂文没有片面性，因为他掌握了马列主义，学会了唯物辩证法。可见鲁迅前期是有一点片面性的，也就是"偏颇"。就因为他只知道矛盾的普遍性而不了解矛盾的特殊性。如果鲁迅一向相信的是社会达尔文主义，则鲁迅在进行自我批判时用"偏颇"这个词就很不够了。鲁迅认为事物是变革和发展的，将来必胜于过去，青年必胜于老人，一般地说，这本来是对的，不过很不够，因为没有掌握矛盾的特殊性，所以鲁迅才说是"偏颇"。由此可见，尽管鲁迅自己说过他相信过进化论，但我们仍然不能简单地用进化论来概括鲁迅前期的思想。

我们认为鲁迅前期的思想可以用革命民主主义来概括，从革命民主主义到共产主义就是鲁迅思想发展的道路。但对于革命民主主义的阶级基础和思想特点，目前是有不同理解的。有人认为革命民主主义就是资产阶级左派，或者叫作资产阶级的革命民主主义,这种说法是不正确的。当然,由于世界观基本上只有两家,如果仅仅从世界观的角度去考察,那么革命民主主义当然属于资产阶级的范畴。但我们考察一个人的思想,不能脱离了他的社会实践而单纯从思想范畴来看问题。毛泽东同志指出:"马克思、恩格斯、列宁、斯大林之所以能够作出他们的理论,除了他们的天才条件之外,主要地是他们亲自参加了当时的阶级斗争和科学实验的实践,没有这后一个条件,任何天才也是不能成功的。"[24]鲁迅是一个革命家,他是参加了革命实践的,我们必须从理论和实践的结合上来考察这一问题,而不能简单地认为既然他还不是马克思主义者,就一定是资产阶级。我们举一个例证来说明这一点。普列汉诺夫曾写过一本小册子《尼·加·车尔尼雪夫斯基》,他在分析车尔尼雪夫斯基的思想时曾说:"这种本质上是唯心主义的政治观点,有时让位于另一种似乎是唯物主义观点的萌芽的观点。"列宁看了这段话后,就在下面加了一条黑杠,并在旁边加批注说:"普列汉诺夫由于只看到唯心主义历史观和唯物主义历史观的理论差别,而忽略了自由主义者和民主主义者的政治实践的和阶级的差别。"[25]我以为列宁这一段话很重要。因为普列汉诺夫光从思想范畴上看是属于唯心主义还是唯物主义,但是他忽略了从政治实践上和阶级立场上去分析问题,就不可能得出正确的结论。从世界观上分析问题虽然是必要的,同时也是不够的;我们不能只注意思想范畴的差别,而不注意政治实践的差别和阶级立场的差别。列宁评价车尔尼雪夫斯基的时候就不是这样看问题,他认为"那时俄国已经出现了站在农民方面的革命家,他们看出了臭名昭彰的'农民改革'的全部狭隘性，看出了它的贫乏的内容，看出了它的农奴制的性质。当时这些为数极少的革命家是以车尔尼雪夫斯基为首的"，并且指出"车尔尼雪夫斯基不仅是空想社会主义者，他同时还是一个革命的民主主义者，他善于用革命的精神去影响他那个时代的全部政治事件，通过书报检查机关的重重障碍宣传农民革命的思想，宣传推翻一切旧权力的群众斗争的思想"[26]。列宁把车尔尼雪夫斯基等人称作革命民主主义者或农民民主主义者，对他们作了充分的肯定和赞扬；他虽然也提出了车尔尼雪夫斯基在思想体系上的不科学性，说车氏所用的哲学术语和解释"只是关于唯物主义的不确切的肤浅的表述"[27]。但他着重从政治实践上提出车氏的著作"散发着阶级斗争的气息"。"尽管他具有空想的社会主义的思想，但是他还是一个资本主义的异常深刻的批评家。"[28]车尔尼雪夫斯基并不是马克思主义者，他在马克思主义门前停步了，列宁指出："但是车尔尼雪夫斯基没有上升到，更确切些说，由于俄国生活的落后，不能够上升到马克思和恩格斯的辩证唯物主义。"[29]但我们不能因此就把他同资产阶级自由主义者不加区别，而不着重指出他是"站在农民方面的革命家"的伟大的贡献。鲁迅生活的时代和社会条件与俄国革命民主主义者有许多相类似的地方。毛泽东同志指出："中国有许多事情和十月革命以前的俄国相同，或者近似。封建主义的压迫，这是相同的。经济和文化落后，这是近似的。两个国家都落后，中国则更落后。先进的人们，为了使国家复兴，不惜艰苦奋斗，寻找革命真理，这是相同的。"[30]这些相同和近似的地方，正是革命民主主义产生的社会条件。革命民主主义思想的阶级基础是农民，所以毛泽东同志说"农民是最大的革命民主派"[31]。并不是任何一个国家的革命都会产生这种革命民主主义思想的，例如高度发展的资本主义国家如果发生革命，就不可能有很多的革命民主主义者，因为农民在革命力量方面已不占主要地位，他们的资产阶级革命早已完成，所以革命民主主义者只能产生在民主革命很不彻底、封建压迫还十分严重的国家；俄国是这样，中国也是这样。它的特点就是反对封建主义带有决不妥协的彻底性，它反映了深受压迫的农民的观点。毛泽东同志说："农民——这是现阶段中国民主政治的主要力量。中国的民主主义者如不依靠三亿六千万农民群众的援助，他们就将一事无成。"[32]尽管中国新民主主义革命已是属于无产阶级世界革命的范畴，但它的任务仍然是民族民主革命的任务，农民"是中国革命的最广大的动力，是无产阶级的天然的和最可靠的同盟者，是中国革命队伍的主力军"[33]。对于广大农民的这种阶级地位和思想情绪，在鲁迅的作品中是有充分反映的。我们从鲁迅的社会实践（包括创作实践）看，为什么他反帝反封建那么彻底，骨头有那么硬？为什么他背叛自己原来的阶级背叛得如此彻底，"毫不可惜它的溃灭"？他看到社会上阔人和"窄人"，上流社会和下层社会的对立，而自己无条件地站到被压迫者这一边，站到农民阶级这一边。他是从农民的观点来看问题，他的创作是这样，他的政治实践也是这样。中国的封建社会长达两千年，封建社会的主要矛盾是农民和地主阶级的矛盾，农民是物质财富的创造者，也是精神财富的创造者，但中国的文学史上竟然没有一部作品是把农民当作主人公的。把农民当作文艺作品中的主要人物，在中国文学史上鲁迅是第一人。这很说明问题。鲁迅是用农民的观点来看待社会、来看推翻这个社会的必要性的。农民虽然对革命理论懂得不多，但他对地主阶级的仇恨是十分鲜明和强烈的。例如杨白劳，他并不懂得很多理论，就知道黄世仁是他的死对头。所以，农民反帝反封建的彻底性是无可怀疑的，他们对于谁是敌人这一点非常明确。因此毛泽东同志说："中国的工人阶级和农民阶级是中国革命的最坚决的力量。"[34] 鲁迅对于社会的强烈憎恨和勇猛攻击，正是反映了农民的思想、愿望和情绪。当然，鲁迅作品中有许多是对农民的不觉悟的愤激的批判，这并不妨碍他反映了农民阶级的要求。车尔尼雪夫斯基曾感叹俄罗斯是"可怜的民族，奴隶的民族，上上下下都是些奴隶"，但列宁指出："这是真正热爱祖国的话，是感叹大俄罗斯人民群众缺乏革命性而倾吐出来的热爱祖国的话。"[35] 鲁迅基本上也是如此。我们这样说，是不是把鲁迅和车尔尼雪夫斯基等量齐观呢？并不如此，他们之间有很大的不同，而且鲁迅的历史贡献要比车尔尼雪夫斯基伟大得多，这是同农民在中国革命中的地位和作用密切联系的。车尔尼雪夫斯基这些人，俄国的革命民主主义者，列宁说是代表了一个时代的，是无产阶级思想出现以前的农民革命的思想，他们是革命家，但在马克思主义的门口停步了，不能够上升到马克思主义。鲁迅并没有像他们那样代表一个时代，鲁迅主要活动的时期已经是无产阶级领导的新民主主义革命的时期，十月革命已经给中国送来了马克思列宁主义，他是作为农民的代言人，作为无产阶级的天然的和最可靠的同盟军出现的，所以鲁迅从一开始创作活动就是"听将令"的，他自觉遵奉"革命的前驱者的命令"。过去我们理解鲁迅所说的"革命的前驱者"是指《新青年》编辑部的李大钊等人，现在感到这个问题应该从更深刻的意义上去理解。农民蒙受沉重的压迫，有强烈的革命要求，但历史上农民起义的结果都失败了，他们渴望有一个正确的领导，这就是无产阶级领导的以工农联盟为基础的民主革命的历史的和社会的根据。因此我们必须从中国新民主主义革命的性质和工农关系的角度来理解鲁迅所说的"遵命文学"的深刻的社会意义。十月革命以后，世界已经进入了无产阶级革命的时代，中国的新民主主义革命是由无产阶级领导的，属于世界无产阶级革命的一部分；鲁迅愿意遵奉能够领导这个革命走向胜利的前驱者的命令，它的社会意义实质上就反映了广大农民愿意跟着无产阶级把反帝反封建的民主革命进行到底的强烈愿望。因此所谓"听将令"，从根本上讲，要从无产阶级和农民的关系上来理解。毛泽东同志说："中国的革命实质上是农民革命。"[36]又说："中国共产党的武装斗争，就是在无产阶级领导之下的农民战争。"[37]这个农民革命和历史上的农民起义不同，因为它是在无产阶级领导下进行的，而且是为社会主义革命准备条件的。所以农民是无产阶级的坚定的依靠力量，是天然的同盟军，是可以在党的领导下走向社会主义的。鲁迅思想发展的道路实质上就反映了这样一种社会关系。所以他不仅没有像俄国革命民主主义者那样代表了一个时代，而且也没有在马克思主义的门前停下了步；而是从一开始就作为无产阶级的坚定同盟军，并在无产阶级领导下成为伟大的共产主义战士。从这种意义上看，我们就知道为什么有些人不理解鲁迅，把鲁迅说成是同路人的原因了。这些人所以把鲁迅说成是同路人，根本上是因为他们不理解中国新民主主义革命的性质、道路和任务，因而也就不能理解鲁迅的思想和实践的伟大意义。在毛泽东同志的《新民主主义论》发表之前，很多人都认为"五四"不是无产阶级领导的，而是资产阶级领导的。瞿秋白就是这样，他认为"五四"是资产阶级领导的，"五四"以后的社会特点是"资本主义的畸形发展"；他根本不理解从"五四"开始中国革命就是无产阶级领导的，根本不理解农民在民主革命中的重要地位。民主革命时期的几次机会主义路线的错误，在一个问题上是相同的：根本不理解农民在无产阶级领导的民族民主革命中的重要地位和伟大作用。这是毛泽东思想的一个重要组成部分，是对马克思列宁主义的重大发展。在马克思、恩格斯的时代，殖民地、半殖民地的解放问题还没有提上历史的日程。恩格斯写了《法德农民问题》，提出了"作为政治力量方面的因素，农民至今都是往往只表现了他们那种根源于农村生活孤绝状态的冷淡态度"。这种情况在中国农村也是存在的，并在鲁迅的作品中有着深刻的反映；但还没有把农民的要求作为革命动力来考虑。列宁写了《民族与殖民地问题提纲》，指出了必须援助落后国家中的农民运动，"极力使农民运动带有最大的革命性"，但只是一个概括性的说明。到了毛泽东同志的理论和实践，才发现像中国这样一个落后的、封建势力很强大的国家，当民族民主革命还是它的历史任务的时候，无产阶级领导的革命必须分两步走；它不能立即进行社会主义革命，而首先要进行彻底的民主革命，来为社会主义革命准备条件。在这样的国家，农民是无产阶级的天然的同盟军，无产阶级必须领导农民起来革命，才能取得胜利。毛泽东同志说："一切革命同志须知：

国民革命需要一个大的农村变动。辛亥革命没有这个变动，所以失败了。"[38]资产阶级害怕农民起来，而毛泽东同志则说湖南农民运动好得很，毛泽东同志是充分理解农民在中国民主革命中的伟大作用的。鲁迅的《阿Q正传》对于辛亥革命和农民的描写，就形象地体现了毛泽东同志所作的分析，毛泽东同志曾多次号召干部学习这一作品。鲁迅的前期思想，从根本上讲，就是反映了中国农民迫切要求革命，迫切要求一个能把革命引向胜利的领导者。照我们这样理解，鲁迅就可以当作中国文化革命的主将。因为农民是中国民主革命的主力军，民主革命本身就反映了农民的要求和利益。当然，民主革命是在无产阶级领导下进行的，这是符合农民的要求和愿望的，同时这也就是鲁迅所说的"听将令"是"自己所愿意遵奉的命令"的实际意义。鲁迅把自己的作品叫作"遵命文学"，我们可以理解为这正是摆正了文化战线和整个革命事业的关系。充分估计农民在不发达国家的民族民主革命中的地位和作用，是毛泽东思想的伟大内容之一，也是中国革命的世界意义的重要部分，而鲁迅的革命实践就在文化战线上反映了这样的内容，它是完全符合党在民主革命时期的总路线的。所以说"鲁迅是在文化战线上，代表全民族的大多数，向着敌人冲锋陷阵的最正确、最勇敢、最坚决、最忠实、最热忱的空前的民族英雄"[39]。从这个意义来理解，鲁迅自然可以成为中国文化革命的主将。当然，如果从他的世界观是属于什么思想范畴来说，鲁迅前期还不是马克思主义者，但我们必须像列宁那样，同时也从政治实践和阶级立场上来分析，而不是单纯地强调他的理论上的弱点。毛泽东同志正是从鲁迅作品的社会作用和它同中国革命的性质、任务的关系上来评价鲁迅的，所以他肯定了鲁迅是中国文化革命的主将。

有些人也承认鲁迅前期是革命民主主义者，但又不赞成用革命民主主义来概括鲁迅前期的思想；他们认为革命民主主义是一个政治性概念，主要是政治态度，而不是指思想体系，因此总觉得如果这样概括就是把政治倾向和思想实质混淆了。这是一种理论和实践相分离的观点，是不正确的。列宁对俄国革命民主主义者的论述就是既分析他们的思想特点，又分析他们的政治实践和社会作用的。当然，我们不能只从思想体系的完整性来要求革命民主主义者，因为他首先是革命家，他的思想不是为了说明世界，而是为了改造世界。鲁迅就是这样，他是从批判旧世界中发现新世界的；所以他可以发现马克思主义是"最明快的哲学"，可以从"事实的教训"发现"惟新兴的无产者才有将来"。我们只能指出作为革命民主主义者的鲁迅前期思想的最明显的特点。因为他是站在农民的一边来观察社会的，所以在思想上的最突出的特点就是反封建的彻底性，他是要求彻底推翻封建主义在中国的统治的；由这一点出发，当然同时也具有反对帝国主义侵略的彻底性。他对于谁是革命的对象这一点从来很明确，并且毫不妥协地与之进行了坚韧的斗争。正是由于这种思想特点，所以他的作品特别善于反映农民的愿望和情绪，这是完全符合中国新民主主义革命的要求的。它的局限性是还不能掌握社会发展的科学规律，看不出消灭阶级对立的历史道路，也就是说他对于革命的前途还缺乏科学的预见，对新社会的性质还没有明确的概念。马克思主义是掌握了社会的发展规律的，是清楚地知道通过阶级斗争和无产阶级专政的道路来达到最后消灭阶级的共产主义社会的。革命民主主义者虽然不理解这一点，但对民主革命的主要对象进行斗争还是很坚决的。鲁迅前期的杂文虽然由于世界观的限制有时不免有"偏颇"的地方，但它的战斗性和为人民革命服务的现实意义是不容置疑的。毛泽东同志用了"彻底地""不妥协地"这两个词来形容由"五四"开始的反帝反封建的民主革命，鲁迅的作品就充分体现了这种特点。旧民主主义革命时代和新民主主义革命时代的革命任务并没有区别，都是反帝反封建，区别就在于旧民主主义革命是资产阶级领导的，新民主主义革命则是无产阶级领导的。资产阶级的领导不可能做到"彻底"和"不妥协"，因为它本身就是要动摇的和妥协的。新民主主义革命所以具有反帝反封建的彻底性和不妥协性，当然主要是无产阶级的领导作用，这种领导作用的一个重要方面就是充分发动农民的革命性。农民由他的阶级地位所决定，反封建的要求本来是很彻底的，阿Q就是一个例子。阿Q尽管很幼稚，不觉悟，但他看到举人老爷害怕革命，就也要"革这伙妈妈的命"。因为他感到对举人老爷不利的事，大概对自己总是有好处的。他躺在土谷祠里想了许多革命以后的事情，不管那些想法多么幼稚可笑，但他知道革命是暴力，暴力是可以改变地主阶级的所有制的，因此可以把赵太爷家里的东西搬到土谷祠来，这在以前是不可想象的事情。他的阶级地位决定他是要革命的，只是由于假洋鬼子不准革命，把他"大团圆"了。也就是说农民的革命性被资产阶级领导扼杀了。到了新民主主义革命时期，因为有了无产阶级的领导，农民就能够为革命冲锋陷阵，发挥巨大的作用。可见如果我们理解了毛泽东同志关于农民在民主革命中的地位和作用的思想，再来学习毛泽东同志关于"鲁迅是中国文化革命的主将"的论述，就容易有比较深刻的体会了。

现在讲第三个问题，鲁迅究竟是共产主义战士，还是人道主义者？

毛泽东同志说，共产主义者的鲁迅在国民党文化"围剿"中成了中国文化革命的伟人。鲁迅是到后期才成为共产主义战士的。但是，有些人却把他说成是人道主义者，包括他的前期和后期。在这个问题上，我们和他们存在着根本的分歧。现在国外也出了一些介绍鲁迅的书籍，其中有些书的一个主要论点就是把鲁迅说成是人道主义者。他们这样讲的目的在于说明鲁迅并不是一个马克思主义者，因此他们所描述的人道主义的内容完全是抽象的人道主义，而并不是指社会主义人道主义或革命的人道主义。在国内，还没有人公然讲鲁迅后期也是人道主义者，因为毛泽东同志已经肯定他是共产主义者，但讲他前期是人道主义者的人仍然是有的。我们知道共产主义者是讲阶级论的，人道主义则是讲人性论的，无论就阶级基础和思想体系说，二者都是不同的。人道主义的核心是资产阶级个人主义，它的出发点是人性论，是根本反对阶级分析的，因此共产主义和抽象的人道主义是根本对立的。人道主义离开特定的社会关系去讲"平等""博爱"，在阶级对立和阶级斗争现实面前宣扬"四海之内皆兄弟"，实际上是掩盖阶级矛盾，宣扬阶级合作。所以鲁迅后期不是人道主义者而是共产主义者，是很容易理解的。我们现在要说的是鲁迅从来不是人道主义者，不仅在他的后期，前期也同样不是。把鲁迅说成人道主义者，是对鲁迅的歪曲。不管前期或后期，鲁迅都是革命者，在认识和实践上都是强调斗争的。鲁迅很早就有了阶级对立的概念，他说他"明白了一件大事，是世界上有两种人：压迫者和被压迫者"[40]！鲁迅关于阶级对立的思想是逐渐深化起来的。如在《灯下漫笔》中他说历史上只有两种时代：一、想做奴隶而不得的时代，二、暂时做稳了奴隶的时代。现在要创造的是"中国历史上未曾有过的第三样时代"。在《学界的三魂》中他说"只有发扬民魂"，"中国才有真进步"。他的要依靠人民来改造社会的思想越来越明确，到了厦门以后，他说"世界却正由愚人造成，聪明人决不能支持世界"[41]，这里所说的"愚人"和"聪明人"的最恰当的解释，就是《野草》中《聪明人和傻子和奴才》一文所作的形象的描绘。愚人就是像"傻子"那样敢于斗争的劳动人民，而"聪明人"则显然是一个人道主义者；他对于被压迫者的同情只能为统治者起一种使人安于奴才地位的帮忙作用，而作者对之采取了极其憎恶的批判态度。因为鲁迅从来就是站在被压迫者一边，勇敢地进行斗争的。所以无论从认识或实践上看，鲁迅决不是人道主义者。人道主义的作品虽然对不幸者的遭遇表现了"同情"，但普遍是反对斗争的，而鲁迅则坚持了韧性的战斗。早在"五四"时期，他就批判了许多人空谈人道；并指出"其实近于真正的人道，说的人还不很多，并且说了还要犯罪"。又说"因为人道是要各人竭力挣来，培植，保养的，不是别人布施，捐助的"[42]。他所要讲的"真正的人道"，其实就是革命的人道主义。人道主义者是着重讲人与人之间的关系的，鲁迅认为处于奴隶地位的人民要自己起来抗争，而从来反对那种宣传对人民"布施、捐助"的人道主义观点。《野草》中的《求乞者》一文中说："我不布施,我无布施心,我但居布施者之上,给与烦腻,疑心,憎恶。"《过客》中的那个困顿疲乏的"过客"不是连别人给他一小片布裹伤都决不接受的吗?这正反映了鲁迅的心情。他曾说:"我所憎恶的太多了,应该自己也得到憎恶,这才还有点像活在人间;如果收得的乃是相反的布施,于我倒是一个冷嘲,使我对于自己也要大加侮蔑。"[43]鲁迅同样也反对被压迫者对敌人采取宽容的态度,这也是人道主义者常常宣扬的一个主题。所谓"勿抗恶"的托尔斯泰主义就是一个例证。鲁迅从来是反对宽容的。他极端厌恶那种"损着别人的牙眼,却反对报复、主张宽容的人"[44]。这不仅表现在后期,就是前期也是如此。他向来是主张"即以其人之道还治其人之身"[45]的。他说:"我的戒酒,吃鱼肝油,以望延长我的生命,倒不尽是为了我的爱人,大大半乃是为了我的敌人……要在他的好世界上多留一些缺陷。"[46]到他临死的时候还说:"我的怨敌可谓多矣。""让他们怨恨去,我也一个都不宽恕。"[47]因为他深恐"老实人误将纵恶当作宽容,一味姑息下去,则现在似的混沌状态,是可以无穷无尽的"[48]。可见在压迫者与被压迫者的关系上,鲁迅从来是同人道主义者有着原则区别的。鲁迅前期作品的特点是从农民的观点来观察社会。很多批判的现实主义作品也写劳动人民,也表现对劳动人民的同情,但他们和鲁迅的写法不一样。他们通常写下等人的方法是虽然这样的人社会地位很低,但道德是高尚的,内心是美丽的,并对这些下等人的不幸遭遇给予怜悯和同情。鲁迅不是这样。我们也觉得阿Q、祥林嫂的命运和遭遇很不幸,很惨,但作品写出了这样命运是由他们的阶级地位所决定,而且非根本改变社会制度是不能解决问题的。我们不是从阿Q的灵魂或道德上发现了什么高尚美丽的东西，他有癞疮疤，还偷东西，缺点很多；但是他的阶级地位决定了他要求参加革命。批判的现实主义作品对上层人物确实也常常有所批判，但一般只是写这些人的道德堕落或精神空虚等方面，而且还往往加上些良心谴责或者忏悔之类的东西，就是说作者对批判对象是有同情的一面的。鲁迅写上层人物决不是从个人品质上看问题，而且对他们丝毫没有同情。我们看鲁迅作品中的赵太爷、鲁四老爷、假洋鬼子这些反面人物，鲁迅不但一点也不同情他们，而且是把他们当作人民死敌来处理的。鲁迅翻译过果戈理的《死魂灵》，这是一部著名作品。但那里面的地主形象大都有某种"可爱"之处，作者对他们是同情的。鲁迅就认为果戈理有偏见，"以为位置高的，道德也高，所以对于大官，攻击特少"[49]。鲁迅作品中也有对某些人物既有批判、又有同情的，如孔乙己；但这类人物都是中下层人物，包括知识分子。对于地主阶级的代表人物，鲁迅一点同情也没有。这正说明他是从农民的角度来看问题的。

那些鼓吹鲁迅是人道主义者的人最喜欢举《祝福》为例，好像祥林嫂这个形象可以说明鲁迅是人道主义者似的。其实《祝福》写出了压迫祥林嫂的社会根源是"全部封建宗法的思想和制度"，并不是个人偶然的不幸和悲剧。如果用人道主义的观点来处理这个题材，作品中的第一人称"我"这个形象必然要十分突出，因为通过这个人物可以抒发作者的怜悯与同情。但现在"我"在作品中并不直接介入事情，他只是悲剧的目睹者和叙述者，对情节发展不起作用。当然，"我"对于祥林嫂的不幸有一点同情，如果没有，就不可能真实地写出祥林嫂的遭遇，就必然会有所歪曲。但"我"的同情对祥林嫂不起任何作用，而且作者对这个人物的生活态度也是作了嘲讽的，并不是完全肯定的正面形象。可见《祝福》也同样不能给这些人的论点帮什么忙。人道主义的理论基础是人性论，是鼓吹"人类之爱"的，这是毛泽东同志在延安文艺座谈会上尖锐地批判过的资产阶级思想，而鲁迅即使在他的前期，也从来是敌我分明、坚持斗争的，没有任何根据可以把他说成是一个人道主义者。

鲁迅在《两地书（二四）》中确曾说过他思想中有人道主义和个人主义的矛盾，但那里"人道主义"一词是有特别含义的。我们知道人道主义的核心就是个人主义，二者之间根本不存在什么矛盾，这里他所说的人道主义实际上是指不妥协地进行斗争、以求彻底改变人民群众的被压迫地位的思想，同我们现在所理解的人道主义的概念完全不同，这是不应该引起误解的。

从上面三个问题可以看到，鲁迅始终是和人民同呼吸共命运的。从他的世界观说来，确实有前后期的根本区别，但他不断革命的精神是一贯的。鲁迅的思想本质上是革命的、批判的，这种精神是一个革命者最宝贵的品质。我们在分析鲁迅的思想发展时，必须记住他首先是从批判旧世界出发的，在批判的过程中他不断地改进自己的武器，在改造客观世界的同时也批判自己的主观世界，终于到达了共产主义思想的高峰。

为什么鲁迅那么勇于解剖自己呢？因为他发现自己思想中有些东西已经妨碍他去更有效地进行战斗了，所以他要抛掉那些东西。在掌握思想武器上也是这样，为了战斗，他要找最锋利、最有效的东西来武装自己。他的基本出发点是要革命，要改造世界，因此他就一定要在实践中不断总结经验，检验战斗效果；他重事实，重比较，都是由此而来的。例如他对辛亥革命的看法就很说明问题，他把农民是否觉醒和革命是否符合农民的要求看作是革命成败的标志，而不是以皇帝或清朝统治者是否被赶下台作为标志，这种总结历史经验的地方常常表现了他的思想的深刻性。这样，实践就不仅在一定程度上弥补了他理论上的局限，而且在改造客观世界中也改造了自己的主观世界。毛泽东同志多次号召我们读点鲁迅，号召"一切共产党员，一切革命家，一切革命的文艺工作者，都应该学鲁迅的榜样，做无产阶级和人民大众的'牛'，鞠躬尽瘁，死而后已"[50]。就是要我们学习鲁迅的这种革命精神。有些人因为鲁迅前期还不是马克思主义者，就对鲁迅的前期作品估计不足，其实他的后期作品固然很宝贵，但前期作品也包含有丰富的斗争经验，闪耀着革命的光芒，同样是我国人民的宝贵的精神财富。因此才说从"五四"开始，"鲁迅的方向，就是中华民族新文化的方向"[51]。他的全部遗产必将在我国的社会主义革命和社会主义建设中发挥巨大的作用。

1976年10月，在厦门鲁迅逝世四十周年及在
厦门大学任教五十周年纪念大会上的讲话

* * *

〔1〕〔36〕〔39〕〔51〕毛泽东：《新民主主义论》。

〔2〕《列宁全集》第23卷117页。

〔3〕鲁迅：《南腔北调集·我怎么做起小说来》。

〔4〕〔50〕毛泽东：《在延安文艺座谈会上的讲话》。

〔5〕鲁迅：《伪自由书·后记》。

〔6〕鲁迅：《华盖集·忽然想到（六）》。

〔7〕《马克思恩格斯书信选集》127页。

〔8〕《第二国际的破产》。

〔9〕《列宁选集》第2卷336页。

〔10〕鲁迅：《集外集·渡河与引路》。

〔11〕鲁迅：《华盖集·杂感》。

〔12〕〔14〕鲁迅：《坟·杂忆》。

〔13〕鲁迅：《二心集·〈进化与退化〉小引》。

〔15〕鲁迅：《集外集拾遗·中国地质略论》。

〔16〕鲁迅：《坟·娜拉走后怎样》。

〔17〕毛泽东：《矛盾论》。

〔18〕毛泽东：《在中国共产党全国代表会议上的讲话》。

〔19〕毛泽东：《在苏联最高苏维埃庆祝伟大的十月社会主义革命四十周年会议上的讲话》。

〔20〕鲁迅：《华盖集·导师》。

〔21〕〔23〕鲁迅：《三闲集·我和〈语丝〉的始终》。

〔22〕毛泽东：《丢掉幻想，准备斗争》。

〔24〕毛泽东：《实践论》。

〔25〕《列宁全集》第38卷611页。

〔26〕列宁：《"农民改革"和无产阶级农民革命》。

〔27〕列宁：《哲学笔记》。

〔28〕列宁：《俄国工人报刊的历史》。

〔29〕列宁：《唯物主义与经验批判主义》。

〔30〕毛泽东：《论人民民主专政》。

〔31〕〔32〕毛泽东：《论联合政府》。

〔33〕毛泽东：《中国革命与中国共产党》。

〔34〕毛泽东：《论反对日本帝国主义的策略》。

〔35〕列宁:《论大俄罗斯人的民族自豪感》。
〔37〕毛泽东:《〈共产党人〉发刊词》。
〔38〕毛泽东:《湖南农民运动考察报告》。
〔40〕鲁迅:《南腔北调集·祝中俄文字之交》。
〔41〕鲁迅:《坟·写在〈坟〉后面》。
〔42〕鲁迅:《热风·随感录六十一》。
〔43〕鲁迅:《华盖集·我的"籍"和"系"》。
〔44〕〔47〕鲁迅:《且介亭杂文末编·死》。
〔45〕〔48〕鲁迅:《坟·论"费厄泼赖"应该缓行》。
〔46〕鲁迅:《坟·题记》。
〔49〕鲁迅:1935年10月20日致孟十还信。

鲁迅思想的一个重要特点
——清醒的现实主义

一

瞿秋白在《〈鲁迅杂感选集〉序言》里论及鲁迅精神时，概括了几个特点，第一个就是"最清醒的现实主义"。许寿裳在《我所认识的鲁迅》里也指出："鲁迅的思想，虽跟着时代的迁移，大有进展……但有为其一贯的线索者在，这就是战斗的现实主义。其思想方法，不是从抽象的理论出发，而是从具体的事实出发的，在现实生活中得其结论。"[1]鲁迅自己也说："即如我自己，何尝懂什么经济学或看了什么宣传文字，《资本论》不但未尝寓目，连手碰也没有过。然而启示我的是事实，而且并非外国的事实，倒是中国的事实。"[2]在谈到自己的思想转变时，鲁迅也强调是"由于事实的教训"才"以为惟新兴的无产者才有将来"[3]。从上述资料中我们可以看到，无论是鲁迅自己，还是他的战友，都一致地认为，清醒的现实主义是鲁迅思想的一个重要的基本特点。

瞿秋白对这一特点作了进一步的分析。他指出，鲁迅的清醒的现实主义"是和中国的农村，中国的受尽了欺骗压榨束缚愚弄的农民群众联系着"，"可以说是老实的农民的实事求是的精神"。瞿秋白这一马克思主义的分析十分重要。鲁迅是从革命民主主义走向共产主义的，而按照列宁的观点，革命民主主义的阶级基础就是农民。列宁在评述车尔尼雪夫斯基是"一个革命的民主主义者"时，就指出"他善于用革命的精神去影响他那个时代的全部政治事件，通过书报检查机关的重重障碍宣传农民革命的思想，宣传推翻一切旧权力的群众斗争的思想"[4]。毛泽东同志也指出，"农民是最大的革命民主派"[5]。鲁迅在他的文学活动中用很大努力去反映农民的愿望、意志与要求，正是反映了他的思想和农民紧密联系的这一特点。他的小说创作主要取材于农村，他对受压迫的农民采取的是"哀其不幸、怒其不争"的态度；在艺术风格上也十分重视农民的欣赏习惯和艺术趣味，他自己说他所追求的是如同中国旧戏和年画那样的以人物为主的一种单纯朴素的风格[6]，其实质就是反映了农民的美学观点。他不仅在考察中国社会问题时处处从人民群众的利益出发，而且总是把农民的生活、地位是否有所改变作为革命成败的重要标志。农民思想的重要特点就是不尚空谈，牢固地立足于现实，一切从事实出发。鲁迅的实事求是的现实主义精神正是反映了他与农民之间的深刻的精神联系。到了后期，他的这种"老实的农民的实事求是的精神"又在马克思主义基础上予以改造，取得了理论与实际密切结合的科学的特征，形成了具有中华民族特点的现实主义战斗传统。

鲁迅的这种"实事求是"的现实主义精神是贯彻始终的。即从本世纪初他在日本开始独立考虑中国的前途和命运的时候开始，直至逝世；在这期间他的思想尽管有变化，有发展，但仍然有其一贯性。长期以来，我们对鲁迅思想的研究都侧重于思想分期的探讨，这是必要的；但是由于强调了思想的转变和前后期的区别，就较多地重视了其前后期对立的一面（就世界观的范畴而言，这种对立当然是存在的），而忽视了其一贯的精神。"四人帮"曾经用被他们歪曲了的鲁迅后期思想来否定鲁迅的前期，认为它只是资产阶级民主派的思想，已毫无积极作用，这是为其反动政治纲领服务的；现在在一些人中间又出现了另一种倾向，即只承认鲁迅前期思想的价值，而不愿肯定鲁迅后期共产主义思想的正确性、深刻性与丰富性。这显然是一种偏见。鲁迅的思想诚然是有变化，有前期到后期的发展过程，但从前期到后期是一个既有否定又有继承，从低级向高级发展的运动过程，而不是对前期的彻底否定；我们反而可以说正是由于他坚持了前期的革命实践和追求，才导致了他接受马克思主义的必然性。我们当然应该研究和考察他的思想发展过程，但不应当把前后期思想截然地对立起来，因为这是和鲁迅的思想实际不符合的。他的实事求是的清醒的现实主义精神就不但是一贯的，而且正是这种精神推动了他从革命民主主义到共产主义的思想发展。他曾说："革命无止境，倘使世上真有什么'止于至善'，这人间世便同时变了凝固的东西了。"[7]现实是不断变化和发展的，一个清醒的现实主义者必然要努力使自己的思想符合于革命发展的客观需要，因此他必须不断地正视现实和考察它的发展趋向，总结实践经验，纠正自己认识上的偏颇，这就到达了新的思想高度。鲁迅正是这样，所以他的思想转变是一种自觉的行动，其动力正是来自清醒的现实主义。

　　清醒的现实主义的主要特征首先是从实际出发，面向现实，绝不回避矛盾。鲁迅认为当时的中国正"陷入瞒和骗的大泽中，甚而至于已经自己不觉得"。"于是无问题，无缺陷，无不平，也就无解决，无改革，无反抗。"因此他要求"取下假面，真诚地，深入地，大胆地看取人生"[8]。正视现实，是进行改革的基础和前提，只有承认矛盾才有可能解决矛盾。鲁迅对于阿Q精神的深刻批判，正是由此出发的；因此他强调说："一到不再自欺欺人的时候，也就是到了看见希望的萌芽的时候。"[9]其次是要努力用行动来改变现实。正视现实虽然十分重要，但还属于认识世界的范畴，而鲁迅是特别重视改革的行动和实践的。他指出"现在的青年最要紧的是'行'，不是'言'"[10]。他强调路是人走出来的，"遇见深林，可以辟成平地的，遇见旷野，可以栽种树木的，遇见沙漠，可以开掘井泉的"[11]。他着重的是改造世界的实践，是用韧性战斗来保持改革行动的持久性和连续性。既然如此重视变革现实的实践，他就必然要围绕实践的社会效果来总结经验，吸取教训，纠正和发展自己的思想，使之作为新的行动的指针，以符合变革现实的需要。鲁迅在许多作品里深刻地总结了辛亥革命的教训；从三一八惨案中得出了"'请愿'的事，从此可以停止了"，"继续战斗者"应该用"别种方法的战斗"的意见[12]；从革命者流血的经验中写成了《论"费厄泼赖"应该缓行》的名文[13]；更重要的，由于目睹了大革命失败的"事实的教训"，才得出了"惟新兴的无产者才有将来"的科学论断，从而达到了思想上的新的飞跃。凡此种种，都贯串着一种正视现实生活和注重革命实践的实事求是的精神。列宁指出："生活、实践的观点，应该是认识论的首先的和基本的观点。这种观点必然会导致唯物主义，而把教授的经院哲学的无数臆说一脚踢开。"[14]可见清醒的现实主义不仅是鲁迅思想的一贯的特点，而且正是导致他的思想向前发展的重要原因。我们这里并不否认鲁迅思想有前期、后期的区别，而且认为研究这种发展过程是有意义的，但不能因此而忽略了他的思想上的一个一贯的重要特点——清醒的现实主义。

二

鲁迅的清醒的现实主义精神形成于本世纪初他在日本留学的时期。这是有他的时代和社会的原因的。经历了家境破落和接受了如《朝花夕拾·琐记》中所写的那种晚清学堂教育的青年鲁迅，怀着爱国主义的深厚感情，来到了东方最发达的资本主义国家日本，热忱地探索救国救民的道路。他在那里大大地开阔了自己的眼界，吸收了丰富的近代思想文化的养料。他接触了十九世纪自然科学的最新成就，最早向中国介绍了镭的发现、进化论和生命发展学说，同时也接触和考察了西方资本主义的各种社会政治学说，又从广泛的外国文学作品中感受到了被压迫人民的苦难和斗争、情绪和愿望；更重要的是当时日本是中国各种政治力量活动的中心，鲁迅十分关心地注视和思考了正在热烈展开的资产阶级革命派与改良派关于中国前途与命运的斗争。正是在这样的环境中，鲁迅确立了他的"我以我血荐轩辕"、献身于社会变革与民族解放事业的志向。但与此同时也就面临着一个严峻的问题：如何从各种各样的思想体系中，寻找出对改造中国社会最有实效的思想武器。鲁迅在《文化偏至论》中明确提出，一方面，必须"洞达世界之大势"，"不后于世界之思潮"，广泛吸收各种有用的外来思想，努力促进思想的现代化，反对故步自封的国粹主义和民族保守主义；另一方面，又必须深求中国之国情，"弗失固有之血脉"，从中国社会实际出发，对外来思想加以选择与改造，实现外来思想的民族化，反对生吞活剥的教条主义。正是在这个"如何对待外来思潮"的严峻问题上，鲁迅开始形成了他的注重中国国情、从中国实际出发来考察问题的现实主义的精神。这样，如同一切向西方找真理的先进的中国人一样，他也接受了外国思想文化的广泛影响；但不同的是在接受马克思主义之前，他从未全面地无条件地肯定任何一种外来思想是中国应该遵循的真理，他对各种外来思想都采取了一种有所取舍的批判态度，而这种取舍的标准只有一个，就是看其是否适合中国社会的需要。刘半农在"五四"时期曾赠过鲁迅一副联语，是"托尼学说，魏晋文章"。"当时的朋友都认为这副联语很恰当，鲁迅先生自己也不加反对。"[15]确实，鲁迅在日本时期接触了尼采哲学与托尔斯泰的学说，而且从那里汲取了"重新估定价值""偶像破坏"的思想[16]，因为这是中国人民挣脱封建主义罗网的伟大斗争所需要的。但是，鲁迅早在《摩罗诗力说》中就将拜伦与尼采作了对比，批判尼采"欲自强而并颂强者"的思想。在《随感录六十一》里他又强调"人道是要各人竭力挣来，培植，保养的"，反对托尔斯泰式的"布施"、恩赐的"人道主义"；因为这些有害于中国人民的觉醒和斗争。鲁迅对待许多外来思想都是这样，他总是立足于中国的社会现实，将多元的庞杂的外来思想有选择地巧妙地服务于现实斗争，使之在现实斗争中经过改造和扬弃，成为适合于中国国情的、具有民族特色的新的思想。我们很难用外来的某一思想体系来概括这种新的思想，只能如实地把它叫作"鲁迅思想"。正因为鲁迅思想是从客观实际出发的，所以尽管鲁迅前期还没有掌握马克思主义，但这并没有妨碍他在对社会观察和实践的基础上得出基本正确的结论。毛泽东同志在评价孙中山时曾经指出，孙中山与中国共产党人的宇宙观不同，但是，1924年孙中山重新解释的三民主义与中国共产党人"在民主革命阶段中的政纲，即其最低纲领，基本上相同"[17]。列宁在《中国的民主主义与民粹主义》中也对孙中山"战斗的、真诚的民主主义思想"给予了很高的评价。这就给我们一个启示：一个进步的严肃的思想家尽管从世界观、从对宇宙整体的认识上并没有达到马克思主义的水平，但只要尊重客观现实，从实际出发加以分析，在局部问题上，完全可以达到基本正确的结论。鲁迅正是这样，由于他严肃地考察了中国的历史与现实，使他对一些问题的观察异常深刻与正确，在局部范围内可以说已达到了马克思主义的高度；如他对妇女解放的认识，对"费厄泼赖"的批判，等等。因此鲁迅前期的著作同样是中国人民的精神财富，他的思想较之同时期的民主主义者深刻得多，而比一些初步共产主义思想的知识分子则更为成熟。

对于中国人民来说，马克思主义也是一种外来思想。鲁迅很早就接触到了马克思主义，十月革命无疑对鲁迅思想有着重大的影响。但鲁迅并没有立刻接受马克思主义。正像他自己后来所说的那样："我希望着新的社会的起来，但不知道这'新的'该是什么；而且也不知道'新的'起来以后，是否一定就好。待到十月革命后，我才知道这'新的'社会的创造者是无产阶级，但因为资本主义各国的反宣传，对于十月革命还有些冷淡，并且怀疑。"[18]鲁迅这里所讲的"怀疑"，表明他还没有把握来确认马克思主义和十月革命的经验是否适合中国社会的实际需要。在未经过他自己确信的事实的检验和得出明确的结论之前，鲁迅宁愿采取谨慎的态度。但是鲁迅又清醒地认识到世界绝不是"凝固的东西"[19]，因而他也绝不愿把自己的思想（包括自己的"怀疑"）凝固化。他总是不断地用实践来检验自己的思想，纠正那些不符合革命发展需要、已被事实证明是偏颇或错误的东西。鲁迅正是积极投身于变革现实的活动，深入剖析中国社会，用中国社会实际对包括马克思主义在内的外来思想加以认真地检验，并无情地解剖自己的思想。经过长期的思考和探求，他终于在二十年代后期做出了历史性的抉择，宣布马克思主义为最切合中国社会与革命需要的真理，指出马克思主义的历史唯物论"是极直捷爽快的，有许多昧暧难解的问题，都可说明"[20]。鲁迅的这一结论既不是赶时髦，也不是从书本上的抽象概念推演的结果，而是他从现实出发自觉努力的积累，是他总结近百年来人民革命斗争的历史经验所得出的科学论断，也是他前期思想在新形势下必然导致的逻辑发展。如果没有他一贯坚持的以事实为根据的清醒的现实主义精神，就不会有他后来的思想发展；所以他所接受的马克思主义从一开始就是与中国社会实际，特别是与他自己在文化战线上的战斗实践紧密结合的。正如毛泽东同志所说的那样，是"在群众生活群众斗争里实际发生作用的活的马克思主义，不是口头上的马克思主义"[21]。因此尽管鲁迅接受马克思主义的时间比较晚，但是当他一旦接受了以后就十分坚决，从不动摇，并且表现出极大的成熟性。他理解马克思主义的精神实质，能够准确地运用它来指导中国思想文化战线上的革命实践；他的全部活动说明他是中国化的马克思主义文化思想的伟大奠基者。

鲁迅接受了马克思主义以后，仍然坚持清醒的现实主义精神，能够使理论与实际相结合，而没有将马克思主义凝固化。他反对头脑像"阴沉木做的"思想僵化，认定"八股无论新旧，都在扫荡之列"[22]；他既反对国粹主义的老八股和崇洋媚外的"西崽相"式的洋教条，也反对把马克思主义公式化、八股化的教条主义。例如他提出过著名的"拿来主义"，主张用马克思主义的观点汲取西方资本主义国家一切有用的东西。在1934年抗日高潮中，他甚至提出了要向自己的敌人日本学习[23]；关键在于自己必须"运用脑髓，放出眼光"[24]。对于真正的崇洋媚外的洋教条，鲁迅的打击也是不遗余力的。在关于革命文学的论争中，鲁迅一针见血地指出了当时某些倡导者的教条主义的错误："他们对于中国社会，未曾加以细密的分析，便将在苏维埃政权之下才能运用的方法，来机械地运用了。"[25]1933年又对左翼文艺运动的教条主义倾向进行了批评，他说："例如只会'辱骂''恐吓'，甚至于'判决'，而不肯具体地切实地运用科学所求得的公式，去解释每天的新的事实，新的现象，而只抄一遍公式，往一切事实上乱凑，这也是一种八股。"[26]这种"新八股"的基本特征就是理论与实际分离，使马克思主义教条化。鲁迅后期针对教条主义的批评的实质，就是要促进马克思主义与中国文化革命实践的结合，探求创造具有中国特点的无产阶级文化思想的新道路。在探求的过程中，中国的马克思主义者逐渐形成了自己的实事求是的现实主义的战斗传统——鲁迅就是这一传统的一个伟大开创者。

三

鲁迅一贯正视现实，但现实是由过去的历史积累和演变而来的，为了更准确地理解和执着现实，就必须考察它的来龙去脉，因此他也十分重视历史所提供的经验和教训。他早期所写的几篇文言文的论文的一个共同特点，就是从历史发展的角度来考察问题，他很早就把人类历史的发展看作是一个从过去到未来的运动过程。人类改造现实的活动具有持久不断的连续性，历史是过去的现实，未来是将要到来的现实。现实，或者说现在，只是历史发展长河里的一个环节。执着现实，总结历史，追求理想；或者说掌握现在，回顾过去，为了将来；这是鲁迅清醒的现实主义精神的重要内容。他重视现实，但绝不是那种短视的只看到目前利害的庸俗的现实主义者；他是既要总结历史，也要追求理想的。

这里，首要的当然是执着现实。他曾说过："仰慕往古的，回往古去罢！想出世的，快出世罢！想上天的，快上天罢！灵魂要离开肉体的，赶快离开罢！现在的地上，应该是执着现在，执着地上的人们居住的。"[27]他反对一切用缅怀过去或幻想未来的理由来逃避现实的思想，而强调执着现实的斗争实践，这正是坚持了唯物主义。鲁迅的前期思想诚然没有达到历史唯物主义的高度（在马克思主义之前，任何一种思想都不可能达到这一高度），但这种认识上的局限只能认为是唯物主义的不足，而不是用唯心主义的观点来观察世界的结果。鲁迅的十分重视历史，主张读经不如读史，"而且尤须是野史；或者看杂说"[28]，正是由他执着现实的态度出发的。他说："历史上都写着中国的灵魂，指示着将来的命运。"[29]他用了一个形象化的比喻："倘有谁要预知令夫人后日的丰姿，也只要看丈母。"[30]但如果进行改革，情况就不同了，"丈母老太太出过天花，脸上有些缺点的，令夫人却种的是牛痘，所以细皮白肉：这也就大差其远了"[31]。鉴古是为了知今，对于中国历史的研究和考察，正是为了认识中国国情、探索改革现状的途径和方法，所以他说："总之：读史，就愈可以觉悟中国改革之不可缓了。虽是国民性，要改革也得改革。"[32]

这里提到国民性是有原因的，作为一个思想家，鲁迅对于中国国情的历史考察，主要集中于对民族文化及民族精神、心理的研究，他着重剖析中国封建社会制度和封建主义传统思想对于人民精神的毒害，以及由此形成的民族性格上的弱点。鲁迅对国民性弱点的批判包括着极其广泛的内容，诸如：瞒与骗、人与人之间的隔膜、健忘、盲目自大、欺弱怕强的奴性、中庸调和、苟活，等等；而且这种批判是一贯的。一直到1936年，鲁迅还这样说："中国人是并非'没有自知'之明的，缺点只在有些人安于'自欺'，由此并想'欺人'。譬如病人，患着浮肿，而讳疾忌医，但愿别人胡涂，误认他为肥胖。妄想既久，时而自己也觉得好像肥胖，并非浮肿；即使还是浮肿，也是一种特别的好浮肿，与众不同。"[33]这里对于"自欺欺人"的阿Q精神的批判，并非前期思想的遗迹，而是"改造国民性"的一贯思想在新的基础上的发挥。所以1933年在谈到"为什么做小说"时，还说他"仍抱着十多年前的'启蒙主义'"[34],而且仍然认为《阿Q正传》"是想暴露国民的弱点的"[35]。诚然,这方面的内容在前期作品中更为突出,而且后期还写过如《中国人失掉自信力了吗》那样表扬优良传统"中国的脊梁"的文章,但前期也并不是没有类似的内容,他说过抱有《韩非子》所说的"不耻最后"的"韧性"精神的人,"乃正是中国将来的脊梁"[36]。因为它"即使慢,驰而不息,纵令落后,纵令失败,但一定可以达到他所向的目标"[37]。可见虽然前后期的侧重点和分析的角度有所不同,但他重视从历史的演变来考察民族性格和心理以及要求改造其消极面的启蒙主义思想,仍然是一贯的,这正是他的清醒的现实主义精神的表现。

鲁迅并不满足于对国民性弱点的一般的描述,他总是努力把解剖刀深入到这些弱点所产生的社会根源和历史根源,从而揭示了它与吃人的封建等级制度之间的深刻联系。在"人有十等"的封建等级制度下,"一级一级的制驭着,不能动弹,也不想动弹了。因为倘一动弹,虽或有利,然而也有弊",这就极易形成苟活的心理,"自己被人凌虐,但也可以凌虐别人"[38]。于是,人们"所蕴蓄的怨愤"不"向强者反抗,而反在弱者身上发泄",欺弱怕强的奴性由此产生,"所蕴蓄的怨愤都已消除,天下也就成为太平的盛世"[39]。沉重的封建传统思想又像梦魇一样压在中国人民的身上,阻碍着人民的觉醒。中国封建传统思想有着漫长的历史,发展得极为完备,它与封建专制主义的政治力量结合在一起,弥漫于全社会;不但对人民的毒害极深,而且对革新的思想有着很大的同化力。鲁迅说:"中国大约太老了……像一只黑色的染缸，无论加进什么新东西去，都变成漆黑。"[40]鲁迅正是从历史和现实的考察中，得出了两个重要的结论：第一，对中国封建传统思想（包括习惯以至风俗）的力量绝不能低估。这方面的改革是极为艰巨的，并且将是长期的。鲁迅甚至说："中国太难改变了，即使搬动一张桌子，改装一个火炉，几乎也要血；而且即使有了血，也未必一定能搬动，能改装。"[41]第二，必须充分认识启发人民觉悟的极端重要性。这方面的工作同样是极为艰巨的，并且也是长期的。鲁迅认为，彻底清除封建传统思想习惯的影响和启发人民群众的觉悟，是两项互相联系的极其重要的工作。忽视了这样的工作，"则无论怎样的改革，都将为习惯的岩石所压碎，或者只在表面上浮游一些时"。"这革命即等于无成，如沙上建塔，顷刻倒坏。"[42]鲁迅基于对历史和现实的深入考察所得出的这些观点，反映了中国的基本国情，同时也反映了他对中国思想文化革命的规律性的认识；它集中地表现了鲁迅的清醒的现实主义的战斗精神。

四

鲁迅之所以执着现实，正是为了进行变革，创造美好的将来，用他的话说，就是所以"不满于现在"，是要"创造这中国历史上未曾有过的第三样时代"[43]，即彻底摆脱奴隶地位、获得真正自由与解放的时代。早在"五四"时期，他就抨击封建复古派为"现在的屠杀者"，而且说"杀了'现在'，也便杀了'将来'。——将来是子孙的时代"[44]。到了后期，他依然强调："为现在抗争，却也正是为现在和未来的战斗的作者，因为失掉了现在，也就没有了未来。"[45]他反对的只是那种用未来的幻影来麻痹自己从而逃避现实斗争的思想。1933年元旦他看了《东方杂志》新年特大号"新年的梦想"特辑以后曾说："虽然梦'大家有饭吃'者有人，梦'无阶级社会'者有人，梦'大同世界'者有人，而很少有人梦见建设这样社会以前的阶级斗争，白色恐怖，轰炸，虐杀，鼻子里灌辣椒水，电刑……倘不梦见这些，好社会是不会来的，无论怎么写得光明，终究是一个梦，空头的梦，说了出来，也无非教人都进这空头的梦境里面去。然而要实现这'梦'境的人们是有的，他们不是说，而是做，梦着将来，而致力于达到这一种将来的现在。"[46]这里最清楚地表明鲁迅是如何看待现在与未来、现实与理想的关系的。他绝不是那种无理想的爬行的现实主义者，他"梦着将来"，但立足于现在；他追求理想，而致力于当前的现实的斗争。这就是鲁迅的清醒的现实主义精神。鲁迅一向是重视理想和主义对于改革者的重要意义的，在《再论雷峰塔的倒掉》里谈到"破坏"与"建设"的关系时，他把"破坏"分为"革新的破坏"与"寇盗式的破坏""奴才式的破坏"两类，其区别就在于前者的内心有"理想的光"。在《随感录五十九·"圣武"》里，他热烈赞扬俄国"有主义的人民"，号召中国人民抬起头来，看那"新世纪的曙光"。因为如果根本没有对于未来和理想的向往和追求，是不可能坚定持久地致力于现实战斗的；只是鲁迅前期对于理想或主义还没有经过他的现实主义的思想方法的检验，还没有成为自己的明确的科学的思想信念，这就是他之所以迫切地上下求索的原因。这当然是一种局限，但它并没有从根本上妨碍他的变革现实的斗争和对理想的追求。《过客》里的那个过客，就形象地说明了这种情况。这个人物不停地在路上探索前进，尽管十分困顿，却依旧奋然前行，因为前面有一种"声音"——未来的希望在催促着他，这就是鼓励他继续前进的力量。如果失去了这种希望与理想，那就会变成如作品中的那个忘却战斗、渴望休息的"老翁"。鲁迅经过长期的对革命理想的追求，在他终于找到共产主义理想以后，就更加满腔热忱地为"将来"而工作。在那封闭得比罐头还要严密的黑暗统治下，他再三表示"尚存希望于将来耳"，并且始终相信："将来总是我们的。"他在晚年曾这样总结自己的一生："自问数十年来，于自己保存之外，也时时想到中国，想到将来，愿为大家出一点微力，却可以自白的。"[47]鲁迅正是这样的战士，他既始终追求着革命的理想，同时又坚韧地致力于为达到伟大理想而必须做的艰苦甚至琐屑的工作。鲁迅的清醒的现实主义是包孕着革命的理想主义精神的。

鲁迅对于未来和理想的追求，突出地表现在他对于青年的重视上。鲁迅把"创造这中国历史上未曾有过的第三样时代"，认为是"现在的青年的使命"[48]。在他看来，青年正代表了中国的未来。鲁迅的"青年必胜于老人"的观点是和"将来必胜于过去"的观点紧密联系的[49]，都表现了他对于未来光明的追求和确信。过去，我们笼统地把鲁迅重视青年的思想看作是他前期思想的局限，这并不符合实际。鲁迅重视青年的作用，是他从现实出发，对历史与现实阶级斗争经验进行了认真的考察与总结的结果。他所重视的青年，并不简单地只表示一种年龄特征，而是专指在现实斗争中进步的革命的青年知识分子。在关于"青年必读书"的论争中,鲁迅就说明"我并无指导一切青年之意。我自问还不至于如此之昏,会不知道青年有各式各样。那时的聊说几句话,乃是但以寄几个曾见和未见的或一种改革者,愿他们知道自己并不孤独而已"[50]。他所指的既然是青年改革者,而这些人在五四运动、五卅运动、女师大风潮、三一八惨案等重大政治事件中的英勇表现又是他所目睹的,他确实从这里看到了中国的希望。他说:"中国只任虎狼侵食,谁也不管。管的只有几个年青的学生。"[51]这些青年"干练坚决,百折不回的气概",从容赴难"虽殒身不恤"的大无畏精神[52],都说明中国青年在反帝反封建的革命斗争中是一支极其重要和宝贵的力量。鲁迅也并没有把青年和民众对立起来,他对青年所能起的作用是有明确的认识的;五卅运动后,鲁迅这样总结了中国青年在革命中的作用:"他们所能做的,也无非是演讲、游行、宣传之类,正如火花一样,在民众的心头点火,引起他们的光焰来,使国势有一点转机。"[53]很显然,鲁迅是把"国势""转机"的希望寄托于"民众"的觉醒的,他说:"惟有民魂是值得宝贵的,惟有他发扬起来,中国才有真进步。"[54]而正是在发动民众这一点上,青年有着不可忽视的作用。这不仅说明鲁迅对青年作用的估计是符合实际的,而且他对青年的重视正是他重视人民大众力量的表现。斯大林在1926年中国大革命的高潮中,曾这样充分肯定了中国青年的作用:"青年问题现在在中国有头等重要的意义。""必须注意,谁也不像中国青年那样深刻而敏锐地体验到帝国主义的压迫,谁也不像中国青年那样尖锐而痛楚地感觉到必须和这种压迫作斗争。"[55]应该说，鲁迅对中国青年革命作用的认识，是达到了与斯大林大体一致的结论的。在鲁迅成为马克思主义者以后，他仍然十分重视青年问题。在《对于左翼作家联盟的意见》里，鲁迅总结了自己培养青年战士的经验，他说："在我倒是一向就注意新的青年战士底养成的，曾经弄过好几个文学团体，不过效果也很小。但我们今后却必须注意这点。""我们应当造出大群的新战士。"可见重视青年的思想在鲁迅是一贯的，只是前期的重视是同他对中国前途和命运的考察联系在一起的，而后期则更着重于培养造就无产阶级的新战士。

鲁迅当然也看到了青年的弱点，因此他十分注意对青年的引导，以便更好地发挥青年的作用。他的许多杂文实际上都是以青年为主要对象的，希望唤醒和引导他们走上革命的道路。例如针对青年害怕困难和斗争的弱点，鲁迅教导青年在革命的大潮面前不要"有所顾惜，过于矜持"，而要跟上时代齿轮的转动，做时代的"弄潮儿"[56]。针对青年喜好空谈、轻视实践的弱点，他指出："革命尤其是现实的事，需要各种卑贱的、麻烦的工作，决不如诗人所想象的那般浪漫。"[57]因此他提倡"要做就做，与其说明年喝酒，不如立刻喝水"[58]的埋头苦干的"傻子"精神。他深知青年常有缺乏持久性的弱点，因此谆谆提倡发扬韧性的战斗精神。他再三提醒"对于旧社会和旧势力的斗争，必须坚决，持久不断，而且注重实力"，不能"没有坚决的广大的目的，要求很小，容易满足"[59]。鲁迅对青年的引导集中到一点，就是希望清醒的现实主义精神能够在青年一代中得到继承与发扬。鲁迅从他几十年的经验中深信，这对中国人民解放事业的胜利是至关重要的。

　　历史没有辜负鲁迅的期望。中国新民主主义革命的胜利，中国社会主义革命和建设的成就，都是马克思主义的普遍真理与中国社会实际相结合的伟大胜利，都是实事求是的现实主义精神的伟大胜利。今天，中国人民在党的领导下，正在寻找一条适合中国国情的、中国式的现代化道路，因而发扬实事求是的清醒的现实主义精神，仍然具有十分重要的现实意义。作为中国人民精神财富的鲁迅著作，必将在今后的日子里日益显示其强大的生命力。

1981 年 6 月 12 日，为鲁迅诞辰百年纪念作

*　　*　　*

〔1〕许寿裳：《我所认识的鲁迅·鲁迅的人格和思想》。

〔2〕鲁迅：1933 年 11 月 15 日致姚克信。

〔3〕鲁迅：《二心集·序言》。

〔4〕列宁：《"农民改革"和无产阶级农民革命》。

〔5〕毛泽东：《论联合政府》。

〔6〕〔34〕鲁迅：《南腔北调集·我怎么做起小说来》。

〔7〕〔19〕鲁迅：《而已集·黄花节的杂感》。

〔8〕鲁迅：《坟·论睁了眼看》。

〔9〕鲁迅：《华盖集·补白（一）》。

〔10〕鲁迅：《华盖集·青年必读书》。

〔11〕鲁迅：《华盖集·导师》。

〔12〕鲁迅：《华盖集续编·"死地"、空谈》。

〔13〕鲁迅：《坟》。

〔14〕列宁：《唯物主义和经验批判主义》。

〔15〕孙伏园：《鲁迅先生二三事》。

〔16〕鲁迅:《热风·随感录四十六》等文章。
〔17〕毛泽东:《新民主主义论》。
〔18〕鲁迅:《且介亭杂文·答国际文学社问》。
〔20〕鲁迅:1928年7月22日致韦素园信。
〔21〕毛泽东:《在延安文艺座谈会上的讲话》。
〔22〕〔26〕鲁迅:《伪自由书·透底》。
〔23〕鲁迅:《且介亭杂文·从孩子的照相说起》。
〔24〕鲁迅:《且介亭杂文·拿来主义》。
〔25〕鲁迅:《二心集·上海文艺之一瞥》。
〔27〕鲁迅:《华盖集·杂感》。
〔28〕〔30〕〔31〕〔32〕鲁迅:《华盖集·这个与那个(一)》。
〔29〕鲁迅:《华盖集·忽然想到(四)》。
〔33〕鲁迅:《且介亭杂文末编·立此存照(三)》。
〔35〕鲁迅:《伪自由书·再谈保留》。
〔36〕鲁迅:《华盖集·这个与那个》。
〔37〕〔53〕鲁迅:《华盖集·补白(三)》。
〔38〕〔43〕〔48〕鲁迅:《坟·灯下漫笔》。
〔39〕鲁迅:《坟·杂忆》。
〔40〕鲁迅:《两地书(四)》。
〔41〕鲁迅:《坟·娜拉走后怎样》。
〔42〕鲁迅:《二心集·习惯与改革》。
〔44〕鲁迅:《热风·随感录五十七》。
〔45〕鲁迅:《且介亭杂文·序言》。
〔46〕鲁迅:《南腔北调集·听说梦》。
〔47〕鲁迅:1934年5月22日致杨霁云信。
〔49〕鲁迅:《三闲集·序言》。
〔50〕鲁迅:《集外集拾遗·聊答"……"》。
〔51〕鲁迅:《华盖集续编·无花的蔷薇之二》。
〔52〕鲁迅:《华盖集续编·记念刘和珍君》。
〔54〕鲁迅:《华盖集续编·学界的三魂》。

〔55〕斯大林:《论中国革命的前途》。
〔56〕鲁迅:《三闲集·柔石作〈二月〉小引》。
〔57〕〔59〕鲁迅:《二心集·对于左翼作家联盟的意见》。
〔58〕鲁迅:《华盖集续编·有趣的消息》。

谈鲁迅的改造国民性思想

——在一次学术讨论会上的发言

鲁迅关于改造国民性的思想，是鲁迅思想的一个重要组成部分。从他开始从事文学活动起，这一思想就占着极重要的位置；以后不仅在许多杂文中多次谈论过这一问题，而且也是包括《阿Q正传》在内的一些小说名篇的中心思想。这一思想的形成当然是由他的"我以我血荐轩辕"的爱国主义精神出发的，他想通过唤醒人民的觉悟、改变民族的精神面貌，来达到"国人之自觉至，个性张，沙聚之邦，由是转为人国。人国既建，乃始雄厉无前，屹然独见于天下"的政治理想[1]，因而是同中国当时民主革命的历史要求相适应的。但这是否意味着它是鲁迅当时提出的救国救民的唯一道路或前提条件呢？也就是说鲁迅是如何看待思想革命同政治革命和社会革命的关系，他是否把改造国民性的重要性强调到了不适当的高度，从而否定了社会革命的必要性或迫切性？我以为不能这样理解。不错，他是十分重视改变国民精神的重要性的，在《呐喊·自序》中他说：

> ……我便觉得医学并非一件紧要事，凡是愚弱的国民，即使体格如何健全，如何茁壮，也只能做毫无意义的示众的材料和看客，病死多少是不必以为不幸的。所以我们的第一要著，是在改变他们的精神，而善于改变

精神的是，我那时以为当然要推文艺，于是想提倡文艺运动了。

鲁迅把改变人民群众的精神，作为"第一要著"。应该怎样理解这"第一要著"呢？如果认为这是指必须先改造好国民的弱点，才能使国家变成富强之邦，把改造国民性看作是救国救民的唯一道路或前提条件，这是曲解了鲁迅的原意的。第一，这里是就疗救"愚弱的国民"的体格上的弱点和精神上的弱点的重要程度立论的，他以为改变精神远比健全体格更重要，因而文艺也比之医学更急需。所谓"第一要著"既是就文艺与医学对救国救民作用的比较而言，也是就他个人选择事业的出发点而言。第二，就思想革命同社会革命和政治革命的关系来说，鲁迅虽然没有作过详细的论述，但他并没有将二者对立起来，他从未否定过资产阶级革命派所进行的革命活动。他在东京时经常"赴会馆，跑书店，往集会，听讲演"，还加入了光复会；他写文章主张不必经过君主立宪就可以达到立宪共和，所谓"然专制方严，一血刃而骤列于共和者，宁不能得之历史间哉"[2]，就是针对主张君主立宪的改良派的。他对孙中山、章太炎、邹容等先驱者的革命业绩都给予崇高的评价，鲁迅并不反对或否定这些革命先驱者所从事的革命活动，他只是从思想革命的角度来看问题罢了。他写小说是为了"揭出病苦，引起疗救的注意"[3]。正如"病苦"既包括如"阿Q精神"那样的国民性弱点，也包括闰土所受的"多子，饥荒，苛税，兵，匪，官，绅"一样，所谓"疗救的注意"也是既包括思想革命，也包括社会革命和政治革命的。就思想革命来说，鲁迅所说的"第一要著"，其实就是指它的极端重要性。鲁迅认为,政治革命虽然很重要,但如果没有思想革命作为辅助,招牌虽换,也仍然不行。鲁迅承认自己不是一个振臂一呼应者云集的英雄,他只把用文艺来改造国民性当作自己工作的目标;他并没有把思想革命和政治革命对立起来,认为只有改造国民性这一条路、这一服药才有效用;他只是强调了思想革命的重要性。我认为应该这样去理解鲁迅所说的"第一要著",才比较符合他的思想实际。

我们都承认思想文化战线工作的重要性。拿文学艺术来说,它究竟能起到什么作用呢?无非是改变和提高人民的精神面貌。过去有人把文艺的社会效果夸大到了不恰当的地步,好像看了小说就可以立刻产生物质力量,这是不妥当的。文艺是社会生活的反映,文艺的任务,它的重要性,在于它可以影响社会,可以改造人的精神。正如鲁迅所说:"文学与社会之关系,先是它敏感的描写社会,倘有力,便又一转而影响社会,使有变革。这正如芝麻油原从芝麻打出,取以浸芝麻,就使它更油一样。"[4]因此,我们重视思想文化战线的工作,认为没有这一条战线是不行的,否则即使推翻了旧政权,建立了新政权,这个政权也是不巩固的。从这种意义上,鲁迅说的"第一要著"的精神实质是符合实际的。

鲁迅的改造国民性思想是一贯的,包括前期和后期。所谓改造国民性包括两方面的内容,一方面是揭露和批判国民性的弱点,一方面是肯定和发扬国民性的某些优点,其目的都在促进一种新的向上的和符合时代要求的民族精神的诞生。虽然他对国民性问题认识的深度和侧重点前后期有所不同,但这两方面的内容无论前期或后期,都是存在的。为了正视现实和推动改革，他前期着重在批判国民性的弱点，而且问题提得很尖锐，使人不能不惊醒，这是大家都知道的；但他是严肃地考察过历史和现状的，就在前期，他也不是对中国的国民性采取全面否定的态度，而是努力发掘一些值得肯定的和宝贵的东西。早在《摩罗诗力说》里，他就赞美了屈原的爱国主义精神，虽然也对屈原的缺乏"反抗挑战"感到不满足，但对其"放言无惮"是热情肯定的。文中说："惟灵均将逝，脑海波起，通于汨罗，返顾高丘，哀其无女，则抽写哀怨，郁为奇文。茫洋在前，顾忌皆去，怼世俗之浑浊，颂己身之修能，怀疑自遂古之初，直至百物之琐末，放言无惮，为前人所不敢言。"在《华盖集》的《补白（三）》《这个与那个》里，鲁迅还称赞过韩非子的"不耻最后"的精神，说"韩非子曾经教人以竞马的要妙，其一是'不耻最后'。即使慢，驰而不息，纵令落后，纵令失败，但一定可以达到他所向的目标"。"多有'不耻最后'的人的民族，无论什么事，怕总不会一下子就'土崩瓦解'的。"鲁迅在给许广平的信中也说过："要治这麻木状态的国度，只有一法，就是'韧'，也就是'锲而不舍'。逐渐的做一点，总不肯休，不至于比'踔厉风发'无效的。"[5]可见鲁迅推崇韩非子"不耻最后"的精神，正是看到了改造国民性弱点的长期性和艰巨性。鲁迅分析中国的国魂有三种：官魂、匪魂、民魂。他积极主张发扬民魂，说"惟有民魂是值得宝贵的，惟有他发扬起来，中国才有真进步"[6]。可见鲁迅是承认国民性中也有值得肯定和发扬的内容的。这在小说创作中就更明显，他固然尖锐地批判了阿Q精神之类的国民性的弱点，但也在《一件小事》中赞扬了人力车夫关心别人的高尚的品德，其他如闰土的勤劳、爱姑的反抗，都不能说不是值得发扬的民魂的内容。可见把鲁迅的改造国民性思想认为只限于批判国民性的弱点，是他前期思想局限性的一种表现，是不符合事实的。鲁迅后期确实着重写了赞扬老百姓"能从大概上看，明黑白，辨是非"的文字，并且强调"石在，火种是不会绝的"，"谁说中国的老百姓是庸愚的呢，被愚弄诓骗压迫到现在，还明白如此"[7]。他侧重于发扬民族精神的积极的方面，写了如《中国人失掉自信力了吗》等名篇，但这并不是说他已经不主张揭露和批判国民性的弱点了。1936年3月4日鲁迅致尤炳圻信中说："日本国民性，的确很好，但最大的天惠，是未受蒙古之侵入；我们生于大陆，早营农业，遂历受游牧民族之害，历史上满是血痕，却竟支撑以至今日，其实是伟大的。但我们还要揭发自己的缺点，这是意在复兴，在改善。"[8]杂文中也仍然有这方面的内容。如在1936年写的《"立此存照"（三）》（《且介亭杂文末编》）一文里，仍然在批评中国人的自欺欺人的毛病，他说："其实，中国人是并非'没有自知'之明的，缺点只在有些人安于'自欺'，由此并想'欺人'。譬如病人，患着浮肿，而讳疾忌医，但愿别人胡涂，误认他为肥胖。妄想既久，时而自己也觉得好像肥胖，并非浮肿；即使还是浮肿，也是一种特别的好浮肿，与众不同。"接着鲁迅还重申了他十年前在《马上支日记》（《华盖集续编》）里说过的话，建议大家去读美国传教士斯密斯所著的《中国人气质》一书，"看了这些，而自省，分析，明白那几点说的对，变革，挣扎，自做工夫，却不求别人的原谅和称赞，来证明究竟怎样的是中国人"。可见无论前期或后期，鲁迅对于国民性的积极面和消极面,是分得很清楚的,他的改造国民性的思想是一贯的;只是认识的深度和侧重点前后期有所不同而已。

无论国民性的积极面或消极面,鲁迅所注视的对象都是劳动人民。积极面固不必说,他明白地说是"民魂",是"老百姓",当然是指劳动人民。即使是国民性的弱点,如阿Q精神,鲁迅所注视而且认为必须加以改变的对象,也是如阿Q那样的劳动人民。鲁迅说他的《阿Q正传》是"想暴露国民的弱点的"[9],是"要画出这样沉默的国民的魂灵来",但他在上文就明白地说这"国民"是与"圣人之徒"相区别的"像压在石底下的草一样"的"百姓"[10]。可见他所要改造和着重批判的是劳动人民身上的落后消极的东西。这并不是说统治者身上就没有这些东西,他们甚至更其严重,但在鲁迅的思想上对于"圣人之徒"和老百姓还是区别得很清楚的。关于这点,我们可以由鲁迅的作品和鲁迅所批判的产生国民性弱点的原因中得到说明。

对于国民性弱点产生的原因,鲁迅着重讲了三点:首先是封建等级制度,"天有十日,人有十等","有贵贱,有大小,有上下。……一级一级的制驭着,不能动弹,也不想动弹了。因为倘一动弹,虽或有利,然而也有弊"[11]。于是人们在被压迫地位下"所蕴蓄的怨愤"不是"向强者反抗,而反在弱者身上发泄",到怨愤已消,"天下也就成为太平的盛世"。[12]欺弱怕强之类的奴性思想和苟活心理就是由此产生的。其次是封建传统思想的毒害。中国的封建思想历史长久,发展得极为完备,它与封建专制主义的政治力量结合在一起,形成了一种强大的思想统治力量。鲁迅说,"现在的阔人都是聪明人",“而这聪明,就是从读经和古文得来的"[13]。又说我国的"古书实在太多,倘不是笨牛,读一点就可以知道,怎样敷衍、偷生、献媚、弄权、自私,然而能够假借大义,窃取美名。再进一步,并可以悟出中国人是健忘的,无论怎样言行不符,名实不副,前后矛盾,撒谎造谣,蝇营狗苟,都不要紧,经过若干时候,自然被忘得干干净净;只要留下一点卫道模样的文字,将来仍不失为'正人君子'"[14]。最后,鲁迅把我们民族屡受外来侵略看作是形成国民性弱点的重要原因,前面所引他指出的中国历史上"历受游牧民族之害"所形成的"满是血痕"的民族心理,是中国和日本国民性差别的原因;他并且担心我们这"奉迎过蒙古人满洲人大驾了的国度"[15],在帝国主义的新的侵略面前,国民性的弱点很可能蹈过去的覆辙,"那结果,是反为敌人先驱,而敌人就做了这一国的所谓强者的胜利者,同时也就做了弱者的恩人"[16]。这就说明,鲁迅对国民性弱点的分析既是从中国半殖民地半封建的社会现实出发,同时又是考察了它所形成的历史根源的。所以他"遥想汉人多少闳放"[17],汉朝人们的精神还是焕发的。"汉朝以后,言论的机关,都被'业儒'的垄断了。宋元以来,尤其利害。"[18]以后经过元、清两代的游牧民族的统治,近代帝国主义的侵略,国民才逐渐变成"愚弱的国民",失败主义、自欺欺人、自轻自贱、麻木健忘一类的国民的弱点才得以滋生和蔓延,才形成了他所说的"现代的我们国人的魂灵"[19]。他并不是从抽象的概念出发,而是具体考察了这些弱点的实际存在并分析了它所形成的历史原因的。

鲁迅前期思想虽然还没有到达马克思主义,还不能用明确的阶级分析的语言来分析问题，但他从现实出发，已经分明地看到"上流社会的堕落和下层社会的不幸"[20]，看到阔人与"窄人"、"圣人之徒"与百姓的对立，而且自己是鲜明地站在被压迫的下层社会一边的。他说："古人说，不读书便成愚人，那自然也不错的。然而世界却正由愚人造成！聪明人决不能支持世界。"[21]因此他的改造国民性思想也不能笼统地认为是超阶级的。他所着重的当然是劳动人民身上的弱点，因为这是妨碍他们觉悟起来的精神桎梏，如同阿Q精神之于阿Q那样，是必须严加批判的。但这种国民性弱点在很大程度上又是封建思想蔓延毒害的结果，因此在鲁迅作品中就呈现出了复杂的情况。在杂文中，由于论述是采取了说理和剖析的形式，而且同在思想战线上反封建的任务结合起来，着重在揭露封建主义意识形态和文化思想的腐朽本质以及它对人民的毒害，因此这种国民性弱点在上等人与下等人之间的不同表现和不同意义的区别，是不明显的。但在小说中，由于和具体人物的性格特征和生活细节扣得很紧，对劳动人民身上落后的精神状态的描写非常鲜明；例如阿Q精神，我们就可以很明显地看出这种国民性弱点在统治者和劳动人民身上的表现方式和社会意义是有所不同的。阿Q头上长了癞疮疤，因此忌讳说"光""亮"，后来连"灯""烛"也都讳了；避讳是封建统治者长期普遍实行的一种制度，流行很广，但他们绝不会采用如同阿Q那样的表现方式，而且由于表现方式不同，社会意义也就不一样了。如果说自欺欺人是它的特点的话，那么统治者为了显示自己的尊严，其意义主要在于欺人；而阿Q则显然只能自欺，即以自我麻醉来平抚自己的创伤，以求安于奴隶生活的处境，他是不可能产生欺骗别人的效果的。从作品中可以看出，阿Q精神的某些表现明显地是封建思想毒害的结果，如阿Q相信"不孝有三，无后为大"，对于"男女之大防"历来遵守很严，以及反对造反，以为造反便是与他为难，一向是"深恶而痛绝之"等，便是中了封建统治阶级"神奇的毒针"。但是也有一些表现具有小生产者农民自己的特征，是愚弱的国民处于长期停滞的落后生产方式下的产物。如阿Q很鄙薄城里人，认为未庄称凳子叫"长凳"，城里人叫"条凳"，他想，这是错的，可笑！油煎大头鱼，未庄都加上半寸长的葱叶，城里却加上切细的葱丝，他想，这也是错的，可笑！这些也是精神胜利法的组成部分，而且带有农民自己的特点，说明在一定的历史条件下劳动人民当中也是可以孕育精神胜利法这类弱点的。这与宗教的产生颇有类似的情况，马克思说："宗教是人民的鸦片。"没有任何可以肯定的地方，但它的起源又是同劳动人民多次的反抗与失败有着密切的联系。"宗教里的苦难既是现实的苦难的表现，又是对这种现实的苦难的抗议。"[22]"一切宗教都不过是支配着人们日常生活的外部力量在人们头脑中的幻想的反映，在这种反映中，人间的力量采取了超人间的力量的形式。"[23]劳动人民由于不能掌握自己的命运，于是就在幻想中去寻找精神上的支持，精神胜利法之类的国民性弱点也属于同样的情况。鲁迅在小说中如实地描写了国民性弱点在劳动人民身上的具体表现，我们可以感到作家是如何期待人民在精神上得到解放，从而结束自己奴隶的地位和命运的。可见鲁迅的改造国民性思想并不是抽掉它的时代特点和社会内容来观察问题的，因此那种不加分析地认为鲁迅这一思想属于资产阶级人性论的范畴是并不准确的,倒是他自己首先陷入了抽象地看问题的泥坑。

我以为用"立人"来概括鲁迅关于国民性的思想,可以更清楚地看到它的一贯性和认识的深化过程。据许寿裳回忆,早在日本弘文学院时期,鲁迅最关心的是下面三个相关的问题:一、怎样才是最理想的人性?二、中国国民性中最缺乏的是什么?三、它的病根何在?[24]鲁迅十分重视人的价值和人的社会作用,他认为国家的富强"根柢在人",因此救国之道也是"首在立人,人立而后凡事举"[25]。在早期的几篇文言论文里,他考察了人的发展历史,考察了西方科学文化的渊源,也比较了中国的现状,认为必须"致人性于全"[26],即要求人的全面发展,而不能如西方文化那样"偏于一极",这就是他所追求的"最理想的人性"。应该承认,这种思想不但带有理想主义的色彩,而且还带有抽象的空想的性质,这种理想的人性还从未出现过。但鲁迅是从现实出发的,他感觉到人性受到压制,并要求能够得到充分的健康的发展。这种要求既是从现实产生的,也是引导人去改变现实的;因此鲁迅的现实感就不能不使他着重于揭露国民性的弱点及其根源,从而和反封建的战斗任务汇合起来。他说:"说到中国的改革,第一著自然是扫荡废物,以造成一个使新生命得能诞生的机运。……历史是过去的陈迹,国民性可改造于将来,在改革者的眼里,已往和目前的东西是全等于无物的。"[27]一个真正的改革者首先必须积极从事"扫荡废物"的战斗,包括改造国民性的弱点,但他必须着眼于将来,使将来诞生的"新生命"是不存在弱点的新的性格,至于如何达到这样的目标,前期鲁迅确实还很朦胧,如他自己所说,"我连自己也没有指南针"[28];到鲁迅成为一个马克思主义者以后,他的"立人"思想就建立在科学的历史唯物主义的基础上,这就是消灭了阶级以后在生产力高度发展的社会里人性的全面发展和人与人之间的新型关系。鲁迅后期之所以更重视于发扬国民性的优良传统的一面,是同他的思想发展密切联系的。鲁迅前期的"立人"思想还带有空想的性质,这同革命民主主义者对社会发展规律还不能达到科学的认识有关。列宁说车尔尼雪夫斯基"具有空想的社会主义的思想",但他"不仅是空想社会主义者,他同时还是一个革命的民主主义者"[29];鲁迅也是这样,他有理想,但并没有如恩格斯批评的一些空想社会主义者"陷入纯粹的幻想"[30],而是立足于现实,致力于批判国民性弱点的实际战斗,并在实践中探索到了通向"彼岸"的桥梁,找到了获得理想的人性的途径,从而使他一贯的"立人"思想取得了科学的基础。茅盾曾以《最理想的人性》为题,论述了鲁迅的这一思想特点:

> 古往今来伟大的文化战士,一定也是伟大的 Humanist,换言之,即是"最理想的人性"的追求者,陶冶者,颂扬者。正因为他们所追求而阐扬者,是"最理想的人性",所以他们不得不抨击一切摧残,毒害,窒塞"最理想的人性"之发展的人为的枷锁,——一切不合理的传统的典章文物。……
>
> 一切伟大的 Humanist 的事业,一句话可以概括,拔出"人性"中的萧艾,培养"人性"的芝兰。然而不是每个从事于这样事业的人都明白认出那些"萧艾"是在

什么条件之下被扶植而滋长,又在什么条件之下,那些"芝兰"方能含葩挺秀。……

鲁迅先生三十年工夫的努力,在我看来,除了其他重大的意义外,尚有一同样或许更重大的贡献,就是给三个相联的问题开创了光辉的道路。[31]

鲁迅在他的实践中,不仅善于准确地识别"萧艾"与"芝兰",而且能够联系社会现实,勇敢而持久地进行拔除或培育的工作。终于在他的后期,对他早年提出的三个相关的问题"开创了光辉的道路"。即在一个没有压迫和剥削、人人平等的共产主义社会里,"人终于成为自己的社会结合的主人,从而也就成为自然界的主人,成为自己本身的主人—自由的人"[32]。恩格斯所揭示的共产主义社会"人"的这一本质,应该说就是鲁迅后期"立人"思想的根据,也是鲁迅终其一生为之奋斗的伟大的理想。

如同鲁迅的思想经历了由革命民主主义到共产主义的发展过程一样,他的"立人"思想也经历了一个从空想到科学的发展过程。他曾回顾说:"我们在日本留学时候,有一种茫漠的希望:以为文艺是可以转移性情,改造社会的。"[33]所谓"茫漠的希望"就说明它带有某种空想的性质,这并不奇怪,而是有深刻的时代和社会根源的。列宁指出当时"先进的中国人"的"战斗的民主主义思想体系,首先是同社会主义的空想,同使中国避免走资本主义道路,即防止资本主义的愿望结合在一起的"[34]。鲁迅在回顾文学革命的历程时也说:"最初,文学革命者的要求是人性的解放,他们以为只要扫荡了旧的成法,剩下来的便是原来的人,好的社会了,于是就遇到保守家们的迫压和陷害。大约十年之后,阶级意识觉醒了起来,前进的作家,就都成了革命文学者。"〔35〕鲁迅早期的"立人"思想确实存在类似恩格斯所说的那种"并不是想首先解放某一个阶级,而是想立即解放全人类"〔36〕的空想性质,但可贵的是鲁迅不是沉溺于未来幻想的空想家,他是执着地进行现实战斗的,因此他能在实践中不断深化自己的认识,终于使这一思想在马克思主义的基础上获得了科学的性质。

在我们深入探讨鲁迅的改造国民性思想的时候,鲁迅的"立人"思想,他所期待的"理想的人性",无论在今天或未来,都有着重要的现实意义和深刻的理论意义。我们应该很好地学习和研究鲁迅这一光辉的思想,根本改变我们民族近百年来在意识形态方面存在的种种弱点,彻底根除阿Q精神,极大地提高我们全民族的科学文化水平,建立高度的精神文明,这是我们在思想文化战线上面临的一项光荣任务。

*　　*　　*

〔1〕〔25〕鲁迅:《坟·文化偏至论》。

〔2〕鲁迅:《中国地质略论》。

〔3〕鲁迅:《南腔北调集·我怎么做起小说来》。

〔4〕鲁迅:1933年12月12日致徐懋庸信。

〔5〕鲁迅:《两地书(一二)》。

〔6〕鲁迅:《华盖集续编·学界的三魂》。

〔7〕鲁迅:《且介亭杂文二集·"题未定"草(九)》。

〔8〕《鲁迅全集》第十三卷《附录》。

〔9〕鲁迅:《伪自由书·再谈保留》。

〔10〕〔19〕鲁迅:《集外集·俄文译本〈阿Q正传〉序》。

〔11〕鲁迅:《坟·灯下漫笔》。

〔12〕〔16〕鲁迅:《坟·杂忆》。

〔13〕〔14〕〔15〕鲁迅:《华盖集·十四年的"读经"》。

〔17〕鲁迅:《坟·看镜有感》。

〔18〕鲁迅:《坟·我之节烈观》。

〔20〕鲁迅:《集外集拾遗·英译本〈短篇小说选集〉自序》。

〔21〕鲁迅:《坟·写在〈坟〉后面》。

〔22〕鲁迅:《黑格尔法哲学批判·导言》。

〔23〕鲁迅:恩格斯《反杜林论》。

〔24〕许寿裳:《亡友鲁迅印象记》。

〔26〕鲁迅:《坟·科学史教篇》。

〔27〕鲁迅:《译文序跋集·〈出了象牙之塔〉后记》。

〔28〕鲁迅:《两地书(二)》。

〔29〕列宁:《俄国工人报刊的历史》及《"农民改革"和无产阶级农民革命》。

〔30〕恩格斯:《社会主义从空想到科学的发展》。

〔31〕茅盾:《最理想的人性》,刊于《中苏文化》第九卷第二、三期合刊,转引自许寿裳《亡友鲁迅印象记(六)》。

〔32〕〔36〕恩格斯:《社会主义从空想到科学的发展》。

〔33〕鲁迅:《译文序跋集·〈域外小说集〉序》。

〔34〕列宁:《论中国的民主主义和民粹主义》。

〔35〕鲁迅:《且介亭杂文·〈草鞋脚〉小引》。

鲁迅和书

一 爱书成癖

1901年除夕,人们正在忙着祭财神,二十一岁的鲁迅却写了一篇《祭书神文》。这当然是一篇游戏文章,但它显示了从青少年时期开始,鲁迅就不满旧的习俗,对书籍和精神生活有一种爱好依恋的感情。"绝交阿堵兮尚剩残书,把酒大呼兮君临我居!"他想象"书神"乘着缃旗飘飞的由蠹鱼驾着的车子,徐徐而来,"狂诵《离骚》兮为君娱"。这种爱书的习惯从童年时的向往"最为心爱的宝书"插图的《山海经》,到逝世前在病床上还"拿着些小的图片"来排遣痛苦[1],在他的一生中是一贯的。他入私塾后"第一本读的是《鉴略》"[2],他虽然不很懂它的内容,但也知道是讲历史的;到他有能力自己阅读时,就广泛地看起各种野史杂说、笔记小说来了。据周作人《关于鲁迅》中记载,鲁迅自己买来的第一部书是《唐代丛书》,这虽是一部书贾汇刻的相当芜杂的书,但包括了很多的唐人传奇笔记等,当时他非常喜欢。由于对私塾中那些四书五经之类不感兴趣,他热心地从野史笔记一类杂书中汲取营养,而且已经萌发了对历史和文学的浓厚兴趣。他曾回忆说:"那时我还是满洲治下的一个拖着辫子的十四五岁的少年,但已经看过记载张献忠怎样屠杀蜀人的《蜀碧》,痛恨着这'流贼'的凶残。后来又偶然在破书堆里发现了一本不全的《立斋闲录》,还是明抄本，我就在那书上看见了永乐的上谕，于是我的憎恨就移到永乐身上去了。"[3]他正是从野史笔记的不同记载中，得出了"明朝永乐皇帝的凶残，远在张献忠之上"的看法。从这里我们可以看到少年鲁迅的兴趣和智慧。但当时读的还都是中国古书，到南京求学的时候，才开始接触到自然科学和传播"西学"的新书刊，他觉得十分新鲜和兴奋。在第一次读《天演论》的时候他想："原来世界上还有一个赫胥黎先生在书房里那么想，而且想得那么新鲜！一口气读下去。"[4]当时生活很清苦，"没有余钱制衣服，以致夹裤过冬"，"不得已吃辣椒以御寒气"[5]，但他却把因成绩优良获得的金质奖章卖掉来买书。到日本后也是这样，据许寿裳回忆，鲁迅"生平极少游览，留东七年，我记得只有两次和他一同观赏上野的樱花，还是为了到南江堂买书之便。其余便是同访神田一带的旧书铺，同登银座丸善书店的书楼。……每从书店归来，钱袋空空，相对苦笑，说一声'又穷落了'！"[6]。鲁迅自己对到丸善书店买书有更为生动的记述："店的左右两壁和中央的大床上都是书，里面深处大抵跪坐着一个精明的掌柜，双目炯炯，从我看去很像一个静距网上的大蜘蛛，在等候自投罗网者的有限的学费。但我总不免也如别人一样，不觉逡巡而入，去看一通，到底是买几本，弄得很觉得怀里有些空虚。"[7]他就在这种"自投罗网"中感到极大的乐趣。以后无论在北京、厦门、广州，还是在上海，他对书籍的爱好和兴趣，迄未少减。1912年的《鲁迅日记》中有这样的记载："审自五月至年暮，凡八月间，而购书百六十余元，……今人处世不必读书，而我辈复无购书之力，尚复月掷二十余金，收拾破书数册以自怡悦，亦可笑叹人也。"有人曾根据他的日记对他晚年的收支作过统计，从1928年到逝世，每年购书费用约占全年收入五分之一，其中1931年竟占三分之一。[8]他买的书范围很广，可以说中外古今，种类繁多。仅就许广平《鲁迅藏书之一瞥》介绍，其中就包括自然科学和社会科学等多方面的书籍，更不用说古今中外的各类文艺作品了。但他买书和某些藏书家的专注于版本或精刻者不同，他不是欣赏罕见的古董，因此所购者大抵是实用的普通本，他说："凡所泛览，皆通行之本，易得之书。"[9]他完全是为了阅读和查检用的。在广州的一次讲演里，鲁迅把这种对书籍的爱好比作赌徒的"牌瘾"："如爱好打牌的一样，天天打，夜夜打，连续的去打，有时被公安局捉去了，放出来之后还是打。……凡嗜好的读书，能够手不释卷的原因也就是这样，他在每一叶每一叶里都得着深厚的趣味。"[10]鲁迅之所以知识渊博、修养丰厚，同他这种手不释卷的兴趣和习惯是分不开的。

因为爱书，不仅要书籍的内容充实健康，而且希望形式上也整洁美观。我们知道鲁迅提倡印毛边书，原因就是为了读后仍可保持书籍的整洁。许寿裳回忆说："鲁迅对于书籍的装饰和爱护，真是无微不至。他所出的书，关于书面的图案、排字的体裁，校对得仔细认真，没有一件不是手自经营，煞费苦心。"[11]除自己的著作外，对买来的其他书籍也一样珍惜爱护；书籍"偶有尘污，必加揩拭净尽而后快。如手边没有擦布，随即拿衣袖清除也所不惜"[12]。"关于线装书，内容有缺页的，他能够抄补；形式有破烂的，也能够拆散、修理，重新完好；书头污秽的，能用浮水石把它磨干净；天地头太短的，也能够每页接衬压平。"[13]他认为这样爱护书籍是理所当然的，并对那种随便污损书籍的人的行为很不满。"有人把他珍藏的书，借去弄得污损了，他非常悲叹，不叹书而叹那人的心的污浊。"[14]许寿裳由此推出："即此一端，便可推见其爱护民族爱护人类的大心！"[15]这是很有见地的，书籍是民族的和人类的历史文化遗产的渊薮和宝库，为了继承和发扬，怎么可以不爱护和珍惜呢？许广平说鲁迅"酷爱书籍，甚于一切身外之物"[16]，"似乎是比生命还着重"[17]，绝非夸大之辞。像鲁迅这样爱书成癖的习惯，正是从一个侧面表现了鲁迅对于知识和真理的执着追求的精神。

二　爱书与爱国

鲁迅这种爱书的兴趣和习惯是怎样形成的呢？它为什么能持久不渝，贯彻一生？就他爱好的书籍的性质和种类来说，不同时期也是有所侧重和变化的；我们从他各个时期最感兴趣的书籍内容去考察，就不难发现促使他对书籍产生强烈爱好的根本原因了。鲁迅童年是很爱带图画的书的，他为《山海经》中的神奇的神话传说所倾倒，但当一位长辈送给他也是带图的《二十四孝图》时却引起了他强烈的反感；他对《鉴略》《尚书》等规定的读物不感兴趣，却对野史杂说、笔记小说等发生了浓厚的兴趣；可以说童年和少年时代的鲁迅正是从对封建文化教育的怀疑和反感开始，才在另外的书籍中寻求自己所需求的趣味和知识的。他果然从古代神话和民间艺术中得到了美的享受，也从野史笔记等类书中得到了前所未闻的知识；如前面引的他从宋端仪的《立斋闲录》中知道了"明朝永乐皇帝的凶残",即其一例。这是推动他"走异路、投异地",开始探索新的道路的原因之一;就是说对封建习俗和思想文化的反感促使他迈开了"向西方找真理"的第一步。以后从在南京开始接触《天演论》《译书汇编》等新书开始,他的读书兴趣就显然集中于所谓"西学"了,包括自然科学、文化思想和历史等许多方面的书籍,他都贪婪地阅读,目的显然是为了拯救国家和民族。我们知道鲁迅初到日本时是决定学医的,因为他认为日本明治维新与西方医学的传播有联系,他学成后可以给人治病,使人民不受庸医之骗,遇到抵御外敌时还可以当军医。这时他还和别人合编过一本《中国矿产志》,其中有许多热情的关于振兴祖国的议论。我们从鲁迅所藏的自然科学书目可以看到,"如有机化学、矿物学、生物学、进化论、遗传论、生理学、解剖学、性心理及卫生、西法医学、人类学中之人种学,以及动物学中之昆虫记等,这些书都有一个系统"[18];这些书目的类别和内容显然是同他青年时代的志趣有联系的。就是说,他是从祖国的需要出发来读书的。当然,他仍然保持着自己专有的兴趣和爱好,据许寿裳回忆,他在日本弘文学院时,书桌内的书是拜伦的诗、尼采的传、希腊神话、罗马神话,和一本《离骚》。[19]我们知道,鲁迅爱好拜伦不仅因为他的诗"立意在反抗,指归在动作,而为世所不甚愉悦"[20],而且十分钦佩他的帮助希腊独立的行为[21];对尼采则欣赏他的对事物要重新估定一切价值的议论;希腊罗马神话是西方精神文明的渊源;而屈原则是"放言无惮,为前人所不敢言"[22]的爱国诗人。他的兴趣和爱好是充溢着追求革新和进步的爱国主义精神的。从他在日本所写的那些文章中,我们知道他曾考察了人类进化和科学发展的历史,西方政治和文化思想的源流和脉络;赞扬了如《斯巴达之魂》那样的民族战斗气概和介绍了以拜伦为首的摩罗诗派的积极反抗精神。这些文章都是需要阅读大量书籍才能写出的,现在有的研究者已在考据那些文章的材料来源,其范围之广博是惊人的;可以认为这类书籍就是他当时的兴趣和爱好的中心,而其出发点则显然是同他"我以我血荐轩辕"的爱国主义精神和民主革命要求密切联系的。他决定"弃医从文"是为了从麻木状态中唤起人民的觉悟,促进祖国的新生,因此他特别爱读俄国及东欧国家等被压迫民族的作品,介绍了外国的当代短篇小说,他是努力使文学为祖国的革新和进步服务的。即使经过了辛亥革命的痛心的失败,在他抄录古碑帖和古书的沉闷日子里,他也是为了"想想汉族繁荣时代,和现状比较一下,看是如何"[23];他对汉唐文化的赞扬就集中在那时人们对自己的文化抱有很强的信心,同时对于外来的事物又有闳放的胸怀和精严的抉择,既不盲目崇拜又不轻易拒绝;因此国势强大,文化繁荣。他是从历史中来寻求前进的力量的。可见即使在"五四"以前,鲁迅爱书的兴趣也是有一个更为崇高的目标作动力的,他的爱书实际上体现了他的强烈的爱国主义精神。

"五四"以后,鲁迅投入了新的战斗。我们只要看看十大卷的《鲁迅译文集》和《中国小说史略》《汉文学史纲要》等著译,就知道他在外国的和古代的书籍中花了多少精力,更不用说与新文化运动有关的当时的著作和报刊了。就他对书籍的注意中心说,可以说都是与文化革命和思想革命的需要有关的。他着重介绍外国近代的作品不用说了，即以古籍而论，《中国小说史略》中以对《儒林外史》的评价为最高，这里就有他自己的兴趣和爱好的鲜明印记。第一，鲁迅对旧时代知识分子的命运感受很深，他自己就学过制艺和试帖诗之类的东西，也写过《白光》《孔乙己》那样的反映他们不幸命运的小说，他感到这样的命运必须结束。第二，《儒林外史》是以讽刺艺术著称的，而鲁迅为了"揭出病苦，引起疗救的注意"，特别喜爱讽刺性作品。第三，《儒林外史》不仅是用白话写的，而且"虽云长篇，颇同短制"[24]，这是与他的提倡和爱好短篇小说这一体裁有关的。总之，他的兴趣是同建设新文学的伟大目标密切联系的。从二十年代末期开始，他又把阅读中心专注到马克思主义著作上来；他给友人的信中说："以史底唯物论批评文艺的书，我也曾看了一点，以为那是极直接爽快的，有许多昧暧难解的问题，都可说明。"[25]鲁迅"从1929年起，三四年间几乎手不释卷的在翻看这方面的著作，以后一有功夫，也还是如此"[26]。他还翻译介绍了普列汉诺夫等人的文艺理论著作。从以上简略的叙述中可以看到，尽管他所爱的书的性质和类别有所变化，但推动他的注意力和兴趣的动力则是一贯的，就是要为中国人民寻找争取自由解放的最有效益的精神武器。因为抱有爱书的强烈兴趣诚然是重要的，但这种兴趣要持久不渝，就必须还有一个崇高的目标作支柱，才不致如鲁迅所批判的那种把读书当作"敲门砖"，只要达到某种个人的小小目的就可以把它扔掉了。而且正因为他的兴趣和爱好是从祖国和人民的需要出发的，在读书过程中就能够排除私利和偏见，从而能够比较容易地打开通向知识和真理的大门。

　　正是根据切身的经验,鲁迅特别鼓励青年人要认真读几本马克思主义理论书籍和历史书。他认为青年人"求医于根本的,切切实实的社会科学",即马克思主义,"是一个正当的前进"[27];他还说:"无论学文学的,学科学的,他应该先看一部关于历史的简明而可靠的书。"[28]理论是指导人们的思想和行动的,而"读史,就愈可以觉悟中国改革之不可缓了"[29]。知古可以鉴今,历史的经验或教训对现实都可供宝贵的借鉴;所以他说:"历史上都写着中国的灵魂,指示着将来的命运。"[30]鲁迅观察问题之所以总是具有一种历史的深度,同他平日对于理论和历史书籍的重视是分不开的。总之,他的"酷爱书籍"的根本原因,就在于他对祖国的真挚的爱,爱书和爱国对他说来是完全一致的。

三　博与专　比较与鉴别

　　鲁迅的视野极其开阔,他阅读的范围很广,他是主张"放开度量,大胆地,无畏地""尽量地吸收"[31]古今中外的文化知识的。这都属于他所说的"随便翻翻"[32]之列,但不同时期他又都有自己集中注意的中心。怎样认识和处理这二者的关系呢?他以为首先要有广泛的兴趣,不要把眼光盯在一处,局限于狭小的范围,把自己束缚起来。因此他主张青年"大可以看看本分以外的书,即课外的书,不要只将课内的书抱住","学理科的,偏看看文学书,学文学的,偏看看科学书,看看别个在那里研究的,究竟是怎么一回事。这样子,对于别人、别事,可以有更深的了解"。[33]他还说有人"以为这么一来，就'杂'！'杂'，现在又算是很坏的形容词。但我以为也有好处"[34]。人的知识面广阔，对社会现实就可以有更清楚的认识；而且二十世纪人类知识已向新的综合的或"边缘"的趋向发展，把自己囿于一隅，往往会走上孤陋寡闻的新学究的道路。所以他认为专门家之言多"悖"，"专门家除了他的专长之外，许多见识是往往不及博识家或常识者的"[35]。"博识"是首要的，因为它可以帮助人们认识世界；在"博"的基础上，"专"才更有深入发展的前景。他告诫青年不要"只看一个人的著作"，这样"就得不到多方面的优点"，"必须如蜜蜂一样，采过许多花，这才能酿出蜜来，倘若叮在一处，所得就非常有限，枯燥了"。[36]当然，所谓"博览"并不是"开卷有益"或"等量齐观"的同义语，鲁迅就说阅后"毫无益处的也有。这时可得自己有主意了，知道这是帮闲文士所做的书"。[37]而且他自己对书籍就是有注意中心和不同评价的；但他主张即使自己不喜欢或不赞成的书也可以拿来翻翻。举例说，鲁迅在文艺上是喜爱果戈理、契诃夫等现实主义作家和拜伦、裴多菲等浪漫主义作家的作品的，但他同时也搜集和阅读其他艺术流派的作品。据增田涉回忆："对于亨利·卢梭和马利·罗兰桑的绘画[38]，我有时说着外行人的兴趣的时候，他（鲁迅）马上借给我两三册包括前述画家在内的、近代画家评传的德国版小丛书，记得当中的一册，是收录最近画家的，刊有毕加索、谢迦尔的绘画。"[39]这并不说明鲁迅非常欣赏这些画家的作品，但他确实搜罗了和看过了他们的评传；因为作为一种社会现象和艺术现象，这种艺术流派的存在和流行就是值得注意的。所以他主张"博识"，赞成"随便翻翻"，都是把开阔视野放在重要的地位；因为只有在这样的前提下，才能以我为主，进行选择、吸收或改造，为发展新文化创造条件。

但是在种类繁多、观点不同的众多的书籍中，不但有"毫无益处的"，而且还有毒品或麻醉品。鲁迅就指出过，有些缺乏经验的"青年的读者"往往"迷于广告式批评的符咒"[40]，把那些"似是而非的所谓'革命文学'，故作激烈的所谓'唯物史观的批评'"[41]，当作滋养品"大口吞下"，结果吞下的却是"新袋子里的酸酒，红纸包里的烂肉"，"吃得胸口痒痒的，好像要呕吐"[42]。这种情况是否"博览"所带来的弊病？究竟怎样才能鉴别书籍的真伪或优劣？鲁迅既主张不要迷信"专门家"或"导师"，又要求"自己有主意"，这个"主意"怎么拿呢？他从自己的经验中提供了一个鉴别真伪的有效方法，就是"比较"。他说"比较是医治受骗的好方子"[43]，像识别"真金"和"硫化铜"一样，错误的东西是经不起事实和实践的检验的，在比较中就可以识得什么是"真金"；而"一识得真金，一面也就真的识得了硫化铜，一举两得了"[44]。所以防止某些书籍消极影响的有效办法并不是把自己封闭起来不去碰它，而是仍然要在"博"的基础上进行比较和鉴别；这样才能真正加强认识，区别真伪。为了比较，他强调要敢于接触不同观点，甚至反面的书籍，看看为自己不赞成或反对的人和事究竟是怎样活动的；这有助于对社会现实的全面的深入的了解。他说："讲扶乩的书，讲婊子的书，倘有机会遇见，不要皱起眉头，显示憎厌之状，也可以翻一翻；明知道和自己意见相反的书，已经过时的书，也用一样的办法。"[45]他批评当时一些革命青年"对于愈认为敌人的"就"愈没有细看",他说:"自然,我们看书,倘看反对的东西,总不如看同派的东西的舒服,爽快,有益,但倘是一个战斗者,我以为,在了解革命和敌人上,倒是必须更多的去解剖当面的敌人的。"[46]错误的或反动的书籍的存在是客观现实,要战胜它和消除它的消极影响,只有了解它并用正确的东西引导读者进行比较才是有效的办法;无穷的顾虑和禁忌,什么也不敢接触,则所接受的正确的道理也是抽象的和不牢固的。鲁迅是相信真理和相信读者的,他认为从比较中显示出来的"真金"才是经得起检验的。他编《伪自由书》《准风月谈》时后面附录了有关的别人的文章,目的就是为了让读者比较,"以见上海有些所谓文学家的笔战,是怎样的东西,和我的短评本身,有什么关系"[47]。基于同样看法,他也很欣赏古籍《嵇康集》中附有别人的赠答和论难的编法,因为这样便于读者进行比较,看看他比别人"高下如何,他为什么要说那些话"[48]。总之,他认为比较是鉴别的有效方法,举凡真伪、是非、优劣,都可以通过认真的比较得到正确的辨别,而进行这种比较的必要前提就是"博览"。

以上这些意见都是就一般书籍说的,属于他所谓"随便翻翻"的范围。它适用于各种人的文化修养,包括专门家在内;如果是有这样"博"的基础的专门家,他的见识也就不至于"悖"了。鲁迅并不反对专门家,而且是热心引导青年人走向"专"的道路的。他对青年们说:"先行泛览,然后决择而入于自己所爱的较专的一门或几门。"[49]以文学研究为例,他指出:"倘要看看文艺作品呢,则先看几种名家的选本,从中觉得谁的作品自己最爱看,然后再看这一个作者的专集,然后再从文学史上看看他在史上的位置;倘要知道得更详细,就看一两本这人的传记,那便可以大略了解了。"[50]这里指的是走向"专"的途径和方法,并不是讲对"专"的质量要求。我们知道鲁迅是不赞成根据选本来评论作家的,因为"选本所显示的,往往并非作者的特色,倒是选者的眼光"[51],但这里他却引导青年先看名家的选本;就因为这只是入门,接着还必须看专集及有关资料。即使在"专"的范围内,他也是要求达到全面深厚的标准的,强调论文必须读全书或全集以及有关的社会历史资料,不能只根据选本或"摘句"来立论。他说:"倘要论文,最好是顾及全篇,并且顾及作者的全人,以及他所处的社会状态,这才较为确凿。要不然,是很容易近乎说梦的。"[52]"删夷枝叶的人,决定得不到花果。"[53]因此他主张必须"自己放出眼光",看"较多的作品"。[54]鲁迅的这些关于博与专、比较与鉴别的意见,是他自己宝贵经验的结晶,至今仍有很大的现实指导意义。

四 观察·思索·联系实际

要真正能够从书籍中得到有益的东西,单纯地依靠博览仍然是不够的,自己还必须具备一些主观上的条件。有的人读的书也不算少,如鲁迅所说,他们"从周朝人的文章,一直读到明朝人的文章,非常驳杂,脑子给古今各种马队践踏了一通之后,弄得乱七八遭,但蹄迹当然是有些存留的,这就是所谓'有所得'"[55]。还有一些"潦倒而至于昏聩的人，凡是好的，他总归得不到"[56]。前者缺乏独立思考能力，读书处于一种完全被动的全盘接受状态；后者则存在着"有色眼镜"的偏见，他只能接受那些与他的利益和偏见一致的东西；这样的态度最多只能作书籍的"俘虏"，是无法从书中真正得到益处的。鲁迅主张"自己有主意"，要充分发挥自己的选择、分析和批判的能力。他强调"自己思索"，不能把自己变成"书橱"；如果"只能看别人的思想艺术"，就无异于"脑子里给别人跑马"，就会导致思想的"硬化"，使读书的效果走向反面。"思索"并不是一种苦思冥想的内心反省活动，它是以社会现实为根据的，因此还必须同时"自己观察"，"用自己的眼睛去读世间这一部活书"：这也就是联系实际，因此他强调"必须和实际社会接触，使所读的书活起来"。[57]这其实就是鲁迅自己读书的态度和方法，他从来不盲从书本，而是把书的内容同社会实际联系起来，加以观察和思索。因此他常常能取精用宏，从常见的书籍中得出人们未曾看出的精辟的新意。譬如对于"二十四史"，他既不像传统学者那样把这些所谓"正史"视作信史，也不是如"五四"时期某些人把它看作是"相斫书""独夫的家谱"，而是在同野史和杂说的比较中，在同现实中"古已有之"的许多现象的观察中，经过认真的思考，认为只要善于清除历来史官那种"装腔作势"的涂饰，这些史书是写出了"中国的灵魂"的。他说："只因为涂饰太厚，废话太多，所以很不容易察出底细来。正如通过密叶投射在莓苔上面的月光，只看见点点的碎影。"[58]所以要从书中获得真正的教益和可靠的知识，就必须能够拨开遮掩月光的密叶，使"碎影"成为普照的清辉。对文学作品也是这样，他既充分地肯定了如《儒林外史》的"秉持公心,指摘时弊",《红楼梦》的"正因写实,转成新鲜"的杰出成就[59],也尖锐地指出了许多旧小说的掩盖矛盾、粉饰现实的"瞒"和"骗"的实质。这种"瞒"和"骗"的作品可以"使读者落诬妄中,以为世间委实尽够光明,谁有不幸,便是自作,自受"[60]。当然也就用不着怨天尤人和感到不平了。他强调要"睁了眼看",所谓"睁了眼看",就是细心观察历史和社会的实际,认真思索,看这些文艺作品究竟是否正视和反映了现实和人生。只有这样,才能认识文艺作品的价值并从中获得教益。

鲁迅在《三闲集·序言》中说:"我有一件事要感谢创造社的,是他们'挤'我看了几种科学底文艺论,明白了先前的文学史家们说了一大堆,还是纠缠不清的疑问。"鲁迅在不断探求真理的过程中,在"自己观察""自己思索"的过程中,面对众说纷纭的各种书籍,也常常感到有许多"纠缠不清的疑问"。到他的后期,在他读了马克思主义的书籍以后,他经常思索的许多问题就豁然开朗了;思想得到了飞跃,观察也就更加敏锐和深刻。在科学的理论的指引下,他更感到联系实际的重要性。他说:"倘若不和实际的社会斗争接触,单关在玻璃窗内做文章,研究问题,那是无论怎样的激烈,'左',都是容易办到的;然而一碰到实际,便即刻要撞碎了。"[61]我们从鲁迅的大量杂文中可以看到,他确实使"所读的书活起来"了,因此常常能够揭示要害,看出实质。例如历来被认为是田园诗人的陶渊明,当有的文章宣扬艺术的"最高境界"是"泯化一切忧喜"的"静穆",并且举出陶渊明"浑身是'静穆',所以他伟大"的时候,鲁迅针锋相对地指出:"陶潜正因为并非'浑身是静穆',所以他伟大。"而且说明"历来的伟大的作者,是没有一个'浑身是静穆'的"[62]。又如当有人提倡"性灵",宣扬明末袁宏道(中郎)的小品文的时候,鲁迅指出这"正如在中郎脸上,画上花脸,却指给大家看,啧啧赞叹道:'看哪,这多么性灵呀!'"[63]。因为"中郎还有更重要的一方面",他"正是一个关心世道,佩服'方巾气'人物的人,赞《金瓶梅》、作小品文,并不是他的全部"[64]。陶渊明和袁宏道的集子都是有目共睹的普通书籍,鲁迅之所以能够正确理解它的内容实质,并及时对错误论调给以批驳,就因为他与那些关在"象牙之塔"里死读书的学究们对书的态度不同,更不用说那些有意宣扬错误观点的论客了。他在读书的同时,始终把社会实践放在很重要的位置,这正显示了鲁迅的战士与学者统一的本色。在对待书籍的态度上,这是我们首先应该向鲁迅学习的。

1983年11月3日

*　　*　　*

[1]萧军:《时代·鲁迅·时代》,《鲁迅诞辰百年纪念集》。

[2][28][32][34][37][43][44][45]鲁迅:《且介亭杂文·随便翻翻》。

[3]鲁迅:《且介亭杂文·病后杂谈之余》。

[4]鲁迅:《朝花夕拾·琐记》。

[5][11][13][14][15]许寿裳:《亡友鲁迅印象记·日常生活》。

[6]许寿裳:《我所认识的鲁迅·回忆鲁迅》。

[7]鲁迅:《译文序跋集·〈小约翰〉引言》。

〔8〕郑学稼:《鲁迅正传》。

〔9〕鲁迅:1935年8月15日致台静农信。

〔10〕〔33〕〔49〕〔50〕鲁迅:《而已集·读书杂谈》。

〔12〕〔16〕许广平:《鲁迅手迹与藏书的经过》。

〔17〕许广平:《鲁迅先生的日常生活》。

〔18〕许广平:《鲁迅藏书之一瞥》。

〔19〕许寿裳:《亡友鲁迅印象记·屈原和鲁迅》。

〔20〕〔22〕鲁迅:《坟·摩罗诗力说》。

〔21〕鲁迅:《坟·杂忆》。

〔23〕鲁迅:《而已集·略谈香港》。

〔24〕鲁迅:《中国小说史略·清之讽刺小说》。

〔25〕鲁迅:1928年7月22日致韦素园信。

〔26〕许广平:《鲁迅的学习精神》。

〔27〕〔40〕〔42〕鲁迅:《二心集·我们要批评家》。

〔29〕鲁迅:《华盖集·这个与那个(一)》。

〔30〕鲁迅:《华盖集·忽然想到(四)》。

〔31〕鲁迅:《坟·看镜有感》。

〔35〕鲁迅:《且介亭杂文二集·名人和名言》。

〔36〕鲁迅:1936年4月15日致颜黎民信。

〔38〕前者为法国近代画家,后者为法国现代画家。

〔39〕增田涉:《鲁迅的印象》。

〔41〕鲁迅:《准风月谈·关于翻译(上)》。

〔46〕鲁迅:《二心集·上海文艺之一瞥》。

〔47〕鲁迅:《伪自由书·前记》。

〔48〕鲁迅:《且介亭杂文二集·"题未定"草(八)》。

〔51〕〔56〕〔62〕鲁迅:《且介亭杂文二集·"题未定"草(六)》。

〔52〕〔54〕鲁迅:《且介亭杂文二集·"题未定"草(七)》。

〔53〕鲁迅:《且介亭杂文末编·"这也是生活"……》。

〔55〕鲁迅:《且介亭杂文二集·人生识字胡涂始》。

〔57〕以上引文均见鲁迅:《而已集·读书杂谈》。

〔58〕以上引文均见鲁迅:《华盖集·忽然想到(四)》。

〔59〕鲁迅:《中国小说史略·清之讽刺小说、清之人情小说》。

〔60〕鲁迅:《坟·论睁了眼看》。

〔61〕鲁迅:《二心集·对于左翼作家联盟的意见》。

〔63〕鲁迅:《花边文学·骂杀与捧杀》。

〔64〕鲁迅:《且介亭杂文二集·"招贴即扯"》。

鲁迅与中国古典文学

鲁迅十分珍爱中国悠久灿烂的古典文学遗产。他不仅对于中国古典文学有精湛的研究和深邃的修养，而且在他一生的思想和创作中也浸透着中国优秀文化传统的滋养和影响。

还在少年的时候，鲁迅就读了《鉴略》《唐代丛书》《山海经》等书，并大量地接触和涉猎了古代诗歌小说与神话历史等作品，从而培养了他对古代文学以及杂记野史的广泛的爱好和兴趣。当鲁迅开始从事文学事业的时候，他内心充满了强烈的爱国主义热情；在无情地抨击旧文化中的消极因素的同时，他又向丰富的传统历史文化探求那些值得汲取的民主主义的精华，而且他把这种探求同当时反对清朝黑暗统治的民族民主革命的战斗结合起来了。在那首著名的《自题小像》的诗中他抒发了"我以我血荐轩辕"的爱国情怀；在《摩罗诗力说》这篇光辉论文中，他热情地推崇屈原"放言无惮，为前人所不敢言"的反抗精神；他兴奋地忆述当时抱有革命思想的留学日本的学生怎样热心于"钞旧书"，还在封面上题有四句古语："撄怀旧之蓄念，发思古之幽情，光祖宗之玄灵，振大汉之天声！"这些，都说明鲁迅从踏上文学道路起，就同中国古典文学所具有的爱国主义和民主主义的战斗传统取得了深刻的历史联系。

五四运动之后，鲁迅以新的姿态投入了反帝反封建的文学革命运动，于是这种深刻的精神上的联系就有了更加恢闳的发展。诚如郭沫若在《庄子与鲁迅》、许寿裳在《屈原和鲁迅》这些文章中所说明的那样，屈原和庄子都对于鲁迅发生过很深的影响。屈原那种愤世疾俗的解放要求和怀疑探索的执着精神，特别得到鲁迅的挚爱和共鸣。鲁迅在《汉文学史纲要》中称赞屈原的《离骚》"逸响伟辞，卓绝一世"。他在《彷徨》题辞中引《离骚》"路漫漫其修远兮，吾将上下而求索"的诗句来自况当时的心境；他将自集的《离骚》诗句"望崦嵫而勿迫，恐鹈鴂之先鸣"的对联挂于壁上，用以自励，都可看出他的志趣爱好以及他所进行的战斗同被誉为"人民的诗人"的屈原有着多么深刻的精神联系。庄子反对孔子和儒家的叛逆精神和汪洋恣肆的文章风格同样得到鲁迅的喜爱。尤其应该提到的是以孔融和嵇康为代表的"魏晋文章"对他的学术研究和杂文特色所产生的巨大影响，他们那种刚健不挠的反抗旧俗的精神和清峻通脱的文章风格，深深地得到了鲁迅的喜爱。鲁迅继承和发展了我国古典文学中的爱国主义传统和反抗世俗的精神，并在新的历史条件下由追求个性解放的思想进而发展成为解放人民大众的思想；这样，鲁迅作品与中国古典文学的联系就带上了新的时代的印记，显示着中国文化传统的现代化和历史前进的新步伐。诚如冯雪峰所说："在文学者的人格与人事关系的一点上，鲁迅是和中国文学史上的壮烈不朽的屈原、陶潜、杜甫等，连成一个精神上的系统。这些大诗人，都是有着伟大的人格和深刻的社会热情的人，鲁迅在思想上当然是新的，不同的，但作为一个中国文学者，在对于社会的热情，及其不屈不挠的精神，显示了中国民族与文化的可尊敬的一面，鲁迅是相承了他们的一脉的。"[1]

鲁迅和新文学运动初期的其他一些先驱者一样,也强烈地憎恶着传统的历史文化之黑暗的一面,但他在思想认识的深度上却超过了"五四"时期某些全盘否定论者的态度,他对传统文化积极的进步的一面抱有深刻的理解。为了进行反封建的战斗,他猛烈地抨击复古派文人利用封建文化的"国粹"来屠杀"现在"和"将来",主张"苟有阻碍这前途者",无论是古是今"全都踏倒他"。他也反对资产阶级文人引诱青年"进研究室"去"整理国故",而劝青年"少读"或"不读"中国书,引导他们向前看,以便坚持"五四"以来的战斗精神,不为历史的包袱所系累。这些都是在特定的"时候和环境"下提出来的,它只能说明鲁迅反对封建文化的坚决性,而不能把它看作是鲁迅对中国古典文学遗产的全部见解。鲁迅对中国文化遗产从来是采取有分析的科学态度的,为了建设新文学,"五四"以后不久,他就从事中国古典小说的研究工作,把历来不为人所重视的小说提高到文学正宗的地位,并系统地写出了《中国小说史略》一书。到他后来接受了马克思主义的文艺理论,这种分析的态度就更明确了。他说:"新的阶级及其文化,并非突然从天而降,大抵是发达于对于旧支配者及其文化的反抗中,亦即发达于和旧者的对立中,所以新文化仍然有所承传,于旧文化也仍然有所择取。"[2]他认为即使是一些"古典的,反动的观念形态",也可以"从中学学描写的本领,作者的努力"[3]。正是在这种认识的基础上,鲁迅提出了包括中国古典文学在内的对于中外文化遗产采取"拿来主义"的著名论点。在摄取古代文学的营养时,鲁迅主张要有全面的科学分析的态度,"倘若论文,最好要顾及全篇,并且顾及全人,以及他所处的社会状态"[4]，不能采取随意取舍再加抑扬的方法，因此他反对某些拙劣的"选本"和"摘句"的现象，认为那是会歪曲古代作品的真实面貌的。鲁迅自己一生中对中国古代文化遗产的整理、研究和阐述，就典范地显示了他的严格的科学态度和批判精神。

　　鲁迅对待文化遗产的这种正确的态度同样可以从他的作品特色同中国古典文学的历史联系上得到说明。从开始创作起，他对于文学遗产采取的就是具有创造性的借鉴和吸取的态度，而不是模拟和袭用。我们读鲁迅的小说，无论在作品的表现形式、艺术构思，以及风格特色等方面，都深深地感到它带有鲜明的民族特点，其中浸润着中国古典文学的深厚的艺术营养。其实这就是他自己所追求的风格，正如他称赞陶元庆的绘画时所说，它以"新的色彩"写出了"中国向来的魂灵"，既能"和世界的时代思潮合流，而又并未梏亡中国的民族性"[5]。他的小说固然受了果戈理、安特莱夫、契诃夫等外国作家的很大影响，但其中也吸取了中国古典文学，特别是唐人传奇、明清章回小说的艺术营养。鲁迅曾说到他写作小说集《彷徨》时就已经"脱离了外国作家的影响，技巧稍为圆熟，刻划也稍加深切"；也就是更多地向中国古代文学艺术汲取了带有民族特点的表现方法和技巧。鲁迅从中国的旧戏、年画和新年卖给孩子们的花纸上，看到了群众的艺术趣味，从而形成了他的小说的注重白描的风格特点，就是一个明显的例子。鲁迅还说过他所运用的文学语言的来源之一是"采说书而去其油滑"，所谓"说书"即指宋元话本以来的古典白话小说。在中国古典小说中，鲁迅十分喜爱和推崇吴敬梓的《儒林外史》。他不仅熟悉《儒林外史》所揭露的士林风习，也深切地体味到了这本小说的艺术力量。他的小说《白光》中的陈士成和《孔乙已》悲剧中的小人物，就分明留着《儒林外史》中知识分子科举落第悲剧的描写的影响；至于这部小说"无一贬词而情伪毕露"的讽刺艺术，更在鲁迅许多小说的人物描写中得到广泛的运用。就他所专擅的杂文来说，更和中国古典文学有着一脉相承的联系。他从钦佩章太炎的"战斗的文章"开始，深入地研究了魏晋文章的"简约严明""清峻通脱"的笔调和风格，这对于他那"论时事不留面子，砭锢弊常取类型"的笔锋锐利的杂文特色的形成，是有直接的继承关系的。至于中国的悠久卓越的古代诗歌和优美散文，对于鲁迅的以叙事抒情为主的散文如《朝花夕拾》和一些带有动人的抒情成分的小说的影响，《故事新编》这些"神话，传说及史实的演义"如何向传统文化摄取题材，以及鲁迅的旧体诗受到他所喜爱的李贺、龚自珍等人诗歌艺术的启迪，更是人们所熟知的事实了。

鲁迅还对中国古典文学和古代文化历史进行了大量的研究和整理的工作，其造诣之深和用力之勤是十分惊人的。二十年代初期他写的《中国小说史略》是一部具有开创性的著作，它对中国古代小说的历史演变分析得清晰精确、见解深刻，正如郑振铎所说："近三十年来研究中国古小说的人很多，但像鲁迅先生那样气吞全牛，一举而奠定了研究的总方向，有了那么伟大而正确的指示的，还不曾有过第二人。"[6]鲁迅的《汉文学史纲要》虽未完竣，但也是一部有价值的学术著作，在这里表现出了他研究中国文学史的科学态度和严谨的治学方法。鲁迅想写一部中国文学史的愿望酝酿已久，他到厦门后曾对人说："我还想认真一点，编成一本较好的文学史。"直到 1933 年在给友人的信中仍为这一愿望未能实现而感为憾事。这确实是一个不可弥补的损失。鲁迅还做过许多关于古籍的整理和研究工作，他纂辑了《古小说钩沉》、《小说旧闻钞》、《唐宋传奇集》、谢承《后汉书》，校勘了唐刘恂的《岭表录异》《嵇康集》。此外他辑录的乡邦文献有《会稽郡故书杂集》《会稽先贤传》等十数种。鲁迅还致力于金石拓本的搜集和研究，特别注意汉魏六朝的墓志、石刻，他所整理的《寰宇贞石图》《俟堂专文杂集》，对于研究我国古代美术、书法，具有重要的参考价值。

鲁迅不愧是我国古代文化传统的优秀继承者，新的革命文化传统的辛勤开拓者。作为中国现代文学与古典文学的历史联系的一面旗帜，鲁迅将以继往开来的历史功绩而永射光芒。

*　　*　　*

[1] 冯雪峰：《关于鲁迅在文学上的地位》。
[2] 鲁迅：《集外集拾遗·〈浮士德与城〉后记》。
[3] 鲁迅：《准风月谈·关于翻译（上）》。
[4] 鲁迅：《且介亭杂文二集·"题未定"草（七）》。
[5] 鲁迅：《而已集·当陶元庆君的绘画展览时》。
[6] 郑振铎：《中国小说史家的鲁迅》。

从鲁迅所开的一张书单说起

一

许寿裳在《亡友鲁迅印象记》一书中抄录了鲁迅给他的长子许世瑛所开的一张书单（并见新版《鲁迅全集》第八卷《集外集拾遗补编》），其中每部书下并注有版本及简要说明，这张书单对于学习中国古典文学和研究中国文学史的人，可以得到很多启发。许寿裳和鲁迅是有三十五年交谊的好友，"彼此关怀，无异昆弟"（许先生语），鲁迅又是许世瑛开始识字时的"开蒙先生"，关系异常密切。许世瑛是1930年考入清华大学中国文学系的，当时这个系的主要教学内容是中国古典文学和中国文学史，当他入学后请教鲁迅应该读些什么书的时候，鲁迅就给他开了一张包括十二部书籍的书单；因此这张书单虽然只是为一个人开的，但它可以了解为鲁迅对于有志学习中国古典文学和中国文学史的人所开的一个初步阅读书目。而且由书目的选择和所加的简要说明看来，其中是包含了鲁迅自己多年的治学体验的；从这里我们可以体会到他的一些治学的精神和见解，这对我们今天学习中国古典文学也还是有启发意义的。

关于给青年人开书目，过去许多所谓"名流"都做过，胡适在他提倡整理国故的时候，就曾开过《一个最低限度的国学书目》；其中包罗万象，大略估计，仅文学史之部的总数就在一千册之上，很像一个小图书馆的藏书目录；后来印在《胡适文存二集》中竟排了二十余面之多。当时清华的学生就给他写信说:"先生现在所拟的书目,我们是无论如何读不完的,因为书目太多,时间太少。"连梁启超也批评他说"这里头的书十有七八可以不读",虽然梁启超自己所开的《国学入门书要目及其读法》也并不少,而且还加入了"二十四史""三通"等卷帙浩繁的大部头书籍,很难说是"入门书"。胡适开书目和提倡整理国故的目的本来是企图把青年人的视线从社会观实引开来抵制马克思列宁主义在中国的传播的;用他自己在《读书杂志》缘起中所说的话,就是"引起国人一点读书的兴趣,——大家少说点空话,多读点好书"!因此他所开的书目自然会罗列一大堆,使人目眩脑胀了。其余有些人或则自炫博学,哗众取宠;或则拘于管见,不辨妍媸;而且登诸报端,广为宣传,就社会影响说来是非常不好的。因此1925年鲁迅答《京报副刊》关于"青年必读书"的时候,就认为"我以为要少——或者竟不——看中国书,多看外国书。少看中国书,其结果不过不能作文而已。但现在的青年最要紧的是'行',不是'言'。只要是活人,不能作文算什么大不了的事"[1]。这在当时是有很大战斗意义的,就当时所引起的反对者之多也可以看出来;鲁迅先生对这些人就说:"我对于你们一流人物,退让得够了。……我并无指导一切青年之意。我自问还不至于如此之昏,会不知道青年有各式各样。"[2]开书目是要适应对象的需要的,就一般青年(并非文学青年,更非拟专攻中国文学史的青年)而论,当时最重要的任务就是坚持"五四"以来的革命精神,韧战下去,也就是"行";而并不是什么读古书。后来鲁迅在和施蛰存关于"庄子和文选"的论争中曾解释这件事说："这是施先生忽略了时候和环境。"[3]可见这是他在当时特定条件下的一种战斗行为，不能概括为他对读古书的一般意见。除过政治影响以外，即仅就那些书目本身而论，也是没有什么实际用处的。鲁迅就说："先前也曾有几位先生给青年开过一大篇书目。但从我看来，这是没有什么用处的，因为我觉得那都是开书目的先生自己想要看或者未必想要看的书目。"[4]又说他曾"留心过学者所开的参考书目。结果都不满意。有些书目开得太多，要十来年才能看完，我还疑心他自己就没有看；只开几部的较好，可是这须看这位开书目的先生了，如果他是一位胡涂虫，那么，开出来的几部一定也是极顶胡涂书，不看还好，一看就胡涂"[5]。胡适等人所开的长篇书目属于连他自己也未必看过的那一类，但只开几部的也未必一定就好；1933年施蛰存在上海大晚报上介绍给青年读的就只有《庄子》和《文选》，以及《论语》《孟子》《颜氏家训》几部书，但既针对一般青年，又要他们在这些书中学"修养"和找"辞汇"，则显然是开倒车的行动，因此鲁迅在《重三感旧》《感旧以后》《扑空》《答"兼示"》诸文中给以严厉批判（俱见《准风月谈》），指出在这类自居雅人的"遗少"的躯壳里，其实是"埋伏下'桐城谬种'或'选学妖孽'的喽啰"的；并说："假如真有这样的一个青年后学，奉命惟谨，下过一番苦功之后，用了《庄子》的文法、《文选》的语汇，来写发挥《论语》《孟子》和《颜氏家训》的道德的文章，'这岂不是太滑稽吗'？"[6]由上可知，尽管有许多青年对文学古籍都有得到切合实际的指导书目的需要，也有很多人开过书目，但鲁迅先生都不满意，这是否表示他根本就反对给人指导或开书目呢？事实并不如此。他曾说："我并不是说，天下没有指导后学看书的先生，有是有的，不过很难得。"[7]又说："我以为倘要弄旧的呢，倒不如姑且靠着张之洞的《书目答问》去摸门径去。"[8]《书目答问》也是前人所开的一个书目，鲁迅以为如果找不到好的指导后学看书的人，则由这个书目去摸门径也是一法。后来施蛰存曾举此例反诘，鲁迅答以他"明明指定着研究旧文学的青年，和施先生的主张，涉及一般的大异"[9]。由上述材料可以说明：第一，鲁迅留心并分析过以前的各种书目，但他根本反对不分对象具体情况，而对一般青年提倡大读古书；第二，若对于打算致力研究古典文学的青年来说，则他主张应该有一个书目来摸得门径，不过这种能够指导后学看书的人很难得而已；第三，书目不宜开得过多，不能使人看了糊涂。——对于有志学习古典文学和中国文学史的人来说，不只觉得鲁迅的这些意见很中肯，而且非常希望能有一个胜任的人开出这样一张简明扼要的书单来，以便摸得门径，对以后的工作和学习有所帮助；而鲁迅给许世瑛所开的这张书单，我认为就符合了上述的要求。它是经过鲁迅的仔细斟酌，为了指导后学看书而开的，因此应该引起我们的注意。就许世瑛入大学的年代看来，这张书单当开于1930年略后，而在《三闲集·序言》中，鲁迅曾说："我有一件事要感谢创造社的，是他们'挤'我看了几种科学底文艺论，明白了先前的文学史家们说了一大堆，还是纠缠不清的疑问。"那就是说这张书单是在他对于文学史有了新的观点以后开出来的，这就更其值得我们重视。

二

　　学习中国古典文学，必须有最必要的工具书，必须对作者和书籍内容能有大略的了解；因此向来认为目录学是治学入门的途径，年谱传记等是必备的书籍。鲁迅在书目中介绍了吴荣光的《历代名人年谱》，以及《四库全书简明目录》两书，并在前者下加以注说云："可知名人一生中之社会大事，因其书为表格之式也。可惜的是作者所认为历史上的大事者，未必真是'大事'，最好是参考日本三省堂出版之《模范最新世界年表》。"他要求对于历史人物的了解应该和当时的社会大事联系起来，而且的确真是"大事"，即把古人置于当时的历史条件下来了解，才不致产生谬误。在《且介亭杂文》的《随便翻翻》一文中他曾说："所以我想，无论是学文学的，学科学的，他应该先看一部关于历史的简明而可靠的书。"正是强调了这一点。这一篇文章是讲读书应该博览的，因为"一多翻，就有比较，比较是医治受骗的好方子"。特别是找不到内容精审的好书的时候，"随便翻翻"不只可以使人扩大眼界，而且也可以从比较中使自己的思路得到启发。但属于基础知识的书籍却不能用随便翻翻的办法，因此在同一文中他又说："还有一种很容易到手的秘本，是《四库书目提要》，倘还怕繁，那么，《简明目录》也可以，这可要细看，它能做成你好像看过许多书。"这就是说，《四库全书简明目录》是最基本的关于古籍知识的书，必须"细看"；因此他在这张书单中于此书下注说其内容云："其实是现有的较好的书籍之批评，但须注意其批评是'钦定'的。"他一方面非常重视基础知识的训练，介绍了最必要的入门书，一方面又要学习的人独立思考，保持清醒的批判态度；对同类的书籍能互相比较，对"钦定"的内容能有所批判。另外他还开了宋计有功的《唐诗纪事》和元辛文房的《唐才子传》二书，作为了解作家生平和作品创作背景的读物。《唐诗纪事》中所录诗人达一千一百五十家，其中有选录的诗篇和作品本事，也有诗人的传记资料，是学习唐诗的重要参考书。《唐才子传》则是一部唐代诗人的专门传记，其中叙写了二百七十八人的传略，连附带叙及者共达三百九十八人，这些人见于新、旧唐书的只有一百人，其余都是作者根据他从各种书籍中搜罗来的材料写成的，可以说是一部比较完备的唐代诗人小传汇集。这两本书对于"知人论世"，对于了解作家的生平和艺术成就，以及唐诗的风格流变，都有重要的参考价值。以上这些关于目录、年谱和作家传记资料的书籍，都是关于学习中国古典文学的必要参考书，鲁迅是十分重视基础知识的训练和掌握的。

关于作品，书单中开列了严可均辑的《全上古三代秦汉三国六朝文》和丁福保辑的《全汉三国晋南北朝诗》；除《诗经》《楚辞》外，这两部书已经包括了唐以前几乎全部的作品。只是于下注云："其中零碎不全之文甚多，可不看。"以节省阅读时间。他曾称赞过这两部书的辑集，说是"对于我们的研究有很大的帮助"；又说"研究那时的文学，现在较为容易了，因为已经有人做过工作"[10]。书单中没有为了嫌繁而开列总集或选本，反而开了《全文》和《全诗》，是包含有鲁迅的一个重要见解的。他劝"认真的读者不要专凭选本和标点本为法宝来研究文学"，认为"倘要论文，最好是顾及全篇,并且顾及作者的全人,以及他所处的社会状态,这才较为确凿"[11]。从一个作者的全部作品来研究,详细占有材料,并顾及他所处的社会状态,是启发读者独立思考和避免片面性的重要方法。总集或选本固然也有它的便利读者的地方,但以往的选集好的极少,很容易使读者为选家的眼光所囿,看不到作家的全貌和真相。他说:"如果随便玩玩,那是什么选本都可以的,《文选》好,《古文观止》也可以。不过倘要研究文学或某一作家,所谓'知人论世',那么,足以应用的选本就很难得。选本所显示的,往往并非作者的特色,倒是选者的眼光。眼光愈锐利,见识愈深广,选本固然愈准确,但可惜的是大抵眼光如豆,抹杀了作者真相的居多,这才是一个'文人浩劫'。"[12]因之,他以为评价一个作家,应该从他的全部作品着眼,"倘有取舍,即非全人,再加抑扬,更离真实"[13]。他还写过《选本》一文来专申此意(见《集外集》),说明选本所以流行的原因固然在于"册数不多,而包罗诸作",但更重要的"还在近则由选者的名位,远则凭古人之威灵,读者想从一个有名的选家,窥见许多有名作家的作品"。而结果则读者"自以为是由此得了古人文笔的精华的,殊不知却被选者缩小了眼界"。可见他之所以不在书单中开列选本是为了使读者摆脱选文家的偏见,并锻炼从作家的全部作品来进行思考分析的能力的。

书单中还开列了明胡应麟的《少室山房笔丛》一书,这是一部以考据史实见长的笔记,由于涉及的方面广阔,引用的资料丰富,而且常常有他自己独到的见解,因此对于研究古籍的人不只可以提供资料线索,而且在启发人发现问题和如何对待史料等方面也有一定的价值。如《艺林学山》一部分是针对杨慎的意见而发的，其中不只有许多文学史料的考订和诗人掌故等，而且也有他对诗文的品评和见解；《庄岳委谈》一部分泛论社会杂事，涉及当时一般文人所不注意的民间风习和戏曲故事等，保留了许多关于古典小说传奇的有用资料，鲁迅在《中国小说史略》中就屡有征引。这可以说是为了启发人如何读古书以及如何从古籍中发现问题和进行研究的一部带有提示方法门径性质的书籍。而且著者读书甚多，其见解也颇为鲁迅所赏识，如《中国小说史略·唐之传奇文（上）》一章申述至唐代"始有意为小说"时即引胡氏《笔丛》三十六之说。胡氏云："变异之谈，盛于六朝，然多是传录舛讹，未必尽设幻语，至唐人乃作意好奇，假小说以寄笔端。"下边鲁迅即接着说："其云'作意'，云'幻设'者，则即意识之创造矣。"由此也可推知鲁迅介绍这部书的用意了。

除了《全文》《全诗》两书以外，书单中没有开列其他诗文专集和小说戏曲作品，这可能是因为许世瑛初入大学，刚由古代开始学起，因此唐以下的作品就暂时从略了。关于小说部分，也可能是鲁迅先生知道他会从《中国小说史略》中摸得门径；但这些都只能是悬想了。

三

除上述者外，书单中还有下面五部书，今并鲁迅所加注说，抄录如下：

世说新语	刘义庆（晋人清谈之状）
唐摭言	五代王定保（唐文人取科名之状态）
抱朴子外篇	葛洪（内论及晋末社会状态）有单行本
论衡	王充（内可见汉末之风俗迷信等）
今世说	王晫（明末清初之名士习气）

由鲁迅所加的注说可以看出，他开列这些书的目的在于使人理解文学和它所产生的时代社会的关系，以及文人的生活习尚和他们的作品风貌的联系。以《世说新语》为例，鲁迅并非意在介绍这部书的隽永含蓄的文笔或"可补史传之阙"的考据资料，而是着重在从中了解"晋人清谈之状"的。像他在《魏晋风度及文章与药及酒之关系》（《而已集》）一文中所阐明的那样，不了解当时的时代背景和社会状态，不了解当时一般文人的生活方式和对他们精神世界有极大影响的时代风习，就很难具体深入地理解他们在作品中所表现的思想情绪。他在《病后杂谈》（《且介亭杂文》）一文中记他病中看《世说新语》时说："躺着来看，轻飘飘的毫不费力了，魏晋人的豪放潇洒的风姿，也仿佛在眼前浮动。"所谓"魏晋人的豪放潇洒的风姿"，就是所谓"魏晋风度"，而这是与文学有密切关系的，是与形成当时作品风格的清峻通脱的时代特色相联系的。文人的服药与饮酒，也与当时的社会环境有关，而且是影响到他们的生活和作品的。后来时代不同了，这一切当然也就要发生变化；鲁迅以为明袁宏道的"在野时要做官，做了官大叫苦"，就是中了《世说新语》的毒，"误明为晋的缘故"。又说："有些清朝人却较为聪明，虽然辫发胡服，厚禄高官，他也一声不响，只在倩人写照的时

候,在纸上改作斜领方巾,或芒鞋竹笠,聊过'世说'式瘾罢了。"[14]这就是说,脱离了当时的具体条件,那种生活方式就只能在画像中存在了。尽管如此,但《世说新语》一书的影响仍然很大;鲁迅就指出了"自唐迄今,拟作者不绝"的事实,书单中所列的清初王晫的《今世说》即其一例。这部书的分类体例皆仿《世说新语》,只是所述的是明末清初的事情,因此它所提供给人们的也就只能是明末清初名士间的标榜声气的习气,而与魏晋很不相同了。这些都说明一个道理,就是研究文学史的人一定要把作家作品和它所产生的时代社会条件联系起来考察,以前人所谓"文变染乎世情,兴废系于时序"(《文心雕龙·时序篇》),也正是想说明这种关系。鲁迅在《魏晋风度及文学与药及酒之关系》一文中曾精辟地阐述过这一点,他说:"据我的意思,即使是从前的人,那诗文完全超于政治的所谓'田园诗人''山林诗人',是没有的。完全超出于人间世的,也是没有的。既然是超出于世,则当然连诗文也没有。诗文也是人事,既有诗,就可以知道于世事未能忘情。"这就充分说明鲁迅先生开列这类书籍的用意所在了。

又如王定保的《唐摭言》,《四库全书提要》称"是书述有唐一代贡举之制特详,多史志所未及,其一切杂事,亦足以觇名场之风气,验士习之淳浅"。唐代的科举制度,特别是其中的进士一科,为当时文人所争趋,"缙绅虽位极人臣,不由进士者,终不为美"(《唐摭言》);这是深刻地影响到文人们命运和精神状态的一种制度。从这本书中所记有关诗人文士取科名的史料中,就可以看到当时的社会习尚和文人生活风貌的许多方面,而这对了解文学现象是有很大帮助的。今试引一则为例："贞观初放榜日，上私幸端门，见进士于榜下缀行而出，喜谓侍臣曰：'天下英雄，入吾彀中矣。'"这不是很清楚地写出了科举制度的实质和它的社会作用吗？鲁迅在《两地书（四一）》中曾说："我还想认真一点，编成一本较好的文学史。"据许寿裳《亡友鲁迅印象记》所记，他计划中的中国文学史中讲唐代的在第六章，题目叫作"廊庙与山林"，正是着重从当时文人生活道路的仕与隐的时代特点来阐述文学现象的。在《帮忙文学与帮闲文学》（见《集外集拾遗》）一文中他曾对此略有叙述，文中云："中国文学从我看起来，可以分为两大类：（一）廊庙文学，这就是已经走进主人家中，非帮主人的忙，就得帮主人的闲；与这相对的是（二）山林文学。唐诗即有此二种。如果用现代话讲起来，是'在朝'和'下野'。后面这一种虽然暂时无忙可帮，无闲可帮，但身在山林，而'心存魏阙'。如果既不能帮忙，又不能帮闲，那么，心里就甚是悲哀了。"可知鲁迅的观察文学史现象，是顾及当时历史条件，首先从文人的社会地位、生活道路和思想状态着眼的；这样就不至于孤立地对待某一作品，如他批评过的陶渊明之"被选文家和摘句家所缩小，凌迟了"[15]的那样了。

其余书籍如王充《论衡》，他着重在书中有关汉末的风俗迷信部分。王充是我国的唯物主义思想家，《论衡》中不只有《问孔》《刺孟》等反诘儒家学说的部分，也有如《艺增》等与文学关系比较密切的篇章，但他却更着重在对当时风俗迷信等与社会生活有密切联系的记载，目的即在提示研究文学现象时所应该特别注意的地方。在葛洪《抱朴子外篇》下的"内论及晋末社会状态"的注语，是与上述精神完全一致的。

我们并不是说鲁迅所开的这十二部书已经很完全了；他这张书单只是为许世瑛个人开的，并未公开发表，因此当作一个完整的书目来看，当然是还有可以修正补充的余地的。但我们若从这张书单中体会鲁迅治文学史的精神和方法，他对有志研究古典文学和中国文学史的人所提示的途径和应该注意的地方，我觉得这在今天也还是应该引起我们的重视的。

1961年9月

*　　*　　*

〔1〕鲁迅：《华盖集·青年必读书》。
〔2〕鲁迅：《集外集拾遗·聊答"……"》。
〔3〕〔6〕〔9〕鲁迅：《准风月谈·答"兼示"》。
〔4〕〔8〕鲁迅：《而已集·读书杂谈》。
〔5〕〔7〕鲁迅：《且介亭杂文·随便翻翻》。
〔10〕鲁迅：《而已集·魏晋风度及文学与药及酒之关系》。
〔11〕〔15〕鲁迅：《且介亭杂文二集·"题未定"草（七）》。
〔12〕〔13〕鲁迅：《且介亭杂文二集·"题未定"草（六）》。
〔14〕鲁迅：《集外集·选本》。

鲁迅关于考据的意见

鲁迅是对胡适派的考据进行过严峻的批判的。在《阿Q正传》序中,已对有"历史癖与考据癖"的胡适派作过嘲讽,在《出关的"关"》一文中,更讥胡适之流为"特种学者";而在《故事新编》的《理水》一篇中,对那种聚集在"文化山"上翻遍群书,只考证出大禹是一条虫的"学者",更给予了辛辣的讽刺。这些人居住在"文化山"上,吃着奇肱国用飞车送来的食物,还向群众进行诈骗,但乡下的"愚人"却以切身的经验证实了禹正在那里治水。通过形象的描写,鲁迅对那种从主观出发的考据给予了无情的抨击。对于一些烦琐的不切实际的考据文字,鲁迅先生也是很厌恶的;他曾说:"清初学者,是纵论唐宋,搜讨前明遗闻的,文字狱后,乃专事研究错字,争论生日,变了'邻猫生子'的学者,革命以后,本可开展一些了,而还是守着奴才家法,不过这于饭碗,是极有益处的。"[1]"饭碗"问题说明了旧社会的统治者对于"邻猫生子"式的研究的鼓励,而这也正是胡适派的考据之所以能够流行一时的社会基础。在《花边文学》的《算账》一文中谈到清代考据学的成就时他说:

说起清代的学术来,有几位学者总是眉飞色舞,说那发达是为前代所未有的。证据也真够十足:解经的大作,层出不穷,小学也非常的进步;史论家虽然绝迹了，考史家却不少；尤其是考据之学，给我们明白了宋明人决没有看懂的古书……我每遇到学者谈起清代的学术时，总不免同时想："扬州十日""嘉定三屠"这些小事情，不提也好罢，但失去全国的土地，大家十足做了二百五十年奴隶，却换得这几页光荣的学术史，这买卖，究竟是赚了利，还是折了本呢？

清代考据学在开始时虽然并未完全脱离"当世之务"，而且在与宋明理学的对垒上也有一定的进步意义，但到考据学全盛的乾嘉时代，却完全不是如此的了。在大兴文字狱之后，清代统治者便作为一项文化政策，有意地奖励考据，把它当作闭塞思想的工具，引导一些学者们将精力全耗在古籍中去了。鲁迅指出了清代考据学兴盛的政治背景，这在当时对胡适派的提倡考据是有实际的战斗意义的。但鲁迅对清代考据学与胡适派的考据也还是区别对待的；他对清人"给我们明白了宋明人决没有看懂的古书"这一点是承认的，只是觉得若以此来与政治上的失败比较，是大大"折了本"的；从而引导读者关心民族、人民的利益，不要脱离实际地只把眼光集中在"邻猫生子"上面，这与他对考据大禹是一条虫的"特种学者"之流的态度上，是有所不同的。

我们不能由以上各点，得出鲁迅是根本反对任何考据的结论。他自己也是写过考据文章的；校勘、辑佚，在过去都属于考据的范围，像鲁迅先生精校的《嵇康集》和辑存的《古小说钩沉》等，都需要极谨严的考据工夫；而且在《嵇康集》后就附有"逸文考"和"著录考"，1954年的《历史研究》第二期还发表了他的遗稿《嵇康集考》。许寿裳的《亡友鲁迅印象记》中载有鲁迅的一篇关于《吕超墓志》的跋文，更是精审严密的考据文章。这是鲁迅未完成的《汉魏六朝石刻研究》中的一部分；吕超墓志石于1917年出土后，因为国号、年号都看不清楚，很难确定时代，但后来鲁迅和范鼎卿都作了跋文，而且不谋而合地得出了相同的结论，考出这是南齐永明中所刻；这也说明了严格的考据文字所应该具有的科学性。

在别的文章中也可以看出鲁迅并不是反对一切考据的，他称赞过清人杭世骏是"认真的考证学者"，并由杭著《订讹类编》的启发来考定明初永乐皇帝惨杀铁铉以后，将其二女发付教坊，后来二女献诗，被永乐赦出嫁与士人等的记载是错误的；流传的铁铉女儿作的《教坊献诗》原是范昌期《题老妓卷》诗，铁铉有无女儿尚有歧说，这种附会完全是无聊文人为了粉饰现实的捏造。鲁迅批评这种捏造的"佳话"说：

> 这真是"曲终奏雅"，令人如释重负，觉得天皇毕竟圣明，好人也终于得救，她虽然做过官妓，然而究竟是一位能诗的才女，她父亲又是大忠臣，为夫的士人，当然也不算辱没。但是，必须"浮光掠影"到这里为止，想不得下去。一想，……在这样的治下，这样的地狱里，做一首诗就能超生的么？[2]

"认真的考证学者"是从历史实际出发的、实事求是的，因而也就可以揭露出事实的真相，为我们研究问题提供条件。1935年鲁迅在《〈中国小说史略〉日本译本序》中说：

关于小说史的事情，有时也还加以注意，说起较大的事来，则有今年已成故人的马廉教授，于去年翻印了"清平山堂"残本，使宋人话本的材料更加丰富；郑振铎教授又证明了《四游记》中的《西游记》是吴承恩《西游记》的摘录，而并非祖本，这是可以订正拙著第十六篇的所说的，那精确的论文，就收录在《痀偻集》里。还有一件，是《金瓶梅词话》被发见于北平，为通行至今的同书的祖本，文章虽比现行本粗率，对话却全用山东的方言所写，确切的证明了这决非江苏人王世贞所作的书。[3]

鲁迅先生对于别人的"精确的论文"是称许的，而且据以订正自己著作中的论点，这种精神特别值得我们学习。学术著作与文艺创作不同，应该是后来居上的；我们可以向《阿Q正传》学习，可以出现新的创作而在水平上达到甚至超过《阿Q正传》，但绝不能再写一部《阿Q正传》而达到鲁迅的成就。小说史则不然，我们是可以遵循鲁迅所已经开辟的途径，吸受学术界研究的成果，并通过刻苦的研究工作，来重新写出一部更好的中国小说史来的。如果把《中国小说史略》当作永远不可超越的成就，那是不合鲁迅先生自己随时订正的精神的。现在我们有些出版机关在重新出版一些古典小说作品时，为了应付读者要求加"导言"的麻烦，常常摘录一段《中国小说史略》中的文字来作简短的说明，这是不很适当的。姑且不说由于时代的进展，在观点上我们与鲁迅写小说史的时候也应该有所差别，即以所根据的材料来说，情况也已很不相同；譬如白话短篇小说的"三言",鲁迅就说"今皆未见",他只能根据"今古奇观"来立论,而我们现在则到新华书店就可以买到"三言"。诚然,我们现在还没有更好的小说史著作出现,但这不但是可能的,而且也正是我们这一代研究者的责任。而在研究的过程中,当然也会碰到一些需要用"精确的论文"来考据的问题。

鲁迅曾从"影宋元本或校宋元本"的书籍中,揭发了清代统治者的删改古书的阴谋,例如他曾从《四部丛刊续编》中的影旧抄本宋晁说之《嵩山文集》来和"四库全书本"对比,证明"四库本""大抵非删即改,语意全非,仿佛宋臣晁说之,已在对金人战栗,嗫嚅不吐,深怕得罪似的了"[4],揭发"清朝不惟自掩其凶残,还要替金人来掩饰他们的凶残"[5]。他很愤慨地说:

> 单看雍正乾隆两朝的对于中国人著作的手段,就足够令人惊心动魄。全毁,抽毁,剜去之类也且不说,最阴险的是删改了古书的内容。乾隆朝的纂修《四库全书》,是许多人颂为一代之盛业的,但他们却不但捣乱了古书的格式,还修改了古人的文章;不但藏之内廷,还颁之文风较盛之处,使天下士子阅读,永不会觉得我们中国的作者里面,也曾经有过很有些骨气的人。[6]

正是通过版本、校勘这类考据工作,他才揭发了清代统治者的凶残,并从而发现了许多作者的不屈服于敌人的优秀传统。由此可见,对于有助于研究问题的考据,鲁迅是肯定的。

究竟用什么样的态度来对待考据才是正确的呢？我以为从鲁迅关于《唐三藏取经诗话》版本的意见中是可以得到启发的。他曾两次讲到过这个问题，反对以"单文孤证"来"必定"一种史实，他疑此书为元椠，而别人则肯定为宋椠；鲁迅说：

> 但我以为考证固不可荒唐，而亦不宜墨守，世间许多事，只消常识，便得了然。藏书家欲其所藏版本之古，史家则不然。故于旧书，不以缺笔定时代，如遗老现在还有将仪字缺末笔者，但现在确是中华民国；也不专以地名定时代，如我生于绍兴，然而并非南宋人，因为许多地名，是不随朝代而改的；也不仅据文意的华朴巧拙定时代，因为作者是文人还是市人，于作品是大有分别的。[7]

他又举北京图书馆藏的《易林注》残本为例，缪荃孙因为其中恒字构字都缺笔便定为宋本，"但细看内容，却引用着阴时夫的《韵府群玉》，而阴时夫则是道道地地的元人。所以我以为不能据缺笔字便确定为某朝刻，尤其是当时视为无足重轻的小说和剧曲之类"[8]。鲁迅的这些意见其实是牵涉到我们对待考据的态度问题的。有用的考据一定是实事求是的；它既不是主观主义的"荒唐"，仅只凭"单文孤证"就作结论，像胡适派的考据那种情形；但也不是保守主义的一味笃守旧说，不敢发现问题与正视问题。譬如《诗经·小星》一诗，《毛诗》小序说是"惠及下也，夫人无妒忌之行，惠及贱妾，进御于君，知其命有贵贱，能尽其心矣"。胡适在《谈谈诗经》一文中不赞成旧说,却认为是"妓女生活的最古记载"。很明显,笃信前者是"墨守",而后者却是"荒唐"的;要得到正确合理的解释,就必须实事求是地从考释训诂入手,摆脱"荒唐"和"墨守"的偏向。鲁迅最反对"在考辨的文字中杂入一点滑稽轻薄的论调",因为这样便"每容易迷眩一般读者,使之失去冷静,坠入彀中"[9]的。

不能因为考据有流于荒唐和墨守的可能,便根本排斥一切的考据,连能够解决问题的实事求是的考据也不要了,这其实也还是"荒唐"和"墨守"。这种想法之所以是荒唐的,因为任何治学途径如果运用得不恰当也能陷于主观主义,不能因噎废食地就连正确有用的也一起取消了;而有些问题如果需要用考据来解决也不敢用,则结果只能笃守旧说,就自然陷于"墨守"了。这种态度用鲁迅的话说,叫作"透底";他说:

> 凡事彻底是好的,而"透底"就不见得高明。因为连续的向左转,结果碰见了向右转的朋友,那时候彼此点头会意,脸上会要辣辣的。要自由的人,忽然要保障复辟的自由,或者屠杀大众的自由,——透底是透底的了,却连自由的本身也漏掉了,原来只剩得一个无底洞。[10]

我们对于荒唐的和墨守的考据,都是坚决反对的;这是我们反对主观主义的一个部分,而且从鲁迅的著作中也可以学习到他那种坚强的战斗精神。但对于那些能够解决具体问题的(例如史料真伪、时代前后等),有助于研究工作进展的考据文章，则绝不应该加以反对；这也同样是可以从鲁迅的著作中得到启示的。

1956 年 9 月 21 日，为鲁迅先生逝世二十周年纪念作

* * *

〔1〕鲁迅：1934 年 4 月 9 日致姚克信。
〔2〕鲁迅：《且介亭杂文·病后杂谈》。
〔3〕鲁迅：《且介亭杂文二集》。
〔4〕〔5〕〔6〕鲁迅：《且介亭杂文·病后杂谈之余》。
〔7〕鲁迅：《二心集·关于〈唐三藏取经诗话〉的版本》。
〔8〕〔9〕鲁迅：《华盖集续编·关于〈三藏取经记〉等》。
〔10〕鲁迅：《伪自由书·透底》。

鲁迅古典文学研究一例

——学习鲁迅论《水浒》

1932年8月,鲁迅在致台静农的信中,曾对一篇题为《〈水浒传〉的演化》的论文发表了这样的意见:"此乃文学史资料长编,非'史'也,但倘有具史识者,资以为史,亦可用耳。"[1]这里,鲁迅指出了在文学史研究中,既须掌握充分的资料,又必须具有"史识";资料有时可以借助于别人搜集的成果,"史识"则必须研究者具有独到的见解,能够从大量资料中找出它们的内在联系。他曾说:"如果使我研究一种关于中国文学的事,大概也可以说出一点别人没有见到的话来。"[2]由于时代和社会的原因,鲁迅不可能把主要精力集中于中国文学史的研究;但他对某些作品或问题所作的资料搜集和论断,对我们仍然带有方法论性质的示范意义。鲁迅又说过:"古文化之裨助着后来,也束缚着后来。"[3]他在考察古代作品的影响时也同时重视这一作品对社会和后人所起的各种复杂的效果。鲁迅关于《水浒》的评论,就在以上几个方面为我们提供了一个范例。

一 小本《水浒》与大部《水浒》

鲁迅对梁山泊故事的传播和《水浒》的成书过程是经过严密的考察和研究的。他指出《水浒》故事为"南宋以来流行之传说",因为当时梁山起义军"转略十郡,官军莫敢撄其锋","于是自有奇闻异说,生于民间,辗转繁变,以成故事,复经好事者掇拾粉饰,而文籍以出"[4]。《水浒》作者"荟萃诸说或小本《水浒》故事,而取舍之,便成了大部的《水浒传》"[5]。这就说明现在流传的大部《水浒》是作者对许多小本《水浒》加工改造的结果。这种改造的方式有取有舍,有加工,也有增补。这一切都是服从于使它成为一部脉络一贯、结构完整的长篇大书的,宋江作为梁山泊的领袖,起着贯串全书的作用,因此篇幅占得最多,其他一些重要人物,例如林冲和武松,在某几回书中也是中心。要研究《水浒》这部作品的成就,就必须考察它的故事的流传过程、作者加工时所依据的民间传说的原貌;这样才能了解作者的取舍和艺术加工的情况,从而进行全面的评价。鲁迅从来很重视民间创作的刚健清新的特色,文人的加工固然有提高艺术质量的作用,但往往也会舍掉一些非常珍贵的东西。鲁迅说:"无名氏的创作,经文人的采录和润色之后,……留传固然留传了,但可惜的是一定失去了许多本来面目。"[6]正是基于这种认识,鲁迅对民间流传的小本《水浒》的有关资料,进行了认真的搜集和考查。

  民间流传的小本《水浒》现在看不到了,由于奇闻异说很多,内容并不一致,当然也不一定都是精华。但既然在人民中广泛流传,它就是值得我们去发掘和研究的。鲁迅曾指出要从封建史官所修的"正史"中看出"中国的灵魂","正如通过密叶投射在莓苔上面的月光,只看见点点的碎影"[7]。我们现在从大部《水浒》和别的零碎记载中,也还可以看到小本《水浒》的一些"月光"的"碎影"。例如晁盖，在宋末龚开《宋江三十六人赞》、《大宋宣和遗事》、明朱有燉《豹子和尚自还俗》杂剧、明郎瑛《七修类稿》中，都在三十六人之列，而今本《水浒》则"舍"掉了。当然也有保留原来面目较多的个别部分，如"吴用智取生辰纲"，《水浒》中讲完以后，仍然保有"这个唤作'智取生辰纲'"字样，显示了从小本《水浒》来的痕迹。但如与《大宋宣和遗事》比较，可以看出《水浒》的叙述虽然更集中，也更生动，但思想性则有所削弱。在《大宋宣和遗事》中：故事是从朱勔差杨志、林冲等十二人运花石纲说起，因杨志途中卖刀杀人，十二人同往太行山落草，然后再叙晁盖等八人劫走送蔡京生日礼物的事。前后两段分量差不多，也没有用"生辰纲"字样。今本《水浒》对花石纲事，只在杨志自述时提了一句，因在黄河"遭风打翻船，失陷了花石纲"，并把梁中书送的生日礼物取名"生辰纲"，重点铺叙。《宋史·朱勔传》记宋徽宗在东南地区搞"花石纲"达二十年，弄得怨声载道，是方腊起义的直接原因。《水浒》作者这样加工在艺术上是可取的，也写出了这些人物的"杀富济贫"的英雄行为，但对"官逼民反"一层有所削弱。而鲁迅特别注意的正是大部《水浒》所"舍"而又带有民间传说特色的东西。这当然难于搜集，因为没有流传下来。鲁迅说："元人杂剧亦屡取水浒故事为资材，宋江燕青李逵尤数见，性格每与在今本《水浒传》中者差违。"[8]他留心搜集，终于从明写本的元陈泰《所安遗集》《江南曲序》中找到了一条材料，是陈泰记他于元至治癸亥（1323年）秋过梁山泊时听篙师说的："此安山也，昔宋江□事处（此句有脱误），绝湖为池，阔九十里，皆藻荷菱芡，相传以为宋妻所植。宋之为人，勇悍狂侠，其党如宋者三十六人。至今山下有分赃台，置石座三十六所，俗所谓'去时三十六，归时十八双'，意者其自誓之辞也。"这条材料虽然简略，但时间是《水浒》成书之前、水浒故事在民间广泛流传的元代中叶，地点在梁山泊附近，来源是劳动人民，所以鲁迅十分重视，既摘引于《中国小说史略》中，又全录于《马上支日记》杂文中，并且加按语说："案宋江有妻在梁山泺中，且植芰荷，仅见于此；而谓江勇悍狂侠，亦与今所传性格绝殊，知《水浒》故事，宋元来异说多矣。"这条材料很不容易发现，因为不仅《所安遗集》很僻，而且各种本子的《所安遗集》皆佚此序，包括《涵芬楼秘笈》影印的旧抄本；鲁迅是从一本难得的明写本找来的。这表现了鲁迅"锐意穷搜"[9]、力求掌握有关研究对象一切材料的严谨的科学态度。

鲁迅根据充分的资料，联系时代特点，考察了《水浒》成书过程中故事情节和人物性格的演变情况，并做出了符合历史情况的解释。联系作家作品所处的社会环境和时代特点考察文学现象，从来是鲁迅的基本研究方法；他发掘小本《水浒》的资料，也是为了要说明《水浒》的成书是一个历史过程；只有这样才能合理地说明《水浒》内容的复杂性。他比较了《水浒》的简本与繁本的不同，特别对"受招安"和"宋江服毒而死"这两个最招人反感和关系到全书思想性的情节，联系时代思潮分析了它们产生的原因，做出了历史性的解释。他说繁本中"招安之说，乃是宋末到元初的思想，因为当时社会扰乱，官兵压制平民，民之和平者忍受之，不和平者便分离而为盗。盗一面与官兵抗，官兵不胜,一面则掳掠人民,民间自然亦时受其骚扰;但一到外寇进来,官兵又不能抵抗的时候,人民因为仇视外族,便想用较胜于官兵的盗来抵抗他,所以盗又为当时所称道了。至于宋江服毒一层,乃明初加入的,明太祖统一天下之后,疑忌功臣,横行杀戮,善终的很不多,人民为对于被害之功臣表同情起见,就加上宋江服毒成神之事去"[10]。鲁迅看到了《水浒》的内容"前后有些参差",因为它不是成于一时一人之手,所以"当然有不能一律处"[11],这种复杂性正是历来人们对《水浒》的思想内容评价极不一致的重要原因。

二 "劫富济贫"与"终于是奴才"

鲁迅一贯主张,"倘要论文,最好是顾及全篇,并且顾及作者的全人,以及他所处的社会状态"[12];他一再提醒文学史的研究者不要被"删削内容"的"欺人的丛书"[13]和"抹杀了作者真相"[14]的选本"缩小了眼界"[15]。这种"顾及全篇"的态度与方法,就《水浒》说来,就是要按照历史面貌,全面理解它的内容的复杂性,而不是片面地夸大它的某一侧面。鲁迅对于《水浒》的评论,尽管在不同时期由于现实斗争的原因,侧重点有所不同,但就总体来说,他显然是有全面的科学的看法的。鲁迅曾将《水浒》与《三侠五义》等小说比较,他说:"《三侠五义》为市井细民写心,乃似较有《水浒》余韵,然亦仅其外貌,而非精神。"[16]"《水浒》中人物在反抗政府;而这一类书中底人物,则帮助政府,这是作者思想的大不同处,大概也因为社会背景不同之故罢。"[17]这里清楚地表明，在鲁迅看来，《水浒》的主要精神在于"反抗政府"；也就是人们通常说的"官逼民反""逼上梁山"这类思想内容。1925年3月，他在给许广平的信中曾发过这样的感叹：当时军阀统治下的土匪，"河南的单知道烧抢，东三省的渐趋于保护雅片，总之是抱着'发财主义'的居多，梁山泊劫富济贫的事，已成为书本子上的故事了"[18]。他指出金圣叹把《水浒》砍成了"断尾巴蜻蜓"；是因为他"究竟近于官绅"，并不代表老百姓的看法，因为"宋江据有山寨，虽打家劫舍，而劫富济贫，金圣叹却道应该在童贯高俅辈的爪牙之前，一个个俯首受缚，他们想不懂"[19]。可见鲁迅认为"劫富济贫"是受到人民欢迎的《水浒》的精华。正因为鲁迅十分珍视《水浒》所表现的人民的反抗斗争精神，所以他对有关"受招安"的情节十分反感；除了从历史上考察形成这种情况的原因外，他对梁山泊人物打着"替天行道"的旗帜，只反奸臣、不反天子的局限性也提出了尖锐的批评。他指出："因为不反对天子，所以大军一到，便受招安，替国家打别的强盗——不'替天行道'的强盗去了。终于是奴才。"[20]鲁迅深知"用奴隶或半奴隶的幸福者，向来只怕'奴隶造反'"[21]，而一部中国历史就是人民"做稳了奴隶的时代"和"想做奴隶而不得的时代"的交替过程[22]，因此他渴望人民的觉醒，对"奴隶造反"给予很高的评价，而对"不反对天子"终致"招安"的结局，深致感慨。鲁迅在他从事文学活动的初期，就认定"奴子性"是必须破除的国民性中的"兽性"[23]，一直到三十年代他的后期，仍然强调处于奴隶的地位并不可怕，可怕的是满足于奴隶生活而不想反抗的奴才。他说："然而自己明知道是奴隶，打熬着，并且不平着，挣扎着，一面'意图'挣脱以至实行挣脱的，即使暂时失败，还是套上了镣铐罢，他却不过是单单的奴隶。如果从奴隶生活中寻出'美'来，赞叹，抚摩，陶醉，那可简直是万劫不复的奴才了，他使自己和别人永远安住于这生活。"[24]对于中国传统文学作品思想倾向的评价，他也同样贯彻了这样的精神；就是首先看它是否有助于人民摆脱奴隶的精神状态，是否有助于唤起民族的觉醒。譬如对于屈原，鲁迅是评价很高的，赞扬他"放言无惮，为前人所不敢言"[25]；许寿裳曾作《屈原和鲁迅》[26]一文，阐发鲁迅的喜爱屈原和所受的屈原的影响，但鲁迅对屈原作品中缺乏反抗精神也不满意，因此同时他又指出："中多芳菲凄恻之音，而反抗挑战，则终其篇未能见，感动后世，为力非强。"[27]以后甚至尖锐地批评《离骚》"只是不得帮忙的不平"[28]。对此，我们只能理解为屈原作品中缺乏反抗精神是它的弱点，但总的看来，如鲁迅所说，屈原"茫洋在前，顾忌皆去"，"抽写哀怨，郁为奇文"[29]，仍然"在文学史上还是重要的作家"[30]。对于《水浒》也是一样，鲁迅对它的不反天子、接受招安，"终于是奴才"的结局，采取了严峻的批判态度；但就全书看来，劫富济贫、反抗政府，仍然是它的基本倾向，对此鲁迅是给予了充分的肯定的。由于《水浒》的内容比较复杂，研究者很容易从一个侧面着眼而陷入片面性；我们既不应夸张也不应讳言它的局限性，但更重要的是要全面地看它的总的倾向。鲁迅正是这样做的，他之所以能够独具"史识"，就因为他不仅是一个学者，而且是一个战士，这是他眼光犀利的重要原因。

三 关于"水浒气"

鲁迅曾说:"中国确也还盛行着《三国志演义》和《水浒传》,但这是为了社会还有三国气和水浒气的缘故。"[31]他是针对"第三种人"所谓"伟大的文学是永久的"而说的。鲁迅认为作品所反映的内容如果与读者的生活体验相距过远,读者就不感兴趣或不理解了。《三国演义》与《水浒》所写的时代虽然已经很远,但这两部书在社会上仍然盛行,成为在群众中广泛流传的作品;这并不说明文学可以有超越时代的永久性,而是它们所写的内容在旧中国还有现实基础,距群众的生活体验不远,所以才能够成为家喻户晓的作品。鲁迅一向注意文艺作品的社会影响,这里他把这种影响归因于社会上还存在"三国气"和"水浒气",而且把两种"气"并提,口气显然是批判性的。因此正确理解鲁迅所说的"水浒气"的具体含义,对于理解《水浒》一书的社会影响,是很必要的。

《三国演义》和《水浒》所描写的时代不同,主要人物的社会地位不同,艺术特点也不同,因此这里所谓"气"并非就文艺作品的思想艺术质量而言,而是就产生这类作品的社会条件和现实依据说的。这就是说,在旧中国,其社会情况与产生《三国演义》和《水浒》的时代并未发生实质性的改变。鲁迅的这种批评实际上是由作品的影响所引发的一种社会批评。这种方法在鲁迅杂文中是很多的,即以有关《水浒》的来说,鲁迅就指出过现实生活中"以自己的丑恶骄人"的国粹派与《水浒》中的牛二[32],"拒绝友军之生力"的"左"倾关门主义者与白衣秀士王伦[33],自称"突变"的"革命英雄"与"涂面剪径的李逵"[34]等,他们之间的精神气质何其神似。在著名的《流氓的变迁》一文中,鲁迅对宋江的只反奸臣、不反对天子,"终于是奴才"的批判,也是从历史上产生"侠"的时候一直说到现在,痛斥那种"决不是'叛',不过闹点小乱子而已"的奴才行为。这些都说明产生《水浒》的社会基础在现实生活中仍然存在,这就是所谓"水浒气";为了社会的进步和变革,这种"气"也必须消除和改变。它当然属于《水浒》的社会影响的范围,但它并不说明这部书的价值和成就。

鲁迅写过一篇《学界的三魂》[35]的文章,他所论述的是弥漫于旧社会的三种"魂",也就是"气"。这三种魂一是官魂,一是匪魂,另一种是民魂。官魂与匪魂都应该打倒,鲁迅认为"这来打倒他的是民魂","惟有民魂是值得宝贵的,惟有他发扬起来,中国才有真进步"。鲁迅所寄以希望的真正的民魂在《水浒》产生的时代还不可能产生,到鲁迅所处的时代它产生了,但还未发扬起来,社会上仍然到处是官魂和匪魂的"乌烟瘴气",这是他所深为感慨的。他举例说:"社会诸色人等爱看《双官诰》,也爱看《四杰村》,望偏安巴蜀的刘玄德成功,也愿意打家劫舍的宋公明得法;至少,是受了官的恩惠时候则艳羡官僚,受了官的剥削时候便同情匪类。但这也是人情之常;倘使连这一点反抗心都没有,岂不就成为万劫不复的奴才了?"这里《三国演义》和《双官诰》是代表官魂的,《水浒》和《四杰村》是代表匪魂的,它们都不是鲁迅所期望的民魂。但对匪魂也应分析,鲁迅就说:"有官以为'匪'而其实是真的国民,有官以为'民'而其实是衙役和马弁。"当时反动派骂鲁迅为"学匪",当然就是"官以为匪"的一例。就《水浒》说，它的反抗政府、劫富济贫，可以引起"受了官的剥削"的人民的同情和反抗，是它所产生的好的社会影响；但它的不反天子和受招安，使人安于奴才，就是应该消除的不良影响。鲁迅这里将"三国气"与"水浒气"并提，着重在提倡民魂，并消除它们的消极作用。所以鲁迅把官叫作"坐寇"，它和"流寇"的区别不在"官"与"匪"，而在"流"与"坐"。它们之间有共同之处，鲁迅就指出宋代民谣"若要官，杀人放火受招安"是"当时的百姓提取了朝政的精华的结语"[36]。但也有不同之处，所以鲁迅说"小百姓将'坐寇'之可怕，放在'流寇'之上"[37]。总之，作为社会批评，鲁迅是从人民尚处于被压迫地位的社会条件着眼，指出这种"水浒气"存在的社会基础的。

《水浒》这部作品之所以会在社会上产生某种消极影响，除过它本身存在的局限性以外，也和封建文人的歪曲解释有很大的关系。对于文学遗产，鲁迅就指出过："潦倒而至于昏聩的人，凡是好的，他总归得不到。""即使同是剽窃，有取了好处的，有取了无用之处的，有取了坏处的。"[38]历代的封建文人专取书中的糟粕，并大加张扬，以使这部书纳入他们的意识形态的范畴，这也是"水浒气"产生的重要原因。最早把《水浒》叫作《忠义水浒传》的，是和《三国演义》合刻的《英雄谱》本，可见封建文人是企图以"忠义"来引导人们去理解这两部书的共同倾向的，这就是"三国气"和"水浒气"的鼓吹者的心曲。金圣叹因为痛恨"流寇"，腰截《水浒》，在批语中宣扬"九天玄女"要宋江"全忠仗义"的"法旨"；同时他也竭力歌颂《三国演义》中关羽的忠义,用"圣叹外书"的话说,就是"独行千里,报主之志坚;义释华容,酬恩之义重"。也就是说他是"忠义"完人。总之,他们利用这两部书在社会上广泛流传的特点,便企图把它们作为封建伦理说教的工具。其实就说"忠义"吧,不同的立场也可以有不同内容的理解;在封建文人看来,"忠"是指臣仆对皇帝或主人必须绝对顺从的奴才道德,"义"是从属于"忠"的"明其道不计其功"的盲目行为;而在梁山泊人物当中,"忠"可以是忠于首领的一种纪律性约束,"义"则就其劫富济贫、夺取"不义之财"看来,显然是指他们行为的正义性质。当官逼民反的时候,人们为了互助和团结,就有了聚义或结义的要求,也有了拥戴首领和建立纪律的需要,因为这些都是起义和取胜的必要条件。当然,这种理解是建立在被压迫地位的朴素的感情基础上的,每个人物的认识水平也不尽相同,但肯定它同封建文人所宣扬的"忠义"是有质的区别的。不过由于封建思想长期地在社会上占统治地位,封建文人所散布的这种"气"就不会不发生阻碍人民觉醒的消极影响,这就是鲁迅所指的"水浒气"的具体内容。

鲁迅在考察《水浒》的社会影响时,既看到了"古文化之裨助着后来"的一面,同时也指出了它"束缚着后来"的消极的一面[39],达到了历史科学性与现实针对性的统一;这对我们是有重要的启示作用的。

*　　*　　*

〔1〕鲁迅：1932年8月15日致台静农信。
〔2〕鲁迅：《两地书（六六）》。
〔3〕鲁迅：《且介亭杂文二集·〈全国木刻联合展览会专辑〉序》。
〔4〕〔8〕鲁迅：《中国小说史略》。
〔5〕〔10〕〔11〕鲁迅：《中国小说的历史的变迁·宋人之"说话"及其影响》(《鲁迅全集》第八卷)。
〔6〕鲁迅：《且介亭杂文·门外文谈》。
〔7〕鲁迅：《华盖集·忽然想到（四）》。
〔9〕鲁迅：《古籍序跋集·〈小说旧闻钞〉再版序言》。
〔12〕鲁迅：《且介亭杂文二集·"题未定"草（七）》。
〔13〕鲁迅：《且介亭杂文二集·书的还魂和赶造》。
〔14〕〔38〕鲁迅：《且介亭杂文二集·"题未定"草（六）》。
〔15〕鲁迅：《集外集·选本》。
〔16〕鲁迅：《中国小说史略·清之侠义小说及公案》。
〔17〕鲁迅：《中国小说的历史的变迁》。
〔18〕鲁迅：《两地书（八）》。
〔19〕〔37〕鲁迅：《南腔北调集·谈金圣叹》。
〔20〕鲁迅：《三闲集·流氓的变迁》。
〔21〕鲁迅：《南腔北调集·偶成》。
〔22〕鲁迅：《坟·灯下漫笔》。
〔23〕鲁迅：《集外集拾遗补编·破恶声论》。
〔24〕鲁迅：《南腔北调集·漫与》。
〔25〕〔27〕鲁迅：《坟·摩罗诗力说》。
〔26〕许寿裳：《亡友鲁迅印象记》。
〔28〕〔30〕鲁迅：《且介亭杂文二集·从帮忙到扯淡》。
〔29〕鲁迅：《坟·摩罗诗力说》。
〔31〕鲁迅：《且介亭杂文二集·叶紫作〈丰收〉序》。
〔32〕鲁迅：《热风·随感录三十八》。
〔33〕鲁迅：《且介亭杂文末编·答徐懋庸并关于抗日统一战线问题》。

〔34〕鲁迅:《集外集·〈奔流〉编校后记》。

〔35〕鲁迅:《华盖集续编》。

〔36〕鲁迅:《且介亭杂文二集·田军作〈八月的乡村〉序》。

〔39〕鲁迅:《且介亭杂文二集·〈全国木刻联合展览会专辑〉序》。

鲁迅永远是革命青年的良师益友

今年是鲁迅诞生一百周年。全国许多地方都举行隆重的纪念活动。我们在北京举办的这个"鲁迅作品讲座",也可以说是一种纪念活动,而且是很有意义的活动。如果说举行全国性的学术讨论会是为了提高鲁迅研究的学术水平的话,那么,我们举办这个讲座则着重于普及,就是希望通过讲座,能够帮助同志们更好地理解鲁迅的作品,把鲁迅的光辉思想和艺术普及到更广泛的群众——特别是广大的青少年当中去。这个工作是十分重要的,可是我们过去往往有所忽视。今天,"鲁迅作品讲座"正式开始,借这个机会就我所想到的几个问题,谈一点意见。

第一,我们研究鲁迅是为了什么?可以有两种不同的态度。一种态度是像毛泽东同志所批评过的那样,当一个"古董鉴赏家",就是把鲁迅著作当作"古董",只是少数人鉴赏、连声赞曰:"好!好!好!"可就是不让它与人民群众的实践活动发生联系。这首先就从根本上背离了鲁迅精神。另一种态度,就是把鲁迅的著作当作广大人民群众的精神财富,努力地使鲁迅作品为人民群众所掌握,让鲁迅思想在人民群众的实践活动中发挥作用。为了实现鲁迅思想与人民群众相结合这个目标,普及工作就是必不可少的一个重要环节,也是非常光荣的一件事情。现在举办的这个讲座,也可以说是鲁迅研究的专业工作者与鲁迅著作的普及工作者的一个交流、一种结合，对双方都是十分重要的。我以为我们的鲁迅研究学会，就应当经常注意用各种形式做这种交流和结合的工作，使大家能够相互促进，共同提高；推动鲁迅研究工作向深度和广度的方面发展。

第二，举办这个讲座的目的，就是希望通过对鲁迅作品的具体分析和讲解，帮助同志们更深入地认识鲁迅思想艺术的伟大价值。由于"四人帮"长期对鲁迅的歪曲和糟踏，鲁迅著作的真正价值在一部分人中间便模糊了起来。为了拨乱反正，我们需要按照马克思主义、历史唯物主义的观点，科学地、充分地认识和肯定鲁迅作品的价值和意义。对于鲁迅的伟大贡献，我们可以从多方面去认识，在这里，我只想讲一点。早在本世纪初，鲁迅由献身祖国的爱国主义出发，开始他的伟大战斗时，就鲜明地提出了"立人"的思想，提出了启发人民觉悟、改造国民性的重要任务。鲁迅为此付出了自己毕生的精力；他的"立人"思想也逐渐深化，取得了科学的理论基础。而且这一思想始终贯串于鲁迅的全部著作。这就是说，鲁迅所特别重视的是希望中国人民能够摆脱自己思想和性格上的弱点，成为有自觉的、有焕发的精神面貌的新的人。他一方面深刻地揭露与剖析了几千年的封建传统思想对人民精神上的毒害，以及由此形成的"国民性弱点"；同时，他又努力地发掘中华民族的优良传统，表彰历史与现实中的"中国的脊梁"。他自己更是自觉地继承和发扬了这种优良传统，并且在马克思主义思想基础上加以改造，形成了光辉的"鲁迅精神"。鲁迅成为中华民族最伟大的代表，被恰如其分地称为"民族魂"。长期以来，鲁迅精神一直是一种巨大的精神力量，产生了难以估量的深远影响。中国现代史上许多革命者和知识分子,在走上革命和争取民族解放斗争的道路时,很少人没有受过鲁迅精神的感染与影响。现在我们在经过了巨大的历史挫折以后重新走上了建设祖国的道路,有些青年适时地提出了"团结起来,振兴中华"的口号,在这个时候,我们就会更感到鲁迅精神、鲁迅所代表的中华民族优秀品格的可贵。我们不是已经提出了在建设社会主义物质文明的同时,要建设社会主义的精神文明吗?鲁迅精神无疑地是这个社会主义精神文明中最具有光彩的部分。所以,我们除了应该从鲁迅作品中学习鲁迅的思想和艺术以外,更应该学习鲁迅的人格和精神,学会像鲁迅那样"做人"。如果鲁迅精神能在广大青少年中广泛地扎下根来,发扬光大,这对于我们的"四化"建设,对于我们祖国、民族的未来,都将发生极其重大的影响——这个影响是怎么估计也不会过分的。

  有人对鲁迅思想是否能够为今天的青年所接受,抱有怀疑的态度,我以为这种怀疑是不必要的。首先,我们相信鲁迅思想是经得起历史与时间的考验的;其次,我们也相信今天的青年是热烈地追求真理,相信真理的。鲁迅对于中国的青年从来都是充满信心的,他早就说过"创造这中国历史上未曾有过的第三样时代",是"现在的青年的使命"[1]。青年代表着我们祖国的未来和希望,鲁迅的许多杂文实际上都是以青年为主要对象的。鲁迅不仅过去是,而且现在与将来仍然是中国革命青年的良师益友。我们希望通过这次全国性的鲁迅诞生百周年纪念的活动,能在广大青年中掀起"向鲁迅学习"的高潮。

  第三,有些青年同志可能要问:学习鲁迅应该怎样开始?我想,现在举办的这个讲座,就为我们提供了一个基本的方法;就是说,应当从老老实实、扎扎实实地读鲁迅的作品开始。鲁迅曾经说过:"我看现在的青年常在问人该读什么书,就是要看一看真金,免得受硫化铜的欺骗。"[2]"看一看真金",就是读原著。有些青年同志总希望通过看一些通俗的小册子来了解鲁迅,——当然,在阅读鲁迅著作的过程中,适当地读一点经过选择的普及性读物或者分析作品的文章,也是需要的;但是,这决不能代替自己独立地研读鲁迅的原著。不然,就会把"硫化铜"当作"真金"。为什么现在有一部分青年会对鲁迅存在着某种"误解"?我想,其中一个原因,就是他们并没有真正认真读过鲁迅的作品,而仅仅是通过"四人帮"歪曲、篡改了的鲁迅语录和文章来了解鲁迅的,这就难免受骗了。鲁迅说:"比较是医治受骗的好方子。"[3]"一识得真金,一面也就真的识得了硫化铜,一举两得了。"[4]认真读鲁迅原著,就会有这种好处。当然,读原著是要花比较大的力气的。鲁迅早就说过,读他的翻译的书是没有"看《杨妃出浴图》或《岁寒三友图》那么'爽快'"[5]的,有时候甚至"要伸着手指来找寻'句法的线索位置'"[6]。看他自己的作品当然比看翻译的书容易一些;但由于时代背景以及历史知识、社会知识等各方面的原因,难懂的地方也很多。但要识得"真金",就只能用"笨"法子:一是"硬读",当然可以参考一些注释,但即使仍有不懂的地方也要坚持读下去,读多了,有的东西也就自然懂了;一是"常读",一遍又一遍地读鲁迅的著作是常读常新的,随着自己知识的积累和阅历的丰富,就会逐渐加深对鲁迅作品的理解,重读时就会有新的体会与发现。正是在这种意义上，我们说这个讲座只能对大家起一些启发和引导的作用，重要的仍然在自己阅读作品；主讲的同志不过把他对鲁迅作品的理解和同志们交流罢了。鲁迅对青年们谈到读书问题时曾这样说过："我并非要大家不看批评，不过说看了之后，仍要看看本书，自己思索，自己做主。"[7]——我愿意以鲁迅的这些话赠送给同志们参考。

1981年10月，在北京"鲁迅作品讲座"
开讲式上的讲话（摘要）

* * *

[1] 鲁迅：《坟·灯下漫笔》。
[2][3][4] 鲁迅：《且介亭杂文·随便翻翻》。
[5][6] 鲁迅：《二心集·"硬译"与"文学的阶级性"》。
[7] 鲁迅：《而已集·读书杂谈》。

鲁迅和山西漫笔

鲁迅没有到过山西，但这并不等于他不了解山西，不关心山西。

鲁迅谈到他怎么写小说时曾说："所写的事迹，大抵有一点见过或听到过的缘由，但决不全用这事实，只是采取一端，加以改造，或生发开去，到足以几乎完全发表我的意思为止。人物的模特儿也一样，没有专用过一个人，往往嘴在浙江，脸在北京，衣服在山西，是一个拼凑起来的脚色。"[1]这里他举了浙江、北京、山西三个地方来说明他的小说的人物原型或情节的来源，这并不是随意举出的，事实确实是这样。浙江是他的原籍，北京是他创作时的所在地方，都很容易理解，就是说那"缘由"是属于他所"见过"的；他没有到过山西，那么属于山西的"缘由"就是他所"听到过"的。他曾说："作者写出创作来，对于其中的事情，虽然不必亲历过，最好是经历过。……我所谓经历，是所遇，所见，所闻，并不一定是所作，但所作自然也可以包含在里面。"[2]可见他是把"所闻"也包括在作家经历之中的。所谓嘴、脸或者衣服，当然是一种譬喻，但都是构成人物形象的一部分；即使是属于细节吧，但细节的真实虽然不像性格或环境那样重要，却也是现实主义创作的必要条件。鲁迅既然把他所听到过的关于山西的一些人和事算在他的经历里面，而且成了他小说取材的一个组成部分，那他必定听到过许多，而且听得很认真，这本身就说明了他对山西的了解和关心。

他究竟听到过些什么，我们当然无从详知；但从作品中仍然可以看到一些痕迹，说明这并非捉风捕影之谈。他的第一篇白话小说《狂人日记》是写一个患迫害狂症状的狂人的，据《鲁迅日记》及周遐寿等人的回忆材料，鲁迅确实照料过一个迫害狂病人，那人是鲁迅的表兄弟，一向在山西游幕，忽然跑到北京找鲁迅，说是有人要追踪谋害他；把他安顿在旅馆里也不安宁，说人们已布置好就要杀他了；鲁迅曾带他去就医，还托人把他护送回乡，等等。可见除过鲁迅有医学知识之外，他还有对迫害狂病人的实际体验，这对他写《狂人日记》并不是无足轻重的。可以想见，为了了解这个迫害狂患者的病因以便进行治疗，鲁迅对他在山西的生活情况是必须仔细探询的。此外在鲁迅所写的以"辛苦展转而生活"的知识分子为题材的小说中，山西就是这些无法过安定生活的知识分子"展转"的地点之一。吕纬甫是"展转"到太原教书的，在那里每月二十元钱，"模模胡胡"地教学生念"子曰诗云"和《女儿经》之类；《孤独者》中的"我"是"从山阳到历城，又到太谷，一总转了大半年"的，"终于寻不出什么事情做"，到他回S城去看小说中的主人公魏连殳的时候，还"提着两包闻喜名产的煮饼"。这些当然都是属于细节一类，但它说明鲁迅对山西是十分熟悉的；在他所接触的一些"辛苦展转而生活"的知识分子中，很可能有人是在山西"展转"了较长的时间，从而丰富了鲁迅听到过的有关山西的内容。

鲁迅更关心新文艺在山西的发展，他和青年人开始办

《莽原》的时候，就有好几位山西籍的青年参加；虽然有的人和他合作得并不愉快，但他对山西的文艺事业是十分关心的。1933年太原的刊物《榴花》出版，鲁迅看到刊物后在给榴花社的复信中，曾答应"如作有小品文，则当寄上"，表示了热情的支持，并且对如何在山西开展文艺事业提出了中肯的意见。信中说："新文艺之在太原，还在开垦时代，作品似以浅显为宜，也不要激烈，这是必须察看环境和时候的。别处不明情形，或者要评为灰色也难说，但可以置之不理，万勿贪一种虚名，而反致不能出版。战斗当首先守住营垒，若专一冲锋，而反遭覆灭，乃无谋之勇，非真勇也。"[3]鲁迅从社会效果着眼，针对当时山西军阀统治和文化落后的具体情况，提出了他一向主张的"壕堑战"的策略，目的就在促使新文艺能在山西生根，以求逐步的成长和茁壮。历史总是曲折地前进的，现在山西的创作已形成了蜚声全国的自己的风格和流派，这是可以告慰于鲁迅的。

　　我对山西这一流派的特色并无研究，但说它与鲁迅作品有渊源关系，大概总不会错；因为鲁迅是"五四"革命现实主义传统的奠基人，今天的文艺创作都是继承和发扬这一传统的。但除此之外，似乎还有更多的联系。这里我想就鲁迅小说的几个明显的特点谈一下，从中似乎可以感觉到文学发展的脉络。第一，鲁迅是专门写短篇小说的；而且由"五四"开始的中国现代短篇小说的形式和写法，就是由鲁迅以自己的介绍翻译和创作来奠定了基础的。中国过去也有短篇，但无论是唐宋传奇以及如《聊斋》之类的文言小说，还是宋元话本以及后来的拟话本等白话小说，都与现代短篇小说的格式不同；它着重在故事情节的奇异和巧合，所以叫作"传奇"、《聊斋志异》、《拍案惊奇》、《今古奇观》等，而往往不注意时代环境和人物性格的描写。它的写法则是以压缩或省俭的方式来表现长篇在展开过程中所写的内容的，是一种模型或盆景式的写法。鲁迅吸取外国文学的经验，认为短篇的写法应该是"借一斑略知全豹，以一目尽传精神"[4]；它所反映的是虽属局部但具有典型意义的生活，可以使读者由此"推及全体"并产生深刻的印象；因此特别重视人物的生活和命运。鲁迅所介绍的外国小说大部分是短篇，他的创作更以表现的深切和形式结构的多样化，奠定了现代短篇小说这种新形式的基础。第二，鲁迅是中国文学史上真正把农民当作小说中的主人公的第一人。《水浒传》的题材是写农民起义的，但其中的人物已经脱离了土地和劳动，此外在悠久的文学史上竟没有一部以创造社会财富的农民为主人公的小说。鲁迅自己有"和许多农民相亲近"的经历，"知道他们是毕生受着压迫，很多苦痛"，于是"便将所谓上流社会的堕落和下层社会的不幸，陆续用短篇小说的形式发表出来了"[5]。鲁迅把农民看作是革命的动力和历史的主人公，对农民采取"哀其不幸，怒其不争"的态度，坚持从被压迫人民的角度来反映生活的现实主义观点，这对现代文学创作的发展是有伟大的开创意义的。农民占我国人口的绝大多数，从任何意义上讲都应该在文学作品中充分反映他们的生活和命运。第三，鲁迅十分重视农民的欣赏习惯和艺术趣味。他说他的小说"只要觉得够将意思传给别人了，就宁可什么陪衬拖带也没有。中国旧戏上，没有背景，新年卖给孩子看的花纸上，只有主要的几个人，我深信对于我的目的，这方法是适宜的，所以我不去描写风月，对话也决不说到一大篇"[6]。就是说他所追求的是像中国旧戏和年画那样的以人物为主的一种单纯朴素的风格，这是他注意了农民的艺术趣味和爱好的结果。鲁迅很喜欢民间旧戏，如目连戏、绍兴戏，《社戏》里所写的就是农民喜爱的戏；年画也是农民所喜欢的艺术，直到现在农民过年时还要在墙上贴几张年画。鲁迅努力使自己的创作符合他们的要求，因为他创作的目的就是为了提高农民的觉悟，改变他们的生活和地位。鲁迅曾说："中国画是一向没有阴影的，我所遇见的农民，十之九不赞成西洋画及照相，他们说：人脸那有两边颜色不同的呢？西洋人的看画，是观者作为站在一定之处的，但中国的观者，却一向不站在定点上，所以他说的话也是真实。"[7]鲁迅很注意农民的欣赏习惯，一般农民习惯于中国古典小说的传统，对大篇幅的静止的描写景物不感兴趣，对人物老是对话也感到不习惯，因此鲁迅避免用这样的写法。中国过去的小说擅长用人物的行动来带动故事情节的发展，而不大用很长的风景描写或心理刻画等手法来衬托气氛，鲁迅很注意发扬这种民族特色。当然，民族风格是一个历史性的范畴，它也要吸取外来的有益成分，不断地丰富和发展，鲁迅的小说便与古典小说有了很大的不同。但他十分注意使自己的作品为群众所喜闻乐见这一特点，应该说是一个宝贵的传统。第四，鲁迅很重视作品的地方色彩。他以"乡土文学"的名义肯定了"五四"时期蹇先艾、许钦文、王鲁彦、黎锦明等人描写贵州、浙江和湖南等地的"乡间习俗"和"民间生活"的特点，其中还提到以山西为背景的李健吾的《中条山的传说》，认为色彩绚烂，"可以看见那藏在用口碑织就的华服里面的身体和灵魂"[8]。三十年代他曾向广东的青年艺术家建议，可采取"汕头的风景，动植，风俗"等为题材；并且说："地方色彩，也能增画的美和力，自己生长其地，看惯了，或者不觉得什么，但在别地方人，看起来是觉得非常开拓眼界，增加知识的。"[9]他自己所写的农村题材的小说就是一幅幅色彩鲜明的绍兴风俗画，咸亨酒店、土谷祠、乌篷船、茴香豆，以及人们的谈吐举止、生活方式，都表现了浓厚的地方色彩，给人们呈现出了那个时代浙江农村的鲜明的生活画面。此外鲁迅还认为"中国农民之间使用幽默的时候比城市的小市民还要多"[10]。又说"警句或炼话，讥刺和滑稽，十之九是出于下等人之口的"[11]。他非常注意农民的语气口吻和表达感情的方式，这是他塑造农民形象和表现农村生活能够获得高度成功的一个重要原因。

我这里并不打算全面评述鲁迅小说的现实主义艺术成就，但仅就读他的作品所感受到的一些最明显的特点来说，不也都是值得我们今天继承和发扬的优良传统吗？可喜的是，鲁迅生前所关心的新文艺在山西的生根和发展，已成为活生生的现实；许多作者在他们的创作中正是遵循着鲁迅所开辟的革命现实主义的道路，坚持继承和发扬了鲁迅小说的一些主要特点的。当然，时代向前进展了，人民的生活和感情也发生了历史性的变化，今天的农村远非鲁镇式的农村，人物也不是闰土、阿Q那样的农民了；但文艺要真实地反映人民生活，特别要重视反映农民生活，要和人民保持密切联系等宝贵传统，是永远也不会失去时效的。最近听说在全国优秀短篇小说获奖的作者中，山西的作者人数是名列前茅的，而且都带有他们自己的风格和特色；这说明由鲁迅开始的现代小说创作，正沿着他所开创的道路向前发展，而山西的新文艺是为此做出了自己的贡献的。

1981 年 7 月 11 日

*　　　*　　　*

〔1〕〔6〕鲁迅:《南腔北调集·我怎么做起小说来》。
〔2〕鲁迅:《且介亭杂文二集·叶紫作〈丰收〉序》。
〔3〕鲁迅:1933 年 6 月 20 日致榴花社信。
〔4〕鲁迅:《三闲集·〈近代世界短篇小说集〉小引》。
〔5〕鲁迅:《集外集拾遗·英译本〈短篇小说选集〉自序》。
〔7〕鲁迅:《且介亭杂文·连环图画琐谈》。
〔8〕鲁迅:《且介亭杂文二集·〈中国新文学大系〉小说二集序》。
〔9〕鲁迅:1933 年 12 月 26 日致罗清桢信。
〔10〕鲁迅:1935 年 2 月 6 日致增田涉信。
〔11〕鲁迅:《且介亭杂文·答〈戏〉周刊编者信》。

鲁迅与北大漫谈

为了纪念鲁迅诞生一百周年,北大学生会组织了今天这个会,要我来讲几句话,我想简单地谈三点意思。

首先,讲一讲鲁迅和北大的关系。二十年代前期,鲁迅是北大的教师,培养了很多学生。1925年北大校庆二十七周年的时候,他曾应北大学生会请求,写了一篇文章,题目是《我观北大》。[1]当时,鲁迅正和北京大学马裕藻、沈尹默等教授一起,声援女师大学生的爱国护校运动,同时跟北大内部的反动势力代表陈源等进行斗争。反动派理屈词穷,就攻击鲁迅等人是"北大派"。所以这篇文章一开头,鲁迅就说:"今年忽而颇有些人指我为北大派,我虽然不知道北大可真有特别的派,但也就以此自居了。北大派么?就是北大派!怎么样呢?"鲁迅就是以这样鲜明的态度站在北大的革命师生一边,以自己能够成为"北大派"而自豪的。鲁迅还解释说,这是因为北大有着优良的"校格",有着自己"五四"以来的光荣传统。鲁迅认为,北大的光荣传统有两条,"第一,北大是常为新的,改进的运动的先锋","第二,北大是常与黑暗势力抗战的"。鲁迅特别赞扬北大的师生,在与黑暗势力斗争、推动"改进的运动"中所表现出来的顽强的韧性战斗精神,"虽然很中了许多暗箭,背了许多谣言……向上的精神还是始终一贯,不见得弛懈"。"即使只有自己",也要与黑暗势力斗争到底。鲁迅认为,这就是北大的"校格"。实际上,这种"常与黑暗势力抗战""常为新的,改进的运动的先锋"的韧性战斗精神,也正是鲁迅精神的精髓,是鲁迅伟大"人格"的表现。因此,我们可以说,鲁迅是充分体现了北京大学"校格"的光辉典范,是北大传统的伟大代表人物之一。正是鲁迅和蔡元培、李大钊、陈独秀等革命前驱者一起,培育了北大优良的校风、"校格",开创了北大的光荣传统。正是在包括鲁迅在内的革命先哲的精神影响下,北京大学无论在新民主主义革命,还是在社会主义革命与建设中,都始终是中国"新的,改进的运动的先锋"。在当前党所领导的向四化进军的新长征中,又是北京大学的青年学生首先提出了"团结起来,振兴中华"的口号,这就证明今天的北大依然是鲁迅所赞扬的"要使中国向着好的,往上的道路走"的、"新的,改进的运动的先锋"。这是北京大学的光荣。当年,鲁迅曾以作为"北大派"而自豪;今天,我们能够作为北大的一员,同样是应该感到光荣的。所以我们纪念鲁迅,最主要的就是要学习鲁迅的伟大"人格",发扬北大的光荣传统,作实现四化的"先锋",振兴中华的"先锋"。这也是历史赋予我们北大师生的光荣使命。

其次,我想谈一谈鲁迅与青年的关系。我们知道,鲁迅有一个重要的观点,叫作"青年必胜于老人",鲁迅的这个观点是和"将来必胜于过去"的观点紧密联系的,都表现了他对于未来光明的追求和确信。过去,我们笼统地把鲁迅重视青年的思想看作他前期思想的局限,这并不符合实际。鲁迅重视青年的作用,是他从现实出发,对历史与现实斗争经验进行了认真的考察与总结的结果。他所重视的青年，并不简单地只表示一种年龄特征，而是专指在现实斗争中进步的革命的青年知识分子。鲁迅认为"创造这中国历史上未曾有过的第三样时代"，是"现在的青年的使命"。[2]在他看来，青年正代表了中国的未来。在他成为共产主义者以后，更是自觉地把青年看作是无产阶级革命事业的接班人，一再地强调"我们应当造出大群的新战士"[3]。鲁迅认为，老一代人的历史使命与责任，就在于一面"清结旧账"，一面为青年一代"开辟新路"，"自己背着因袭的重担，肩住了黑暗的闸门，放他们到宽阔光明的地方去"。鲁迅在著名的《我们现在怎样做父亲》一文里明确指出，老一代人对于青年人，第一要"理解"，第二要"指导"，"长者须是指导者、协商者，却不该是命令者"，第三要"解放"，"要给他们自立的能力"，"全部为他们自己所有，成一个独立的人"。在另一篇文章里，鲁迅又"以诚恳的心"，对青年"进一个苦口的忠告"，要尊重老一代人，"不要只用力于抹杀别个"，而必须"不断的（！）努力一些"，"跨过那站着的前人，比前人更加高大。初初出阵的时候，幼稚和浅薄都不要紧，然而也须不断的（！）生长起来才好"[4]。鲁迅和他同时代的青年的关系，正是这样的光辉典范：鲁迅勤恳地培养青年，不惜为他们办理"投稿，看稿，绍介，写回信，催稿费，编辑，校对"这一切琐事，"将血一滴一滴地滴过去，以饲别人，虽自觉渐渐瘦弱，也以为快活"。[5]鲁迅"一面以文学教育那时的青年，指点应走的路，一面自己加入青年群里"，和青年并肩战斗，并不断从青年那里汲取思想养料与力量[6]。当时有许多革命青年紧紧团结在鲁迅周围，尊重、爱护鲁迅，把鲁迅看作是自己最敬重的导师和伙伴，不断以自己的努力继承与发展鲁迅的事业。可以说，鲁迅的心与青年人是息息相通的；鲁迅的思想直接培育和影响了中国几代的青年人。应该相信，当代中国青年的心也是与鲁迅相通的。那种认为"鲁迅不为当代中国青年理解"的观点是不符合实际的。鲁迅一生为寻求中华民族的解放道路上下求索，对中国社会进行了极为深刻的解剖，对中国历史与现实的斗争经验作了精当的总结，鲁迅的著作，在一定意义上，可以说是中国近代思想文化的百科全书。当代的中国青年，在为"振兴中华"进行新的伟大斗争中，一定能够不断从鲁迅著作那里得到很多的教育与启示。今天北大的学生在这里集会纪念鲁迅，就表明了真正继承与发展鲁迅事业的，必然是当代中国有作为的革命青年。

最后，谈谈鲁迅怎样指导青年读书。今天参加这个会的，不仅有北大文科的同学，而且有许多理科的同学，我以为这也是很有意义的。鲁迅早就告诫说："爱看书的青年，大可以看看本分以外的书，即课外的书，不要只将课内的书抱住。……应做的功课已完而有余暇，大可以看看各样的书，即使和本业毫不相干的，也要泛览。譬如学理科的，偏看看文学书，学文学的，偏看看科学书，看看别个在那里研究的，究竟是怎么一回事。这样子，对于别人，别事，可以有更深的了解。"[7]鲁迅自己就是这样的典范。他不仅是一个伟大的文学家，而且对于自然科学也有着很高的造诣。在本世纪初，他就在日本接触了十九世纪自然科学的最新成就，最早向中国介绍了镭的发现、进化论和生命发展学说。直到他的晚年，仍然十分关注自然科学的发展，指导翻译了《药用植物》一书，并为周建人关于进化学说的专著《进化和退化》作序。毫无疑问，鲁迅对自然科学新成就的理解，对于他的辩证唯物主义世界观的形成是有重大作用的；反过来，鲁迅对于社会科学，特别是马克思主义的深刻理解，又使他能够敏锐地把握与认识自然科学新成就的革命意义。列宁在《论战斗唯物主义的意义》里曾经这样指出，在二十世纪，"自然科学进步得那样快，正处于各个领域都发生那样深刻的革命变革的时期，以致自然科学无论如何离不了哲学结论"。可以这样说，在当今这个时代，要成为一个真正合格的自然科学工作者，不具备一定的社会科学的修养，是不行的，反过来也是这样。因此，我以为鲁迅关于"爱看书的青年，大可以看看本分以外的书"的教导，对于我们今天北大文科和理科的学生，都具有很大的现实意义。鲁迅的著作既然在一定程度上是中国现代思想文化的百科全书，那么，理科的同学要了解中国社会，学些社会科学，鲁迅的作品就是很好的教材。这就是说，鲁迅的著作当然是文科同学必须读的书籍；但就是理科的同学，也应该适当地读一点鲁迅的作品，这是很有必要的。我想，今天举行鲁迅诞生百年纪念大会的目的之一，就是要提倡北大文科和理科的同学都来读一点鲁迅的书，这是时代的需要。

鲁迅在前面所说的《我们现在怎样做父亲》这篇文章里，曾经号召觉醒了的老一代人，要这样培养年青一代人："养成他们有耐劳作的体力，纯洁高尚的道德，广博自由能容纳新潮流的精神。"我想，这也是鲁迅对于青年一代的期望；我就用这段话来赠给今天到会的青年同志们，来结束我的讲话。

1981年10月，在北京大学学生会举办的
纪念鲁迅诞生一百周年大会上的讲话

*　　*　　*

〔1〕鲁迅：《华盖集》。
〔2〕鲁迅：《坟·灯下漫笔》。
〔3〕鲁迅：《二心集·对于左翼作家联盟的意见》。
〔4〕鲁迅：《三闲集·鲁迅译著书目》。
〔5〕鲁迅：《两地书（九五）》。
〔6〕许广平：《鲁迅和青年们》。
〔7〕鲁迅：《而已集·读书杂谈》。

后　记

　　由于多年来在大学承担着有关中国现代文学和"鲁迅研究"的教学工作，《鲁迅全集》一直是我经常阅读和思考的书籍。偶有所得，或虽无新见但为了应报刊之约，也写一点谈自己的看法或体会的文章。历时既久，所积渐多。承同道及读者多予鼓励，出版社同志又热情促进，遂不揣谫陋，结集成书，就正于专家及广大读者。

　　本书所收各文最早者写于1956年，最近者写于1983年，历时几达三十年。除另有《鲁迅与中国文学》一书收作者全国解放前及建国初期所写文章外，我其余有关鲁迅研究之文章，已尽罗入。此外，我还将有关中国现代文学史的文章，编为另一书，其中有些篇其实也是论述鲁迅对中国现代文学的贡献的，不过论及的面较广，不是专论鲁迅作品罢了。就此书所收各文而言，由于写作时间先后相隔很长，某些的思路或文笔的表述都不可能不受到时代气氛的影响，打下了写作当时的烙印。这次编集时虽然作了一些字句上的修订，以使全书的笔调色彩比较一致；但既未大改，这种痕迹即仍有存留。再者，从"目录"看来，本书似也排列有序，略具体系，但那只是此次编集时分类编排的结果，文章内容与之并不相称；其中小题大作者有之，大题小作者也有之。总之，由于原来并不是按照一本书的框架设计写的，它只是一本论文集，因此虽经涂饰，驳杂仍是难免的。特别是最后一组文字，那只是根据现实需要所写的几篇短文，谈不上什么学术研究。不过由于那种现实意义迄今仍未消失，而且还可从中略窥纪念鲁迅诞辰百年盛况之一斑；所以也就敝帚自珍，收在这里了。

鲁迅在《二心集·序言》中说："因为揭载的刊物有些不同，文字必得和它们相称。"这种情况对在报刊上有时写点文章的人来说，大概是都会遇到的。本书编竣之后，我感到不仅内容有点芜杂，而且分量也嫌单薄。掩卷再思，颇感惭怍。作为一门学科，现在鲁迅研究不仅专门的研究机构、学会及刊物皆已设置、建立和进行活动，鲁迅著作大部已整理出版，而且已有"鲁迅学"的专称，传记、年谱及其他专门学术著作，出版甚多；许多国家都有专家在研究鲁迅作品，选题的范围也愈来愈向广阔和深入开展。这是同鲁迅著作在新的文化建设事业中的地位和作用相称的。作为一个多年从事与此有关的工作者，除对这种喜人的局面感到鼓舞以外，在回顾自己所走的历程和收获时，自然是会感到愧悚和不安的。但愿能在今后的工作中对此有所弥补。

本书所收各文均曾在报刊发表过，这些刊物有《文艺报》《文学评论》《鲁迅研究》《鲁迅研究集刊》《北京大学学报》《社会科学战线》以及《人民日报》《光明日报》等。其中有几篇是根据一些会议发言的录音整理的，个别篇章还经过重行组织和改写；也有的篇章在属稿过程中曾得到过孙玉石、黄侯兴、钱理群、温儒敏诸同志的帮助。今值结集之际，谨在此一并致谢。

1983 年 11 月 22 日于北京大学寓所